LECTURES ON LITERATURES by Vladimir Nabokov

이 도서의 국립중앙도서관 출판예정도서목록(CIP)은 서지정보유통지원시스템 홈페이지(http://seoji.nl.go.kr)와
국가자료공동목록시스템(http://www.nl.go.kr/kolisnet)에서 이용하실 수 있습니다.
(CIP 제어번호 : CIP2019037636)

나보코프 문학 강의

Vladimir Nabokov

나보코프 문학 강의

Lectures on Literature

블라디미르 나보코프 지음

김승욱 옮김

문학동네

일러두기

1. '나보코프' 혹은 '편집자'라고 쓰여 있지 않은 모든 주석은 옮긴이주이다. 주석의
   '편집자'는 원서의 편집자를 뜻한다.
2. 본문 중 고딕체는 원서에서 이탤릭체로 강조한 부분이다.

차례

프레드슨 바워스

미국에서 학자로서 새로운 삶을 시작하기 전인 1940년에 나는 다행히 러시아문학에 관한 100편의 강의를 굳이 글로 써두었다(약 2000페이지 분량). 그리고 나중에는 제인 오스틴에서부터 제임스 조이스에 이르기까지 위대한 소설가들에 관한 100편의 강의를 또 글로 썼다. 이 덕분에 나는 웰즐리와 코넬에서 행복한 20년을 보낼 수 있었다.*

블라디미르 나보코프는 1940년 5월에 미국에 왔다. 도중에 국제교육연구소에서 강연을 하고, 스탠퍼드대학에서 러시아문학에 관한 여름학기 강의를 한차례 한 그는 1941년부터 1948년까지 웰즐리대학에 있었다. 처음에는 이 대학 러시아어과에서 러시아어와 문법을 가르쳤으나, 번역된 러시아문학을 살펴보는 '러시아어 201'이라는 강의도 개발했다. 1948년에 나보코프는 코넬대학 슬라브문학과의 조교수로 자리를 옮겨 '문학 311'과 '문학 312' '유럽 소설의 대가들' '문학 325'와 '문학 326'

---

* 『확고한 주장들Strong Opinions』(뉴욕: 맥그로힐, 1973), 5쪽.

'번역된 러시아문학'을 강의했다. 카탈로그에 실린 문학 311과 312의 강의 설명서는 나보코프가 직접 썼음이 거의 확실하다. "19세기와 20세기에 발표된 영국, 러시아, 프랑스, 독일의 장편과 단편을 선정해서 읽을 것이다. 특히 작품 각각의 천재성과 구조에 주의를 기울일 예정이며, 외국 문학작품은 모두 영어 번역본으로 읽을 것이다." 이 강의에서 다룬 작품들은 『안나 카레니나』, 「이반 일리치의 죽음」, 『죽은 혼』, 「외투」, 『아버지와 아들』, 『보바리 부인』, 『맨스필드 파크』, 『황폐한 집』, 「지킬 박사와 하이드 씨」, 『스완네 집 쪽으로』, 「변신」, 『율리시스』 등이다.* 나보코프는 영문학과 소속이 아니었기 때문에 코넬대학에서 미국 작품들을 가르칠 수 없었다. 1952년 봄에는 하버드대학의 객원강사로 강의를 맡았다.

나보코프는 1958년에 교단을 떠난 뒤, 강의를 기반으로 한 책을 출간할 계획을 세웠으나 이 계획을 실행에 옮기지는 않았다(『죽은 혼』과 「외투」에 대한 강의는 『니콜라이 고골』[1944년]에 포함되었다). 이 책은 그의 강의를 강의실에서 했던 형태 그대로 기록한 것이다. 여기서 우리는 중요한 작가가 네 가지 언어로 된 걸작 문학작품에 어떤 반응을 보이는지 지켜보는 행복한 기회를 누릴 수 있다. 뿐만 아니라, 그의 강의는 소설에 대한 영원한 안내서 역할을 하기 때문에 널리 알릴 가치가 있다. 문학을 학파와 운동 중심으로 바라보는 시각을 경멸하고, 문학을 사회 정치적 메시지의 전달 수단으로 취급하는 비평가들을 경멸했던 나보코

---

* 나보코프 부인은 체호프의 작품도 이 강의에서 다뤘다고 확신하고 있으나, 우리가 참고한 학생들의 필기 노트에는 체호프가 포함되어 있지 않다. 어쩌면 체호프의 작품이 매년 강의에 포함되지는 않았을 수 있다. —편집자

프는 걸작이 어떻게 걸작이 되는지를 밝히고자 했다. "교단에 서는 동안 나는 문학을 공부하는 학생들에게 세세한 부분에 대한 정확한 정보를 제공하려고 노력했다. 이런 세세한 부분들의 조합이 빚어내는 관능적인 불꽃이 없다면, 그 책은 죽은 책이다. 그런 의미에서, 책에 담긴 전체적인 아이디어는 전혀 중요하지 않다. 아무리 멍청한 녀석도 불륜에 대한 톨스토이의 태도에서 중요한 맥을 찾아내 흡수할 수는 있다. 그러나 톨스토이의 예술을 즐기고 싶다면, 예를 들어 100년 전 모스크바와 페테르부르크 사이를 달리던 야간열차의 객차 안 풍경을 눈으로 그려보겠다는 마음을 먹어야 한다. 이때 도표가 몹시 유용하다. 교단에 선 사람은 공연히 웅장하고 다채로운 척 우쭐거리는 각 장의 제목에만 계속 신경쓰지 말고, 더블린의 지도를 준비해서 블룸과 스티븐의 발길이 어떻게 얽히는지를 분명히 그려놓아야 한다. 『맨스필드 파크』에 나오는 낙엽송 미로를 시각적으로 그려보지 못한다면, 이 소설은 입체적인 매력을 일부 잃어버린다. 또한 지킬 박사의 집 외양이 독자의 마음속에 분명히 재현되지 않는다면 스티븐슨의 이 작품을 읽는 즐거움을 온전히 누릴 수 없다."*

이 책에 수록된 강의들은 블라디미르 나보코프가 웰즐리와 코넬에서 가르치던 시절을 대표한다. 여기에는 또한 특별 강의 네 편도 포함되어 있다. 독자들의 편의를 위해 우리는 이 강의들을 두 권으로 나누어 수록했다. 1권에는 영국, 프랑스, 독일 작가들에 대한 강의가 실렸고, 2권에는 러시아 작가들에 대한 강의가 실렸다.

---

* 『확고한 주장들』, 156~157쪽.

1953년 9월, '문학 311' 첫 시간에 블라디미르 나보코프는 학생들에게 이 강의를 신청한 이유를 글로 써서 제출하라는 숙제를 내주었다. 그리고 그다음 강의 시간에 그는 한 학생의 답이 마음에 들었다고 밝혔다. "제가 이야기를 좋아하거든요."

편집 방법

블라디미르 나보코프가 강의실에서 수업을 진행하기 위해 작성한 메모들이 이 책에 실린 글이 되었다는 사실을 가릴 수도 없고, 가릴 필요도 없다. 이 글들은 그가 고골에 대한 강의 내용을 책으로 출판하려고 다듬었을 때와 달리, 완성된 문학작품으로 간주될 수 없다는 사실도 마찬가지다. 강의의 바탕이 된 글들은 그 상태가 저마다 다르다. 심지어 완전한 구조를 갖추지 못한 글도 있다. 대부분의 메모는 그가 직접 손으로 쓴 것이지만, 간혹 아내 베라가 타자기로 작성해준 부분도 있다. 반면 처음부터 끝까지 육필로만 되어 있는 메모도 있다. 스티븐슨과 카프카에 대한 강의가 그렇고, 조이스에 대한 일련의 강의 중 상당 부분도 그렇다. 『황폐한 집』에 관한 강의들은 육필 원고와 타자 원고가 섞여 있으나, 육필 원고의 비중이 훨씬 더 높다. 육필 원고는 대개 대략적인 강의 구성을 맨 처음 메모한 자료라는 인상이 몹시 강하다. 따라서 나보코프가 처음 메모를 작성할 때뿐만 아니라 나중에 다시 검토할 때도 많은 부분을 고쳤을 가능성이 있다. 어떤 경우에는 형식과 내용을 더 많이 수정하기도 했다. 그러나 그가 많은 부분을 통째로 들어내고 새로 작성했든 아니면 새로운 내용을 짧게 덧붙였든 상관없이, 수정한 부분이 항상 전체적인 맥락과 완전히 맞물리는 구문을 이루지는 않는다. 또는 메모를 수정한 뒤, 그에 따라 반드시 더 수정해야 하는 부분에 손을 대지 않은 경우도 있다. 그 결과, 수정한 흔적이 많은 육필 원고를 편집할 때는 편집자가 자주 개입해야 했다. 메모 내용을 강의실에서 말로 전달할 때는 쉽게 수정할 수 있거나 아무도 알아차리지 못한 채 지나갈 수 있는 부분이라도, 글로 정리할 때는 이야기가 다르기 때문이다.

반면, 타자기로 작성한 메모가 상당한 부분을 차지하는 강의도 있다. 『맨스필드 파크』가 그런 경우다. 뿐만 아니라 『보바리 부인』에 대한 일련의 강의에서는 타자 원고의 비중이 훨씬 더 크다. 육필 원고는 수정을 거친 뒤에도 대략적인 메모라는 느낌이 강한 반면, 타자 원고는 비교적 매끄러운 느낌이다. 이는 나보코프 부인이 남편의 강의 내용 중 일부를 타자기로 치는 과정에서, 나중에 강의하기 쉽도록 일반적인 편집자의 재량을 발휘했음을 암시한다. 그렇다 해도 나보코프가 새로운 생각을 덧붙이거나 표현을 수정하는 등, 타자 원고에도 손을 댔을 가능성이 있다.

전체적으로 봤을 때, 이 원고들을 그대로 글로 옮겨 독자에게 제공하는 것은 실용적이지 못한 일이 될 것이다. 스티븐슨 강의 원고는 기껏해야 대략적인 메모 형태로만 존재한다. 따라서 이 원고를 지금의 순서로 정리한 것은 거의 전적으로 편집자의 몫이었다. 그러나 다른 강의에서는 전체적인 순서에 의문의 여지가 없다. 대개 시간 순서를 따랐기 때문이다. 그래도 도중에 문제가 발생해서 편집자가 원고를 통합하거나 교정해야 하는 경우가 있기는 했다. 처음 강의를 준비하기 시작할 때 간략한 배경 정리를 위해 작성한 메모들이 여러 폴더에 나뉘어 보관되어 있는 경우도 있었다. 그중에는 아예 사용하지 않은 것도 있고 수정을 거쳐 강의에 통합된 것도 있다. 심지어는 내용이 모호해서, 매년 같은 강의를 하면서 차근차근 내용이 확대된 흔적인지 아니면 장차 강의에 쓰려고 적어둔 내용인지 알 수 없을 때도 있었다. 또한 일부 강의 내용이 새로 첨가되거나 번갈아 등장하는 바람에, 전체 강의 내용을 조리 있게 정리하기 힘들 때도 있었다. 아마도 서로 다른 청중을 염두에 두고 이렇게 강의 내용을 바꾼 듯하다. 편집자는 이런 원고들을 가능한 한 살려서 전체 강의 중 적절한 곳에 집어넣었다. 그러나 비평가들의 말을 인용한 부분들은 생략했다. 나보코프 부인이 프루스트, 제인 오스틴, 디킨스, 조이스 강의에서 남편이 사용할 수 있게 타자기로 정리한 원고들이다. 나보코프가 스스로 참고하려고 소설 속의 사건들을 시간 순서대로 정리해놓은 자료도 이 책에는 싣지 않았다.

그러나 이른바 나보코프 파일이라고 해도 될 만한 자료에서 적절한 것들을 골라 이렇게 통합시키는 방식으로는 해결할 수 없는 구조적 문제가 있다. 여러 원고에서 나보코프는 소설 속의 사건들을 시간 순서대로 정리하면서 테마, 문체, 영향력 등에 관한 논평들을 수시로 덧붙여놓았다. 그가 이런 논평들을 강의 중 어느 부분에서 할 작정이었는지는 분명히 알아내기 힘들다. 게다가 이런 메모들은 대부분 불완전하다. 물론 그 자체로서 짧고 매력적인 에세이처럼 보이는 글도 있기는 하다. 어쨌든 편집자는 이런 메모들을 적절한 위치에 집어넣는 작업도 해야 했다.

예를 들어, 『율리시스』 강의 2장 1부에서 스티븐이 디지 교장과 면담하는 장면에 대한 설명은 원고의 세 군데에서 가져온 내용을 연결한 것이다. (편집자가 끼워넣은) 인용문은 나보코프의 실제 강의에 포함되지 않았던 것 같지만, 학생들은 소설을 펼쳐서 그 부분을 직접 확인할 수 있었다(521쪽 참조). 그러나 이 강의의 나머지 부분들은 또다른 원고에서 가져왔다. 이 원고는 먼저 구조에 관한 메모로 시작해서, 소설 속의 아름다움과 결함에 관한 잡다한 논평으로 넘어갔다가, 테마의 병렬을 이야기한 다음, 디지와의 대화가 플로베르식 대위법을 보여준다는 메모와 조이스의 패러디 스타일에 대한 메모 등으로 이어진다. 그리고 디지의 편지가 사례로 제시되어 있다. 편집자는 이런 식으로 원고에 살을 붙여, 작가들과 그들의 작품, 그리고 문학 전반에 관한 나보코프의 담론을 최대한 보존할 수 있었다.

나보코프는 교단에서 문학이라는 예술에 대한 자신의 생각을 전달하기 위해 많은 인용문을 보조도구로 사용했다. 강의 메모를 이 책에 실린 것과 같은 원고로 정리하는 과정에서, 편집자는 인용문이 지나치게 긴 경우만 제외하면 거의 자르지 않고 나보코프의 방법을 따랐다. 어떤 책에 대한 독자의 기억을 되살리거나, 나보코프의 전문적인 안내를 받으며 새로운 독자에게 작품을 소개할 때 인용문이 대단히 유용하기 때문이다. 따라서 작품의 어떤 부분을 읽으라는 나보코프의 구체적인 지시(대부분 그가 강의실에서 사용하는 책에도 표시가 되어 있었다)에 따라 인용문을 제시했다. 이를 통해 독자들은 마치 강의를 직접 듣고 있는 것처럼 담론에 참여할 수 있을 것이다. 나보코프가 강의실에서 사용하던 책에는 인용문 표시가 되어 있으나, 강의 원고에는 그 부분이 언급되지 않은 경우가 종종 있다. 이럴 때도 독자를 위해 가능한 한 인용문을 글에 삽입했다. 또한 강의 원고에도 나보코프의 책에도 아무런 언급이 없지만 나보코프가 하고자 하는 말을 잘 보여주는 데 필요하다고 판단될 경우 편집자가 인용문을 선택해서 포함시킨 경우도 몇 번 있다. 나보코프의 학생들은 강의를 들을 때 책을 앞에 펼쳐놓고 있어야 했다. 따라서 그들은 나보코프가 넌지시 암시하기만 한 구절들을 금방 찾아볼 수 있었으나, 독자들은 그 방법을 쓸 수 없으므로 반드시 추가로 인용문을 제공할 필요가 있었다. 『율리시스』에서 몰리의 마지막 독백이 한 예이다. 그러나 프루스트 강의의 말미에 아주 독특한 사례가 등장한다. 나보코프는 『잃어버린 시간을 찾아서』의 첫번째 책인 『스완네 집 쪽으로』를 강의 교재로 선택했다. 그리고 프루스트 강의 마지막 시간에, 마르셀이 불로뉴 숲에서 자신의 기억에 대해 명상하는 부분을 길게 인용하며 강의를 끝맺었다. 이 부분은 소설의 맨 마지막 부분이기도 하다. 소설의 마무리로서는 효과적이지만, 마르셀(과 독자들)은 소설 전체의 의미와 현실을 이해하는 열쇠로서 기억이 어떤 기능을 하는지를 완전히 이해하기 위해 들어선 길을 조금 걷다가 말았을 뿐이다. 사실 숲속에서 마르셀이 하는 생각은 과거를 바라보는 시각의 다양한 측면들 중 하나에 불과하다. 마르셀은 점차적으로 이해를 쌓아나가면서, 여러 권에 걸쳐 찾아 헤매던 현실을 작품 맨 마지막에 제대로 마주칠 수 있게 된다. 이런 일이 일어나는 곳은 『잃어버린 시간을 찾아서』의 마지막 권인 『되찾은 과거』의 위대한 세번째 장 '게르망트 공의 부인이 받다'이다. 이 장에서 밝혀진 사실이 소설 전체에 축적된 의미를 이해하는 열쇠이므로, 프루스트의 작품을 이야기하면서 이 부분을 분명하게 분석해서 이런 결말의 씨앗이 처음 뿌려진 『스완네 집 쪽으로』와 그 씨앗이 완전히 꽃을 피운 이 부분 사이의 차이를 분명히 밝히지 않는다면 가장 중요한 목적을 달성하지 못하는 셈이다. 나보코프의 프루스트 강의는 숲을 배경으로 한 이 에피소드를 인용하는 것으로 끝을 맺었지만, 그의 강의와 직접적으로 상관없는 문장이 한두 개 적혀 있는 것으로 보아, 그가 강의중에 이 문제를 제기했을지도 모른다는 생각이 든다. 데릭 레온이 프루스트에 대해 쓴 책의 많은 구절들을 타자기로 정리해둔 원고가 프루스트 작품의 이 마지막 에피소드를 집중적으로 다루고 있다는 점이 특히 그런 생각을 뒷받침한다. "현재의 향기로운 감각들, 그리고 과거 어떤 사건이나 감각의 환영, 바로 여기서 감각과 기억이 하나로 합쳐지고 잃어버린 시간이 다시 발견된다"는 나보코프의 발언은 기본적으로 옳다. 프루스트의 테마를 훌륭하게 요약한 말이기도 하다. 그러나 『잃어버린 시간을 찾아서』의 이 마지막 권을 읽지 않은 독자라면, 프루스트가 『되찾은 과거』에 직접 제시해놓은 상세한 설명이 없이는 나보코프의 말만으로 많은 것을 알아내기 힘들 것이다. 따라서 편집자는 상황의 특수성을 감안해, 『잃어버린 시간을 찾아서』의 마지막 권에서 더 많은 인용문을 가져와 나보코프의 불완전한 메모를 강화할 필요가 있다고 보았다. 기억이 현실로, 그리고 문학의 재료로 변하는 과정에 대한 프루스트 본인의 설명을 통해 마르셀에게 찾아온 계시의 본질에 더 초점을 맞추기 위해서였다. 편집자가 덧붙인 부분은 나보코프의 메모에 담긴 정신을 완성시

킴으로써, 『스완네 집 쪽으로』를 이해하는 데 다소 도움이 될 것이다. 『스완네 집 쪽으로』는 『잃어버린 시간을 찾아서』 시리즈의 문을 여는 첫째 권으로 설계된 작품이다.

이 책의 강의들을 읽는 독자는, 나보코프가 강의 교재로 사용한 플로베르의 책 여기저기에 메모해둔, 번역을 수정한 문장들이 인용문에도 반영되어 있음을 특별히 유념해야 한다. 반면 카프카와 프루스트의 책에는 나보코프가 체계적으로 수정해놓은 부분이 더 적었으므로, 이 책에 인용된 문장에도 그 점을 반영했다.

나보코프가 이 책에 실린 강의를 할 때 교재로 사용한 책들은 모두 보존되어 있다. 방금 언급했듯이, 번역서의 경우 나보코프 본인이 여백이나 행간에 단어나 표현을 수정해서 적어놓은 부분도 그대로 있다. 나보코프는 자신이 인용할 부분에 따로 표시를 해두었고, 맥락과 관련된 메모도 해두었다. 이 메모들은 강의 메모에도 대부분 옮겨져 있지만, 그렇지 않은 일부 메모들은 특정한 구절의 문체나 내용에 대해 나보코프가 강의실에서 무슨 말을 하려고 했는지를 언뜻 보여준다. 편집자는 책에 나보코프가 적어둔 것들을 강의 내용 중 가능한 한 적절한 위치에 집어넣으려고 애썼다.

나보코프는 정해진 강의 시간에 맞춰 별도의 강의 계획을 마련해야 한다는 점을 아주 잘 알고 있었다. 따라서 책의 여백에 강의중 어느 시점에 이 부분을 언급해야 하는지 적어놓은 경우가 적지 않다. 강의 원고에서는 여러 구절이나 문장이 대괄호 안에 들어 있는 것도 볼 수 있다. 이렇게 대괄호로 구분해둔 내용 중 일부는 시간이 부족할 경우 생략해도 되는 부분인 듯하다. 그리고 나보코프가 시간의 제약보다는 강의 내용과 표현의 문제 때문에 생략을 검토한 부분들도 있는 것 같다. 실제로 대괄호 안의 내용들이 나중에 생략된 경우가 드물지 않다. 하지만 일부는 대괄호 대신 소괄호로 바뀌면서 생략 대상에서 제외되기도 했다. 이렇게 생략되지 않은 대괄호 안의 내용들도 모두 이 책에 반영되었으나 독자의 편의를 위해 대괄호는 제거했다. 물론 나보코프가 생략한 부분들은 편집자가 보기에 순전히 시간의 제약 때문에 생략된 것 같은 소수의 사례만 빼고 생략된 그대로 두었다. 간혹 강의 중 해당 내용이 들어갈 자리가 마땅치 않아 생략된 것으로 짐작되는 부분들은 맥락상 좀더 적절한 자리로 이동시켰다. 반면, 나보코프가 학생들만을 겨냥해서 한 말이나 교육적인 문제에 대해 한 말은, 비록 나보코프의 강의가 지닌 맛을 많이 전달해줄 수 있다 하더라도, 강의를 독서용으로 바꾼 이 책의 목적과 맞지 않기 때문에 생략했다. 학부 학생들을 위해 뻔한 사실을 설명해준 부분, 예를 들어 조이스 강의에서 "트리에스테(이탈리아), 취리히(스위스), 파리(프랑스)"라고 말한 부분이나 잘 모르는 단어가 나오면 사전을 찾아보라고 훈계하는 부분, 그 밖에 책을 읽는 독자가 아니라 강의실의 학생들에게만 적합한 말도 생략했다. 학생들을 여러분이라고 지칭한 부분은 책으로 읽을 때도 어색하지 않기 때문에 그대로 두었으나, 그중 일부는 좀더 중립적인 호칭으로 수정했다.

이 책에 실린 대부분의 글에는 나보코프가 자신의 강의를 직접 책으로 만들었을 경우 그가 사용했을 문체가 드러나 있지 않다. 실제 강의 형식과 그가 공들여 다듬어서 책으로 출간한 강의 원고 사이에는 뚜렷한 차이가 존재하기 때문이다. 나보코프가 이 책에 실린 강의 원고와 메모를 작성할 때는 원고를 전혀 수정하지 않은 채로 출간하게 될 것이라는 생각을 하지 못했으므로, 대략적인 메모 내용을 일일이 그대로 되살리려 애쓰는 것은 지나치게 현학적인 태도처럼 보일 것이다. 따라서 출판용 원고의 편집자는 앞뒤가 맞지 않는 부분, 무의식적인 실수, 불완전한 책 제목 등을 재량껏 처리할 수 있다고 생각한다. 인용문과 관련된 구절들을 더 가져와서 틈을 메워주는 것도 여기에 포함된다. 그러나 아무리 대략적인 메모라고 해도 나보코프의 글을 더 '향상'시킨다는 명목으로 편집자가 지나치게 조작을 가한 글을 읽고 싶은 독자는 없을 것이다. 따라서 편집자는 이 점을 단호히 경계했으며, 나보코프가 실수로 빠뜨린 말이나 미처 제대로 수정하지 못해서 자기도 모르게 같은 말을 반복한 부분만 빼고, 나보코프의 문장을 성실하게 재현했다. 때로 문장이 엉킨 부분을 정리하기는 했다. 주로 나보코프가 행간에 메모를 추가로 적어넣거나 수정하면서, 처음 적었던 부분을 지우지 않았을 때 이런 문제가 발생했다. 말로 전달할 때 아무도 모르고 그냥 넘어갔을 구문상의 문제는 아주 소수였지만, 이런 부분 또한 독자들을 위해 조정했다. 복수를 사용해야 할 부분에 단수를 사용하거나, 철자법이 틀렸거나, 따옴표를 생략하거나, 구두점을 빠뜨리거나, 대문자를 멋대로 사용하거나, 자기도 모르게 동사를 반복하는 것 같은 사소한 실수들도 모두 너무 눈에 띄지 않게 고쳐놓았다. 그리고 나보코프가 드물게 영국식 철자법과 구두점을 사용한 부분 또한 미국 독자들을 위해 수정했다. 어차피 나보코프 본인도 영국식이든 미국식이든 한쪽만 항상 일관되게 사용하지는 않았다. 영어 숙어를 수정한 부분도 아주 드물게 있기는 하지만, 수정 여부를 결정하기 힘들 때는 그대로 두었다. 나보코프가 동사 'grade'를 특이하게 사용한 것이 그런 예다. 그러나 독자가 의문을 품을 만한 대부분의 표현들은 사전적인 정의에 어긋나지 않을 것이다. 나보코프는 아주 주의깊은 작가였기 때문이다. 책 제목은 겹낫표로 표기했고, 단편 제목은 낫표 안에 표기했다. 나보코프가 밑줄을 그어놓은 부분들을 전부 이탤릭체로 표기하면 이 책을 읽기가 힘들어질 것이다. 나보코프는 대개 자신이 강의실에서 말할 때 강조해야 할 부분에 밑줄을 그어놓았으므로, 출간용 원고에 반드시 밑줄을 반영할 필요는 없을 것이다. 마찬가지로 그가 강의할 때 잠시 끊어야 하는 부분에 줄표를 사용한 것도 좀더 일반적인 표시로 수정했다.

편집자가 수정한 부분을 따로 표시해두지는 않았다. 예를 들어, 조이스 강의 메모 중에 나보코프가 잠시 실수해서 'Irishmen'이라고 써야 하는 것을 'Irishman'으로 쓴 것, 블룸이 살던 곳이 '시티암스'라는 사실을 잊어버리고 '킹즈암스'라고 쓴 것, 블레이지스 보일런의 이름을 평소 '블레이즈'로 쓰고 스티븐Stephen 디덜러스의 이름을 'Steven'으로 쓴 것 등은 독자가 알아도 별로 소용이 없는 사실들이다. 따라서 이 책의 각주들은 나보코프가 직접 붙인 것이거나, 아니면 편집자가 따로 떨어져 있던 메모를 해당 강의 내용에 포함시킨 이유처럼 독자들이 흥미를 가질 만한 부분을 설명한 것뿐이다. 나보코프는 스스로 참고하려고 써놓은 메모 등 여러 부분에서 러시아어를 자주 사용했는데, 이런 부분은 삭제했다. 강의중에 발음을 정확히 하기 위해서, 또는 자주 쓰지 않는 단어나 이름의 강세를 파악하기 위해서 표시해둔 부분들도 마찬가지다. 편집자가 해당 지점에 따로 표시가 되어 있지 않은 원고를 삽입했음을 독자들에게 각주로 알려주는 바람에 혹시 이야기의 흐름이 끊긴 곳은 없는지 모르겠다.

맨 앞에 실린 에세이 '좋은 독자와 좋은 작가'는 강의에서 가장 먼저 읽을 책인 『맨스필드 파크』에 대해 나보코프가 상세한 설명을 하기 전에 학생들에게 실시한 강의에서 여러 부분을 따서 종합한 것이다. 나보코프가 손으로 쓴 이 강의 원고에는 원래 제목이 없었다. 이 책 맨 끝에 실린 에세이 '마지막 한마디'는 그가 『율리시스』의 마지막 강의를 마치고 기말고사에 대해 설명하기 전에 학기를 마감하는 의미에서 한 말을 간추린 것이다. 이 원고에도 원래 제목이 없었다.

나보코프가 강의에서 사용한 책들은 학생들이 싼 가격에 쉽게 구할 수 있도록 선택한 것이었다. 나보코프는 이 책들의 번역을 그리 높이 평가하지 않았으므로, 외국 작가들의 작품을 소리 내어 읽을 때 마음대로 표현을 바꾸곤 했다. 이 책에 실린 인용문들의 출전은 다음과 같다. 제인 오스틴, 『맨스필드 파크』(런던: 덴트, 뉴욕: 더튼, 1948), 에브리맨스 라이브러리, 23번. 찰스 디킨스, 『황폐한 집』(런던: 덴트, 뉴욕: 더튼, 1948), 에브리맨스 라이브러리 236번. 귀스타브 플로베르, 『보바리 부인』, 엘리너 막스 에이블링 옮김(뉴욕&토론토: 라인하트, 1948), 로버트 루이스 스티븐슨, 『지킬 박사와 하이드 씨 및 그밖의 작품들』(뉴욕: 포켓북스, 1941), 마르셀 프루스트, 『스완네 집 쪽으로』, C. K. 스콧 몽크리프 옮김(뉴욕: 모던 라이브러리, 1956). 프란츠 카프카, 『프란츠 카프카

단편선집』, 윌라 뮤어와 에드윈 뮤어 공역(뉴욕: 모던 라이브러리, 1952). 제임스 조이스, 『율리시스』(뉴욕: 랜덤하우스, 1934).

감사의 말

이 책을 준비하는 동안 블라디미르 나보코프의 아내 베라와 아들 드미트리는 아무리 감사해도 모자랄 만큼 많은 도움을 주었다. 이 기획을 처음 생각해냈을 때부터 두 사람은 거의 모든 편집 과정에 헤아릴 수 없을 만큼 많은 시간을 쏟아부었다. 나보코프의 강의 구조, 그가 즐겨 쓰던 말버릇 등 수많은 질문에도 두 사람은 참을성 있게 대답해주었다. 수고를 아끼지 않은 두 사람의 충고가 없었다면 이 책이 이렇게 만들어지지 못했을 것이다.

다음의 사람들에게도 감사의 말을 바친다. 뉴디렉션스 출판사의 출판허가 담당자 엘제 알브레히트-캐리. 뉴스웨스턴대학 영문과의 앨프리드 어펠 교수. 오클랜드대학 영문과의 브라이언 보이드 교수. 코넬대학 영문과의 도널드 D. 에디 교수. 옥스퍼드대학 영문과의 리처드 엘먼 교수. 국회도서관 원고실의 폴 T. 헤프론 실장대리. 코넬대학 도서관의 캐슬린 재클린. 아동병원의 조운 맥밀런. 니나 W. 매더슨. 마이라 오스. 「블라디미르 나보코프 연구회보」 편집자 스티븐 잰 파커. 웰즐리대학의 스테파니 웰치.

존 업다이크

블라디미르 블라디미로비치 나보코프는 1899년 셰익스피어의 생일날 상트페테르부르크에서 부유한 귀족 가문의 아들로 태어났다. 이 가문의 성인 나보코프는 14세기에 러시아로 들어온 타타르의 제후 나복 무르자에게서 유래했으므로, nabob*와 마찬가지로 아랍어에서 유래한 이름일 가능성이 있다. 나보코프 가문은 18세기부터 군대와 정부에서 이름을 떨쳤다. 우리 소설가 블라디미르의 할아버지인 드미트리 니콜라예비치는 차르 알렉산더 2세와 알렉산더 3세 시절에 법무대신이었으며, 그의 아들인 블라디미르 드미트리예비치는 궁정에서 보장된 미래를 버리고 정치가 겸 언론인으로서 러시아의 민주화를 위한 투쟁에 합류했다. 그러나 그 투쟁의 미래는 밝지 않았다. 용감하고 전투적인 자유주의자였던 그는 1908년에 3개월 동안 감옥에 수감되기도 했으나, 상트페테르부르크의 번화가인 아드미랄테이스카야에 아버지가 지은 호화로운 타운하우스와 아내(엄청난 부자인 루카비시니코프 가문 출신)

---

* 인도 무굴제국 시대의 태수를 뜻하는 단어.

가 지참금의 일부로 가져온 시골 별장 비라에서 가족들과 함께 상류층의 삶을 유지하는 데에도 이렇다 할 불만이 없었다. 그가 부인과의 사이에서 낳은 아이들 중 일찌감치 죽지 않고 살아남은 첫번째 아이인 블라디미르는, 형제자매들의 증언에 따르면, 부모의 사랑과 관심을 유난히 많이 받았다. 그는 조숙하고 활달한 아이였으며, 처음에는 병약했으나 나중에는 튼튼해졌다. 이 가문의 지인은 그를 "호리호리하고 균형이 잘 잡힌 아이였으며, 얼굴은 표정이 풍부해서 생기 있고, 똑똑하고 탐구적인 눈은 장난기로 반짝였다"고 기억했다.

V. D. 나보코프는 일종의 친영파였으므로, 자녀들에게 프랑스어뿐만 아니라 영어도 가르쳤다. 그의 아들은 회고록 『말하라, 기억이여Speak, Memory』에서 "러시아어보다 영어 읽기를 먼저 배웠다"고 주장한다. 그는 일찍부터 "영국인 보모들과 가정교사들이 연달아" 들어왔으며, 편안한 앵글로색슨 물건들도 계속 접했다고 회상한다. "네브스키 애비뉴의 영국 가게에서 온갖 종류의 포근하고 부드러운 물건들이 꾸준히 들어왔다. 과일 케이크, 기절한 사람에게 냄새로 자극을 줘서 깨어나게 하는 약, 트럼프카드, 그림 퍼즐, 줄무늬 블레이저, 새하얀 테니스공 같은 물건들이었다." 이 책에 실린 강의의 주제가 된 작가들 중에서, 나보코프가 가장 먼저 접한 사람은 아마 디킨스였을 것이다. "아버지는 디킨스 전문가였다. 한번은 우리에게 디킨스의 작품을 소리내어 읽어주기도 했다. 물론 영어였다." 아들은 이 일이 있었던 때로부터 40년 뒤에 에드먼드 윌슨에게 이런 편지를 보냈다. "시골에서 비 내리는 저녁에 아버지가 우리에게 소리 내어 『위대한 유산』을 읽어주신 것이…… 내가 열두

살이나 열세 살쯤 됐을 때였습니다. 그로 인해 나는 나중에 디킨스를 다시 읽는 것이 정신적으로 내키지 않았습니다." 1950년에 그가 『황폐한 집』에 관심을 갖게 된 것은 윌슨 덕분이었다. 소년 시절의 독서에 대해 나보코프는 〈플레이보이〉와의 인터뷰에서 이렇게 회상했다. "인생을 5년 단위로 끊었을 때 열 살부터 열다섯 살까지 상트페테르부르크에서 내 삶의 그 어느 시기보다 많은 소설과 시를 읽은 것 같다. 영어, 러시아어, 프랑스어로 된 작품들이었다. 나는 특히 웰스, 포, 브라우닝, 키츠, 플로베르, 베를렌, 랭보, 체호프, 톨스토이, 알렉산드르 블로크의 작품들을 좋아했다. 그러나 또다른 방면에서 나의 영웅은 스칼릿 핌퍼넬, 필리어스 포그, 셜록 홈즈였다." 나보코프가 안개 자욱한 빅토리아시대 말기의 고딕소설인 스티븐슨의 『지킬 박사와 하이드 씨』를 유럽 고전 강의에 포함시킨 것은 아마도 이 후자의 작품들 덕분인 듯하다.

나보코프가 여섯 살 때, 통통한 프랑스인 입주 가정교사가 생겼다. 그녀가 제자들에게 아주 경쾌하게("그녀의 가냘픈 목소리는 결코 약해지는 법 없이 빠르게 계속 이어졌다. 아주 작은 실수도, 망설임도 없었다.") 소리내어 읽어준 프랑스 소설 중에 『보바리 부인』은 없었지만, "우리는 전부 접할 수 있었다. 『불행한 소피』 『80일간의 세계일주』 『소년 이야기』 『레미제라블』 『몬테 크리스토 백작』. 그밖에도 많았다." 『보바리 부인』도 서재에 분명히 꽂혀 있었다. 아버지인 V. D. 나보코프가 1922년에 베를린의 극장에서 어이없이 살해당한 뒤, "예전에 아버지와 함께 블랙포리스트로 자전거 여행을 다녀온 동료가 어머니에게 『보바리 부인』을 보내주었다. 아버지가 돌아가실 때 갖고 있던 그 책의 면지에는 아버지의 필체로 '타의 추종을 불허하는 프랑스문학의 진주'라는 말이 적혀 있었다. 지금도 이 말은 옳다."『말하라, 기억이여』에서 나보코프는 아일랜드 출신으로 미국 서부 소설을 쓴 메인 리드의 작품들을 홀린 듯이 읽었다고 말한다. 그는 리드의 작품에서 괴로움을 당하는 어떤 여주인공이 손에 든, 손잡이가 달린 오페라글라스에 대해 다음과 같이 묘사한다. "나중에 나는 보바리 부인의 손에서 그 오페라글라스를 발견했다. 더 나중에는 안나 카레니나도 그것을 갖고 있었다. 그 안경은 체호프의 작품에서 작은 개를 안은 부인의 손으로 흘러들어갔으나, 그 부인이 얄타의 부두에서 그것을 잃어버리고 말았다." 그가 불륜을 다룬 플로베르의 고전적인 소설을 처음 정독한 나이가 몇 살인지는 알 수 없으나, 아마 조숙한 나이였을 것이라고 추측할 수밖에 없다. 그는 열한 살 때『전쟁과 평화』를 처음 읽었다. "베를린 프리밧스트라세에 있던 우울한 로코코양식의 우리집, 터키식 소파 위. 낙엽송과 땅 요정이 있는 어둡고 축축한 후원. 이 모습이 오래된 엽서처럼 그 책 속에 영원히 남아 있다."

열한 살은, 그때까지 전적으로 가정교사에게 교육을 받던 블라디미르가 상트페테르부르크의 비교적 진보적인 학교인 테니셰프 학교에 입학한 나이기도 하다. 이 학교의 교사들은 그가 "주변 환경에 순응하지 않는다, '으스댄다'(러시아어로 작성한 숙제에 영어와 프랑스어를 섞어 쓴 것이 가장 큰 원인이었는데, 그것이 내게는 자연스러운 일이었다), 화장실의 더럽고 축축한 수건을 건드리려 하지 않는다, 러시아 싸움꾼처럼 주먹 아래쪽을 이용해서 뺨을 때리듯이 하지 않고 손마디를 이용해서 싸운다"며 그를 비난했다. 이 학교의 졸업생인 오시프 만델스탐은 이 학교 학생들을 "어린 금욕주의자, 자기들만의 철없는 수도원에 사는 수도승"이라고 묘사했다. 이 학교의 러시아문학 수업은 중세 러시아(비잔틴의 영향, 옛 연대기)를 강조했으며, 푸시킨의 작품을 깊이 있게 살펴본 뒤 고골, 레르몬토프, 페트, 투르게네프의 작품으로 나아갔다. 톨스토이와 도스토예프스키의 작품은 없었다. 교사들 중 적어도 한 명, 즉 블라디미르 히피우스는 어린 학생에게 강렬한 인상을 심어주었다. "다소 난해하기는 해도 내가 몹시 우러러본 일류 시인." 나보코프가 열여섯 살 때 자신의 시를 모아 책으로 출간하자, 히피우스는 "그 책을 교실에 들고 들어와 나의 가장 낭만적인 구절들을 불처럼 강렬하게 빈정거렸다(그는 빨간 머리의 격렬한 남자였다). 대다수의 학생들이 정신이 나간 사람처럼 웃어댔다."

나보코프의 중등교육은 그의 세계가 무너지면서 함께 끝났다. 1919년에 그의 가족이 해외로 이주한 것이다. "나와 남동생은 지적인 능력 때문이라기보다는 정치적인 고난에 대한 보상으로 수여되는 장학금을 받아 케임브리지에 진학하기로 정해져 있었다." 그는 테니셰프 학교에 다닐 때와 마찬가지로 러시아문학과 프랑스문학을 공부했으며, 축구를 하고, 시를 쓰고, 여러 아가씨들과 연애를 했다. 대학 도서관에는 단 한 번도 가지 않았다. 대학 시절의 단편적인 기억 중에는 "P. M.이 파리에서 금방 몰래 들여온 『율리시스』를 들고 내 방으로 쳐들어온" 사건도 있었다. 나보코프는 〈파리 리뷰〉와의 인터뷰에서 P. M.이 동급생인 페터 므로소프스키라고 밝히면서, 15년 뒤에야 그 책을 끝까지 읽고 "엄청나게 좋았다"고 말했다. 그는 1930년대 중반에 파리에서 조이스와 몇 번 만난 적이 있었다. 나보코프가 책을 강독하는 자리에 조이스가 참석한 적도 있었다. 나보코프는 갑자기 마음이 내키지 않는다며 약속을 깬 헝가리 소설가를 대신해서, 듬성듬성 앉아 있는 잡다한 청중 앞에 섰다. "헝가리 축구팀 선수들 사이에 조이스가 안경을 반짝이며 팔짱을 끼고 앉아 있던 모습에 나는 결코 잊을 수 없는 위로를 받았다." 1938년에도 두 사람은 그리 즐겁지만은 않은 자리에서 공통의 친구인 폴 레온, 루시 레온과 함께 식사를 했다. 나보코프는 그날의 대화에 대해 전혀 기억하지 못했지만, 그의 아내 베라는 "조이스가 러시아식 '벌꿀술'인 묘드에 정확히 무엇이 들어가느냐고 물었는데, 우리 모두 각각 다른 대답을 내놓았다"고 회상했다. 나보코프는 작가들의 이런 사교모임을 불신했다. 그보다 이전에 베라에게 보낸 편지에서는 조이스와 프루스트가 단 한 번 마주쳤으나 아무 결실이 없었던 그 전설적인 만남에 대해 이야기하기도 했다. 나보코프가 처음으로 프루스트를 읽은 것은 언제일까? 영국 소설가 헨리 그린은 회고록 『가방 싸기Pack My Bag』에서 1920년대 초반 옥스퍼드 시절의 이야기를 다음과 같이 썼다. "누구든 좋은 글에 관심이 있는 척하면서 프랑스어도 아는 사람이라면 프루스트도 알았다." 케임브리지도 다르지 않았을 것이다. 그러나 그곳에서 공부하던 시절 나보코프는 자신의 '러시아인다움'에 강박적으로 몰두하고 있었다. "내가 러시아에서 유일하게 가지고 나온 것, 즉 러시아어를 낯선 땅의 영향으로 인해 잃어버리거나 망가뜨릴지도 모른다는 두려움에 정말로 섬뜩해져서……" 어쨌든 그가 리가에서 온 어떤 신문기자에게 처음으로 인터뷰를 허락한 1932년 무렵에는 베를린 시절에 독일의 영향을 받지 않았느냐는 질문에 바로 그렇지 않다는 답을 내놓으면서 다음과 같이 말할 수 있는 수준에 이르러 있었다. "그보다는 프랑스의 영향을 얘기하는 편이 더 적절할 것 같습니다. 나는 플로베르와 프루스트를 사랑하니까요."

나보코프는 베를린에 15년 넘게 살았지만, 끝까지 독일어를 배우지 않았다(그가 갖고 있던, 언어에 대한 높은 기준에 따르면 그렇다). "독일어를 말하고 읽는 실력이 형편없습니다." 그는 리가의 신문기자에게 이렇게 말했다. 그리고 30년 뒤, 바이에른 방송과의 영상 인터뷰에서 그는 이 문제를 더 자세히 설명했다. "베를린으로 이주할 때 나는 독일어를 유창하게 말할 수 있을 만큼 공부한다면 나의 귀중한 러시아인다운 모습에 어떻게든 흠집이 날 것이라는 두려움에 시달리고 있었습니다. 그때 나는 러시아에서 이주해온 친구들하고만 어울리면서 러시아 신문, 잡지, 책만 읽었기 때문에 독일어를 배제하기가 쉬웠죠. 내가 손댄 독일어라고는 집주인이 바뀔 때마다 주고받는 정중한 인사말과 물건을 살 때 반드시 해야 하는 말뿐이었습니다. Ich möchte etwas Schinken. 지금은 후회스럽죠. 문화적인 관점에서 후회스럽습니다." 하지만 그는 어렸을 때부터 독일의 곤충학 저서들과 친숙했으며, 크리미아에서 러시아 가수를 위해 하이네의 노래를 번역해준 것으로 최초의 문학적인 성공을 거뒀다. 나중에는 아내가 독일어를 할 줄 알았으므로, 그녀의 도움으로 자신의 작품 독일어 번역본을 확인하곤 했다. 또한 「변신」 강의를 할 때, 윌라 뮤어와 에드윈 뮤어의 영어 번역본을 감히 수정하기도 했다. 그가 카프카를 연상시키는 자신의 소설 『사형장으로의 초대Invitation to a Beheading』의 번역본 서문에서 자신이 이 소설을 쓴 1935년에는 카프카를 읽은 적이 없었다고 주장한 것을 의심할 이유는 전혀 없다. 1969년에 그는 BBC와의 인터뷰에서 "나는 독일어를 모르기 때문에, 1930년대에 그의 「변신」이 〈라 누벨 르뷔 프랑세즈〉에 실리기 전에는 카프카를 읽을 수 없었습니다"라고 말했다. 그리고 2년 뒤에는 바이에른 방송에서 "호메로스와 호라티우스를 읽듯이 괴테와 카프카를 읽었습니다"라고 말했다.

여기서 첫번째 강의의 주제가 된 작가는 나보코프가 가장 마지막에 강의 계획서에 합류시킨 사람이었다. 『나보코프와 윌슨이 주고받은 서신들』(하퍼&로우, 1978)을 통해 그 과정을 꽤 자세히 살펴볼 수 있다. 1950년 4월 17일에 나보코프는 얼마 전부터 교단에 서기 시작한 코넬 대학에서 에드먼드 윌슨에게 편지를 보냈다. "내년에 '유럽 소설'(19세기와 20세기)이라는 과목을 강의하게 될 겁니다. (장편이든 단편이든) 추천하고 싶은 영국 작가가 있습니까? 적어도 두 명은 있어야 합니다." 윌슨은 즉시 답장을 보냈다. "영국 소설가라면, 내 생각에 디킨스와 제인 오스틴이 누구와도 비교할 수 없는 위대한 작가입니다(조이스는 아일랜드 출신이라서 제외합니다). 디킨스의 후기 작품인 『황폐한 집』과 『리틀 도릿』을 다시 읽어보세요. 아직 읽지 않았다면 말이죠. 제인 오스틴도 모든 작품을 읽어볼 만합니다. 그녀의 조각글조차도 굉장해요." 5월 5일에 나보코프는 다시 편지를 보냈다. "내 소설 강의와 관련해서 보내주신 의견에 감사합니다. 나는 제인을 싫어합니다. 사실 모든 여성 작가에게 편견을 갖고 있어요. 그들은 클래스가 다릅니다. 『오만과 편견』

에서 나는 아무것도 찾을 수 없었습니다…… 제인 A. 대신 스티븐슨을 넣으렵니다." 윌슨은 반박했다. "제인 오스틴에 대해 잘못 생각하고 있군요. 『맨스필드 파크』를 반드시 읽어보셔야 할 것 같습니다…… 내 생각에 제인 오스틴은 영국의 가장 위대한 작가 여섯 명 안에 들어갑니다 (나머지 다섯 명은 셰익스피어, 밀턴, 스위프트, 키츠, 디킨스입니다). 스티븐슨은 이류예요. 당신이 스티븐슨을 왜 그토록 높이 평가하는지 모르겠습니다. 물론 스티븐슨의 단편 중에 괜찮은 것이 조금 있기는 하지만요." 나보코프는 그답지 않게 여기서 무릎을 꿇고, 5월 15일에 다음과 같은 편지를 보냈다. "지금 『황폐한 집』을 한창 읽는 중입니다. 수업을 위해 메모를 많이 하느라 속도가 느려요. 굉장한 작품입니다…… 『맨스필드 파크』를 구했습니다. 이 작품도 강의에 쓸까 합니다. 무엇보다 유용한 조언을 해주셔서 감사합니다." 6개월 뒤 그는 윌슨에게 기쁨에 찬 편지를 썼다.

당신이 학생들과 토론해보라고 제안하신 두 책에 대해 학기 중반 보고를 해야 할 것 같습니다. 나는 『맨스필드 파크』의 등장인물들이 언급한 작품들을 읽어보라고 학생들에게 말했습니다. 「마지막 음유시인의 노래」, 쿠퍼의 『과제』, 「헨리 8세」 중 일부, 크래브의 이야기인 「이별의 시간」, 존슨의 「게으름뱅이」, 브라운의 「담배 파이프」(포프를 흉내낸 것), 스턴의 『풍류여정기』('열쇠 없는 문' 얘기가 여기서 나오죠. 찌르레기도요), 그리고 물론 인치볼드 부인이 누구도 흉내낼 수 없는 솜씨로 옮긴 「연인의 서약」(비명소리)까지…… 내가 학생들보다 더 즐거웠던 것 같습니다.

베를린으로 이주한 초창기에 나보코프는 영어, 프랑스어, 권투, 테니스, 작시법을 가르쳐서 생활비를 벌었다. 이 다섯 가지가 서로 어울리지 않는 조합이기는 했다. 망명생활 말기에는 베를린을 비롯해서 프라하, 파리, 브뤼셀 등 이주자들이 몰려 있는 곳에서 공개 강독회를 열어 많은 돈을 벌었다. 그가 러시아어로 쓴 작품들을 팔아 버는 돈보다 많았다. 따라서 그는 1940년 미국에 도착했을 때, 고급 학위가 없다는 점만 빼면 강의를 할 준비가 어느 정도 되어 있는 셈이었다. 강의는 『롤리타』를 발표할 때까지 그의 가장 중요한 수입원이었다. 1941년 웰즐리에서 그는 처음으로 여러 강의를 했다. '독자들에 대한 확실한 사실' '망명의 1세기' '러시아문학의 이상한 운명' 등이 당시 강의의 제목이었다. 이 책에 포함된 '문학이라는 예술과 상식'도 그때 한 강의 중 하나다. 1948년까지 그는 가족들과 함께 케임브리지에 살았다(케임브리지의 집인 크레이기 서클 8번지는 1961년에 스위스 몽트뢰의 팰리스 호텔이 그를 영원히 받아줄 때까지 그가 살았던 곳 중에서 가장 오래 산 집이다). 그는 웰즐리대학의 전임강사로 활동하면서, 하버드의 비교동물학 박물관에서 곤충학 연구원으로도 활약했다. 이 시기에 그는 엄청나게 일을 하다가 병원에 두 번이나 입원하기도 했다. 젊은 여대생들에게 러시아어 문법을 가르치는 일과 나비 생식기의 미세구조를 연구하는 일 외에 그는 미국 작가로도 점차 자리를 잡고 있었다. 그는 소설 두 권(한 권은 파리에서 영어로 쓴 것)과 고골에 대한 재치 있는 책을 발표하고, 〈애틀랜

틱 먼슬리〉와 〈뉴요커〉에 단편, 회고담, 깜짝 놀랄 만큼 독창적이고 열정적인 시 등을 기고했다. 그가 영어로 쓴 글에 찬사를 보내는 사람들이 점차 늘어났다. 개중에는 경묘시light verse의 대가이자 코넬대학 로망어학과장인 모리스 비숍도 있었다. 그는 나보코프를 웰즐리에서 데려오기 위한 활동에 나서서 성공했다. 당시 웰즐리에서 나보코프의 전임강사직은 보수가 높지도 않고 안정적이지도 않았다. 비숍은 '코넬대학의 나보코프'(〈트라이쿼털리〉, No. 17, 1970년 겨울호. 나보코프의 일흔번째 생일을 맞아 나보코프에게 헌정된 특별판)라는 회고담에서, 나보코프가 슬라브어 학과의 조교수로 지명되었으며, 처음에는 "러시아문학의 중급 강독강의와 특별한 주제를 다루는 고급 강의"를 맡았다고 말했다. 특별 주제란 "보통 푸시킨이나 러시아문학의 모더니스트 운동이었다…… 그가 맡은 러시아문학 강의는 필연적으로 규모가 작아서 거의 눈에 띄지 않았기 때문에, 그는 유럽 소설의 대가들을 다루는 영어 강의도 맡게 되었다." 나보코프에 따르면, 문학 강의 311과 312의 별명 '더러운 문학'은 "전임자 때부터 내려온 농담이었다. 내가 오기 직전에 이 강의를 맡았던, 슬프고 온화한 술고래 강사가 작가들의 작품보다는 성생활에 더 관심이 많아서 생긴 말이다."

이 강의를 들은 적이 있는 로스 웨츠티언은 〈트라이쿼털리〉 특별판에 기고한 글에서 나보코프 교수를 다정하게 추억했다. "나보코프는 r발음을 굴리면서, '세세한 부분들을 쓰다듬으라'고 말하곤 했다. 교수의 목소리는 마치 우리를 핥는 고양이의 거친 혀 같았다. '세세한 부분들은 멋진 거야!'" 교수는 모든 번역본을 고집스럽게 수정했고, 칠판에 괴상한 도표를 그렸다. 그러고는 "내가 그린 그대로 따라 그리라"며 학생들을 놀렸다. 그의 발음 때문에 학생들은 'epigrammatic'을 'epidramatic'으로 받아적었다. 웨츠티언은 다음과 같은 말로 글을 끝맺었다. "나보코프는 훌륭한 교사였다. 맡은 과목을 잘 가르쳐서가 아니라, 강의의 대상이 된 작품을 심오하고 사랑스럽게 바라보는 모범을 보임으로써 학생들도 그런 마음을 갖게 자극했기 때문이다." 문학 강의 311과 312를 듣고 살아남은 또다른 생존자는 나보코프가 학기를 시작하면서 한 말을 기억했다. "좌석에 번호가 붙어 있습니다. 원하는 좌석을 골라서 계속 그 자리에 앉기 바랍니다. 여러분의 얼굴과 이름을 연결해서 외우고 싶기 때문입니다. 모두 원하는 자리에 앉았습니까? 좋습니다. 수다 금지, 담배 금지, 뜨개질 금지, 신문 읽기 금지, 수면 금지입니다. 그리고 제발 부탁이니까 필기를 해요." 시험을 보기 전에는 이런 말을 했다. "맑은 머리, 답안지, 그리고 잉크. 머리로 생각을 해요. 예를 들어 보바리 부인 같이 뻔한 이름은 약자로 적고. 무지를 달변으로 덮으려 하면 안 됩니다. 의학적인 증거를 대지 않는 한, 누구도 화장실로 물러날 수 없습니다." 그는 열정적이고, 자극적이고, 적극적인 강사였다. 나보코프가 『롤리타』로 갑자기 부자가 돼서 영원한 휴가를 얻기 전인 1958년 봄 학기와 가을 학기에 나보코프의 마지막 강의를 들은 내 아내는 그의 마법에 아주 깊이 홀린 나머지 열이 펄펄 끓는 몸으로도 수업을 들으러 갈 정도였다. 강의가 끝나자마자 아내는 학교 보건실로 직행했다. "그 교수에게서 읽는 법을 배울 수 있을 것 같았다. 내 평생 사라지지 않을 뭔가를 그 교수가 내게 줄 수 있을 것이라고 믿었다. 그리고 실제로 그것은 평생 사라지지 않았다." 아내는 지금도 토마스 만의 작품을 진지하게 바라보지 않고, 문학 강의 311과 312에서 가져온 핵심적인 신조를 조금도 포기하지 않는다. "문체와 구조가 책의 정수다. 위대한 발상은 돼지 먹이다."

그러나 보기 드물게 이상적인 제자도 나보코프의 장난기를 피할 수는 없었다. 파릇파릇한 스무 살이던 우리의 러글스 양이 어느 날 강의가 끝난 뒤, 교수가 점수를 매겨놓은 '예비시험' 답안지를 가지러 갔으나, 흩어져 있는 답안지 중에서 자신의 것을 찾지 못하고 결국 교수에게 다가갔다. 나보코프는 교단 위에 높이 서서 종이를 정리하느라 정신이 없는 것 같았다. 러글스 양은 죄송하다고 양해를 구한 뒤, 자신의 답안지가 여기에 없는 것 같다고 말했다. 교수는 허리를 숙이고 눈썹을 올렸다. "자네 이름이 뭔가?" 러글스 양이 이름을 말하자, 교수는 등뒤에서 마술처럼 답안지를 획 꺼내 보였다. 97점이라는 점수가 매겨져 있었다. "천재가 어떻게 생겼는지 보고 싶었네." 나보코프는 이렇게 말하고 나서 짐짓 태연하게 러글스 양을 위아래로 훑어보았다. 러글스 양은 얼굴을 붉혔다. 두 사람의 대화는 이것으로 끝이었다. 여담이지만, 러글스 양은 그때 강의의 별명이 '더러운 문학'이었다는 사실을 기억하지 못한다. 캠퍼스에서 그 강의는 그냥 '나보코프'라고 불렸다.

나보코프는 교직에서 물러나고 7년이 흘렀을 때, 그 강의를 회상하며 엇갈린 감정을 내비쳤다.

나의 교수 방법에는 학생들과의 진정한 접촉이 배제되어 있었다. 기껏해야 시험 기간에 학생들이 내 머리의 일부를 토해내게 만들 뿐이었다…… 교단에 직접 서는 대신 테이프로 녹음한 강의 내용을 학교 방송을 통해 내보내는 방법도 시도해보았으나 소용없었다. 하지만 나는 강의중 이런저런 대목에서 학생들 사이에 이런저런 따뜻한 분위기가 돌면서 무슨 소리인지 알겠다는 듯 쿡쿡 웃는 소리가 들리는 것이 무척 즐거웠다. 옛 제자들이 10년이나 15년쯤 뒤에 보낸 편지에서 그때 선생님이 번역본에 잘못 번역된 에마 보바리의 머리 모양이나 그레고르 잠자의 가족들 방 배치도를 머릿속으로 그려보라고 말씀하신 것이 무슨 뜻인지 이제 알 것 같다고 말할 때 나는 가장 커다란 보람을 느낀다……

몽트뢰의 팰리스 호텔에서 작은 카드에 답을 적어주는 식으로 진행된 인터뷰에서 나보코프는 코넬대학 시절의 강의를 바탕으로 책을 내겠다고 여러 번 약속했다. 그러나 (그림이 곁들여진 논문집인 『예술 속의 나비』와 소설 『오리지널 오브 로라』 같은 책들의 준비 작업이 진행중이었기 때문에) 이 강의 원고의 출판 계획은 1977년 여름에 나보코프가 세상을 떠날 때까지도 여전히 허공을 떠돌고 있었다.

그런데 이제 놀랍게도 그 강의가 출판되었다. 게다가 저자가 직접 원고를 손봤다면 모조리 씻겨나갔을지도 모르는 강의실의 향기가 그대로 배어 있다. 이 강의에 대해 미리 알고 있던 사람들도 이렇게 따스하고 놀라운 강의를 예상하지는 못했을 것이다. 학생들의 젊음과 여학생들의 여성성이 풍기는 기운이 열정적이고 다급한 교수의 목소리에서 느껴진다. "여러분과의 작업은 내 목소리라는 샘과 귀라는 정원의 유난히 즐거운 연합작전이었습니다. 여러분 중 어떤 사람은 귀를 열었고 어떤 사람은 귀를 닫았지요. 내 말을 잘 받아들이는 귀도 많았지만, 순전히 장식으로만 달려 있는 귀도 몇 개 있었습니다. 그러나 모두 인간적이고 신묘했습니다." 블라디미르 블리디미로비치가 어렸을 때 아버지, 어머니, 가정교사가 읽어주는 책에 귀를 기울였듯이, 우리도 조금 길다 싶은 인용문을 그의 목소리로 듣는다. 이런 인용문을 읽을 때는 교수 나보코프의 발음, 옆 사람까지 덩달아 즐거워지는 유쾌함, 극적인 분위기를 연출하는 힘을 상상해보아야 한다. 한때는 운동을 즐겼으나 이제 배도 나오고 머리도 벗어진 그는 러시아의 화려한 구연 전통을 재현했다. 음성의 높낮이, 반짝임, 냉소, 급작스러운 공격이 산문 속에 드러나고, 물 흐르듯이 이어지는 산문은 은유와 말장난으로 쉽사리 졸졸 흘러간다. 눈부신 솜씨다. 그 옛날 말쑥한 1950년대에 코넬대학의 학생들이 이처럼 저항할 수 없는 매력을 지닌 예술적 감수성을 볼 수 있었던 것은 행운이었다. 나보코프는 푸시킨에게 열심히 기념비를 바치고, 프로이트와 포크너와 만을 오만하게 무시해버리는 바람에 지금까지 영어권에서 문학비평가로서의 명성에는 한계가 있었다. 그러나 제인 오스틴의 '보조개가 있는' 문체에 대한 묘사와 디킨스의 활기에 대한 유쾌한 동질감에서부터 플로베르의 대위법에 대한 공손한 설명과 바삐 딱딱 맞아떨어지는 조이스의 동기화를 완전히 까발리면서 보여주는 매력적인 경외(처음으로 시계를 분해한 소년 같다)에 이르기까지, 너그럽고 참을성 있는 감상이 그의 명성을 더해주는 증거가 된다. 나보코프는 일찍부터 정밀한 과학에서 즐거움을 찾았다. 그가 밝고 조용한 곳에서 현미경을 들여다보며 보낸 황홀한 시간은 『보바리 부인』에서 말과 관련된 주제를 섬세하게 찾아내는 솜씨나 블룸과 디덜러스의 쌍둥이 꿈에 대한 섬세한 분석으로 이어졌다. 나비를 연구한 덕분에 그는 상식 너머의 세계를 보았다. 나비의 뒷날개에 "액체 방울 모양과 으스스할 정도로 똑같은 커다란 안점이 있습니다. 그 모양이 어찌나 완벽한지, 날개를 가로지르는 선이 그 안점을 통과하는 바로 그 지점에서 안점 아래쪽으로 살짝 휘어 있기까지 합니다"라거나 "나비는 이파리 흉내를 내야 할 때 이파리의 특징을 아주 세세한 부분까지 흉내 낼 뿐만 아니라, 굼벵이가 파먹은 구멍처럼 보이는 흔적까지 넉넉하게 만들어낸다"는 말이 오가는 세계다. 이곳을 본 뒤 그는 자신의 예술과 다른 사람들의 예술에 더 많은 것을 요구했다. 화려한 모방의 마법이나 기만적인 복제 같은 것. 이런 표현들의 의미가 그리 좋지 않은 만큼, 이것은 초자연적이고 초현실적인 요구였다. 이처럼 이유가 필요하지 않은 것, 초인간적인 것, 실용적이지 않은 것들의 은은한 빛이 보이지 않으면 그는 지독히 성마른 사람이 되었다. 특징이 없다는 의미에서, 아무것도 없는 백지 상태는 무생물 특유의 것이다. "널리 인정받는 많은 작가들이 내게는 아예 존재하지 않는 사람이다. 그들의 이름은 빈 무덤에 새겨져 있고, 그들의 책은 가짜이며⋯⋯" 그러나 이런 은은한 빛을 발견하고 등골이 짜릿해지면, 그는 학자의 수준을 훨씬 뛰어넘는 열정을 드러내, 스스로 영감을 받을 뿐만 아니라 학생들에게도 영감을 주는 교사가 되었다.

　그의 강의는 재치 있게 스스로를 소개한다. 자신의 편견과 전제를 숨기려 하지도 않는다. 따라서 이 강의를 달리 더 소개할 필요가 없다. 1950년대는 개인의 공간을 강조하고, 공적인 문제에 대한 관심을 경멸하고, 고독을 느끼고, 자유로운 예술을 만들어내고, 필수적인 정보가 모두 작품 안에 들어 있다는 신新비평의 믿음을 품었다. 이 시기는 그뒤의 시기들에 비해 나보코프의 생각을 펼치기에 더 적합한 무대였다. 그러나 어떤 시대에도 나보코프의 방식은 현실과 예술을 유리시킨다는 점에서 급진적으로 보였을 것이다. "사실 위대한 소설은 위대한 동화입니다. 그리고 이번 강의에 포함된 소설들은 최고의 동화죠…… 문학은 소년이 뒤에 늑대가 없는데도 늑대가 나타났다고 외친 날 태어났습니다." 그러나 그 소년은 그의 부족에게 거슬리는 존재가 되어 사라져버렸다. 상상력을 섬긴 또다른 사제인 월리스 스티븐스는 이렇게 선포했다. "만약 우리가 정확한 시 이론을 만들어내고자 한다면, 현실의 구조를 반드시 조사해야 한다는 것을 알게 될 것이다. 현실이 시의 핵심적인 준거이기 때문이다." 반면 나보코프에게 현실은 기만의 구조보다 패턴이나 습관에 더 가까웠다. "모든 위대한 작가는 위대한 사기꾼입니다. 하긴 최고의 거짓말쟁이인 자연도 마찬가지죠. 자연은 언제나 속입니다." 그의 미학에서 저 아래 낮은 곳에 위치한 인식의 기쁨과 진실성이라는 무뚝뚝한 미덕은 별로 관심을 받지 못한다. 나보코프에게 예술의 원료인 세상은 그 자체로서 예술적인 창조물이다. 실체가 없는 환상 같아서, 마치 예술가의 당당한 의지만으로 아무것도 없는 허공에서 걸작을 자아낼 수 있다고 말하는 듯하다. 그러나 『보바리 부인』이나 『율리시스』 같은 작품들은 진부한 현실 속의 대상들에 저항하며 현실을 조작하려 하는 의지의 열기로 빛나고 있다. 우리가 자신의 몸과 운명에게 허락하는 친분, 증오, 무기력한 사랑이 더블린과 루앙을 배경으로 한 이 변형된 장면들 속에 합류한다. 『살람보』나 『피네건의 경야』 같은 작품에서 조이스와 플로베르는 꿈꾸는 멋쟁이 같은 자아에 굴복해 그 자아의 취미에 먹힌다. 나보코프는 「변신」을 열정적으로 읽으면서 그레고르 잠자의 속물적인 부르주아 가족들을 "천재를 에워싼 평범한 사람들"이라고 비난한다. 카프카의 신랄한 글 한복판에서 그레고르가 어쩌면 아둔할 수도 있지만 생기 있고 분명한 세속의 주민들을 얼마나 필요로 하고 사랑하는지는 인정하지 않는다. 카프카의 희비극 어디서나 볼 수 있는 양면적인 감정은 나보코프의 신념 안에 설 자리가 없다. 그러나 그의 『롤리타』 같은 작품에는 이런 감정이 가득하다. 또한 그가 스스로 정한 양식에 따라, 세세한 부분에 대한 묘사가 무서울 정도로 조밀하다("감각의 데이터를 골라내서 퍼뜨리고 분류한다").

코넬대학 시절은 나보코프에게 생산적인 시기였다. 이 학교로 옮긴 뒤 그는 『말하라, 기억이여』를 완성했다. 그가 힘들게 집필한 『롤리타』의 첫머리를 하마터면 태워버릴 뻔한 사고를 아내가 막아준 것은 이타카의 집 뒤뜰에서 일어난 일이다. 그는 1953년에 이 작품을 완성했다. 『프닌』의 유쾌한 이야기들은 처음부터 끝까지 코넬에서 집필되었으며, 『예브게니 오네긴』을 직접 번역하기 위한 영웅적인 연구도 대부분 코넬대학의 도서관에서 이루어졌다. 그는 『창백한 불꽃』의 대학교 장면에서 코넬대학을 애정 어린 손길로 묘사해놓았다. 그가 미국 동해안에서 내륙으로 200마일 들어와 있는 이타카로 이주하고, 여름이면 서쪽으로 자주 나들이를 간 덕분에 제 2의 조국으로 선택한 "사랑스럽고, 믿음이 있고, 꿈같고, 거대한 나라"(험버트 험버트의 말을 인용한 것)를 더 솔직하게 받아들이게 되었을 것이라고 짐작하는 사람이 있을 것이다. 이타카로 이주했을 때 나보코프는 쉰 살에 가까운 나이였다. 또한 예술적으로 기진맥진할 이유가 차고 넘쳤다. 그는 러시아에서는 볼셰비즘 때문에 도망쳤고, 유럽에서는 히틀러 때문에 도망쳤다. 그리고 죽어가는 언어로 눈부신 작품들을 썼다. 그의 작품을 읽어줄 이주민 독자들은 불가피하게 사라져가고 있었다. 그러나 미국에 온 지 10년이 넘은 이 시기에 그는 미국문학에 완전히 새로운 대담성과 장식을 덧붙이고, 이곳 고유의 판타지 명맥을 되살리는 데 일조하고, 부와 국제적인 명성을 얻는 데 성공했다. 첫 10년이 끝난 시점에서 이 책에 실린 강의들을 준비하기 위해 어쩔 수 없이 책을 다시 읽고 매년 강의를 할 때마다 학생들을 위한 훈계와 열정을 연습한 것이 그의 창의력을 훌륭하게 바꿔놓는 데 기여했을 것이라는 추측이 기껍다. 또한 이 시기에 나온 그의 소설에서 오스틴의 우아함, 디킨스의 생기, 스티븐슨의 '마음에 드는 와인 같은 맛'이 나보코프 본인이 자아낸 대륙적인 문학에 양념처럼 덧붙여진 것을 찾아내는 일도 즐겁다. 그가 가장 좋아하는 미국 작가는 멜빌과 호손이라고 직접 밝힌 적이 있다. 그가 이 작가들에 대해 강의한 적이 없다는 점이 유감스럽다. 그러나 이제 이렇게 책으로 만들어져 영원히 존재하게 된 강의가 있는 것에 감사하자. 앞으로 한 권이 더 나온다고 한다. 이 강의는 일곱 편의 걸작을 굽어보는 색유리창이다. 나보코프가 어렸을 때 여름 별장의 포치에서 누군가 책을 읽어주는 소리를 들으며 색유리창으로 바라보던 정원, 그 "색유리창의 다채로운 무늬"만큼이나 우리의 감각을 높여준다.

내 강의는 문학의 구조라는 수수께끼를

조사하는 탐정과 같다.

좋은 독자와
좋은 작가

'좋은 독자가 되는 법' 또는 '작가에게 상냥함을'. 여러 작가를 다양하게 다루는 이 강의에 대략 이런 부제목을 붙여도 될 것입니다. 유럽의 여러 걸작들을 사랑스럽게, 애정을 담아 오래오래 상세히 다루는 것이 내 계획이기 때문입니다. 100년 전, 플로베르는 애인에게 보낸 편지에서 다음과 같이 말했습니다. "Comme l'on serait savant si l'on connaissait bien seulement cinq à six livres." "대여섯 권 정도의 책만 제대로 알아도 얼마나 대단한 학자가 될 수 있을까."

책을 읽을 때는 세세한 부분들을 알아차리고 귀여워해줘야 합니다. 책에서 하찮지만 햇빛처럼 밝은 요소들을 사랑스럽게 쓸어모은 다음이라면, 일반화라는 달빛을 쬐는 것은 전혀 잘못된 일이 아닙니다. 그러나 기성품처럼 진부한 일반화부터 시작한다면, 시작부터 잘못된 것이니 책을 이해할 실마리를 잡기도 전에 책에서 멀어질 것입니다. 예를 들어 『보바리 부인』이 부르주아를 비판하는 작품이라는 생각을 미리 품고서 책을 읽기 시작하는 것만큼 작가에게 지루하고 지독한 일은 없습니다. 예술 작품은 언제나 새로 창조된 세상임을 결코 잊으면 안 됩니다. 따라서 우리가 가장 먼저 해야 할 일은, 이 새로운 세상을 최대한 면밀하게 조사하는 것입니다. 우리가 이미 알고 있는 여러 세상과 연결된 부분이 금방 눈에 띄지 않는 완전히 새로운 세상으로 생각하고 접근해야 합니다. 이렇게 면밀한 조사를 끝낸 뒤에야 비로소 이 세상과 다른 세상, 즉 지식의 다른 갈래들이 서로 연결된 부분을 조사합시다.

의문이 하나 떠오르는군요. 소설에서 장소와 시대에 대한 정보를 수확할 수 있을까요? 북클럽들이 역사소설이라는 꼬리표를 달아 팔아치우는 유쾌한 베스트셀러에서 과거에 대해 조금이라도 배울 수 있을 것이라고 생각할 만큼 순진한 사람이 있을까요? 하지만 걸작이라면 어떨까요? 제인 오스틴이 제대로 아는 것이라고는 성직자의 거실이 전부였는데, 그녀가 작품 속에 그려낸 풍경, 즉 잘 다듬어진 정원과 준남작이 등장하는 영국 지주 계급의 풍경을 믿어도 될까요? 환상적인 런던을 배경으로 환상적인 로맨스가 펼쳐지는 소설 『황폐한 집』, 이것을 100년 전의 런던을 연구한 책으로 봐도 될까요? 물론 그럴 수는 없겠지요. 이번 강의에 포함된 다른 소설들도 마찬가지입니다. 사실 위대한 소설은 위대한 동화입니다. 그리고 이번 강의에 포함된 소설들은 최고의 동화죠.

시간과 공간, 계절의 색채, 근육과 마음의 움직임. 천재적인 작가는 사람들 사이에서 진실이라고 돌아다니는 전통적인 개념으로 이것들을 받아들이지 않습니다. 자기만의 독특한 방식으로 표현하는 법을 터득하지요(우리가 추측하기로는 그렇습니다. 나는 우리 추측이 옳다고 믿어요). 평범한 작가는 평범한 것에 장식을 덧붙일 뿐입니다. 굳이 세상을 재창조하려고 애쓰지 않아요. 그들은 그저 기존의 것에서, 전통적인 소설의 패턴에서 최대한 좋은 것을 뽑아내려고 애쓸 뿐입니다. 이런 작가들이 이렇게 정해진 틀 안에서 만들어낼 수 있는 다양한 조합은 다소 덧없기는 해도 때로 상당히 재미있습니다. 평범한 독자들은 자신이 갖고 있는 것과 똑같은 생각이 기분좋은 모습으로 위장된 것을 알아보고 좋아하거든요. 그러나 진짜 작가, 새로운 행성을 만들어내고 잠든 남자를 모델로 삼아 그 갈비뼈를 열심히 주무르는 사람, 이런 작가는 기존의 가치관을 마음껏 사용할 수 없습니다. 반드시 새로운 가치관을 스스로 창조해내야 합니다. 세상을 관찰하는 데에 소설의 잠재적인 가능성이 있음을 무엇보다도 먼저 넌지시 보여주지 못한다면, 글쓰기라는 예술은 몹시 허망한 일이 될 것입니다. 이 세상이라는 소재가 상당히 현실적일 수는 있습니다. 그러나 이 세상 전체가 널리 받아들여지고 인정받지는 않습니다. 세상은 혼돈이에요. 작가는 이 세상을 향해 "가자!"라고 말합니다. 그러면 세상은 깜박거리다가 융합하지요. 눈에 보이는 피상적인 부분들뿐만 아니라, 원자들까지도 재조합됩니다. 작가는 이 새로운 세상의 지도를 처음으로 만들고, 그 안의 자연물들에 처음으로 이름을 지어주는 사람입니다. 저기 저 열매는 먹을 수 있군. 내 앞을 후다닥 뛰어간 저 점박이 동물은 길들일 수 있을 것 같아. 저 나무들 사이의 호수는 오팔 호수라고 부르자. 아냐, 좀더 예술적으로 개숫물 호수라고 해야지. 저 안개는 산이로군. 저 산을 반드시 정복해야겠어. 예술의 대가는 길도 없는 산길을 오릅니다. 바람 부는 정상에 섰을 때, 그 작가가 누굴 만날까요? 숨을 몰아쉬며 행복한 표정을 짓고 있는 독자입니다. 작가와 독자는 자기도 모르게 서로 얼싸안습니다. 그들을 묶어준 책이 존재하는 한, 그들은 영원히 연결되어 있습니다.

긴 순회강연중에 들른 외진 시골 대학에서 어느 날 저녁 나는 작은 퀴즈를 냈습니다. 독자의 정의 열 개를 주고, 학생들에게 훌륭한 독자의 정의가 될 수 있는 네 개를 골라보라고 한 겁니다. 그 열 가지 정의 목록을 어디에 두었는지 지금은 찾을 수가 없습니다만, 대략 다음과 같은 내용이었다고 기억합니다. 훌륭한 독자의 정의 네 개를 골라보세요.

1. 독자는 북클럽 회원이다.
2. 독자는 작품의 주인공과 자신을 동일시한다.
3. 독자는 사회경제적인 측면에 집중한다.
4. 독자는 액션과 대화가 없는 작품보다 있는 작품을 선호한다.
5. 독자는 지금 읽고 있는 책을 영화로 본 적이 있다.
6. 독자는 새로 싹을 틔우는 작가다.
7. 독자는 상상력이 있다.
8. 독자는 기억력이 있다.
9. 독자는 사전을 갖고 있다.
10. 독자는 예술적인 감각이 있다.

주인공과의 동일시, 액션, 사회경제적 측면이나 역사적 측면을 고른 학생이 많았습니다. 물론 여러분이 짐작했듯이, 좋은 독자는 상상력, 기억력, 사전, 약간의 예술적 감각을 지닌 사람이죠. 나는 기회가 있을 때마다 나 자신은 물론이고 남들에게도 예술적인 감각을 계발하라고 말합니다.

  참고로, 내가 여기서 사용한 독자의 의미는 아주 넓습니다. 신기하게도, 우리는 책을 읽을 수 없습니다. 다시 읽을 수 있을 뿐입니다. 훌륭한 독자, 중요한 독자, 활동적이고 창의적인 독자는 책을 다시 읽는 사람입니다. 그 이유를 말해주지요. 우리가 어떤 책을 처음 읽을 때, 눈을 왼쪽에서 오른쪽으로, 줄에서 줄로, 페이지에서 페이지로 열심히 움직이는 이 복잡한 물리적인 과정, 시간과 공간이라는 측면에서 책이 어떤 물건인지 알아가는 과정, 이것이 예술적인 감상을 방해합니다. 그림을 볼 때는 특별한 방식으로 눈을 움직일 필요가 없습니다. 책처럼 깊이와 전개라는 요소를 갖고 있는 그림이라 해도 마찬가지입니다. 그림과 처음 접촉할 때, 시간이라는 요소는 별로 중요하지 않습니다. 하지만 책을 읽을 때는 반드시 시간을 들여 친해져야 합니다. 우리에게는 (그림을 볼 때의 눈처럼) 먼저 책 전체를 한꺼번에 받아들인 다음에 세세한 부분을 감상할 수 있는 기관이 없습니다. 그러나 두번째, 세번째, 네번째로 책을 읽을 때는 어떤 의미에서 그림을 볼 때와 같은 태도로 책을 대하게 됩니다. 그래도 진화의 어마어마한 걸작인 눈과 머리를 혼동하면 안 됩니다. 머리는 훨씬 더 어마어마한 성공작이니까요. 소설책이든 과학책이든(이 두 책 사이의 경계선은 사람들이 일반적으로 생각하는 것만큼 뚜렷하지 않습니다) 종류를 막론하고 책은 먼저 머리에 호소합니다. 머리, 두뇌, 찌릿찌릿 신호를 전달하는 척추의 꼭대기에 있는 그것은 책을 읽을 때 사용하는 유일한 도구입니다. 반드시 그래야 합니다.

  이제 우울한 독자가 밝은 작품과 맞닥뜨렸을 때 머리가 어떻게 작동하는지 생각해볼 차례입니다. 먼저, 우울한 기분이 녹듯이 사라집니다. 좋든 나쁘든 독자는 게임의 분위기에 동참했습니다. 책을 손에 쥐는 것, 특히 이 젊은 독자가 내심 너무 구식이라거나 너무 진지하다고 평가하는 사람들이 찬사를 보내는 책을 손에 쥐고 읽으려 애쓰는 것은 대개 쉽지 않습니다. 하지만 일단 시작하고 나면, 다양한 보상을 풍부하게 받을 수 있습니다. 예술의 대가가 자신의 상상력을 발휘해서 창조해낸 책인 만큼, 이 책의 소비자도 당연히 상상력을 발휘하는 것이 자연스럽고 공정합니다.

그러나 독자에게는 적어도 두 종류의 상상력이 있습니다. 이 두 종류 중 어떤 것이 책을 읽을 때 적합한지 살펴볼까요? 첫째, 비교적 수준이 낮은 상상력입니다. 단순한 감정에 의지하는 이 상상력은 확실히 개인적인 성격을 띠고 있습니다(이런 감정적인 독서에도 다양한 하위 분류가 있습니다). 예를 들어, 책을 읽다가 자신이나 아는 사람이 겪은 일이 생각나서 책 속의 상황을 강렬하게 느끼는 독자가 있습니다. 또는 자신이 과거의 일부로서 그리워하고 있는 지방, 풍경, 삶의 방식이 떠오른다는 이유로 책을 소중히 여기는 독자도 있습니다. 또는 독자가 책 속의 등장인물과 자신을 동일시하는 경우가 있습니다. 이 마지막 사례는 독자가 할 수 있는 일 중에 최악입니다. 나는 독자가 이 수준 낮은 상상력을 발휘하는 것을 별로 바라지 않습니다.

그렇다면 독자가 사용할 수 있는 진정한 도구는 무엇일까요? 개인적인 특성과 상관없는 상상력과 예술적인 기쁨입니다. 나는 독자의 정신과 작가의 정신 사이에 예술적이고 조화로운 균형이 이루어져야 한다고 생각합니다. 우리는 책과 약간 거리를 두고 그 상태에서 즐거움을 느끼면서도, 동시에 그 걸작의 내적인 짜임새를 열렬히 즐겨야 합니다. 눈물을 흘리고 몸에 전율이 일 만큼 열정적으로 즐겨야 합니다. 이럴 때 객관적인 태도를 유지하는 것은 당연히 불가능합니다. 가치 있는 것은 무엇이든 어느 정도 주관적입니다. 예를 들어, 여러분이 이렇게 앉아 있는 모습이 어쩌면 내 꿈에 불과한지도 모릅니다. 나는 여러분에게 악몽인지도 모르죠. 내가 하고자 하는 말은, 독자가 언제 어디서 상상력의 고삐를 죄야 하는지 반드시 알아야 하며, 이를 위해 작가가 자유자재로 사용한 구체적인 세상을 명확히 파악하려고 애써야 한다는 것입니다. 우리는 책 속에 나오는 것들을 보고 들어야 합니다. 방안의 모습, 옷, 책 속 인물들의 행동을 눈으로 보듯 그려보아야 합니다. 『맨스필드 파크』에서 패니 프라이스의 눈 색깔과 그녀의 춥고 작은 방을 채운 가구들은 중요합니다.

우리는 저마다 기질이 다릅니다. 내가 지금 당장 분명히 말할 수 있는 것은, 독자에게 가장 좋은 기질은 예술적인 기질과 과학적인 기질의 조합이라는 것입니다. 열정적인 예술가 기질만으로는 책에 대해 지나치게 주관적인 태도를 취하기 쉽습니다. 따라서 과학적이고 냉정한 판단력이 그 직관적인 열기를 식혀줄 겁니다. 하지만 예술가의 열정과 과학자의 참을성이 전혀 없는 독자라면 위대한 문학을 즐기기 힘들 겁니다.

문학은 소년이 늑대가 나타났다고 외치며, 네안데르탈의 계곡에서 커다란 회색 늑대에게 쫓겨 뛰어나온 그날 태어나지 않았습니다. 문학은 소년이 뒤에 늑대가 없는데도 늑대가 나타났다고 외친 날 태어났습니다. 그 가엾은 어린 친구가 거짓말을 너무 자주 했기 때문에 결국 진짜 짐승에게 잡아먹힌 것은 아주 우연한 일입니다. 중요한 것은 따로 있습니다. 높게 자란 풀밭 속의 늑대와 터무니없는 이야기 속의 늑대 사이에 흐릿하게 반짝이는 매개체가 있다는 것. 이 매개체, 이 프리즘이 바로 문학이라는 예술입니다.

문학은 만들어낸 이야기입니다. 허구는 허구예요. 이야기를 실화라고 부르는 것은 예술과 진실 모두에 대한 모독입니다. 모든 위대한 작가는 위대한 사기꾼입니다. 하긴 최고의 거짓말쟁이인 자연도 마찬가지죠. 자연은 언제나 속입니다. 번식이라는 간단한 속임수에서부터 나비나 새의 보호색이라는 천재적이고 세련된 환상에 이르기까지, 자연 속에는 주문呪文과 계략으로 이루어진 놀라운 시스템이 있습니다. 허구를 만들어내는 작가는 오로지 자연의 선도를 따를 뿐입니다.

늑대가 나타났다고 외친 삼림지대의 어린 친구에게 다시 돌아가볼까요? 이렇게 한번 표현해봅시다. 그가 일부러 만들어낸 늑대의 그림자 속에 예술이라는 마법이 있었다고요. 그가 늑대를 꿈처럼 그려낸 것이죠. 그러면 그가 사람들을 속인 이야기는 훌륭한 이야기가 됩니다. 그가 마침내 스러졌을 때, 사람들은 모닥불가의 어둠 속에 앉아서 그의 이야기를 하며 좋은 교훈을 얻었습니다. 그가 바로 어린 마법사였습니다. 그가 창조자였습니다.

작가를 바라보는 관점에는 세 가지가 있습니다. 작가를 각각 이야기꾼, 교사, 마법사로 보는 관점입니다. 뛰어난 작가는 이 세 가지를 조합할 줄 알지만, 그중에서도 지배적인 위치를 차지하고 그를 뛰어난 작가로 만들어주는 것은 바로 마법사입니다.

이야기꾼은 우리에게 재미를 줍니다. 우리는 그에게서 가장 단순한 형태의 정신적인 흥분, 생생한 감정, 시간적으로나 공간적으로 멀리 떨어진 곳을 여행하는 즐거움을 얻습니다. 이것보다 반드시 더 고상하다고 할 수는 없지만 어쨌든 조금 다른 것을 원하는 사람들은 교사로서의 작가를 바라봅니다. 선전가, 도덕가, 예언자, 이것이 요즘 떠오르는 순서입니다. 우리가 교사를 찾는 것은 도덕적인 교훈뿐만 아니라 직접적인 지식, 즉 단순한 사실을 위해서이기도 합니다. 애석하게도 나는 즐거운 파리나 슬픈 러시아에서 사람들이 어떻게 살고 있는지 알고 싶어서 프랑스와 러시아 소설을 읽는 사람들을 알고 있습니다. 마지막으로 무엇보다 중요한 것은, 위대한 작가는 언제나 위대한 마법사라는 것입니다. 우리가 작가들 각자의 천재성이 빚어낸 마법을 이해하고, 그의 작품에 나타난 문체와 이미지와 패턴을 연구하려 할 때 가장 짜릿함을 느낄 수 있는 곳이 바로 이 부분입니다.

위대한 작가의 이 세 가지 측면, 즉 마법, 이야기, 교훈은 하나로 합쳐져서 독특한 빛을 발하는 것처럼 보이기 쉽습니다. 예술이 발휘하는 마법이 이야기의 뼈대, 생각의 골수 속에 존재할 수 있기 때문입니다. 건조하고 명석하고 정돈된 생각으로 이루어진 걸작이 우리에게 상당히 강력한 예술적 전율을 일으킬 때가 있습니다. 『맨스필드 파크』 같은 소설 못지않게, 디킨스의 감각적이고 풍부한 이미지들 못지않게. 내가 보기에는, 장기적인 관점에서 시의 정밀함과 과학의 직관을 하나로 융합하는 것이 소설의 수준을 판별하는 좋은 공식인 것 같습니다. 현명한 독자는 마법을 흠뻑 느끼기 위해서 마음이나 머리가 아니라 척추로 천재의 작품을 읽습니다. 글을 읽을 때는 반드시 어느 정도 초연한 자세를 유지해야 하지만, 그럼에도 틀림없이 찌릿찌릿한 느낌이 오는 곳이 바로 척추입니다. 그러면 우리는 감각적인 동시에 지적인 기쁨을 느끼며, 예술가가 카드로 성을 쌓는 모습, 그 성이 아름다운 강철과 유리의 성으로 변해가는 모습을 지켜보게 될 것입니다.

『맨스필드 파크』(1814)

『맨스필드 파크』는 햄프셔의 초튼에서 지어졌습니다. 1811년 2월에 시작해서, 1813년 6월 직후에 끝났죠. 다시 말해서, 제인 오스틴이 약 16만 단어와 48장으로 이루어진 소설을 완성하는 데 대략 28개월이 걸렸다는 얘깁니다. 이 책은 1814년(스콧의 『웨이벌리』와 바이런의 『해적』이 출간된 해)에 세 권으로 출간되었습니다. 당시에는 이렇게 책을 나누는 것이 관행이었습니다만, 사실 그 덕분에 이 소설의 구조, 희곡 같은 형태, 예의와 짓궂음이 빚어낸 희극, 미소와 한숨의 희극이 각각 18장, 13장, 17장으로 이루어진 3막 연극처럼 드러나 있습니다.

　나는 내용과 형식을 구분하고, 관습적인 플롯과 테마의 흐름을 뒤섞는 것을 싫어합니다. 우리가 이 책 속으로 깊이 뛰어들어 흠뻑 젖기 전에(물살을 헤치며 걷지는 않을 겁니다) 내가 지금 반드시 해두어야 하는 말은, 시골 신사 계급의 두 가문이 주고받는 감정적 상호작용이 『맨스필드 파크』의 표면에 드러난 사건이라는 것뿐입니다. 이 두 가문 중한 곳은 토머스 버트럼 경과 그의 아내, 키가 크고 운동을 잘하는 자녀들인 톰, 에드먼드, 마리아, 줄리아, 그리고 얌전한 조카 패니 프라이스로 구성되어 있습니다. 패니는 작가가 아끼는 인물이자, 이야기의 축이 되는 인물입니다. 패니는 수양딸이고, 무일푼의 조카이며, 얌전한 피후견인ward(패니의 어머니가 결혼하기 전 성이 워드Ward였습니다)입니다. 18세기와 19세기 소설에서 가장 인기 높은 인물이기도 했습니다. 소설가가 이런 문학적 피후견인을 등장시키고 싶다는 유혹을 느끼는 데에는 여러 가지 이유가 있습니다. 첫째, 기본적으로 낯선 집의 미지근한 식구들 사이에 자리한 그녀의 위치가 페이소스를 꾸준히 만들어냅니다. 둘째, 낯선 집의 이 이방인이 그 집 아들과 낭만적인 감정을 주고받는 상황을 쉽게 만들 수 있고, 그 결과 누구라도 짐작할 수 있는 갈등이 빚어집니다. 셋째, 한 걸음 떨어져 있는 관찰자이면서도 식구들의 일상생활에 직접 참여하는 이중적인 지위 덕분에 작가의 뜻을 전달하는 편리한 대변인이 될 수 있습니다. 이런 얌전한 피후견인은 여성 작가들의 작품뿐만 아니라, 디킨스, 도스토예프스키, 톨스토이 등 많은 남성 작가들의 작품에도 등장합니다. 이 조용한 아가씨들, 겸손함과 얌전함이라는 베일을 통해 수줍은 아름다움을 완전하게 반짝반짝 드러내는 아가씨들(미덕의 논리가 삶의 우연 앞에서 승리를 거둘 때 그 아름다움이 완전히 빛나죠), 이 아가씨들의 원형은 당연히 신데렐라입니다. 혼자 살아갈 수 없고, 무기력하고, 친구도 없고, 방치된 채 잊힌 존재였다가 남자 주인공과 결혼하니까요.

『맨스필드 파크』는 동화입니다. 하긴 모든 소설이 어떤 의미에서는 동화죠. 언뜻 보기에는 제인 오스틴의 소재와 작품이 구식이고, 과장되고, 비현실적인 것 같습니다. 하지만 이것은 나쁜 독자가 무릎을 꿇는 망상입니다. 좋은 독자는 책에서 진짜 삶, 진짜 인간 등을 찾는 것이 무의미하다는 걸 압니다. 책에 등장하는 사람, 사물, 상황의 현실성은 전적으로 그 책의 세계에 달려 있습니다. 독창적인 작가는 항상 독창적인 세계를 창조하죠. 어떤 등장인물이나 사건이 이 세계의 패턴에 들어맞는다면, 우리는 예술적 진실의 기분좋은 충격을 경험합니다. 한심한 하청 문사인 비평가들이 '진짜 삶'이라고 부르는 것에 그 인물이나 사물을 대입했을 때 그들이 아무리 비현실적으로 보여도 상관없습니다. 천재적인 작가에게 진짜 삶이라는 것은 존재하지 않습니다. 반드시 자신이 그런 삶을 창조하고, 그런 삶이 빚어내는 결과까지 창조해야 하니까요. 『맨스필드 파크』의 매력을 온전히 감상하려면, 이 작품의 관습, 규칙, 매력적인 가장假裝을 받아들여야 합니다. 맨스필드 파크는 존재한 적이 없고, 그 속의 사람들도 존재한 적이 없습니다.

오스틴의 작품은 이번 강의에서 다룰 몇몇 작품처럼 격하게 생생한 걸작이 아닙니다. 『보바리 부인』이나 『안나 카레니나』 같은 소설은 훌륭하게 조절된 즐거운 폭발 같은 작품이죠. 하지만 『맨스필드 파크』는 숙녀의 작품이며 아이의 게임입니다. 그런데 그 숙녀의 바느질 바구니에서 최고의 바느질 작품이 나옵니다. 그리고 아이에게는 놀라운 천재성이 한 줄기 자리잡고 있습니다.

***

"약 30년 전에……" 소설은 이렇게 시작합니다. 오스틴이 1811년부터 1813년까지 이 작품을 썼으니, 작품의 첫머리에서 말한 30년 전이라면 1781년일 겁니다. 그러니까 1781년경에 "지참금이 7천 파운드밖에 되지 않는 헌팅던의 마리아 워드 양이 노샘프턴 카운티 맨스필드 파크의 토머스 버트럼 경을 사로잡는 행운을 얻었다⋯⋯" 이 사건의 중산층다운 설렘("사로잡는 행운")이 여기에 즐겁게 표현되어 있습니다. 앞으로 낭만적인 이야기나 종교적인 이야기보다 돈 이야기가 우위를 차지하게 될 이 소설에 짐짓 수줍어하는 듯한 소박함을 덧붙여 딱 알맞은 어조를 설정해주는 역할도 하게 될 겁니다.* 여기 작품의 첫머리에서 모든 문장은 간결하며, 섬세한 한 점을 향하고 있습니다.

그러나 먼저 시공간이라는 요소부터 제거하기로 하지요. "약 30년 전." 이렇게 시작하는 맨 첫 문장으로 다시 돌아가봅시다. 제인 오스틴이 이 문장을 쓴 때는 이 작품의 주요 인물인 젊은이들이 희망에 찬 결혼이나 희망 없는 독신생활이라는 망각 속에 묻혀버린 뒤입니다. 앞으로 보게 되겠지만, 이 소설의 주요 사건들은 1808년에 일어납니다. 맨스필드 파크의 무도회는 12월 22일 화요일에 열리지요. 하지만 옛날 달력을 죽 훑어보면, 1808년 12월 22일이 목요일임을 알 수 있을 겁니다. 이 소설의 젊은 주인공인 패니 프라이스는 그때 열여덟 살입니다. 그녀는 열 살 때인 1800년에 맨스필드 파크에 왔습니다. 다소 이상한 인물

_____

* "제인 오스틴의 내면에도 속물적인 면이 살짝 존재했음은 의심의 여지가 없다. 그녀가 소득에 집착하는 것, 로맨스와 자연에 합리적으로 접근하는 태도에 이런 속물적인 면이 분명히 드러나 있다. 돈에 쩨쩨하게 구는 노리스 부인의 경우처럼 속물적인 면이 기괴한 수준에 이르러야만 비로소 오스틴은 그것을 실감하고 예술적인 냉소를 적용한다." 나보코프가 오스틴 폴더의 다른 메모에 적어둔 말. ─편집자

스 부인은 여전히 레이디 버트럼이 여행을 가고 싶어한다고 생각했다. 노리스 부인이 더 커다란 목소리로 더 많은 말을 늘어놓은 뒤에야 그녀는 진실을 알아차렸다."

두번째 방법은 그 인물의 말을 직접 인용하는 것입니다. 독자는 그 인물이 표현하는 생각뿐만 아니라 그의 말투, 말버릇 등을 통해서도 그 사람의 본성을 알 수 있습니다. 토머스 경의 말이 인용된 부분에서 좋은 예를 볼 수 있습니다. "각자의 상대적인 상황에 그토록 잘 들어맞는 계획 앞에 무엇이든 변덕스러운 장애물을 내던져 길을 막는 것은 나와 아주 거리가 먼 일이오." 이것은 조카 패니를 맨스필드 파크로 데려오려는 계획에 대해 그가 한 말입니다. 자신을 표현하는 말로는 참으로 서투르지요. 그가 하고 싶은 말은 "이 계획과 관련해서 공연히 장애물을 만들어낼 생각이 없다. 이 계획은 지금 상황에 잘 맞는다"는 것뿐인데 말입니다. 조금 더 읽어가다보면, 이 신사께서 또 서투른 발언을 하십니다. "프라이스 부인에게 진정 도움이 되고 우리에게도 공이 되게 하려면, 처형이 그토록 낙관하고 있는 그런 일이 일어나지 않을 경우 [쉼표] 우리가 그 아이에게 좋은 집 규수가 될 수 있는 환경을 보장해주거나 [쉼표] 필요한 경우 [쉼표] 그렇게 하기로 스스로 약속 한 것으로 생각해야 합니다." 지금 우리의 목적과 관련해서, 그가 하고자 하는 말이 정확히 무엇인지는 중요하지 않습니다. 하지만 그의 말버릇은 흥미롭지요. 내가 이 사례를 선택한 것은, 제인 오스틴이 말투를 통해 이 사람을 얼마나 잘 표현했는지 보여주기 위해서입니다. 그는 둔한 남자입니다(둔한 아버지이기도 합니다).

세번째 방법은 남에게 전해 듣는 말입니다. 그 인물의 말을 누군가가 넌지시 언급하거나 일부 인용하면서, 그 인물에 대한 설명을 곁들이는 방식을 말합니다. 노리스 부인이 죽은 남편의 자리에 부임한 신임 목사 그랜트 박사의 흠을 찾아내려고 애쓰는 부분이 좋은 예입니다. 그랜트 박사는 먹는 것을 아주 좋아합니다. 그랜트 부인은 "적은 돈으로 남편을 만족시켜보려고 애쓰지 않고, 요리사에게 맨스필드 파크만큼 후한 봉급을 주었다." 오스틴은 "노리스 부인은 그런 불만에 대해서도, 집에서 매일 소비되는 버터와 달걀의 양에 대해서도 화를 내며 말할 수 없었다"고 말합니다. 그리고 완곡하게 에두른 그녀의 말투를 소개합니다. "그녀 자신만큼 푸짐함과 친절을 사랑하는 사람은 없었다[이것은 노리스 부인의 말입니다. 이 말 자체가 그녀의 성격을 냉소적으로 암시하고 있습니다. 노리스 부인이 다른 사람의 돈으로 이런 것을 즐기는 일을 좋아한다는 뜻이니까요]. 처량한 행동을 그녀만큼 싫어하는 사람도 없었다. 그녀는 자기가 있던 시절에 목사관에 조금이라도 안락함이 부족했던 적이 없고, 나쁜 점도 없었다고 믿었다. 이런 방식은 이해할 수 없었다. 시골 목사관에 섬세한 귀부인은 어울리지 않았다. 그녀는 자신의 창고 정도만 해도 그랜트 부인이 들어가 보기에 나쁘지 않을 것 같다고 생각했다. 수소문해본 결과, 그녀는 그랜트 부인이 5천 파운드 이상 수중에 가진 적이 있다는 소리를 듣지 못했다."

네번째 방법은 자신이 묘사하고자 하는 인물의 말투를 흉내내는 것입니다. 하지만 이 방법은 그 인물의 말을 곧바로 대화에 인용할 때를 빼면 거의 사용되지 않았습니다. 에드먼드가 크로퍼드 양의 칭찬 중에

요점만 패니에게 전하는 부분이 이 방법이 사용된 예입니다.

***

노리스 부인은 기괴한 인물입니다. 다소 심술궂고 참견하기 좋아하며 계략을 꾸미는 여성입니다. 완전히 무정하지는 않지만, 그녀의 심장은 야비합니다. 조카 마리아와 줄리아는 그녀가 갖지 못한 부유하고, 건강하고, 성장한 아이들입니다. 그녀는 패니를 무시하고 깔보면서, 이 두 사람에게는 나름대로 맹목적인 사랑을 쏟습니다. 오스틴은 이야기 초입에서 섬세한 재치를 발휘합니다. 노리스 부인은 자신의 동생인 패니의 엄마가 화를 내며 쓴 편지에서 토머스 경에 대해 불손한 말을 한 것을 "도저히 혼자 속에만 담아둘 수 없었다"는 겁니다. 노리스 부인이라는 인물은 그 자체로서 예술일 뿐만 아니라, 기능적인 일면도 갖고 있습니다. 패니가 결국 토머스 경의 수양딸이 되는 것은 노리스 부인의 오지랖 넓은 기질 때문이니까요. 그녀의 이런 특징이 구조 속에 조금씩 배어듭니다. 그녀는 왜 버트럼 일가가 패니를 입양하게 만들려고 그렇게 애를 썼을까요? 답은 이것입니다. "모든 것이 해결된 것 같았다. 그렇게나 자비로운 계획에서 누릴 수 있는 즐거움도 이미 누렸다. 만족감은, 엄격하고 공정한 의미에서, 결코 똑같이 나뉠 수 없었다. 토머스 경은 그 선택된 아이의 진정하고 일관된 후원자가 되겠다고 굳게 결심했으나, 노리스 부인은 자신의 돈을 들여가며 그렇게 될 생각은 조금도 없었기 때문이다. 걷기, 말하기, 계략 꾸미기에 관한 한 그녀는 철저히 자비로웠다. 다른 사람들에게 너그러운 행동을 시키는 방법을 그녀만큼 잘 아는 사람은 없었다. 그러나 돈도 그만큼 사랑했다. 그녀는 친구들의 돈을 쓰는 만큼 자신의 돈을 절약하는 방법도 잘 알고 있었다…… 이처럼 사람을 열중하게 하는 원칙이 있는데다가 여동생에 대한 애정이 없다는 사실이 중화작용을 했기 때문에, 그토록 값비싼 자선을 계획하고 주선한 공을 인정받는 것 외에 더 큰 것을 겨냥하기란 그녀에게 불가능한 일이었다. 그러나 이 대화를 나눈 뒤 자신이 세상에서 가장 너그러운 언니이자 이모라고 행복하게 믿으며 목사관까지 걸어서 돌아가던 그녀 자신은 어쩌면 잘 몰랐을 수도 있다." 그녀는 동생인 프라이스 부인에게 이렇다 할 애정이 없는데도, 자기 돈은 한푼도 쓰지 않고 제부에게 패니를 입양하라고 강요해 패니의 미래를 위해 좋은 기회를 주선해주었다는 공을 자기 것으로 만들고 이렇게 좋아합니다.

노리스 부인은 스스로 말이 별로 없는 성격이라고 말하지만, 그녀의 커다란 입에서는 진부한 말들이 콸콸 쏟아져나옵니다. 그녀는 아주 시끄러운 사람입니다. 오스틴은 이 시끄러움을 특별히 강력하게 보여줄 방법을 고안했습니다. 노리스 부인이 패니를 맨스필드 파크로 데려오는 계획과 관련해서 버트럼 부부와 대화를 나누는 장면입니다. "노리스 부인이 소리쳤다. '정말 맞는 말이에요. 둘 다 반드시 생각해봐야 하는 문제죠. 리 양에게도 마찬가지일 거예요. 가르칠 여자아이가 세 명이 되든 아니면 두 명으로 그치든, 달라질 것이 없죠. 내가 좀더 쓸모 있는 사람이면 좋을 텐데. 그래도 아시다시피 나는 최선을 다하고 있어요. 나는 귀찮다고 수고를 아끼는 사람이 아니에요……'" 그녀가 한동안 말을 계속한 뒤 버트럼 부부가 입을 열고, 다시 노리스 부인의 말이 이어집니다. "노리스 부인이 소리쳤다. '내 생각이 바로 그거예요. 오늘 아침에 남편에게 한 말도 그거고요.'" 이보다 조금 앞에서 토머스 경과 대화를 나누는 장면도 있습니다. "노리스 부인이 소리쳤다. '경을 속속들이 이해해요. 경이야말로 너그럽고 사려 깊은 사람 그 자체죠⋯⋯'" 오스틴은 '소리쳤다'는 동사를 반복해서 사용함으로써, 이 불쾌한 여성의 시끄러운 목소리를 암시합니다. 가엾은 패니가 맨스필드 파크에 온 뒤 노리스 부인의 시끄러운 목소리 때문에 특히 괴로워했다는 점도 주목할 만합니다.

***

제1장이 끝날 때까지, 기본적인 설명이 모두 처리됩니다. 수다스럽고 호들갑스럽고 저속한 노리스 부인, 둔한 토머스 경, 음침하고 가난한 프라이스 부인, 권태롭고 활기 없는 레이디 버트럼과 그녀의 퍼그가 독자들에게 소개되고, 패니를 데려와 맨스필드 파크에서 살게 하자는 결정도 이미 내려진 뒤입니다. 오스틴의 작품에서 인물 설명은 소설의 구조 안에 스며드는 경우가 많습니다.* 예를 들어, 레이디 버트럼이 계속 시골에 남아 있는 것은 게으름 때문입니다. 버트럼 일가는 런던에도 집이 있지요. 처음에, 그러니까 패니가 등장하기 전에는 그들이 런던에서 화려한 계절인 봄을 보내곤 합니다. 하지만 "레이디 버트럼이 건강이 조금 좋지 않고 성격이 워낙 게으른 탓에 매년 봄에 사용하던 시내의 집을

포기하고 시골에만 전적으로 머무르게 되자, 토머스 경은 의회에서 맡은 바 일을 하면서 아내의 부재로 인한 편안함의 증가 또는 감소를 경험하게 되었다." 런던을 오가느라 일이 복잡해지는 것을 피하면서 패니를 시골에 붙잡아두기 위해 제인 오스틴이 반드시 이렇게 상황을 정리할 필요가 있었음을 이해해야 합니다.

패니는 열다섯 살 때까지 가정교사에게서 프랑스어와 역사를 배우게 됩니다. 하지만 사촌인 에드먼드 버트럼이 그녀에게 흥미를 품고 책을 추천해줍니다. "책들이 그녀의 여가시간을 기쁘게 했다. 그는 그녀의 심미안을 격려하고, 잘못된 판단을 바로잡아주고, 그녀가 읽은 책에 대해 그녀와 이야기를 나눠 독서가 쓸모 있는 결과를 낳게 했으며, 사려 깊은 칭찬으로 독서의 매력을 높였다." 패니는 오빠인 윌리엄과 에드먼드 사이에서 마음의 갈등을 느끼게 됩니다. 오스틴의 시대에 이런 환경에서 자라는 아이들이 어떤 교육을 받았는지 한번 살펴볼 필요가 있겠군요. 패니가 처음 맨스필드 파크에 왔을 때, 버트럼 집안의 딸들은 "그녀가 엄청나게 멍청하다고 생각하고, 처음 2~3주 동안 그녀의 멍청함에 대한 새로운 이야기를 응접실로 계속 끌고 들어왔다. '엄마, 생각 좀 해보

---

* 오스틴 폴더의 다른 메모에서 나보코프는 플롯을 "미리 생각해둔 이야기"로 정의한다. 테마, 테마의 가닥line은 "둔주곡에서 어떤 곡조가 반복적으로 나타나듯이 소설 속 여기저기에서 반복되는 이미지 또는 생각"이고, 구조는 "책의 구성, 사건 전개, 한 사건이 다른 사건을 야기하는 것, 한 테마에서 다른 테마로의 이행, 인물들을 교묘하게 등장시키는 것, 또는 새로운 행동 묶음이 시작되거나 다양한 테마가 서로 연결되거나 소설을 진행시키는 데 이용되는 것"이며, 문체는 "저자의 특별한 어조, 어휘, 독자가 어떤 문장을 보았을 때 이건 디킨스가 아니라 오스틴의 문장이라고 외치게 만드는 어떤 것"으로 정의되어 있다. —편집자

세요. 우리 사촌은 유럽 지도를 맞출 줄 몰라요. 러시아의 중요한 강들을 모르는 건 또 어떻고요. 게다가 소아시아라는 말을 들어본 적도 없대요. 수채화 물감이랑 크레용이 어떻게 다른지도 모른다니까요! 어떻게 그럴 수가! 이렇게 멍청한 사람 얘기를 들어본 적이 있어요?'" 하고 말합니다. 여기서 중요한 요점 중 하나는, 그림 퍼즐, 그러니까 지도를 잘라서 만든 직소퍼즐이 지리 공부에 사용되었다는 점입니다. 150년 전의 일입니다. 당시에는 역사도 중요한 과목이었습니다. 버트럼 집안의 딸들은 계속 이야기합니다. "'영국 왕들의 이름과 즉위 날짜, 그리고 그들의 재위 기간중 일어난 중요한 사건들을 연대순으로 외우던 게 도대체 언제 적 일인데요!'

다른 딸이 말을 이었다. '맞아. 로마 황제들도 무려 세베루스까지 외웠지. 이교 신화도 많이 배웠고. 게다가 금속이며, 반半금속이며, 행성이며, 저명한 철학자들까지.'"

로마 황제 세베루스는 3세기 초에 살았던 인물입니다. 그러니까 '무려 세베루스까지'라는 말은 시간적으로 오래전이라는 뜻입니다.

목사인 노리스 씨의 죽음은 중요한 변화를 야기합니다. 성직록聖職祿이 비었으니까요. 원래는 나중에 에드먼드가 서품을 받으면 그에게 이 성직록을 주기로 예정되어 있었지만, 일이 잘 풀리지 않은 토머스 경이 그것을 다른 사람에게 팔아버립니다. 이로서 나중에 에드먼드의 수입이 줄어들게 되죠. 근처 손턴 레이시의 한 성직록에만 수입을 의존하게 되거든요. 이것 또한 토머스 경의 선물입니다. 여기서 '성직록living'이라는 단어에 대해 한두 마디 설명을 하는 것이 좋겠군요. 성직록은 급료를 받는 성직자의 직책을 의미합니다. 'spiritual living'이라고도 합니다. 성직록을 소유한 목사는 교구를 대표하며, 목사로서 안정적인 삶을 꾸릴 수 있습니다. 목사관은 성직록을 소유한 목사를 위한 집과 거기에 딸린 약간의 땅을 의미합니다. 이 목사는 교구에서 급료를 받는데, 교구 내의 일부 기업들과 땅에서 일종의 세금 즉, 십일조를 걷는 것과 같습니다. 역사적으로 오랫동안 이어진 발달 과정이 정점에 이르면서, 이런 목사를 선택하는 것이 간혹 한 평신도의 특권이 되었습니다. 『맨스필드 파크』에서는 토머스 버트럼 경이 바로 그 평신도입니다. 주교의 승인을 받는 절차가 있기는 하지만, 요식 행위에 불과했습니다. 토머스 경은 일반적인 관습에 따라, 성직록을 누군가에게 주는 것에서 어느 정도 경제적인 이득을 얻을 수 있습니다. 이것이 요점입니다. 토머스 경에게 목사관의 세입자가 필요했다는 것. 만약 성직록을 가족 중의 누군가에게 준다면, 당시 에드먼드가 그 성직록을 받을 준비가 되어 있었다면, 그는 맨스필드 교구에서 나오는 수입을 통해 자신의 미래를 일굴 수 있었을 겁니다. 하지만 에드먼드는 아직 서품을 받을 준비가 되어 있지 않았습니다. 만약 장남인 톰이 내기 때문에 많은 빚을 지지 않았다면, 토머스 경이 에드먼드의 서품 때까지 친한 사람에게 임시로 성직록을 주었을지도 모릅니다. 이 경우 토머스 경은 경제적으로 아무런 이득이 없습니다. 하지만 이런 식으로 일을 처리할 수 없는 상황이 되었으므로, 목사관에 대해 다른 조치를 취할 필요가 있었습니다. 톰은 목사관의 새로운 주인이 된 그랜트 박사가 곧 "갑자기 뒈져버리기를" 바랄 뿐입니다. 여기에는 속어를 즐겨 쓰는 톰의 버릇과 에드먼드의 미래를 가볍게 생각하는 태도가 드러나 있습니다.

한편 노리스 부인은 노리스 씨와 결혼하면서 매년 1천 파운드가 조금 안 되는 수입을 얻게 되었습니다. 이야기를 쉽게 하기 위해 일단 그녀의 재산이 여동생인 레이디 버트럼의 재산과 같은 수준, 즉 7천 파운드쯤 된다고 가정하면, 노리스 가문의 전체 소득에서 그녀의 몫이 250파운드쯤 된다고 볼 수 있습니다. 교구에서 나오는 노리스 씨의 수입은 매년 700파운드쯤 되고요.

작가가 이야기를 진행시키기 위해 사건들을 소개하는 방식의 또다른 사례를 여기서 볼 수 있습니다. 노리스 목사가 죽습니다. 그랜트 부부가 목사관에 올 수 있게 된 것은 전임자인 노리스 씨가 죽었기 때문입니다. 그리고 그랜트 부부의 등장은 맨스필드 파크 인근에 젊은 크로퍼드 남매가 나타나는 계기가 됩니다. 이들이 그랜트 부인의 혈연이거든요. 크로퍼드 남매는 이 소설에서 장차 아주 커다란 역할을 할 사람들입니다. 또한 오스틴은 소설 속의 젊은이들이 자유를 탐닉하게 만들기 위해 토머스 경이 맨스필드 파크를 떠나게 할 계획을 갖고 있습니다. 오스틴의 두번째 계획은 어떤 연극의 공연을 위한 연습 때문에 젊은이들이 한창 풀어져 있을 때 토머스 경을 맨스필드 파크로 다시 불러들이는 겁니다.

오스틴이 이를 위해 어떻게 이야기를 진행시킬까요? 장남이라서 재산을 모두 상속받게 될 톰은 계속 돈을 탕진하고 있었습니다. 버트럼 일가의 사정은 그리 좋은 편이 아니었죠. 오스틴은 3장에서 벌써 토머스 경을 다른 곳으로 보내버립니다. 때는 1806년입니다. 토머스 경은 안티구아에 벌여놓은 사업을 감독하기 위해 자신이 직접 가는 편이 더 낫다는 결론을 내리고 거의 1년 예정으로 집을 떠납니다. 안티구아는 노샘 프턴에서 아주 먼 곳입니다. 당시 영국령이던 서인도제도의 섬이니까 요. 소小앤틸리스제도에 속한 이 섬은 베네수엘라에서 북쪽으로 약 500마일 떨어져 있습니다. 이곳에서 아마도 값싼 노예 노동자들을 이용해 운영했을 농장이 버트럼 일가의 수입원입니다.

크로퍼드 남매는 토머스 경이 집을 비운 사이에 등장합니다. "7월의 상황이 그러했다. 패니는 이제 막 열여덟 살이 되었고, 마을 사교계에는 그랜트 부인의 동생들인 크로퍼드 남매가 추가되었다. 그랜트 부인의 어머니가 재혼해서 낳은 그들은 젊고 부유했다. 그랜트 부인의 남동생은 노퍽에 상당한 재산이 있었고, 여동생은 2만 파운드를 갖고 있었다. 그들은 어렸을 때 항상 그랜트 부인에게 많은 사랑을 받았다. 그러나 그랜트 부인이 결혼한 직후 어머니가 돌아가시자, 두 사람은 아버지의 형제 손에 맡겨졌다. 그랜트 부인과는 전혀 모르는 사이였으므로, 부인은 그뒤로 동생들을 거의 만나지 못했다. 삼촌은 남매를 상냥하게 길러주었다. 해군 제독인 삼촌과 숙모는 다른 일에서는 결코 의견 일치를 보지 못하면서도, 남매를 향한 애정에서는 한마음이었다. 두 사람이 남매 중 각각 다른 아이에게 더 애정을 쏟기는 했지만, 그뿐이었다. 크로퍼드 부부는 자기가 사랑하는 아이에게 각자 최고의 애정을 보여주었다. 제독은 사내아이에게서 기쁨을 얻었고, 크로퍼드 부인은 여자아이를 맹목적으로 귀여워했다. 크로퍼드 부인이 세상을 떠난 뒤, 그녀의 사랑을 받던 아이는 삼촌의 집에서 몇 달 동안 시련을 겪다가 다른 집을 찾아 나설 수밖에 없었다. 크로퍼드 제독은 심술궂고 못된 행동을 하는 사람이라서, 여자 조카를 계속 데리고 있기보다는 애인을 집으로 끌어들이는 편을 택했다. 그랜트 부인이 여동생에게서 이쪽으로 오겠다는 제안을 듣게 된 것은 이런 사정 덕분이었다. 한쪽에게는 반가운 제안이었고, 다른 한쪽에게는 편리한……" 크로퍼드 남매가 등장하게 된 경위를 일련의 사건들을 통해 설명하면서 오스틴이 돈과 관련된 내용을 깔끔하게 정리해놓은 것을 여러분도 알아차릴 수 있을 겁니다. 현실감각과 동화적인 느낌을 결합시켜놓은 거죠. 이런 건 동화에서 자주 있는 일입니다.

이제 새로 자리를 잡은 메리 크로퍼드가 처음으로 패니를 고통스럽게 만드는 장면으로 건너뛰어도 될 것 같습니다. 여기에는 말馬이라는 테마가 관련되어 있습니다. 패니가 열두 살 때부터 건강을 위해 타던 늙은 회색 말이 1807년 봄에 죽습니다. 패니는 열일곱 살이고 아직도 운동이 필요한데 말이죠. 말의 죽음은 이 소설에서 기능적인 역할을 하는 두번째 죽음입니다. 첫번째는 노리스 씨의 죽음이었죠. 내가 기능적이라고 한 것은, 이 두 죽음이 구조적인 목적을 위해 도입되어 소설의 진행에 영향을 미치기 때문입니다.* 노리스 씨의 죽음은 그랜트 부부를 불러오고, 그랜트 부인은 헨리 크로퍼드와 메리 크로퍼드 남매를 불러옵니다. 그리고 이 두 사람은 곧 이 소설에 심술궂고 로맨틱한 색채를 제공하고요. 4장에서 발생한 말의 죽음은 노리스 부인의 성격을 보여주는 묘사들과 매력적으로 어우러져서 에드먼드가 패니에게 자신의 말세 마리 중 한 마리를 주는 장면으로 이어집니다. 조용한 암말인데, 나중에 메리 크로퍼드는 이 말을 가리켜 귀엽고, 아름답고, 기분좋은 녀석이라고 말합니다. 오스틴에게 이 모든 것은 7장에 나올 놀라운 감정 장면을 위한 준비 작업입니다. 예쁘고, 자그마하고, 피부가 가무잡잡하고, 머리카락이 검은색인 메리 크로퍼드가 하프 연주를 그만두고 말로 옮겨갑니다. 에드먼드는 메리에게 처음으로 승마를 가르치는 날, 패니에게 주었던 말을 그녀에게 빌려줍니다. 사실 그는 메리를 가르치겠다고 자진해서 나서서, 수업중에 메리의 작고 기민한 손을 만지기까지 합니다. 멀리서 이 장면을 지켜보는 패니의 감정이 훌륭하게 묘사되어 있습니다. 승마 수업은 점점 늘어나서, 패니는 매일 승마를 하는 시간까지 말을 돌려받지 못합니다. 그래서 에드먼드를 찾아나서죠. "두 집 사이의

---

* "디킨스, 플로베르, 톨스토이의 작품에서와 달리, 『맨스필드 파크』에서는 누구도 저자와 독자의 품에서 죽지 않는다. 『맨스필드 파크』 안의 죽음은 장면 뒤편의 어딘가에서 발생하며 감정에 거의 영향을 미치지 않는다. 그러나 이런 무딘 죽음이 묘하게도 플롯의 진행에 강력한 영향을 미친다. 구조적으로 커다란 의미를 지니고 있는 것이다. 여기서 말의 죽음도 에드먼드, 미스 크로퍼드, 패니 사이의 감정이 얽히고설키는 말의 테마로 이어진다. 목사인 노리스 씨의 죽음이 그랜트 부부의 등장으로 이어지고, 그랜트 부부를 통해 이 소설의 재미있는 악당인 크로퍼드 남매가 등장한다. 그리고 소설 말미에서 발생하는 또다른 목사의 죽음 덕분에 에드먼드가 목사로서 맨스필드 파크의 아늑한 목사관에 자리를 잡게 된다. 오스틴의 표현처럼, 그랜트 박사의 죽음 덕분에 에드먼드가 맨스필드 성직록을 '획득'하는 것이다. 오스틴은 그랜트 박사의 죽음에 대해 계속 말을 잇는다. '[에드먼드와 패니가] 소득의 증가를 슬슬 바랄 만큼 결혼생활을 한 뒤에' 그가 죽었다고. 이건 패니가 임신했음을 아주 부드럽게 표현한 말이다. 남편과 사별하고 혼자 살던 어떤 귀부인도 세상을 떠난다. 예이츠의 친구들의 할머니인 이 부인의 죽음은 톰이 예이츠를 맨스필드로 데려오는 장면과 연극 테마로 이어진다. 이 소설에서 몹시 중요한 테마다. 마지막으로 어린 메리 프라이스의 죽음은 막간에 삽입된 포츠머스 장면에서 프라이스 집안의 아이들이 일으키는 생생한 사건을 가능하게 해준다." 오스틴 폴더에 들어 있는 나보코프의 또다른 메모. ―편집자

거리는 반 마일도 채 되지 않았지만, 서로를 볼 수 없는 위치에 있었다. 그러나 문에서 50야드를 걸어간 그녀는 정원을 내려다보며 마을길 뒤에 완만하게 솟아 있는 목사관과 그곳에 속한 땅을 한눈에 바라볼 수 있었다. 그랜트 박사의 풀밭에서 그녀는 금방 그들을 찾아냈다. 에드먼드와 미스 크로퍼드가 나란히 말을 타고 있고, 그랜트 박사와 그랜트 부인, 크로퍼드 씨는 두세 명의 말구종과 함께 근처에 서서 지켜보고 있었다. 행복해 보였다. 모두 한 가지 목적에 흥미를 갖고서 의심의 여지 없이 즐거워하는 것 같았다. 즐거운 소리가 그녀가 있는 곳까지 올라올 정도였다. 그러나 그 소리가 그녀를 즐겁게 만들어주지는 못했다. 에드먼드가 자신을 잊었을지도 모른다고 생각하니 날카로운 아픔이 느껴졌다. 그녀는 풀밭에서 눈을 돌리지 않았다. 그곳에서 벌어지는 일을 지켜볼 수밖에 없었다. 처음에는 미스 크로퍼드와 그가 풀밭을 한 바퀴 돌았다. 풀밭은 작지 않았고, 두 사람의 속도는 걷는 속도와 같았다. 그다음에는 아무래도 그녀가 제안했는지, 두 사람이 속도를 느린 구보로 높였다. 수줍음이 많은 패니는 그녀가 멋지게 잘 앉아 있는 것을 보고 크게 놀랐다. 몇 분 뒤 두 사람은 완전히 멈춰 섰다. 에드먼드가 그녀에게 가까이 다가가 뭐라고 말을 걸고 있었다. 고삐 다루는 법을 가르쳐주고 있음이 분명했는데, 그가 그녀의 손을 잡고 있었다. 패니는 그것을 분명히 보았다. 아니, 눈이 닿지 않는 곳의 광경을 상상력이 보충해주었다. 이것은 그녀가 고민할 일이 아니었다. 에드먼드가 남을 위해 할 수 있는 일을 하면서 누구에게든 그 선한 성격을 발휘하는 것보다 더 자연스러운 일이 어디 있겠는가. 크로퍼드 씨가 나섰다면 에드먼드가 고생할 필요가 없었을 것이라거나, 그가 누이를 직접 가르치는 편이 확실히 적절하고 어울렸을 것이라고 생각하면 안 되었다. 자기가 착한 사람이라고 자랑하고 남을 잘 가르친다던 크로퍼드 씨는 십중팔구 이런 문제를 전혀 모르고, 에드먼드에 비해 친절을 실행하는 사람도 아닌 것 같았다. 그녀는 저 암말이 저렇게 이중으로 임무를 수행해야 하니 상당히 힘들 것 같다는 생각이 들었다. 그녀가 잊힌 존재가 됐다면, 저 가엾은 암말이라도 기억해주어야 할 것 같았다."

그러나 사건의 전개는 여기서 끝나지 않습니다. 말 테마가 또다른 주제로 이어지거든요. 장차 마리아 버트럼의 남편이 될 러시워스 씨는 앞에서 이미 만나보았습니다. 사실 말을 만난 것과 거의 동시에 그를 만났죠. 이제는 말 테마에서, 우리가 소더튼 탈선 테마라고 부르게 될 일로 넘어갈 차례입니다. 에드먼드는 작은 아마존 전사 같은 메리에게 홀딱 반해서 가엾은 패니에게서 그 불쌍한 암말을 거의 완전히 빼앗다시피 합니다. 그리고 메리와 나란히 말을 타고 멀리 맨스필드 공유지까지 나가죠. 여기서 전환이 이루어집니다. "이런 종류의 계획이 성공하면 보통 다른 계획이 생겨나는 법이다. 그들도 맨스필드 공유지에 다녀온 뒤, 다음날 또다른 곳에 가고 싶다는 생각이 들었다. 보여주고 싶은 풍경이 많이 있었다. 날이 더웠지만, 그늘진 길은 어디에나 있었다. 젊은 사람들의 무리는 언제나 그늘진 길을 찾아낸다." 러시워스의 땅인 소더튼은 맨스필드 공유지보다 더 먼 곳에 있습니다. 새로운 테마가 등장할 때마다 집에서 기르는 장미의 꽃잎이 한 장씩 열리는 것 같습니다.

소더튼 코트라는 소재는 러시워스 씨가 친구의 집이 "더 좋아졌다"고

칭찬했을 때와 자기도 똑같은 사람을 고용해서 자기 집을 손보게 하겠다고 다짐하는 장면에서 이미 등장한 바 있습니다. 그뒤에 이어지는 내용에서는 전문가 대신 헨리 크로퍼드에게 그 일을 맡기고, 다른 사람들도 그와 동행해서 그곳에 가기로 점차 의견이 모아집니다. 8장부터 10장까지 사람들은 소더튼을 살펴본 뒤 본격적으로 멋대로 놀기 시작합니다. 그리고 이것이 그 뒤에 따라나오는 또다른 방종, 즉 연극 연습의 전조가 되지요. 오스틴은 이런 테마들을 점차 발전시켜 서로가 서로를 야기시키고 자연스레 이어지게 만듭니다. 이런 것이 바로 구조입니다.

이제 소더튼 테마가 시작되는 부분으로 돌아가보죠. 이 책에서 처음으로 나오는 대규모 대화 장면입니다. 크로퍼드 남매, 젊은 러시워스, 그의 약혼녀인 마리아 버트럼, 그랜트 부부, 그밖의 사람들이 모두 여기에 등장해 뭐라고 말을 합니다. 대화의 주제는 집을 가꾸는 것입니다. 실내장식과 정원 조경을 대략 '그림 같게' 바꾸는 것이죠. 포프의 시대부터 헨리 크로퍼드의 시대에 이르기까지 실내장식과 조경은 교양과 여가가 있는 사람들에게 가장 중요한 오락이었습니다. 당시 이 업계의 정상을 차지하고 있던 험프리 렙턴 씨의 이름이 여기에 소개됩니다. 오스틴이 방문했던 여러 시골집의 응접실 탁자에서 그의 책을 보았음이 분명합니다. 제인 오스틴은 등장인물의 아이러니한 성격을 드러낼 기회가 생기면 놓치는 법이 없습니다. 노리스 부인은 노리스 씨의 건강이 나쁘지만 않았다면 목사관을 이러저러하게 가꿨을 것이라고 자세히 늘어놓습니다. "가엾게도 남편은 밖에 나갈 수가 없으니 무엇도 즐길 수가 없었어요. 그 때문에 저도 예전에 토머스 경과 이야기하던 여러 일들에 대해 흥미를 잃었답니다. 그것만 아니었다면, 우리는 정원 담장을 세우고 식물을 심어서 교회 묘지가 보이지 않게 했을 거예요. 그랜트 박사님이 하신 것처럼요. 사실 우리가 항상 뭔가를 하긴 했어요. 노리스 씨가 돌아가시기 12개월 전 봄에만 해도, 마구간 담장 앞에 살구를 심었지요. 지금은 그 나무가 아주 당당하고 완벽하게 자랐고요.' 그녀는 그랜트 박사를 향해 말했다.

'그 나무가 아주 잘 자란 건 틀림없는 사실입니다, 부인.' 그랜트 박사가 대답했다. '토질이 좋아요. 그런데 수확하는 수고만큼 열매가 대단하지 않다는 것이 언제나 안타깝습니다.'

'박사님, 이건 무어파크 살구*예요. 상당히 돈이 들었다고요. 사실 토머스 경이 선물한 것이긴 하지만, 내가 청구서를 봤어요. 그래서 7실링이 들었다는 걸 알지요. 거기에 무어파크 살구라고 되어 있었어요.'

'속으신 겁니다, 부인.' 그랜트 박사가 대답했다. '그 나무에서 딴 것이 무어파크 살구라면, 이 감자도 무어파크 살구의 맛이 나는 것이겠군요. 그건 기껏해야 무미건조한 맛입니다. 좋은 살구라면 먹을 수 있어야 하는데, 우리집 정원에서 난 것은 전혀 그렇지 않아요.'"

먹을 수 없는 살구는 자식 없이 죽은 노리스 씨와 기가 막히게 딱 들어맞습니다. 노리스 부인이 집 꾸미기와 죽은 남편의 노고에 대해 길고 유창하게 늘어놓은 말이 만들어낸 것은 겨우 이 쓰고 작은 살구 열매뿐

---

* 무어파크는 조너선 스위프트의 고용주이자 영국의 유력 정치가인 윌리엄 템플이 살던 곳. 18세기에 이곳에서 앤슨 경이라는 사람이 솜털이 없는 살구를 재배했는데, 이것이 무어파크 살구라고 불린다.

이에요.

한편 젊은 러시워스는 말을 하다가 헷갈려서 당황합니다. 오스틴은 그가 하고자 하는 말을 냉소적으로 묘사해서 이 점을 완곡하게 드러내죠. "러시워스 씨는 [관목 심기에 대한] 부인의 말에 동의한다는 뜻을 열심히 표현한 뒤, 뭔가 찬사를 바치려고 궁리했다. 하지만 부인의 취향을 따르겠다, 나도 항상 그렇게 하려고 했다는 말에 숙녀분들을 모두 편안하게 해드리려고 주의를 기울인다는 뜻을 표현하면서 동시에 자신이 특히 기쁘게 해드리고 싶은 숙녀는 단 한 분뿐이라고 넌지시 암시하겠다는 목적이 덧붙여지는 바람에 그는 점점 당황했다. 그러자 에드먼드가 기꺼이 나서서 포도주를 마시자고 제안하며 그의 말에 마무리를 지어주려고 했다." 이 소설의 다른 곳에서도 이런 장치가 발견됩니다. 레이디 버트럼이 무도회에 대해 이야기하는 장면이 한 예입니다. 오스틴은 그녀의 말을 직접 옮기지 않고 한 문장으로 묘사합니다. 여기에 중요한 점이 있습니다. 그 문장의 내용뿐 아니라 리듬, 구조, 억양이 모두 레이디 버트럼이 했다는 말의 특징을 전달해준다는 것.

집 꾸미기에 관한 대화는 메리 크로퍼드 때문에 끊어집니다. 그녀가 자기 하프와 해군 제독인 삼촌에 대해 짓궂게 마구 이야기하거든요. 그랜트 부인은 헨리 크로퍼드가 집을 꾸며본 경험이 조금 있으니 러시워스를 도울 수 있을지도 모른다는 뜻을 내비칩니다. 헨리는 조금 겸양을 떨다가 러시워스의 제안을 받아들이고, 노리스 부인의 선동으로 계획이 만들어집니다. 이런 일들이 벌어지는 6장은 이 소설의 구조에서 전환점 역할을 합니다. 헨리 크로퍼드는 러시워스의 약혼녀인 마리아 버트럼에게 추파를 던지고 있습니다. 이 소설에서 양심을 대변하는 에드먼드는 모든 계획을 듣고 "아무 말도 하지" 않습니다. 젊은이들이 제대로 된 보호자 없이 아둔한 러시워스 경의 소유지로 나들이를 나가겠다는 계획에서는, 이 소설의 관점에서 볼 때 어렴풋이 수상쩍은 냄새가 납니다. 이 6장에는 모든 등장인물이 멋지게 묘사되어 있습니다. 소더튼에서 젊은이들이 제멋대로 움직이는 장면은 중요한 장인 13~20장의 준비 과정에 해당합니다. 그리고 13~20장에서는 젊은이들이 연극을 연습하는 장면이 등장합니다.

＊

집 꾸미기에 대해 이야기할 때 러시워스는 렙턴이 자기 집의 서쪽에서 이어진 길의 오래된 떡갈나무들을 베어 좀더 탁 트인 전망을 만들어 줄 수 있을 것으로 확신한다고 말합니다. "미스 크로퍼드의 반대편에서 에드먼드 옆에 앉아 주의 깊게 귀를 기울이고 있던 패니가 에드먼드를 바라보며 작은 목소리로 말했다. '나무를 벤다니요! 아까워라! 쿠퍼의 시가 떠오르지 않아요? "베어 넘어진 가로수들이여, 너희의 부당한 운명을 다시 한번 슬퍼하노라.""" 패니의 시대에는 시를 읽고 공부하는 것이 지금보다 훨씬 더 자연스럽고, 평범하고, 보편적인 일이었음을 명심해야 합니다. 오늘날 우리의 문화적 분출구, 그러니까 이른바 문화적 분출구가 지난 세기 초반에 비해 다양해졌는지는 몰라도, 라디오와 비디오, 또는 믿을 수 없을 만큼 진부한 여성잡지의 저속함을 생각하면 패니가 시에 푹 빠진 것을 가벼이 넘기면 안 될 것 같다는 생각이 듭니다. 비록 시에 대해 이야기하는 패니의 말이 장황하고 단조롭다 하더라도 말이죠.

윌리엄 쿠퍼의 시 「소파」는 『과제』(1785)라는 장시의 일부이며, 오스틴이나 패니가 살았던 시대의 아가씨들이 친숙하게 읽었을 작품의 좋은 예입니다. 쿠퍼는 도덕을 지키는 사람의 훈계조에 그다음 시대에 특징적으로 나타난 낭만적인 상상력과 자연의 색채를 조화시킵니다. 「소파」는 아주 긴 시인데, 먼저 가구의 역사에 대해 다소 솔직한 이야기를 늘어놓다가 자연의 기쁨을 묘사하기 시작합니다. 도시생활의 안락함과 예술과 과학, 그리고 도시의 타락을 불편한 자연과 숲과 벌판의 도덕적 영향과 대비해본 뒤 쿠퍼는 자연을 선택합니다. 「소파」의 한 구절을 읊어보겠습니다. 쿠퍼가 친구의 정원에서 사람의 손이 닿지 않은 모습으로 그늘을 제공해주는 나무를 찬양하며, 오래된 가로수들을 베어내고 대신 탁 트인 잔디밭과 멋들어진 관목숲을 조성하는 당시의 유행을 한탄하는 내용입니다.

멀지 않은 곳에 길게 늘어선 주랑이
우리에게 손짓하네. 고대의 기념물이
지금은 조롱의 대상이나, 더 나은 대접을 받아야 마땅하지.
조상들은 찌는 듯이 뜨거운 태양을
가려주는 것의 가치를 알았다네. 그늘진 산책로와
낮게 뻗은 나무그늘에서 한낮에

저물녘의 어둠함과 서늘함을 즐겼지.
우리는 스스로 그늘을 들고 다닌다네.
다른 그늘, 얄팍하게 뻗은 우산을 스스로 없애버리고서,
나무 한 그루 없는 인디언 황무지를 펼쳐놓았어.

다시 말해서, 우리가 시골의 나무들을 베어버리고는 파라솔을 들고 다닌다는 뜻입니다. 러시워스와 크로퍼드가 소더튼의 조경에 대해 의논하고 있을 때, 패니가 인용한 구절은 이렇게 이어집니다.

베여 넘어진 가로수들이여, 너희의 부당한 운명을
다시 한번 슬퍼하노라. 너희의 일족 중에 아직
살아남은 자가 있음을 다시 한번 기뻐하노라.
우아한 아치가 얼마나 밝고 통풍이 잘되는지,
그러나 축성을 받은 지붕처럼 끔찍하게
경건한 성가의 메아리를 자꾸 만들어낸다네! 그 아래에서는
바둑판무늬의 땅이 홍수처럼 요동치는 것 같아
바람의 손길 때문에. 가지들 사이로 쏟아지는 빛은
어쩌나 장난스러운지 함께 춤을 추고
그늘과 햇빛이 금방 한데 섞여서……

18세기의 시나 산문에서 자주 볼 수 없는 즐거운 빛의 효과가 묘사된 장대한 구절입니다.

소더튼에서 패니는 실망을 맛봅니다. 저택의 예배당에 대해 낭만적인 환상을 품고 있었는데, "예배를 위해 꾸며진 널찍한 장방형의 방이 있을 뿐. 마호가니로 된 물건이 많고 진홍색 벨벳 쿠션이 저 위쪽의 가족석 난간 위로 보인다는 점만 빼면, 그리 놀랍거나 엄숙한 느낌이 들지" 않았거든요. 자신이 어리석었음을 깨달은 패니는 에드먼드에게 작은 목소리로 말합니다. "내가 생각한 예배당은 이런 게 아니에요. 여기에는 끔찍한 것도, 우울한 것도, 웅장한 것도 없어요. 신도석 사이의 통로도, 아치도, 명판도, 깃발도 없고요. '천국의 밤바람에 휘날릴' 깃발이 없다고요. '스코틀랜드 군주 여기 잠들다'라는 표지석도 없어요." 여기서 패니가 인용한 말이 그리 정확하지는 않아도, 어쨌든 월터 스콧 경의 「마지막 음유시인의 노래」(1805) 중 2편에서 교회를 묘사한 부분입니다.

10
수많은 문장紋章과 깃발,
천국의 밤바람에 흔들리고 찢어져……

그다음에는 마법의 항아리가 나옵니다.

11
동쪽 퇴창에서 빛나는 달,
날씬하고 멋진 돌기둥들 사이로,

거기에 이파리가 그려진 장식창까지……

유리창에는 다양한 모양이 그려져 있습니다.

달빛이 신성한 유리창에 입 맞추고,
길 위에 핏자국을 던졌다.

12
그들은 대리석 위에 썼지
스코틀랜드 군주 여기 잠들다……

등등. 쿠퍼의 시에서 햇빛이 만들어낸 무늬는 스콧의 시에서 달빛이
만들어낸 무늬와 멋진 균형을 이룹니다.
　이런 직접적인 인용보다 더 은근한 것은 회상입니다. 문학적인 기법
을 논할 때 사용되는 이 말에는 특별한 기술적 의미가 있지요. 문학적인
회상이란 작가가 자기보다 앞서 활동했던 어떤 작가를 무의식적으로
흉내내고 있음을 암시하는 구절, 이미지, 상황을 의미합니다. 작가는 어
딘가에서 읽은 뭔가를 기억해내고 그것을 사용해 자기만의 방식으로
재창조해냅니다. 좋은 사례가 소더튼을 배경으로 한 10장에 나옵니다.
어떤 문이 잠겨 있는데 열쇠가 없어서 러시워스가 열쇠를 가지러 갑니
다. 마리아와 헨리 크로퍼드는 그 자리에 남아 서로에게 조용히 추파를
던지는 듯한 분위기를 연출합니다. 마리아가 말합니다. "'네, 확실히 햇

빛이 반짝이고, 정원은 아주 상쾌해 보이네요. 하지만 안타깝게도 저 철문, 저 은장* 때문에 갑갑하고 힘들어요. 찌르레기의 말처럼, 나는 밖으로 나갈 수 없어요.' 이 말을 하면서 그녀는 감정을 드러낸 표정으로 문을 향해 걸어갔다. 그가 뒤를 따랐다. '러시워스 씨가 열쇠를 가져오는 데 너무 오래 걸리네요!'" 마리아의 말은 로런스 스턴의 『풍류여정기』(1768)를 인용한 겁니다. 이 작품의 화자, 즉 요릭이라는 이름의 나는 파리에서 새장 속의 찌르레기가 자신을 부르는 소리를 듣습니다. 이때 찌르레기가 한 말은 마리아가 러시워스와 약혼한 것에 대해 느끼는 불만과 긴장을 표현하는 데 안성맞춤입니다. 사실 그녀의 의도도 그런 것이었죠. 하지만 여기서 끝이 아닙니다. 『풍류여정기』에서 인용한 찌르레기의 말은 그보다 앞에 나오는 일화와 연결되어 있는 것 같거든요. 스턴이 작품 속에서 어렴풋하게 회상한 내용이 오스틴의 머릿속에 자리 잡고 있다가 소설 속 등장인물의 영리한 두뇌로 옮겨가서 분명한 추억으로 진화한 듯합니다. 요릭은 영국에서 프랑스까지 여행하던 도중 칼레에서 내려 파리까지 타고 갈 마차를 빌리거나 사려고 합니다. 그가 마차를 구한 곳은 르미즈**라는 곳인데, 어떤 르미즈의 문간에서 다음과 같은 장면이 벌어집니다. 이 르미즈의 주인은 무슈 데셍입니다. 당시의 실존 인물이던 그는 방자맹 콩스탕 드 르베크가 18세기 초에 쓴 유명한 프랑스 소설 『아돌프』(1815)에도 언급됩니다. 데셍은 마차들을 보여주

---

* 정원의 전망을 가리지 않으려고 도랑을 파서 세운 울타리.

** remise는 프랑스어로 '창고' '곳간'을 뜻하고, de remise는 옛 프랑스어로 '고급 삯마차'라는 뜻.

려고 요릭을 자신의 르미즈로 이끕니다. 그가 갖고 있는 것은 바퀴가 네 개고 사방이 막힌 사륜 역마차입니다. 요릭은 자신처럼 여행중인 아가 씨에게 매력을 느끼는데, 그녀는 "엄지손가락과 양쪽 집게손가락만 트 여 있는 검은색 비단장갑을……" 끼고 있습니다. 요릭은 그녀에게 팔 을 빌려주고, 두 사람은 르미즈의 문까지 함께 걸어갑니다. 하지만 데 셍은 열쇠를 향해 쉰 번이나 저주를 퍼부은 뒤에야 자신이 엉뚱한 열 쇠를 가지고 나왔음을 알아차리고, 요릭은 이렇게 말합니다. "나도 모 르게 계속 아가씨의 손을 잡고 있었다. 무슈 데셍은 이렇게 르미즈의 문을 바라보며 손을 잡고 있는 우리를 두고, 오 분 안에 돌아오겠다며 자리를 떴다."

여기서도 문을 열 열쇠가 없어서 젊은 연인들이 대화할 기회를 얻는 테마를 볼 수 있습니다.

***

소더튼에서 평소에는 접하기 힘든 친밀하고 사적인 대화의 기회를 잡는 것은 마리아와 헨리 크로퍼드뿐만이 아닙니다. 메리 크로퍼드와 에드먼드도 있습니다. 두 커플 모두 다른 사람들을 버리고 단둘이 될 수 있는 기회를 이용합니다. 마리아와 헨리는 러시워스가 열쇠를 찾으러 간 동안 잠긴 문 옆의 틈새로 살짝 들어가서 남들 눈에 띄지 않고 숲속 을 돌아다닙니다. 메리와 에드먼드는 숲을 가늠해본다는 명목으로 이 리저리 걸어다니죠. 가엾은 패니만 혼자 덩그마니 벤치에 앉아 있습니다. 오스틴은 여기서 소설을 깔끔하게 조경하는 솜씨를 보여줍니다. 게다가 이 소설은 여기서부터 연극처럼 진행되기 시작합니다. 앞서거니 뒤서거니 등장하는 팀은 모두 셋입니다.

1. 에드먼드, 메리 크로퍼드, 패니
2. 헨리 크로퍼드, 마리아 버트럼, 러시워스
3. 헨리 크로퍼드를 찾기 위해 노리스 부인, 러시워스 부인보다 훨씬 앞서서 움직이는 줄리아

줄리아는 헨리와 함께 돌아다니고 싶어합니다. 메리는 에드먼드와 함께 산책하고 싶어합니다. 에드먼드도 원하는 바입니다. 마리아는 헨리와 함께 걷고 싶어합니다. 헨리도 마리아와 함께 걷고 싶어합니다. 그리고 패니의 여린 마음속에는 물론 에드먼드가 있습니다.

여기서 벌어지는 일들을 여러 장면으로 나눌 수 있습니다.

1. 에드먼드, 메리, 패니가 사실은 깔끔하고 작은 숲이지만 황무지라고 불리는 곳에 등장해서 성직자에 대해 이야기합니다(메리는 예배당에서 에드먼드가 서품을 받을 예정이라는 말을 듣고 충격을 받은 상태입니다. 그가 성직자가 될 생각이라는 사실을 몰랐거든요. 그녀는 장래 남편감의 직업으로 성직자를 받아들이지 못합니다). 패니가 조금 쉬었으면 좋겠다고 말한 뒤, 세 사람은 벤치에 다다릅니다.

2. 패니는 혼자 벤치에 남아 있고, 에드먼드와 메리가 황무지의 경계

를 조사하러 갑니다. 패니는 그뒤로 꼬박 한 시간 동안 그 녹슨 벤치에 앉아 있습니다.

3. 헨리, 마리아, 러시워스로 구성된 다음 팀이 패니에게 다가옵니다.

4. 러시워스가 잠긴 문의 열쇠를 가져오려고 자리를 뜹니다. 헨리와 미스 버트럼은 잠시 남아 있다가 패니를 두고 더 먼 숲을 탐험하러 갑니다.

5. 미스 버트럼과 헨리가 잠긴 문을 넘어 정원 안으로 사라집니다. 패니는 혼자 남았습니다.

6. 세번째 팀의 전위대인 줄리아가 등장합니다. 도중에 열쇠를 가지러 집으로 돌아가는 러시워스 씨를 만난 줄리아는 패니와 이야기를 나눈 뒤 "열심히 정원 안쪽을 바라보며" 문을 넘어갑니다. 소더튼으로 들어올 때만 해도 크로퍼드는 그녀에게 주의를 기울였지요. 그녀는 마리아를 질투합니다.

7. 다시 혼자 남은 패니 앞에 러시워스가 나타납니다. 그는 숨을 몰아쉬며 열쇠를 들고 있습니다. 버림받은 사람들의 만남입니다.

8. 러시워스가 정원 안으로 들어가고, 패니는 또 혼자 남습니다.

9. 패니는 메리와 에드먼드가 걸어간 길을 가보기로 하고 움직이다가, 그 유명한 가로수길이 있는 정원 서쪽에서 돌아오는 두 사람과 마주칩니다.

10. 세 사람이 저택으로 돌아가, 세번째 팀의 나머지 인물들인 노리스 부인과 러시워스 부인과 마주칩니다. 두 부인은 막 집을 나서려는 참입니다.

버트럼 자매에게 11월은 '음울한 달'이었습니다. 반갑지 않은 아버지가 돌아오시기로 예정되어 있었으니까요. 아버지가 9월에 정기선을 타겠다고 했으니, 돌아오실 때까지는 13주(8월 중순부터 11월 중순까지)가 남아 있었습니다(사실 토머스 경은 개인이 운영하는 배를 타고 10월에 돌아옵니다). 맨스필드에서 버트럼 자매, 러시워스, 헨리 크로퍼드가 모두 피아노 앞에서 촛불을 켜느라 분주히 움직이고 있을 때, 미스 크로퍼드는 에드먼드와 함께 황혼녘 창가에 서서 토머스 경의 귀환에 대해 이렇게 말합니다. "다른 흥미로운 일들의 전조이기도 하죠. 당신 여동생의 결혼과 당신의 서품 말이에요." 에드먼드, 미스 크로퍼드, 패니가 관련된 서품 테마가 또다시 등장하는 장면입니다. 이다음에는 성직자가 되기로 결심한 동기, 경제적인 면에서 그의 선택이 적절했는가 하는 점에 대한 대화가 활발하게 이어집니다. 미스 크로퍼드는 11장 말미에서 피아노 앞에 즐겁게 모여 있는 사람들과 합류하고, 에드먼드는 패니와 함께 별을 보며 감탄하다가 음악을 들으려고 패니 곁을 떠납니다. 패니는 추위에 떨며 창가에 혼자 남고요. 모두들 패니의 곁을 떠나는 테마가 또 반복되는 겁니다. 이 음악실 장면에서 젊은이들이 보여주는 다양한 움직임은 에드먼드가 날렵하고 자그마한 메리의 밝고 우아한 아름다움과 호리호리한 패니의 숨죽인 사랑스러움 사이에서 무의식적으로 느끼는 망설임을 상징적으로 보여줍니다.

토머스 경이 강조한 규범이 소더튼에서 느슨해져 통제할 수 없는 지경이 되자 젊은이들은 마침내 토머스 경이 돌아오기 전에 연극을 공연하자고 제안하기에 이릅니다. 『맨스필드 파크』에서 이 연극 테마는 대단한 성취도를 보여줍니다. 12~20장에서 연극 테마는 동화 속 마법과 운명을 기둥 삼아 전개됩니다. 이 테마는 새로운 인물의 등장으로 시작됩니다. 이 테마와 관련해서 가장 먼저 등장해 가장 늦게 사라지는 인물인 그는 예이츠라는 청년으로, 톰 버트럼의 친구입니다. "그는 실망의 날개에 실려왔다. 그의 머릿속에는 온통 연극 생각뿐이었는데, [그가 떠나온] 파티가 연극 파티였기 때문이다. 그도 역할을 맡아 출연하기로 했던 그 연극은 공연까지 겨우 이틀이 남아 있었으나, 가장 가까운 친척이 갑자기 세상을 떠나는 바람에 계획이 무산되고 참가자들도 흩어져버렸다." 그는 버트럼 일행에게 "처음 배역을 결정할 때부터 에필로그에 이르기까지 모두 마법 같았다"고 설명합니다(마법이라는 말에 주목하세요). 그리고 예이츠는 평범하고 지루한 삶, 아니 우연한 죽음 때문에 공연이 무산된 것을 애통해합니다. "불평해도 소용없는 일이지만, 확실히 그 노부인이 돌아가신 시기가 정말 나빴어요. 정말이지 그 소식을 딱 사흘만 덮어두었으면 좋았을 것이라는 생각이 저절로 들 정도예요. 딱 사흘이었는데. 어차피 노부인이셨고, 200마일이나 떨어진 곳에서 일어난 일이니 소식을 덮어두었어도 크게 문제가 되지는 않았을 거예요. 실제로 그런 제안이 나오기도 했고요. 하지만 제가 보기에 영국에서 가장 올바른 사람 중 한 분인 레이븐쇼 경은 아예 들으려고도 하지 않았습니다."

톰 버트럼은 그 노부인의 죽음이 어떤 의미에서는 연극이 끝난 뒤에 하는 일종의 촌극 같다고 말합니다. 레이븐쇼 일가끼리만 치르게 될 노부인의 장례식에 대해 하는 말입니다(당시에는 본 공연이 끝난 뒤 가볍고 대개 익살스러운 촌극을 공연하는 관습이 있었습니다). 여기서 우리는 아버지인 토머스 버트럼 경 때문에 연극 공연이 숙명적으로 중단될 것이라는 복선을 볼 수 있습니다. 그들이 맨스필드에서 연습하는 〈연인의 맹세〉가 본 공연이라면, 토머스 경의 귀환은 극적인 촌극이 될 테니까요.

예이츠가 연극에 대해 마법 같다는 표현을 쓴 것이 젊은이들의 상상력에 불을 지릅니다. 헨리 크로퍼드는 지금 이 순간 자기는 바보라서 샤일록이나 리처드 3세에서부터 익살극의 노래하는 주인공에 이르기까지 어떤 역할이라도 할 수 있다고 선언합니다. "아직 맛보지 못한 즐거움"이라면서 자기들도 한 장면이든, 연극 한 편의 절반이든, 하여튼 뭐라도 공연하자고 제안하는 사람도 바로 헨리 크로퍼드입니다. 톰은 초록색 당구대 천으로 막을 만들어야 한다고 말하고, 예이츠는 다양한 무대배경을 만들어야 한다고 무심하게 제안합니다. 에드먼드는 놀라서 이 계획에 찬물을 끼얹으려고 공들여 냉소적인 말을 던집니다. "아니지…… 어중간하게 하면 안 돼. 연극을 공연하려면, 1층 객석, 박스석, 맨 위층의 값싼 객석까지 다 갖춰진 극장에서 해야지. 작품도 처음부터 끝까지 온전히 공연해야 하고. 그러니까 독일 작품이든 뭐든, 훌륭한 트릭과 말미의 변화무쌍한 촌극과 댄스와 나무피리와 막간의 노래까지 다 있어야 한단 말이야. 만약 우리가 에클스퍼드[연극 공연을 하려다

무산된 곳]보다 더 잘하지 못할 거라면 아예 아무것도 하지 말아야 돼." 트릭과 변화무쌍한 촌극이 언급된 이 말은 운명적인 발언입니다. 일종의 마법 주문이죠. 실제로 정확히 이런 일이 벌어지거든요. 아버지의 귀환이 일종의 트릭이자 변화무쌍한 속편이 될 예정입니다.

그들은 공연을 할 수 있는 방을 찾으러 나섭니다. 그리고 당구실을 선택하죠. 하지만 양쪽의 문을 모두 열고 닫으려면 토머스 경의 서재에 있는 책꽂이를 없애야 합니다. 당시에는 가구의 배치를 바꾸는 것이 아주 심각한 일이었습니다. 그래서 에드먼드는 점점 더 걱정에 짓눌립니다. 그러나 게으른 어머니와 버트럼 집안의 두 딸을 무작정 예뻐하는 이모는 전혀 반대하지 않습니다. 노리스 부인은 실용적인 일에 능하다는 점을 내세워서 막을 재단하는 일과 소도구 감독을 맡겠다고 나서기까지 합니다. 하지만 연극을 공연하자는 계획에는 여전히 부족한 점이 있습니다. 여기서 일종의 마법, 예술적인 숙명이 부리는 마법의 트릭에 주목해봅시다. 예이츠가 언급한 작품 〈연인의 맹세〉는 이제 잊힌 것처럼 보이지만, 사실은 잠복해 있습니다. 아직 아무도 알아차리지 못한 보물인 셈이죠. 그들은 다른 작품들을 검토해보지만 모두 배역이 너무 많거나 너무 적습니다. 또한 비극과 희극으로 서로 의견이 엇갈리기까지 합니다. 그때 갑자기 마법이 발동합니다. 톰 버트럼이 "탁자에 놓여 있는 많은 희곡 책 중 한 권을 들어 뒤적이다가 갑자기 소리쳤다. '〈연인의 맹세〉야! 레이븐쇼 집안에서 했다면 우리라고 안 될 것 없지. 왜 이 생각을 못했지?'"

〈연인의 맹세〉(1798)는 아우구스트 프리드리히 페르디난트 폰 코체부가 쓴 〈사생아〉를 엘리자베스 인치벌드 부인이 번안한 작품입니다. 상당히 어이없는 작품이지만, 아마 현대의 많은 히트작보다 더하지는 않을 겁니다. 플롯의 중심은 월든하임 남작이 자기 어머니의 시녀인 애거사 프리버그에게서 낳은 사생아 프레더릭의 운명입니다. 애거사는 연인인 남작과 헤어진 뒤 엄격한 생활을 하면서 아들을 기릅니다. 그동안 남작은 알자스 출신의 부유한 아가씨와 결혼해 그녀의 저택에서 삽니다. 연극이 시작되는 시점에 남작은 아내와 사별한 뒤 외동딸 어밀리아를 데리고 독일에 있는 자신의 성으로 돌아와 있습니다. 한편 비극에든 희극에든 꼭 필요한 우연 덕분에 애거사 역시 그 성과 이웃한 자신의 고향마을로 돌아와 있습니다. 그런데 그녀가 동네 여관 겸 주점에서 돈을 내지 못해 쫓겨나는 일이 벌어집니다. 그리고 또다른 우연으로 아들인 프레더릭이 그녀를 발견합니다. 프레더릭은 5년 동안 군인으로 원정에 참가했다가 이제 민간인 일자리를 구하려고 돌아온 참이었습니다. 취직을 위해 출생증명서가 필요하다고 말하자 애거사는 경악해서 하는 수 없이 줄곧 숨겨오던 출생의 비밀을 아들에게 알려줍니다. 고백을 마친 뒤 그녀는 쓰러지고, 프레더릭은 어머니를 위해 어떤 오두막을 거처로 정합니다. 그리고 먹을 것을 살 돈을 구하려고 밖으로 나가죠. 마침 다행스럽게도 또다른 우연으로 그는 남작과 카셀 백작(어밀리아에게 구혼중인 인물입니다. 부유하지만 어리석은 성격이죠)을 만납니다. 프레더릭은 돈을 충분히 구하지 못했기 때문에 남작이 아버지인지도 모른 채 그를 위협하고, 남작은 그를 성의 감옥에 가둡니다.

여기서 프레더릭의 이야기가 잠시 중단되고 어밀리아와 그녀의 가정교사인 언홀트 목사의 이야기가 끼어듭니다. 언홀트 목사는 남작에게서 카셀 백작의 편을 들어달라는 부탁을 받았지만, 사실 어밀리아와 언홀트 목사는 서로 사랑하는 사이입니다. 그래서 어밀리아는 메리 크로퍼드가 아주 부끄러워하면서 반대한 대사를 통해 그가 사랑을 선언하게 만듭니다. 그러고는 프레더릭이 감옥에 갇혔다는 소식을 듣고 함께 그를 도우려고 나섭니다. 어밀리아는 감옥으로 먹을 것을 가져다주고, 언홀트는 남작과 그의 만남을 주선합니다. 프레더릭은 언홀트와 대화를 하다가 자신의 아버지가 누구인지 알아차렸으므로, 남작과 만난 자리에서 그 비밀이 밝혀집니다. 마지막에는 모두 행복한 결말을 맞습니다. 남작은 젊은 시절의 잘못을 속죄하기 위해 피해자인 애거사와 결혼하려 하고, 프레더릭을 아들로 인정합니다. 카셀 백작은 실망해서 물러나고, 어밀리아는 내성적인 언홀트와 결혼합니다(이 시놉시스는 대부분 클라라 링크레이터 톰슨의 1929년 저서 『제인 오스틴 연구』에 나온 설명을 따랐습니다).

이 희곡이 선택된 것은 오스틴이 이 작품을 특별히 부도덕하다고 보았기 때문이 아니라, 여러 배역들을 소설 속 등장인물들에게 배분하기가 지극히 편리했기 때문입니다. 그래도 버트럼 남매들과 그 주변 인물들이 이 작품을 공연하는 것을 오스틴이 마뜩잖게 보았음이 분명히 드러나 있습니다. 이 작품이 사생아 문제를 다루고 있을 뿐만이 아니라, 신사 계급의 젊은이들이 적절하지 못할 만큼 노골적이고 솔직하게 사랑을 구하며 말하고 행동할 기회를 제공해주기도 하며, 애거사가 지금 아무리 후회하고 있다 하더라도 한때 불륜의 사랑으로 사생아를 낳았기 때문이기도 합니다. 이런 역할을 미혼의 아가씨가 연기하는 건 부적절합니다. 이런 반대 이유들이 구체적으로 밝혀져 있지는 않지만, 패니가 이 희곡을 읽으면서 괴로워하는 데에 중대한 영향을 끼쳤음이 분명합니다. 적어도 처음에는 에드먼드 역시 이 주제와 연기에 불쾌감을 느끼고요. "[패니가] 혼자 남은 시간을 이용해 가장 먼저 한 일은 탁자 위에 놓인 책을 집어든 것이었다. 그녀는 지금까지 아주 많은 이야기를 들은 그 희곡을 직접 알아보기 시작했다. 호기심이 완전히 깨어난 채로, 가끔 놀라서 잠깐씩 멈출 때만 빼고 그녀는 열심히 그 책을 독파했다. 지금 이런 작품이 선택되었다는 사실이 놀라웠다. 개인적인 공연에 이런 작품을 제안하고 받아들일 수 있다니! 애거사와 어밀리아는 그녀가 보기에 집에서 연기하기에 전적으로 부적절한 인물들이었다. 부적절한 이유가 서로 다르기는 했다. 한 사람은 말투가, 다른 한 사람은 처해 있는 상황이 정숙한 여자가 표현하기에는 너무나 부적절했다. 그래서 패니는 사촌언니들이 지금 제대로 알고 이런 짓을 하려는 건지 의심스러웠다. 최대한 빨리 에드먼드의 충고를 듣고 언니들이 정신을 차리기를 바랄 뿐이었다. 에드먼드라면 틀림없이 그런 충고를 해줄 것이다."* 제인 오스틴이 패니와 같은 생각을 갖고 있지 않았을 것이라고 가정할 이유가 하나도 없습니다. 그러나 중요한 것은 이 연극을 부도덕하다고 비난해야 한다는 점이 아니라, 전문적인 극단과 배우들에게만 적합한 작품이라서 버트럼 남매들과 그 주변 인물들에게는 무엇보다 부적절하다

---

* 나보코프는 메모를 적어둔 자신의 책에서 이 문단에 다음과 같은 메모를 덧붙였다. "패니가 옳다. 어밀리아 역할에는 다소 꺼림칙한 부분이 있다." —편집자

는 점입니다.

　이제 배역을 나눌 차례입니다. 예술적인 숙명은 소설 속 등장인물들의 진짜 관계가 연극 속 등장인물들의 관계를 통해 드러나도록 일을 꾸밉니다. 헨리 크로퍼드는 자신과 마리아가 원하는 배역을 맡을 수 있게 상황을 이끌어가는 데에 악마적인 잔꾀를 드러냅니다. 다시 말해서, 계속 함께 있으면서 계속 서로를 끌어안을 수 있는 배역(프레더릭과 그의 어머니 애거사)을 맡겠다는 겁니다. 반면 이미 줄리아에게 매력을 느끼고 있던 예이츠는 줄리아에게 작은 역할이 제안된 것에 분노합니다. 줄리아는 그 배역을 거절하죠. "'농가의 아낙이라니!' 예이츠 씨가 소리쳤다. '무슨 소리를 하는 건가? 가장 하찮고, 시시하고, 눈에 띄지 않는 배역이잖아. 가장 단순하고 진부한 역할이라고. 전체를 통틀어서 웬만한 대사 한마디 없어. 자네 여동생한테 그런 역할을 맡으라니! 제안하는 것만으로 모욕이야. 에클스퍼드에서는 가정교사가 그 역을 맡았어. 우리 모두 다른 사람한테는 주면 안 되는 역할이라고 동의했거든.'" 하지만 톰은 완고합니다. "아뇨, 안 됩니다. 줄리아가 어밀리아 역을 맡으면 안 돼요. 그애한테 전혀 맞지 않아요. 그애도 좋아하지 않을 거고요. 잘하지도 못할 겁니다. 키가 너무 크고 너무 튼튼해요. 어밀리아는 작고, 가볍고, 소녀 같고, 통통 튀는 인물이어야 합니다. 미스 크로퍼드에게 잘 맞아요. 미스 크로퍼드뿐입니다. 그 배역 자체처럼 보이잖아요. 그녀가 그 역할을 아주 훌륭하게 해낼 겁니다." 애거사 역에 마리아가 적합하다고 주장해서 줄리아가 그 역을 맡지 못하게 만든 헨리 크로퍼드는 그로 인한 피해를 보상하려고 어밀리아 역을 줄리아에게 주자고 주장하지만, 질투에 휩싸인 줄리아는 그의 저의를 의심합니다. "그래서 급히 치솟는 분노를 느끼며 떨리는 목소리로" 그를 비난합니다. 그리고 톰이 그 역을 맡을 사람은 미스 크로퍼드뿐이라고 계속 주장하자 이렇게 말하죠. "'내가 그 역을 원할까봐 걱정할 필요 없어.' 줄리아가 화가 나서 곧바로 소리쳤다. '난 애거사 역 안 해. 그리고 다른 역도 전혀 안 할 거야. 어밀리아 역은 세상의 모든 배역 중에서 제일 싫어. 그 여자가 얼마나 싫은지 몰라.' ……이렇게 말하고 나서 그녀는 재빨리 방을 나가버렸다. 남은 사람들 중 한두 명은 어색해졌지만, 패니를 제외한 모든 사람들은 조금 연민을 느꼈다. 반면 그동안 조용히 듣고 있던 패니는 질투에 휘둘려 동요하는 줄리아가 몹시 안쓰러웠다."

다른 배역들에 대한 논의, 특히 톰이 익살스러운 역을 모두 맡겠다고 하는 부분에서 이 젊은이들의 성격이 더욱 잘 드러납니다. 위엄 있는 바보인 러시워스는 카셀 백작 역을 맡습니다. 그에게 아주 딱 어울리는 역이죠. 그는 분홍색과 파란색 새틴으로 만든 의상을 입고 꽃처럼 피어나, 마흔두 개의 대사를 자랑스러워합니다. 결국 그 대사를 끝내 암기하지 못하지만요. 젊은이들 사이에 일종의 열광이 번지면서, 패니는 괴로워합니다. 연극은 자유와 방종의 잔치가 될 겁니다. 특히 마리아 버트럼과 헨리 크로퍼드의 죄 많은 열정이 자유를 누리겠죠. 이때 몹시 중요한 문제가 제기됩니다. 젊은 가정교사 겸 목사인 언홀트 역을 누가 맡을 것인가? 운명은 확실히 에드먼드를 밀고 있지만, 그는 내키지 않는 기색입니다. 그 역을 맡으면 어밀리아, 그러니까 메리 크로퍼드를 사랑하는 연기를 하게 되겠지요. 그러나 그녀가 그에게 불러일으키는 어질어질한 열정이 그의 망설임을 누릅니다. 잘 모르는 젊은이인 찰스 매덕스를 데려와서 언홀트 역을 맡겨 메리와 사랑하는 연기를 하게 만들겠다는 말에 견디지 못하고 그 역을 맡기로 하거든요. 에드먼드는 패니에게 이 공연이 외부 사람들에게 너무 많이 알려지는 것을 막고, 이 어리석은 연극을 식구들만의 일로 만들기 위해 그 역을 받아들이겠다고 서투른 변명을 합니다. 그를 자기들 수준으로 끌어내리는 데 성공한 그의 형과 여동생은 즐겁게 그를 맞이하지만, 식구들만의 일로 하자는 그의 조건을 차갑게 무시해버리고 인근의 가문 사람들을 모두 초대하기 시작합니다. 패니는 어린 목격자처럼 메리 크로퍼드의 연습과 에드먼드의 연습을 차례로 들어주어야 하는 처지가 됩니다. 본 연극이 시작되기 전의 짧은 연극인 셈이죠. 그들이 만난 장소는 패니의 방이고, 그녀는 두 사람 사이의 연결고리가 됩니다. 예의바르고 우아하지만 아무 희망이 없는 신데렐라가 다른 사람들의 시중을 들어주는 장면 같습니다.

아직 정하지 못한 배역이 하나 남아 있습니다. 그래야 연극을 3막까지 완전히 연습할 수 있습니다. 처음에 패니는 줄리아가 퇴짜 놓은 농가 아낙네 역할을 열심히 고사합니다. 자신이 연기를 잘할 수 있을지 자신이 없어서 본능적으로 거부한 겁니다. 그랜트 부인이 그 역을 받아들이지만, 정작 연습을 하기로 한 저녁에 참석하지 못합니다. 사람들은 그 아낙네의 대사를 대신 읽어달라고 패니를 몰아붙입니다. 특히 에드먼드의 태도가 강력합니다. 패니가 억지로 그렇게 하겠다고 하는 순간, 마법이 깨집니다. 순수한 그녀가 그 소란스러운 판에 들어가자, 가져서는 안 되는 감정과 추파 던지기라는 악마들이 흩어집니다. 하지만 연습은 결코 끝까지 이루어지지 못합니다. "그들이 연습을 시작하기는 했다. 자기들이 내는 소리에 너무 푹 빠져 있어서 저택의 다른 쪽에서 평소와 다른 소리가 들려오는 것을 알아차리지 못하고 어느 정도 연습을 진행했을 때, 문이 벌컥 열리더니 줄리아가 잔뜩 겁먹은 얼굴로 나타나 이렇게 외쳤다. '아버지가 돌아오셨어요! 지금 현관에 계세요.'" 결국 줄리아가 누구보다 중요한 역할을 맡았던 겁니다. 이렇게 1권이 끝납니다.

오스틴의 연출로 두 서투른 아버지, 두 답답한 부모가 당구실에서 만납니다. 서투른 윌든하임 남작 역을 맡은 예이츠와 토머스 버트럼 경 역을 맡은 토머스 버트럼 경입니다. 예이츠는 매력적인 미소와 함께 고개 숙여 인사하는 것으로, 서투른 아버지 역할을 토머스 경에게 넘깁니다. 이것은 모두 연극 말미에 공연하는 촌극과 같습니다. "[톰은] 극장으로 꾸며둔 방으로 갔다. 마침 그의 아버지와 친구가 첫 대면을 하는 순간이었다. 토머스 경은 자기 방에 촛불들이 켜져 있는 것을 보고 상당히 놀란 참이었다. 이리저리 둘러보니 조금 전까지 사람이 있었던 여러 흔적이 있고, 전체적으로 가구들의 배치가 혼란스러웠다. 당구실 문 앞에 있던 책꽂이가 사라진 것이 특히 눈에 띄었다. 그러나 그가 이 모든 일에 미처 놀라움을 느끼기도 전에 당구실에서 더욱더 놀라운 소리가 들려왔다. 누군가가 거기서 아주 큰 소리로 말을 하고 있었다. 그가 모르는 목소리였는데, 단순히 말을 하는 정도가 아니라 거의 고함을 지르고 있었다. 그는 그 문으로 다가가, 그래도 즉시 그곳으로 넘어갈 수단이 있어서 다행이라는 생각을 하며 문을 열었다. 순식간에 그는 극장의 무대 위에 서 있었고, 맞은편에는 고함을 지르는 청년이 있었다. 청년은 마치 그를 때려눕힐 것 같은 자세였다. 예이츠가 토머스 경의 존재를 인식하고, 그동안의 모든 연습에서도 보여준 적이 없었던, 최고의 놀란 표정을 지은 순간에 톰 버트럼이 반대편 문으로 들어왔다. 그는 지금만큼 침착함을 유지하기 힘들었던 적이 없었다. 생전 처음 무대에 서게 된 아버지의 근엄하면서도 놀라운 표정, 열정을 토로하던 윌든하임 남작이 점차 좋은 가정교육을 받은 느긋한 청년 예이츠 씨로 변해서 토머스 버트럼 경에게 고개 숙여 인사하며 사과하는 모습은 정말 대단한 광경이었다. 어찌나 진실한 연기인지 무슨 일이 있어도 놓치고 싶지 않을 정도였다. 십중팔구 이것이 그 무대에서 선보이는 마지막 장면일 것이다. 하지만 그는 이보다 더 훌륭한 연기는 없을 것이라고 확신했다. 이 극장은 최고의 갈채 속에서 문을 닫을 것이다."

토머스 경은 이렇다 할 비난을 하지 않은 채, 무대배경을 그리려고 고용한 화가를 내보내고, 목수에게는 당구실에 새로 설치한 것을 모두 철거하라고 지시합니다. "하루나 이틀 뒤 예이츠 씨도 떠났다. 그가 떠난 것에 토머스 경은 크게 흥미를 느꼈다. 가족끼리만 있고 싶어서…… 그는 크로퍼드 씨가 떠나든 말든 별로 관심이 없었다. 그러나 예이츠 씨를 현관까지 배웅하며 즐거운 여행을 하기 바란다고 행운을 빌어준 것은 진정한 만족감에서 우러나온 말이었다. 예이츠 씨는 맨스필드에서 연극을 위해 준비했던 모든 것, 연극과 관련된 모든 것이 파괴되고 제거되는 것을 지켜본 뒤, 저택이 전체적으로 건전한 모습으로 돌아왔을 때 그곳을 떠났다. 토머스 경은 그가 떠나는 것을 지켜보며, 이 계획과 관련된 최악의 것,* 이 계획의 존재를 필연적으로 상기시킬 마지막 존재가 이로써 모두 제거된 것이기를 바랐다.

노리스 부인은 그를 괴롭힐지도 모르는 물건 하나를 그의 시야에서 치워버릴 방법을 궁리했다. 그녀가 재능을 쏟아 작업을 감독해서 성공적으로 만들어낸 막이 그녀의 오두막으로 옮겨졌다. 공교롭게도 마침 그녀는 특히 초록색 당구대 천이 필요하던 참이었다."

***

헨리 크로퍼드는 마리아와 너무 깊이 얽히기 전에 그녀에게 추파를 던지던 것을 갑자기 그만두고 바스로 떠납니다. 처음에 토머스 경은 러시워스를 좋게 생각하지만, 곧 환상에서 깨어나 마리아에게 원한다면 파혼할 수 있게 해주겠다고 기회를 줍니다. 그녀가 러시워스 씨를 무시하는 것을 알아차렸거든요. 하지만 마리아는 아버지의 제안을 거절합니다. "그녀는 자신의 운명을 되돌릴 수 없을 정도로 확정지었다는 것, 소더튼과의 인연을 새로이 서약했다는 것, 크로퍼드가 그녀의 행동을 지배해 앞날을 망치고는 승리감을 느낄 기회가 사라졌으니 이제 안전해졌다는 것 때문에 기쁜 마음이었다. 그래서 자부심과 결의를 다지며 물러났다. 아버지의 의심을 다시 사지 않도록 앞으로는 러시워스 씨를 좀더 조심스럽게 대해야겠다는 생각뿐이었다." 곧 결혼식이 열리고 신혼부부는 브라이턴으로 신혼여행을 떠납니다. 줄리아도 함께

---

* "예이츠, 연극의 마지막 소도구인 그가 제거되었다." 나보코프가 자신의 책에 적어둔 메모. —편집자

가죠.

패니는 토머스 경의 마음에 완전히 들어서 그의 귀여움을 받습니다. 갑자기 내린 비에 목사관으로 피신한 것을 계기로 메리 크로퍼드와 친해지기도 하지요. 패니 본인은 조금 꺼리는 기분이 있습니다만. 그러다 에드먼드가 가장 좋아하는 곡을 메리가 하프로 연주하는 것을 듣게 됩니다. 메리 크로퍼드와의 친분 덕분에 나중에는 에드먼드와 함께 목사관의 저녁식사에 초대도 받습니다. 거기서 며칠 동안 다니러 온 헨리 크로퍼드를 만나죠. 이때 소설의 구조가 새롭게 비틀립니다. 아름다워진 패니에게 매력을 느낀 헨리가 2주 동안 머물면서 패니가 자기를 사랑하게 만드는 놀이를 해야겠다고 결심하는 겁니다. 그는 이 계획에 대해 여동생과 가볍게 이야기를 나누면서, 이렇게 선언합니다. "너는 그애를 매일 보니까 몰랐겠지만, 내가 분명히 말하는데, 그애는 가을에 봤을 때랑 완전히 달라졌어. 그때는 그저 조용하고, 얌전하고, 못생기지는 않은 아이에 불과했지. 하지만 지금은 정말로 예뻐. 예전에는 안색도 용모도 별로라고 생각했는데, 어제 그 부드러운 피부가 툭하면 빨갛게 물드는 것을 보니까 확실히 예쁘더라고. 그 눈과 입도 보아하니, 뭐든 표현하고 싶은 것이 있을 때 제대로 표현하는 것 같더라. 그리고 그 분위기, 그 태도, 하여튼 모든 면에서 형언할 수 없이 나아졌어! 10월 이후로 키도 틀림없이 최소한 2인치는 자랐을 거야."

여동생은 허튼소리라고 오빠에게 코웃음을 치지만, 패니가 "지내다 보면 점점 마음에 드는 예쁜 아가씨"이긴 하다고 인정합니다. 그리고 헨리는 패니에게 도전하는 과제에 크게 마음이 끌린다고 고백합니다. "내가 여자랑 그렇게 오랜 시간을 함께 있으면서 즐겁게 해주려고 애를 쓰고도 아무 성과도 거두지 못한 건 이번이 처음이야! 그렇게 진지한 얼굴로 나를 바라본 여자도 처음이고! 내가 반드시 어떻게든 해야겠어. 그애의 표정은 꼭 이렇게 말하는 것 같아. '난 당신을 좋아하지 않을 겁니다. 절대로 좋아하지 않기로 결심했습니다.' 하지만 말이지, 결국 날 좋아하게 될 거야." 메리는 패니가 피해를 입는 걸 원하지 않는다고 말합니다. "진심으로 바라는데, 그애를 진짜로 불행하게 만들지는 마. 약간의 사랑 정도라면 그애를 활기 있게 만들어주고 도움이 될지도 모르지만, 오빠가 그애를 깊은 구덩이에 던져넣는다면 가만히 있지 않겠어." 헨리는 고작해야 2주뿐이라고 대꾸합니다. "그래, 그애한테 해를 끼치지 않을 테니 걱정 마, 귀여운 것! 난 그저 그애가 상냥한 얼굴로 날 바라보고, 미소를 지으며 얼굴을 붉히고, 어디서든 나를 위해 자기 옆자리를 비워두고, 내가 그 자리에 앉아 말을 걸면 온통 활기를 띠기를 바랄 뿐이야. 나처럼 생각하고, 내 소유물과 나의 즐거움에 모두 관심을 보이고, 맨스필드에 나를 오랫동안 붙들어두려고 하고, 내가 떠난다면 다시는 행복을 느낄 수 없을 것 같다고 생각하게 되기를 바라는 거라고. 그것뿐이야.'

'그것참 소박하네!' 메리가 말했다. '이제 나도 양심의 가책을 느끼지 않아도 되겠는걸.'

그녀는 더이상 충고하려 하지 않고 패니를 운명에 맡기기로 했다. 만약 패니가 미스 크로퍼드는 짐작도 하지 못한 방식으로 마음에 경계를 세우지 않았다면, 조금은 부당하다 싶을 정도로 가혹한 운명을 만났을

지도 모른다……"

　오랫동안 바다에 나가 있던 패니의 오빠 윌리엄이 돌아오자, 토머스 경이 그를 맨스필드 파크로 초대합니다. "토머스 경은 자신이 후원한 청년이 7년 전과는 아주 다른 사람이 되어 돌아온 것에 기쁨을 느꼈다. 그는 이제 활달하고 유쾌한 표정이었으며, 솔직하고 자연스러우면서도 다감하고 예의발라서 토머스 경도 친하게 지낼 수 있을 것 같았다." 패니는 사랑하는 윌리엄 오빠를 만나서 몹시 기뻐합니다. 윌리엄도 패니를 끔찍이 사랑하지요. 헨리 크로퍼드는 "오빠가 바다에서 그만큼 시간을 보내다보면 반드시 겪게 마련인 급박한 위험이나 무서운 장면들을 이야기하는 동안 패니의 뺨이 달아오르고 눈이 반짝거리는 모습, 그녀가 깊은 관심을 드러내거나 홀린 듯이 주의를 기울이는 모습"을 바라보며 감탄합니다.

　"헨리 크로퍼드도 그런 장면의 가치를 알아볼 정도의 도덕적인 감각은 갖고 있었다. 패니의 매력이 더욱, 두 배쯤 커졌다. 그녀의 얼굴을 아름답게 물들이고 표정에 빛을 더해준 감수성이 그 자체로서 매력적이었기 때문이다. 이제 그는 그녀가 지닌 마음의 크기를 의심하지 않았다. 그녀는 진정한 감성을 느낄 줄 알았다. 저런 여자에게 사랑받는다면, 그녀의 어리고 순수한 마음에 처음으로 열정을 불러일으킨다면, 얼마나 굉장할까! 그는 예상했던 것보다 훨씬 더 그녀에게 흥미를 품었다. 2주는 충분하지 않았다. 그는 무한히 머무르게 되었다."

버트럼 일가 전원이 목사관의 만찬에 초대됩니다. 식사가 끝나고 어른들이 휘스트*를 하는 동안 젊은이들과 레이디 버트럼은 스페큘레이션이라는 카드게임을 합니다. 헨리는 말을 타고 오다가 에드먼드가 나중에 목사로 취임하게 될 손턴 레이시를 보았다는 이야기를 꺼냅니다. 그곳 목사관의 모습에 상당히 감탄한 그는 에드먼드에게 그곳을 더 좋게 꾸밀 수 있는 방법들을 여러 가지 제시하며 몰아붙입니다. 전에 러시워스의 저택을 보았을 때처럼요. 집과 정원을 꾸미는 일이 헨리 크로퍼드의 바람기와 공존할 수 있다는 점이 신기합니다. 둘 다 계획 또는 책략을 세우는 일이기는 하죠. 러시워스의 저택을 꾸밀 계획을 짤 때, 헨리는 러시워스의 약혼녀인 마리아를 유혹할 계획도 함께 세웁니다. 그리고 이번에는 에드먼드가 장차 살게 될 곳을 이야기하면서, 미래에 에드먼드의 아내가 될 패니 프라이스를 정복할 계획을 세우고 있습니다. 그는 자기가 그 집을 빌릴 수 있게 해달라고 에드먼드를 채근합니다. 그러면 "날이 갈수록 더욱 소중해지고 있는 맨스필드 파크 사람들과의 우정과 친분을 지속하면서 더욱더 다듬어 완벽하게 만들 수" 있을 것이라면서요. 하지만 토머스 경이 그의 요청을 부드럽게 거절하면서, 에드먼드가 서품을 받으면 맨스필드에서 살지 않을 것이라고 설명합니다. 겨우 몇 주 뒤에 서품을 받고, 손턴 레이시에 살면서 교인들을 돌볼 것이라고요(헨리는 에드먼드가 목사 업무를 대리인에게 맡기지 않고 직접 할 것이라고는 꿈에도 생각한 적이 없습니다). 손턴 레이시의 집을 단

---

* 카드놀이의 일종.

순한 목사관이 아니라 신사의 집으로 만들 수 있다는 헨리의 주장에 메리 크로퍼드가 관심을 보입니다. 지금까지 설명한 대화는 모두 그들이 하고 있는 스페큘레이션 게임과 예술적으로 얽혀 있습니다. 미스 크로퍼드는 카드놀이를 하면서, 성직자가 될 에드먼드와 결혼해야 할지 고민합니다. 그녀의 생각이 게임에 투영되는 이 방식은, 그녀가 어밀리아 역을 맡아 패니 앞에서 언홀트 역의 에드먼드와 연습하던 장면을 연상시킵니다. 거기서도 연극 속의 지어낸 이야기와 현실이 똑같이 교차되었으니까요. 계획과 책략이라는 테마는 집 꾸미기, 연극 연습, 카드게임과 이렇게 연결되어, 이 소설에서 매우 예쁜 무늬를 그려냅니다.

26장에 나오는 무도회는 그다음의 구조적 전개입니다. 무도회 준비 과정에서 다양한 감정과 행동이 등장해 이야기를 형성하고 전개하는 데 도움이 됩니다. 토머스 경은 한층 예뻐진 패니의 외모에 감탄하고 그녀와 윌리엄에게 어떻게든 기쁨을 주고 싶은 마음에 패니를 위한 무도회를 기획합니다. 마치 아들 톰이 연극을 준비할 때처럼 열정적인 태도입니다. 에드먼드는 장차 자신의 평생을 결정할 두 가지 일에 사로잡혀 있습니다. 하나는 크리스마스가 있는 주로 예정된 성직 서품이고, 다른 하나는 메리 크로퍼드와의 결혼입니다. 하지만 이 결혼은 아직 그의 희망사항에 불과하죠. 에드먼드가 첫번째와 두번째 춤을 함께 추겠다는 약속을 미스 크로퍼드에게서 받아내는 것은 이 책의 이야기를 계속 진행시키고 이 무도회를 구조적인 사건으로 만들어주는 계획들 중 하나입니다. 패니의 준비 과정에 대해서도 같은 말을 할 수 있을 것 같습니다. 오스틴은 앞의 소더튼 일화와 연극 연습 장면에서 이미 살펴본 바로 그 연결 장치를 여기서도 사용합니다. 패니에게는 장신구가 딱 하나 있는데, 윌리엄이 준 호박 십자가입니다. 시칠리아에서 가져온 것이죠. 하지만 그것을 꿸 줄이 없어서 리본 조각으로 묶어두기만 했기 때문에, 패니는 걱정을 합니다. 반드시 그 십자가를 목에 걸어야 하는데 줄이 적당하지 않으니까요. 드레스도 문제입니다. 패니는 미스 크로퍼드에게 드레스에 관해 조언을 구합니다. 미스 크로퍼드는 그녀가 십자가 때문에 고민하는 것을 알고, 거짓말까지 동원해가며 헨리 크로퍼드가 패니를 위해 사온 목걸이를 억지로 들려보냅니다. 오빠가 옛날에 자신에게 선물해준 물건이라고 거짓말을 하는 겁니다. 패니는 목걸이의 출처에 대해 심각한 의문을 품으면서도 결국 그녀의 설득에 넘어가 목걸이를 받아듭니다. 하지만 곧 에드먼드가 십자가를 꿸 수 있는 소박한 금목걸이를 사온 것을 알게 됩니다. 패니는 크로퍼드의 목걸이를 돌려주겠다고 하지만, 에드먼드는 미스 크로퍼드와 자신이 우연히 같은 생각을 했다는 점과 그녀가 상냥한 여성임을 또다시 알게 되었다는 점에 너무 기뻐서 선물을 돌려주면 안 된다고 강력히 주장합니다. 패니는 크로퍼드의 목걸이가 너무 굵어서 십자가를 끼울 수 없는 것을 발견하고 기뻐하며 무도회 때 두 줄을 모두 거는 것으로 문제를 해결합니다. 이 목걸이 테마는 다섯 명, 즉 패니, 에드먼드, 헨리, 메리, 윌리엄을 연결해줍니다.

무도회는 또한 등장인물들의 특징을 이끌어내는 장이 됩니다. 비열하고 호들갑스러운 노리스 부인은 "집사가 준비해둔 고상한 벽난로 불을 뒤적거려 오히려 상하게 하는 일에 푹 빠져" 있습니다. 오스틴의 문체는 '상하게 한다injure'는 동사를 사용했다는 점에서 최고의 솜씨를 보여줍니다. 참고로 이 문장은 이 책에서 유일한, 진짜 독창적인 은유입니다. 그다음으로 레이디 버트럼은 패니의 외모가 훌륭해진 것은 자신의 하녀인 채프먼 부인이 패니의 치장을 도와주었기 때문이라고 만족스럽게 주장합니다(사실 채프먼이 너무 늦게 올라갔기 때문에 패니는 이미 혼자서 준비를 마친 뒤였습니다). 토머스 경은 평소처럼 위엄 있고, 과묵하고, 말이 느릿느릿합니다. 젊은이들도 모두 맡은 역할을 합니다. 미스 크로퍼드는 패니가 정말로 에드먼드를 사랑하고 있으며 헨리에게 아무 관심이 없다는 생각을 한번도 하지 않습니다. 그녀는 패니에게 헨리가 부대로 돌아갈 때가 된 윌리엄을 왜 다음날 자신의 마차에 태워 함께 런던으로 가려고 하는지 짐작이 가느냐고 짓궂게 묻습니다. 비밀을 무심코 입밖에 내는 겁니다. 미스 크로퍼드는 "그녀의 작은 가슴에 행복한 떨림을 주고, 즐겁게 뽐내는 듯한 감각으로 그녀를 가득 채워줄 작정"이었습니다. 하지만 패니가 그 이유를 모른다고 말하자 미스 크로퍼드는 이런 반응을 보입니다. "미스 크로퍼드가 웃으며 대답했다. '뭐, 그렇다면, 순전히 당신의 오빠를 데려다주면서 가는 길에 당신에 관한 이야기를 하는 즐거움을 누리기 위해서인 것 같네요.'" 이 말에 패니는 혼란과 불쾌감을 느낍니다. "미스 크로퍼드는 패니가 웃지 않는 것이 이상해서 그녀의 걱정이 지나친 것 같다고 생각했다. 그녀가 이상한 사람이거나, 아니면 헨리의 주목을 받는 기쁨에 무감각하다기보다는 다른 이유가 있는 것 같다는 생각도 들었다." 에드먼드는 이 무도회에서 별로 즐거움을 느끼지 못합니다. 미스 크로퍼드와 성직 서품을 놓고 또 말다툼을 벌였기 때문입니다. "이제 곧 그가 속하게 될 직업에 대해 말하는 그녀의 태도가 그에게는 완전히 고통스러웠다. 두 사람은 대화를 나누다가 침묵했다. 그가 이성적으로 설명하면 그녀는 조롱했다. 결국 두 사람은 화를 내며 헤어졌다."

토머스 경은 헨리가 패니에게 관심을 기울이는 것을 알아차리고, 두 사람의 결합에 이점이 있을 수 있다고 생각하기 시작합니다. 무도회 다음날 아침에 헨리가 런던으로 떠나기 전에 "토머스 경은 잠깐 생각해본 뒤 크로퍼드에게 혼자 아침식사를 하지 말고 일찍 저택으로 와서 함께 먹자고 청했다. 그리고 자신도 그 자리에 있을 것이라고 말했다. 헨리가 기다렸다는 듯이 초대를 받아들이는 것을 보고 토머스 경은 솔직히 이번 무도회를 여는 데 큰 계기가 되었던 자신의 짐작에 충분한 근거가 있었음을 확신했다. 크로퍼드 씨는 패니를 사랑하고 있음이 분명했다. 토머스 경은 미래를 즐겁게 상상하며 기대했다. 그런데 경의 조카는 경이 방금 해준 배려가 전혀 고맙지 않았다. 그녀는 윌리엄과 단둘이서 마지막 아침을 보내고 싶다는 소망을 품고 있었다. 말로 다 표현할 수 없이 즐거운 아침이 되었을 것이다. 그러나 비록 소망이 어그러졌어도, 그녀는 불평을 늘어놓을 생각이 없었다. 오히려 누군가가 자신의 의견을 물어봐줄 때의 기쁨이나 자신이 바라는 대로 일이 벌어지는 경우가 너무나 낯설었기 때문에 일이 잘못되었다고 불평하기보다는 자신의 뜻이 여기까지 이루어진 것[아침에 그들과 식사를 함께 하게 된 것을 말합니다]을 놀라워하고 기뻐하는 성격이었다." 이미 새벽 세시였으므로 토머스 경은 패니를 잠자리로 올려보냅니다. 기어이 남아 있는 커플들 때문에 무도회는 아직 끝나지 않았지만요. "이렇게 그녀를 올려보내면서 토머스 경이 단순히 그녀의 건강만 생각한 것은 아닐 수도 있었다. 어쩌면 경은 크로퍼드 씨가 이만하면 충분히 오랫동안 패니 옆에 앉아 있었다고 생각했는지도 모른다. 아니면 패니의 고분고분한 성격을 보여줘서 신붓감으로 추천하려는 생각이었을 수도 있다." 마무리로 훌륭한 지적입니다!

***

에드먼드는 피터버러에 사는 친구를 만나기 위해 일주일 동안 집을 비웁니다. 그의 부재로 인해 새로운 감정을 느끼게 된 미스 크로퍼드는 무도회 때 자신의 행동을 후회하며 에드먼드의 감정을 알아내려고 패니를 닦달합니다. 헨리는 런던에서 누이에게 들려줄 놀라운 소식을 가지고 돌아옵니다. 자신이 이제는 패니를 단순히 가지고 노는 상대로 보지 않고 확실히 사랑하고 있다면서, 그녀와 결혼하고 싶다고 말하는 겁니다. 헨리는 패니에게도 놀라운 소식을 전해줍니다. 그의 삼촌인 크로퍼드 제독이 헨리의 요청으로 영향력을 발휘해서 윌리엄이 오래전부터 갈망하던 승진을 하게 됐다고 확인해주는 편지가 그 소식입니다. 그뿐만 아니라 그는 즉시 청혼까지 합니다. 너무나 뜻밖이고 너무나 반갑지 않아서 패니는 혼란에 빠져 뒷걸음질을 칠 뿐입니다. 게다가 미스 크로퍼드가 그 문제와 관련해서 보낸 쪽지까지 있습니다. "친애하는 패니, 이제부터는 계속 이 이름으로 불러도 되겠죠. 적어도 지난 6주 동안 미스 프라이스라는 호칭에서 계속 걸리던 제 혀가 무한히 편안해지겠네요.

오빠가 당신을 만나러 간다는 말을 듣고 축하의 말 몇 줄과 내가 기쁜 마음으로 두 분의 일에 동의하고 인정한다는 말을 적어 보내지 않을 수 없었답니다. 그대로 나아가세요, 친애하는 패니. 두려워하지 말아요. 이렇다 할 어려운 문제는 없을 거예요. 제가 동의한다고 확인하는 말이 뭔가 의미를 지닐 거라고 생각하기로 했어요. 그러니까 오늘 오후에 오빠에게 당신이 지을 수 있는 가장 다정한 미소를 지어주어도 좋아요. 당신을 만나러 갈 때보다 한층 더 행복한 모습으로 오빠를 돌려보내줘도 좋고요. 애정을 담아, M. C." 미스 크로퍼드의 문체는 언뜻 우아해 보이지만, 자세히 살펴보면 진부하고 경박합니다. 우아한 클리셰로 가득해요. 패니에게 '가장 다정한 미소를' 기대한다고 말하는 부분이 한 예죠. 패니는 그런 성격이 아니니까요. 헨리는 동생의 쪽지에 답장을 써달라고 패니를 채근합니다. 그래서 패니는 "무엇이든 진심으로 생각하는 것처럼 보이지 않기를 바라는 마음 하나만을 분명히 담고, 떨리는 마음과 손으로" 서둘러 편지를 씁니다.

"상냥하게 축하해주셔서 정말 감사합니다, 친애하는 미스 크로퍼드. 저의 소중한 윌리엄 오빠의 일에 대해 드리는 말씀이에요. 쪽지의 나머지 내용은 무슨 뜻인지 모르겠습니다. 하지만 그런 일은 제게 정말로 어울리지 않기 때문에, 더이상 마음 쓰지 말아달라고 부탁하는 것을 용서해주시기 바랍니다. 저는 크로퍼드 씨를 많이 보았기 때문에 어떤 분인지 이해하고 있습니다. 만약 크로퍼드 씨도 저를 이해한다면, 감히 말하건대, 지금과는 다르게 행동했겠지요. 지금 제가 무슨 말을 쓰는 건지 모르겠네요. 하지만 이 주제를 다시 언급하지 않아주시면 정말 고마울

거예요. 쪽지를 보내주신 마음에 감사드리며, 친애하는 미스 크로퍼드에게.'"

패니의 문체는 전체적으로 힘, 순수함, 정확함이라는 요소를 갖추고 있습니다. 이 편지와 함께 2권이 끝납니다.

여기서 서투른 삼촌인 토머스 경이 자신의 힘을 총동원해서 패니를 크로퍼드와 결혼시키려 하면서 새로운 구조적 동인이 만들어집니다. "그는 딸을 러시워스 씨와 결혼시킨 사람이었다. 그는 확실히 낭만적인 섬세함을 기대할 수 없는 사람이었다." 32장, 동쪽 방에서 토머스 경이 패니와 이야기를 나누는 장면 전체가 훌륭합니다. 이 소설에서 최고의 장면 중 하나라고 할 수 있습니다. 토머스 경이 패니의 거절에 지극히 불쾌감을 드러내는 바람에 패니는 몹시 괴로워합니다. 그래도 결혼에 동의하지 않습니다. 패니는 크로퍼드의 의도가 진지하다고 믿을 수가 없기 때문에 그의 청혼이 단순히 바람둥이의 수작에 불과하다는 환상을 놓지 않으려고 합니다. 또한 그녀는 자신과 크로퍼드의 성격이 너무 달라서 결혼생활이 재앙이 될 것이라고 확고히 믿고 있습니다. 토머스 경은 혹시 패니가 에드먼드에게 특별한 감정을 품고 있는 것이 아닌가 하고 잠깐 걱정하지만, 곧 그럴 리가 없다고 무시해버립니다. 어쨌든 패니는 이모부의 불쾌감을 고스란히 느끼고 있습니다. "그는 말을 멈췄다. 패니가 너무나 심하게 울고 있어서, 그는 아무리 화가 났어도 이 이야기를 더이상 밀어붙일 수 없었다. 패니는 자신이 이모부의 눈에 어떻게 비치는지 생각해보니 가슴이 찢어지는 것 같았다. 그토록 가혹하고, 그토록 복합적인 비난이 점차 무섭게 강해지고 있었으니! 방자하고, 고집스럽고, 이기적이고, 배은망덕하다니. 이모부는 그녀를 바로 이런 사람으로 생각하고 있었다. 그녀는 이모부의 기대를 저버리고, 그의 호의를 잃었다. 이제 그녀는 어떻게 될까?"

토머스 경의 격려를 받은 크로퍼드가 자주 찾아와서 계속 패니를 채근합니다. 어느 날 밤 에드먼드가 돌아왔을 때, 연극 테마가 계속 이어져 한층 고조된 듯한 장면이 등장합니다. 크로퍼드가 〈헨리 8세〉 중 일부를 읽는 장면입니다. 물론 이것은 셰익스피어의 가장 한심한 희곡 중 하나지요. 하지만 1808년에는 평균적인 독자라면 〈리어왕〉이나 〈햄릿〉 같은 환상적인 비극의 신성한 시구절보다 셰익스피어의 역사극을 더 선호하는 것이 자연스러운 일이었습니다. 이 연극 테마는 서품 테마와 자연스레 이어집니다(에드먼드가 이미 서품을 받았기 때문입니다). 두 남자가 독서와 설교의 기술에 대해 토론하는 장면이 그 연결고리 역할을 합니다. 에드먼드는 자신이 집전한 첫 예배에 대해 크로퍼드에게 이야기합니다. "크로퍼드는 그때의 기분이 어땠는지, 예배는 성공적이었는지 등 다양한 질문을 던졌다. 우호적인 관심과 빠른 안목 덕분에 활기가 있으면서도, 에드먼드가 알기로 패니가 무척 싫어하는 경박함이나 조롱이 전혀 느껴지지 않는 질문들이었으므로, 그는 대답하면서 진심으로 즐거웠다. 그리고 크로퍼드가 예배중에 특정 구절들을 전달할 때 가장 적절한 태도가 무엇이라고 생각하느냐고 그의 의견을 묻고 자신 또한 의견을 내놓자, 그가 이 주제에 대해 생각해본 적이 있음이 드러났다. 그의 판단력도 옳은 것 같아서 에드먼드는 점점 더 기분이 좋아졌다. 이런 식이라면 패니의 마음에도 닿을 수 있을 것 같았다. 그녀는 바람둥이 같은 수작이나 재치, 좋은 성품을 모두 동원해도 마음을 얻을 수 없는 사람이었다. 아니, 적어도 감정의 도움을 받고, 진지한 주제에 대해 진지한 태도를 보이지 않고서는 금방 마음을 얻을 수 없는 사람이었다."*

크로퍼드는 변덕스러운 사람답게 자신이 런던에서 인기 있는 목사가 된 상상을 합니다. "완벽하게 전달되는 완벽한 설교는 최고의 기쁨입니다. 그런 설교를 들을 때마다 최고의 찬탄과 존경을 느끼지 않을 수 없어요. 그러다 내가 직접 서품을 받고 설교를 해볼까 하는 생각에 상당히 끌리기도 하지요…… 하지만 저는 반드시 런던 사람들을 청중으로 삼아야 합니다. 교육받은 사람들을 대상으로 하는 것이 아니라면 설교할 수 없거든요. 제가 지은 설교 내용을 평가할 수 있는 사람들 말입니다. 그리고 제가 설교를 자주 하는 걸 좋아할지도 잘 모르겠어요. 가끔 한 번씩, 그러니까 봄에 한두 번 정도는 괜찮을지도 모르지요. 사람들이 일요일을 여섯 번이나 보내면서 애타게 기다린 뒤의 설교. 하지만 지속적인 건 원하지 않습니다. 그런 건 내게 맞지 않아요." 에드먼드는 이런 극적인 해석을 듣고도 왠지 불쾌해하지 않습니다. 크로퍼드가 메리의 오

---

* "링크레이터 톰슨 같은 비평가들은 젊었을 때 지나친 감정과 감상, 울음, 기절, 떨림, 도덕적으로나 현실적으로 선하다고 간주되는 것이나 불쌍한 것이라면 무조건 연민을 보이는 태도 등에 대한 찬탄을 조장하는 '감수성' 성향을 조롱했던 오스틴이 자기 작품 속의 등장인물들 중 사랑하는 조카의 이름을 줄 정도로 좋아한 여주인공을 다른 사람들과 구분하는 도구로 그런 감수성을 선택했다는 사실에 깜짝 놀란다…… 하지만 패니는 유행하는 감수성의 증상들을 무척 매력적으로 드러낸다. 그녀의 감정은 이 소설의 비둘기색 하늘과 아주 흡사하기 때문에, 톰슨의 놀라움은 무시해도 된다." 오스틴 폴더 속 나보코프의 메모. ―편집자

빠니까요. 하지만 패니는 고개를 가로젓습니다.

　서투른 토머스 경이 서투른 듯한 에드먼드에게 패니를 붙잡고 헨리 크로퍼드에 대한 이야기를 해보라고 말합니다. 에드먼드는 먼저 패니가 현재 크로퍼드를 사랑하지 않는다는 점을 인정하면서 대화를 시작합니다. 하지만 그는 만약 패니가 크로퍼드의 접근을 허락한다면 그의 가치를 알고 사랑하는 법을 터득하게 될 것이며, 맨스필드에 묶인 채 떠날 생각을 하지 못하는 지금의 상태도 점차 느슨해질 것이라고 주장합니다. 두 사람의 대화는 곧 사랑에 푹 빠진 에드먼드가 메리 크로퍼드에게 바치는 찬사로 넘어갑니다. 에드먼드는 패니의 시누이의 남편이 되는 상상을 합니다. 대화의 끝을 장식하는 것은 조심스러운 기다림의 테마가 될 말입니다. 청혼이 너무 뜻밖이라서 패니가 반가워하지 않는다는 내용이죠. "내가 [그랜트 부부와 크로퍼드 남매에게] 말했다. 모든 사람 중에서 습관의 영향을 가장 많이 받고, 새로운 것의 영향을 가장 적게 받는 사람이 바로 너라고. 그리고 크로퍼드의 접근이 새로운 일이라는 사실이 바로 그에게 불리하다고. 그의 구혼이 너무나 새로운 일이라서 그에게 불리하게 작용하고 있다고 말했다. 너는 익숙하지 않은 것을 도저히 견디지 못하는 사람이라고 말이야. 그밖에도 그 사람들에게 네 성격을 알려줄 수 있는 말을 많이 했어. 그러다 미스 크로퍼드가 자기 오빠를 격려할 계획을 말하는 바람에 우리는 웃음을 터뜨렸지. 미스 크로퍼드는 오빠더러 때가 되면 사랑받을 것이라는 희망을 안고 꿋꿋이 버티라고 말할 생각이라더라. 한 10년쯤 행복한 결혼생활을 하고 나면, 그의 구애가 아주 상냥하게 받아들여질 거라는 희망을 품으라고 말

이야.'

패니는 상대가 기대하는 미소를 힘겹게 지어주었다. 그녀의 감정이 모두 반란을 일으키고 있었다. 그동안 자신이 잘못하고 있었던 건 아닌지, 너무 말을 많이 한 것은 아닌지, 꼭 조심할 필요가 있을 것 같다는 생각에 지나치게 조심한 건 아닌지, 하나의 나쁜 짓[에드먼드에게 자신의 사랑을 밝히는 것]을 경계하느라 다른 나쁜 일 앞에 자신을 노출시킨 것은 아닌지 걱정스러웠다. 게다가 하필 이런 순간에 미스 크로퍼드의 활기찬 말을, 그것도 그런 주제에 대한 말을 전해듣고 나니 기분이 지독히도 나빠졌다."

패니가 크로퍼드에게 구애를 받는 상황이 낯설고 새로워서 그를 거절할 뿐이라는 에드먼드의 확신은 소설의 구조를 위한 것입니다. 소설을 더욱 전개시키려면, 크로퍼드가 계속 주위를 맴돌면서 꿋꿋이 구애하는 상황이 필요하거든요. 그래서 그가 토머스 경과 에드먼드의 전적인 동의하에 계속 구애를 할 수 있도록 이렇게 손쉬운 이유를 제시해놓은 겁니다. 많은 독자들, 특히 여성 독자들은 예민하고 섬세한 패니가 에드먼드처럼 둔한 친구를 사랑하는 것을 결코 용서하지 못하지만, 나로서는 책 속의 등장인물들을 실제 인물로 착각하고 아이처럼 감정이입을 하는 것이야말로 가장 나쁜 독서 방법이라는 말을 되풀이할 수밖에 없습니다. 물론 감수성이 예민한 아가씨들이 따분한 사람이나 깐깐한 사람을 진심으로 사랑하는 이야기는 흔히 들을 수 있습니다. 그래도 에드먼드는 결국 착하고, 정직하고, 예의바르고, 자상한 사람이라는 말을 하지 않을 수 없습니다.

가엾은 패니의 마음을 바꿔보려고 애쓰는 사람들 중 메리 크로퍼드는 패니의 자존심에 호소합니다. 헨리는 아주 훌륭한 신랑감이고, 많은 여자들이 그로 인해 한숨짓고 있다고 말하는 겁니다. 메리는 너무나 무신경해서 자신이 모든 가능성을 한 방에 날려버리는 줄도 모르고, 헨리가 "아가씨들로 하여금 자신을 조금 사랑하게 만드는 일을 좋아하는" 결점이 있기는 하다고 고백한 뒤 이렇게 덧붙입니다. "오빠가 지금껏 어떤 여성에게도 느낀 적이 없는 애정을 당신에게 느끼고 있다고 나는 진심으로 믿고 있어요. 오빠는 온 마음으로 당신을 사랑해요. 그리고 가능하다면 거의 영원토록 당신을 사랑할 거예요. 만약 남자가 여자를 영원히 사랑하는 것이 가능하다면, 오빠가 당신을 그렇게 사랑할 거예요." 패니는 흐릿한 미소를 피하지 못하지만, 대답은 하지 않습니다.

에드먼드가 왜 아직 미스 크로퍼드에게 사랑을 고백하지 않았는지는 심리학적으로 확실하지 않습니다. 하지만 이번에도 소설의 구조상 에드먼드의 구애가 조금 느리게 진행될 필요가 있습니다. 어쨌든 크로퍼드 남매는 패니나 에드먼드에게서 만족스러운 대답을 얻지 못한 채 미리 정해져 있던 친구 집 방문 약속을 위해 런던으로 떠납니다.

***

토머스 경은 여느 때처럼 "위엄 있게 묵상을" 하다가, 패니를 식구들이 있는 포츠머스로 보내 두 달쯤 지내다 오게 하는 것이 좋을 것 같다는 생각을 합니다. 때는 1809년 2월입니다. 패니가 부모를 만난 지 거의

9년이 되었다는 뜻입니다. 토머스 경은 확실히 책략가입니다. "그는 확실히 패니가 기꺼이 집에 가기를 바랐으나, 그곳에서 정해진 기간이 끝나기 전에 이곳을 진심으로 그리워하며 향수를 느끼게 되기를 바라는 마음도 그만큼 강했다. 맨스필드 파크의 우아하고 호사스러운 생활에서 조금 떨어져있다보면 패니도 정신을 차려서 앞으로 더욱더 오래 살게 될 가정, 그러니까 지금 그녀에게 제시된, 이곳만큼이나 안락한 가정의 가치를 제대로 평가하게 될 것이라는 생각도 들었다." 여기서 '가정'이란 바로 노퍽의 에버링엄에 있는 크로퍼드의 집을 뜻합니다. 이때 노리스 부인과 관련된 재미있는 장면이 나옵니다. 노리스 부인은 토머스 경이 여행 경비와 교통비를 부담해주기로 했으므로 자신도 그것을 이용해 20년 동안 만나지 못한 여동생을 보러 갈까 하고 생각합니다. 하지만 "[윌리엄과 패니를] 무한히 기쁘게 만드는 결과로 끝났다. 자신이 지금 맨스필드를 도저히 떠날 수 없다는 생각에……

사실은 포츠머스까지는 공짜로 갈 수 있지만, 돌아올 때는 자신의 돈을 쓸 수밖에 없을 것이라는 생각이 들었다. 그래서 그녀의 가엾고 소중한 동생인 프라이스 부인은 언니가 이렇게 좋은 기회를 놓치는 것에 잔뜩 실망하게 되었고, 아마도 또 20년에 이를 이별이 시작되었다."

에드먼드의 사정을 다룬 문단은 다소 어설픕니다. "에드먼드의 계획도 포츠머스 여행으로 패니가 집을 비우게 된 상황의 영향을 받았다. 그도 이모 못지않게 맨스필드 파크를 위해 희생해야 했다. 원래 그는 이맘때쯤 런던으로 갈 생각이었으나, 아버지와 어머니의 안락한 생활에 가장 중요한 사람들이 모조리 떠나는 마당에 자신까지 떠날 수는 없었다.

그래서 힘겹게, 그러나 힘겨운 티는 내지 않으면서, 자신의 영원한 행복을 확정해줄 것이라는 희망을 안고 고대하던 여행을 1~2주 정도 연기했다." 미스 크로퍼드에게 구애하려는 그의 계획이 소설의 목적을 위해 또다시 연기된 겁니다.

가엾은 패니가 헨리와 관련해서 토머스 경, 에드먼드, 메리 크로퍼드에게서 차례로 이야기를 듣는 장면을 쓴 제인 오스틴은 오빠 윌리엄과 함께 포츠머스로 가는 길에서는 그 주제에 대한 대화를 현명하게 없애버립니다. 패니와 윌리엄은 1809년 2월 6일 월요일에 맨스필드 파크를 떠나 다음날 잉글랜드 남부의 해군기지인 포츠머스에 도착합니다. 패니는 원래 이곳에 두 달 동안 머무를 계획이었지만, 사실은 석 달 뒤인 1809년 5월 4일 목요일에 맨스필드로 돌아갑니다. 이제 패니의 나이는 열아홉 살입니다. 윌리엄은 포츠머스에 도착하자마자 부대의 명령을 받고 패니를 집에 남겨둔 채 떠납니다. "패니가 처음으로 이모에게 편지를 쓸 때 어떤 심정이었는지 토머스 경이 알았다면 고민하지 않았을 것이다……

윌리엄은 떠났다. 그가 가고 난 뒤에 집은…… 패니는 이제 자신을 속일 수 없었다…… 집은 거의 모든 면에서 그녀가 바란 모습과 정반대였다. 시끄럽고, 무질서하고, 꼴사나운 곳이었다. 제자리를 지키는 사람이 하나도 없고, 제대로 이루어지는 일도 전혀 없었다. 패니는 이곳에 오기 전에 품었던 기대와 달리 부모를 존경할 수 없었다. 아버지에 대해서는 애당초 그리 낙관하지 않았는데도, 생각보다 더 가족을 등한시하는 사람이었다. 습관도 태도도 각오했던 것보다 더 상스러웠다…… 욕을 하고, 술을 마시고, 지저분하고, 천박하고…… 그는 딸에게 아무런 관심도 없이 그저 상스러운 농담의 대상으로만 여길 뿐이었다.

어머니에 대한 실망감은 이보다 더했다. 어머니에게는 많은 기대를 했지만, 거의 아무것도 없었다…… 프라이스 부인이 매정한 사람은 아니었다. 하지만 패니는 어머니의 애정과 신뢰를 얻어 점점 더 소중한 딸이 되지 못했으며, 어머니는 딸이 도착한 첫날 보여줬던 것 이상의 상냥함을 결코 딸에게 보여주지 않았다. 자연스레 타고난 본능이 곧 충족되자 프라이스 부인은 달리 모정을 느낄 이유를 찾지 못했다. 그녀의 마음과 시간에 이미 틈이 거의 없기 때문이었다. 패니에게 내어줄 한가한 시간도 애정도 그녀에게는 없었다…… 그녀는 느리지만 분주하게 하루를 보냈다. 항상 바삐 움직이지만 제대로 이루어지는 일은 하나도 없고, 자신의 방식을 바꾸지 않은 채 항상 손이 모자라다며 탄식했다. 계획을 세우거나 주변을 정돈하지도 않으면서 살림을 잘하는 사람이 되고 싶어했고, 하인들을 잘 부리는 재주도 없으면서 하인들에게 불만을 품었다. 그녀는 하인들에게서 존경심을 이끌어내지도 못한 채 하인들을 도와주다가 잔소리를 하고, 때로는 지나치게 너그러움을 발휘하기도 했다.”

패니는 시끄럽고 좁고 더러운 집, 엉터리로 조리된 음식, 칠칠치 못한 하녀, 어머니가 끊임없이 늘어놓는 불평 때문에 머리가 아픕니다. “끊이지 않는 소음 속에서 사는 것은, 패니처럼 섬세하고 예민한 사람에게는, 몹시 힘든 일이었다…… 여기서는 모두가 시끄럽고 모두 목소리를 높였다(어쩌면 어머니의 목소리는 예외였는지도 모른다. 레이디 버트럼의 목소리와 비슷하게 부드럽고 단조로웠으나 지금은 지쳐서 짜증스러운 목소리로 바뀌어 있었다). 필요한 것이 있으면 고함을 질러댔고, 하인들도 부엌에서 고래고래 변명을 내놓았다. 문은 언제나 쾅쾅거리고, 계단은 한시도 잠잠할 틈이 없었으며, 무슨 일을 하든 와장창 시끄러운 소리가 났다. 누구도 가만히 앉아 있지 못하고, 남이 말할 때 주의를 기울이는 사람도 없었다." 패니는 열한 살인 동생 수전에게서만 미래의 희망을 조금이나마 찾아냅니다. 그래서 수전에게 예의를 가르치고 독서 습관을 길러주려고 애를 쓰죠. 두뇌 회전이 빨라서 무엇이든 금방 배우는 수전은 언니를 사랑하게 됩니다.

패니가 포츠머스로 떠나면서 소설의 통일성도 영향을 받습니다. 지금까지는 패니와 메리 크로퍼드가 꼭 필요해서 자연스레 편지를 교환한 것을 빼면, 18세기 영국과 프랑스 소설의 우울한 일면인, 편지를 통한 정보 교환이 없어서 쾌적했는데 말입니다. 하지만 패니가 포츠머스에 고립되어 있으니, 소설의 구조에 새로운 변화가 곧 일어날 참입니다. 편지를 통해, 새로운 소식의 교환을 통해 이야기가 진행되는 국면을 맞이하는 겁니다. 런던에 있는 메리 크로퍼드는 마리아 러시워스가 패니의 이름을 듣고 몹시 당혹스러워했다고 패니에게 넌지시 알려줍니다. 예이츠는 여전히 줄리아에게 관심이 있습니다. 크로퍼드 남매는 2월 28일에 러시워스의 집에서 열리는 파티에 갈 예정입니다. 메리 크로퍼드는 에드먼드가 교구 일 때문에 시골에 발목을 붙잡혔는지 "느리게 움직이고 있다"고 말합니다. "손턴 레이시에서 어느 노부인을 개종시키고 있는지도 모르죠. 젊은 여자 때문에 내가 무시당하고 있다는 생각은 하기 싫어요."

그런데 뜻밖에도 크로퍼드가 포츠머스에 나타납니다. 패니의 마음을 얻기 위해 마지막으로 한번 더 시도해보려는 거지요. 다행히도 패니의 가족들은 그의 방문에 자극을 받아 한결 나아져서 그에게 그럭저럭 참 아줄 수 있을 만큼 예의를 지킵니다. 패니는 헨리가 크게 나아진 것을 깨닫습니다. 그는 자신의 땅과 저택에 관심을 보입니다. "그는 한 번도 만난 적이 없는 몇몇 소작인에게 자신을 소개했고, 자기 땅에 있는데도 존재조차 모르던 오두막 몇 채도 알게 되었다고 했다. 패니를 겨냥한 이 말은 훌륭한 효과를 냈다. 그가 이렇게 올바른 이야기를 하는 것이 기뻤 다. 그동안 그는 마땅히 해야 하는 일들을 한 것 같았다. 가난하고 억압 받는 사람들의 친구가 되다니! 그녀에게 이보다 더 감사한 이야기는 없 었다. 그녀가 막 그에게 칭찬하는 눈길을 주려고 했는데, 그가 덧붙인 말 때문에 모든 것이 한순간에 날아가버렸다. 그는 에버링엄에서 공익 이나 자선을 위해 세운 모든 계획을 도와주고 이끌어줄 친구 같은 사람 이 곧 생겼으면 좋겠다고, 에버링엄과 그 일대의 모든 것을 그 어느 때 보다 더 소중하게 여겨줄 누군가가 생겼으면 좋겠다고 말했다.

패니는 시선을 돌려 그를 외면하며, 저 사람이 이런 소리를 하지 않 으면 좋겠다는 생각을 했다. 그녀는 그에게 자신이 생각했던 것보다 좋 은 점이 더 많은 것 같기도 하다고 기꺼이 인정하려 했다. 그가 결국은 좋은 사람으로 변해갈 가능성이 있음을 슬슬 느끼고 있었다……" 그가 떠날 때가 되었을 때 "그녀는 전에 보았을 때보다 그가 완전히 더 나은 사람이 되었다고 생각했다. 그는 맨스필드에 있을 때보다 훨씬 더 예의

바르고, 자상하고, 다른 사람들의 감정에 주의를 기울였다. 그가 이렇게 싹싹한 모습은…… 거의 싹싹한 모습은 처음 보았다. 그녀의 아버지를 대하는 태도도 불쾌하지 않았으며, 수전을 눈여겨보는 눈길은 특히 친절하고 예의발랐다. 그는 확실히 더 나은 사람이 되어 있었다…… 생각만큼 나쁘지 않았다. 맨스필드에 대해 이야기하는 것도 몹시 기쁜 일이었다!" 그는 패니의 건강을 몹시 걱정하며, 몸이 조금이라도 나빠진다면 꼭 자기 여동생에게 알리라고 채근합니다. 그러면 자기들이 그녀를 맨스필드로 다시 데려가겠다고요. 여기서도 만약 에드먼드가 메리와 결혼하고 헨리가 지금처럼 부드럽고 예의바른 태도를 계속 유지했다면, 패니가 결국 그와 결혼했을 것임이 암시되어 있습니다.

***

집배원의 노크 소리는 섬세한 구조적 장치들을 대신합니다. 점차 해체되는 조짐을 보이는 이 소설은 이제 편지에 기대는 쉬운 방식으로 점점 더 빠져들어갑니다. 저자가 이렇게 손쉬운 방법에 의존하는 것은, 확실히 지쳤다는 징조입니다. 하지만 이 소설을 통틀어서 가장 충격적인 사건이 점점 다가오고 있습니다. 메리가 보내는 수다스러운 편지를 통해 우리는 에드먼드가 런던에 다녀갔다는 사실을 알게 됩니다. "여기 내친구들이 신사다운 그의 모습에 정말이지 크게 놀랐어요. 프레이저 부인(사람을 보는 눈이 나쁘지 않아요)은 그렇게 성격이 좋고, 키도 크고, 분위기도 좋은 남자는 런던에서 세 명밖에 알지 못한다고 단언하고 있답니다. 솔직히 에드먼드가 일전에 여기서 만찬에 참석했을 때, 그와 비교할 만한 사람이 하나도 없었던 건 사실이에요. 모두 열여섯 명이 모인 자리였는데 말이에요. 다행히도 요즘은 복장만 보고 사람을 뚜렷이 구분할 수는 없잖아요. 그래도…… 그래도…… 그래도." 메리는 헨리가 패니도 좋은 반응을 보인 모종의 일로 에버링엄에 갈 거라고 말합니다. 하지만 그곳으로 떠나기 전에 그는 여동생과 함께 파티를 열 예정입니다. "오빠는 러시워스 부부도 만날 거예요. 솔직히 나도 별로 유감은 없어요. 호기심이 조금 생겼을 뿐이죠. 오빠도 그런 것 같아요. 본인이 인정하지는 않겠지만요." 에드먼드가 아직 마음을 밝히지 않았음이 분명합니다. 그의 굼뜬 행보가 이제는 익살극처럼 보일 지경입니다. 포츠머스에서 보내기로 한 두 달 중 7주가 지난 뒤에야 맨스필드에서 에드먼드가 보낸 편지가 도착합니다. 그는 진지한 문제 앞에서 너무 들뜬 태도를 보이는 미스 크로퍼드와 그녀의 런던 친구들이 보인 태도 때문에 당혹스러워하고 있습니다. "지금은 나의 희망이 훨씬 더 풀이 죽었어…… 그녀가 네게 큰 애정을 품고 있고, 여동생으로서 현명하고 똑바르게 처신하는 사람이라는 점을 생각하면, [런던의 친구들과 있을 때에 비해] 아주 다른 사람 같아. 아주 숭고한 사람처럼 보인다는 말이야. 내가 장난스러운 태도에 대해 너무 가혹한 평가를 하는 것이 아닌가 하고 기꺼이 자책할 마음도 있단다. 나는 그녀를 포기할 수 없어, 패니. 그녀는 내가 이 세상에서 유일하게 아내로 삼고 싶은 여자야." 그는 편지로 청혼해야 할지, 아니면 그녀가 맨스필드로 돌아오는 6월까지 기다려야 할지 마음을 정하지 못합니다. 전체적으로 봤을 때, 편지는 만족스럽지 못할 겁니다. 프레이저 부인의 파티에서 그는 헨리 크로퍼드를 만납니다. "그 사람에 대해 보고 듣는 것이 모두 점점 마음에 든다. 마음이 흔들리는 기색이 조금도 없어. 헨리는 자기 마음을 확실히 알고 있고, 결심한 바에 따라 행동하고 있지. 가치를 헤아릴 수 없는 자질이다. 헨리와 내 큰 여동생이 한 방에 있는 것을 보면 언제나 네가 해준 말이 생각나. 그 둘이 단순한 친구로 만난 것이 아니라는 사실은 나도 알겠다. 마리아의 태도가 눈에 띄게 차가웠거든. 두 사람은 말도 거의 하지 않았지. 헨리가 깜짝 놀라서 뒷걸음질치는 모습도 보았고. 러시워스 부인이 된 마리아가 미스 버트럼이던 시절에 무슨 모욕을 당했는지 몰라도, 그렇게 화를 내는 것이 유감스럽더구나." 토머스 경이 부활절 이후에나 패니를 데리러 올 것이라는 실망스러운 소식이 들려옵니다. 그때 그가 일 때문에 포츠머스로 올 일이 있다는 겁니다(예정보다 한 달 늦어지는 겁니다).

에드먼드의 사랑에 대한 패니의 반응은 요즘 우리가 의식의 흐름이나 내면의 독백이라고 부르는 말투, 150년 뒤에 제임스 조이스가 아주 훌륭하게 이용한 그 방식으로 전달됩니다. "그녀는 짜증이 나다못해 거의 불쾌할 지경이었다. 에드먼드에게 화가 났다. '이렇게 미뤄서 좋을 게 뭐 있어?' 그녀가 말했다. '왜 아직도 결정을 내리지 않는 거야? 오빠는 눈이 멀었으니, 무슨 일이 있어도 그 눈을 뜨지 못할걸. 무슨 일이 있어도. 그토록 오랫동안 눈앞에 진실이 있었는데도 다 소용없었잖아. 결국 그 여자와 결혼해서 한심하고 비참해질 거야. 하느님, 메리의 영향으로 오빠의 존경스러운 모습이 사라지지 않게 해주세요!' 그녀는 다시 편지를 훑어보았다. '그 여자가 날 그렇게 좋아한다고! 헛소리. 그 여자는 자기 자신과 자기 오빠 외에는 누구도 사랑하지 않아. 친구들이 오래 전부터 그 여자를 나쁜 길로 이끌었다고! 오히려 그 여자가 그 친구들을 나쁜 길로 이끌었을걸. 아니, 어쩌면 서로가 서로를 타락시키고 있는지도 몰라. 하지만 그 여자가 그들을 좋아하는 마음보다 그들이 그 여자를 좋아하는 마음이 더 크다면, 그 여자가 손해본 건 아마 없겠지. 아부 때문에 손해를 봤으면 모를까. 내가 이 세상에서 유일하게 아내로 삼고 싶은 여자라고. 물론 그렇겠지. 아마 그 애정이 오빠의 평생을 지배할걸. 그 여자가 승낙하든 거절하든, 오빠의 마음은 영원히 그 여자에게 묶여 있을 거야. 메리를 잃으면 크로퍼드와 패니도 잃는다고 생각한다고. 에드먼드 오빠, 그건 나를 모르시는 말씀이에요. 두 집안은 오빠가 아니면 결코 서로 이어질 일이 없어요. 아! 편지를 써요. 당장 끝내버려요. 이렇게 미적대지 말고 끝내라고요. 결정을 내리고, 약속을 바쳐서, 오빠 자신을 파멸로 이끌어요.'

하지만 이런 감정이 분노와 너무 가까웠기 때문에 패니는 독백을 오랫동안 이어갈 수 없었다. 그녀는 곧 마음이 누그러져서 슬픔에 잠겼다."

패니는 레이디 버트럼의 편지를 통해서 톰이 런던에서 중병에 걸렸다는 사실을 알게 됩니다. 상태가 심각한데도 친구들이 잘 돌봐주지 않아서 톰을 맨스필드로 옮겼다는 소식이었죠. 톰의 와병으로 에드먼드는 미스 크로퍼드에게 사랑을 고백하는 편지를 쓸 수 없게 됩니다. 두 사람의 관계 앞에는 언제나 장애물만 나타납니다. 에드먼드가 그런 장애물을 자기 앞길에 그냥 내버려두는 것 같기도 하고요. 미스 크로퍼드는 편지에서 버트럼 일가의 재산을 토머스 경보다 에드먼드 경이 더 잘 관리할 것이라고 살짝 암시합니다. 헨리는 근래에 마리아 러시워스와 꽤 자주 만나고 있지만 패니가 걱정할 필요는 없다는 말도 그 편지에 들어 있습니다. 패니는 편지 내용의 절반 이상에 대해 혐오를 느낍니다. 하지만 계속 쏟아져들어오는 편지들은 그녀에게 톰에 대해, 마리아에 대해 소식을 알려줍니다. 그러다 미스 크로퍼드에게서 끔찍한 소문을 주의하라고 알리는 편지가 옵니다. "몹시 수치스럽고 악의적인 소문을 방금 들었어요. 친애하는 패니, 혹시 그 소문이 그곳까지 닿더라도 조금도 믿지 말라고 미리 이야기하려고 이 편지를 씁니다. 분명히 뭔가 착오가 생긴 거예요. 그러니 하루나 이틀만 지나면 깨끗이 해결될 겁니다. 어쨌든, 헨리는 아무 잘못이 없어요. 순간적으로 경솔한 짓을 했어도, 언제나 당신만 생각한답니다. 그 소문에 대해서는 한마디도 하지 마세요. 내가 다시 편지를 쓸 때까지, 아무것도 듣지 말고, 아무것도 짐작하지 말고, 아무것도 수군대지 마세요. 틀림없이 소문은 곧 잠잠해질 거예요. 러시워스 씨의 어리석은 행동 외에는 아무것도 입증되지 않겠죠. 두 사람이 떠난다면, 고작해야 맨스필드로 갈 것이라는 데에 내 목숨을 걸겠어요. 줄리아도 아마 함께 가겠죠. 그런데 왜 우리에게 데리러 오라는 말을 하지 않나요? 당신이 앞으로 후회하지 않길 바라요. 이만 줄일게요."

패니는 경악합니다. 무슨 일이 벌어진 건지 이해도 잘 가지 않습니다. 이틀 뒤 그녀는 거실에 앉아 있습니다. 햇살이 "기운을 북돋아주지 못하고 오히려 더욱더 우울하게 만들었다. 도시의 햇빛과 시골의 햇빛이 완전히 다른 것처럼 보였기 때문이다. 여기서는 햇빛이 이글거리기만 할 뿐이었다. 숨이 막힐 정도로, 진저리가 날 정도로 이글거리는 햇빛은 가만히 잠들어 있을 수도 있었던 얼룩과 먼지를 밝은 곳으로 끌어낼 뿐이었다. 도시의 햇빛에는 건강도 즐거움도 없었다. 그녀는 숨이 막힐 것 같은 열기를 띠고 이글거리는 햇빛 속에 앉아서 허공을 떠다니는 먼지구름에 에워싸여 있었다. 그녀의 시선은 아버지의 머리 자국이 나 있는 벽에서 남동생들이 칼로 금을 그어놓은 식탁으로 하릴없이 옮겨다니기만 했다. 식탁 위에는 단 한 번도 완전히 깨끗하게 닦은 적이 없는 차 쟁반, 행주로 훔친 자국이 줄무늬처럼 나 있는 찻잔과 받침접시, 먼지가 둥둥 떠 있는 우유, 리베카가 처음 만들어냈을 때에 비해 시시각각 더 기름기로 번들거리는 빵과 버터가 있었다." 이 더러운 방에서 패니는 더러운 소식을 듣습니다. 헨리와 마리아 러시워스가 사랑의 도피를 했다는 신문기사를 아버지가 읽고 나서 얘기를 해주거든요. 신문을 통해 이 소식을 알게 되는 것이 기본적으로 편지를 통해 소식을 듣는 것과 같다는 점을 잊으면 안 됩니다. 여전히 서한체 양식을 따르는 것이니까요.

이제부터 정신없이 빠른 속도로 일이 진행됩니다. 런던에 있는 에드먼드는 패니에게 보낸 편지에서, 불륜을 저지른 두 사람의 흔적을 찾을 수가 없으며, 새로운 일이 식구들을 강타했음을 알립니다. 줄리아가 예이츠와 함께 스코틀랜드로 사랑의 도피를 한 겁니다. 에드먼드는 내일 포츠머스로 패니를 데리러 오겠다고 말합니다. 패니는 수전과 함께 맨스필드 파크로 갈 겁니다. 포츠머스에 도착한 에드먼드의 반응입니다. "패니의 달라진 모습에 깜짝 놀랐다. 그는 패니가 아버지의 집에서 매일 어떤 일을 겪었는지 모르기 때문에, 그녀가 변한 원인을 모두 최근의 사건으로 잘못 짐작하고 그녀의 손을 잡았다. 그리고 나지막하지만 감정이 풍부한 목소리로 이렇게 말했다. '놀랄 일도 아니지…… 너도 느꼈을 텐데…… 너도 괴로웠을 텐데. 한때 사랑한다던 남자가 널 이렇게 버리다니! 하지만 너의…… 너의 관심은 나에 비하면 아직 얼마 되지 않았지…… 패니, 난 어떻겠어!'" 그는 분명히 이 추문 때문에 메리 크로퍼드를 포기해야 한다고 생각하고 있습니다. 그가 포츠머스에 도착한 순간, "그녀는 그의 가슴에 자신이 '나의 패니…… 내 유일한 여동생…… 이제 나의 유일한 위안'이라고만 똑똑히 새겨져 있는 것을 깨달았다."

이 포츠머스 막간극, 패니의 삶에서 3개월을 차지한 포츠머스 체류가 이제 끝났습니다. 서한체 양식도 끝났고요. 이제 우리는, 말하자면, 전에 있던 곳으로 돌아갑니다. 하지만 이제는 그곳에 크로퍼드 남매가 없습니다. 만약 오스틴이 패니가 포츠머스로 떠나기 전 맨스필드 파크에서 벌어진 장난과 남녀 간의 추파를 이야기할 때처럼 직접적이고 상세하게 두 커플의 사랑의 도피를 쓰려고 했다면, 사실상 500페이지쯤 되는 책을 새로 한 권 써야 했을 겁니다. 따라서 서한체 양식은 이 부분에서 소설의 구조를 지탱하는 데 도움이 됩니다. 그러나 편지 주고받기가 막 뒤에서 일어난 수많은 일을 전달하는 지름길이기는 해도 예술적으로는 그리 대단한 장점이 없다는 데에 의심의 여지가 없습니다.

***

이제 두 장章밖에 남지 않았습니다. 그 내용은 지금까지 벌어진 일들을 정리해서 치우는 과정에 지나지 않습니다. 노리스 부인은 가장 아끼던 조카 마리아의 행동과 자신이 주선했다고 자랑하던 결혼이 곧 이혼으로 끝나게 된 것에 엄청난 충격을 받아 완전히 다른 사람이 되었다고 간접적으로 알려집니다. 매사에 무심하고 조용한 사람이 되었다는 겁니다. 노리스 부인은 맨스필드 파크를 떠나 외딴집에서 마리아와 둘이 살게 됩니다. 이런 변화가 독자에게 직접 제시되지는 않습니다. 그래서 우리는 이 소설의 주요 부분에서 언제나 기괴하게 묘사되었던 그녀의 모습만 기억할 뿐입니다. 에드먼드는 마침내 미스 크로퍼드에 대한 환상에서 깨어납니다. 그녀가 오빠의 행동과 관련된 도덕적 문제를 전혀 이해하지 못하고, 그저 '어리석은 짓'이라는 말만 했기 때문입니다. 에드먼드는 경악합니다. "그저 어리석은 짓이라는 말뿐, 더 심한 말은 없었어! 그렇게 선뜻, 그렇게 거리낌없이, 그렇게 차분하게 그런 소리를 하다니! 거리끼는 기색도, 경악하는 기색, 여성적인 기색도 없었다고…… 뭐랄까. 정숙한 사람다운 혐오감이 없었어!…… 세상 사람들의 행동 그대로였다. 패니, 그렇게 재능이 풍부하던 여자는 어디로 가버렸을까?…… 전부 엉망이야, 엉망이라고!……"

"그녀가 비난한 건 그들이 들켰다는 사실이지, 그들의 행동 자체가 아니었어." 에드먼드는 흐느낌을 참으며 이렇게 말합니다. 그리고 패니에게 미스 크로퍼드의 말을 전합니다. "왜 오빠를 받아들이지 않았을까요? 이건 모두 패니의 잘못이에요. 순진한 아가씨 같으니! 난 절대 패니를 용서하지 않을 거예요. 오빠를 당연히 받아들였어야죠. 그랬다면 지금쯤 결혼을 앞두고 있을 테고, 헨리는 너무 행복하고 너무 바빠서 다른 데 눈을 돌리지 않았을 거예요. 러시워스 부인과 다시 좋은 사이가 되려고 수고를 들이지 않았을 거라고요. 그냥 일반적인 남녀 간의 추파, 그러니까 소더튼과 에버링엄에서 1년에 한 번씩 만날 때 그런 장난을 주고받는 정도로 끝났을 거예요." 에드먼드의 말이 이어집니다. "마법이 깨졌어. 나는 이제 눈을 떴다." 그는 미스 크로퍼드에게 자신의 심정을 이야기했습니다. 그녀의 태도에, 특히 토머스 경이 개입하지 않는다면 헨리와 마리아가 결혼할 수 있을지도 모른다고 희망을 품는 것에 경악했다고요. 그녀의 대답은 성직 서품을 둘러싼 갈등에 종지부를 찍었습니다. "그녀는 얼굴이 새빨개졌다…… 할 수만 있다면 웃었을 거야. 사실 그녀의 대답이 일종의 웃음이었지. '아주 훌륭한 설교네요. 틀림없어요. 당신이 최근에 한 설교의 일부인가요? 이런 기세라면 곧 맨스필드와 손튼 레이시의 모든 사람을 새사람으로 만드시겠는데요. 이다음에는 당신이 훌륭한 감리교 신자들 사이에서 유명한 설교자가 되었다거나 외국에 선교사로 나갔다는 소식을 듣게 될지도 모르겠어요.'" 에드먼드는 그녀에게 안녕을 고하고 돌아섭니다. "내가 몇 걸음 걸었을 때, 패니, 등 뒤에서 문이 열리는 소리가 들렸다. '버트럼 씨.' 그녀가 말했지. 나는 뒤를 돌아봤어. '버트럼 씨.' 그녀가 미소를 지으며 다시 말했다. 하지만 방금 그런 대화를 하고서 그런 미소라니. 뻔뻔하고 장난스러운 미소였어. 날 유혹해서 굴복시키려는 것 같은 미소. 적어도 내 눈에는 그렇게 보였다. 나는 거부했지. 그건 순간적인 충동이었어. 나는 그대로 발걸음을 옮겼다. 그뒤로 가끔…… 한순간…… 후회하곤 해. 내가 그

때 돌아가지 않은 것을. 하지만 내가 옳았다는 걸 안다. 우리 관계는 그렇게 끝났어!" 이 장의 말미에서 에드먼드는 평생 결혼하지 않겠다고 생각합니다. 하지만 독자들은 그렇지 않다는 걸 알고 있죠.

마지막 장에서는 권선징악이 이루어지고, 죄인들은 개과천선합니다.

예이츠는 토머스 경이 생각했던 것보다 돈이 많고 빚이 적습니다. 그래서 그의 울타리 안으로 받아들여집니다.

톰은 건강도 기분도 나아집니다. 고통을 겪으면서 생각하는 법도 배웁니다. 여기서 연극 테마가 마지막으로 암시됩니다. 그가 여동생과 크로퍼드의 관계에 자신이 조력자 역할을 했다고 느끼는 장면입니다. "자신이 도리에 맞지 않게 위험할 정도로 친밀한 연극을 한다고 나선 때문이었다. [그것이] 그의 마음에 인상을 남겼다. 스물여섯 살이라는 나이에 분별력이나 좋은 친구가 없지 않으니, 그 인상의 좋은 효과가 오랫동안 지속되었다. 그는 마땅히 되어야 하는 사람, 즉 아버지에게 도움이 되는 사람, 든든하고 조용한 사람, 자신만을 위해 살지 않는 사람이 되었다."

토머스 경은 여러 면에서 자신의 판단력이 어긋났음을 깨닫습니다. 특히 아이들의 교육 면에서 실패했다고 생각하죠. "원칙, 확실한 원칙이 부족했다."

러시워스 씨는 어리석음의 대가를 치릅니다. 재혼한다면 또 속아넘어갈지도 모릅니다.

마리아와 헨리, 불륜을 저지른 두 사람은 헤어져서 비참해집니다.

노리스 부인은 맨스필드를 떠납니다. "불행한 마리아에게 헌신하기 위해서였다. 다른 지방에 두 사람을 위한 거처가 만들어지고 있었으므로, 외따로 떨어진 그 집에서 사람들과 별로 어울리지 않은 채 둘이서만 함께 지낼 것이다. 한쪽에는 애정이 전혀 없고, 다른 쪽에는 판단력이 전혀 없으니 두 사람의 성격이 서로에게 벌이 될 것이라고 짐작해도 좋을 것이다."

줄리아는 마리아의 행동을 흉내냈을 뿐이므로 용서받습니다.

헨리 크로퍼드는 "일찍 독립한데다가 가정에서 나쁜 본보기를 보면서 망가졌고, 냉혹한 자만심에 잠겨 변덕스러운 장난에 너무 오랫동안 탐닉했다…… 그가 꿋꿋이 정직하게 노력했다면, 에드먼드와 메리가 결혼한 뒤 적당한 시기에 패니라는 보상을 받았을 것이다. 그것도 아주 자발적으로 그를 찾아온 보상이 되었을 것이다." 그러나 런던에서 다시 만났을 때 마리아가 무심한 태도를 보이자 그는 굴욕을 느꼈습니다. "그는 전적으로 자신의 의지에 따라 미소를 짓던 여자에게서 그렇게 밀려난 것을 견딜 수 없었다. 자존심 때문에 분노를 드러내지 않고 참느라 아주 애를 먹었다. 이것은 패니를 위한 분노였다. 그는 반드시 이것을 이겨내고, 러시워스 부인의 태도를 마리아 버트럼 시절로 되돌려야 했다." 이런 추문을 일으킨 여자에 비해 남자는 세상의 비난을 덜 받습니다. 그러나 "헨리 크로퍼드처럼 분별력이 있는 사람이라면, 적지 않은 분노와 후회를 스스로 쌓아가고 있다고 생각해도 될 것이다. 분노는 때로 자책으로 치솟을 것이고, 후회는 비참함으로 변할 것이다. 친절을 그런 식으로 갚고, 한 가정의 평화를 망치고, 가장 훌륭하고 가장 애정을 품었던 지인을 그렇게 잃고, 이성과 열정으로 모두 사랑했던 여자를 그렇게 잃어버렸으니 말이다."

미스 크로퍼드는 런던으로 이주한 그랜트 부부와 함께 삽니다. "메리
는 지난 반년 동안 친구들도, 허영과 야심과 사랑과 실망도 충분히 맛보
고 싫증을 느꼈으므로, 언니의 진심 어린 상냥함과 합리적이고 평온한
삶이 필요했다. 그들은 함께 살았다. 그랜트 박사가 일주일에 세 번이나
교단과 관련된 대규모 만찬을 열다가 뇌졸중으로 쓰러져 세상을 떠난
뒤에도 자매는 계속 함께 살았다. 다시는 차남에게 애정을 품지 않겠다
고 단단히 마음먹은 메리가 화려한 후계자나 게으른 상속자, 그녀의 미
모와 재산에 휘둘린 그들 사이에서 원하는 남자를 쉽사리 찾아내지 못
했기 때문이다. 그녀는 맨스필드에서 한층 품격이 높아진 자신의 취향
을 만족시켜주고, 그곳에서 높이 평가하게 된 가정적인 행복을 보장해
줄 만큼 인품과 예의를 갖춘 남자, 아니 에드먼드 버트럼을 그녀의 머리
에서 쫓아낼 수 있는 남자를 원했다."

에드먼드는 패니에게서 이상적인 아내의 모습을 발견하지만, 살짝
근친상간을 의식합니다. "그는 메리 크로퍼드에 대한 미련을 표시하고,
패니에게 그런 여자를 다시 만나는 것이 불가능할 것이라고 말하자마
자, 아주 다른 유형의 여자도 괜찮지 않을까…… 아니 훨씬 더 낫지 않
을까 하는 생각이 들기 시작했다. 패니의 미소와 행동거지가 예전의 메
리 크로퍼드만큼 그에게 중요하고 사랑스러워지고 있지 않은지, 그녀
의 따뜻한 우애가 부부로서 사랑할 수 있는 충분한 토대가 될 것이라고
그녀를 설득할 수 있지 않을지…… 스스로 희망을 품는 것조차 거의
허락하지 않았던 애정에 확답을 받은 패니의 기분에 대해서는 아무도
함부로 나서서 전하지 않기로 하자."

레이디 버트럼은 이제 패니 대신 수전을 '언제나 옆에 있는 조카'로 데리고 있습니다. 이렇게 신데렐라 테마는 계속됩니다. "그토록 많은 진정한 장점과 진실한 사랑, 거기에 재산과 친지도 부족하지 않은 이 사촌 남매 부부의 행복은 틀림없이 지상에서 가장 확고해 보였을 것이다. 두 사람 모두 가정생활에 알맞은 심성을 갖췄고, 시골생활에 애착을 느꼈으므로, 그들의 집은 애정이 넘치고 편안했다. 이 멋진 그림을 완벽하게 해준 것은, 두 사람이 결혼하고 어느 정도 세월이 흘러 수입이 좀 늘어나기를 원하게 되고, 부모님의 집과 멀리 떨어진 것이 불편하게 느껴지기 시작한 직후에 그랜트 박사가 세상을 떠나는 바람에 맨스필드의 성직록을 받게 된 것이었다.

그것을 계기로 두 사람은 맨스필드로 이사했다. 전의 두 목사가 살 때는 패니가 다가갈 때마다 고통스럽게 자신을 억제하거나 경계심을 느껴야 했던 목사관이 곧 그녀의 마음속에서 점점 소중해지고 완벽해졌다. 맨스필드 파크의 보호를 받으며 맨스필드 파크의 시야 안에 있는 모든 것이 이미 오래전부터 그랬던 것처럼."

저자가 상세하게 들려준 이야기가 끝난 뒤 모든 등장인물의 삶이 평탄하고 매끄럽게 흘러간다는 주장이 신기하게 느껴집니다. 말하자면, 이제부터 하느님이 고삐를 쥔다는 얘기니까요.

***

오스틴의 책에 어떤 방법론이 쓰였는지 생각해보려면, 『맨스필드 파크』의 일부 특징들(오스틴의 다른 소설에서도 같은 특징을 찾아볼 수 있습니다)이 『황폐한 집』에서 크게 확장된다는 점(디킨스의 다른 소설에서도 같은 특징을 찾아볼 수 있습니다)을 기억해야 합니다. 이런 것을 가리켜 오스틴이 디킨스에게 직접적으로 영향을 미쳤다고 말할 수는 없습니다. 두 사람의 작품에서 모두 이 특징들은 코미디, 정확히 말하자면 풍습희극의 영역에 속하며, 18세기와 19세기의 감상적인 소설에 전형적으로 나타나기 때문입니다.

제인 오스틴과 디킨스의 작품에 공통적인 특징들 중 첫번째 것은, 다른 인물들을 바라보는 관찰자로 젊은 아가씨, 그것도 신데렐라 타입, 피후견인, 고아, 가정교사 등을 선택한다는 점입니다.

두번째 특징에서는 두 사람 사이의 관계가 다소 놀랍고 독특합니다. 제인 오스틴이 마음에 들지 않는, 또는 호감이 덜 가는 인물들의 태도나 버릇을 조금 기괴하게 묘사하면서 그 인물이 등장할 때마다 그런 점을 부각시키는 것이 바로 두번째 특징입니다. 이런 인물의 명백한 사례가 노리스 부인과 돈 문제, 또는 레이디 버트럼과 그녀의 개입니다. 오스틴은 말하자면 색조를 바꿔서 이 방법에 예술적으로 약간의 변화를 줍니다. 책 속에서 행동의 변화가 이런저런 인물의 평소 태도에 새로운 색채를 드리우게 하는 거지요. 하지만 전체적으로 봤을 때 이 희극적인 인물들은 연극 속 등장인물들과 마찬가지로 처음부터 끝까지 장면마다 자신의 익살스러운 결점들을 끌고 다닙니다. 디킨스 역시 같은 방법을 사용했음을 앞으로 보게 될 겁니다.

세번째 특징은 포츠머스 장면과 관련되어 있습니다. 만약 디킨스가 오스틴보다 먼저 태어나 활동했다면, 우리는 프라이스 일가가 확실히 디킨스의 특징을 지니고 있으며, 프라이스 집안의 아이들이 『황폐한 집』을 관통하는 아이 테마와 훌륭하게 연결되어 있다고 말했을 겁니다.

***

제인 오스틴의 문체에서 더욱 두드러지는 몇 가지 요소들도 언급할 가치가 있습니다. 오스틴의 이미지들imagery은 억제되어 있습니다. 오스틴은 여기저기서 약간의 상아 조각 위에 섬세한 붓질을 해서 단어들로 우아한 그림을 그려냅니다(오스틴 본인의 표현입니다). 하지만 풍경, 몸짓, 색채 등과 관련된 이미지들은 대단히 억제되어 있습니다. 섬세하고 우아하고 창백한 제인을 만난 뒤, 목소리가 크고 얼굴이 벌겋게 달아오르고 기운이 넘치는 디킨스를 만나면 상당히 충격을 받을 정도입니다. 오스틴은 직유나 은유를 통한 비교를 잘 하지 않습니다. 포츠머스에서 "기쁨에 겨워 춤을 추며 방파제로 달려오는" 바다라고 표현한 부분은 드문 사례입니다. 프라이스의 집과 버트럼의 집을 비교할 때의 물 한 방울 같은 진부한 비유도 자주 나오지 않습니다. "약간 짜증스러운 일들, 때로 노리스 이모가 불러일으키는 그런 짜증은 오래가지 않고 사소해서, 그녀가 지금 있는 이 집의 끊임없는 소란에 비하면 바다에 떨어진 물 한 방울과 같았다." 오스틴은 태도와 몸짓을 묘사할 때 현재분사(예를 들어 미소 짓는smiling, 바라보는looking 등)를 적절히 사용합니다. '짓궂은 미소를 지으며' 같은 표현도 잘 사용합니다. 하지만 누가 말했는지 따로 밝히지 않고, 연극 대본의 지문처럼 괄호 안에 따로 적듯이 사용합니다. 오스틴은 이런 기법을 새뮤얼 존슨에게서 배웠습니다만,『맨스필드 파크』에서는 아주 적절한 장치로 활용하고 있습니다. 이 소설 전체가 연극을 닮았기 때문입니다. 인물들이 하는 말을 다른 사람이 간접적으로 전달하는 듯한 형식을 통해 그 말의 구조와 어조를 완곡하게 표현하는 것 역시 존슨의 영향일 가능성이 있습니다. 6장에서 러시워스의 말이 레이디 버트럼에게 전달되는 부분이 그런 예입니다. 인물의 성격과 행동이 대화 또는 독백을 통해 전개됩니다. 그보다 더 훌륭한 예는 마리아가 일행과 함께 장차 자신의 집이 될 소더튼으로 다가가면서 마치 주인처럼 하는 말입니다. "이제부터는 길이 거칠지 않을 거예요, 미스 크로퍼드. 고생은 다 끝났어요. 앞으로 남은 길은 정말 길다운 길이에요. 러시워스 씨가 이 땅을 물려받은 뒤로 그 길을 만들었거든요. 여기부터는 마을이에요. 저기 오두막들은 정말이지 창피하지 뭐예요. 교회 뾰족탑은 대단히 멋지다는 평가를 받고 있어요. 원래 오래된 저택에서는 교회가 본관이랑 아주 가까운데 여기는 그렇지 않아서 다행이에요. 교회 종소리가 엄청 짜증스럽고 끔찍할 거예요. 저기는 목사관이네요. 깔끔해 보이는데요. 여기 목사님 부부가 아주 품위 있는 분들이래요. 저쪽은 구빈원이에요. 이 가문의 몇몇 분들이 지으셨다죠. 오른쪽은 집사가 사는 집이에요. 참 훌륭한 분이랍니다. 이제 문지기가 지키는 정문에 다 왔어요. 하지만 숲과 정원 사이로 아직 거의 1마일이나 더 가야 해요."

오스틴이 특히 패니의 반응을 표현할 때 사용한 장치를 나는 '기사의 움직임'이라고 부릅니다. 체스 용어인데, 이 장치는 패니의 감정이라는 체스판 위에서 기사가 갑자기 어느 한쪽으로 확 방향을 바꾸는 것 같은 모습을 표현해줍니다. 토머스 경이 안티구아로 떠날 때의 묘사입니다. "패니의 안도감, 그리고 자신이 안도감을 느끼고 있다는 의식은 사촌들과 같았다. 하지만 천성이 더 예민한지라 자신의 이런 감정이 배은망덕한 것처럼 느껴졌다. [여기가 기사의 움직임입니다.] 그녀는 슬프지 않은 것이 정말로 슬펐다." 소더튼으로 함께 가자고 권유를 받기 전에, 패니는 소더튼의 가로수길이 변하기 전에 보고 싶다고 강하게 원합니다. 하지만 그녀가 가기에 너무 먼 곳이기 때문에 이렇게 말하죠. "아, 그건 중요하지 않아요. 언제든 내가 그걸 보게 되면, [여기가 기사의 움직임] 그곳이 어떻게 변했는지 오빠[에드먼드]가 말해주면 되잖아요." 간단히 말해서, 에드먼드의 기억을 통해 자신도 바뀌기 전의 가로수길을 볼 수 있을 것이라는 뜻입니다. 메리 크로퍼드가 바스에서 보내는 오빠 헨리의 편지가 아주 짧다고 말하자 패니는 이렇게 말합니다. "'식구들하고 멀리 떨어져 있을 때는 달라요.' 패니가 [기사의 움직임] 윌리엄을 생각하며 얼굴을 붉혔다. '그럴 때는 편지를 길게 쓸 수 있어요.'" 에드먼드가 메리에게 구애할 때, 패니는 자신이 질투하고 있음을 알아차리지 못하고, 자기 연민에 빠져 허우적거리지도 않습니다. 하지만 헨리가 마리아를 더 좋아하는 것을 안 줄리아가 발끈 화를 내며 자신에게 할당된 배역을 거절하고 자리에서 빠져나가자, 패니는 "질투에 휘둘려 동요하는 줄리아가 [기사의 움직임] 몹시 안쓰러웠다"고 표현됩니다. 연극에 참여해달라는 요청 앞에서 망설일 때 패니는 "[기사의 움직임] 이런 망설임의 진실성과 순수성이 의심스러워"집니다. 그녀는 그랜트 부부의 만찬 초대를 받아들이고 "무척 기뻐"하지만, 곧바로 이렇게 자문합니다[기사의 움직임]. "그런데 내가 왜 기뻐해야 할까? 거기서 내게 고통스러운 것을 보거나 듣게 될 거라고 확신하고 있지 않은가?" 목걸이를 고를 때는 "다른 것보다 더 자주 눈에 띄는 목걸이가 있었다"면서 "이것이 [기사의 움직임] 미스 크로퍼드가 가장 간직하고 싶어하지 않는 목걸이를 고른 것이기를 바랐다."

오스틴의 문체의 여러 요소들 중 눈에 띄는 것이 하나 있습니다. 내가 특별한 보조개라고 이름 붙이고 싶은 이 요소는, 평범하게 정보를 전달하는 문장의 구성 요소들 사이에 섬세한 풍자를 은근하게 살짝 집어넣는 겁니다. 핵심적이라고 생각되는 표현들을 고딕체로 강조해가며 인용해보겠습니다. "이번에는 프라이스 부인이 상처를 입고 분노했다. 그녀는 답장에서 두 언니 각자에게 지독한 말을 쏟아내고 토머스 경의 자부심에 대해서도 워낙 불손한 말을 해댔다. 노리스 부인은 이런 것을 도저히 혼자서만 간직할 수 없는 사람이었으므로, 이 편지로 인해 그들 사이의 모든 교류가 상당히 오랫동안 끊어지게 되었다." 이 자매들의 이야기는 계속됩니다. "서로 사는 집도 너무 멀고, 그들이 어울리는 사람들도 확연히 차이가 나서, 그후 11년 동안 서로의 소식을 조금이라도 들을 수 있는 수단이 거의 막힌 셈이었다. 적어도 노리스 부인이 가끔 패니가 또 아이를 낳았다는 소식을 어떻게 알고 성난 목소리로 그들에게 말해줄 수 있는지 토머스 경이 몹시 놀라워할 정도는 되었다." 프라이스 부인이된 어머니 패니의 딸 패니가 버트럼 집안의 남매들에게 소개됐을 때, "그들은 사람들과 어울리는 일이나 칭찬에 워낙 익숙해서 타고난 수줍음 같은 것은 없었다. 사촌에게는 그런 면이 없는 것을 보고 자신감이 더욱 높아진 그들은 곧 편안하고 무심한 태도로 패니의 얼굴과 옷차림을 자세히 살펴볼 수 있었다." 다음날 버트럼 집안의 두 딸은 "패니의 장식띠가 두 개뿐이고, 그녀가 프랑스어를 배운 적도 없다는 것을 알고 그녀를 시시하게 볼 수밖에 없었다. 자기들이 정말 착한 마음으로 연주해준 이중주를 듣고 패니가 별로 놀라지 않는 것을 보았을 때는, 자기들의 장난감 중에서 가장 가치가 떨어지는 것을 너그럽게 선물한 뒤 더이상 패니에게 상관하지 않았다······" 레이디 버트럼은 "옷을 잘 차려입고 소파에 앉아서 쓸모도 별로 없고 아름답지도 않은 자수를 한참 동안 놓거나 자식들보다 키우는 강아지를 더 많이 생각하며 하루를 보내는 여자였다······" 이런 문장을 '보조개가 있는' 문장이라고 해도 될 겁니다. 작가의 창백한 처녀 같은 뺨에 섬세하게 자리잡은 풍자의 보조개죠.

또다른 요소에는 풍자투라는 이름을 붙이고 싶습니다. 살짝 역설적인 생각을 간결한 리듬으로 재치 있게 표현하는 것을 말합니다. 이때의 어조는 간결하면서 부드럽고, 건조하면서 음악적이고, 함축적이면서도 가볍고 투명합니다. 패니가 맨스필드에 처음 온 열 살 때의 모습을 묘사한 장면이 한 예입니다. "나이에 비해 몸집이 작고, 안색도 밝지 않았다. 달리 눈에 띄게 예쁜 곳도 없었다. 심하게 소심하고 수줍음이 많아서 남의 눈에 띄지 않고 움츠러들기만 했다. 하지만 비록 태도가 어색하기는 해도 천박하지는 않았으며, 목소리가 예뻤다. 말을 할 때 짓는 표정도 예뻤다." 맨스필드에 처음 왔을 때 패니는 "톰에게서 그리 심한 일을 당하지 않았다. 열일곱 살 소년이 열 살짜리 아이에게 언제든 해도 된다고 생각하는 장난을 걸었을 뿐이었다. 그는 이제 막 인생을 시작하는 참이라서 온통 활기가 넘쳤다. 장남답게 자유로운 성격이어서…… 어린 사촌에게도 자신의 상황이나 권리에 걸맞은 친절을 베풀었다. 아주 예쁜 선물을 주고는 웃음을 터뜨리는 식이었다." 미스 크로퍼드는 처음 등장할 때 장남을 매력적으로 생각하는 사람이었지만, "그녀를 공정하게 인정해주기 위해 덧붙이자면, [에드먼드가] 세상 물정에 밝은 사람도 아니고 장남도 아닌데도, 입에 발린 말로 아부를 떨거나 재미있는 잡담을 늘어놓는 재주가 없는데도, 그녀는 그가 점점 마음에 들었다. 미리 예상하지도 못했고 이해하기도 힘들었지만, 그녀는 분명히 그것을 느꼈다. 그 어떤 상식적인 기준으로 봐도 그는 호감이 가는 사람이 아니었다. 허튼소리는 전혀 하지 않고, 찬사도 바칠 줄 모르고, 자기 뜻을 굽히지도 않고, 시선은 평온하고 소박했다. 어쩌면 그의 진지함, 꿋꿋함, 성실성에 매력이 있는 것 같기도 했다. 미스 크로퍼드가 그런 것을 말로 따져서 논하지는 못해도 느끼는 능력은 있는 것일 수도 있었다. 하지만 그녀는 이것을 깊이 생각하지 않았다. 지금은 그가 마음에 들어서 가까이 두고 싶었다. 그것만으로 충분했다."

이런 문체는 오스틴의 발명품도, 영국의 발명품도 아닙니다. 사실은 프랑스에서 온 것이 아닌가 싶습니다. 18세기와 19세기 초에 나온 프랑스 작품들에 이런 문체가 아주 많이 나오거든요. 오스틴은 프랑스문학을 읽지 않았지만, 당시 유행하던 세련되고 정확한 문체에서 풍자투의 리듬을 익혔습니다. 그런데도 이 기술을 완벽하게 구사합니다.

문체는 도구도 아니고 방법론도 아닙니다. 단순히 단어의 선택만을 의미하지도 않습니다. 이 모든 것보다 훨씬 더 대단한 존재인 문체는 작가의 개성을 구성하는 본질적인 요소 또는 특징입니다. 따라서 우리가 문체를 말할 때는, 예술가 개개인의 독특한 본질, 그리고 그것이 예술적인 작품 속에 표현되는 방식을 뜻합니다. 모든 살아 있는 사람은 자기만의 문체를 갖고 있지만, 우리가 논할 가치가 있는 것은 천재적인 작가들 각각의 독특한 문체뿐임을 반드시 명심해야 합니다. 그 천재성은 작가의 영혼 속에 깃들어 있을 때에만 문체를 통해 스스로 모습을 드러냅니다. 작가가 어떤 표현 방식을 완벽하게 다듬을 수는 있습니다. 경력이 쌓일수록 작가의 문체가 더 정밀하고 인상적으로 변해가는 것도 드문 일이 아닙니다. 제인 오스틴의 경우처럼 말이지요. 하지만 재능이 없는 작가는 가치 있는 문체를 발전시키지 못합니다. 기껏해야 신성한 불꽃 같은 것은 전혀 없이 인위적으로 조립된 기계장치 같은 것만 나올 겁니다.

그래서 나는 문학적인 재능이 없는 사람이라도 소설 쓰는 법을 배울 수 있다는 말을 믿지 않습니다. 문학적인 재능이 있는 젊은 작가만이 누군가의 도움을 받아 자신을 발견하고, 클리셰에서 자신의 언어를 해방하고, 서투름을 없애고, 언제나 꿋꿋하고 참을성 있게 그 자리에 딱 맞는 단어를 찾아다닐 수 있습니다. 그렇게 찾아낸 단어는 생각의 정확한 색조와 명암을 무엇보다 정밀하게 전달해줄 겁니다. 이런 문제를 가르치는 데 제인 오스틴은 그리 나쁘지 않은 교사입니다.

찰스 디킨스(1812~1870)

『황폐한 집』(1852~1853)

이제 디킨스에게 달려들 준비가 됐습니다. 디킨스를 끌어안을 준비가 됐습니다. 디킨스의 햇볕을 마음껏 쬘 준비가 됐습니다. 제인 오스틴을 다룰 때 우리는 응접실의 귀부인과 아가씨들 틈에 끼어들기 위해 조금 애를 써야 했습니다. 디킨스의 경우에는 황갈색 포트와인을 들고 탁자에 그냥 앉아 있어도 됩니다. 우리는 제인 오스틴과 『맨스필드 파크』에 접근할 길을 찾아야 했습니다. 내 생각에는 우리가 그 방법을 찾아냈으며, 그녀의 섬세한 패턴들 속에서 어느 정도 즐거움도 느낀 것 같습니다. 솜으로 달걀 껍데기를 감싸서 모아놓은 것 같은 그 패턴들 말입니다. 하지만 그것은 억지로 느낀 즐거움이었습니다. 우리는 일부러 어떤 기분으로 빠져들어, 특정한 방식으로 눈의 초점을 맞춰야 했습니다. 나는 개인적으로 도자기와 이류 예술 작품을 싫어합니다만, 억지로 전문가의 눈을 통해 귀하고 반투명한 도자기 조각을 보아야 할 때가 많았습니다. 그러면서 그 과정에서 대리만족을 느낀 겁니다. 제인 오스틴에게 평생을, 담쟁이덩굴로 뒤덮인 건물들 안에서 평생을 바친 사람들이 있음을 잊으면 안 됩니다. 어떤 독자들은 틀림없이 오스틴의 작품에 대해 나보다 더 훌륭한 안목을 지니고 있을 겁니다. 하지만 나는 아주 객관적인 태도를 유지하려고 애썼습니다. 이를 위해서 18세기와 19세기 초라는 서늘한 샘에서 오스틴의 작품 속 아가씨들과 젊은 신사들이 흡수한 문화라는 프리즘을 통해 작품에 접근했습니다. 우리는 또한 다소 거미줄 같은 모양을 하고 있는 그녀의 작품 구성도 따라가보았습니다. 『맨스필드 파크』라는 거미줄 중에서 연극 연습이 차지하고 있던 중심 부분을 독자들에게 다시 상기시키고 싶군요.

이제 디킨스와 더불어 우리는 더 넓어질 겁니다. 내가 보기에 제인 오스틴의 소설은 구식 가치관을 매력적으로 재배열한 작품이었던 것 같습니다. 디킨스의 작품에는 새로운 가치관이 나옵니다. 현대의 작가들은 지금도 그의 작품을 좋은 포도주처럼 마시고 취합니다. 제인 오스틴의 작품과 달리 디킨스의 작품을 대할 때는 접근 방법을 고민할 필요가 없습니다. 구애를 할 필요도 없고 꾸물거릴 필요도 없습니다. 그냥 디킨스의 목소리에 항복하면 됩니다. 그뿐입니다. 가능하다면, 나는 50분의 강의 시간을 항상 말없이 명상하고 집중하며 디킨스에게 감탄하는 데 바치고 싶습니다. 하지만 그런 명상과 감탄을 지휘하고 이론적으로 설명하는 것이 나의 임무입니다. 『황폐한 집』을 읽을 때 우리는 그저 긴장을 풀고 뇌가 아닌 척추에 모든 것을 맡기면 됩니다. 물론 책은 머리로 읽는 것이지만, 예술적인 기쁨은 양쪽 어깨뼈 사이에 자리잡고 있으니까요. 등에서 느껴지는 그 작은 전율은 확실히 인류가 순수예술과 순수과학을 발전시키며 얻은 최고의 감정입니다. 그러니 척추에서 느껴지는 그 짜릿함과 설렘을 숭배합시다. 우리가 척추동물임을 자랑스러워합시다. 우리는 머리에 신의 불꽃을 이고 있는 척추동물입니다. 뇌는 오로지 척추의 연장일 뿐입니다. 양초의 심지는 양초의 몸을 끝까지 관통하는 법입니다. 만약 이 전율을 즐길 줄 모른다면, 문학을 즐길 줄 모른다면, 전부 다 포기하고 만화, 비디오, 라디오에서 발췌해 읽어주는 책에만 집중하세요. 하지만 나는 디킨스가 그보다 더 강한 힘을 발휘할 것이라고 생각합니다.

『황폐한 집』을 다루면서 우리는 이 소설의 연애 플롯이 환상이며 예술적으로도 그리 중요하지 않다는 것을 금방 알게 될 겁니다. 이 책에는 레이디 데들록의 슬픈 사연보다 더 나은 것들이 있습니다. 영국의 소송 제도에 대해 어느 정도 사전 정보가 필요하겠지만, 그것만 제외하면 어려울 것이 하나도 없습니다.

***

언뜻 보기에 『황폐한 집』은 풍자처럼 보일지도 모릅니다. 어디 보자. 미학적인 가치가 거의 없는 풍자는 목적을 달성하지 못합니다. 그 목적이 아무리 가치 있는 것이라도 상관없습니다. 반면, 예술적인 천재성이 배어 있는 풍자라면 그 목적은 별로 중요하지 않습니다. 목적이 사라진 뒤 눈부신 풍자만이 영원히 예술 작품으로 남지요. 그런데 애당초 풍자 얘기를 왜 꺼냈을까요?

문학의 사회적, 정치적 영향에 대한 연구는 주로 기질이나 교육 때문에 진정한 문학의 미학적 울림에 아무런 영향을 받지 않는 사람들을 위해 고안된 것입니다. 그러니까, 양쪽 어깨뼈 사이의 그 분명한 짜릿함과 설렘을 느끼지 못하는 사람들 말입니다(몇 번이나 거듭 말하지만, 등으로 읽지 않는다면 책을 아무리 읽어도 소용없습니다). 디킨스가 챈서리 법원*의 부정행위들을 열심히 비난하려 했다고 주장해도 아무 문제가 없을 겁니다. 사법 체계의 역사를 연구한 학자들이 증명했듯이 『황폐한 집』에 나오는 잔다이스 소송 같은 소송들은 19세기 중반에 때때로 발생했습니다. 그러나 우리의 작가가 풀어놓는 사법 체계에 대한 정보는 1820년대와 1830년대까지 거슬러올라가기 때문에, 그가 『황폐한 집』을 쓸 무렵에는 그가 비판의 목표로 삼은 대상 중 많은 사건들이 이미 존재하지 않았습니다. 그러나 목표가 사라졌더라도 우리는 그의 아름다운 무기를 즐기면 됩니다. 다시 말하지만, 데들록 부부에 대한 설명은 귀족들에 대한 고발로서 아무런 흥미도 중요성도 없습니다. 우리 작가의 지식과 인식이 지극히 빈약하고 조야하기 때문입니다. 데들록Dedlock 부부는 예술적인 성취로서도, 이런 말을 해서 미안하지만, 문을 고정한 대갈못이나 자물쇠처럼 그냥 죽은 시체 같습니다(죽은 자물쇠Dead lock 니까 죽은 겁니다). 그러니 거미줄에 감사하고, 거미는 무시해버립시다. 범죄 테마의 뛰어난 구조에 감탄하고, 빈약한 풍자와 연극적인 제스처는 무시해버립시다.

마지막으로 사회학자들이 원한다면, 역사학자들이 산업화 시대의 흐릿한 여명기라고 표현할 시기에 어린이들이 겪은 학대, 그러니까 아동

---

* 영국에서 형평법에 따라 민사소송을 담당하던 법원. 1970년대에 해체되어 고등법원의 일부가 되었다.

노동 같은 것들에 대해 두꺼운 책을 쓸 수도 있을 겁니다. 하지만 아주 솔직히 말해서, 『황폐한 집』에 나오는 가엾은 아이들은 1850년대의 사회환경보다는 그보다 앞선 시대와 연결되어 그 시대의 거울 역할을 합니다. 문학적 기법 면에서 이 아이들은 예전 소설 속의 아이들, 18세기 말과 19세기 초에 나온 감상적인 소설 속의 아이들과 연결되어 있습니다. 『맨스필드 파크』에서 포츠머스에 있는 프라이스 일가의 집을 묘사한 부분을 다시 읽어보면, 상당히 확실한 예술적 계보를 직접 볼 수 있습니다. 제인 오스틴의 작품에 나오는 가난한 아이들과 『황폐한 집』에 나오는 가난한 아이들이 확실히 연결되어 있다는 걸 알 수 있다는 뜻입니다. 물론 다른 문학 작품들도 있습니다. 기법 얘기는 이쯤 하지요. 이제는 감정의 시각에서 한번 봅시다. 이번에도 이 작품은 1850년대와 별로 어울리지 않습니다. 우리는 디킨스와 함께 그의 유년시절에 가 있습니다. 그러니 여기서도 역사적인 틀은 깨져버립니다.

여러분도 확실히 알겠지만, 나는 실 잣는 사람이나 교사보다 마법사에게 더 흥미가 있습니다. 디킨스의 경우에는 이런 태도가 디킨스를 계속 살려놓을 수 있는 유일한 방법인 것 같습니다. 개혁론자, 싸구려 소설, 감상적인 쓰레기, 말도 안 되는 연극 같은 것들을 누르고서 말입니다. 디킨스는 산 위에서 영원히 빛납니다. 그리고 우리는 그 산의 정확한 높이, 윤곽, 안개를 뚫고 올라가는 길을 알고 있습니다. 그는 그의 이미지들 속에서 위대합니다.

***

이 책을 읽으면서 주목해야 할 것이 몇 가지 있습니다.

1. 이 소설의 가장 놀라운 테마 중 하나는 아이들과 관련되어 있습니다. 그들의 고민, 불안, 소박한 즐거움, 그들이 주는 기쁨, 그리고 무엇보다도 그들의 비참한 상황. 하우스먼의 시를 한 구절 인용하겠습니다. "내가 만들지 않은 세상에서 두려워하는 이방인, 나." 부모-자식 관계도 흥미를 끄는데, '고아'라는 테마가 중심에 있기 때문입니다. 즉, 부모 또는 자식이 없는 상태라는 뜻입니다. 훌륭한 엄마가 죽은 아이를 품에 안고 어르거나, 아니면 엄마 본인이 죽는 식입니다. 또한 아이들은 다른 아이들을 돌보는 역할을 합니다. 나는 디킨스가 런던에서 어렵게 살던 젊은 시절 어느 날의 이야기를 남몰래 좋아하고 있습니다. 디킨스 앞에서 걷고 있던 노동자가 머리가 커다란 아이를 어깨에 걸치고 있더랍니다. 남자는 뒤를 돌아보지 않고 계속 걸었고, 디킨스는 그 뒤를 따라 걸었지요. 그동안 남자의 어깨에 걸쳐진 아이는 디킨스를 보았습니다. 디킨스는 종이봉투에서 버찌를 하나씩 꺼내서 먹다가 말 없는 아이의 입 속에 하나씩 넣어주기 시작했답니다. 뭐가 어떻게 된 건지 아무도 이해하지 못하는 상태로요.

2. 챈서리—안개—광기: 이것은 또다른 테마입니다.

3. 모든 등장인물이 자기만의 속성을 갖고 있습니다. 그 사람이 나타날 때마다 함께 나타나는, 색채를 지닌 그림자와 비슷합니다.

4. 사물도 이야기에 참여합니다. 그림, 집, 마차 같은 것들.

5. 사회학적인 측면, 그러니까 에드먼드 윌슨이 에세이집 『상처와 활

『The Wound and the Bow』에서 눈부시게 강조한 이 측면은 흥미롭지도 않고 중요하지도 않습니다.

6. 소설 후반부의 범인 찾기 플롯(셜록 이전의 탐정 스타일).

7. 작품 전체에 배어 있는 이원론. 악이 거의 선만큼 강하며, 일종의 지옥인 챈서리에 구현되어 있습니다. 털킹혼과 볼스는 악마 사절 역할입니다. 그밖에도 수많은 소악마들은 심지어 옷도 초라한 검은색으로 차려입었습니다. 착한 사람으로는 잔다이스, 에스터, 우드코트, 에이다, 배그넷 부인이 있습니다. 그리고 이 양편 사이에는 유혹받은 사람들이 있습니다. 개중에는 레스터 경처럼 사랑으로 구원받은 사람도 있습니다. 여기서는 사랑이 다소 부자연스럽게 그의 허영심과 편견을 정복해 버립니다. 리처드도 구원받은 사람입니다. 비록 잘못을 저지르긴 했지만 근본적으로 착한 사람이니까요. 레이디 데들록은 고통을 통해 구원받고, 그 배경에서 도스토옙스키가 열심히 손짓 발짓을 하고 있습니다. 아무리 사소한 선행이라도 구원을 가져올 수 있습니다. 스킴폴은 완전히 악마의 동맹입니다. 물론 스몰위드 일가와 크룩도 마찬가지입니다. 젤리비 부인 같은 자선사업가들도 그렇습니다. 그들은 주위에 비참함을 퍼뜨리면서도 정작 자신이 선행을 베풀고 있다고 스스로를 속이는 사람들입니다. 실제로는 이기적인 본능에 탐닉할 뿐이에요. 젤리비 부인, 파디글 부인 같은 사람들이 온갖 화려한 일에 시간과 애정을 쏟는 (챈서리가 변호사들에게는 완벽한 곳이지만, 그 피해자들에게는 비참하고 쓸모없는 곳임을 보여주는 테마에 상응합니다) 동안 그들의 자녀들은 비참하게 방치됩니다. 버킷과 '코빈시스'에게는 희망이 있는지도

모릅니다(많은 일을 하면서 쓸데없이 잔인하게 굴지 않으니까요). 하지만 채드밴드 부부 같은 거짓 성직자들은 아닙니다. '착한' 사람들은 흔히 '악한' 사람들의 피해자가 되지만, 바로 여기에 착한 사람들을 위한 구원과 악한 사람들을 위한 파멸이 있습니다. 서로 갈등 관계에 놓인 이 모든 세력들과 사람들(챈서리 테마로 서로 겹쳐질 때가 많습니다)은 더 크고 더 보편적인 세력들의 상징입니다. 크룩이 악마의 자연스러운 수단인 (저절로 피어난) 불로 목숨을 잃은 것까지도 그렇습니다. 이런 갈등 관계가 이 책의 '골격'입니다. 하지만 디킨스는 워낙 뛰어난 예술가인 만큼, 이런 갈등 관계가 눈에 거슬리거나 너무 뻔하게 드러나지 않습니다. 그의 등장인물들은 생생히 살아 있습니다. 단순히 소설이라는 옷을 입혀놓은 주장이나 상징이 아닙니다.

***

『황폐한 집』을 구성하는 주요 테마는 세 가지입니다.

1. 챈서리 법원 테마에서 중심을 이루는 것은 지루하게 이어지고 있는 잔다이스 대 잔다이스 소송입니다. 런던의 지독한 안개와 미스 플라이트가 새장에 가둬 기르는 새들이 이 테마에 구체적인 이미지를 부여해줍니다. 변호사들과 제정신이 아닌 소송 당사자들은 이 테마의 대표자들입니다.

2. 비참한 아이들과 그들이 돕는 사람들 및 그들 부모와의 관계. 아이들의 부모는 대부분 사기꾼이거나 제정신이 아닙니다. 누구보다도 불

행한 아이는 노숙생활을 하는 조인데, 그는 챈서리의 더러운 그림자 속에서 자라나 자기도 모르는 사이에 미스터리 플롯의 중요 인물이 됩니다.

3. 미스터리 테마. 낭만적으로 얽히고 꼬인 사건의 흔적들을 거피, 털킹혼, 버킷이 조력자들과 함께 추적합니다. 그리고 이것이 미혼모로 에스터를 낳은 불행한 레이디 데들록으로 이어지죠.

디킨스는 마법 같은 재주로 이 세 가지 테마의 균형을 맞추며 이들이 조리 있고 통일된 이야기의 틀에서 벗어나지 못하게 합니다. 풍선 세 개를 하늘에 띄워놓고, 줄이 헝클어지지 않게 잘 유지하는 것과 같습니다.

이 세 가지 테마와 주요 인물들이 구불구불한 골목길처럼 펼쳐지는 이야기 속에서 얼마나 다양한 방식으로 이어져 있는지를 도표와 선으로 표현해보았습니다. 등장인물 중 여기에 포함된 사람은 소수에 불과하지만, 그밖에도 등장인물은 아주 많습니다. 아이들만 따져도 대략 서른 명은 되니까요. 어쩌면 에스터의 옛 유모로 그녀의 출생 비밀을 알고 있는 레이철과 사기꾼 중 한 명이자 레이철의 남편인 채드밴드 목사를 선으로 연결했어야 하는 건지도 모르겠습니다. 호든Hawdon(이 책에서 니모라는 이름으로도 불립니다)은 레이디 데들록의 옛 연인이자 에스터의 아버지입니다. 레스터 데들록 경의 사무 변호사인 털킹혼과 버킷 경감은 미스터리를 파헤치는 데 어느 정도 성공을 거두면서, 본의 아니게 레이디 데들록을 죽음으로 몰고 가는 역할을 합니다. 이 탐정들은 조사과정에서 레이디 데들록의 프랑스인 하녀인 오르탕스, 늙은 악당 스몰위드 같은 사람들에게서 다양한 도움을 받습니다. 스몰위드는 이 책에서 가장 이상하고 가장 안개 같은 인물인 크룩의 매부이기도 합니다.

나는 챈서리―안개―새―미친 소송 당사자 테마부터 시작해서 이 세 가지 테마를 모두 따라가볼 생각입니다. 특히 무엇보다도 미친 여자인 미스 플라이트와 으스스한 크룩이 이 테마의 대표자로 다뤄질 것입니다. 그다음에는 아이들 테마로 넘어가 샅샅이 상세하게 살펴보며 가엾은 조의 모습과 대단히 혐오스러운 사기꾼이자 가짜로 아이 행세를 하는 스킴폴 씨를 다룰 것입니다. 미스터리 테마는 그다음입니다. 디킨스가 챈서리의 안개를 다룰 때는 마법사이자 예술가의 면모를, 아이들 테마에서는 예술가와 사회운동가가 합쳐진 모습을, 미스터리 테마에서는 이야기에 방향을 제시하고 추진력을 제공하는 아주 영리한 이야기꾼의 면모를 보인 것에 주목하기 바랍니다. 우리를 끌어당기는 것은 예술가의 면모입니다. 따라서 이 세 가지 주요 테마의 윤곽과 주요 인물들 일부의 성격을 살펴본 뒤, 이 책의 형식, 구조, 문체, 이미지, 말로 빚어낸 마법을 분석할 예정입니다. 에스터와 그녀를 사랑하는 남자들, 즉 이 세상 사람인지 궁금해질 만큼 착한 우드코트와 매우 설득력이 있고 돈 키호테 같은 공상가인 존 잔다이스와 함께하면서, 그리고 레스터 데들록 경을 비롯한 여러 명사들과 함께하면서 아주 재미있을 겁니다.

챈서리 테마와 관련해서 『황폐한 집』의 기본적인 설정은 아주 단순합니다. 잔다이스 대 잔다이스 소송이 아주 오랫동안 지루하게 이어지고 있다는 것. 수많은 소송 당사자들이 많은 재산을 손에 넣을 수 있을 것이라고 기대하지만 그런 일은 벌어지지 않습니다. 잔다이스 가문의 사람들 중 존 잔다이스는 이 소송을 차분히 받아들이고 아무것도 기대하지 않는 훌륭한 사람입니다. 그는 또한 자신이 죽기 전에 이 소송이 끝날 가능성이 거의 없다고 믿고 있습니다. 그의 어린 피후견인인 에스터 서머슨은 챈서리 테마와 직접적으로 관련되어 있지는 않지만, 이 책에서 기준 역할을 합니다. 존 잔다이스는 에이다와 리처드의 후견도 맡고 있습니다. 서로 친척 관계인 이 두 아이는 잔다이스 소송에서 존의 반대편에 속합니다. 리처드는 심리적으로 이 소송에 너무나 몰두한 나머지 미쳐버립니다. 다른 소송 당사자 중 미스 플라이트와 그리들리 씨는 이미 미쳐 있습니다.

이 소설의 첫 장을 여는 것이 바로 챈서리 테마입니다. 하지만 이 테마를 들여다보기 전에, 먼저 디킨스식 방법론의 우아한 특징 중 하나를 살펴볼까요? 끝없이 이어지는 소송과 대법관에 대한 묘사입니다. "잔다이스 대 잔다이스 소송이 그 부패한 손을 뻗어 더럽히고 타락시킨 소송 관련자가 얼마나 많은지는 쉽게 대답할 수 없을 것이다. 법관 보좌관이 끈으로 꿰어둔 서류철 위에 잔다이스 대 잔다이스 소송의 먼지 낀 영장들이 잔뜩 쌓여 보기 싫게 꿈틀거리다가 다양한 모양으로 굳어져버렸다. 여섯 서기관의 사무실*에서 필사를 맡은 서기는 언제나 똑같은 제목을 달고 있는 챈서리 문서 수만 장을 필사했다. 이 소송으로 타고난 성질이 더 나아진 사람은 전혀 없었다. 온갖 거짓 핑계를 내세운 속임수, 회피, 질질 끌기, 강탈, 귀찮게 굴기에서 좋은 일은 결코 생길 수 없

---

* 챈서리 법원의 각종 서류를 담당하던 곳. 재판이 지연되는 데 큰 영향을 미쳤다고 한다.

다……

　이러한 진흙탕의 한복판, 안개의 중심에서 대법관이 챈서리 고등법원에 앉아 있다."

　이제 이 소설의 가장 첫번째 문단으로 돌아가봅시다. "런던. 성 미카엘 축일 개정기*가 얼마 전에 끝나, 대법관은 링컨스 인 홀에 앉아 있다. 가차 없는 11월의 날씨. 얼마 전 큰물이 들었다가 물러난 것처럼 길은 진창이었다…… 개들은 진창과 구분할 수 없는 모습. 말들도 그보다 딱히 더 좋은 모습은 아니다. 곁눈가리개까지 진흙이 튀어 있으니. 서로 우산을 밀쳐대며 길을 걷는 행인들은 다들 짜증이 옮은 것 같은 기색으로 길모퉁이에서 미끄러진다. 날이 밝은 뒤로(오늘 날이 밝기는 한 건지 잘 모르겠지만) 이미 수만 명이나 되는 행인들이 바로 그곳에서 미끄러지고 넘어져 몸을 덮은 진흙 더께 위에 또 진흙을 묻혔다. 진흙은 완강하게 바닥에 눌어붙어 복리 이자로 쌓이고 있다." 복리 이자로 쌓인다…… 진짜 진창과 안개를 챈서리의 혼란한 진창과 연결하는 은유입니다. 이 안개와 진창 한복판에 앉아 있는 대법관을 탱글 씨는 'Mlud'라고 부릅니다. 진창과 안개 한복판에서는 '재판장님My Lord'조차 '진창Mud'으로 전락하는 겁니다. My Lord, Mlud, Mud. 이제 막 조사를 시작했을 뿐인데, 우리는 이것이 디킨스의 전형적인 장치임을 알아차릴 수 있습니다. 무생물인 단어들에 생명을 줄 뿐만 아니라, 그들이 직접적인

---

* Michaelmas Term. 영국 법에서는 일 년을 네 개의 개정기로 나누는데, 성 미카엘 축일 개정기는 그중 첫번째로 10월부터 12월까지다. 참고로 성 미카엘 축일은 9월 29일.

의미를 뛰어넘는 술수를 부리게 만드는 말장난 말입니다.

이 첫 페이지에는 이런 말장난의 사례가 또 있습니다. 첫번째 문단에서, 굴뚝 꼭대기에서 아래로 내려앉는 연기가 '부드럽게 내리는 검은색 가랑비drizzle'로 비유됩니다. 그리고 이 소설의 한참 뒤에서는 크룩이 이검은 가랑비 속에서 녹아버립니다. 하지만 그보다 먼저, 잔다이스 대 잔다이스 소송과 챈서리 법원을 설명하는 문단에서 우리는 챈서리의 사무 변호사들을 상징하는 이름을 만날 수 있습니다. "치즐, 미즐, 그리고 기타 등등은 잔다이스 대 잔다이스 소송이 끝나면 그 눈에 띄는 작은 문제를 들여다보고, 제대로 이용하지 못한 드리즐을 어떻게 할지 알아봐야겠다고 스스로 막연하게 다짐하는 습관에 젖어 있었다." 치즐, 미즐, 드리즐. 우울한 각운입니다. 그리고 바로 이어서 이런 문장이 나옵니다. "다양한 형태의 책임 회피shirking와 사기sharking의 씨앗이 이 불운한 소송으로 인해 널리 흩뿌려졌다⋯⋯" shirking과 sharking은 책략으로 살아가는 것을 뜻합니다. 변호사들이 챈서리라는 진창과 가랑비 속에서 살아가는 것처럼 말이지요. 이제 다시 첫번째 문단으로 돌아가보면, 이것이 진창에서 미끄러지고slipping 넘어진sliding 행인들을 연상시키는 두운법임을 알 수 있습니다.

이제 미친 여자 미스 플라이트의 발걸음을 따라가봅시다. 그녀는 처음부터 이상한 소송 당사자로 등장해서, 재판이 모두 끝나고 텅 빈 법정 문이 닫힐 때 성큼성큼 걸어나갑니다. 그리고 곧 이 소설 속의 세 젊은이, 즉 리처드(그는 아주 기묘한 방식으로 이 미친 여자와 운명이 얽히게 됩니다), 에이다(리처드와 결혼하게 되는 사촌), 에스터가 대법관을 만나러 왔다가 주랑에서 미스 플라이트와 마주칩니다. "짜부라진 보닛을 쓰고 주머니 모양의 손가방을 든 이상한 노파가 미소 띤 얼굴로 인사를 하며 우리에게 다가왔다. 대단히 격식을 갖추는 것 같은 분위기였다.

'어머!' 그녀가 말했다. '잔다이스의 피후견인들이로군요! 그런 영광을 누리다니, 틀림없이 아아주 행복하겠어요! 젊음과 희망과 아름다움에 좋은 징조지요. 여기에 발을 들여놓았지만 앞날을 알 수 없는 젊은이들에게는.'

'미쳤군!' 리처드가 속삭였다. 그 노파가 들을 수 있다는 생각을 미처 하지 못한 모양이었다.

'맞아요! 미쳤다오, 젊은 신사.' 노파가 아주 빠르게 대답했기 때문에 리처드는 상당히 당황했다. '나도 예전에 피후견인이었어요. 그때는 미치지 않았지.' 노파는 깊게 고개를 숙여 인사하며, 문장을 하나 말할 때마다 미소를 지었다. '나도 젊음과 희망이 있었어요. 아름다움도 있었던 것 같고. 이제는 별로 중요하지 않지요. 그 세 가지 모두 내게 도움이 되지도, 나를 구해주지도 못했으니까. 나는 자주 법원에 나오는 영광을 누리고 있어요. 내 서류를 들고서. 판결을 기대하고 있답니다. 곧 나올 거라고. 판결이 내려지는 날…… 내 축복을 받아줘요.'

에이다가 조금 겁을 먹었기 때문에 나는 그 가엾은 할머니의 비위를 맞추려고 대단히 감사하다고 말했다.

'그으래요!' 그녀가 점잔을 빼며 말했다. '그럴 것 같았어요. 여기 대화꾼 켄지가 있군요. 그 사람도 서류를 들고 있어요! 안녕하시오, 훌륭하신 나리?'

'그럼요, 그럼요! 자, 공연히 문제를 일으키지 맙시다. 그래야 착한 영혼이죠!' 켄지 씨가 앞장서서 온 길을 돌아가며 말했다.

'천만에요.' 가엾은 노파가 나랑 에이다와 보조를 맞춰 움직이며 말했다. '내가 언제 문제를 일으켰다고. 난 양쪽에 모두 땅을 내줄 거예요. 그건 문제를 일으키는 게 아니잖아요, 그렇죠? 난 판결을 기대하고 있어요. 곧 나올 거라고. 판결이 내려지는 날. 이건 여러분에게 좋은 징조예요. 내 축복을 받아요!'

그녀는 가파르고 널찍한 계단 아래에 멈춰 섰다. 우리가 올라가면서 뒤를 돌아보았을 때도 그 노파는 여전히 그 자리에 서서 여전히 인사하며 말하고 있었다. 문장을 하나 말할 때마다 미소를 짓는 것도 여전했다. '젊음. 희망. 아름다움. 챈서리. 대화꾼 켄지! 하! 내 축복을 받아줘요!'"

미스 플라이트가 자꾸만 되풀이하는 세 단어, 젊음, 희망, 아름다움은 중요합니다. 여러분도 앞으로 알게 될 겁니다. 다음날 세 젊은이는 또다른 젊은이 한 명과 함께 런던 시내를 걷다가 다시 미스 플라이트를 만납니다. 여기서 미스 플라이트의 말을 통해 새로운 테마가 점진적으로 소개됩니다. 새장에 갇힌 새의 테마입니다. 노래, 날개, 비행. 미스 플라이트는 비행과 노래에, 링컨스 인의 정원에서 노래하는 새들에 관심을 보입니다. 그다음에는 크룩의 집 위층에 있는 미스 플라이트의 거처입니다. 이 집에는 니모도 세들어 살고 있는데, 그는 나중에 이 책에서 중요한 인물이 됩니다. 미스 플라이트는 스무 개쯤 되는 새장을 자랑하듯이 보여줍니다. "내가 이 새들을 키우기 시작할 때 정한 목적을 피후견

154

인들이라면 금방 이해할 거예요.' 그녀가 말했다. '이 아이들을 다시 자유롭게 해줄 생각이거든요. 판결이 나오는 날. 그으래요! 결국 이 아이들은 감옥에서 죽어가요. 이 가엾고 어리석은 것들의 삶은 챈서리의 처리 속도에 비해 너무 짧아요. 그래서 하나씩 차례로 전부 죽어나간 게 몇 번이나 돼요. 이 아이들은 모두 어리지만, 하나라도 살아서 자유를 볼 수 있을지! 알겠어요? 저엉말 속이 상해요, 그렇죠?'"

미스 플라이트가 방에 빛이 들어오게 하자, 새들은 방문객을 위해 노래를 부릅니다. 하지만 그녀는 새들의 이름을 말해주지 않습니다. "나중에 이름을 말해줄게요." 이 문장이 몹시 의미심장합니다. 여기에 애처로운 미스터리가 있으니까요. 미스 플라이트는 '젊음, 희망, 아름다움'이라는 말을 되풀이합니다. 이번에는 이 단어들이 새들과 연결되어 있습니다. 새장의 철창이 그림자를 드리우는 것 같습니다. 젊음, 아름다움, 희망의 상징들을 벌써 그 그림자로 가둬버리는 것 같습니다. 미스 플라이트가 에스터와 얼마나 멋지게 연결되어 있는지를 더 잘 볼 수 있는 장면을 꼽는다면, 에스터가 십대 초반에 집을 떠나 학교로 향하는 장면이 있습니다. 이때 에스터의 길동무는 새장에 든 새 한 마리뿐입니다. 여기서 여러분에게 다른 새장을 아주 강력하게 상기시켜야겠습니다. 내가 『맨스필드 파크』를 다룰 때, 스턴의 『풍류여정기』에 나오는 찌르레기를 말하면서 언급한 새장 말입니다. 자유나 감금에 관한 언급도 있었죠. 여기서도 똑같은 테마를 볼 수 있습니다. 새장, 철창, 모든 행복을 지워버리는 철창의 그림자. 미스 플라이트의 새들이 종다리, 홍방울새, 황금방울새라는 사실을 우리는 마침내 알게 됩니다. 종다리는 젊음, 홍방울새는 희망, 황금방울새는 아름다움에 각각 상응합니다.

손님들이 이상한 세입자 니모의 방 앞을 지나갈 때, 미스 플라이트는 조용히 하라고 경고합니다. 그러고 얼마 뒤 이 이상한 세입자가 입을 다물게 됩니다. 죽었으니까요. 자기 자신의 손으로 초래한 죽음입니다. 미스 플라이트는 의사를 부르러 다녀온 뒤 그의 방안에 덜덜 떨며 서 있습니다. 이 죽은 세입자가 에스터와 관련된 인물이라는 것을 우리는 나중에 알게 됩니다. 에스터의 아버지거든요. 레이디 데들록의 연인이기도 했고요. 미스 플라이트를 통해 이런 식으로 테마가 진행되는 것이 매우 매혹적이고 교훈적입니다. 조금 뒤에는 또다른 가엾은 아이, 자유가 없는 아이, 이 책에 등장하는 많은 가엾고 자유가 없는 아이 중 하나인 캐디 젤리비가 미스 플라이트의 방에서 애인인 프린스를 만나는 이야기가 나옵니다. 그보다 더 뒤에는 젊은이들이 잔다이스 씨와 함께 이곳을 방문했을 때 크룩의 입을 통해 새들의 이름을 알게 됩니다. 희망, 기쁨, 젊음, 평화, 휴식, 삶, 먼지, 재, 폐물, 결핍, 파멸, 절망, 광기, 죽음, 교활함, 어리석음, 단어, 가발, 누더기, 양피지, 약탈, 판례, 전문용어, 허튼소리, 시금치. 하지만 크룩이 빼먹은 이름이 있습니다. 아름다움. 에스터가 나중에 병에 걸려 잃어버리는 그것, 아름다움입니다.

리처드와 미스 플라이트, 그의 광기와 그녀의 광기가 테마를 통해 연결되기 시작하는 것은 리처드가 소송에 빠져 제정신을 잃을 때부터입니다. 이때 아주 중요한 구절이 나옵니다. "그는 자신이 미스터리의 핵심에 다다랐다고 우리에게 말했다. 챈서리 법원에 분별이나 정의가 조금이라도 있다면, 자신과 에이다에게 적용될 유언장이 반드시 인정되어야 한다는 사실만큼 분명한 것은 없다는 말도 했다. 거기에 얽힌 돈이 몇 천 파운드나 되는지 나는 잘 모르겠다…… 그는 이 행복한 결론을 내리는 일이 더이상 지체되어서는 안 된다고 말했다. 그는 이 의견을 피력하는 온갖 따분한 글을 읽는 것으로 이런 확신을 얻었다. 글을 읽을 때마다 그는 더욱 더 깊이 심취했다. 이제는 심지어 법원 주위를 맴돌기까지 했다. 그는 거기서 미스 플라이트를 매일 만나서 이야기를 나누며, 자신이 그녀에게 작은 친절을 베풀었다고 말했다. 자신은 그녀를 비웃으면서도 가슴 깊이 연민을 느낀다는 말도 했다. 하지만 그는 자신의 싱싱한 젊음과 그녀의 빛바랜 노년이, 자신의 자유로운 희망과 새장에 갇힌 그녀의 새들이, 그녀의 굶주린 다락방이, 방황하는 마음이 숙명적인 연결고리로 단단히 묶여버렸다는 생각을 결코 하지 못했다. 가엾은 리처드는 너무 자신만만해서 그런 생각을 하지 못했다. 그때는 정말로 행복해질 수도 있었고, 그의 앞에 더 좋은 일들이 많이 펼쳐져 있었는데도!"

미스 플라이트는 또다른 미친 소송 당사자인 그리들리 씨와 안면을 익힙니다. 이 사람도 맨 첫 부분에 소개되어 있죠. "몰락한 또다른 소송 당사자, 주기적으로 슈롭셔에서 오는 그는 하루의 재판이 마무리될 때 대법관에게 말을 걸려고 애쓴다. 그는 25년 동안 그의 삶을 황량하게 만든 대법관이 그의 존재에 대해 법적으로 무지하다는 사실을 도무지 이해하지 못한 채, 좋은 자리를 차지하고서 대법관에게서 눈을 떼지 않는다. 그가 일어나는 순간 낭랑한 목소리로 '재판장님!'이라고 외치며 불만을 제기할 참이다. 이 사람을 알아본 변호사 사무원 몇 명이 혹시 그가 재미있는 장면을 연출해서 우울한 날씨에 조금이나마 활기를 불어넣어주지 않을까, 하는 마음에 머뭇거리며 남아 있다." 나중에 이 그리들리 씨는 잔다이스 씨를 향해 자신의 상황에 대해 장광설을 늘어놓습니다. 그는 유산을 둘러싼 소송 때문에 몰락했습니다. 소송 비용이 유산의 세 배나 되었거든요. 그런데도 소송은 아직 끝나지 않았습니다. 그의 상심은 그가 결코 버리려 하지 않는 원칙을 낳았습니다. "나는 법정모독 혐의로 감옥에 갔다 왔소. 변호사를 위협한 혐의로도 감옥에 갔다 왔지. 지금까지 이런저런 곤란한 일을 겪었고, 앞으로도 그럴 거요. 나는 슈롭셔 사람이요. 때로 사람들은 나를 보며 더할 나위 없이 즐거워하더군. 내가 감옥에 갇히거나 감옥에서 불려나오는 모습을 보면서도 즐거워하기는 하지만. 사람들은 나더러 자제력을 발휘하는 편이 좋을 것이라고 말한다오. 그러면 나는 이렇게 말하지. 만약 내가 자제력을 발휘한다면 천치가 될 거라고. 옛날에 나는 성격이 상당히 좋은 편이었소. 내 생각에는 그래요. 내가 살던 지역의 사람들이 날 그렇게 기억하고 있다고 말합디다. 하지만 지금은 이 다친 마음을 어떻게든 분출할 곳이 필요해요. 그렇지 않으면 내 정신이 도무지 버티질 못할 거요…… 게다가……' 그가 갑자기 사납게 소리를 질렀다. '나는 놈들에게 망신을 줄 거야. 마지막까지 내가 직접 이 법정에 망신을 줄 거라고.'" 에스터는 이렇게 말합니다. "그의 열정이 무서웠다. 내 눈으로 보지 않았다면 그런 분노가 존재한다고 믿지 못했을 것이다." 하지만 그리들리 씨는 조지 씨의 집에서 죽습니다. 기마경찰, 버킷, 에스터, 리처드, 미스 플라이트가 그 옆을 지키지요. "아, 안 돼요, 그리들리!' 그가 그녀 앞에서 무겁고 차분하게 쓰러지는 것을 보고 그녀가 소리쳤다. '내 축복 없이는 안 돼요. 그동안 흐른 세월이 얼만데!'"

디킨스는 아주 빈약한 구절에서 미스 플라이트의 입을 통해 동인도의 바다에서 배가 난파했을 때 우드코트 박사가 얼마나 숭고한 모습을 보였는지 에스터에게 말해줍니다. 결과는 비록 좋지 않지만, 작가의 입장에서는 이 미친 여자를 리처드의 비극적인 병뿐 아니라 에스터의 장래 행복과도 연결하려는 대담한 시도입니다. 미스 플라이트와 리처드의 관계는 점차 강하게 강조되다가, 마침내 리처드가 세상을 떠날 때 에스터가 다음과 같이 씁니다. "늦은 시각, 사방이 조용할 때 정신이 온전치 못한 가엾은 미스 플라이트가 울면서 나를 찾아와 새들에게 자유를 주었다고 말했다."

챈서리 테마의 또다른 인물이 소개되는 것은 에스터가 친구들과 함께 미스 플라이트를 만나러 왔다가 크룩의 가게 앞에 잠시 멈췄을 때입니다. 미스 플라이트의 방은 그 가게 위에 있습니다. "가게 위에는 '크룩, 넝마와 빈병 창고'라고 적혀 있었다. 길고 가느다란 글씨로 '크룩, 선박 용품점'이라는 말도 있었다. 진열창 한쪽에 빨간색 제지공장 그림이 붙어 있었는데, 공장 앞에 세워진 수레에서 수많은 넝마 자루를 내리는 장면이 묘사된 것이었다. 진열창의 또다른 쪽에는 '뼈 삽니다'라고 새겨져 있었다. 또다른 쪽에는 '부엌용품 삽니다.' 또다른 쪽에는 '고철 삽니다.' 또다른 쪽에는 '폐지 삽니다.' 또다른 쪽에는 '신사숙녀의 의류 삽니다.' 모든 걸 사들이기만 하고 팔지는 않는 것 같았다. 진열창 사방에 더러운 빈병들이 많았다. 검은색 병, 약병, 진저비어 병, 소다수 병, 피클 병, 포도주 병, 잉크병. 잉크병 하니까 생각나는 것이 있다. 이 가게의 여러 특징들 중에, 법원과 이웃이라는 분위기도 있었다는 것. 말하자면, 법에게 의절을 당하고도 추잡하게 집착을 버리지 못하는 친척 같은 분위기였다. 잉크병이 아주 많았다. 문밖에는 추레하게 낡은 책들이 위태롭게 쌓여 있는 벤치가 있었다. '법전. 모두 9페니'라는 가격표와 함께."

여기서 사법체계의 상징들을 통해 크룩과 챈서리 테마가 연결되고, 법이 썩어가고 있음이 확실히 표현됩니다. '뼈 삽니다' '신사숙녀의 의류 삽니다' 같은 용어들과 나란히 생각해보세요. 챈서리에서 소송 당사자는 누더기가 된 옷과 뼈가 아니면 뭐겠습니까. 넝마가 된 법복(넝마가 된 법)과 폐지도 크룩은 사들입니다. 에스터도 바로 이 점을 지적합니다. 리처드 카스톤과 찰스 디킨스의 도움을 조금 받아서요. "다리가 하나인 나무 천칭 안팎으로 넝마가 지저분하게 흘러들어가거나 흘러나왔다. 천칭의 가로대에 평형추도 없이 매달려 있는 넝마가 예전에는 어느 변호사의 허리띠나 가운이었을지도 모른다. 우리 모두 서서 그것을 보고 있는데 리처드가 에이다와 내게 속삭였다. 이건 상상인데 말이지, 저기 구석의 저 뼈, 살점 하나 없이 깨끗하게 쌓여 있는 저건 변호사 의뢰인들의 뼈야. 그러면 그림이 완벽해지잖아." 이런 말을 속삭이는 리처드 역시 챈서리의 희생자가 될 운명입니다. 기질상의 결점으로 인해 이런저런 직업을 조금씩 집적거리며 전전하다가 챈서리에서 재판에 이겨 상속을 받는다는 유독하고 정신 나간 꿈에 휘말리거든요. 챈서리에서 그런 일은 결코 일어나지 않는데 말이지요.

안개의 중심부에서 크룩이 직접 모습을 드러냅니다(그가 대법관을 형제라고 부르며 술수를 부리는 것을 기억하세요. 과연 녹슬고 먼지를 뒤집어쓴 형제, 광기와 진흙으로 얼룩진 형제이긴 하지요). "그는 키가 작고, 시체처럼 수척했으며, 바싹 시든 모습이었다. 옆으로 돌린 머리는 어깨 사이로 꺼져 있고, 숨을 쉴 때마다 입에서 눈에 확 띄는 연기가 나와서 마치 그의 몸속에 불이 붙은 것 같았다. 그의 목, 턱, 눈썹은 서리가 내린 것처럼 하얀 털로 뒤덮여 있고, 주름진 피부에는 혈관이 옹이처럼 튀어나와 있어서 가슴 위쪽으로는 마치 눈을 맞고 있는 오래된 뿌리 같았다." 이 사람이 크룩입니다. 비뚤어진crooked 인간 크룩Krook. '눈을 맞고 있는, 옹이투성이 뿌리'라는 비유를 나중에 살펴볼 디킨스식 비유 목록에 추가해야겠습니다. 이 목록이 점점 늘어나고 있군요. 어쨌든 여기서 작은 테마 하나가 새로이 나타나 점점 새끼를 낳습니다. 바로 불의 비유입니다. "마치 그의 몸속에 불이 붙은 것 같았다." '마치…… 같았다.' 불길한 느낌이 듭니다.

더 뒤로 가서 크룩이 미스 플라이트의 새들 이름을 줄줄이 늘어놓는 장면은 이미 언급했습니다. 모두 챈서리와 비참한 불행을 상징하는 이름들이지요. 이제 무서운 고양이가 등장합니다. 녀석이 호랑이 같은 발톱으로 넝마 다발을 찢어발기는 소리에 에스터는 예쁜 치아에 힘을 줍니다. 말이 나온 김에 말하자면, 미스터리 테마에 속하는 스몰위드, 초록색 눈과 날카로운 손톱을 지닌 그는 크룩의 매부일 뿐 아니라 크룩의 고양이의 인간형이라고 할 만합니다. 새 테마와 고양이 테마가 점차 서로 만납니다. 초록색 눈과 회색 몸을 지닌 고양이와 크룩이 새장을 떠날 새들을 기다리고 있는 겁니다. 챈서리에서 소송에 휘말린 사람이 자유로워질 길은 죽음밖에 없다는 생각이 이 상징을 지탱하고 있습니다. 따라서 그리들리는 죽어서 자유로워집니다. 리처드도 죽어서 자유로워집니다. 크룩은 톰 잔다이스라는 사람의 자살 이야기로 사람들을 경악에 빠뜨립니다. 챈서리의 소송 당사자였던 톰 잔다이스의 말을 크룩은 다음과 같이 인용합니다. "느리게 돌아가는 맷돌에서 잘게 갈리고, 느리게 타는 불에 구워지고 있다." '느리게 타는 불'에 주목하세요. 크룩도 비뚤어지고 변덕스러운 자기만의 방식으로 챈서리의 희생자입니다. 그리고 그도 불에 탑니다. 사실 우리는 그의 운명이 어찌 될지 결정적인 힌트를 얻습니다. 크룩은 항상 진에 잔뜩 취해 있습니다. 사전을 보면 진은 빻은 곡식, 특히 빻은 호밀을 증류해서 만드는 독한 술이라고 나와 있습니다. 크룩은 어디를 가든 지옥을 휴대하고 다니는 것 같습니다. 휴대용 지옥이라…… 이것은 나보코프의 표현입니다. 디킨스가 아니라.

크룩은 챈서리 테마뿐만 아니라 미스터리 테마와도 연결되어 있습니다. 니모가 죽은 뒤, 레이디 데들록의 예전 연애사와 관련된 편지를 크룩에게서 얻어내기 위해 변호사의 서기인 거피가 로맨스와 협박을 만나게 됐다는 흥분에 떨며 친구 토니 조블링(위블이라고도 불립니다)과 함께 크룩을 찾아옵니다. 그들이 크룩의 술병에 진을 다시 채워주자, 그는 "사랑하는 손주처럼 품에" 받아 안습니다. 하지만 안타깝게도 이 손주라는 말 대신 장 속의 기생충이라는 말이 더 어울릴지도 모르겠습니다. 이제 32장에서 크룩의 놀라운 죽음이 나오는 놀라운 장면에 이르렀습니다. 이것은 느리게 타는 불과 챈서리의 안개에 관한, 생생한 상징입니다. 이 소설의 맨 첫 페이지에 등장한 이미지들을 되새겨봅시다. 스모그, 부드럽게 내리는 검은색 가랑비, 검댕 조각…… 이것이 기초입니다. 진이라는 요소가 덧붙여진 채 이제 논리적인 끝을 향해 점차 전개될 섬뜩한 테마가 바로 여기서 자라납니다.

거피와 위블은 위블의 방으로 가는 길입니다(레이디 데들록의 연인인 호돈이 자살한 방은 미스 플라이트와 크룩이 사는 그 집에 있습니다). 밤중까지 기다렸다가 크룩에게서 편지를 받아오기 위해서입니다. 도중에 두 사람은 법률가용 문구류 상인인 스낵스비 씨와 우연히 마주칩니다. 자욱한 안개 속에서 기묘한 냄새가 납니다. "나처럼 당신도 잠자리에 들기 전에 바람을 쏘이는 중이오?' 문구점 주인이 묻는다.

'이런, 여기에는 쏘일 바람도 별로 없는 걸요. 있는 바람도 그다지 신선하지 않고요.' 위블이 마당을 이리저리 흘깃거리며 대답한다.

'그것 참 맞는 말씀이군. 이걸 아시는지 모르겠소.' 스낵스비 씨가 잠시 말을 멈추고 코를 킁킁거리며 공기의 냄새를 맡고 맛을 본다. '이걸 아시는지 모르겠소, 위블 씨. 솔직히 말해서, 기름 냄새가 좀 나지 않소?'

'이런, 나도 오늘밤 여기서 이상한 냄새가 난다는 걸 눈치챘어요.' 위블 씨가 대답한다. '아마 솔스암스의 고기요리 때문인 것 같은데.'

'고기요리라고? 아! 고기요리란 말이지요?' 스낵스비 씨가 다시 공기의 냄새를 맡고 맛을 본다. '그래요, 그런 것 같소. 하지만 솔스암스의 요리사를 누가 좀 보살펴줘야 될 것 같은데. 요리를 태운 것 같지 않소? 내 생각에는……' 스낵스비 씨가 또 공기의 냄새를 맡고 맛을 보더니 침을 뱉고 입술을 닦는다. '내 생각에는…… 솔직히 말해서…… 상당히 신선한 고기였던 것 같소. 석쇠에 놓였을 때.'"

거피와 위블은 위블의 방으로 올라가 속을 알 수 없는 크룩에 대해, 위블이 이 방과 이 집에 살면서 느끼는 공포에 대해 이야기합니다. 위블은 이 방의 분위기(정신적인 면과 물리적인 면 모두)에 대해 거피에게 불평합니다. "양배추처럼 커다란 머리에 촛농을 길게 매달고" 무겁게 타는 양초에 주목하세요. 이런 장면을 시각적으로 그려볼 수 없다면, 디킨스를 읽어봤자 아무 소용이 없습니다.

거피는 우연히 자신의 겉옷 소매를 봅니다. "'이런, 토니, 오늘밤 이집에서 도대체 무슨 일이 벌어지고 있는 거야? 굴뚝에 불이라도 붙었나?'

'굴뚝에 불이라니!'

'아!' 거피 씨가 대꾸한다. '검댕이 떨어진 걸 좀 봐. 여기, 내 소매에! 여기 탁자에도! 망할, 바람에 날아가질 않잖아. 검은 기름처럼 얼룩을 만든다고!'"

위블은 계단을 살펴보지만 조용합니다. 그래서 그는 "자기가 조금 전에 스낵스비 씨에게 한 말, 즉 솔스암스의 고기요리에 대한 말을 인용한다.

'그래, 그렇다면……' 거피 씨가 다시 말을 잇는다. 그는 불 앞에서 친구와 탁자를 사이에 두고 앉아 머리를 한데 모으고 대화를 나누면서도 자신의 겉옷 소매를 확연히 싫은 기색으로 계속 흘깃거리고 있다. '그자가 세입자의 여행가방에서 편지 다발을 가져갔다고 자네한테 말하던가?'"

두 사람은 한동안 계속 대화를 나눕니다. 하지만 위블이 벽난로의 불을 쑤시자, 거피가 화들짝 놀랍니다. "하! 공중에 떠 있는 지겨운 검댕이 더 늘어났어.' 그가 말한다. '창문을 좀 열어서 환기를 하는 게 어떤가. 여긴 너무 갑갑해.'" 두 사람은 창턱에 몸을 기대고 대화를 계속합니다. 거피는 손으로 창턱을 톡톡 두드리다가 황급히 손을 치웁니다. "세상에, 도대체 이게 뭔가! 내 손가락을 좀 봐!'

진한 노란색 술이 그의 손가락을 더럽히고 있다. 만지고 보는 것도 불쾌하지만, 냄새는 더욱 더 불쾌하다. 찌든 기름 냄새 같아서 속이 메스껍다. 자연스레 느껴지는 혐오감에 두 사람 모두 몸을 부르르 떤다.

'자네 여기서 뭘 한 거야? 창밖으로 뭘 쏟았나?'

'내가 창밖으로 뭘 쏟아? 여기서 살기 시작한 뒤로 아무것도 안 쏟았네. 진짜야!' 이 집의 세입자가 소리친다.

하지만 여길 보라. 여길 봐! 그가 창턱 구석에서 양초를 가져오자 촛농이 천천히 떨어져 벽돌을 타고 기어내려간다. 여기에도 진하고 구역질나는 액체가 고여 있다.

'여긴 정말이지 끔찍한 집일세.' 거피 씨가 창문을 닫으며 말한다. '물 좀 주게. 아니면 내 손을 잘라버려야 할 것 같으니.'

그는 손을 비비고 긁어대며 씻은 뒤 냄새를 맡아보고 또 씻는다. 그러고는 곧 브랜디 한 잔으로 원래 모습을 되찾아 벽난로 불 앞에 조용히 서 있었다. 그때 세인트폴 성당의 종이 열두시를 알리고, 각각 다양한 높이의 탑에 들어 있는 다른 종들도 어둠 속에서 열두시를 친다. 음색도 다양하다."

위블은 약속한 대로 니모의 편지를 받으려고 계단을 내려갔다가 겁에 질려 돌아옵니다. "'아무리 불러도 대답이 없네. 그래서 문을 열고 살짝 들여다봤더니 거기서도 타는 냄새가 나는 거야. 검댕도 있고, 기름 냄새도 있었네. 게다가 그자가 그 방에 없어!' 토니는 신음 소리와 함께 말을 끝맺었다.

거피 씨는 양초를 들고 친구와 함께 아래로 내려간다. 피로에 지친 몸으로 서로를 붙들고, 가게의 문을 밀어 연다. 고양이가 문 근처로 물러나 있다가 으르렁거리며 서 있다. 두 사람을 향해서가 아니다. 벽난로 불 앞의 바닥에 있는 어떤 것을 향해서다. 벽난로 안에는 불이 아주 조금 남아 있을 뿐이지만, 방안에는 질식할 것처럼 연기가 차 있고 검은 기름기가 벽과 천장에 들러붙었다." 크룩의 겉옷과 모자가 의자에 걸려 있습니다. 서류를 묶었던 빨간 줄은 바닥에 떨어져 있지만, 서류는 전혀 보이지 않습니다. 조각조각 부서진 검은 것만 있을 뿐입니다. "'저 고양이는 왜 저러는 건가?' 거피 씨가 말한다. '녀석을 좀 봐!'

'미친 것 같네. 이런 사악한 곳에서는 놀랄 일도 아니지.'

두 사람은 천천히 나아가며 모든 것을 살핀다. 고양이는 제자리에서 움직이지 않고, 바닥의 어떤 것을 향해 계속 으르렁거린다. 벽난로 불 앞의 두 의자 사이에 그것이 있다. 뭐지? 양초 좀 들어보게.

바닥에 작게 탄 자국이 있다. 불에 탄 서류 다발 조각이 있다. 하지만 평소처럼 가볍지 않은 것으로 보아 뭔가가 배어든 것 같다. 이거로군. 불에 타고 남은 나무에 하얀 재가 뿌려진 건가, 아니면 석탄인가? 아, 이런 무서운 일, 그자가 여기 있어! 우리는 불을 꺼뜨리고 서로 부딪혀 쓰러뜨리면서 거기서 도망쳐 거리로 뛰어나간다. 그자의 몸에서 남은 것이 저것뿐이라니.

도와줘요, 도와주시오! 제발 이 집에 들어가서 살펴줘요!

많은 사람이 오지만 아무도 도울 수 없다. 법원의 대법관은 그 직함에 걸맞게 모든 법원의 대법관과 똑같은 죽음, 이름을 막론하고 모든 곳의 모든 권위 있는 당국자들과 똑같은 죽음을 맞았다. 그런 곳에서는 사람들이 가식을 부리고, 불의가 행해진다. 대법관 나리가 원하시는 대로 죽음을 뭐라고 불러도 좋다. 누구 탓으로 돌려도 좋다. 노력했다면 막을 수 있었을 것이라고 말해도 좋다. 그래도 그것은 영원히 똑같은 죽음이다. 사악한 몸, 오로지 그 몸의 타락한 체액 속에 처음부터 들어 있다가 생겨난 것, 자연발화. 그 외의 어느 죽음도 아니다."

이렇게 해서 은유가 물리적인 사실이 됩니다. 사람의 몸속에 깃든 악이 그 사람을 파괴한 겁니다. 크룩은 안개 속으로 돌아가 흩어져서 안개와 하나가 됩니다. 안개는 안개로, 진흙은 진흙으로, 광기는 광기로, 검은 가랑비와 마녀 주술의 기름진 연고로. 우리 모두 이것을 물리적으로 느낄 수 있습니다만, 사람의 몸이 진으로 포화상태가 되어서 그런 식으로 불에 타는 것이 과학적으로 가능한지 여부는 물론 조금도 문제가 되지 않습니다. 턱수염을 기른 디킨스의 볼 안에는 유창한 혀가 있습니다. 자기 책을 소개할 때도, 본문에서 자연발화의 실제 사례를 나열할 때도, 술과 죄로 인해 불붙은 사람이 완전히 타서 없어진 일을 이야기할 때도 디킨스는 디킨스입니다.

하지만 과연 그런 일이 실제로 가능한가, 하는 의문보다 더 중요한 것이 있습니다. 즉, 앞에서 길게 인용한 부분에서 두 가지 문체가 대조적으로 드러나 있다는 것. 거피와 위블이 사용하는 빠른 구어체는 툭툭 끊어지는 듯한 느낌이지만, 끝에 가서는 유창하고 돈호법적이며 엄숙히 종을 울리는 듯한 문체가 나옵니다. '돈호법적apostrophic'이라는 단어는 '돈호법apostrophe'에서 파생된 것으로, 돈호법은 수사학에서 '청중에게서 짐짓 주의를 돌려 어떤 사람이나 사물, 또는 상상 속의 대상에게 직접 말을 거는 척하는 것'을 뜻합니다. 그렇다면 생기는 의문. 디킨스의 이 돈호법적이고 웅장한 문장이 어떤 저술가의 문체를 연상시키는가? 답은 토머스 칼라일(1795~1881)입니다. 나는 특히 1837년에 나온 칼라일의『프랑스혁명사』를 생각하고 있습니다. 이 장대한 저작에서 돈호법적으로 강조된 부분을 찾아내는 작업이 즐겁습니다. 여기서도 운명, 무용함, 응보라는 개념을 중심으로 돌아가며 웅장하게 종을 울리는 듯한 느낌을 받을 수 있습니다. 예문을 두 개만 들어도 충분할 것 같군요. "의정서를 작성하고, 성명을 발표하고, 인류를 위로하시는 전하! 천년 만에 처음으로 전하의 문서와 규정과 국정의 근거가 사방에서 불어오는 바람에 날려가…… 인류가 자신에게 위안을 주는 것이 무엇인지 직접 말하게 된다면 어떻게 되겠습니까"(4장, '라마르세예즈').

"불행한 프랑스. 왕과 왕비와 법률로 인해 불행하여 그중 어느 것이 가장 불행한지 알 수 없다. 우리의 찬란한 프랑스혁명의 의미가 바로 이것이었는가. 오래토록 영혼을 죽이던 속임수와 망상이 육체를 죽이게 되었을 때…… 위대한 민중이 일어났다" 등등. (9장, '바렌').

이제 챈서리 테마를 요약해서 정리할 때가 되었습니다. 이 테마는 챈서리에서 벌어지는 일들에 동반하는 정신적 안개와 실제 안개에 대한 설명으로 시작되었지요. '대법관님'은 일찌감치 진창과 동일시되고, 챈서리에서 사기꾼들이 부리는 책략에서는 실제로 음험하고 미끄러운 진창의 질척거리는 소리가 들리는 듯했습니다. 우리는 상징적인 의미, 상징적인 곤경, 상징적인 이름도 찾아냈습니다. 제정신이 아닌 미스 플라이트와 그녀가 기르는 새들은 챈서리의 다른 소송 당사자 두 명의 곤경과 연결되어 있는데, 이 두 사람 모두 이 소설 속에서 세상을 떠납니다. 그다음에 우리가 만난 크룩은 챈서리에서 천천히 떠다니는 안개와 천천히 타는 불, 진창, 광기의 상징입니다. 그의 경악스러운 운명을 통해 이것들이 생생한 실체를 얻으니까요. 하지만 잔다이스 대 잔다이스라는 소송, 길고 긴 세월 동안 계속 이어지며 악마를 키워내고 천사를 망가뜨린 이 소송의 운명은 어찌될까요? 디킨스의 마법 세계에서 크룩의 종말이 탄탄한 논리를 지녔듯이, 이 챈서리 소송 또한 기괴한 세계의 기괴한 논리 안에서 논리적인 종말을 맞습니다.

소송이 다시 다뤄질 예정이던 어느 날, 에스터와 친구들은 제시간에 그곳에 당도하지 못합니다. "우리가 웨스트민스터 홀에 도착했을 때는 그날의 사무가 이미 시작된 뒤였다. 그보다 더 심각한 것은, 챈서리 법정에 유난히 많은 사람이 몰려들어 문이 있는 곳까지 빽빽이 들어차 있었기 때문에 안에서 무슨 일이 벌어지고 있는지 보이지도 들리지도 않았다는 점이다. 가끔 웃음이 터져나오고 '조용!'이라고 외치는 소리가 들리는 것으로 보아 뭔가 익살스러운 일이 벌어지고 있는 것 같았다. 모두들 어떻게든 앞으로 다가가려고 밀쳐대는 것으로 보아 흥미로운 일이 벌어지고 있는 것 같았다. 모여든 사람들 바깥쪽에 가발을 쓰고 구레나룻을 기른 젊은 변호사 여러 명이 있는 것으로 보아, 전문직 신사들을 아주 즐겁게 만들어주는 일이 벌어지고 있는 것 같았다. 그들 중 한 명이 동료들에게 안에서 벌어지는 일에 대해 이야기해주면, 동료들은 손을 주머니에 넣고 거의 몸을 반으로 접으며 웃어대다가 발을 쿵쿵 울리며 홀 안을 맴돌았다.

우리는 옆에 있던 신사에게 지금 무슨 사건이 다뤄지고 있는지 아느냐고 물었다. 그는 잔다이스 대 잔다이스 사건이라고 말했다. 우리는 저 안에서 무슨 일이 일어나고 있는지 아느냐고 물었다. 그는 사실 잘 모른다고, 언제나 아는 사람이 없다고 말했다. 그러나 그가 아는 한 일이 끝났다고 말했다. 오늘의 심리가 끝났다는 뜻인가요? 우리가 그에게 물었다. 아뇨, 영원히 끝났습니다. 그가 말했다.

영원히 끝나다니!

이 이해할 수 없는 대답을 듣고 우리는 놀라서 황망한 표정으로 서로를 바라보았다. 유언장이 마침내 상황을 올바르게 정돈해서 리처드와 에이다가 부자가 된다는 걸까?* 그것이 가능한 일인가? 사실이라고 믿기에는 너무 좋은 결말이었다. 과연, 슬프게도 우리 생각이 맞았다!

우리가 놀라서 굳어 있던 순간은 짧았다. 곧 법정 안에 모여 있던 사람들이 흩어지면서, 벌겋게 상기된 사람들이 쏟아져나왔기 때문이다. 그들과 함께 상당한 양의 나쁜 공기도 흘러나왔다. 그래도 그들은 모두 크게 즐거운 기색이어서, 법정이 아니라 희극이나 곡예 공연장에서 나오는 사람들 같았다. 우리는 한쪽으로 비켜서서 혹시 아는 얼굴이 있는지 살펴보았다. 곧 커다란 서류 다발들이 밖으로 옮겨지기 시작했다. 가방 안에 들어 있는 다발들, 가방에 들어가기에는 너무 큰 다발들, 온갖 모양을 한 엄청난 양의 서류들. 사람들은 서류의 무게로 휘청거리다가 홀 바닥에 잠시 서류를 내려놓고는 안으로 들어가 또 서류를 가지고 나왔다. 그런데 이 일을 하는 서기들조차 웃고 있었다. 우리는 서류들을 흘깃거렸다. 어디서나 잔다이스 대 잔다이스 서류가 보여서 우리는 서류 더미 한복판에 서 있는, 관리처럼 생긴 사람에게 소송이 끝났느냐고 물었다. '네.' 그가 대답했다. '마침내 끝났습니다!' 그러고는 이 사람 역시 웃음을 터뜨렸다."

소송 비용이 소송을 죄다 잡아먹었습니다. 소송에 관련된 재산도 모두. 이렇게 해서 챈서리의 환상적인 안개가 흩어지고, 죽은 사람들을 제외한 모두가 웃음을 터뜨립니다.

＊＊＊

디킨스의 중요한 아이 테마에서 진짜 아이들을 만나기 전에, 사기꾼 해럴드 스킴폴을 먼저 만나볼 필요가 있습니다. 머리 좋은 사기꾼인 스

---

* 이 직전에 버킷 씨가 다그치는 바람에 스몰위드 영감이 잔다이스 유언장 한 부를 토해냈다. 크룩의 낡은 폐지 더미 사이에서 그가 찾아낸 서류였다. 소송에서 쟁점이 된 유언장들보다 더 나중에 작성된 이 유언장에는 에이다와 리처드에게 상당한 재산이 돌아가는 것으로 돼 있었다. 당시에는 이 새로운 유언장 덕분에 소송이 즉시 끝날 것처럼 보였다. —편집자

킴폴은 6장에서 잔다이스를 통해 독자에게 소개됩니다. 잔다이스는 이렇게 말합니다. "여기[내 집]에는 지상 최고의 존재, 즉 아이밖에 없다." 어린이를 이렇게 규정한 시각은 이 소설을 이해하는 데 중요한 역할을 합니다. 비참하게 살아가는 아이들의 이야기와 유년기의 비애가 이 작품의 내밀하고 중요한 부분에서 주로 다뤄지고 있기 때문입니다. 디킨스는 이런 문제를 다룰 때 최고의 솜씨를 보여줍니다. 따라서 선하고 상냥한 존 다이스가 내린 정의는 상당히 정확합니다. 디킨스의 시각에서 볼 때, 아이들은 분명히 지상 최고의 존재였으니까요. 하지만 여기에 흥미로운 점이 하나 있습니다. '아이'에 대한 이 정의가 어른인 스킴폴에게는 제대로 적용될 수 없다는 점. 스킴폴은 세상을 속이고, 잔다이스 씨를 속여, 자신을 순진무구하고 아무 걱정 없는 아이 같은 존재로 믿게 만듭니다. 사실은 전혀 그런 사람이 아닌데 말이죠. 거짓으로 아이 행세를 하는 그의 모습 덕분에 이 책의 다른 부분들에 묘사된 진짜 아이들의 훌륭한 품성이 화려하게 돋보입니다.

잔다이스는 스킴폴이 적어도 자신만큼 나이를 먹은 어른이라고 리처드에게 설명합니다. "하지만 단순함, 신선함, 열정, 모든 세상사에 서투른 순진함이라는 측면에서 그 친구는 완벽한 아이야.

……스킴폴은 음악을 하는 사람이다. 아마추어지만, 어쩌면 전문가일지도 모르지. 미술가이기도 해. 아마추어지만, 어쩌면 전문가일지도 모르지. 재능 있고 매혹적인 사람이다. 하는 일이 다 잘 안 되고, 가정적으로도 불행하지만, 그 친구는 개의치 않아. 아이 같은 사람이니까!'

'혹시 그분에게 자식이 있다고 하셨습니까?' 리처드가 물었다.

'그래, 릭! 여섯 명. 아니, 더 많아! 거의 열두 명쯤 될 거다. 하지만 그 친구는 아이들을 돌본 적이 없어. 어떻게 돌볼 수 있겠니? 그 친구가 남의 보살핌을 받아야 할 마당인데. 아이 같은 사람이니까!'"

스킴폴 씨는 에스터의 시각으로도 묘사됩니다. "그는 작은 몸집에 머리가 비교적 큰 편인 밝은 사람이었다. 하지만 이목구비가 섬세하고 목소리는 다정했다. 완벽한 매력을 지닌 사람이었다. 그가 하는 말은 무엇이든 힘들이지 않고 자연스럽게 흘러나왔으며, 몹시 매혹적이고 유쾌해서 그의 말을 듣고 있으면 홀릴 것 같았다. 잔다이스 씨보다 몸은 호리호리하지만 안색은 더 넉넉해 보이고, 머리카락도 더 선명한 갈색이라 젊어 보였다. 사실 어느 모로 보나 스킴폴 씨는 나이를 먹었지만 관리를 잘한 사람이라기보다 상처 입은 젊은이 같은 모습이었다. 그의 태도는 편안하고 자유분방했으며, 심지어 옷차림도 그러했다(머리카락은 아무렇게나 내버려두고, 네커치프는 헐겁게 흩날렸다. 내가 보았던 화가들의 자화상과 비슷했다). 나는 자기만의 독특한 고난을 겪은 낭만적인 젊은이의 모습을 그와 떼어놓고 생각할 수 없었다. 여느 사람들처럼 나이를 먹으며 근심을 겪고 경험을 쌓은 사람의 태도나 외모와는 전혀 달라 보였다." 스킴폴은 어느 독일 귀족 가문의 주치의로 실패를 겪었습니다. "도량형을 적용하는 면에서 언제나 아이 같았고, 그런 문제에 대해 아무것도 몰랐기(다만 그런 문제들에 혐오감을 느꼈을 뿐이다)" 때문입니다. 그 귀족가의 사람들이 의사가 필요해서 그를 부를 때면, "그는 대개 침대에 누워 신문을 읽고 있거나 연필로 멋진 스케치를 하느라 부름에 응하지 못했다. 결국 화가 난 귀족은 계약을 끝냈다. 스킴폴 씨

는 솔직하기 그지없는 태도로 '그가 전적으로 옳았다'고 말했다. 스킴폴
씨는 (즐겁고 유쾌하게 덧붙이기를) '사랑 외에는 달리 살아갈 길이 없
었기 때문에 사랑에 빠져 결혼해서 장밋빛 뺨이 주위를 가득 채우게 했
지.' 그의 좋은 친구인 잔다이스와 다른 좋은 친구 몇 명이 빠르게 혹은
천천히 연달아서 그를 도와 여러 번 기회를 만들어주었으나 소용이 없
었다. 솔직히 고백하건대, 그는 세상에서 가장 오래된 결점 두 가지를
갖고 있었기 때문이다. 하나는 도무지 시간개념이 없다는 것이고, 다른
하나는 돈 개념이 없다는 것이었다. 그 결과 그는 단 한 번도 약속을 지
키지 않았으며, 사업상의 거래도 할 수 없었고, 어떤 물건이든 가치를
알지도 못했다!…… 그가 사회에 요구하는 것은 오로지 그냥 살게 해
달라는 것뿐이었다. 그리 지나친 요구는 아니지 않나. 그는 원하는 것이
별로 없었다. 종이, 대화, 음악, 양고기, 커피, 풍경, 계절에 맞는 과일, 브
리스틀 판지, 적포도주 조금만 있으면 더이상 아무것도 필요하지 않았
다. 이 세상에서 그는 단지 아이였으나, 달을 따달라며 울부짖지 않았
다. 그는 세상을 향해 이렇게 말했다. '각자 평화롭게 자기 길을 가요!
빨간 외투든 파란 외투든 주교의 법의든 마음대로 입어요. 귀에 펜을 꽂
고 싶으면 꽂고, 앞치마를 입고 싶으면 입어요. 영광이든 신성함이든 상
업적 성공이든 거래든, 원하는 것을 좇아요. 다만 해럴드 스킴폴이 살게
해주기만 하면 됩니다!'
　　그는 이밖에도 많은 이야기를 우리에게 해주었다. 최고의 총명함과
즐거움뿐 아니라 활발함과 솔직함도 드러내면서. 자기 얘기를 할 때도
그는 전혀 자기 얘기를 하는 것 같지 않았다. 마치 스킴폴이 제삼자인

것처럼, 스킴폴이 나름대로 특이한 사람이지만 사회를 향해 주장할 것도 갖고 있으며 사회가 그 주장을 허투루 넘기면 안 된다는 사실을 아는 사람처럼 굴었다. 그는 상당히 매력적이었다." 하지만 에스터는 그가 왜 삶의 모든 의무와 책임에서 자유로운지 알 수 없어 여전히 약간 혼란을 느낍니다.

다음날 아침식탁에서 스킴폴은 꿀벌과 수벌에 대해 재미있게 이야기하면서, 수벌이 꿀벌보다 더 현명하고 유쾌한 관념을 구현한다는 생각을 솔직하게 피력합니다. 하지만 스킴폴은 사실 벌침이 없는 수벌이 아닙니다. 바로 이 점이 그의 성격에 숨겨진 비밀이죠. 그의 침은 오랫동안 숨겨져 있습니다. 그가 걱정 없는 아이처럼 아무렇게나 구는 모습에 잔다이스 씨는 커다란 즐거움을 느낍니다. 기만으로 가득한 이 세상에서 솔직한 사람을 만났다며 안도감을 느끼죠. 하지만 솔직한 스킴폴 씨는 선량한 잔다이스 씨를 이용해 사욕을 채웁니다. 얼마 뒤 런던에서 스킴폴의 아이처럼 가벼운 태도 뒤에 도사린 냉혹하고 사악한 면이 점점 더 분명하게 드러납니다. 코빈스의 회사에서 일하는 네케트가 어느 날 빚을 제대로 갚지 않은 스킴폴을 붙잡으러 왔다가 사망했는데, 스킴폴이 이 사건을 언급하는 태도를 보며 에스터는 충격을 받습니다. "코빈시스*가 최고 집행관에게 붙잡혀갔어.'** 스킴폴 씨가 말했다. '이제 다시는 햇빛을 향해 폭력을 휘두르지 못할 거야.'" 코빈시스가 체포되면서 엄마 없는 아이들만 남았는데, 스킴폴은 피아노 옆에 앉아 건반을 가볍

---

* 스킴폴이 코빈스의 이름을 따 네케트에게 지어준 별명.
** 죽었다는 뜻.

게 누르면서 농담을 합니다. "'그 사람한테서 들었는데 말이야,' 스킴폴 씨가 화음을 누르며 말했다. [화자의 말] 그가 화음을 누를 때마다 마침 표로 표시하겠다. '코빈시스가 남긴 건[마침표] 세 아이라는군[마침표] 엄마는 없고[마침표] 코빈시스의 직업이[마침표] 평판이 나쁘니까[마 침표] 자라나는 코빈시스의 처지가[마침표] 상당히 안 좋았다는 거야.'" 여기서 그가 흔해빠진 농담을 하면서 유쾌한 악당처럼 한가로이 화음 을 누르는 것에 주목하세요.

여기서 디킨스는 아주 영리한 짓을 합니다. 엄마도 없고 이제 아버지 마저 죽어버린 그 집으로 우리를 데려가 곤경에 처한 아이들을 보여주 는 겁니다. 이 아이들에 비하면, 스킴폴 씨의 이른바 어린애 같은 행동 이 거짓임을 알게 될 겁니다. 화자는 에스터입니다. "내가 문을 두드리 자 안에서 새된 목소리가 작게 들려왔다. '우린 갇혀 있어요. 블라인더 부인한테 열쇠가 있어요!'

나는 이 말을 듣고 열쇠로 문을 열었다. 천장이 비스듬하고 가구도 거 의 없는 가난한 방에서 대여섯 살쯤 되어 보이는 작은 사내아이가 18개 월이 된 무거운 아이를 어르며 재우고 있었다[나는 여기의 '무거운'이라 는 말이 마음에 듭니다. 딱 필요한 순간에 이 단어가 문장을 눌러주거든요]. 날이 추운데도 방안에 불기운은 없었다. 대신 두 아이 모두 빈약한 숄과 스카프로 몸을 감싸고 있었다. 옷도 따뜻해 보이지 않았다. 두 아이의 코는 옹색하고 붉었으며, 작은 이목구비는 쪼그라든 것 같았다. 사내아 이가 아기의 머리를 제 어깨에 기대게 하고 방안을 서성거리며 재우고 있었다.

'누가 여기에 너희들만 가뒀니?' 우리는 당연한 질문을 던졌다.

'찰리가요.' 사내아이가 가만히 멈춰 서서 우리를 바라보며 말했다.

'찰리는 네 형이야?'

'아뇨, 누나예요. 원래 샬럿인데, 아버지는 찰리라고 불렀어요.'……

'그럼 지금 찰리는 어디 있어?'

'빨래하러 나갔어요.' 사내아이가 말했다……

우리는 서로의 얼굴과 두 아이를 차례로 바라보았다. 그때 아주 자그마한 소녀가 방으로 들어왔다. 몸은 아이 같은데 얼굴은 약삭빠르고 실제보다 나이가 더 들어 보였다. 예쁜 얼굴이기도 했다. 소녀는 제 머리에 지나치게 큰 어른 여자의 보닛 같은 것을 쓰고, 맨살이 드러난 팔의 물기를 어른 여자의 것 같은 앞치마에 닦고 있었다. 빨래를 하느라 손가락이 쭈글쭈글하고 하얗게 변해 있었다. 팔에서 아직 부글거리는 비누거품을 소녀가 닦아냈다. 그런 모습만 아니라면, 빨래 놀이를 하는 아이라고 해도 될 것 같았다. 가난한 어른 여성을 흉내내며 세상의 진실을 재빨리 깨닫는 아이.'' 결국 스킴폴은 아이를 비열하게 패러디할 뿐이고, 이 어린 소녀는 어른 여성을 흉내내는 가엾은 아이입니다. ''[사내아이가] 어르던 아이가 양팔을 쭉 뻗어 찰리가 안아주기를 바라며 소리쳤다. 소녀는 앞치마와 보닛에 어울리는 어른 여자 같은 태도로 아이를 안은 뒤, 너무나 반갑다는 듯 제게 달라붙은 그 무거운 아이 너머로 우리를 바라보며 서 있었다.

'설마……' [잔다이스 씨가] 속삭이듯 말했다…… '이 아이가 다른 아이들을 먹여 살리고 있는 건가? 이걸 좀 봐! 세상에, 이걸 좀 보라고!'

정말 볼만한 광경이었다. 세 아이가 서로 바짝 붙어 있고, 그중 두 명은 나머지 한 명에게 온전히 의지하고 있었으며, 그 한 명의 아이는 아직 아주 어린데도 나이를 먹은 사람처럼 굳건한 분위기여서 앳된 모습과 어울리지 않았다."

자, 이제, 잔다이스 씨의 말 속에 깃든 연민과 일종의 여린 경외감을 살펴봅시다. "'찰리, 찰리!' 내 후견인이 말했다. '몇 살이니?'

'열세 살은 넘었어요.' 아이가 대답했다.

'아! 대단한 나이구나!' 내 후견인이 말했다. '대단한 나이야, 찰리!'

잔다이스 씨가 그 아이에게 말할 때의 그 부드러움을 형언할 수가 없다. 반쯤은 장난스러우면서도, 더욱 더 연민과 슬픔이 느껴지는 목소리였다.

'그럼 여기서 이 어린아이들하고 너만 살고 있는 거니, 찰리?' 내 후견인이 말했다.

'네.' 아이는 완전히 자신만만한 얼굴로 잔다이스 씨의 얼굴을 올려다보며 대답했다. '아버지가 돌아가신 다음부터요.'

'어떻게 살았니, 찰리? 아! 찰리.' 내 후견인이 잠시 고개를 돌리며 말했다. '어떻게 살았어.'"

『황폐한 집』을 관통하는 이런 흐름 앞에서 이런 식으로 감상을 드러내는 장면이 나는 마음에 들지 않습니다. 감상을 비난하는 사람들이 대개는 무엇이 감상인지 잘 모른다고 말하고 싶습니다. 예를 들어, 어떤 학생이 어떤 아가씨 때문에 양치기로 변신하는 이야기는 감상적이고 어리석고 재미없고 진부합니다. 하지만 우리 한번 자문해봅시다. 디킨스의 기법과 옛날 작가들이 좀 다르지 않은지. 예를 들어, 디킨스가 그려낸 이 세상은 호메로스의 세계나 세르반테스의 세계와 얼마나 다릅니까. 호메로스의 주인공은 신성한 연민의 울림을 진심으로 느낍니까? 경악하기는 하지요. 일종의 일반화된 측은지심도 느끼고요. 하지만 오늘날 우리가 이해하는, 예리하게 특화된 연민의 감정이 과거의 작품에도 있을까요? 이 점에 대해서는 추호도 의심을 품지 말기 바랍니다. 비록 현대인들이 무서운 야생 상태로 회귀할 때가 있기는 하지만, 그래도 우리는 호메로스의 작품에 나오는 사람들, 즉 호모 호메리쿠스나 중세 사람들보다는 전체적으로 더 훌륭한 사람들입니다. 호모 아메리쿠스와 호모 호메리쿠스가 인간애를 두고 결투를 벌인다고 상상해보면, 승자는 호모 아메리쿠스입니다. 물론 『오디세이』에서도 가끔 페이소스의 박동이 흐릿하게나마 느껴진다는 것은 나도 알고 있습니다. 오디세우스와 그의 늙은 아버지가 오랜 세월이 흐른 뒤 다시 만나 가벼운 말을 몇 마디 주고받은 뒤 갑자기 고개를 들고 일종의 원시적인 포효처럼 탄식하는 장면도 있지요. 마치 자기들의 고난을 제대로 인식하지 못한 사람들처럼, 운명을 향해 모호하게 울부짖는 장면입니다. 그렇습니다. 이런 측은지심은 스스로를 제대로 인식하지 못합니다. 다시 말하지만, 이것은 대리석 위에 피가 웅덩이를 이루고 똥이 쌓여 더미를 이룬 그 옛날 세상에 일반적으로 퍼져 있던 감정입니다. 그들의 유일한 구원은, 그들이 우리에게 불멸의 웅장한 서사시 몇 편을 남겨주었다는 사실입니다. 그 세계의 가시와 엄니에 대해서는 내가 여러분에게 이미 여러 차례 이야기했습니다. 돈키호테가 매질을 당하는 아이를 보고 끼어들어 막는 장면이 있기는 합니다만, 돈키호테는 미친 사람입니다. 세르반테스는 그 잔인한 세계를 쉽게 헤쳐나가고, 최소한의 연민을 표현한 직후 항상 너털웃음을 터뜨립니다.

그러니 여기, 네케트의 어린 자식들을 보여주는 장면에서, 디킨스의 위대한 예술을 그런 감정의 런던 버전으로 착각하면 안 됩니다. 이 감정은 진짜입니다. 선명하고 교묘하며 특화된 연민입니다. 서로 농도가 다른 감정들이 점차 녹아서 하나가 되고, 등장인물들의 말 속에 깊은 연민이 강조되어 있으며, 예술가가 선택한 가장 생생한 표현들이 있습니다.

이제 스킴폴 테마가 이 소설의 가장 비극적인 테마 중 하나인 가엾은 소년 조의 테마와 정면으로 맞부딪힐 참입니다. 고아에다 많이 아픈 어린 소년 조는 에스터와 그녀의 하녀가 된 찰리*에게 이끌려 어느 춥고 황량한 밤에 잔다이스의 집으로 옵니다. 조는 잔다이스의 집 넓은 홀의 창문 앞 의자 구석에 잔뜩 웅크리고 앉아서, 자신을 에워싼 안락하고 밝은 풍경에 좀처럼 놀라움을 드러내지 않는 무심한 시선으로 주위를 빤히 바라봅니다. 이번에도 화자는 에스터입니다. "'슬픈 일이로군.' 내 후견인이 조에게 한두 가지 질문을 던지고, 몸을 만져보고, 눈을 살펴본 뒤 말했다. '자네 생각은 어떤가, 해럴드?'

'녀석을 내보내는 게 나을걸.' 스킴폴 씨가 말했다.

---

* 나보코프의 메모 중에 다음과 같은 내용이 있다. "찰리가 에스터의 하녀가 되는 것은" 레이디 데들록을 위해 일하다 해고된 뒤 에스터를 모시겠다고 제안했다가 거절당한 "오스탕스의 어두운 그림자가 아니라 '다정하고 작은 그림자'다." —편집자

'그게 무슨 소리야?' 내 후견인이 거의 준엄하게 느껴지는 목소리로 물었다.

'친애하는 잔다이스.' 스킴폴 씨가 말했다. '내가 어떤 사람인지 알잖아. 난 어린아이야. 그럴 만하다 싶으면 내 말에 반대하면 돼. 하지만 난 이런 일이 체질적으로 싫다고. 옛날부터 그랬어. 의사일 때도. 이애는 위험해. 몸에 열이 나는데, 그게 아주 안 좋은 종류야.'

스킴폴 씨는 홀에서 응접실로 다시 물러나 특유의 가벼운 태도로 이 말을 했다. 우리는 서 있는데, 스킴폴 씨는 피아노 의자에 앉아 있었다.

'나보고 어린애 같다고 하겠지.' 스킴폴 씨가 유쾌한 표정으로 우리를 바라보며 말했다. '뭐, 그럴지도 모르지. 하지만 난 어린아이라고. 어리지 않은 척한 적은 한 번도 없어. 지금 저애를 밖으로 내보내는 건, 원래 저애가 있던 자리로 돌려보내는 일일 뿐이야. 여기 오기 전에 비해 저애가 더 힘들어지는 건 아니란 말이야. 원한다면, 전보다 더 부자로 만들어줄 수도 있지. 저애한테 6펜스나 5실링이나 5파운드 10실링을 주면 되니까. 산수는 자네가 잘하지. 난 아니고. 그러고는 아이를 내보내!'

'그러면 저애가 어떻게 되는데?' 내 후견인이 물었다.

'이거야, 원.' 스킴폴 씨가 매력적인 미소를 지으며 어깨를 으쓱했다. '나야 전혀 모르지. 하지만 틀림없이 뭐든 하지 않겠어?'"

이것은 물론 가엾은 조가 병든 짐승처럼 도랑에서 죽어야 한다고 암시하는 말입니다. 하지만 조는 깨끗한 다락방의 침대에 눕게 됩니다. 그리고 한참 나중에 독자들이 알게 되는 사실이 있죠. 스킴폴이 형사의 뇌물에 쉽게 넘어가서 조가 누워 있는 방을 알려주고, 그렇게 끌려간 조의 행방이 오랫동안 묘연해진다는 사실.

스킴폴 테마는 리처드와 연결됩니다. 스킴폴이 리처드에게 기생하기 시작할 뿐만 아니라, 뇌물을 받아 그가 무익한 소송에 매달리도록 새로운 변호사를 소개해주기까지 하니까요. 잔다이스 씨는 에스터를 데리고 스킴폴을 찾아가 그에게 주의를 줍니다. 그가 순진무구한 사람이라고 여전히 믿기 때문입니다. "전혀 깨끗하지 않고 더러웠지만, 이상하게 추레하면서도 호화롭게 꾸며져 있었다. 커다란 발받침, 소파, 많은 쿠션, 안락의자, 많은 베개, 피아노, 책, 그림 재료들, 악보, 신문, 스케치와 그림 몇 점. 더러운 창문 중 한 곳은 유리가 깨져 풀로 종이를 붙여놓았지만, 탁자 위에는 온실에서 키운 복숭아 한 접시가 있었다. 포도가 담긴 접시도, 스펀지케이크가 담긴 접시도, 부드러운 포도주 한 병도 있었다. 스킴폴 씨는 실내용 가운 차림으로 소파에 누워 낡은 도자기 잔으로 향기로운 커피를 마시는 중이었다. 그때 시각이 정오쯤이었다. 스킴폴 씨는 발코니에서 무리지어 자라는 계란풀을 바라보고 있었다.

그는 우리가 나타난 것을 보고도 전혀 동요하지 않은 채 몸을 일으켜 평소처럼 가벼운 태도로 우리를 맞이했다.

'그래, 여기가 내 집이야!' 우리가 자리에 앉은 뒤 그가 말했다. 대부분의 의자들이 부서져 있었기 때문에 앉을 곳을 찾기가 조금 힘들었다. '여기가 내 집이라고! 이건 내 소박한 아침식사고. 어떤 사람들은 아침부터 소의 다리 살이나 양고기를 먹지만 난 아니지. 복숭아, 커피, 적포도주만 있으면 나는 만족이야. 단순히 그것들이 좋아서가 아니라, 그것들이 태양을 연상시키거든. 소의 다리 살이나 양고기에는 태양과 관련

된 부분이 없잖아. 그저 동물적인 만족감뿐!'

'여기는 우리 친구의 진찰실이자(그러니까 이 친구가 환자를 받았다면 그렇게 됐을 거라는 얘기야) 성소이자 스튜디오다.' 내 후견인이 우리에게 말했다. [여기서 진찰이라는 말은 우드코트 박사와 관련된 의사 테마의 패러디입니다.]

'맞아.' 스킴폴 씨가 밝은 얼굴로 주위를 둘러보며 말했다. '여긴 새장이야. 새가 살면서 노래하는 곳이지. 사람들이 가끔 새의 깃털을 뽑고 날개 끝을 자르지만, 새는 노래하고 노래해.'

스킴폴 씨가 우리에게 포도를 건네며, 평소처럼 밝은 얼굴로 다시 말했다. '새는 노래해! 대단한 노래는 아니지만, 그래도 노래한다고.'……

'오늘은 여기서 영원히 기억될 날이로군.' 스킴폴 씨가 잔에 든 포도주를 조금 즐겁게 마시며 말했다. '성 클레어와 성 서머슨의 날이라고 해야겠어. 내 딸들을 꼭 만나봐. 눈이 파란 아이는 내 미인 딸[아레투사]이고, 그 밖에 감상적인 딸[로라]과 코미디 딸[키티]이 있지. 이 아이들을 전부 만나봐. 그애들이 엄청 좋아할 거야.'"

테마라는 관점에서 볼 때, 여기에서 다소 의미심장한 일이 일어나고 있습니다. 둔주곡에서 한 테마가 다른 테마의 패러디로 모사되듯이, 여기서도 미친 여자 미스 플라이트와 관련된, 새장에 갇힌 새의 테마가 패러디됩니다. 스킴폴이 실제로 새장에 갇힌 것은 아닙니다. 그는 기계적으로 노래를 부르도록 태엽장치가 있고, 새처럼 색칠이 된 존재입니다. 그의 새장도 모조품이죠. 어린애 같은 행동이 모조품이듯이. 그가 딸들에게 지어준 이름에도 패러디가 있습니다. 미스 플라이트의 테마에서 나온 새들의 이름과 비교해보세요. 어린 아이 스킴폴은 사실 사기꾼 스킴폴입니다. 디킨스는 이렇게 지극히 예술적인 방식으로 스킴폴의 본성을 드러냅니다. 내가 하려는 말이 무엇인지 완전히 이해했다면, 우리는 문학예술이라는 수수께끼의 이해를 향해 아주 결정적인 한 걸음을 내디딘 셈입니다. 내 강의의 특징 중 하나는, 문학적 구조라는 수수께끼를 탐정처럼 조사하는 것임을 분명히 알아두세요. 하지만 내가 이 강의에서 모든 얘기를 할 수는 없다는 점을 명심해야 합니다. 여러분이 직접 찾아내야 하는 것들이 많이 있어요. 많은 테마와 그 테마들의 여러 측면 같은 것들. 책은 물건이 빽빽하게 들어 있는 트렁크와 같습니다. 세관의 관리는 형식적으로 그 안을 뒤져볼 뿐이지만, 보물을 찾는 사람은 무엇도 놓치지 않고 샅샅이 살펴봅니다.

소설이 끝을 향해 갈 무렵, 에스터는 스킴폴이 리처드를 빈털터리로 만들고 있다는 걱정에 그를 찾아가 리처드와 관계를 끊으라고 부탁합니다. 스킴폴은 리처드에게 돈이 한 푼도 남지 않았다는 사실을 알고 흔쾌히 그러마고 하죠. 대화중에, 잔다이스의 명령으로 조를 침대에 눕힌 뒤 조가 사라지는 데 일조한 사람이 바로 스킴폴이라는 사실이 드러납니다. 조의 실종은 그때까지 완전히 수수께끼로 남아 있었어요. 스킴폴은 특유의 변명을 내놓습니다. "사건을 살펴볼까, 친애하는 미스 서머슨. 너희는 그 아이를 받아들여서 침대에 눕혔지만 나는 강력하게 반대했어. 그애가 침대에 누워 있을 때 어떤 남자가 나타났지. 잭이 지은 집이란. 그 남자는 내가 강력하게 반대하는데도 그 집 사람들이 받아들여서 침대에 눕힌 아이를 내놓으라고 요구했어. 그 남자는 내가 강력하게 반대하는데도 그 집 사람들이 받아들여서 침대에 눕힌 아이를 내놓으라고 요구하면서 지폐를 꺼냈지. 스킴폴은 자기가 강력하게 반대하는데도 그 집 사람들이 받아들여서 침대에 눕힌 아이를 내놓으라고 요구한 남자의 지폐를 받았어. 이게 분명한 사실이야. 그래. 스킴폴이 그 지폐를 거절해야 했을까? 스킴폴이 왜 그 지폐를 거절해야 하지? 스킴폴은 버킷에게 반박했어. '이건 뭐죠? 이해가 안 가네요. 나한테 아무 쓸모가 없는 물건이니까 가져가요.' 그래도 버킷은 스킴폴에게 받아달라고 사정했지. 편견으로 일그러지지 않은 스킴폴이 그걸 받아야 하는 이유가 있나? 그래. 스킴폴은 이유가 있다고 생각했어. 그 이유가 뭘까?"

그가 말하는 이유란, 정의의 실현이라는 임무를 수행하는 경찰관인 버킷이 돈의 힘을 굳게 믿는 사람이고, 스킴폴은 그가 내민 지폐를 거절함으로써 그 믿음을 흔들려고 했으나 그 결과 버킷이 형사로서 더이상 쓸모가 없는 사람이 되었다는 것입니다. 게다가 만약 스킴폴이 그 지폐를 받는 것이 비난받을 일이라면, 그 돈을 내민 버킷은 더 많은 비난을 받아야 합니다. "자, 스킴폴은 버킷을 좋게 생각하고 싶었어. 이런저런 일들이 제멋대로 파탄나지 않게 하려면 자기가 버킷을 좋게 생각하는 것이 꼭 필요하다고 봤거든. 국가에서는 스킴폴에게 버킷을 의지하라고 분명히 요구했어. 그래서 그렇게 했지. 그게 전부야!"

에스터는 스킴폴이 어떤 사람인지 깔끔하게 요약합니다. "그와 내 후견인 사이에 서늘함이 일었다. 주로 앞에서 말한 이유들과 그가 리처드와 관련된 내 후견인의 호소를 무정하게 무시해버렸다는(우리는 나중에 에이다를 통해 이 사실을 알았다) 이유 때문이었다. 그가 내 후견인에게 많은 빚을 지고 있었다는 사실은 두 사람이 갈라선 것과 아무 상관이 없었다. 그는 5년쯤 뒤에 세상을 떠나면서 일기를 남겼다. 자신의 인생에 대한 여러 자료들과 편지도 있었다. 책으로 출간된 이 글들에는 상냥하고 호감 가는 아이 같은 그가 세상으로부터 다양한 괴롭힘을 당한 것으로 묘사되어 있었다. 읽기에 매우 즐거운 글이라고들 했으나, 나는 그 책을 펼치다가 우연히 눈에 들어온 한 문장을 읽었을 뿐이다. 다음과 같은 문장이었다. '내가 아는 대부분의 사람들과 마찬가지로 잔다이스도 이기심의 화신이다.'" 사실 잔다이스는 이 소설에 묘사된 사람들 중 가장 선량하고 상냥한 축에 속합니다.

이제 요약을 해보죠. 이 소설의 대위법적인 구조 속에서 스킴폴 씨는 처음에 유쾌하고, 명랑하고, 아이 같은 사람으로 등장합니다. 유쾌한 아기, 솔직하고 순진한 어린이죠. 선량한 존 잔다이스, 어떤 의미에서 이 소설 속의 진정한 어린이인 그는 가짜 어린이 스킴폴에게 완전히 홀려서 그와 어울립니다. 디킨스는 스킴폴의 천박하지만 즐거운 재치와 싸구려지만 유쾌한 매력을 이끌어내기 위해 에스터의 입을 통해 그를 묘사합니다. 그리고 이 매력을 통해 우리는 곧 그가 근본적으로 잔인하고 야비하며 철저히 부정직한 사람임을 인식하게 됩니다. 또한 그는 어린이의 패러디로서 이 소설 속의 진짜 어린이들이 아름답게 돋보이게 만드는 역할을 합니다. 이 아이들은 어른의 책임을 짊어진 어린 일꾼들이며, 자신을 보살펴주는 사람들의 애처로운 모조품입니다. 소설 속 이야기의 내적 전개에 무엇보다 중요한 역할을 하는 것은 스킴폴과 조의 만남입니다. 스킴폴은 조를 배신합니다. 가짜 아이가 진짜 아이를 배신하는 겁니다. 스킴폴 테마 안에는 새장에 갇힌 새 테마의 패러디가 있습니다. 불운한 소송 당사자인 리처드가 사실 새장에 갇힌 새입니다. 그를 먹이로 삼은 스킴폴은 최선의 경우 가짜 새이고, 최악의 경우에는 육식조입니다. 마지막으로, 비록 거의 한 번도 제대로 표현되지 않지만, 진짜 의사로서 자신의 지식을 이용해 인류를 돕는 우드코트와 의사의 일을 거부하는 스킴폴이 소설 속에서 대비됩니다. 스킴폴은 딱 한 번 의사로서 의견을 낼 때, 조의 고열이 위험하다는 올바른 진단을 내리고서 그를 집밖으로 내쫓으라고, 확실한 죽음으로 내쫓으라고 권고합니다.

아이 테마는 이 소설에서 가장 심금을 울립니다. 에스터의 유년시절에 대한 금욕적인 설명, 그녀의 대모(사실은 이모)인 바바리가 에스터의 의식에 끊임없이 죄책감을 각인시키는 모습을 보세요. 자선사업가인 젤리비 부인의 방치된 아이들, 네케트의 죽음으로 고아가 된 뒤 어린 일꾼으로 살아가는 아이들, "얇은 옷차림으로 절룩거리는 더러운 여자아이들"(그리고 부엌에서 혼자 춤추는 어린 사내아이)이 일을 익히기 위해 터비드롭 부자의 학교에서 춤을 배우는 모습. 차가운 자선사업가인 파디글 부인과 함께 우리는 벽돌공의 집을 찾아가 죽은 아기를 봅니다. 하지만 이 모든 가난한 아이들 중에서, 살았든 죽었든 반만 살아 있든 상관없이 "고통 속에 활기를 잃은 가엾은 아이들" 중에서 가장 불행한 아이는 조입니다. 그리고 조는 미스터리 테마와 아주 밀접하게, 아주 맹목적으로 휘말려 있습니다.

하숙인 니모의 죽음을 다루는 검시 배심원 심리에서 그가 건널목을 빗질하는 소년과 이야기하는 모습을 본 적이 있다는 진술이 나오자, 소년이 불려옵니다. "아! 그 아이가 왔소, 여러분!

그 아이가 왔어. 진흙투성이에, 쉰 목소리에, 누더기를 걸쳤군. 자, 들어와라! 아니, 잠깐만. 조심해야지. 몇 가지 예비 조치가 필요해.

이름, 조. 이 아이가 아는 것은 이것뿐이오. 다들 이름 외에 성도 갖고 있다는 사실조차 모르지. 그런 소리를 들어본 적도 없어. 조가 어떤 이름을 짧게 줄인 것이라는 사실도 모른다오. 자기에게는 충분히 긴 이름이라고 생각할 뿐. 자기 이름에 아무 문제가 없다고 생각해요. 이름을 쓸 줄 아느냐고? 아니. 쓸 줄 모르지. 아버지도 없고, 어머니도 없고, 친구도 없소. 학교에 다닌 적도 없소. 집이라는 게 뭔지도 몰라요. 빗자루는 빗자루고, 거짓말은 나쁜 짓이라는 사실을 알 뿐. 빗자루에 대해, 또는 거짓말에 대해 이야기해준 사람이 누구인지는 기억나지 않지만, 그래도 그 두 가지는 안다오. 여기 계신 신사분들에게 거짓말을 한다면 자기가 죽은 뒤 어떤 일을 당할지 정확히 몰라도, 어쨌든 아주 심한 벌을 받을 것이며 그래도 싸다고 믿고 있지요. 그러니까 진실을 말할 것이오."

검시 배심원들은 조에게 증언을 허락하지 않습니다. 심리가 끝난 뒤 변호사인 털킹혼 씨가 따로 조에게 질문을 던지지만, 조가 아는 것은 별로 없습니다. "어느 추운 겨울날 밤에 그 아이가 건널목 근처의 어느 문간에서 떨고 있을 때, 그 남자가 돌아서서 그를 보고는 되돌아와 그에게 몇 가지를 물어보았다. 그 결과 아이에게 친구가 하나도 없다는 사실을 알게 된 그가 말했다. '나도 그래. 한 명도 없어!' 그는 아이에게 저녁값과 하룻밤 숙박비를 주었다. 그뒤로 그 남자는 아이에게 자주 말을 걸면서 밤에 잠은 잘 자는지, 추위와 굶주림을 어떻게 견디는지, 죽고 싶다고 생각한 적은 없는지 등 이상한 질문들을……

'나한테 아주 잘해주셨어요.' 소년이 너덜너덜한 소매로 눈을 훔치며 말한다. '지금 저렇게 쭉 뻗어서 누워 계신 것을 보니 아저씨가 내 말을 들을 수 있으면 좋겠어요. 나한테 아주 잘해주셨다고. 정말로요!'"

디킨스는 곧 칼라일 모드로 들어가서 엄숙하게 종을 울리듯이 같은 말을 되풀이합니다. "귀한 우리 형제의 몸이 담으로 에워싸인 교회묘지로 떠났다. 전염병이 돌아다니는 그 역겨운 묘지에서 못된 질병들이 아직 세상을 떠나지 않은 귀한 형제자매들의 몸으로 전달된다…… 그가 묻힌 더러운 땅 한 조각. 투르크인이 봤다면 야만스럽고 혐오스럽다며 진저리를 쳤을 것이고, 깜둥이도 몸을 부르르 떨었을 그곳으로 그들은 귀한 우리 형제를 데려가 기독교식 장례를 치렀다.

악취를 풍기는 터널처럼 생긴 안뜰이 쇠창살문으로 이어진 곳만 빼고 사방에서 집들이 내려다보고, 삶의 모든 악행이 죽음을 향해 죄어오고, 죽음의 모든 유독한 요소들이 삶을 향해 죄어드는 곳, 여기서 그들은 귀한 우리 형제를 땅 속 1~2피트 깊이에 내려놓았다. 타락 속에 그를 심었으니, 그는 타락 속에 일어나리라. 수많은 환자들의 침상에 원귀가 되어 나타나리라. 이것은 후세에게 부끄러운 일. 문명과 야만이 이으스대는 섬을 나란히 거닐었음을 보여주나니."

여기에 안개와 밤의 어둠에 가려진 조의 흐릿한 그림자가 보입니다. "밤이 되자 터널 같은 안뜰을 통해 구부정한 사람이 나타난다. 쇠창살문 바깥쪽으로. 그 사람은 양손으로 문을 붙잡고 창살 사이로 안을 들여다보며 한동안 서 있다.

그러다가 들고 있던 낡은 빗자루로 계단을 가볍게 쓸어 아치형 통로를 깨끗이 청소한다. 아주 분주히 깔끔하게 청소한 뒤 다시 한동안 안을 들여다보다가 자리를 뜬다.

조, 그대인가?[다시 칼라일식 문장입니다] 이런, 이런! 비록 증언을 거부당했지만, 증인은 인간보다 더 위대한 분의 손에서 그 남자가 어찌 될지 '정확히 말할 수 없으니,' 그대는 저 바깥의 어둠 속에 있지 않아. 그대가 중얼거리는 말 속에 아련한 햇살 같은 것이 있군.

'나한테 아주 잘해주셨다고요. 정말로요!'"

부랑아라서 경찰에 쫓겨 한곳에 머무르지 못하고 런던을 떠나 이리저리 옮겨다니던 조는 천연두가 막 발병한 시점에 에스터와 찰리의 호의를 얻습니다. 그리고 두 사람도 조 때문에 천연두에 걸리죠. 그러고 나서 홀연히 사라진 조는 내내 소식이 없다가 병과 고난에 지친 모습으로 런던에 다시 나타납니다. 조지 씨 소유의 사격연습장에 다 죽어가는 모습으로 누워 있는 조의 심장은 무거운 수레에 비유됩니다. "그토록 힘겹게 끌어야 하는 수레가 여행의 끝에 거의 다다라 돌투성이 길 위를 무겁게 움직이고 있다. 낡고 부서진 계단을 하루종일 힘들게 오른다. 해가 떠올라 그 지친 수레가 길을 가는 모습을 볼 수 있는 것도 이제 몇 번 남지 않았다…… 잔다이스 씨도 여러 번 다녀갔고, 앨런 우드코트는 거의 항상 옆에 있다. 두 사람 모두 운명이 [찰스 디킨스의 친절한 도움으로] 이 거친 부랑아를 완연히 다른 사람들의 삶에 이렇게 얽히게 만든

'빛이 오고 있나요, 선생님?'

'거의 다 왔어. 아버지의 이름이 거룩히 빛나시며!'

'아버지의…… 이름이……'"

이제 웅장한 종소리 같은 칼라일의 돈호법 문장이 나옵니다. "빛이 밤이 되어 어두워진 길로 왔다. 죽음이다!

죽었습니다, 전하. 죽었습니다, 여러분. 죽었습니다, 모든 교단의 좋은 목사님과 나쁜 목사님. 죽었습니다, 가슴에 천상의 측은지심을 품은 남녀여. 죽음은 이렇게 매일 우리 곁에 있습니다."

여기서 우리가 배울 것은 문체입니다. 참여적인 감정이 아닙니다.

***

범죄-미스터리 테마는 이 소설에 중심이 되는 액션을 제공하며, 소설의 등뼈이자 소설을 하나로 묶어주는 구속력 역할을 합니다. 구조적으로는 미스터리와 불행, 챈서리와 운으로 이루어진 이 소설의 테마들 중 이것이 가장 중요합니다.

잔다이스 가문의 방계 중에 두 자매만 남은 곳이 있었습니다. 둘 중 언니는 존 잔다이스의 괴짜 친구인 보이손과 약혼한 사이였죠. 동생은 호돈 대위와 사귀면서 사생아 딸을 낳았습니다. 언니는 아이가 태어나자마자 죽었다고 동생을 속인 뒤, 약혼자인 보이손은 물론 가족들이나 친구들과 모두 연락을 끊고 아기와 함께 소도시로 이주해 엄격하고 호되게 아이를 키웠습니다. 죄를 통해 세상에 태어난 아이이니, 그렇게 키워야 마땅하다고 생각했거든요. 동생은 나중에 레스터 데들록 경과 결혼했습니다. 그렇게 안락하지만 죽은 것 같은 결혼생활을 오랫동안 이어온 어느 날, 레이디 데들록 앞에 가문의 변호사인 털킹혼이 잔다이스 소송과 관련된 하찮은 선서 진술서를 새로 내놓습니다. 그런데 그 서류 중 하나를 필사한 필체를 보고 그녀가 몹시 동요합니다. 레이디 데들록은 단순히 호기심 때문에 이것저것 물어보는 척하지만, 금방 기절해버리고 맙니다. 이것만으로도 털킹혼 씨를 움직이기에 충분했기 때문에, 그는 독자적으로 조사를 시작합니다. 그 서류를 필사한 니모(라틴어로 '아무도 아니다'라는 뜻)라는 남자의 행방을 좇는 것이지요. 하지만 그를 찾아냈을 때, 그는 크룩의 누추한 방에서 아편 남용으로 이미 죽은 뒤입니다. 당시에는 지금보다 아편을 구하기가 훨씬 쉬웠죠. 방에서는 종이 쪼가리 한 장 발견되지 않습니다. 가장 중요한 편지들은 크룩이 털킹혼을 방으로 안내하기 전에 이미 치워버렸거든요. 죽은 니모의 시신을 두고 열린 검시 배심에서 그에 대해 조금이라도 아는 사람이 전혀 없다는 사실이 밝혀집니다. 니모가 개인적으로 다정한 말을 조금 나눴던 유일한 증인, 즉 거리 청소부인 조는 당국에게 거부당합니다. 그래도 털킹혼 씨는 따로 조에게 몇 가지 질문을 던집니다.

레이디 데들록은 신문을 통해 조의 존재를 알아내고, 프랑스인 하녀의 옷으로 변장한 채 조를 만나러 옵니다. 조가 니모와 관련된 장소 등을 안내해주자 레이디 데들록은 아이에게 돈을 줍니다. 그녀는 필체를 보고 니모가 바로 호돈 대위라는 것을 알고 있었으니까요. 조는 특히 니모가 묻혀 있는 묘지, 쇠창살문이 있고 전염병이 들끓는 묘지로 부인을 데려갑니다. 조의 이야기가 점점 퍼져서 털킹혼의 귀에 들어가자, 그는 프랑스인 하녀 오르탕스와 함께 조를 만납니다. 오르탕스는 레이디 데들록이 몰래 조를 만나러 올 때 빌려 입었던 그 옷을 입고 있습니다. 조는 그 옷을 알아보지만, 그 옷을 입은 여자의 목소리, 손, 반지가 전의 그 부인과 다르다고 확신합니다. 이렇게 해서 털킹혼은 조를 만나러 온 수수께끼의 인물이 레이디 데들록일 것이라는 의심이 옳았음을 확인합니다. 털킹혼은 그뒤로도 조사를 계속하면서, 조가 경찰 때문에 계속 "옮겨다니게" 만듭니다. 조가 알고 있는 사실이 다른 사람들에게도 알려지는 걸 원치 않았거든요(조가 병에 걸렸을 때 우연히 하트퍼드셔에 나타난 것도, 버킷이 스킴폴의 도움으로 그를 잔다이스의 집에서 빼낸 것도 모두 이런 이유 때문입니다). 털킹혼은 니모가 호돈 대위라는 사실을 점차 알아냅니다. 전직 군인 조지*를 통해 대위의 필체로 쓴 편지를 전달받는 것도 그런 조사 과정의 일부입니다. 마침내 어느 정도 결론을 내린 털킹혼은 레이디 데들록 앞에서 마치 다른 사람의 이야기를 하듯이 그녀의 사연을 이야기합니다. 레이디 데들록은 비밀이 들통나서 털킹혼의 자비를 바라는 수밖에 없게 되었음을 알고, 자신의 시골 저택인 체스니 월드에 마련해둔 그의 방으로 찾아와 그의 생각을 묻습니다. 그녀는 집과 남편을 두고 사라질 각오가 되어 있습니다. 털킹혼은 레이디 데들록에게 계속 이 집에 남아 사교계의 유행을 주도하는 여성으로, 레스터 경의 아내로 살아가라고 말합니다. 자신이 결단을 내리고 적당한

---

* 조지는 군인이던 시절에 호돈 대위 밑에서 복무한 적이 있다.

때를 고를 때까지. 나중에 그가 그녀에게 그녀의 과거를 남편에게 알리겠다고 말하자, 그녀는 밤에 오랜 산책을 나갑니다. 그리고 바로 그날 밤 털킹혼이 자신의 방에서 살해되죠. 레이디 데들록이 그를 죽였을까요?

레스터 경은 변호사의 살인범을 찾아내는 일을 버킷 형사에게 맡깁니다. 처음에 버킷은 전직 군인 조지를 의심합니다. 그자가 털킹혼을 협박하는 것을 들은 사람이 있었거든요. 버킷은 사람을 시켜 조지를 체포하지만, 나중에 레이디 데들록을 가리키는 듯한 많은 단서들이 나옵니다. 하지만 이것은 모두 거짓 단서입니다. 진범은 프랑스인 하녀 오르탕스니까요. 그녀는 예전 주인인 레이디 데들록의 비밀을 밝혀내려는 털킹혼 씨를 기꺼이 도왔지만, 털킹혼이 충분한 보상을 해주지 않을 뿐만 아니라 오히려 감옥에 보내버리겠다고 협박하며 사실상 방에서 쫓아내다시피하자 앙심을 품습니다.

그런데 법률회사의 서기인 거피 씨도 그동안 나름대로 조사를 하고 있었습니다. 개인적인 이유(그는 에스터를 사랑합니다)로, 호돈 대위가 죽은 뒤 크룩의 손에 들어갔다고 의심되는 편지를 그에게서 빼앗아오려고 시도한 겁니다. 그의 시도는 거의 성공할 뻔했습니다. 하지만 크룩이 갑자기 이상한 죽음을 맞은 탓에 틀어졌죠. 결국 그 편지들은 레이디 데들록과 대위의 연애 및 에스터의 출생이라는 비밀과 함께 스몰위드 영감이 이끄는 공갈범 무리의 손에 들어갑니다. 털킹혼이 그뒤에 그들에게서 편지를 사들였는데도, 스몰위드 일가는 그가 죽은 뒤 레스터 경에게서 돈을 갈취하려고 시도합니다. 우리의 세번째 추격자이자 경험

많은 형사인 버킷은 데들록 가문에 이로운 쪽으로 일을 매듭지으려 하지만, 그 과정에서 어쩔 수 없이 레스터 경에게 레이디 데들록의 비밀을 말합니다. 레스터 경은 아내를 너무나 사랑하기 때문에 용서할 수밖에 없습니다. 하지만 레이디 데들록은 문제의 편지들이 어떻게 되었는지를 거피에게서 듣고, 운명의 여신이 앙심을 품고 자신을 찾아왔다는 생각에 영영 집을 떠납니다. 남편이 자신의 '비밀'을 듣고 어떤 반응을 보였는지 모르는 채로.

레스터 경은 급히 버킷을 시켜 그녀를 뒤쫓게 합니다. 버킷은 에스터를 함께 데려갑니다. 그녀가 부인의 딸이라는 사실을 알기 때문입니다. 얼어붙을 듯이 차가운 진눈깨비 속에서 두 사람은 레이디 데들록의 자취를 좇아 허트퍼드셔에 있는 벽돌공의 집까지 옵니다. 황폐한 집에서 멀지 않은 곳입니다. 레이디 데들록이 에스터를 찾아 황폐한 집에 들렀으니까요. 그런데 그동안 내내 에스터는 런던에 있었습니다. 버킷은 자신이 도착하기 직전에 두 여자가 벽돌공의 집을 떠났음을 알아냅니다. 한 사람은 북쪽으로, 다른 한 사람은 런던이 있는 남쪽으로 향했다고 합니다. 버킷과 에스터는 오랫동안 북쪽으로 간 사람의 뒤를 쫓지만, 기민한 버킷이 갑자기 진눈깨비를 뚫고 온 길을 되돌아가 남쪽으로 간 여자의 뒤를 쫓아야겠다는 결단을 내립니다. 북쪽으로 간 여자는 레이디 데들록의 옷을 입고 있었고, 런던으로 간 여자는 가난한 벽돌공 아내의 옷을 입었는데, 두 사람이 옷을 바꿔 입은 것 같다는 생각을 버킷이 갑자기 떠올린 겁니다. 그의 짐작은 옳았습니다만, 그와 에스터가 너무 늦었습니다. 가난한 아낙의 옷을 입은 레이디 데들록은 런던에 도착해서 호돈 대위의 무덤으로 갔습니다. 그리고 그곳에서 쇠창살문을 움켜잡은 채 추위와 탈진으로 죽고 맙니다. 지독한 진눈깨비 속에서 거의 한 번도 쉬지 않고 100마일이나 걸은 탓입니다.

 이 간단한 요약을 통해 알 수 있듯이, 미스터리 테마의 플롯은 시적인 아름다움을 지닌 이 소설의 수준에 미치지 못합니다.

＊

 귀스타브 플로베르는 자신이 생각하는 이상적인 소설가의 모습을 생생하게 표현했습니다. 작가는 책 속에서 조물주처럼 어디에도 없으면서 모든 곳에 있어야 하고, 눈에 보이지 않으면서 편재해야 한다고 말한 것입니다. 작가의 존재가 플로베르의 바람처럼 거슬리게 도드라지지 않는 주요한 소설 작품이 실제로 여러 편 있습니다만, 정작 플로베르 본인은 『보바리 부인』에서 이 이상을 실현하지 못했습니다. 하지만 작가가 거슬리게 도드라지지 않는 이상을 실천한 작품이라 하더라도, 작가의 존재가 작품 전체에 퍼져 있기 때문에 그의 부재가 곧 일종의 찬란한 존재감이 됩니다. 'Il brille par son absence'라는 프랑스 속담 그대로입니다. '그의 부재가 그를 빛나게 한다'는 뜻입니다. 『황폐한 집』과 관련해서, 우리는 말하자면 최고의 신도 아니고 작품 전체에 고고하게 퍼져 있지도 않은 작가, 그보다는 상냥하고 공감할 줄 알며 게으르게 빈둥거리는 반신半神 같은 작가를 보고 있습니다. 이런 작가들은 다양한 변장을 하고 책 속으로 내려앉거나 아니면 다양한 매개자, 대표, 대리인, 앞잡이, 첩자, 꼭두각시를 작품 속에 들여보냅니다.

이렇게 작가가 대신 들여보내는 존재들의 유형은 대략 세 가지가 있습니다. 그것들을 하나하나 살펴봅시다.

첫째, 대문자 I를 사용하는 일인칭 화자는 작품의 움직이는 기둥입니다. 이 화자는 다양한 형태로 나타날 수 있습니다. 작가 본인일 수도 있고, 1인칭 주인공일 수도 있습니다. 아니면 작가가 가상의 작가를 만들어내서 그의 말을 인용하는 형태를 취할 수도 있습니다. 세르반테스가 만들어낸 아랍 역사학자*가 그런 예입니다. 아니면 작품에 3인칭으로 등장하는 인물들 중 하나가 일시적으로 화자가 되는 경우도 있습니다. 그러고 나면 원래의 화자가 다시 자리를 찾지요. 요는, 어떤 방법을 쓰든 대문자 I를 사용하는 어떤 인물이 이야기를 들려준다는 점입니다.

둘째, 내가 거름망 대리인sifting agent이라고 부르는 작가의 대리인이 있습니다. 이 거름망 대리인은 화자와 동일인물일 수도 있고 아닐 수도 있습니다. 사실 내가 아는 가장 전형적인 거름망 대리인, 즉 『맨스필드 파크』의 패니 프라이스나 무도회 장면의 에마 보바리는 1인칭 화자가 아니라 3인칭 등장인물입니다. 거름망 대리인은 또한 작가의 생각을 대변할 수도 있고, 대변하지 않을 수도 있습니다. 거름망 대리인의 가장 중요한 특징은 작품 속의 모든 사건, 모든 이미지, 모든 풍경, 모든 인물이 그들의 눈을 통해 제시되고, 그들의 감각을 통해 인식된다는 점입니다. 거름망 대리인은 자신의 감정과 관념으로 이야기를 걸러냅니다.

---

* 세르반테스는 『돈키호테』에서 이 작품의 대부분을 쓴 사람은 사실 시데 하메테 베네젤리라는 아랍 역사학자라고 주장한다.

세번째 유형은 이른바 페리perry입니다. 비록 r가 두 개지만 잠망경을 뜻하는 periscope에서 파생되었을 가능성이 있습니다. 아니면 펜싱 용어인 parry*에서 파생되었을 수도 있습니다. 펜싱 연습용 검을 막연하게 연상시킨다는 점에서요. 하지만 이 단어의 어원은 그리 중요하지 않습니다. 어쨌든 내가 오래전에 직접 만들어낸 말이니까요. 페리는 작가의 앞잡이 중에서 가장 하급에 속합니다. 작품 전체 또는 적어도 특정 부분에서 임무를 수행하는 인물로서, 그들의 유일한 목적과 존재 이유는 작가가 독자를 데려가고 싶은 곳에 대신 가서 작가가 독자에게 만나게 해주고 싶은 인물을 대신 만나는 것입니다. 이런 장면에서 페리는 자기만의 정체성이 거의 없습니다. 의지도, 영혼도, 마음도, 아무것도 없습니다. 페리는 그저 돌아다니고 있을 뿐입니다. 물론 작품의 다른 부분에서는 페리가 자신의 정체성을 되찾을 수도 있습니다. 페리가 작품 속에서 어떤 집을 찾아간다면 그것은 순전히 작가가 그 집에 사는 인물들을 설명하고 싶기 때문입니다. 페리는 대단히 도움이 되는 존재입니다. 페리가 없다면, 때로 이야기가 방향을 잡아 앞으로 나아가기가 힘들어질 겁니다. 하지만 페리가 먼지 낀 거미줄 조각을 질질 끌고 다니는 어설픈 벌레처럼 이야기 가닥을 질질 끌고 다니게 하느니 그냥 이야기를 죽여버리는 편이 낫습니다.

이제 『황폐한 집』으로 돌아와서, 에스터는 이 모든 것입니다. 일시적인 화자이자, 작가를 대신하는 일종의 베이비시터입니다. 이 점에 대해

---

* 펜싱의 수비 기술.

서는 곧 설명하겠습니다. 에스터는 또한 적어도 몇몇 장에서는 자기 눈으로 직접 상황을 관찰하는 거름망 대리인이기도 합니다. 그녀가 1인칭으로 이야기할 때조차, 작품의 기둥이 되는 목소리가 그녀의 목소리를 쉽게 눌러버리긴 합니다만. 셋째, 슬프게도 작가는 에스터를 페리로 자주 이용합니다. 이런저런 인물이나 사건을 묘사하고 싶을 때 에스터를 이리저리 돌아다니게 만드는 겁니다.

『황폐한 집』에서 주목해야 할 구조적인 특징은 여덟 가지입니다.

1. 에스터의 책

3장에서 에스터는 대모(레이디 데들록의 언니) 손에 자라면서 처음으로 화자로 등장합니다. 그런데 디킨스는 여기서 작은 실수를 저지르는 바람에 나중에 그 대가를 톡톡히 치릅니다. 그는 소녀 흉내를 내는 것 같은 문체로 에스터의 이야기를 시작합니다. 몽글거리는 아기 같은 말투를 쓰는 것이죠('사랑하는 낡은 인형아' 같은 말은 이런 문체를 표현하는 쉬운 방법입니다). 하지만 그는 이런 방식으로는 힘찬 이야기를 전달하기가 불가능하다는 사실을 금방 깨닫습니다. 그래서 우리는 그의 활기차고 다채로운 문장이 어색한 아기 말투를 뚫고 나오는 것을 금방 볼 수 있습니다. 예를 하나 들어보죠. "사랑하는 낡은 인형아! 나는 너무 수줍음을 타서 누구에게든 입을 잘 열지도 않았고 용기 내어 마음을 열지도 않았어. 학교를 마치고 집으로 돌아와 내 방으로 올라와서 '아, 귀엽고 믿음직한 돌리야, 날 기다렸지!'라고 말할 때 내가 얼마나 마음이 놓였는지 생각하면 거의 눈물이 날 것만 같아. 나는 그러고 나서 바닥에 앉아 돌리가 앉아 있는 커다란 의자의 팔걸이에 몸을 기대고, 아침에 헤어진 뒤로 내가 본 모든 것을 돌리에게 말해주곤 했지. 나는 항상 이런 저런 것을 주의 깊게 보는 편이었어. 뭐든 빨리 알아차리는 편은 절대 아니고, 내 앞에서 일어나는 일들을 조용히 보면서 내 이해력이 더 좋았으면 좋겠다고 생각했달까. 어느 모로 보나 나는 이해가 빠른 편이 아니었어. 내가 누군가를 아주 귀하게 사랑하면, 이해력이 반짝하는 것 같아. 하지만 어쩌면 이것조차 공연히 잘난척하는 말인지 모르지." 에스터의 이야기가 펼쳐지기 시작한 이 부분에는 특징적인 말투나 생생한 비교 같은 것이 사실상 없습니다. 하지만 아이 같은 말투의 특징들이 무너지기 시작하지요. 예를 들어, 에스터와 대모가 벽난로 앞에 앉아 있는 장면에서 디킨스가 운을 맞춰 "시계는 똑딱, 불길은 딱딱"이라고 쓴 부분은 에스터의 소녀 같은 말투와 맞지 않습니다.

하지만 대모(사실은 이모)인 미스 바바리가 죽고 변호사 켄지가 나타나 일을 처리하기 시작하자 에스터의 말투는 일반적인 디킨스 문체로 바뀝니다. 예를 들어보지요. "'잔다이스 대 잔다이스 사건을 모른다고?' 켄지 씨가 안경 너머로 나를 바라보며 말했다. 그리고 안경 케이스를 빙글빙글 돌리는 모습이 마치 뭔가를 귀여워하는 것 같았다." 이 문장에서 무슨 일이 벌어지고 있는지 알겠죠? 디킨스가 켄지를 유쾌한 인물로 그리기 시작한 겁니다. 사근사근하고 둥글둥글한 켄지. 대화꾼 켄지(이것이 그의 별명입니다). 그 바람에 디킨스는 지금 이 글의 화자가 순진한 소녀라는 사실을 잊어버렸습니다. 몇 페이지만 넘기면, 디킨스의 이미지들이 에스터의 이야기 속에 슬금슬금 스며든 사례들을 볼 수 있습니다. 풍부한 비유 같은 것들입니다. "[레이철 부인이] 내 이마에 석조 포치에서 녹아 떨어진 얼음 조각 같은 작별의 키스를(몹시 추운 날이었다) 해주었을 때, 나는 정말 비참한 기분이었다." "나는 앉아서…… 서리로 뒤덮인 나무들을 지켜보았다. 아름다운 기둥들 같았다. 벌판은 어젯밤에 내린 눈으로 온통 매끈한 하얀색으로 펼쳐져 있었다. 태양은 새빨간 색이었지만, 따스함은 거의 없었다. 사람들이 스케이트를 타고 지나가거나 그냥 미끄러지는 바람에 눈이 쓸려나간 부분에는 얼음이 금속처럼 어둡게 드러나 있었다." 젤리비 부인의 단정치 못한 옷차림을 에스터가 묘사하는 부분도 있습니다. "그녀의 드레스 뒤쪽이 제대로 닫히지 않은 것이 어쩔 수 없이 우리 눈에 들어왔다. 벌어진 부분은 코르셋 끈을 격자처럼 교차시켜 고정되어 있었다. 여름 별장 같았다." 쇠창살 사이에 머리가 낀 피피 젤리비를 묘사할 때 에스터의 어조와 빈정거리는 말투는 철저히 디킨스의 것입니다. "나는 그 가엾은 아이에게 다가갔다. 내 평생 그렇게 더럽고 불행한 아이는 처음 보았다. 아이는 겁에 질린 채 뜨겁게 달아오른 몸을 하고 큰 소리로 울어댔다. 쇠로 된 난간의 두 창살 사이에 목이 끼어 있었다. 우유 배달부와 경비원이 세상에 둘도 없이 선량한 마음에서 아이의 다리를 잡고 뒤로 잡아당기려 애쓰고 있었다. 아이의 두개골이 줄어들어서 빠져나올 수 있을 것이라고 생각하는 모양이었다. 나는 (아이를 달랜 뒤) 아이가 아직 어린 사내아이라서 당연히 머리가 크다는 사실을 발견했다. 아이의 머리가 빠져나갈 수 있다면 당연히 몸도 빠져나갈 수 있을 것이라는 생각에, 나는 아이를 앞으로 미는 편이 가장 좋은 방법일 것 같다고 말했다. 우유 배달부와 경비원이 아주 호의적으로 내 말을 받아들였기 때문에, 내가 아이의 가슴받이를 붙잡지 않았다면 아이는 곧 앞으로 밀려나와 안마당으로 떨어졌을 것이다. 한편 리처드와 거피 씨는 부엌을 통해 달려내려와서, 아이를 놓아주어야 할 순간에 붙잡고 말았다."

주문을 외는 것 같은 디킨스의 뛰어난 언변은 에스터가 어머니인 레이디 데들록과 만나는 장면 같은 곳에서 두드러지게 나타납니다. "나는 그 당시 상황에서 거의 최선을 다해 설명했다. 지금 기억하기로는 그랬다. 나의 동요와 고통이 내내 너무 커서 나 자신도 잘 이해할 수 없을 정도였다. 하지만 어머니의 목소리로 들려오는 단어 하나하나가 내 귀에는 너무나 낯설고 우울했다. 어렸을 때 들어본 적이 없으니 그 목소리를 사랑하는 법도 배운 적이 없고, 그 목소리가 불러주는 자장가를 들으며 잠든 적도 없고, 그 목소리로 내리는 축복을 들은 적도 없고, 그 목소리 덕분에 희망이 생긴 적도 없었지만, 그 목소리는 내 기억에 오랫동안 남을 각인이 되었다. 내가 설명한 것은, 아니 설명하려고 시도한 것은, 내게 최고의 아버지였던 잔다이스 씨가 어머니에게 약간의 조언과 지원을 해줄 수 있을지도 모른다는 희망이었다. 하지만 어머니는 그럴 수 없다고, 아무도 자신을 도울 수 없다고 대답했다. 어머니는 자기 앞에 놓인 사막을 반드시 혼자서 걸어가야 했다."

소설 중간쯤에서 디킨스는 에스터의 목소리를 통해, 자신의 이름으로 글을 쓸 때보다 더 유창하고, 나긋나긋하고, 상투적인 문체로 화자의 자리를 차지할 수 있게 됩니다. 각 장의 초입에 생생하고 세세한 묘사가 없다는 점과 이런 문체의 차이만이 두 사람 사이의 진정한 차이입니다. 에스터와 디킨스는 각자의 문체에 반영된 시각의 차이에 점차 익숙해 집니다. 디킨스의 문체에는 온갖 종류의 음악적 효과, 유머, 은유, 웅장한 웅변, 갑작스러운 변화 등이 나타나고, 에스터는 보수적이고 유창한 표현들로 매번 새 장을 시작합니다. 하지만 잔다이스 소송이 끝나던 날 웨스트민스터 홀을 묘사한 장면, 전 재산이 소송 비용으로 소진되었음이 드러나는, 앞에서 이미 인용한 그 장면에서 디킨스는 마침내 에스터와 거의 완전히 융합됩니다. 문체 면에서 이 소설은 이 두 사람이 결혼한 것 같은 상태를 향해 슬슬 미끄러져가는 과정입니다. 이제 말로 그린 그림을 끼워넣든 대화를 표현하든, 두 사람 사이에는 아무런 차이가 없습니다.

64장에 밝혀져 있듯이 웨스트민스터 홀의 그날 이후 7년이 지났을 때, 에스터는 자신의 책을 씁니다. 분량이 33장이나 되는 책입니다. 67 장으로 이루어진 『황폐한 집』이라는 소설의 절반이라고 할 수 있습니다. 정말 굉장한 기억력이 아닙니까! 이 소설의 뛰어난 플롯에도 불구하고, 가장 큰 실수는 바로 에스터의 입으로 이야기의 일부를 말하게 한 점이라고 할 수밖에 없습니다. 나라면 이 아가씨가 내 근처에도 오지 못하게 했을 겁니다!

2. 에스터의 외모

에스터가 어머니와 워낙 많이 닮았기 때문에 거피 씨는 처음 링컨셔의 체스니 월드에서 레이디 데들록의 초상화를 보고 이상하게 친숙한 느낌을 받습니다. 조지 씨도 에스터의 외모에 자꾸 신경을 쓰면서도, 자신이 에스터의 아버지이자 이미 세상을 떠난 친구인 호돈 대위와 닮은 부분을 그녀의 얼굴에서 발견했다는 사실을 깨닫지 못합니다. 조는 이리저리 '옮겨다니다가' 황폐한 집 사람들에게 구조됐을 때, 자신이 니모의 집과 무덤으로 안내해주었던 미지의 귀부인과 에스터가 같은 사람이 아니라는 말을 잘 받아들이지 못합니다. 하지만 그녀에게 비극이 닥칩니다. 31장에서 에스터는 과거를 되돌아보면서, 조가 병들어 쓰러진 날 불길한 예감을 느꼈다고 말합니다. 이 예감은 공연한 것이 아니었습니다. 조에게서 천연두가 옮은 찰리를 에스터가 간호해 다시 건강을 회복하게 만드는 과정(찰리의 얼굴은 망가지지 않았습니다)에서 에스터도 천연두에 걸렸으니까요. 게다가 그녀는 찰리만큼 운이 좋지 않았습니다. 간신히 회복했을 때 흉측한 흉터로 인해 그녀는 얼굴이 완전히 망가지고 말았습니다. 건강을 회복한 뒤 그녀는 자기 방에서 거울이 모두 사라졌음을 깨닫고 그 이유를 알아차립니다. 그리고 체스니 월드와 인접한 보이손 씨의 시골집에 갔을 때 마침내 자신의 얼굴을 봅니다. "나는 아직 거울을 보지도 않았고, 내 얼굴을 되돌려달라고 요구한 적도 없었다. 이것이 극복해야 하는 약점임을 나는 알고 있었다. 하지만 나는 지금 있는 이곳에 도착하면 처음부터 다시 새롭게 시작할 것이라고 항상 혼자 되뇌었다. 그래서 나는 혼자 있고 싶다고 말했다. 이제 내 방에 혼자 있다. '에스터, 네가 행복해지려면, 마음이 진실한 사람이 되겠다고 기도할 자격을 얻으려면, 반드시 네 말을 지켜야 해.' 나는 내 말을 지키기로 단단히 결심하고 있었다. 나는 우선 잠시 자리에 앉아서 내가 받은 축복을 모두 곰곰이 생각해보았다. 그러고는 기도를 드린 뒤 조금 더 생각에 잠겼다.

머리카락이 잘릴 뻔한 적이 한두 번이 아니지만, 아직은 잘리지 않았다. 여전히 길고 풍성했다. 나는 머리카락을 흔들어서 자연스럽게 늘어뜨린 다음, 화장대의 거울로 다가갔다. 거울 앞에 가벼운 모슬린 커튼이 드리워져 있었다. 나는 커튼을 젖히고 잠시 가만히 서서 앞을 바라보았다. 머리카락이 베일처럼 드리워진 탓에 아무것도 보이지 않았다. 나는 머리카락을 옆으로 밀어내고 거울에 비친 모습을 보았다. 거울 속 내가 아주 평온하게 나를 바라보고 있어서 기운이 났다. 나는 완전히 달라져 있었다. 아주, 아주 많이. 처음에는 내 얼굴이 너무 낯설어서, 조금 전에 말한 대로 기운이 나지 않았다면 손으로 얼굴을 덮고 뒷걸음질을 쳤을 것이다. 하지만 곧 그 얼굴이 친숙해졌다. 그제야 내 얼굴이 얼마나 변했는지 좀더 잘 볼 수 있었다. 내가 예상했던 것과는 달랐지만, 어차피 구체적인 상상을 하지는 않았으므로, 감히 말하건대 실제 얼굴이 어떤 모습이든 나는 놀랐을 것이다.

처음부터 나는 미인이 아니었다. 내가 미인이라고 생각한 적도 없다. 그래도 지금 이 얼굴과는 많이 달랐다. 그 얼굴이 모조리 사라져버렸다. 하늘이 내게 큰 호의를 베풀어주신 덕분에, 나는 별로 쓰라리지 않은 눈물 몇 방울로 모든 것을 잊어버리고, 거울 앞에 서서 상당히 감사한 마음으로 잠자리에 들기 위해 머리를 정돈할 수 있었다."

에스터는 앨런 우드코트를 헌신적으로 사랑할 수도 있었겠지만 이제는 그 사랑을 반드시 끝내야 한다고 자신에게 고백합니다. 그녀는 그가 준 꽃을 말려서 보관해둔 것을 생각하면서 이렇게 말합니다. "마침내 나는 그 꽃을 보관해도 될 것 같다는 결론에 이르렀다. 이미 돌이킬 수 없는 과거가 되어 어떤 식으로든 돌이켜보지 말아야 할 시절을 기억하는 물건으로서만 그 꽃을 소중히 간직한다면 괜찮을 것이다. 이것이 너무 하찮은 이야기처럼 들리지 않았으면 좋겠다. 그때 나는 몹시 진지했다." 이 구절 덕분에 독자는 그녀가 나중에 잔다이스의 청혼을 받아들일 것이라고 미리 마음의 준비를 할 수 있습니다. 우드코트와 관련된 모든 꿈을 단호히 접어버렸으니까요.

디킨스는 이 장면에서 이 문제를 약삭빠르게 처리했습니다. 그녀의 변한 외모를 조금은 모호한 채로 남겨둬야만, 소설 끝부분에서 그녀가 우드코트의 신부가 되었을 때 독자들이 당황하지 않을 테니까요. 소설 맨 마지막 부분에, 그녀가 정말로 미모를 잃은 것인가 하는 의문이 매력적으로 표현되어 있지 않습니까. 따라서 디킨스는 에스터는 거울을 통해 자신의 얼굴을 보고 있지만 독자는 보지 못하는 것으로 처리하고, 나중에 자세한 묘사도 제공하지 않았습니다. 어머니와 딸이 만나는 필연적인 장면에서 레이디 데들록은 에스터를 품에 안고 입을 맞추며 흐느낍니다. 그리고 이때를 돌아보는 에스터의 기묘한 말을 통해 두 사람의 비슷한 외모라는 테마가 절정에 이릅니다. "하느님의 섭리에 감사하는 마음이 터져나왔다. 내 얼굴이 이렇게나 많이 변했으니, 서로 닮은 흔적으로 인해 내가 어머니에게 수치를 안기는 일은 없을 것이다. 누구도 나와 어머니를 차례로 보고 우리 두 사람 사이에 조금이라도 관계가 있을 것이라고는 전혀 생각하지 않을 것이다." 이 모든 것이 몹시 비현실적입니다(이 소설의 경계선 안에서는 그렇습니다). 이런 추상적인 목적을 위해 이 가엾은 아가씨의 얼굴을 꼭 망가뜨려야 했는지 의아한 생각이 들 정도입니다. 사실 천연두 때문에 가족 간의 닮은 모습이 사라지는 게 가능하긴 합니까? 하지만 독자가 변해버린 에스터의 모습을 가장 가까이서 볼 수 있는 곳은, 에이다가 자신의 사랑스러운 뺨을 에스터의 "흉터투성이[곰보 자국이 난] 얼굴"에 갖다 대는 장면입니다.

어쩌면 디킨스가 에스터의 변한 얼굴이라는 자신의 설정에 조금 질린 것 같기도 합니다. 에스터가 앞으로는 외모를 언급하지 않겠다고 말하는 장면이 금방 나오거든요. 따라서 그녀가 친구들을 다시 만났을 때도 그녀의 외모는 언급되지 않습니다. 달라진 외모가 다른 사람들에게 어떤 영향을 미쳤는지 몇 번 설명하는 것이 전부입니다. 마을의 아이는 에스터의 얼굴을 보고 경악하고, 리처드는 에스터가 베일을 걷자 "언제나 똑같이 귀한 아가씨!"라고 사려 깊은 말을 합니다. 처음에 에스터는 밖에 나갈 때 베일을 쓰고 다닙니다. 나중에는 이 외모 테마가 구조적인 역할을 담당하기도 합니다. 바로 거피 씨가 그녀를 보고 사랑을 포기하는 장면입니다. 그러니 어쩌면 에스터는 충격적일 정도로 추해졌는지도 모릅니다. 하지만 그 외모가 혹시 나아질 수 있을까요? 흉터가 사라질 수 있을까요? 우리는 고민하고 고민합니다. 나중에 그녀가 에이다와 함께 리처드를 만나러 갔다가 두 사람의 비밀 결혼을 에이다의 입을 통해 알게 되는 장면에서, 리처드는 측은지심이 있는 에스터의 얼굴이 옛날과 똑같다고 말합니다. 에스터가 미소를 지으며 고개를 절레절레 젓는데도 그는 같은 말을 반복합니다. "……옛날 얼굴이랑 똑같아." 이쯤 되면, 그녀의 아름다운 영혼이 흉터를 가려주는 건가 하는 생각이 듭니다. 내 생각에는, 그녀의 외모가 어떤 식으로든 나아지기 시작하는 것이 바로 이때부터입니다. 적어도 독자의 머릿속에서는 그렇습니다. 이 장면이 끝나갈 무렵, 에스터는 자신의 "한결같이 평범한 얼굴"을 언급합니다. 평범한 얼굴은 망가진 얼굴이 아닙니다. 게다가 나는 7년이 흘러 에스터가 스물여덟 살이 된 소설 끝부분에서 흉터가 조용히 사라졌다고 지금도 생각하고 있습니다. 에스터는 에이다와 그녀의 어린 아들 리처드, 잔다이스 씨를 손님으로 맞을 준비를 하느라 분주히 움직이다가 포치에 조용히 앉습니다. 앨런이 나타나 거기서 무엇을 하느냐고 묻자, 그녀는 생각중이었다고 대답합니다. "'부끄러운 말이긴 한데, 그래도 말할게요. 내 옛날 얼굴에 대해 생각하고 있었어요. 변변찮은 얼굴이었지만요.'

'그 얼굴에 대해 무슨 생각을 했소, 내 부지런한 꿀벌 아가씨?' 앨런이 말했다.

'나는, 그 얼굴을 그대로 갖고 있었다 해도 당신에게서 지금보다 더 사랑받을 수는 없었겠구나, 하는 생각을 했어요.'

'……변변찮은 얼굴이라서?' 앨런이 웃으며 말했다.

'당연히 변변찮은 얼굴이었죠.'

'내 사랑하는 데임 더든.' 앨런이 내 팔을 가져가 팔짱을 끼며 말했다. '거울을 보기는 하는 거요?'

'당연히 보죠. 내가 거울을 보는 걸 당신도 보잖아요.'

'그런데도 예전보다 더 예뻐졌다는 걸 모른다고?'

나는 몰랐다. 지금도 잘 모르겠다. 하지만 내 사랑하는 사람들이 아주 예쁘다는 건 안다. 내 귀여운 사람[에이다]이 아주 아름답다는 것도 알고, 내 남편이 아주 미남이라는 것도 알고, 내 후견인이 세상에서 가장 멋지고 자비롭게 생겼다는 것도 알고, 내가 별로 아름답지 않아도 이 사람들이 모두 잘 살 수 있다는 것도 알고…… 가령……"

3. 우연히 나타나는 앨런 우드코트

11장에서 의사인 "가무잡잡한 젊은이"가 처음으로 등장합니다. 니모(에스터의 아버지인 호돈 대위)가 죽은 채 발견되는 장면입니다. 거기서 두 장을 더 읽다보면, 리처드와 에이다가 사랑에 빠지는 아주 다정하고 진지한 장면이 나옵니다. 그리고 바로 이 장의 끝부분에서 가무잡잡한 젊은 의사가 만찬의 손님으로 다시 등장합니다. 이렇게 해서 두 장면이 멋지게 연결되지요. 에스터는 그를 "분별 있고 호감 가는" 사람으로 생각하지 않았느냐는 질문에 그렇다고 대답합니다. 어쩌면 소망이 담긴 답인지도 모르겠습니다. 나중에, 그러니까 반백의 잔다이스가 에스터를 사랑하면서도 입을 다물고 있음이 암시되는 시점에 우드코트가 다시 나타납니다. 그는 곧 중국으로 떠나 아주, 아주 오랫동안 돌아오지 않을 예정입니다. 그는 에스터에게 꽃을 주고 떠나고, 나중에 미스 플라이트는 에스터에게 잘라낸 신문기사를 보여줍니다. 배가 조난당했을 때 우드코트가 영웅적인 활약을 했다는 내용의 기사입니다. 에스터는 천연두 때문에 얼굴이 망가진 뒤 우드코트를 향한 사랑을 포기합니다. 그리고 얼마 안 되는 유산을 리처드에게 주겠다는 에이다의 제의를 전달하려고 찰리와 함께 딜 항구에 갔다가 인도에서 돌아온 우드코트와 마주칩니다. 두 사람의 만남 이전에는 바다의 모습이 유쾌하게 묘사되어 있습니다. 내 생각에는 이 엄청난 우연의 일치를 독자들이 너그러이 받아들이게 만들려고 예술적인 이미지를 동원한 것 같습니다. 별 볼 일 없는 얼굴의 에스터는 이렇게 말합니다. "그는 나를 보고 너무나 안타까워서 말도 제대로 하지 못했다." 그리고 이 장의 끝부분에는 다음과 같은 문장이 있습니다. "그곳을 떠나면서 마지막으로 본 그의 얼굴에서 나는 그가 나를 몹시 안타까워하고 있음을 깨달았다. 기뻤다. 내가 옛날의 나를 향해 느끼는 감정은 죽은 사람이 생전의 장면을 다시 찾았을 때 느낄 법한 감정과 비슷했다. 그가 나를 소중하게 기억하고 있음이, 상냥하게 연민하고 있음이, 나를 잊지 않았음이 기뻤다." 패니 프라이스를 조금 연상시키는 서정적인 문장입니다.

또다른 놀라운 우연으로 우드코트는 톰-올-얼론에서 잠들어 있는 벽돌공의 아내와 마주칩니다. 게다가 거기서 조를 만나는 우연까지 겹칩니다. 그동안 조의 행방을 궁금해하던 벽돌공의 아내도 그 자리에 있습니다. 우드코트는 병든 조를 조지의 사격연습장으로 데려갑니다. 여기서 조가 죽음을 맞는 그 멋진 장면에 독자는 페리인 우드코트를 통해 우리를 조의 병상 곁으로 데려가는 다소 인위적인 방법을 또다시 용서해버리고 맙니다. 51장에서 우드코트는 볼스 변호사와 리처드를 차례로 찾아가 만납니다. 그런데 묘사 방법이 기묘합니다. 이 장의 화자는 에스터인데, 그녀는 우드코트가 볼스를 만날 때도 리처드를 만날 때도 그 자리에 없거든요. 그런데도 이 두 만남을 모두 자세히 설명합니다. 문제는 이겁니다. 그 두 만남에 대해 에스터가 어떻게 알게 된 걸까? 똑똑한 독자라면, 그녀가 우드코트의 아내가 된 뒤 그에게서 자세한 이야기를 들었다는 결론을 내릴 수밖에 없을 겁니다. 우드코트가 두 사람에 대한 이야기를 해줄 만큼 그녀와 친밀한 관계가 아니라면, 그녀가 그때의 상황을 그렇게 상세히 알 수 없었을 테니까요. 다시 말해서, 훌륭한 독자라면 그녀가 결국 우드코트와 결혼해서 그에게서 이렇게 상세한 이야기를 듣게 되는 모양이라고 짐작해야 한다는 얘깁니다.

4. 존 잔다이스의 이상한 구애

미스 바바리가 세상을 떠난 뒤 에스터가 역마차를 타고 런던으로 향하고 있을 때, 이름 모를 신사가 그녀의 기운을 북돋우려고 애씁니다. 그는 미스 바바리의 하녀 레이철 부인에 대해 알고 있는지, 에스터가 미스 바바리의 집을 떠날 때 냉담했던 그녀를 탐탁지 않게 생각하는 기색을 드러냅니다. 그는 에스터에게 설탕이 잔뜩 들어간 서양자두 케이크와 살찐 거위의 간으로 만든 파이를 권하지만 그녀는 자기가 먹기에 너무 기름진 음식이라면서 거절합니다. 그러자 그는 "또 퇴짜 맞았네!"라고 중얼거리며 케이크와 파이를 창밖으로 던져버립니다. 나중에 자신의 행복을 내던질 때처럼 가벼운 태도입니다. 나중에 우리는 이 신사가 선량하고 상냥하며 상당히 돈이 많은 존 잔다이스였음을 알게 됩니다. 그는 온갖 사람들을 끌어들이는 자석 같은 사람입니다. 불행한 아이들과 불량배, 사기꾼, 어리석은 자, 가짜 자선사업가인 여자들, 미친 사람 등이 그에게로 모여듭니다. 만약 돈키호테가 디킨스의 작품 속 런던에 나타났다면, 상냥하고 고귀한 마음을 지닌 그 역시 잔다이스처럼 사람들을 끌어당겼을지도 모릅니다.

17장에서 벌써 반백의 잔다이스가 스물한 살의 에스터를 사랑하면서도 입을 다물고 있음을 암시하는 최초의 단서가 나타납니다. 레이디 데들록이 인근에 사는 보이손 씨를 만나러 온 잔다이스 일행과 마주치는 장면에서 돈키호테 테마의 돈키호테라는 이름이 직접 언급됩니다. 레이디 데들록은 이 자리에서 에스터를 비롯한 세 젊은이를 소개 받죠. 사랑스러운 에이다를 소개받은 뒤 레이디 데들록은 우아하게 말합니다. "'당신의 그 돈키호테 같은 성격 중 청렴한 부분을 잃어버리겠군요.' 레이디 데들록이 어깨 너머로 잔다이스 씨에게 다시 말했다. '잘못된 일을 이런 식으로 바로잡기만 한다면요.'" 이것은 잔다이스가 대법관에게 요청해서 리처드와 에이다의 후견인으로 임명된 것을 가리키는 말입니다. 세 사람의 몫이 유산 중에 얼마나 되는지를 다투는 것이 소송의 가장 중요한 쟁점이기 때문입니다. 레이디 데들록은 법적인 측면에서 자신의 반대편에 서 있는 두 젊은이를 받아들여 지원해주는 잔다이스에게 돈키호테 같다면서 은근히 칭찬하고 있습니다. 잔다이스가 에스터를 피후견인으로 받아들인 것은 레이디 데들록의 언니이자 에스터의 이모인 미스 바바리에게서 편지를 받은 뒤 개인적으로 내린 결정이었습니다.

　에스터가 천연두를 앓고 나서 얼마 뒤 존 잔다이스는 그녀에게 청혼 편지를 쓰기로 결정합니다. 하지만 여기서 에스터보다 적어도 서른 살은 많은 남성인 그는 잔혹한 세상으로부터 그녀를 보호하기 위해 청혼하는 것일 뿐 그녀를 대하는 태도를 바꿀 생각은 없는 듯이 보입니다. 즉 앞으로도 친구로만 남을 뿐, 연인이 되지는 않겠다는 겁니다. 나의 이런 짐작이 옳다면, 그의 태도는 돈키호테를 닮았습니다. 그가 편지를 쓰기 전에 에스터에게 마음의 준비를 시키려고 애쓰는 장면도 마찬가지입니다. 에스터도 내용을 짐작할 수 있는 그 편지에 대해 잔다이스는 일주일 동안 생각해본 뒤 편지를 받고 싶다면 찰리를 보내라고 말합니다. "'그 겨울날 역마차에서 너를 만난 뒤로 나는 달라졌어. 그때 이후로 너는 하나부터 열까지 내게 좋은 일만 해주었을 뿐이야!'

　'아, 후견인님. 그때 이후로 후견인님이 저를 위해 해주신 일이 얼마나 많은데요!'

　'하지만,' 그가 말했다. '지금은 그걸 기억하지 마라.'

　'그걸 어떻게 잊겠어요?'

　'잊을 수 있어, 에스터.' 그가 온화하고 진지한 얼굴로 말했다. '지금은 그걸 잊어야 해. 한동안 잊어버려라. 지금은, 네가 아는 모습 그대로 내가 결코 변하지 않으리라는 것만 기억하면 돼. 믿을 수 있겠니, 에스터?'

　'그럼요. 믿어요.' 내가 말했다.

　'그거면 됐다.' 그가 대답했다. '그거면 됐어. 하지만 내가 그 말을 곧이곧대로 받아들이면 안 되겠지. 네가 아는 모습 그대로 내가 결코 변하지 않을 것이라고 네가 단단히 믿게 될 때까지는 내 마음속의 이것을 편지로 쓰지 않을 것이다. 네 마음에 조금이라도 의심이 남아 있는 한, 나는 결코 편지를 쓰지 않을 거야. 잘 생각해보고 확신이 들거든, 다음 주 이날 밤에 찰리를 내게 보내라. "편지를 받으러." 하지만 확신이 들지 않으면 보내지 마. 언제나 그렇듯이 이번에도 나는 너의 진심을 믿는다. 확신이 들지 않으면 결코 보내지 마.'

'후견인님,' 내가 말했다. '이미 확신하고 있는 걸요. 그 믿음은 결코 변하지 않을 거예요. 저를 대하는 후견인님의 마음이 결코 변하지 않는 것처럼요. 편지를 받으러 찰리를 보낼게요.'

그는 나와 악수를 하고 더이상 아무 말도 하지 않았다."

젊은 여성을 깊이 사랑하게 된 중년 남성에게 이런 식의 청혼은 당연히 체념, 절제, 비극적인 유혹으로 이루어진 대단한 행동입니다. 반면 에스터는 순진한 생각으로 그의 말을 받아들입니다. "너그러운 후견인님은 망가진 내 외모와 태어날 때부터 물려받은 수치에 초연했다." 물론 디킨스는 소설의 뒷부분에서 망가진 외모를 철저히 없던 일처럼 만들어버립니다. 여기에 관련된 세 사람, 즉 에스터 서머슨, 존 잔다이스, 찰스 디킨스는 이런 생각을 미처 하지 못한 것 같지만, 사실 잔다이스와의 결혼은 에스터에게 보기보다 공정한 일이 아닐 겁니다. 결혼은 하되 잠자리는 하지 않겠다는 생각이 암시되어 있는 것으로 보아, 에스터가 평범하게 어머니가 될 기회를 빼앗기게 될 테니까요. 게다가 결혼한 뒤에는, 다른 남자를 사랑하는 것이 법과 도덕에 모두 어긋나는 일이 될 겁니다. 어쩌면 여기에도 새장에 갇힌 새 테마의 메아리가 있는 것인지도 모르겠습니다. 에스터가 행복하고 감사한 마음에 울면서 거울 속의 자신에게 건네는 말을 살펴봅시다. "네가 황폐한 집의 안주인이 되면 새처럼 명랑해야 해. 항상 명랑하게 굴어야 해. 그러니까 지금부터 시작하자."

잔다이스와 우드코트의 상호작용은 캐디 터비드롭이 병상에 누웠을 때 시작됩니다. "'그래, 알다시피 우드코트가 있지.' 후견인님이 재빨리 말했다." 이렇게 지나가듯 말하는 방식이 마음에 듭니다. 그가 일종의 모호한 직관을 느낀 걸까요? 이때 우드코트는 미국으로 갈 계획을 갖고 있습니다. 프랑스와 영국의 많은 소설에서 연인에게 거절당한 사람들이 많이 가는 곳이죠. 여기서 10장쯤 더 읽다보면, 이 젊은 의사의 어머니인 우드코트 부인이 에스터에 대한 아들의 마음을 일찌감치 눈치채고 그때까지 두 사람을 갈라놓으려고 애썼으나, 좋은 쪽으로 사람이 바뀌어서 자기 가문이 얼마나 좋은지 떠들어대는 기괴한 행동을 덜하게 됩니다. 디킨스가 여성 독자들이 받아들일 수 있는 시어머니의 모습을 준비하고 있는 겁니다. 여전히 기품 있는 잔다이스는 우드코트 부인이 황폐한 집에 와서 잠시 지내게 될 것이라면서, 어쩌면 우드코트가 어머니와 에스터를 한꺼번에 만나러 올 수 있을 것이라고 말합니다. 독자들은 또한 우드코트가 결국 미국에 가지 않고, 영국의 시골에서 가난한 사람들을 돌보는 의사가 될 것임을 알게 됩니다.

그리고 나서 우드코트는 에스터에게 그녀를 사랑한다고 말합니다. "흉이 진 얼굴"이 자기 눈에는 예전과 똑같아 보인다고요. 하지만 너무 늦었습니다. 에스터는 이미 잔다이스와 약혼했습니다. 아직 결혼식을 올리지 않은 것은 순전히 그녀가 어머니의 죽음을 애도하고 있기 때문일 것이라고 그녀는 짐작하고 있습니다. 하지만 디킨스와 잔다이스는 마치 쌍둥이처럼 유쾌한 술수 하나를 준비해두고 있습니다. 이 장면의 묘사는 그리 뛰어나지 않지만, 감상적인 독자들은 좋아할 겁니다. 이 시점에 우드코트가 에스터의 약혼에 대해 알고 있는지는 불분명합니다. 만약 그가 그 사실을 알고 있다면, 아무리 우아한 방법을 동원하더라도 두 사람 사이에 끼어들어서는 안 되는 일이니까요. 하지만 디킨스와 에스터(사건이 벌어진 뒤 화자로 나섭니다)는 속임수를 쓰고 있습니다. 잔다이스가 기품 있게 퇴장할 것이라는 사실을 처음부터 알고 있다는 뜻입니다. 에스터와 디킨스는 독자를 괴롭히면서 조금 즐거워합니다. 에스터가 잔다이스에게 "황폐한 집의 안주인"이 될 준비가 되었다고 말하자 잔다이스는 "다음 달에"라고 대답합니다. 이제 에스터와 디킨스는 독자를 놀래줄 준비가 되었습니다. 잔다이스는 혼자 살 집을 구하는 우드코트를 도와주려고 요크셔로 갔다가, 자신이 찾아낸 집을 한번 살펴보라면서 에스터를 부릅니다. 여기서 폭탄이 쾅 터지죠. 그 집의 이름도 황폐한 집인 겁니다. 기품 있는 잔다이스가 에스터를 우드코트의 곁에 두고 가버릴 테니 에스터는 이 집의 안주인이 될 겁니다. 이것은 용의주도하게 준비된 일입니다. 심지어 조금 늦었지만, 처음부터 모든 것을 알았고 지금은 두 사람의 결합을 허락한 우드코트 부인에게 바치는 인사도 있습니다. 마지막으로, 우드코트는 잔다이스의 동의하에 에스터에게 자신의 마음을 열었음이 알려집니다. 리처드가 죽은 뒤 혼자 남은 에이다를 존 잔다이스가 어린 아내로 삼을지 모른다는 암시가 아주 살짝 있는 것 같기는 합니다만, 최소한 그는 이 소설 속에서 모든 불행한 사람들의 상징적인 후견인입니다.

5. 흉내와 변장

조에게 니모에 대해 물었던 사람이 레이디 데들록인지 알아내기 위해, 털킹혼은 레이디 데들록에게 해고당한 프랑스인 하녀 오르탕스에게 베일을 씌워 조와 만나게 합니다. 조는 그녀가 입은 옷을 알아보죠. 하지만 손과 목소리는 다르다고 말합니다. 나중에 디킨스는 털킹혼이 오르탕스의 손에 살해되는 과정을 그럴 듯하게 연출하느라 조금 애를 먹지만, 어쨌든 두 사람 사이의 관계는 이때 확보됩니다. 이제 털킹혼은 조에게서 니모에 대해 알아내려고 했던 사람이 레이디 데들록임을 확신합니다. 가면극은 이것만이 아닙니다. 에스터가 황폐한 집에서 천연두를 이겨내고 회복하고 있을 때 미스 플라이트가 찾아와, 베일을 쓴 귀부인(레이디 데들록)이 벽돌공의 집에서 에스터의 건강에 대해 물었음을 알려줍니다(레이디 데들록은 이제 에스터가 자기 딸임을 알고 있습니다. 사실을 알고 나면 애정이 생기기 마련이죠). 베일을 쓴 귀부인은 에스터가 죽은 아기를 덮어주었던 손수건을 작은 기념품으로 가져갑니다. 상징적인 행동입니다. 디킨스가 일석이조의 효과를 노리고 미스 플라이트를 이용한 것은 이번이 처음이 아닙니다. 여기서 일석이조의 효과란 첫째 독자를 즐겁게 하고, 둘째 정보를 전달하는 역할을 동시에 하는 것을 뜻합니다. 그런데 명석한 그녀 모습이 평소의 모습과 어울리지 않습니다.

버킷 형사는 여러 인물로 변장합니다. 그중에는 배그닛 일가의 집에서 멍청한 척하는 것도 있습니다(그는 지극히 사교성 좋은 인물로 위장합니다). 이렇게 위장한 채로 그는 내내 조지에게서 경계의 시선을 떼지 않다가 그를 잡아들입니다. 변장 전문가인 버킷은 다른 사람의 변장을 꿰뚫어보는 능력이 있습니다. 버킷과 에스터가 묘지 문 앞에 죽어 있는 레이디 데들록을 발견했을 때, 버킷은 최선을 다해 셜록 홈즈를 흉내내며 레이디 데들록이 벽돌공의 아내인 제니와 옷을 바꿔 입고 런던으로 되돌아왔을 것이라고 의심하게 된 경위를 설명합니다. 에스터는 그의 말을 전혀 이해하지 못하다가 죽은 부인에게 다가가 "무거운 머리"를 들어올립니다. "내 어머니가 차갑게 죽어 있었다." 신파적이지만 효과적인 연출입니다.

6. 가짜 단서와 진실

앞에서 안개 테마가 점점 고조되었던 것을 생각하면, 존 잔다이스의 집인 황폐한 집이 최고로 황량하고 황폐한 곳이 될 것처럼 보일 겁니다. 하지만 아닙니다. 지극히 예술적이고 구조적인 흐름을 따라서 우리는 방향을 휙 꺾어 다시 햇빛 속으로 나오고, 안개는 한동안 뒤로 물러납니다. 황폐한 집은 햇빛이 밝게 비치는 아름다운 곳입니다. 훌륭한 독자라면, 챈서리에서 이런 의미의 단서가 주어졌던 것을 기억할 겁니다. "'문제의 그 잔다이스는……' 대법관이 계속 종이를 넘기며 말했다. '황폐

한 집의 잔다이스로군.'

'황폐한 집의 잔다이스 맞습니다.' 켄지 씨가 말했다.

'황량한 이름이야.' 대법관이 말했다.

'하지만 지금은 황량한 곳이 아닙니다.' 켄지 씨가 말했다."

피후견인들이 황폐한 집으로 안내되기 전 런던에서 기다리고 있을 때, 리처드는 에이다에게 잔다이스가 "솔직하고 낙천적인 사람"이었던 기억이 어렴풋이 난다고 말합니다. 그래도 그 집이 밝고 유쾌한 곳이라는 사실은 대단히 놀랍게 다가옵니다.

털킹혼을 죽인 범인에 대한 단서들은 대가의 솜씨로 버무려져 있습니다. 디킨스는 조지 씨의 입을 빌려, 프랑스 여자가 자신의 사격연습장에 왔다 갔다고 무심히 말합니다. 훌륭한 솜씨입니다(오르탕스에게는 사격 연습이 꼭 필요했지만, 대부분의 독자들은 이 점을 미처 알아차리지 못합니다). 그럼 레이디 데들록은 어떨까요? "나도 그랬으면 싶었어!" 친척 볼룸니아가 털킹혼에게 무시당했다며 "거의 그가 죽기를 바랐다"고 마구 쏟아낸 뒤 레이디 데들록이 속으로 하는 말입니다. 레이디 데들록의 이 혼잣말은 털킹혼이 살해됐을 때 긴장감과 의심스러운 분위기를 조성하기 위한 준비 작업입니다. 레이디 데들록이 그를 죽인 것처럼 독자를 속이려는 장치죠. 하지만 탐정소설을 많이 읽는 독자들은 이런 식으로 속아넘어가는 것을 몹시 좋아합니다. 털킹혼은 레이디 데들록을 만나 이야기를 나눈 뒤 잠자리에 들고, 레이디 데들록은 괴로워하며 몇 시간 동안 방안을 서성거립니다. 여기에 그가 곧 죽을 것이라는 암시가 있습니다("별빛이 꺼지고 창백한 빛이 작은 탑 위의 그 방을 엿보았을 때, 그는 어느 때보다 늙어 보인다. 무덤 파는 인부가 삽을 들고 일을 맡아 곧 땅을 파기 시작할 것 같다"). 이렇게 해서 독자의 머릿속에서 그의 죽음은 레이디 데들록과 단단히 연결됩니다. 진범인 오르탕스는 얼마 뒤에야 등장하고요.

오르탕스가 털킹혼을 찾아와 불만을 털어놓는 장면을 봅시다. 오르탕스는 조 앞에서 레이디 데들록 행세를 한 보수를 충분히 받지 못했다고 생각합니다. 레이디 데들록이 밉다는 말도 하고, 레이디 데들록 밑에서 일할 때와 비슷한 조건의 일자리를 원한다는 말도 합니다. 하지만 살해 동기로는 좀 약하죠. 디킨스가 프랑스식 영어를 묘사한 부분도 우스꽝스럽습니다. 그래도 오르탕스는 암호랑이입니다. 털킹혼이 이렇게 계속 자기를 괴롭히면 감옥에 가둬버리겠다고 협박했을 때 그녀가 어떤 반응을 보였는지는 나와 있지 않습니다만.

털킹혼은 레이디 데들록에게 하녀 로사를 풀어준 것이 현상태를 그대로 유지하겠다던 약속을 위반한 행위이므로 레스터 경에게 그녀의 비밀을 밝힐 수밖에 없게 되었다고 경고한 뒤 집으로 돌아갑니다만, 디킨스는 그가 죽음을 향해 가고 있음을 여기서 살짝 암시합니다. 레이디 데들록은 밖으로 나가 달빛 속을 돌아다닙니다. 마치 털킹혼을 미행하기라도 하는 것처럼. 이쯤 되면 독자는 '아하! 이건 너무 뻔하잖아. 작가가 날 속이려는 거로군. 범인은 다른 사람이야' 하고 생각할지도 모릅니다. 혹시 조지 씨가 진범일까요? 그는 좋은 사람이지만, 성격이 불같습니다. 게다가 다소 지루한 배그닛 일가의 생일파티에 그들의 친구인 조지 씨가 하얗게 질린 얼굴로 나타납니다(독자는 또 '아하' 하고 말하겠죠). 조지 씨는 조가 죽었기 때문에 얼굴이 창백해졌다고 설명하지만, 독자는 의아한 마음이 듭니다. 곧 이어 그가 체포되고, 에스터, 잔다이스, 배그넛 부부가 감옥으로 그를 만나러 갑니다. 여기서 멋진 반전이 일어납니다. 조지가 털킹혼이 살해되던 그 시각쯤에 털킹혼의 집 계단에서 어떤 여자를 만났다고 말하는 겁니다. 그 여자의 몸매와 키는…… 에스터와 비슷합니다. 그 여자는 술이 달린 헐렁한 검은색 망토를 걸치고 있었습니다. 이제 둔한 독자는 즉시 이런 생각을 할 겁니다. '조지는 너무 착해서 그런 짓을 할 사람이 못 돼. 그 여자는 당연히 딸과 놀라울 정도로 닮은 레이디 데들록이지.' 하지만 똑똑한 독자는 이렇게 반박합니다. '레이디 데들록 흉내를 아주 훌륭하게 낸 여자가 있었다는 걸 우리 모두 이미 알고 있잖아.'

이제 사소한 수수께끼 하나가 곧 풀릴 참입니다. 배그넛 부인은 조지의 어머니가 사는 곳을 짐작으로 알아내고 그녀를 데려오려고 체스니 월드로 걸어갑니다(같은 장소에 두 어머니가 있는 셈입니다. 에스터와 조지가 처해 있는 상황과 두 어머니의 상황이 나란히 대비됩니다).

털킹혼의 장례식은 대단합니다. 단조로운 이야기가 몇 장에 걸쳐 이어지다가 파도가 솟아오르는 것 같습니다. 버킷 형사는 마차 문을 닫고 안에 앉아서 장례식에 참석한 아내와 하숙인(이 하숙인이 누굴까요? 오르탕스입니다!)을 지켜봅니다. 버킷의 구조적인 존재감이 점점 커지고 있습니다. 그는 미스터리 테마를 끝까지 따라가는 재미있는 인물입니다. 레스터 경은 아직 거만한 멍청이지만, 뇌졸중 발작을 겪고 그도 변할 겁니다. 버킷이 키 큰 하인과 셜록 홈즈처럼 나누는 대화가 재미있습니다. 이 대화를 통해 레이디 데들록이 살인사건이 나던 밤에 두어 시간 집을 비웠으며, 조지 씨가 그날 털킹혼의 집 계단을 내려오면서 마주쳤다고 말한 여자와 똑같은 망토를 입었다는 사실이 밝혀집니다(버킷은 레이디 데들록이 아니라 오르탕스가 털킹혼을 죽였다는 사실을 알기 때문에, 이 장면은 독자를 고의로 속이려는 수작입니다). 이 시점에서 독자가 레이디 데들록을 살인범이라고 믿는지 여부는 또다른 문제입니다. 독자마다 생각이 다르겠지요. 하지만 미스터리 작가라면 레이디 데들록을 진범으로 지목한 익명의 편지(오르탕스가 보낸 것으로 밝혀집니다)를 통해 진범이 드러나는 식으로 이야기를 쓰지는 않을 겁니다. 버킷의 그물이 마침내 오르탕스를 얽어맵니다. 그의 지시로 오르탕스를 감시하고 있던 그의 아내가 오르탕스의 방에서 체스니 월드를 그린 판화를 발견하는데 거기에 찢어진 부분이 있습니다. 그리고 그 찢어진 부분은 오르탕스와 버킷 부인이 소풍을 나갔던 연못 바닥에서 발견된 권총에서 발견됩니다. 탄환을 재면서 총구를 막는 충전재로 사용된 겁니다. 디킨스가 독자를 고의로 속이는 장면은 또 있습니다. 버킷이 협박을 일삼는 스몰위드 일가를 처리한 뒤 레스터 경과 이야기를 나누면서 극적으로 선언하듯 말하는 장면입니다. "체포해야 할 자가 지금 이 집 안에 있습니다…… 경이 보시는 앞에서 그 여자를 체포하겠습니다." 독자가 생각하기에 이 집에 있는 여자라면 레이디 데들록밖에 없습니다. 하지만 버킷이 말한 여자는 오르탕스입니다. 독자는 아직 모르지만, 오르탕스는 그와 함께 이 집으로 와서 그가 부르기를 기다리고 있습니다. 자기가 보상을 받게 될 거라고 생각하면서요. 레이디 데들록은 범죄가 해결된 것을 모른 채 도망치고 에스터와 버킷이 그 뒤를 쫓아가지만, 그녀는 런던에서 시체로 발견됩니다. 호돈 대위가 묻혀 있는 묘지 문의 쇠창살을 붙든 채였습니다.

7. 갑작스러운 관계

이 소설에서 자꾸만 등장할 뿐 아니라, 많은 미스터리 소설의 특징이기도 한 신기한 현상 중 하나는 바로 '갑작스러운 관계'입니다.

a. 알고 보니 에스터를 키운 미스 바바리가 레이디 데들록의 언니였고, 나중에는 보이손이 사랑한 여자 또한 바로 그녀였음이 밝혀진다.

b. 알고 보니 에스터는 레이디 데들록의 딸이다.

c. 알고 보니 니모(호돈 대위)가 에스터의 아버지다.

d. 알고 보니 조지 씨는 데들록 집안의 가정부인 라운스웰 부인의 아들이다. 조지는 또한 호돈의 친구였음이 밝혀진다.

e. 알고 보니 채드밴드 부인이 에스터의 예전 하녀인 레이철 부인이다.

f. 알고 보니 오르탕스가 버킷의 정체를 알 수 없는 하숙인이다.

g. 알고 보니 크룩이 스몰위드 부인과 남매 사이다.

8. 악인 또는 그리 착하지 않은 인물들의 개과천선

에스터가 거피에게 "나의 이익을 증진하고, 나의 재산을 늘리고, 내가 주인공인 새로운 사실들을 밝혀내는 것"을 그만두라고 부탁하는 장면은 구조적으로 의미가 있습니다. 그녀는 "나는 내 개인사를 잘 알고 있다"고 말합니다. 내 생각에 작가는 거피가 털킹혼 테마에 방해가 되지 않게 그와 연결되는 선을 제거해버리기로(편지가 사라지면서 이미 절반쯤은 제거되었습니다) 한 것 같습니다. 거피는 "면구스러운 표정을" 짓습니다. 그의 성격과 어울리지 않는 짓입니다. 여기서 디킨스는 악당인 그를 착한 사람으로 만듭니다. 에스터의 망가진 얼굴을 보고 그가 충격을 받아 뒤로 물러나는 장면에서 그가 그녀에게 품은 마음이 진정한 사랑이 아니라는 사실(점수를 하나 잃었습니다)이 드러나는데도, 그가 알고 보니 귀족에 부유하기까지 한 여자가 추해졌다는 이유로 결혼하려던 마음을 접은 것이 묘하게도 그에게 유리하게 작용하는 겁니다. 그래도 이 부분이 조금 빈약한 것은 사실입니다.

이번에는 버킷을 통해 무서운 진실을 알게 된 레스터 경의 반응입니다. "레스터 경은 양손에 얼굴을 묻고 앓는 소리를 한 번 낸 뒤, 잠시 말을 멈춰달라고 부탁한다. 곧 그는 얼굴에서 손을 뗀다. 얼굴이 하얗게 센 머리카락보다 더 백지장 같은데도 그렇게 겉으로나마 차분함과 품위를 유지하는 모습을 보고 버킷 씨는 조금 감탄한다." 이것이 바로 레스터 경의 전환점입니다. 예술적인 의미에서 봤을 때 좋든 나쁘든 그는 이제 더이상 멍청이가 아니라 고뇌에 빠진 인간이 됩니다. 실제로 그 과정에서 뇌졸중 발작도 겪습니다. 충격이 가신 뒤 그가 레이디 데들록을 용서한다는 사실은 그가 고상하고 사랑받을 수 있는 사람임을 보여줍니다. 그가 조지를 만나는 장면은 아내가 돌아오기를 기다리는 장면과 마찬가지로 몹시 감동적입니다. 아내를 대하는 마음이 전혀 달라지지 않았다고 말하는 "그의 격식 있는 말투"는 "진지하고 애절"합니다. 그는 거의 존 잔다이스 같은 사람으로 변할 기세입니다. 귀족인 그가 착한 평민만큼이나 좋은 사람이 된 겁니다!

***

우리가 말하는 이야기의 형식form이란 무슨 뜻일까요? 우선 이야기의 구조가 있습니다. 이것은 주어진 이야기를 발전시켜 왜 이야기가 이렇게 저렇게 흘러가는지 보여주는 것입니다. 작가가 등장인물을 선택해서 이용하는 것, 인물들 사이의 상호작용, 그들의 다양한 테마, 테마의 가닥과 그 가닥들이 교차하는 부분, 작가가 이런저런 직간접적 효과를 내기 위해 도입하는 다양한 움직임, 효과와 인상을 남기기 위한 준비도 여기에 속합니다. 한마디로 말해서, 예술작품의 미리 계획된 패턴을 뜻한다는 얘기입니다. 이것이 구조입니다.

형식의 또다른 측면에는 문체가 있습니다. 문체란 구조가 작동하는 방식을 뜻합니다. 작가의 특징, 작가의 버릇, 여러 특별한 트릭들. 만약 문체가 생생한 작가라면, 그가 어떤 이미지와 어떤 묘사를 이용해서 어떻게 앞으로 나아가는지가 중요합니다. 만약 비유를 사용하는 작가라면, 그가 은유와 직유와 이 둘의 조합이라는 수사학적 장치를 어떻게 사용하는지가 중요합니다. 문체의 효과는 문학을 이해하는 열쇠입니다. 디킨스, 고골, 플로베르, 톨스토이 등 모든 위대한 대가들의 작품으로 들어가는 마법의 열쇠입니다.

형식(구조와 문체) = 주제 : '왜'와 '어떻게' = '무엇'

디킨스의 문체에서 가장 먼저 눈에 들어오는 것은 감각적으로 강렬한 이미지입니다. 그는 감각을 생생하게 일깨우는 재주가 있습니다.

1. 비유의 사용 여부와 상관없는 생생한 감각적 표현

생생한 이미지의 폭발은 간격을 두고 이루어집니다. 한꺼번에 길게 이어지지 않습니다. 그러고 나면 훌륭하고 상세한 묘사가 다시 축적됩니다. 디킨스가 대화나 생각을 통해 독자에게 어떤 정보를 전달하고자 할 때, 그가 사용하는 이미지들은 대개 그리 확연하게 눈에 띄지 않습니다. 하지만 훌륭한 묘사가 있습니다. 챈서리 법정을 묘사할 때 안개 테마를 신격화하는 것이 한 예입니다. "그런 날 오후에 대법관은 반드시 여기 앉아 있다. 지금 앉아 있는 것처럼. 머리에는 안개 같은 후광을 둘렀고, 진홍색 천과 커튼이 부드러운 울타리처럼 그를 감싼 가운데, 구레나룻을 크게 기른 덩치 큰 변호사가 한없이 긴 소송 사건 적요서를 들고서 그에게 작은 목소리로 말을 건다. 겉으로 보기에는 대법관이 천장의 채광창을 응시하는 것 같지만, 채광창에서 보이는 것이라고는 안개뿐이다."

"재판의 어린 원고 또는 피고는 잔다이스 대 잔다이스 소송에 결판이 내려지면 새 흔들목마를 사주겠다는 약속을 들으며 자라서 진짜 말의 주인이 되었다가, 종종걸음으로 저세상으로 떠나버렸다." 법원은 두 피후견인에게 친척 아저씨 집에 머무르라는 지시를 내립니다. 1장에 나오는 이런 문장들은 자연의 안개와 인간이 만들어낸 안개가 놀라운 모습으로 한데 뭉친 결과이거나 또는 그 모습을 한껏 부풀려 요약한 것입니다. 이렇게 주요 인물들(두 피후견인과 잔다이스)이 소개됩니다. 아직은 이들 모두 추상적인 익명의 존재이긴 합니다만. 마치 그들이 안개 속에서 솟아나오는 것 같습니다. 작가는 그들이 다시 안개 속으로 가라앉기 전에 그들을 뽑아내고, 그렇게 1장이 끝납니다.

체스니 월드와 그곳의 안주인인 레이디 데들록을 처음 묘사한 문장은 순수한 천재성의 결정체입니다. "링컨셔에는 물이 불어 있다. 정원의 아치형 다리는 물에 흠뻑 젖어 무너졌다. 인근의 나지막한 땅, 폭이 반 마일쯤 되는 그 땅은 흐르지 않는 강으로 변했고, 우울한 나무들이 섬처럼 떠 있다. 빗줄기가 하루종일 수면을 두드려댄다. 레이디 데들록의 '집'은 지극히 황량했다. 수많은 밤과 낮 동안 비가 많이 쏟아져서 나무들도 속까지 흠뻑 젖은 것처럼 보인다. 나무꾼이 도끼로 가지를 잘라내면, 가지는 바스락거리는 소리도 탁 하는 소리도 없이 바닥으로 떨어진다. 흠뻑 젖은 사슴이 지나간 자리에는 작은 늪이 생긴다. 축축한 공기 속에서는 총소리도 그 예리함을 잃고, 총구에서 피어오른 연기는 잡목 숲을 이고서 주룩주룩 내리는 비의 배경을 이루고 있는 초록색 산을 향해 작고 느린 구름처럼 흘러간다. 레이디 데들록의 방 창문에서 내다보이는 풍경은 납빛 아니면 먹색을 띠었다. 앞쪽의 석조 테라스에 놓인 화병들이 하루 종일 비를 맞는다. 무거운 빗방울이 포석이 깔린 널찍한 길에 밤새도록 뚝, 뚝, 뚝 떨어진다. 한때는 유령의 길이라고 불리던 길이다. 일요일마다 정원의 작은 교회에서는 퀴퀴한 곰팡내가 난다. 떡갈나무 설교단이 차가운 땀을 흘리고, 무덤 속에 누워 있는 옛날 옛적 데들록 조상들의 냄새와 취향이 느껴진다. (자식이 없는) 레이디 데들록은 이제 막 땅거미가 지기 시작할 무렵 내실에서 관리인의 집을 바라본다. 격자무늬 유리창에 불빛이 보이고, 굴뚝에서 연기가 올라간다. 아이 하나가 어떤 여자에게 쫓겨 빗속으로 뛰어나왔다가, 온몸을 감싸고 문을 통과하고 있는 빛나는 사람과 마주친다. 아이는 상당히 화가 난 모습니다. 레이디 데들록은 '지루해서 죽을 것 같다'고 말한다." 체스니 월드에 내리는 이 비는 런던 안개의 시골판입니다. 관리인의 아이는 아이 테마의 일부고요.

보이손 씨가 에스터 일행을 만나는 나른하고 햇빛 밝은 도시의 이미지도 굉장합니다. "오후 늦게 우리는 장이 열리는 도시로 와서 마차에서 내렸다. 활기 없는 작은 도시에 교회의 뾰족탑이 솟아 있고, 장터가 있었다. 장터에는 십자가가 세워져 있고, 거리에는 강렬한 햇볕이 내리쬐었다. 연못에서는 늙은 말이 다리를 담가 식히고 있었다. 얼마 되지도 않는 좁은 응달에 극소수의 남자들이 졸린 듯이 누워 있거나 서 있었다. 이파리들이 바스락거리고 옥수수가 물결치는 길을 계속 따라온 뒤라, 이 도시가 영국에서 가장 조용하고, 뜨겁고, 정지해 있는 곳 같았다."

에스터는 천연두에 걸려 앓아누웠을 때 무서운 경험을 합니다. "감히 살짝 말하건대 지금보다 더 무서울 때가 있었다. 널찍하고 새까만 공간에 불타는 목걸이인지 반지인지 아니면 별빛 같은 원인지 알 수 없는 것이 매달려 있었는데, 나는 그 둥근 줄에 꿰인 구슬 중 하나였다! 그때 내가 유일하게 기도한 것은 오로지 다른 구슬들과 떨어지고 싶다는 것뿐이었다. 내가 그 무서운 물건의 일부라는 사실이 어찌나 형언할 수 없을 정도로 고통스럽고 비참하던지."

에스터가 잔다이스 씨에게서 편지를 받아오라고 찰리를 보내는 장면에서, 잔다이스의 집에 대한 묘사가 기능적인 결과를 낳습니다. 말하자면, 집이 '행동'에 나서는 겁니다. "약속된 밤이 되었을 때 나는 찰리와 단 둘이 되자마자 그녀에게 말했다. '가서 잔다이스 씨의 방문을 두드리고, 내가 보내서 왔다고 말해, 찰리. "편지를 받으러" 왔다고.' 찰리는 계단을 올라갔다가 내려갔다가 통로를 따라 걸었다. 구식으로 지어진 이 집에 지그재그 모양으로 뻗어 있는 통로가 그날 밤 귀를 기울이고 있던 내게 몹시 길게 느껴졌다. 찰리는 그렇게 통로를 걷고, 계단을 내려오고, 계단을 올라와서 다시 돌아와 편지를 건넸다. '탁자에 놔둬, 찰리.' 내가 말했다. 찰리는 편지를 탁자에 놓아두고 잠자리에 들었다. 나는 앉은 채 편지에 손을 대지 않고 바라보기만 하면서 많은 생각을 했다."

에스터가 리처드를 만나려고 딜 항구로 가는 장면에는 항구의 모습이 묘사되어 있습니다. "그때 안개가 막처럼 걷히기 시작했다. 우리가 있는 줄도 몰랐던 많은 배들이 나타났다. 웨이터가 말했던 배가 그때 몇 척이나 다운스에 있었는지는 모르겠다. 어떤 배들은 아주 컸다. 그중 한 척은 이제 막 고향으로 돌아온 커다란 인도 무역선이었다. 구름을 뚫고 나온 햇빛이 검은 바다를 은빛으로 물들이자 커다란 배들이 밝아졌다가 다시 어두워지며 모습이 달라진 듯 보였다. 작은 배들이 해안에서 큰 배로, 큰 배에서 해안으로 부산하게 오갔고, 그들과 그 주위 모든 것의 그 부산함과 생기가 무엇보다 아름다웠다."*

어떤 독자들은 이런 장면들에 굳이 시간을 들여 살펴볼 가치가 없다고 생각할지도 모르겠습니다. 하지만 문학은 이렇게 별것 아닌 묘사들로 이루어집니다. 사실 문학을 구성하는 것은 대략적인 아이디어가 아니라 특정한 묘사이며, 학파를 이룬 사상이 아니라 천재성을 지닌 개인입니다. 문학은 뭔가에 대해 이야기하는 것이 아니라 '뭔가' 그 자체입니다. 그것이 본질입니다. 걸작이 없이는 문학이 존재하지 않습니다. 딜 항구를 묘사한 위의 장면은 에스터가 리처드를 만나려고 딜에 갔을 때의 풍경입니다. 리처드가 삶을 바라보는 태도, 원래 귀족적인 품성에 깃든 한 줄기의 기괴함, 그의 머리 위에 드리워져 있는 어두운 운명이 걱정스러워진 에스터는 그를 돕고 싶다는 마음을 갖게 됩니다. 디킨스는 그런 그녀의 어깨 너머로 우리에게 항구를 보여줍니다. 항구에는 배가 많이 있습니다. 안개가 서서히 걷히면서 수많은 배들이 조용한 마법처럼 모습을 드러냅니다. 그중에 커다란 인도 무역선, 즉 이제 막 인도에서 고향으로 돌아온 상선이 있습니다. "구름을 뚫고 나온 햇빛이 검은

---

* 나보코프는 별도의 메모에서, 패니 프라이스가 식구들을 만나러 간 장면에서 제인 오스틴이 묘사한 포츠머스 항구의 바다와 이 바다를 비교하며, 제인 오스틴에게 탐탁지 않은 판결을 내렸다. "'날씨가 유난히 화창했다. 실제로는 3월이었지만, 온화한 기온과 상쾌한 산들바람, 가끔 구름에 가려지기는 하지만 그래도 밝은 햇빛 덕분에 마치 4월 같았다. 그런 날씨 때문인지 모든 것이 몹시 아름답게 보였다[약간 반복적]. 스핏헤드에 정박한 배들과 그 너머 섬에서 그림자들이 서로를 뒤쫓으며 만들어내는 효과, 만조가 된 바닷물이 끊임없이 빛깔을 바꾸며 환희의 춤으로 방파제를 향해 돌진하는 모습 등등.' 빛깔을 묘사하지 않았고, '환희'는 별것 아닌 시에서 빌려온 것. 모든 것이 관습적이고 어설프다." ─편집자

바다를 은빛으로 물들이자……" 여기서 잠시 멈춰봅시다. 이 광경을 머릿속으로 그려볼 수 있습니까? 당연히 할 수 있을 겁니다. 그러면서 익숙한 것을 만난 듯한 기쁨과 전율을 느낄 겁니다. 문학에서 전통적으로 묘사되는 푸른 바다에 비해, 은빛으로 물든 검은 바다는 디킨스가 진정한 예술가다운 순수하고 감각적인 눈으로 가장 먼저 포착해서 곧바로 언어로 표현한 어떤 모습을 우리에게 보여주기 때문입니다. 좀더 정확히 말하자면, 이렇게 말로 표현하지 않았다면 시각적 상상도 없었을 겁니다. 디킨스의 글에서 약간 뭉개진 듯한 '스스' 소리를 내며 부드럽게 철썩거리는 소리를 따라가보면, 이 이미지가 이토록 생생히 살아나기 위해 반드시 목소리가 필요했음을 알게 될 겁니다. 디킨스는 계속해서 "커다란 배들이 밝아졌다가 다시 어두워지며 모습이 달라진 듯 보였다"고 묘사합니다. 이 아름다운 바다 풍경 속에서 은은한 은빛 광택과 그림자의 섬세한 모습을 이보다 더 잘 표현할 수 있는 단어의 조합은 불가능할 것 같습니다. 모든 마법은 연출일 뿐이라고, 예쁜 연출이기는 하지만 지워버려도 이야기에는 아무 문제가 생기지 않는다고 생각하는 사람들에게 말합니다. 이런 것이 바로 이야기입니다. 이렇게 독특한 풍경 속에서, 인도에서 돌아온 배가 젊은 우드코트 박사를 싣고 와 에스터에게 데려다줍니다. 사실 두 사람은 이 장면 뒤에 곧 만납니다. 그러니 그림자가 깃든 이 은색 풍경, 흔들리는 은색 광채와 그 속에서 어렴풋이 반짝이며 부산을 떠는 배들이 나중에 기억 속에서 놀라운 설렘과 떨림, 찬란하게 환영하는 느낌, 아련히 들려오는 갈채 소리를 연상시키게 되는 겁니다. 디킨스가 독자들에게 원한 것이 바로 이런 감상이었습니다.

2. 상세한 묘사의 무뚝뚝한 나열

이런 묘사의 나열은 작가의 수첩 같은 느낌을 줍니다. 급히 메모했다가 나중에 다듬은 것 같은 느낌. 초보적인 의식의 흐름 기법도 살짝 엿보입니다. 지나가는 생각을 상관관계 없이 늘어놓는 방식이 바로 그것입니다.

이 소설은 이미 앞에서 인용한 그 묘사로 막을 엽니다. "런던. 성 미카엘 축일 개정기가 얼마 전에 끝나 (……) 가차 없는 11월의 날씨 (……) 개들은 진창과 구분할 수 없는 모습. 말들도 그보다 딱히 더 좋은 모습은 아니다. 곁눈가리개까지 진흙이 튀어 있으니 (……) 안개가 사방에 있다." 니모가 시체로 발견되었을 때는 다음과 같은 묘사가 나옵니다. "경비원이 여러 상점에 들어가 사람들을 조사한다 (……) 경찰관이 사환에게 웃어주는 것이 보인다. 사람들은 관심을 잃고 반작용을 겪는다. 앳되고 새된 목소리로 경비원을 조롱한다 (……) 마침내 경찰관은 법을 세워야 할 필요가 있다고 생각한다." (칼라일도 이런 식의 무뚝뚝한 설명을 사용했습니다.)

"스낵스비가 나타난다. 기름지고 열렬하고 풀 같은 그가 뭔가를 씹고 있다. 버터를 바른 빵 조각을 제대로 씹지도 않고 급히 삼킨다. 그리고 말한다. '이게 누구십니까! 털킹혼 변호사님!'" (무뚝뚝하고 효율적인 문체에 생생한 형용사가 결합된 이런 방식도 칼라일이 썼던 것입니다.)

3. 비유: 직유와 은유

직유는 '~처럼'이나 '~같은'이라는 말을 사용하는 직접적인 비유를 말합니다. "탱글 씨[변호사]의 박식한 친구 열여덟 명이 각자 1800장의 요약본으로 무장하고 강하게 내려치는 열여덟 개의 망치처럼 고개를 홱 움직여 열여덟 개의 인사를 하고, 이름 없는 열여덟 개의 자리에 털 썩 주저앉는다."

젊은 피후견인들을 하룻밤 묵기로 되어 있는 젤리비 부인의 집까지 데려온 마차가 도착한 곳은 "높은 집들이 늘어선 좁은 길, 안개를 담아 두는 직사각형 물통 같은" 곳입니다.

캐디의 결혼식에서 그녀의 어머니인 젤리비 부인의 헝클어진 머리는 "청소부가 모는 말의 갈기처럼" 보입니다.

동이 틀 무렵 가로등 관리인은 "폭군의 사형집행인처럼 맡은 구역을 돌면서 어둠을 줄이겠다는 포부를 불태우던 작은 불꽃의 머리들을 꺼 버린다."

"그만큼 사회적 지위가 있는 사람이라면 당연히 그래야 하듯이, 전혀 동요하지 않은 볼스 씨는 손에서 피부를 벗겨내듯이 조용히 꼭 끼는 검 은 장갑을 벗고, 자신의 두피를 벗기듯이 꼭 끼는 모자도 벗은 뒤, 책상 에 앉는다."

은유는 '~처럼'이나 '~같은'이라는 연결고리 없이 다른 것을 끌어와 서 어떤 것을 묘사하는 방법입니다. 디킨스는 은유를 직유와 혼합해서 쓰곤 합니다.

털킹혼 변호사의 옷차림은 훌륭하며, 전체적으로 가신에게 잘 어울리는 분위기입니다. "말하자면, 데들록 가문의 법적인 수수께끼를 다루는 집사, 법이라는 지하실을 지키는 집사임을 표시하는 옷차림이다."

"우울한 날개를 지닌 고독이 체스니 월드에 조용히 내려앉는다."

"[젤리비의] 아이들은 우당탕탕 돌아다니면서 다친 기록을 다리에 새겨놓았다. 그것은 완벽한 고난의 달력이었다."

에스터는 소송 당사자인 톰 잔다이스가 총으로 머리를 쏘아 자살한 집에 잔다이스 씨와 함께 갔을 때, 이렇게 씁니다. "거리의 집들은 돌에 맞아 눈알을 잃고 장님이 된 채 시들어가고 있지. 유리창도 없고, 심지어 창틀도 없고……"*

스낵스비는 페퍼의 사업을 차지한 뒤 새로운 간판을 내겁니다. "쉽게 뜻을 해석할 수 없고 유서 깊은 전설이었던, '페퍼'만 적힌 간판은 사라졌다. 런던의 담쟁이덩굴인 연기가 페퍼의 이름을 진하게 에워싸고 그의 거처에도 달라붙었기 때문에, 사랑이 넘치는 기생식물이 자신을 키워준 나무를 제압해버린 것 같았다."

4. 반복

디킨스는 일종의 주문처럼, 정해진 공식을 점점 더 강세를 주며 반복

* 에스터와 잔다이스 씨의 대화중 잔다이스 씨가 하는 말. 정확히 말해서 '에스터가 썼다'고 표현하기는 힘들다.

적으로 외는 것을 좋아합니다. 수사법적인 장치입니다. "그런 날 오후에 대법관은 반드시 여기 앉아 있다…… 그런 날 오후에 챈서리 고등법원의 구성원 수십 명이 한없이 이어지는 소송의 수만 가지 단계 중 하나를, 지금처럼, 몽롱하게 다루고 있다. 애매한 판례로 서로 발을 걸어 넘어뜨리고, 절차와 형식에 무릎까지 빠져서 더듬거리고, 염소 털과 말총으로 감싼 머리로 말들의 벽을 들이받고, 배우처럼 짐짓 진지한 표정으로 공정한 척하면서. 그런 날 오후에 소송에 관련된 다양한 사무 변호사들은…… 기록원의 붉은 탁자와 비단 가운* 사이, 긴 깔개가 깔려 있는 변호인석well(그러나 이 우물well의 바닥을 뒤져봐도 진리를 찾을 수는 없을 것이다)에 줄줄이 앉아 있을 것이다…… 앞에는 엄청난 돈이 들어간 헛소리를 산처럼 쌓아두고서. 뭐, 여기저기서 촛불이 타고 있어도 법정이 침침하길. 안개가 결코 밖으로 나가지 않을 것처럼 법정 안에 무겁게 걸려 있을 수도 있길. 스테인드글라스로 장식된 유리창은 색을 잃어버리고, 햇빛을 안에 들이지 않길. 아직 이 세계를 잘 모르는 거리의 사람들은 문의 유리창을 통해 안을 들여다보다가 올빼미 같은 분위기 때문에, 푹신한 연단에서 천장까지 나른하고 느릿느릿하게 울리는 목소리 때문에 안으로 들어오지 못하길. 연단에서 대법관은 빛이 들어오지 않는 채광창을 올려다보고, 가발을 쓰고 함께 앉아 있는 사람들은 모두 짙은 안개 속에 붙잡혀 있다!" 여기서 '그런 날 오후에'라는 말이 장엄하게 세 번이나 되풀이되고, '~하길'이라는 말도 네 번이나 울부짖듯

---

* 왕실 변호사가 입는 옷.

이 되풀이된 효과에 주목하십시오. 또한 비슷한 소리를 지닌 단어들이 마치 운율을 맞추듯이 되풀이되고 있습니다. "engaged······ stages······ tripping······ slippery." 두운이 확실하게 드러난 곳도 있습니다. "warded······ walls of words······ door······ deterred······ drawl······ languidly······ Lord······ looks······ lantern······ light."

선거 때 레스터 경이 친척들과 함께 체스니 월드에 모이기 직전에는 음악적이고 낭랑한 'so' 발음이 울려퍼집니다. "유서 깊은 저택은 황량하고 엄숙하게solemn 보인다. 사람이 살아가는 데 필요한 설비들은 아주 so 많은데, 사람이라고는 벽에 그림으로 걸린 사람들뿐이다. 이 사람들은 그렇게so 이 세상에 와서 살다가 갔다. 데들록의 성을 지닌 누군가가 어쩌면 깊이 생각에 잠긴 채 이 그림들 앞을 지나간 적이 있을지도 모른다. 그들은 그렇게so 이 회랑을 조용히 숨죽이고 보았다. 지금 나처럼. 그러니so 생각해보라. 지금 나처럼. 그들이 세상을 떠날 때 이곳에 생길 공백을. 그러니so 깨달아라. 지금 나처럼. 그들이 없다면 그럴 수 있을 것 같지 않다는 사실을. 그러니so 내가 그들의 세상을 떠나듯이 이제 내 세상에서 떠나라. 소리가 울리는 저 문을 닫으면서. 그렇게so 그들을 그리워하게 될 공백을 남기지 말고, 그렇게so 죽어라."

5. 수사학적인 질문과 답변

이 장치는 반복과 자주 결합돼서 쓰입니다. "이 음산한 오후에 대법관의 법정에 대법관 본인과 소송을 맡은 법정 변호사, 어떤 소송과도 관련이 없는 법정 변호사 두세 명, 앞에서 말한 변호인석의 사무 변호사들 외에 또 누가 있는가? 재판장 아래에는 가발을 쓰고 법복을 입은 기록원이 있다. 그리고 사기꾼인지, 챈서리 법정에서 변호사가 관련된 소송을 담당하는 부서의 관리인지, 왕실의 내탕금 관리인지 뭔지 알 수 없는 사람 두세 명이 법정의 제복을 입고 있다."

버킷이 도망친 레이디 데들록을 찾는 일에 에스터를 함께 데려가기 위해, 그녀를 데려올 잔다이스를 기다리는 장면에서 디킨스는 자신이 버킷의 머릿속에 들어가 있는 것처럼 상상력을 발휘합니다. "부인은 어디 있을까? 살았든 죽었든 어디 있을까? 그가 손수건을 접어 조심스레 넣어두듯이, 부인이 이 손수건을 발견한 장소를 마법 같은 힘으로 지금 앞에 소환할 수 있다면, 이 손수건이 아이를 덮고 있던 그 오두막 근처의 밤풍경을 소환할 수 있다면, 거기서 부인을 발견하게 될까? 벽돌 가마가 타고 있는 그 쓰레기장에서…… 이 인적 없고 황폐한 곳을 가로지르는 고독한 사람이 있다. 슬픈 세상을 혼자 짊어진 듯한 그 사람을 눈이 휘몰아치고 바람이 후려친다. 모든 친구들에게 버림받은 것 같은 모습이다. 여자의 모습이다. 그러나 옷차림이 형편없다. 데들록 저택에서 그런 옷차림을 한 사람이 홀을 가로질러 커다란 문으로 나간 적은 한 번도 없다."

디킨스는 여기서 질문에 대해 내놓은 답변을 통해, 독자에게 레이디 데들록과 제니가 옷을 바꿔 입었음을 암시합니다. 진실을 추측해낼 때까지 한동안 버킷을 곤혹스럽게 만들 사실입니다.

6. 칼라일의 돈호법

돈호법은 놀라서 말문이 막힌 청중이나 커다란 죄를 지은 사람들, 또는 자연의 힘이나 부당하게 피해를 입은 사람들을 향해 사용될 수 있습니다. 조가 니모의 무덤을 찾아가려고 묘지를 향해 구부정하게 걸어가는 장면에서 디킨스는 돈호법을 사용합니다. "오라 밤이여, 오라 어둠이여. 이런 곳에서 어둠은 언제 와도 상관없고, 아무리 오래 머물러도 상관없으니! 오라 무질서한 불빛들이여, 볼품없는 집의 창문 안으로. 그곳에서 죄를 저지르는 자들은, 하다못해 이 무서운 장면이 보이지 않게 하라! 오라 가스 불꽃이여, 쇠창살문 위에서 그토록 뚱하게 타고 있는 가스등 불빛이여. 독을 품은 공기가 쇠창살문에 마녀의 연고를 발라놓아, 만지면 불쾌하게 끈적거리는구나!" 이미 앞에서 인용했던, 조가 죽는 장면의 돈호법도 잊으면 안 됩니다. 그리고 그 앞에는 거피와 위블이 크룩의 이례적인 죽음을 발견하고 도움을 청하며 뛰어가는 장면의 돈호법도 있습니다.

7. 형용어구

디킨스는 풍부한 형용사, 동사, 명사를 사용해서 형용어구를 만듭니다. 생생한 이미지를 위해 기본적으로 필요한 것이죠. 이 통통한 씨앗에서 은유가 자라나 꽃을 피우고 가지를 뻗습니다. 소설 첫 장면에서 사람들은 템스강 난간 너머로 몸을 기울이고 "저 세상의 안개 낀 하늘" 같은 강물을 내려다봅니다. 챈서리의 서기들은 우스꽝스러운 사건으로 "자신의 재치를 살찌웁"니다. 에이다는 파디글 부인의 퉁방울눈을 "숨막히는 눈"이라고 묘사합니다. 거피는 크룩의 집에 있는 하숙방을 떠나지 말라고 위블을 설득하면서 "애가 타서 엄지를 깨뭅"니다. 레스터 경이 도망친 레이디 데들록을 기다리는 깊은 밤에 거리에서는 아무 소리도 들리지 않습니다. 이 길로 정처 없이 들어와 고함을 지르며 걸어갈 만큼 "술에 취한 방랑자"만 없다면 말이죠.

시각이 예민한 모든 위대한 작가들에게서 볼 수 있듯이, 평범한 형용어구도 어떤 장면을 배경으로 삼았는가에 따라 때로 비범한 생기와 신선함을 얻을 수 있습니다. "반가운 불빛이 곧 벽을 비춘다. [양초를 가지러 내려갔다가 올라오고 있는] 크룩이 천천히 올라오고, 초록색 눈을 한 그의 고양이가 그의 뒤를 바짝 따라온다." 고양이들의 눈은 언제나 초록색입니다. 하지만 여기서는 천천히 계단을 올라오는 촛불 때문에 눈이 초록색으로 보입니다. 형용어구가 생생한 매력을 지니게 되는 것은 대개 그 형용어구의 위치와 인근의 단어들이 비춰주는 빛 덕분입니다.

8. 의미를 연상할 수 있는 이름

크룩Krook의 이름이 대표적입니다.* 그밖에도 블레이즈Blaze, 스파클,

---

* 발음이 같은 crook은 '사기꾼'이라는 뜻.

주얼러Jewellers라는 이름이 있습니다. 블로워* 씨와 탱글** 씨는 변호사고, 부들***이니 쿠들Coodle이니 두들****이니 하는 이름은 정치가의 것입니다. 오래전부터 쓰이던 희극적 장치입니다.

9. 두운과 유운

이 장치는 이미 반복과 관련해서 언급한 적이 있습니다만, 스몰위드 씨가 아내에게 하는 말을 한번 즐겁게 읽어보지요. "이 춤추고dancing, 경중거리고prancing, 비틀거리고shambling, 허둥거리는scrambling 앵무새 같으니." 이것은 유운의 사례입니다. 레이디 데들록이 "죽어버린deadened" 세상에서 살고 있는 링컨셔의 아치형 다리는 "물에 흠뻑 젖어sopped 무너졌다sapped"는 표현은 두운의 사례고요. 잔다이스 대 잔다이스 소송은 어떤 의미에서 어리석고 부조리한 수준까지 전락한 절대적인 두운의 사례입니다.

10. 그리고-그리고-그리고 장치

이것은 에스터가 황폐한 집에서 에이다, 리처드와 맺은 관계를 묘사

---

* blower. 속어로 '허풍선이'라는 뜻.
** tangle. '얽힘' '혼란'이라는 뜻.
*** boodle. '뇌물' '패거리'라는 뜻.
**** doodle. '얼간이'라는 뜻.

할 때 감정을 표현하는 특유의 방식입니다. "나는 두 사람과 함께 앉아 있고, 함께 걷고, 함께 이야기하고, 하루하루 두 사람이 어떻게 더욱 깊이깊이 사랑에 빠지는지 지켜보고, 그것에 대해 아무런 말도 하지 않고, 두 사람 각자가 그 사랑을 최고의 비밀이라고 수줍게 여기면서……" 에스터가 잔다이스를 받아들이는 장면도 또다른 사례입니다. "나는 후견인님의 목을 양팔로 감싸고 입을 맞췄다. 그리고 후견인님은 네가 황폐한 집의 안주인이냐고 물었고, 나는 그렇다고 대답했다. 그리고 곧 이렇다 하게 달라진 것은 없었고, 우리는 모두 함께 밖으로 나갔고, 나는 나의 소중한 사람[에이다]에게 그 일에 대해 아무 말도 하지 않았다."*

11. 유머러스하고, 괴상하고, 암시적이고, 변덕스러운 표현

"그의 가문은 저 산들만큼이나 유구하고, 그보다 무한히 더 훌륭하다." "가금류를 놓아기르는 마당의 칠면조는 언제나 계급적인 불만을 품고 있었다(아마 크리스마스와 관련된 불만인 듯하다)." "커시터 거리의 작은 낙농장 지하실에서 혈색 좋은 수탉이 울어대는 소리, 녀석이 생각하는 햇빛이 무엇인지는 확인해봐야 할 것이다. 직접적인 관찰로는 아는 것이 거의 없으니." "키가 작고 약삭빠른 조카딸. 허리 부위는 거의 폭력적으로 세게 조였고, 날카로운 코는 서늘한 가을 저녁 같다 못해 끝

---

* 두 인용문에서 '~했고'로 옮긴 부분이 원문의 'and'를 살린 것이다. 매끄러운 우리말 문장을 위해서는 '~했고' 외에 '~해서' '~했더니' '~하면서' 등 다양한 어미를 사용해야 하지만, 'and'를 살리기 위해 어색한 직역투를 사용했다.

으로 갈수록 서릿발처럼 차가워졌다."

12. 말장난

검시 배심Inquest을 일자무식인 조가 Inkwhich로 잘못 발음하는 것 (안개와도 관련이 있습니다)이나, 병원Hospital을 Horsepittle로 발음하는 것. 또는 법률가들과 관련된 물건을 파는 문구점 주인이 "즐거꼬Joful 슬픈Woful 경험"이라고 발음하는 것*이나 "Ill fo manger야.' 조블링의 발음은 마치 영국 마구간에 반드시 필요한 물건을 이야기하는 듯했다."** 조이스의 『피네건의 경야』에 나오는 그 엄청난 말장난까지는 아직도 먼 길이 남았지만, 그래도 방향은 맞습니다.

13. 말ㅌ의 간접적인 묘사

이것은 새뮤얼 존슨과 제인 오스틴의 방법을 한층 더 발전시킨 것으로, 뭔가를 묘사하고 설명하는 문장 안에 누군가의 말이 일부 포함된 형태입니다. 파이퍼 부인이 니모의 죽음을 조사하는 검시 배심에서 한 증언을 간접적으로 전달하는 부분을 살펴봅시다. "어이쿠, 파이퍼 부인은 할말이 아주 많다. 삽입구가 더 많고 말을 끊어야 할 때 끊지도 않지만,

---

* joyful과 woeful이 옳은 표기. 옮긴이.
** manger가 영어에서는 '여물통,' 프랑스어에서는 '먹다'를 뜻한다는 사실을 이용한 말장난. 조블링의 말은 아마도 '먹고살기 힘들다'는 뜻인 듯하다.

사건과 관련된 이야기는 별로 없다. 파이퍼 부인은 법정에서 살고 있으며(남편은 캐비닛을 만드는 사람이여유), 오래전부터(생후 18개월하고 나흘이 된 알렉산더 제임스 파이퍼가 오래 살 수 없다는 말에 아이의 잇몸에 괴로워하는 신사들을 물고 세례를 받으려다 말았던 그날 다음 다음날부터 헤아린다면 그렇다는 거쥬) 이웃들 사이에서 슬픈 사람 Plaintive*으로 유명했는데, 파이퍼 부인은 망자 또한 그렇게 불러야 한다고 고집하면서, 그가 스스로를 팔았다는 말이 있었다고 말한다. 그런 말이 나온 것은 슬픈 사람의 분위기 때문인 것 같다고 부인은 생각한다. 슬픈 사람을 자주 보았는데, 그 사람의 분위기가 승악해서 소심한 아이들은 가까이 가게 하면 안 되겠구나 하고(혹시 의심스러우면 퍼킨스 부인을 불러와보세유. 퍼킨스 부인이 남편이랑 나랑 우리 식구들 말을 믿어도 된다고 할 거여유) 생각했다. 슬픈 사람이 아이들 때문에 짜증내고 거쩡하는 걸 봤다고 했다(애기들은 항상 그렇쥬. 우리도 그렇지 않은데 장난꾸러기 애기들이 특별히 노인네처럼 굴기를 바랄 수야 없잖유)." 등등.

말을 간접적으로 묘사하는 방법은 이 부인만큼 괴짜가 아닌 사람들의 말을 전달할 때 자주 사용됩니다. 글의 속도를 높이거나, 서정적인 반복을 통해 다음에서처럼 어떤 분위기를 집중적으로 묘사하기 위해서입니다. 에스터가 비밀리에 리처드와 결혼한 에이다에게 리처드를 만나러 함께 가자고 설득하는 장면입니다. "'에이다.' 내가 말했다. '나랑

---

* 재판의 원고를 뜻하는 plaintiff를 잘못 발음한 것.

오래 떨어져 있으면서 리처드랑 너 사이에 달라진 건 없지?'

'없어, 에스터.'

'혹시 리처드 소식은 못 들었어?' 내가 말했다.

'아니, 들었어.'

에이다의 눈에 고인 그 눈물과 얼굴에 드러난 그 사랑이라니. 나는 내 소중한 에이다를 이해할 수 없었다. 그냥 나 혼자 리처드를 만나러 갈까? 내가 말했다. 아냐, 혼자 가지 않는 편이 좋겠어. 에이다가 자기 생각을 말했다. 그럼 같이 갈래? 그래. 에이다는 같이 가는 편이 낫겠다고 했다. 그럼 지금 갈까? 그래, 지금 가자. 나는 내 소중한 에이다를 이해할 수 없었다. 눈에는 눈물이 글썽거리고 얼굴에는 사랑이 가득한 에이다!"

***

작가는 훌륭한 이야기꾼일 수도 있고 훌륭한 도덕주의자일 수도 있지만, 마법을 부리는 예술가가 되지 못한다면 위대한 작가가 될 수 없습니다. 디킨스는 훌륭한 도덕주의자, 훌륭한 이야기꾼이자 뛰어난 마법사였습니다만, 이야기꾼의 자질은 다른 자질에 비해 조금 떨어집니다. 다시 말해서 주어진 상황에서 등장인물들과 그들이 처한 환경을 그려내는 솜씨는 탁월하지만, 행동을 통해 이 인물들을 다양하게 엮으려 하면 결점이 드러난다는 뜻입니다.

위대한 예술작품이 우리에게 공통으로 주는 인상이 무엇일까요(여기서 '우리'란 좋은 독자를 말합니다)? 시의 정밀함과 과학의 설렘입니다. 『황폐한 집』이 최고의 솜씨를 발휘하는 부분에서 우리에게 주는 것이 바로 이것입니다. 디킨스가 최고의 솜씨를 발휘할 때는 마법사 디킨스, 예술가 디킨스가 앞으로 나섭니다. 『황폐한 집』에서 그다음으로 좋은 솜씨를 발휘할 때는 도덕적인 교사의 모습이 많이 드러납니다. 이때도 예술이 없지 않은 경우가 많습니다. 디킨스의 솜씨가 최악일 때 『황폐한 집』은 가끔 비틀거리는 이야기꾼을 우리에게 보여줍니다. 그래도 전체적인 구조는 여전히 훌륭합니다만.

이야기 솜씨에 몇 가지 문제가 있긴 해도, 디킨스는 여전히 위대한 작가입니다. 상당히 많은 등장인물들과 테마들을 제어하는 통제력. 인물과 사건을 하나로 엮어내거나 대화를 통해 그 자리에 없는 인물을 불러내는 솜씨, 다시 말해서, 인물을 창조할 뿐만 아니라 긴 소설 내내 그 인물들이 독자의 마음속에 살아 있게 하는 솜씨. 이런 것들은 당연히 그의 위대함을 드러내는 증표입니다. 스몰위드 영감이 호든 대위의 필체 견본을 얻겠다는 일념으로 조지의 실내사격장을 찾아왔을 때, 그를 의자에 앉은 채로 안으로 운반해주는 사람은 마부와 또다른 한 사람입니다. "'이 사람은' [마부가 아닌 남자를 뜻합니다] '이 앞길에서 맥주 1파인트 값을 주기로 하고 데려왔네. 2펜스지…… 주디, 얘야, 그자에게 2펜스를 줘라. 그자가 해준 일을 생각하면 좋은 가격이야.'

런던의 서쪽 거리에서 저절로 솟아나는 인간 곰팡이의 훌륭한 견본인 그 사람, 낡은 빨간색 재킷을 갖춰 입고 길에서 말을 잡아주거나 마차를 불러주는 '임무'를 수행하는 그 사람은 전혀 기쁘지 않은 얼굴로

2펜스를 받아 허공으로 한 번 던졌다가 손을 뒤집어 잡아챈 뒤 물러간다." 이 몸짓, 이 단 한 번의 몸짓, '손을 뒤집어'라고 묘사된 이 몸짓은 사소하지만, 그 덕분에 이 남자는 좋은 독자의 머릿속에 영원히 살아 있습니다.

위대한 작가의 세계에서는 과연 아주 비중이 적은 인물조차, 2펜스를 허공으로 던진 이 남자처럼 우연히 등장한 인물조차 살아갈 권리를 갖고 있습니다.

귀스타브 플로베르(1821~1880)
『보바리 부인』(1856)

이제 또다른 걸작을 즐겨볼 차례입니다. 이것도 또하나의 동화입니다. 이번 강의 시리즈의 동화들 중에서 플로베르의 소설 『보바리 부인』이 가장 낭만적입니다. 시의 역할을 하는 산문이라고나 할까요.*

여러분이 아이에게 이야기를 읽어주면, 어떤 아이는 아마 이렇게 물어볼 겁니다. 이거 실화예요? 아니라고 대답하면 아이는 실화를 요구합니다. 우리가 읽는 책에 대해 이렇게 아이 같은 태도는 취하지 말기로 합시다. 물론 어떤 사람이 초록색 외계인이 조종하는 파란색 비행접시가 휭 지나가는 걸 스미스 씨가 봤다고 여러분에게 말한다면, 여러분도 실화냐고 물을 겁니다. 그 이야기가 실화인지 아닌지에 따라 어떤 식으로든 여러분의 생활에 영향이 미칠 테니까요. 지극히 현실적인 영향일 겁니다. 하지만 소설이나 시에 대해 실화냐는 질문을 던지지는 마세요. 스스로를 놀리지 맙시다. 문학에 실용적인 가치는 전혀 없다는 점을 명심해야 합니다. 단 하나 예외가 있다면, 하필이면 문학 교수가 되고 싶

---

* 플로베르의 문체가 지닌 몇 가지 특징에 대해서는 이 글 말미에 있는 해설을 창조할 것. —편집자

어하는 특수한 경우뿐이겠죠. 에마 보바리라는 여성은 실제로 존재한 적이 없지만, 『보바리 부인』이라는 책은 앞으로도 영원히 존재할 겁니다. 책은 사람보다 오래 삽니다.

이 소설은 불륜을 다루고 있으며, 이 소설 속의 상황들과 비유들은 나폴레옹 3세 시절의 점잖고 속물적인 관리들에게 충격을 안겨주었습니다. 그래서 실제로 외설 혐의로 법정에서 재판을 받기도 했습니다. 한번 상상해보세요. 예술가가 만들어낸 작품이 외설이 될 수 있답니까. 다행히도 플로베르가 재판에서 이겼습니다. 그것이 정확히 100년 전이로군요. 우리 시대에는…… 뭐, 주제에서 벗어나지 맙시다.

우리는 플로베르가 의도했던 방식으로 『보바리 부인』에 대해 이야기할 겁니다. 즉, 구조(플로베르는 mouvement이라고 표현했지요), 테마의 가닥, 문체, 시, 등장인물을 기준으로 살펴보겠다는 뜻입니다. 이 소설은 35장으로 구성되어 있는데, 각각 약 10페이지 분량이며, 소설 전체는 3부로 나뉘어 있습니다. 루앙과 토스트, 용빌, 그리고 용빌과 루앙과 용빌이 각 부의 배경입니다. 대성당이 있는 프랑스 북부의 도시 루앙을 제외하면 모든 곳이 상상 속의 도시입니다.

이 소설의 가장 중요한 사건들은 루이 필립왕(1830~1848)의 재위 기간인 1830년대와 1840년대에 일어납니다. 1장이 시작하는 시점은 1827년 겨울이고, 일종의 발문이라고 할 수 있는 글은 등장인물들 중 일부의 삶을 나폴레옹 3세 시절인 1856년까지 쫓아갑니다. 이때는 플로베르가 이 소설을 마무리한 시점이기도 합니다. 『보바리 부인』의 집필은 1851년 9월 19일에 루앙 근처의 크루아세에서 시작되어 1856년 4

월에 끝났습니다. 플로베르가 원고를 보낸 것은 6월이고, 같은 해 말에 〈르뷔 드 파리〉에 이 원고가 연재되었습니다. 루앙에서 북쪽으로 백 마일이나 떨어진 불로뉴에서 찰스 디킨스가 『황폐한 집』을 마무리하고 있던 1853년 여름에 플로베르는 『보바리 부인』의 2부에 도달했으며, 그보다 1년 전 러시아에서는 고골이 죽고 톨스토이가 그의 중요 작품 중 첫 번째 것인 『유년시대』를 발표했습니다.

인간을 형성하고 만들어내는 요인은 세 가지입니다. 유전, 환경, 그리고 미지의 X. 지금까지 밝혀진 바로는 이 중에 환경이 가장 덜 중요하며, 미지의 X의 영향이 가장 큽니다. 책 속에 살고 있는 인물들의 경우에는 물론 작가가 이 세 가지 요인을 통제하고, 지시하고, 적용합니다. 보바리 부인을 둘러싼 사회는 플로베르가 만들어낸 것입니다. 보바리 부인 본인도 플로베르가 만들어냈습니다. 그러니 플로베르가 만든 사회가 플로베르가 만든 인물에게 영향을 미친다고 말해봤자 혼란스러울 뿐입니다. 책 속에서 일어나는 모든 일은 전적으로 플로베르의 머릿속에만 존재합니다. 맨 처음 이 사건들을 촉발한 사소한 요소가 무엇이든, 당시 프랑스의 상황이 어떠했든, 그가 프랑스의 상황을 어떻게 생각했든 모두 상관없습니다. 그래서 나는 에마 보바리라는 여주인공에게 사회가 객관적인 영향을 미쳤다고 주장하는 사람들에게 반대합니다. 플로베르의 소설은 인간의 운명이라는 섬세한 미적분을 다룬 작품이지, 사회적 조건화라는 산수를 다룬 작품이 아닙니다.

『보바리 부인』의 등장인물은 대부분 부르주아로 알려져 있습니다. 그러나 우리가 지금 당장 분명히 해야 할 것 하나는 플로베르가 '부르주아'라는 용어에 부여한 의미입니다. 이 말이 프랑스어에서 흔히 사용되는 의미 그대로 단순히 '도회지 사람'이라는 뜻이 아니라면, 플로베르가 생각한 의미는 '속물'입니다. 삶의 물질적인 측면에 집착하며 오로지 관습적인 가치만 믿는 사람이라는 뜻입니다. 플로베르는 '부르주아'라는 단어를 단 한 번도 마르크스처럼 정치경제적인 의미로 사용하지 않습니다. 플로베르의 부르주아는 주머니 사정이 아니라 정신 상태를 가리키는 말입니다. 이 소설의 유명한 장면이 하나 있습니다. 농부의 집에서 노예처럼 근면히 일한 대가로 메달을 받게 된 노파가 느긋한 자세로 그녀를 향해 환히 웃고 있는 부르주아 심사위원들 앞에 나서는 장면입니다. 분명히 말하지만, 여기서는 양쪽 모두 속물입니다. 환히 웃는 정치인들도, 미신을 잘 믿는 늙은 농민 여성도. 즉, 플로베르식 의미로는 양쪽 모두 부르주아인 것입니다. 예를 들어 현재 공산주의 국가인 소련의 문학, 예술, 음악, 포부가 근본적으로 밉살맞은 부르주아 성격을 띠고 있다고 말하면, 이 단어의 의미를 분명하게 이해할 수 있을 겁니다. 철의 장막 뒤에 드리운 레이스 커튼인 셈입니다. 직급을 막론하고 소련의 관리는 완벽한 부르주아식 정신 상태를 갖고 있습니다. 속물이라는 얘깁니다. 플로베르의 용어를 이해하는 열쇠는 무슈 오메의 속물 근성입니다. 더욱 더 분명히 하기 위해 이 말을 덧붙여야겠군요. 마르크스가 플로베르를 보았다면 정치경제적 의미에서 부르주아라고 생각했을 것이고, 플로베르는 정신적인 의미에서 마르크스를 부르주아로 봤을 겁니다. 두 사람 모두 옳습니다. 플로베르는 물질적으로 유복한 신사였고,

마르크스는 예술을 대하는 태도가 속물적이었으니까요.

*　*　*

시민왕le roi bourgeois 루이 필립의 재위 기간인 1830년부터 1848년은
나폴레옹이 불꽃놀이를 벌인 19세기 초나 잡다한 우리 시대에 비해 활
기가 없어서 유쾌한 시대였습니다. 1840년대에 "프랑스 연대기는 차가
운 기조Guizot 정권하에서 고요했다." 그러나 "1847년의 시작은 프랑스
정부에게 우울했다. 더 인기 있고 어쩌면 더 똑똑하기도 한 통치를 향한
안달, 갈망, 욕망 때문에…… 책략과 속임수가 고관들 사이에 횡행하
는 듯했다." 1848년 2월에 혁명이 일어납니다. 루이 필립은 "윌리엄 스
미스라는 가명으로 임대마차를 빌려 별 볼 일 없게 도망치는 것으로 별
볼 일 없는 재위의 막을 내렸다"(『브리태니커 백과사전』 9판, 1879). 내
가 이렇게 역사를 인용한 것은, 마차에 올라 도망친 착한 루이 필립이
정말로 플로베르의 작품에 나올 법한 인물이기 때문입니다. 한편 플로
베르의 또다른 인물인 샤를 보바리는 내 계산에 의하면 1815년생입니
다. 학교에 들어간 해는 1828년, '공의officer of health'(의사doctor보다 하
나 아래의 학위입니다)가 된 해는 1835년, 첫번째 아내인 과부 뒤뷔크
와 토스트에서 결혼한 것도 같은 해입니다. 그는 토스트에서 개업의로
일하고 있었습니다. 아내가 죽은 뒤 그는 1838년에 에마 루오(이 책의
여주인공)와 결혼해서 1840년에 용빌이라는 도시로 이주합니다. 그리
고 1846년에 이 두번째 아내를 잃고, 1847년에 서른두 살의 나이로 세

상을 떠납니다.

이것이 간단히 요약한 이 소설의 연대표입니다.

***

1장에서 우리는 첫번째 테마를 볼 수 있습니다. 층층이 쌓인 케이크 테마입니다. 1828년 가을, 열세 살인 샤를은 처음 학교에 간 날 교실에 들어온 뒤에도 무릎에서 계속 모자를 붙잡고 있습니다. "그것은 곰가죽과 수달가죽으로 만든 모자, 창기병의 샵스카[일족의 납작한 헬멧입니다], 둥근 펠트모자, 무명으로 만든 챙 없는 모자의 흔적들이 엿보이는 복합적인 유형의 모자였다. 요컨대 천치의 얼굴처럼 말이 없고 볼품없다는 점에서 아주 많은 것을 드러내는 한심한 물건 중 하나였다. 고래수염으로 모양을 잡은 그 타원형 모자는 가장 아랫부분부터 소시지를 둥글게 세 겹 쌓아놓은 것 같은 모양이 있고, 그 위에 마름모꼴이 두 줄 겹쳐져 있는데 빨간 선으로 구분된 두 줄 중 하나는 벨벳이고 다른 하나는 토끼털이었다. 그다음은 일종의 자루 같은 모양으로, 자루 끝에는 마분지로 만든 다각형이 있고, 그 위에는 복잡하게 꼬아놓은 끈이 달려 있었다. 그리고 지나치게 가느다란 이 긴 끈의 끝에는 금실로 만든 술 장식이 비틀린 모양으로 달려 있었다. 모자가 새것이라서 챙이 반짝거렸다."* (고골이 『죽은 혼』에서 치치코프의 여행가방과 코로보치카의 마차

---

* 1948년에 나온 라인하트 번역본을 인용했으나, 나보코프가 강의에 사용한 책에 수많은 주석을 붙여 번역을 크게 손보았다. —편집자

를 묘사한 장면과 이 장면을 비교해봐도 좋을 겁니다. 고골의 묘사에도 층층 케이크 테마가 있으니까요!)

이 장면과 앞으로 다루게 될 세 가지 사례에서 플로베르는 층과 층, 방과 방, 관棺과 관을 차례로 묘사하며 이미지를 전개합니다. 앞의 장면에서 모자는 볼품없고 한심한 물건입니다. 따라서 똑같이 볼품없고 한심할 샤를의 가엾은 일생을 상징합니다.

샤를의 첫번째 아내가 세상을 떠납니다. 그리고 샤를은 스물세 살 때인 1838년 6월에 에마와 농촌식의 거창한 결혼식을 치릅니다. 잘 차려진 잔치상과 층층 케이크가 있습니다만, 이 역시 볼품없고 한심합니다. 이 케이크를 만든 제빵사는 이 지역에서 처음 가게를 열었기 때문에 케이크에 대단히 공을 들였습니다. "우선 밑바닥에는 푸른색 정사각형 마분지[말하자면 아까의 모자 장면이 계속 이어지는 셈입니다. 모자가 마분지로 만든 다각형으로 끝났으니까요]를 깔고 그 위에 주랑현관과 주랑이 있는 신전을 세웠다. 금박을 입힌 종이로 별을 만들어 박아둔 벽감에는 작은 조각상들이 있었다. 그다음 층에는 머랭으로 만든 성이 있었다. 설탕으로 절인 안젤리카, 아몬드, 건포도, 4등분한 오렌지는 그 성을 에워싼 작고 작은 요새였다. 그리고 마침내 맨 위층에는 바위들이 흩어진 푸른 초원, 잼으로 만든 호수, 견과류 껍질로 만든 배, 초콜릿 그네에 앉은 작은 큐피드가 있고, 그네의 두 기둥 꼭대기에는 생화 장미 봉오리 두 개가 설탕 장식 대신 꽂혀 있었다."

여기서 잼으로 만든 호수는 장차 불륜을 저지르게 될 에마 보바리가 당시 유행하던 라마르틴의 서정시를 들으며 꿈처럼 그려보는 낭만적인 스위스 호수를 예고해주는 일종의 상징입니다. 작은 큐피드 상은 에마가 두번째 연인인 레옹과 밀회하는 루앙의 화려하지만 지저분한 호텔 방의 청동 시계 위에서 다시 우리와 만나게 될 겁니다.

우리는 아직 1838년 6월에서 벗어나지 못했습니다. 토스트의 집은 샤를이 1835~1836년 겨울부터 살던 곳입니다. 처음에는 첫번째 아내와 함께 살았지만, 그녀가 1837년 2월에 죽은 뒤에는 혼자 살았습니다. 그는 새 신부 에마와 토스트에서 2년을 더 살다가(1840년 3월까지) 용빌로 이주합니다. 첫번째 층입니다. "벽돌로 된 전면은 거리, 아니 대로와 면해 있었다. [두번째 층] 문 뒤에는 작은 어깨망토가 달린 외투, 말고삐, 검은 가죽모자가 걸려 있고, 바닥 한구석에는 마른 진흙이 여전히 덕지덕지 묻어 있는 각반 한 쌍이 있었다. [세번째 층] 오른쪽은 식당을 겸하는 거실이었다. 카나리아처럼 샛노란 벽지는 맨 위에 있는 연한색 꽃장식 덕분에 더욱 돋보였지만, 벽에 제대로 밀착되지 않아 위에서부터 아래까지 전부 가늘게 떨리는 듯했다. 창문에는 하얀색 옥양목 커튼이 비뚤게 걸려 있고, 좁은 벽난로 선반 위에서는 달걀형 바람막이 아래의 은도금 촛대 두 개 사이에서 히포크라테스의 얼굴이 달린 시계가 번쩍거렸다. [네번째 층] 복도 맞은편에는 샤를의 진찰실이 있었다. 폭이 여섯 걸음쯤 되는 작은 진찰실에 탁자 하나, 의자 세 개, 사무실용 안락의자 한 개가 있었다. 아직 책장을 펼친 적도 없지만(즉, 책장을 잘라서 연 적이 없지만) 지금껏 이 사람 저 사람 손에 팔리면서 제본이 낡아버린 『의학사전』한 질만으로도 소나무 책꽂이의 선반 여섯 개가 거의 꽉 찼다. [다섯번째 층] 병원 문이 열려 있는 시간에도 버터를 볶는 냄새가 벽을 통해 새어들어왔다. 마찬가지로 부엌에서도 진찰실의 환자가 기침하는 소리나 어디가 아픈지 이야기하는 소리를 들을 수 있었다. [여섯 번째 층] 그다음은['venait ensuite,' 모자를 묘사할 때의 공식을 그대로 가져왔습니다] 오븐이 있는 크고 낡은 방이었다. 마구간이 있는 마당과 곧바로 연결된 이 방은 장작과 포도주를 보관하고, 기타 물건을 넣어두는 창고로 쓰였다."

결혼한 지 8년이 지난 1846년 3월까지 에마 보바리는 남편이 전혀 알지 못하는 폭풍 같은 연애를 두 번 경험합니다. 그 과정에서 엄청난 빚이 악몽처럼 쌓여 감당할 수 없게 되자 자살하죠. 가엾은 샤를은 평생 처음이자 마지막으로 낭만적인 환상을 꿈꾸면서 아내의 장례를 위해 다음과 같은 계획을 짭니다. "그는 진찰실에 틀어박혀 펜을 들고 한바탕 흐느끼고 난 뒤 종이에 이렇게 적었다. 나는 아내가 웨딩드레스를 입고, 하얀 구두를 신고, 화관을 쓴 모습으로 땅에 묻히기를 바란다. 머리카락은 어깨 위로 펼쳐놓을 것이다. [이제 층이 나옵니다.] 관은 세 겹으로 하되, 각각 떡갈나무, 마호가니, 납으로 만든다…… 전체적으로 커다란 초록색 벨벳을 덮는다."

이 소설 속의 모든 층층 케이크 테마가 여기서 하나로 모입니다. 샤를이 학교에 간 첫날의 그 한심한 모자를 구성한 모든 층과 층층이 꾸며진 웨딩케이크가 무엇보다 아주 또렷하게 떠오르는군요.

***

첫번째 보바리 부인은 집달관이었던 남편과 사별한 여자입니다. 첫 번째 부인이지만, 말하자면 잘못된 보바리 부인입니다. 아직 이 첫번째 부인이 살아 있는 2장에서 두번째 부인이 모습을 드러냅니다. 샤를이 나이 많은 의사의 맞은편에 자리를 잡고 그가 세상을 떠난 뒤의 빈자리를 노리듯이, 미래의 보바리 부인 역시 첫번째 보바리 부인이 죽기 전에 나타나는 겁니다. 플로베르는 이 첫번째 부인과의 결혼식을 묘사할 수 없었습니다. 그랬다가는 두번째 보바리 부인의 결혼 잔치 분위기가 망가질 테니까요. 플로베르가 첫번째 부인에게 부여한 이름은 뒤뷔크 (죽은 남편의 성입니다) 부인입니다. 그녀는 그다음에 보바리 부인이 되고, 보바리 소마님(샤를의 어머니와 구분하는 이름)이 되고, 엘로이즈가 됩니다만, 공증인이 맡아서 관리하던 돈을 가지고 도망쳤을 때는 과부 뒤뷔크가 되었다가 최종적으로 뒤뷔크 부인이 됩니다.

다시 말해서, 에마 루오와 사랑에 빠진 샤를의 단순한 머릿속에서, 첫번째 부인이 그동안 거쳐 온 단계를 그대로 되밟아 처음 상태로 되돌아간다는 얘깁니다. 그녀가 죽고 샤를 보바리가 에마와 결혼하는 시점에, 이미 이 세상 사람이 아닌 가엾은 엘로이즈는 완전히 처음으로 돌아가 뒤뷔크 부인이 되어 있습니다. 아내를 잃고 혼자 남은 사람은 샤를인데도, 어떻게 된 일인지 배신당하고 죽은 엘로이즈가 다시 과부 시절로 돌아가 혼자 남게 되는 겁니다. 에마는 엘로이즈 보바리의 애처로운 운명에 단 한 번도 연민을 품지 않는 듯합니다. 말이 나온 김에 덧붙이자면, 두 보바리 부인의 죽음에는 모두 경제적인 문제로 인한 쇼크가 영향을 미칩니다.

***

　'낭만적romantic'이라는 단어에는 여러 가지 의미가 있습니다. '보바리 부인', 그러니까 이 작품과 보바리 부인 자체를 논하면서 우리는 이 단어를 다음과 같은 의미로 사용할 겁니다. "주로 문학에서 유래한 그림 같은 가능성들을 곰곰이 생각하며 머릿속으로 몽롱한 상상에 빠지는 버릇이 특징인 상태." (낭만주의적이라기보다는 몽상적romanesque이라는 뜻입니다.) 정신적으로나 감정적으로 비현실적인 세계에 사는 낭만적인 사람은 그 정신의 수준에 따라 심오할 수도 있고 얄팍할 수도 있습니다. 에마 보바리는 머리가 좋고, 감수성이 예민하고, 비교적 교육을 많이 받은 편이지만 정신적으로는 얄팍합니다. 그녀가 매력적이고, 아름답고, 세련된 사람이라고 해서 속물근성이라는 치명적인 성향이 아예 배제되지는 않습니다. 그녀가 이국적인 백일몽을 꾼다고 해서 전통적인 가치에 매달리거나 이런저런 전통적인 방식으로 전통을 어기는 소도시 부르주아 근성에서 벗어나는 것도 아닙니다. 불륜은 전통에 구애받지 않는 가장 전통적인 방식이죠. 또한 그녀가 사치를 갈망한다고 해서, 플로베르가 농민다운 단단함이라고 표현했던 성향, 즉 시골사람답게 실용적인 성향을 한두 번 드러내는 데 방해가 되지는 않습니다. 그러나 그녀의 외모가 지닌 뛰어난 매력, 흔치 않은 우아함, 벌새를 연상시키는 쾌활함은 이 소설에 등장하는 세 남자, 즉 그녀의 남편과 두 연인에게 저항할 수 없는 매력으로 작용합니다. 두 연인은 모두 비열한 자식들입니다만. 그중에 로돌프는 그녀에게서 몽롱하고 아이 같은 다정함을 발견합니다. 그때까지 그가 어울리던 매춘부들과 대조되는 이 모습이 그에게는 아주 반갑습니다. 또다른 연인인 레옹은 야망만큼 실력이 따라오지 않는 사람인데, 진짜 귀부인을 애인으로 삼았다는 사실에 어깨가 으쓱해집니다.

그럼 남편인 샤를 보바리는 어떨까요? 그는 재미없고, 둔하고, 단조로운 사람입니다. 매력도 없고, 머리도 없고, 문화적 소양도 없습니다. 그저 전통적인 관념과 습관만 완전히 갖추고 있을 뿐입니다. 그는 속물이지만, 또한 가엾은 인간이기도 합니다. 이제부터 가장 중요한 것 두 가지를 이야기하겠습니다. 그가 에마에게서 발견한 매력은 바로 에마가 낭만적인 몽상 속에서 찾아 헤매는 것과 같습니다. 샤를은 그녀에게서 진주처럼 반짝거리는 사랑스러움, 사치스러움, 꿈에 잠긴 듯한 초연함, 시, 낭만을 어렴풋하지만 마음속 깊이 느낍니다. 이것이 두 가지 중요한 점 중 하나입니다. 잠시 뒤에 이것의 사례를 몇 가지 제시하겠습니다. 두번째 중요한 점은 샤를이 거의 부지불식간에 에마에게 품게 되는 사랑이 진실한 감정이라는 것입니다. 깊고 진실한 이 감정은 에마의 말쑥하지만 통속적인 연인인 로돌프와 레옹의 사납거나 경박한 감정과는 절대적인 대조를 이룹니다. 이렇게 해서 플로베르가 지은 이 동화의 즐거운 패러독스가 만들어집니다. 이 이야기에서 가장 둔하고 요령 없는 사람이 에마가 살았을 때든 죽었을 때든 그녀를 향해 전능하고 흔들리지 않는 사랑을 품고 그녀를 용서함으로써 유일하게 어떤 신성한 힘에 의한 구원을 경험한다는 것. 에마를 사랑하는 인물이 하나 더 있기는 합니다만, 이 네번째 인물인 쥐스탱은 그저 디킨스의 소설에 나오는 아이 같은 존재일 뿐입니다. 그래도 그에게 연민의 마음으로 주의를 기울여보라고 권하고 싶습니다.

***

이제 샤를이 아직 엘로이즈 뒤뷔크와 결혼생활을 하던 시점으로 다시 돌아가봅시다. 2장에서 보바리의 말馬, 이 소설에서 말은 따로 작은 테마를 이룰 만큼 엄청난 역할을 합니다.* 이 말이 몽롱한 분위기 속에서 빠른 걸음으로 달려 샤를을 에마에게 데려다줍니다. 에마는 그의 환자인 어떤 농부의 딸입니다만, 그냥 평범한 농촌 여자가 아닙니다. 우아한 아가씨거든요. 상류층의 아가씨들과 훌륭한 기숙학교에서 교육을 받은 '규수'입니다. 그런데 샤를 보바리는 아내와 함께 누웠던 끈끈한 침대에서 억지로 일어나 나온 참입니다(그는 나이 많고, 가슴이 납작하고, 봄날의 꽃봉오리만큼 여드름이 많은 이 불행한 첫번째 아내를 한 번도 사랑한 적이 없습니다. 플로베르는 샤를이 그녀를 다른 남자의 부인이었다가 사별한 여자로 보고 있는 것으로 묘사합니다). 젊은 시골의사인 샤를은 무미건조한 침대에서 자다가 연락을 받고 일어나 어떤 농부의 부러진 다리를 맞춰주려고 레 베르토의 농가로 가고 있습니다. 목적지가 가까워졌을 때, 얌전하던 말이 갑자기 놀라서 심하게 뛰어오릅니

---

* 말 테마에 관련한 자료를 보려면 이 글 끝의 해설 참조. —편집자

다. 그의 조용한 생활이 산산이 부서질 것이라는 은근한 경고입니다.

이 농가에 처음으로 온 샤를의 눈을 통해, 불행한 과부와 아직 부부로 묶여 있는 그의 눈을 통해 농가와 에마가 모습을 드러냅니다. 마당에서 자라는 공작새 여섯 마리는 어렴풋한 징조, 그러니까 진주처럼 반짝이는 어떤 것을 볼 것이라는 징조 같습니다. 이 장의 뒷부분에는 에마의 양산이 또 작은 테마로 등장합니다. 며칠 뒤, 겨우내 얼었던 얼음이 녹아서 나무껍질이 습기로 번들거리고, 헛간 지붕에 쌓인 눈도 녹아내리는 날씨에 에마가 문간에 서 있다가 양산을 가져와서 펼칩니다. 마치 프리즘 같은 역할을 하는 비단 양산 덕분에 햇빛이 그녀의 하얀 얼굴에 반사되자 무지개처럼 여러 색깔들이 그녀의 얼굴에서 춤을 춥니다. 그녀는 부드럽고 따뜻한 양산 아래에서 미소 짓습니다. 그리고 팽팽하게 당겨진 물결무늬 비단 우산 위로 물방울이 정확한 리듬으로 하나씩 똑똑 떨어지는 소리가 들립니다.

에마의 감각적인 우아함을 보여주는 다양한 물건들이 보바리의 눈을 통해 제시됩니다. 주름장식이 세 개 달린 파란색 드레스, 우아한 손톱, 머리 모양 같은 것들. 머리 모양에 대한 묘사는 모든 번역본에서 워낙 지독하게 번역되어 있기 때문에, 정확한 묘사를 알려주어야만 그 머리 모양을 올바르게 상상할 수 있을 겁니다. "머리카락이 두 개의 검은 띠로 고정되어 있었다. 두 개의 띠는 따로 떨어져 있는 듯했는데, 몹시 매끄러웠다. 한가운데의 섬세한 가르마는 두개골의 굴곡을 따라 살짝 아래로 꺼졌다[젊은 의사의 시선으로 보는 겁니다]. 검은 띠 아래로 귓불이 살짝 드러났고[모든 번역가가 '귀 끝'이라고 번역해놓은 것 같은데, '귓불'

입니다. 귀 위쪽인 귀 끝은 당연히 매끄러운 검은 띠에 가려져 있습니다],
머리카락은 뒤쪽에서 풍성하게 쪽을 진 것처럼 고정되어 있었다. 뺨은
장밋빛이었다."

젊은 청년의 눈에 인상 깊게 박힌 그녀의 관능적인 모습을 더욱 강조
해주는 것은 거실 안에서 바라본 여름 풍경에 관한 묘사입니다. "덧창이
닫혀 있었다. 나무 덧창의 틈새로 들어온 햇빛이 돌바닥에서 길고 가느
다란 빛살로 부서졌다. 빛살은 가구의 모서리에서 각도가 틀어지기도
하면서 천장으로 올라가 노닐었다. 탁자 위에서는 사용한 흔적이 있는
유리잔을 파리들이 걸어올라갔다가 잔 바닥에 남은 사과술 찌꺼기에
빠져 붕붕거렸다. 굴뚝을 통해 들어온 빛에 벽난로 안쪽의 검댕이 벨벳
처럼 변하고, 차가운 재는 검푸른색으로 물들었다. 창문과 벽난로 사이
에 에마가 앉아 바느질을 하고 있었다. 숄을 두르지 않았기 때문에 맨살
이 드러난 어깨에 작은 땀방울이 맺힌 것이 보였다." 닫힌 덧창의 틈새
로 들어온 길고 가느다란 빛살, 유리잔을 걸어올라가(번역본의 표현처
럼 '기어올라가는' 것이 아닙니다. 파리들은 기지 않고 걷습니다. 그리
고 양손을 비비죠), 유리잔을 걸어올라가 사과술 찌꺼기에 빠진 파리들
을 잘 보십시오. 빛살이 서서히 퍼지면서 벽난로 안쪽의 검댕이 벨벳처
럼 변하고 차가운 재가 검푸른색으로 물든 것을 또 어떻고요. 에마의 어
깨에 맺힌 땀방울(그녀는 어깨가 드러나는 드레스를 입고 있습니다)도
중요합니다. 정말 최고의 이미지들입니다.

결혼 행렬이 벌판에서 구불구불 움직이는 장면은 에마가 죽은 뒤 장
례 행렬이 다른 벌판에서 구불구불 움직이는 장면과 반드시 비교해보

아야 합니다. 먼저 결혼식 장면. "행렬은 처음에 벌판을 가로질러 물결치는 긴 스카프처럼 늘어서 초록색 밀밭 사이로 구불구불 나 있는 좁은 길을 따라갔지만, 곧 길게 늘어서서 여러 무리로 갈라졌다. 사람들은 꾸물거리며 자기 무리의 사람들과 이야기를 나눴다. 악사는 끝의 소용돌이 장식에 화려한 리본을 매단 바이올린을 들고 앞에서 걸었다. 그 뒤에 신랑신부가 있고, 친척들과 친구들이 있었다. 모두 제멋대로 행렬을 따라갔다. 아이들은 뒤로 처져서 귀리 줄기에서 이삭을 쥐어뜯으며 즐거워하거나 아무도 몰래 자기들끼리 장난을 쳤다. 에마의 드레스가 너무 길어서 땅에 조금 끌렸기 때문에 그녀는 가끔 걸음을 멈추고 드레스 자락을 들어올린 뒤, 장갑을 낀 손가락을 우아하게 움직여 거친 풀과 작고 뾰족뾰족한 엉겅퀴를 떼어냈다. 샤를은 그녀와 잡았던 손이 빈 채로, 그녀를 기다렸다. 루오 영감은 새로 산 실크해트를 쓰고 소매가 손톱 끝까지 내려오는 검은 겉옷을 입은 차림으로 보바리 노부인에게 팔을 빌려주었다. 신랑의 아버지인 보바리 씨는 사실 이 사람들을 전부 깔보고 있었기 때문에 단추가 한 줄인 군대식 프록코트만 입고 와서 금발의 시골 아가씨에게 술집에서나 통하는 칭찬을 던지고 있었다. 아가씨는 얼굴이 빨개져서 고개 숙여 인사하고는 어쩔 줄을 몰랐다. 다른 하객들은 사업 이야기를 하기도 하고, 상대가 보지 않는 사이에 광대짓을 하기도 하면서 곧 다가올 즐거운 잔치에 벌써 흥을 내고 있었다. 귀를 잘 기울이면, 언제나 끽끽거리는[귀뚜라미 소리] 바이올린 소리가 들려왔다. 악사는 벌판을 걸어가며 계속 바이올린을 연주했다."

이제 에마를 땅에 묻는 장면입니다. "여섯 남자가 관 양편에 세 명씩 서서 살짝 숨을 몰아쉬면서 천천히 걸었다. 사제들과 성가대원들, 그리고 성가대 소년 두 명이 애도의 노래를 불렀다. 그들의 목소리가 높게 또는 낮게 벌판에 메아리쳤다. 가끔 구불거리는 길 때문에 그들의 모습이 시야에서 사라지기도 했지만, 커다란 은십자가는 언제나 나무들 사이로 우뚝 솟아 있었다[결혼식 장면의 악사와 비교하세요].

여자들은 두건을 젖힌 검은 망토를 입고 뒤를 따랐다. 각자 불을 붙인 커다란 양초를 손에 들고 있었다. 샤를은 밀랍과 사제복의 숨막히는 냄새 속에서 계속 되풀이되는 기도와 끊이지 않고 이어지는 불빛 때문에 점점 힘이 빠졌다. 시원한 산들바람이 불어왔다. 호밀과 평지 씨앗["양배추 씨앗"입니다]은 초록색이고, 길가와 산사나무 울타리에서는 이슬 방울들이 파르르 몸을 떨었다. 온갖 즐거운 소리들이 사방을 가득 채웠다. 멀리서 길에 팬 바퀴 자국을 따라 수레가 덜컹거리며 굴러가는 소리, 몇 번이나 연달아 들려오는 수탉의 울음소리, 망아지가 뛰놀며 사과나무 아래로 도망치는 소리. 깨끗한 하늘은 빛나는 구름에 먹히고, 붓꽃이 잔뜩 피어 있는 오두막 위에는 푸르스름한 안개가 걸려 있었다. 샤를이 걸어가는 길가의 모든 집 마당이 낯익었다. 전에도 지금과 비슷한 오전 풍경을 본 적이 많았다. 왕진을 끝낸 뒤 환자의 집에서 나와 그녀에게 돌아가던 길에[묘하게도 그는 결혼식을 떠올리지 않습니다. 이 점에서 독자의 형편이 샤를보다 더 낫습니다].

하얀 구슬 같은 무늬가 흩뿌려져 있는 검은 천이 가끔 바람에 날리면 관이 드러났다. 운구를 맡은 사람들은 지쳐서 걸음이 느려졌고, 관은 파도에 부딪힐 때마다 흔들리는 배처럼 계속 출렁거리며 앞으로 나아갔다."

결혼식을 마친 뒤 청년 샤를이 일상에서 느끼는 황홀한 행복 역시 감각적이고 섬세하게 묘사되어 있습니다. 그런데 이 부분에서도 우리는 형편없는 번역을 바로잡을 수밖에 없습니다. "아침에 침대에서 베개에 팔꿈치를 괴고 그는 나이트캡에 반쯤 가려진 그녀의 뺨에서 햇살이 황금빛 꽃을 피우는 것을 지켜보았다. 가까이에서 보면 그녀의 눈이 이상할 정도로 커 보였다. 특히 잠에서 깨어 눈을 떴다가 다시 감을 때가 그랬다. 빛을 받지 않을 때는 까맣고, 환한 햇빛 속에서는 검푸른색을 띠는 그 눈은 말하자면 여러 색깔이 층층이 겹쳐진 것 같았다. 아래쪽으로 내려갈수록 색이 짙어지고, 각막 쪽으로 올라올수록 색이 밝아졌다." (여기에도 층층 케이크 테마가 살짝 보입니다.)

***

6장에서 에마의 어린시절이 회상 속에서 얄팍하고 몽상적으로 그려집니다. 그녀가 읽는 책과 그 책을 통해 깨닫는 것들이 그런 분위기를 띱니다. 에마는 로맨스소설, 다소 이국적인 소설, 낭만적인 시를 몹시 즐겨 읽습니다. 그녀가 접하는 책 중에는 월터 스콧이나 빅토르 위고처럼 일류 작가가 쓴 것도 있고, 베르나르댕 드생피에르나 라마르틴처럼 그다지 일류는 아닌 작가들의 것도 있습니다. 하지만 중요한 것은 이것이 아닙니다. 그녀가 형편없는 독자라는 점이 중요합니다. 에마는 감정적으로, 생각이 얕은 청소년처럼 책을 읽습니다. 그러면서 책 속의 여러 여성들의 입장에 자신을 놓아봅니다. 플로베르는 여기서 대단히 섬세한 솜씨를 보여줍니다. 여러 군데에서 그는 에마의 심금을 울린 로맨스의 클리셰를 열거합니다. 하지만 그가 이 싸구려 이미지들을 운율에 맞춰 배치했기 때문에 조화롭고 예술적인 효과를 느낄 수 있습니다. 수녀원에서 에마가 읽는 소설들은 "모두 사랑 이야기였다. 연인, 애인, 괴롭힘에 지쳐 외딴 정자에서 기절하는 귀부인, 역참마다 살해당하는 마부들, 페이지마다 지쳐서 죽음을 맞는 말들, 어두운 숲, 아픈 가슴, 맹세, 흐느낌, 눈물과 키스, 달빛을 받은 작은 배, 그늘진 숲속의 나이팅게일, 사자처럼 용감하고 어린양처럼 온화하고 누구보다 고결하며 항상 옷을 잘 차려입고 유골 항아리처럼 눈물을 흘리는 '신사들.' 그때 열다섯 살이던 에마는 6개월 동안 대출이 가능한 낡은 도서관에서 책에 쌓인 먼지로 제 손을 단장했다. 나중에 월터 스콧을 읽었을 때는 역사적인 사건들에 반해서 낡은 궤짝, 파수병 대기실, 음유시인이 등장하는 몽상에 잠겼다. 어딘가의 낡은 장원 같은 곳에서 살아보고 싶기도 했다. 허리선이 낮은 드레스를 입은 성의 안주인이 되어 이파리무늬를 새긴 뾰족한 아치 아래에서 돌에 몸을 기대고 손으로 턱을 괸 채, 하얀 깃털을 꽂은 기사가 검은 말을 타고 먼 벌판에서부터 달려오는 모습을 지켜보며 나날을 보내고 싶었다."

플로베르는 오메의 야비함을 열거할 때도 이와 똑같은 예술적인 기법을 사용합니다. 소재는 조야하고 혐오스러울지 몰라도, 표현 방식은 예술적으로 균형이 잡혀 있습니다. 이런 것이 문체입니다. 이런 것이 예술입니다. 책에서 진정으로 중요한 것은 이것밖에 없습니다.

에마의 백일몽이라는 테마는 사냥터지기의 선물인 개와 어느 정도 연결되어 있습니다. 에마는 그 개를 데리고 "[토스트에서] 산책을 나갔다. 잠시 혼자 있고 싶어서, 그리고 먼지가 폴폴 날리는 길과 언제나 똑같은 정원을 보지 않으려고 가끔 밖으로 나가곤 했다…… 그녀는 처음에 아무런 목적 없이 이런저런 생각을 했다. 강아지가 탁 트인 벌판을 뛰어다니며 노란 나비를 쫓아 컹컹 짖어대기도 하고, 뾰족뒤쥐를 쫓아가기도 하고, 밀밭 가장자리에 자라는 양귀비를 뜯어먹는 것처럼. 그러다가 생각이 점차 뚜렷한 형체를 갖추자 에마는 양산으로 콕콕 찔러대던 잔디밭에 앉아 혼자 또 중얼거렸다. '세상에! 내가 결혼을 왜 했지?'

그녀는 우연이 맞아떨어져서 혹시 다른 남자를 만날 가능성이 있었는지 자문해보았다. 그리고 실제로 일어나지 않은 여러 사건들, 지금과는 다른 삶, 미지의 남편을 상상해보려고 했다. 확실히 모든 것이 지금과 같지는 않을 것이다. 미남이고, 재치 있고, 뛰어나고, 매력적인 남자가 남편이 되었을지도 모른다. 학창시절의 옛 친구들은 틀림없이 그런 사람과 결혼했을 테지. 그 친구들은 지금 무엇을 하고 있을까? 거리의 소음, 분주하게 돌아가는 극장, 불빛이 반짝이는 무도회가 있는 도시에서 살고 있을 것이다. 가슴이 넓어지고, 감각이 꽃을 피우는 삶을. 하지만 그녀의 삶은 천창이 북쪽으로 난 다락방처럼 차가웠다. 게다가 권태가 조용한 거미처럼 그녀의 가슴속 모든 구석에 그 어두운 거미줄을 치고 있었다."

토스트에서 용빌로 가는 길에 개를 잃어버린 것은, 약간 낭만적이고 구슬프게 백일몽에 빠지던 토스트의 삶이 끝나고 운명적인 용빌에서 열정적인 일들이 시작될 것임을 상징합니다.

그러나 보비사르*에서 돌아오는 길에 아무도 없는 시골길에서 주운 비단 시가 케이스가 계기가 되어 에마는 용빌로 이사하기 전부터 파리에 대해 낭만적인 백일몽에 빠집니다. 이 세기 전반기에 나온 가장 위대한 소설인 프루스트의 『잃어버린 시간을 찾아서』에서 소도시 콩브레와 그곳의 정원들(에 대한 기억)이 차 한 잔에서 솟아나오는 것과 비슷합니다. 파리에 대한 이러한 환상은 이 소설에 연달아 등장하는 에마의 백일몽 중 하나입니다. 금방 파괴되어버린 한 백일몽에서 그녀는 샤를을 통해 보바리라는 이름을 유명하게 만드는 상상을 합니다. "적어도 책에 푹 빠져서 밤을 지새우며 자신의 일에 무섭고 열정적으로 빠져드는 남자, 마침내 류머티즘에 걸릴 만한 나이인 예순 살이 되었을 때 몸에 잘 맞지도 않는 검은 겉옷에 훈장을 달고 다니는 남자가 왜 그녀의 남편이 아닌 걸까? 그녀는 이제 자신의 것이기도 한 보바리라는 이름이 유명하기를, 서점에 그 이름이 진열되고 신문에도 몇 번이나 나오고 프랑스 전역에 널리 알려져 있기를 소망했다. 하지만 샤를은 포부가 없는 사람이었다."

백일몽 테마는 아주 자연스럽게 속임수 테마와 합류합니다. 에마는

---

* 나보코프는 샤를이 마구를 손보려고 멈춰 섰을 때 에마가 발견한 시가 케이스가 그녀에게 화려하고 낭만적인 파리생활의 상징이 되었다고 적어두었다. 나중에 로돌프도 에마를 유혹한 뒤 망가진 고삐를 손본다. ─편집자

시가 케이스를 숨겨놓고, 그 시가 케이스에 대한 몽상에 잠깁니다. 샤를의 마음을 움직여 다른 곳으로 가고 싶어서 처음부터 샤를을 속이는 겁니다. 그녀가 병에 걸린 척 연기를 하는 바람에, 샤를은 기후가 더 좋다는 용빌로 이주하기로 합니다. "이런 불행한 생활이 영원히 계속될까? 여기서 결코 빠져나갈 수 없는 것인가? 그녀가 행복하게 살고 있는 다른 여자들보다 못난 것도 아닌데. 그녀는 보비사르에서 공작부인을 여러 명 보았다. 몸매도 꼴사납고, 태도는 평민 같았다. 에마는 신의 부당한 처사를 비난하며 벽에 머리를 기대고 울었다. 그녀는 떠들썩한 삶을 부러워하고, 가면무도회를 갈망했다. 그녀가 알지 못하는 그 모든 화려함과 자유로움이 틀림없이 안겨줄 광포한 쾌락을 갈망했다.

그녀는 얼굴이 점점 창백해지고, 심장이 두근거렸다. 샤를은 쥐오줌풀과 장뇌를 푼 목욕을 처방했다. 하지만 어떤 방법을 써봐도 그녀의 화를 부채질하기만 하는 것 같았다……

그녀가 항상 토스트에 대해 불평을 늘어놓았기 때문에, 샤를은 아내가 틀림없이 이 지역의 어떤 요인 때문에 병이 든 것 같다고 생각했다. 이 생각이 굳어져서 그는 다른 곳에 가서 병원을 여는 것을 진지하게 생각하기 시작했다.

그때부터 그녀는 식초를 마셔서 살을 빼고, 찢어지는 소리로 기침을 하고, 식욕을 완전히 잃어버렸다."

운명이 에마를 손에 넣는 곳이 바로 용빌입니다. 그녀의 결혼식 부케가 맞은 결말은 그녀가 몇 년 뒤 스스로 목숨을 끊을 것임을 보여주는 일종의 예고 또는 상징입니다. 에마는 첫번째 보바리 부인의 부케를 발견했을 때 자신의 부케는 어찌 될지 생각해본 적이 있습니다. 그리고 지금 토스트를 떠나면서 그녀가 직접 부케를 태워버리는 모습이 아주 멋지게 묘사되어 있습니다. "어느 날 이사에 대비해서 서랍을 정리하다가 그녀는 손가락을 찔렸다. 그녀의 결혼식 부케를 감은 철사 때문이었다. 오렌지색 꽃은 먼지가 앉아 노란색으로 변했고, 은색으로 테를 두른 새틴 리본은 가장자리가 해져 있었다. 그녀는 부케를 불속으로 던져버렸다. 꽃다발은 마른 짚보다 더 순식간에 타올랐다. 곧 재 속에 빨간 덤불 같은 것이 생겼다. 그녀는 꽃다발이 타는 모습을 지켜보았다. 마분지로 만든 작은 열매들이 터져나가고, 철사가 뒤틀리고, 금색 끈은 녹아내렸다. 쪼그라든 종이 꽃잎들이 화덕 안쪽에서 검은 나비처럼 팔랑거리다가 마침내 굴뚝 안으로 날아올라갔다." 1852년 7월 22일쯤에 쓴 편지에서 플로베르는 이 글에 적용해도 될 것 같은 말을 씁니다. "정말로 훌륭한 산문 문장은 훌륭한 시구 같아야 합니다. 함부로 바꿀 수 없고, 리듬과 울림이 있어야 한다는 뜻입니다."

백일몽 테마는 에마가 딸의 이름으로 생각해보는 낭만적인 이름들에서 다시 모습을 드러냅니다. "처음에 그녀는 이탈리아식으로 끝나는 이름들을 전부 생각해보았다. 클라라, 루이자, 아망다, 아탈라. 갈수앵드도 상당히 마음에 들었고, 이졸데와 레오카디는 더 마음에 들었다." 다른 인물들도 저마다 자신의 성격을 충실히 반영하는 이름들을 제안합니다. "샤를은 아이 엄마의 이름을 그대로 아이에게 지어주고 싶어했지만, 에마가 반대했다." 오메는 무슈 레옹이 "왜 마들렌이라는 이름을 선택하지 않는지 모르겠다고 하던걸요. 요즘 그 이름이 아주 유행이라서요"라고 말합니다.

"하지만 보바리 노부인은 그것이 죄인의 이름이라며 큰소리로 반대했다. 무슈 오메는 위대한 인물, 유명한 사건, 우아한 생각을 연상시키는 이름을 좋아해서……" 에마가 최종적으로 베르트라는 이름을 선택한 이유를 살펴볼 필요가 있습니다. "마침내 에마는 보비사르성에서 후작부인이 어떤 아가씨를 베르트라고 불렀던 것을 떠올렸다. 그 순간 그 이름이 선택되었다……"

아이의 이름을 지으면서 낭만적인 생각을 하는 장면은 아이를 유모에게 맡겨 기르는 모습과 대조를 이룹니다. 이것은 당시의 유별난 관습이었죠. 에마는 레옹과 함께 한가로이 걸어서 아이를 만나러 갑니다. "두 사람은 늙은 호두나무가 그늘을 드리운 것을 보고 그곳이 유모의 집임을 알 수 있었다. 갈색 기와를 얹은 나지막한 집. 다락방의 천창 아래 벽에 한 줄로 엮어놓은 양파가 걸려 있었다. 작은 양상추 밭, 겨우 몇 평방피트를 차지한 라벤더, 막대를 타고 올라간 스위트피 등을 에워싼 가시 울타리에는 나뭇가지 다발들이 똑바로 세워져 있었다. 풀밭 위 여기저기로 더러운 물이 흐르고, 사방에는 온통 이렇다 할 특징이 없는 누더기 조각 여러 개, 털실로 짠 양말, 빨간색 옥양목 재킷이 흩어져 있고, 산울타리에는 거친 아마포로 만든 커다란 침대보가 펼쳐져 있었다. 문에서 나는 소리를 듣고 유모가 젖을 물린 아기를 한 팔에 안고 나타났다. 자유로운 다른 한 손으로는 제대로 자라지 못한 것 같은 자그마한 녀석을 끌고 있었다. 얼굴이 종기투성이인 그 아이는 루앙에 사는 양말장수의 아들로, 역시 부모가 너무 바빠서 여기 시골에 맡겨져 있었다."

에마의 감정적인 부침, 즉 갈망, 열정, 좌절감, 사랑, 실망감이 체크무 늬처럼 문장 속에서 교차하다가 대단히 폭력적이고 지저분한 자살로 끝납니다. 그러나 에마와 헤어지기 전에 그녀가 본질적으로 단단한 사 람임을 주목하기 바랍니다. 가벼운 신체적 결점, 즉 단단하고 건조하고 각진 그녀의 손이 바로 그 점을 상징합니다. 그녀가 애정을 갖고 열심히 가꾼 덕에 손이 우아하고, 하얗고, 어쩌면 예쁜 것 같기도 하지만 아름 답지는 않습니다.

그녀는 가짜입니다. 천성적인 거짓말쟁이입니다. 그녀는 실제로 불륜 을 저지르기 전, 처음부터 샤를을 속입니다. 속물들 사이에 살고 있는 그녀 자신도 속물입니다. 그녀의 정신적인 저속함이 오메의 경우처럼 훤히 드러나지는 않습니다. 진보를 신봉하는 척, 진부한 기성품 같은 태 도를 보이는 오메의 모습이 에마에게서 낭만적인 척하는 여성적인 모 습으로 그대로 복제되어 나타난다고 말하는 것이 어쩌면 그녀에게 너 무 심한 말이 될지도 모르겠습니다. 하지만 오메와 에마가 이름만 비슷 한 것이 아니라 분명히 공통점을 갖고 있는 것 같다는 생각을 떨칠 수 가 없습니다. 저속하고 잔혹한 본성, 그것이 바로 두 사람의 공통점입니 다. 에마의 저속함과 속물근성을 가려주는 것은 그녀의 우아함과 약삭 빠름, 아름다움, 정처 없이 방황하는 지성, 이상을 추구하는 힘, 부드러 움과 이해심이 드러나는 순간들, 그리고 새처럼 살다 간 그녀의 짧은 삶 이 인간적인 비극으로 끝난다는 사실입니다.

오메는 그렇지 않습니다. 그는 성공한 속물입니다. 가엾은 에마가 죽어서 누워 있는 마지막 순간까지 그녀를 돌보는 사람은 남의 일에 참견하기 좋아하는 오메와 무미건조한 사제 부르니지엥입니다. 약의 효능을 믿는 오메와 하느님을 믿는 부르니지엥이 시체 근처의 두 안락의자에 서로를 마주보는 자세로 앉아 잠드는 장면이 아주 재미있습니다. 입을 헤벌린 채 상대를 향해 코를 골며 자고 있는 두 배불뚝이의 모습은 잠든 쌍둥이 같습니다. 수면이라는 인간의 약점을 통해 마침내 하나가 된 쌍둥이. 가엾은 에마에게는 이 얼마나 모욕적입니까! 오메가 그녀를 위해 생각해낸 묘비명이라니! 그의 머릿속에는 진부한 라틴어 문구들이 가득하지만, 처음에 그는 생각나는 것이 sta, viator밖에 없다는 사실에 당황합니다. 이 말은 '잠시 멈춰라, 여행자여(또는 멈춰라, 행인이여)'라는 뜻입니다. 잠시 멈추라니 어디에? 이 라틴어 문구는 heroam calcas로 끝납니다. '네가 영웅의 흙을 밟고 있다'는 뜻입니다. 하지만 오메는 평소처럼 무모한 용기를 발휘해서, '영웅의 흙'이라는 말을 '네 사랑하는 아내의 흙'이라는 말로 바꿔버립니다. '멈춰라, 행인이여, 너는 네 사랑하는 아내를 밟고 있다.' 가엾은 샤를에게는 얼토당토않은 말이죠. 멍청하긴 해도, 그는 애처로울 만큼 깊이 에마를 사랑했습니다. 그리고 에마도 죽기 전 짧은 순간이나마 이 사실을 깨닫습니다. 그런 샤를이 어디서 죽습니까? 바로 로돌프와 에마가 사랑을 나누던 곳입니다.

(참고로, 그의 인생의 그 마지막 페이지에서 정원에 핀 라일락을 찾아오는 것은 호박벌이 아니라 밝은 초록색 딱정벌레입니다. 아, 정말이지 비열하고, 믿을 수 없고, 속물적인 번역가들 같으니! 누가 보면 영어를 거의 모르는 오메가 플로베르의 글을 영어로 번역한 줄 알겠습니다.)

오메에게는 여러 가지 약점이 있습니다.

1. 그의 과학적인 지식은 소책자에서 얻은 것이고, 문화에 관한 지식은 신문에서 얻은 것입니다. 문학적인 취향은 경악스럽습니다. 특히 그가 인용하는 작가들의 조합이 기가 막힙니다. 무지한 그는 이런 말도 합니다. "얼마 전에 신문에서 읽은 말 그대로군요. '그것이 문제로다.'" 이것이 루앙의 어느 신문기자가 생각해낸 말이 아니라 셰익스피어의 말이라는 사실을 그는 까맣게 모릅니다. 어쩌면 신문에 정치 기사를 쓴 그 기자도 몰랐을 수 있습니다.

2. 그는 의사 행세를 하다가 감옥에 갇힐 뻔했을 때 느낀 공포를 지금도 가끔 느낍니다.

3. 그는 배신자, 상스러운 인간, 징그러운 두꺼비 같은 인간이라서 사업상의 이득을 위해서나 훈장을 받기 위해서라면 자신의 품위를 희생하는 것쯤 개의치 않습니다.

4. 그는 겁쟁이입니다. 입으로는 용감한 말을 떠들어대도, 사실은 피, 죽음, 시체를 무서워합니다.

5. 그는 자비를 모르고, 앙심을 품으면 지독합니다.

6. 그는 거만한 인간이고, 점잔 빼는 사기꾼이고, 멋들어진 속물이며, 수많은 속물들이 그렇듯이 사회의 기둥입니다.

7. 그는 소설이 끝나는 1856년에 정말로 훈장을 받습니다. 플로베르는 자신의 시대가 속물근성의 시대라고 여기고 muflisme*이라는 이름

---

* 프랑스어로 mufle은 '상스러운 놈'이라는 뜻.

을 붙였습니다. 하지만 이런 것은 어느 특정한 정부나 정권의 시대에만 특별히 나타나는 특징이 아닙니다. 굳이 따지자면, 속물근성은 전통적인 정권이 다스릴 때보다는 혁명기나 경찰국가에서 더 뚜렷이 드러납니다. 격하게 행동에 나선 속물이 텔레비전 앞에 조용히 앉아 있는 속물보다 언제나 더 위험하기 때문입니다.

이제 잠시 에마의 사랑을, 그것이 플라토닉한 사랑이든 아니든 하여튼 그 사랑을 다시 요약해봅시다.

1. 학창시절에 에마는 음악 선생님을 사랑했을 가능성이 있습니다. 과거 회상 속에서 음악 선생님은 바이올린 케이스를 들고 지나쳐 갑니다.

2. 샤를과 결혼한 뒤(처음에 그녀는 그를 사랑하지 않습니다) 에마는 공증인 사무소의 서기인 레옹 뒤퓌에게 애정이 섞인 우정을 느낍니다. 엄밀히 말해서 전적으로 플라토닉한 사랑입니다.

3. 그녀의 첫번째 '연애' 상대는 지역 유지인 로돌프 불랑제입니다.

4. 로돌프와 한창 연애를 하다가 그가 자신이 갈망하던 낭만적인 이상형에 비해 더 사나운 사람이라는 사실을 알게 된 에마는 남편에게서 이상적인 모습을 찾아보려고 시도합니다. 남편을 훌륭한 의사로 보고, 잠깐 동안 그를 다정하게 대하며 조심스레 자부심을 느껴보려 하는 겁니다.

5. 가엾은 샤를이 마구간 일꾼의 내반족 수술을 완전히 망쳐버린 뒤(이 소설에서 가장 큰 에피소드 중 하나입니다), 에마는 이전보다 더욱 열정적인 태도로 로돌프에게 돌아갑니다.

6. 로돌프가 이탈리아에서 사랑의 도피와 꿈같은 생활이라는 그녀의 마지막 낭만적인 꿈을 파괴해버리자, 그녀는 크게 앓고 일어난 뒤 하느님에게서 낭만적인 사랑의 대상을 찾습니다.

7. 오페라 가수 라가르디에 대해 잠시 몽상에 잠깁니다.

8. 지루하고 비겁한 레옹을 다시 만난 뒤 시작한 연애에서 그녀가 품었던 모든 낭만적인 꿈이 기괴하고 한심하게 실현됩니다.

9. 죽기 직전 그녀는 샤를에게서 인간적이고 성스러운 모습, 자신을 향한 완벽한 사랑을 발견합니다. 모두 그때까지 그녀가 놓치고 있던 것입니다.

10. 에마는 죽기 몇 분 전에 십자가의 상아 그리스도상에 입을 맞춥니다. 이 사랑은 그녀가 예전에 느꼈던 비극적인 실망감과 비슷한 형태로 끝난다고 할 수 있을 것 같습니다. 죽는 순간 부랑자가 부르는 끔찍한 노래가 들려올 때, 그녀의 모든 불행이 다시 그녀를 지배하기 때문입니다.

이 소설에서 '착한' 사람은 누구일까요? 악당은 확실히 래뢰지만, 착한 사람은 가엾은 샤를 외에 또 누가 있을까요? 금방 떠오르는 사람은 에마의 아버지인 루오 영감입니다. 이 사람만큼 믿음이 가지는 않지만, 쥐스탱도 떠오르는군요. 나중에 이 소년이 에마의 무덤에서 우는 모습이 잠깐 나옵니다. 디킨스를 연상시키는 인물이죠. 디킨스 말이 나왔으니, 다른 불행한 아이 두 명도 잊으면 안 됩니다. 에마의 어린 딸과 또다른 소녀. 확실히 디킨스의 분위기를 풍기는 이 열세 살짜리 소녀는 곱사

등이이고, 애처로운 하녀이며, 조숙하고 음침한 소녀입니다. 래뢰의 상점 직원이기도 합니다. 또 누가 착한 사람일까요? 최고의 인물은 세번째로 에마를 진찰한 의사 라리비에르입니다만, 나는 그가 죽어가는 에마 앞에서 흘리는 그 투명한 눈물이 정말 싫습니다. 어떤 사람들은 이렇게 말할지도 모르겠습니다. 플로베르의 아버지가 의사였으니, 이 장면은 사실 아들이 창조한 인물의 불행에 플로베르의 아버지가 눈물을 흘리는 것이라고요.

***

질문: 『보바리 부인』은 사실주의 작품일까요, 자연주의 작품일까요? 궁금합니다.

소설 속의 젊고 건강한 남편은 밤이면 밤마다 자다가 깨어나는 일이 없어서 반쪽이 비어 있음을 전혀 모르고, 아내의 애인이 덧창에 모래나 자갈을 던지는 소리를 듣지 못하고, 오지랖 넓은 동네 사람한테서 익명의 편지를 단 한 번도 받지 못합니다.

소설 속에서 누구보다 오지랖이 넓은 인물은 오메입니다. 우리가 보기에 무슈 오메는 사랑해 마지않는 도시 용빌에서 모든 오쟁이 진 남편들을 통계학자처럼 주시하고 있었을 것 같은 사람이지만, 실제로는 에마의 연애를 단 한 번도 알아차리지 못하고, 그 연애에 대해 아무런 정보도 얻지 못합니다.

소설 속에서 어린 쥐스탱은 피를 보면 기절하고, 순전히 불안감 때문

플로베르에게는 '대위법'이라고 부를 수 있는 특수한 장치가 있었습니다. 둘 이상의 대화나 생각의 흐름을 나란히 배치하거나 중간에서 자르고 들어가는 방법입니다. 첫번째 사례는 레옹 뒤뵈가 소개된 뒤에 나옵니다. 공증인 사무소의 서기인 젊은 청년 레옹은 에마를 바라보는 시선에 대한 묘사를 통해 처음 작품에 등장합니다. 그는 여관의 벽난로에서 타고 있는 빨간 불빛이 그녀의 몸을 통과하며 빛을 내는 것 같다고 생각합니다. 이보다 나중에 또다른 남자인 로돌프 불랑제가 에마 앞에 등장할 때도 그녀를 바라보는 그의 시선이 묘사됩니다. 그러나 로돌프의 눈으로 바라본 에마는 레옹이 바라본 순수한 이미지보다 더 관능적인 모습을 하고 있습니다. 부연설명을 하자면, 레옹의 머리카락은 나중에 밤색chatain이라고 표현되지만, 여기서는 금발입니다. 특별히 에마를 밝혀주기 위해 타오르고 있는 벽난로 불빛 때문에 플로베르의 눈에는 그렇게 보인 모양입니다.

에마와 샤를이 용빌에 처음 도착했을 때 여관에서 오가는 대화에 대위법 테마가 나옵니다. 이 책을 쓰기 시작한 지 정확히 1년이 지났을 때 (1년에 80~90페이지를 썼습니다. 나랑 아주 잘 맞는 사람입니다)인 1852년 9월 19일에 플로베르는 애인 루이즈 콜레에게 다음과 같은 편지를 씁니다. "나의 보바리는 얼마나 귀찮은 존재인지 모릅니다…… 이 여관 장면을 쓰는 데 모르긴 몰라도 석 달은 걸릴 것 같습니다. 가끔은 눈물이 날 것 같습니다. 그 정도로 무기력감이 심합니다. 그래도 이 장면을 건너뛰느니 차라리 내 뇌가 터져버리는 편이 낫습니다. 나는 이 대화 속에 동시에 대여섯 명의 사람(대화의 참가자)과 다른 사람 여러 명

(대화 속에 등장하는 사람), 한 지역, 여러 사람과 사물에 대한 묘사를 집어넣어야 합니다. 그 와중에 같은 취향을 가졌다는 이유로 막 사랑을 시작한 신사와 부인의 모습도 보여줘야 합니다. 지면만 충분하다면야! 하지만 이 장면은 빠르게 지나가되 건조해서는 안 되고, 넉넉하되 서툴러서는 안 됩니다."

이렇게 해서 여관의 넓은 휴게실에서 대화가 시작됩니다. 대화에 참여한 사람은 네 명입니다. 한편에서는 에마가 방금 만난 레옹과 대화하는 중인데, 오메의 독백과 잡다한 발언이 이 대화를 방해합니다. 사실 오메의 대화 상대는 샤를 보바리입니다. 그가 새로 온 의사와 친분을 다지려고 의욕을 보이고 있기 때문입니다.

이 장면에서 첫번째 움직임은 네 사람 사이의 상쾌한 대화입니다. "오메는 머리에 감기가 들까 걱정된다면서 모자를 계속 쓰고 있겠다고 양해를 구한 뒤, 옆 사람에게 주의를 돌렸다.

'부인께서는 조금 피곤하실 것 같은데요. 우리 "제비"*가 아주 징그럽게 흔들리니까요.'

'맞는 말씀이에요.' 에마가 대답했다. '하지만 이리저리 움직이는 건 언제나 재미있어요. 저는 옮겨다니는 게 좋아요.'

'언제나 같은 곳에 못박혀 있는 건 정말 지긋지긋하죠.' 서기가 한숨을 내쉬며 말했다.

'하지만 나처럼 항상 말을 타고 다녀야 하는 처지라면……' 샤를이

---

* 역마차 이름.

말했다.

'하지만……' 레옹이 보바리 부인을 향해 말을 이었다. '제가 보기에는 그것[말 타는 것]보다 더 유쾌한 일은 없을 것 같은데요. 그럴 수 있는 처지라면요.'"(말 테마가 여기에 살짝 들어왔다가 빠져나갑니다.)

두번째 움직임은 오메의 긴 발언입니다. 이 발언 말미에 그는 샤를에게 어떤 집을 사야 하는지 살짝 조언을 해주죠. "'사실……' 약제사 오메가 말했다. '이 지역에서는 의사 노릇이 그리 힘들지 않습니다…… 사람들은 지금도 의사나 약제사를 곧장 찾아오기보다 9일 기도나 성유물이나 신부에게 의지하고 있으니까요. 하지만 솔직히 기후는 나쁘지 않습니다. 심지어 이 교구에 아흔 살이 넘은 남자 분이 몇 명 있을 정도예요. (제가 온도계를 조금 살펴본 결과) 기온은 겨울에 4도까지 떨어지고, 가장 더운 계절에는 고작해야 25도나 30도 정도입니다. 그러니까 R눈금*으로 최대 24도, 화씨(영국식 눈금)로는 54도가 고작인 겁니다. 게다가 사실 아르괴이유숲이 북풍을 막아주고, 생장산이 서풍을 막아줍니다. 또한 여름에 기온이 올라가는 것은 강물에서 솟아오르는 수증기와 들판에 있는 상당수의 가축 때문입니다. 아시다시피, 가축들은 많은 양의 암모니아를 배출하니까요. 다시 말해서, 질소, 수소, 산소(아니, 질소와 수소뿐이로군요)를 내놓습니다. 기온이 높아지면 부식토가 토양에서 떨어져나와 방금 말한 다양한 기체와 섞여서, 말하자면 한덩어리가 됩니다. 여기에 가끔 공기 중에 퍼져 있는 전기까지 결합되면, 장기

---

* 1730년에 레이뮤르가 만든 온도 눈금.

적으로는 열대지방처럼 건강에 나쁜 유독가스가 생겨날 가능성이 있습니다. 그런데 말입니다, 이런 더위가 밀려오는 방향, 또는 틀림없이 밀려올 방향, 그러니까 남쪽에서 남동풍 덕분에 저절로 완벽하게 부드러워집니다. 게다가 남동풍도 센강을 건너면서 저절로 식어서 우리한테 도착할 때쯤이면 가끔은 러시아에서 불어온 산들바람 같습니다.'

그는 한창 이 말을 하다가 실수를 저지릅니다. 속물의 갑주에는 항상 작게 갈라진 틈이 있는 법이니까요. 그가 화씨로 말한 온도가 사실은 54도가 아니라 86도여야 맞습니다. 섭씨를 화씨로 환산할 때 추가로 32를 더해야 한다는 사실을 깜박 잊어버린 탓입니다. 동물들이 배출하는 기체에 대해 이야기할 때도 그는 하마터면 실수를 저지를 뻔하지만 무사히 넘어갑니다. 그는 물리학과 화학에 대해 자신이 갖고 있는 모든 지식을 장황한 문장 안에 쑤셔넣으려고 합니다. 신문과 소책자에서 읽은 잡동사니 지식을 아주 잘 기억하고 있거든요. 하지만 그것이 전부입니다.

오메의 말에 유사과학과 신문 기사 문체가 뒤죽박죽 섞여 있다면, 세 번째 움직임에서 에마와 레옹 사이에 오가는 대화에서는 진부한 시적인 표현들이 졸졸 흘러나옵니다. "어쨌든 근처에 산책할 곳이 좀 있나요?' 보바리 부인이 청년을 향해 말을 이었다.

'아, 거의 없습니다.' 청년이 대답했다. '언덕 꼭대기의 숲 가장자리에 방목장이라고 불리는 곳이 있기는 합니다. 제가 가끔 일요일에 책을 한 권 가지고 가서 일몰을 지켜보는 곳입니다.'

'제 생각에, 일몰만큼 멋진 광경은 세상에 없는 것 같아요.' 보바리 부인이 말했다. '특히 바닷가의 일몰이 멋지죠.'

'아, 저도 바다를 무척 좋아합니다.' 무슈 레옹이 말했다.

'그렇다면 아시겠군요.' 보바리 부인이 말했다. '한없이 펼쳐진 바다에서 정신이 더 자유로이 돌아다니는 것 같지 않나요? 바다를 가만히 바라보기만 해도 영혼이 들뜨고, 무한이나 이상 같은 것을 생각하게 되는 것 같지 않아요?'

'산에서도 마찬가지입니다.' 레옹이 말했다."

오메가 과학을 잘 아는 척 거만을 떨지만 사실은 기본적으로 무지한 만큼, 레옹–에마 팀이 예술가인 척 나누는 감정 역시 보잘것없고 진부하고 시시하다는 점을 잘 기억해두어야 합니다. 가짜 예술과 가짜 과학이 여기서 만납니다. 플로베르는 애인에게 보낸 편지(1852년 10월 9일자)에서 이 장면의 이 미묘한 부분을 지적합니다. "나는 지금 어떤 청년과 젊은 여성이 문학, 바다, 산, 음악 등 시적이라고 일컬어지는 온갖 주제에 대해 나누는 대화를 지어내는 중입니다. 평범한 독자에게는 아주 진지하게 보일지도 모르지만, 사실은 기괴해 보이는 것이 나의 진정한 의도입니다. 주인공인 여성과 그녀의 젊은 애인을 이런 식으로 놀리는 소설이 나오는 것은 내 생각에 처음이지 싶습니다. 하지만 아이러니가 페이소스를 해치지는 않죠. 오히려 아이러니가 페이소스를 강화해줍니다."

레옹은 피아니스트 이야기를 할 때 어리석음을 드러냅니다. 즉, 그의 갑주에 난 틈새가 드러나는 겁니다. "작년에 스위스 여행을 다녀온 제 친척이 그러더군요. 그곳에서 본 호수의 시적인 감흥, 폭포의 매력, 빙하의 장대함을 상상만으로는 그려낼 수 없을 것이라고. 믿을 수 없을 만큼 거대한 소나무가 급류를 가로질러 뻗어 있기도 하고, 절벽 위에 통나무집이 매달린 것처럼 서 있기도 하답니다. 그러다 구름이 걷히면 발아래로 깊이가 1천 피트나 되는 계곡의 모습이 온전히 드러난대요. 그런 광경을 본다면 마음이 들뜨다못해 열정을 품게 될 겁니다. 기도를 하고 싶어질 거예요. 황홀경에 빠질 겁니다. 그래서 저는 이제 어느 유명한 음악가의 이야기에 놀라지 않습니다. 상상력을 자극하기 위해 장엄한 풍경 앞에서 피아노를 치곤 했다는 음악가 말입니다." 스위스의 풍경을 보면 틀림없이 감동해서 황홀경에 빠지고 기도를 하고 싶어지겠지요! 어떤 유명한 음악가가 상상력을 자극하려고 장엄한 풍경 앞에서 피아노를 친 것도 놀랄 일이 아닙니다. 정말 굉장합니다!

그리고 곧 우리는 나쁜 독자의 전형을 보게 됩니다. 훌륭한 독자가 하지 않는 일을 모두 하는 사람입니다. "아내는 [정원 가꾸기에] 별로 관심이 없습니다.' 샤를이 말했다. '운동을 하라고 권유하는데도, 아내는 항상 방에 앉아 책을 읽는 것을 더 좋아하죠.'

'저와 같군요.' 레옹이 말을 받았다. '사실 저녁에 책을 들고 벽난로 앞에 앉아 있는 것만큼 좋은 일이 있겠습니까? 바람이 창문을 두드리고, 램프에서는 불이 타오르고 있을 때.'

'어머, 그럼요.' 에마가 커다란 검은 눈을 더욱 크게 뜨고 그를 똑바로 바라보며 말했다.

'그럴 때는 아무 생각도 하지 않는데 몇 시간이 스르륵 흘러가죠.' 레옹이 말을 이었다. '우리는 꼼짝도 않고 앉아서 여러 나라를 돌아다니며 직접 보는 상상을 합니다. 그러다보면 지어낸 이야기와 생각이 섞여서 세세한 부분을 즐겁게 다듬기도 하고, 모험의 윤곽을 따라가기도 하지요. 등장인물들과도 뒤섞입니다. 그래서 그들의 의상 속에서 바로 제가 두근거리고 있는 것 같아요.'

'정말 맞아요! 맞아요!' 에마가 말했다."

책은 레옹이나 에마처럼 눈물을 뽑아내는 시를 좋아하는 사람, 산문에 등장하는 숭고한 인물들을 좋아하는 사람을 위한 것이 아닙니다. 책속의 등장인물과 자신을 동일시하거나, 형편없는 모험 이야기를 즐겁게 읽어도 용서받을 수 있는 사람은 아이들뿐입니다. 그런데 에마와 레옹이 그런 짓을 하고 있습니다. "'혹시 이런 적은 없었습니까?' 레옹이 말을 이었다. '막연하게 갖고 있던 생각이나 아주 멀리서 되돌아온 흐릿한 이미지를 책 속에서 우연히 마주했는데, 부인의 지극히 사소한 감상이 거기에 완전하게 표현되어 있는 경우 말입니다.'

'경험한 적 있어요.' 에마가 대답했다.

'바로 그 때문에 제가 시인들을 특히 사랑하는 겁니다.' 레옹이 말했다. '제 생각에는 산문보다 시가 더 부드러운 것 같습니다. 훨씬 더 쉽게 눈물로 이어지기도 하고요.'

'그래도 나중에는 그것도 지겨워져요.' 에마가 말했다. '그래서 요즘 나는 숨쉴 틈도 없이 몰아붙이는 이야기, 손에 땀을 쥐게 하는 이야기가 좋답니다. 흔한 주인공이나 어중간한 감정은 딱 싫어요. 그런 건 현실 속에도 있으니까요.'

'네, 그렇죠.' 레옹이 말했다. '심금을 울리지 못하는 작품들은, 제가 보기에, 예술의 진정한 종말입니다. 인생의 환멸 속에서, 숭고한 인물들,

순수한 애정, 행복한 정경에 대해 머리로나마 깊이 생각해볼 수 있다는 것은 정말 달콤한 일입니다.'"

***

플로베르는 자신의 작품이 대단히 예술적인 구조를 갖추게 하는 것을 스스로 목표로 삼았습니다. 대위법 외에 그가 사용한 기법 중 하나는 한 장 안에서 주제를 바꿀 때 최대한 우아하고 매끄럽게 넘어가는 것입니다. 『황폐한 집』에서는 대체로 장이 바뀌면서 주제가 바뀌었습니다. 예를 들어, 챈서리에서 데들록 부부의 이야기로 넘어가는 식이었죠. 하지만 『보바리 부인』에서는 한 장 안에서 지속적인 이동이 일어납니다. 나는 이 장치를 '구조적 전환'이라고 부릅니다. 우리가 앞으로 이 기법의 사례를 몇 가지 살펴볼 겁니다. 『황폐한 집』에서 주제가 전환되는 것을 단계적인 패턴의 변화가 이루어지는 계단에 비유할 수 있다면, 『보바리 부인』에서 패턴은 물결과 같습니다.

첫번째 전환은 상당히 단순한 것인데, 작품의 첫머리에서 일어납니다. 일곱 살이던 저자와 열세 살이던 샤를 보바리라는 소년이 1828년에 루앙에서 함께 학교에 다녔다는 가정이 이 작품의 시발점입니다. 이 부분에서는 '우리'라는 일인칭 시점으로 주관적인 이야기가 전개됩니다만, 물론 이것은 그저 문학적인 장치에 불과합니다. 샤를은 머리부터 발끝까지 플로베르가 창조한 인물이니까요. 짐짓 주관적인 이야기인 척하는 서술은 약 세 페이지쯤 이어지다가, 객관적인 서술로 바뀝니다. 현재에 대한 직접적인 인상을 서술하다가 보바리의 과거를 평범한 소설처럼 서술하는 방식으로 바뀌는 겁니다. 이 전환을 통제하는 것은 바로 이 문장입니다. "그에게 처음으로 라틴어를 가르쳐준 사람은 마을의 신부님이었다." 여기서부터 시점이 과거로 돌아가 샤를의 부모, 샤를의 출생에 대한 이야기가 나옵니다. 독자는 거기서부터 샤를의 어린시절을 헤치고 나와서 그가 학교에 다니고 있는 현재로 돌아오죠. 여기서 다시 일인칭으로 서술된 두 문단이 3년 동안의 학교생활을 설명합니다. 이것을 끝으로 화자는 두 번 다시 모습을 드러내지 않고, 독자들은 보바리의 대학시절과 의학공부 이야기를 향해 허위허위 따라가게 됩니다.

레옹이 용빌에서 파리로 떠나기 직전에는 이보다 복잡한 구조적 전환이 일어납니다. 에마의 상태와 기분을 묘사하다가 레옹의 상태와 기분에 대한 묘사가 나오고, 거기서 그가 떠나는 장면으로 이어지는 겁니다. 여기서 플로베르는, 이 작품에서 여러 번 그랬듯이, 구불구불 정처 없이 이어지는 구조적 전환을 이용해 작품 속 등장인물 몇 명을 다시 살펴보면서 그들의 특징 일부를 포착해 재빨리 확인해봅니다. 먼저 에마가 신부와 갑갑한 면담을 마치고(그녀는 레옹이 자극한 열기를 가라앉히려고 했습니다) 집으로 돌아오는 장면이 있습니다. 그녀는 자신의 마음이 요동치고 있는데 집안은 온통 차분하기만 한 것이 마음에 들지 않습니다. 그래서 자신에게 다가오는 어린 딸 베르트에게 짜증을 내며 아이를 밀어버리죠. 아이가 넘어지면서 뺨에 상처가 납니다. 샤를은 급히 약제사인 오메에게 달려가 반창고를 구해 와서 베르트의 뺨에 붙여줍니다. 그리고 상처가 심하지 않다고 에마를 달래주지만, 그녀는 저녁을 먹으러 내려가지 않고 베르트가 잠들 때까지 옆에 있기로 합니다. 저녁식사를 마친 뒤 샤를은 남은 반창고를 돌려주러 갔다가 약국에서 시간을 보냅니다. 오메와 그의 아내는 샤를과 대화하다가 어린시절에 일어날 수 있는 위험한 일들에 대해 이야기합니다. 샤를은 레옹을 한쪽으로 데려가 루앙에서 은판 사진을 찍는 값이 얼마나 되는지 알아봐달라고 부탁합니다. 한심하게 점잔을 빼며 그 사진을 에마에게 줄 생각입니다. 오메는 레옹이 루앙에서 누군가와 사귀고 있는 것이 아닌가 의심하고, 여관의 르프랑수아 부인은 세금징수원인 비네에게 레옹에 대해 묻습니다. 레옹이 비네와 나누는 이야기가, 아무런 결실을 맺을 수 없다는 것을 알면서도 에마를 사랑하다가 지쳐버린 그의 심정을 명확히 이해하는 데 어쩌면 도움이 될지도 모르겠습니다. 거주지를 바꾸는 것에 대한 두려움을 다시 살펴본 뒤 그는 파리에 가기로 결심을 굳힙니다. 플로베르는 자신이 원하던 것을 손에 넣었습니다. 에마의 심정에서 레옹의 심정으로, 그리고 용빌을 떠나겠다는 결심으로 흠잡을 데 없는 전환을 실현한 것입니다. 나중에 로돌프 불랑제가 처음 등장하는 장면에서도 우리는 공들여 연출한 전환을 한번 더 보게 될 겁니다.

***

1853년 1월 15일, 『보바리 부인』의 2부 집필을 막 시작하려는 무렵에 플로베르는 루이즈 콜레에게 다음과 같은 편지를 보냅니다. "한 페이지를 쓰는 데 닷새가 걸렸습니다…… 이 책에서 마음에 걸리는 점은, 이른바 재미있는 요소가 부족하다는 것입니다. 액션이 거의 없습니다. 그래도 나는 이미지가 액션이라고 주장합니다. 이런 수단으로 재미를 유지하기가 더 힘들지만, 만약 실패한다면 그것은 문체의 잘못입니다. 지금까지 2부의 다섯 개 장을 정리해두었는데, 사건이 하나도 없습니다. 소도시생활과 잠들어 있는 로맨스만 계속 묘사될 뿐입니다. 이 로맨스를 묘사하기가 특히 어렵습니다. 소심하면서도 깊이 있는 로맨스이기 때문입니다. 하지만 이 로맨스에는 슬프게도 내면의 격렬한 열정이 없습니다. 이야기 속의 젊은 연인인 레옹은 얌전한 성격입니다. 이 책의 1부에서 나는 이미 대략 '내 남편은 내 애인이 나를 사랑하듯이 나를 사랑한다'는 점을 확립해놓았습니다. 두 사람 모두 똑같은 환경에 처한 평범한 사람들이지만, 나는 두 사람이 다르다는 것을 보여주어야 합니다. 만약 내가 성공한다면, 아주 놀라운 부분이 될 겁니다. 색 위에 색을 겹쳐 칠하면서 색조가 명확히 드러나지 않게 해야 하기 때문입니다." 플로베르는 모든 것이 문체의 문제라고 말합니다. 좀더 정확히 말하자면, 작가가 사물과 사건에 부여하는 특정한 일면과 전환의 문제입니다.

에마는 레옹에 대한 감정에서 막연히 행복을 감지하고 순진하게 래뢰와 관계를 맺게 됩니다(래뢰Lheureux는 '행복한 사람'이라는 뜻이니, 악마적인 운명의 엔진 같은 인물에게 붙여주기에 역설적으로 훌륭한 이름입니다). 상인이자 사채업자인 래뢰는 행복을 상징하는 장식품들을 들고 등장합니다. 그러고는 곧바로 자신이 돈을 빌려주기도 한다고 에마에게 은밀히 털어놓고, 보바리 씨가 치료해주고 있다고 짐작되는 카페 주인 텔리에의 안부를 묻고, 자기도 요통 때문에 언젠가 진찰을 받아봐야겠다고 말합니다. 예술적인 관점에서 보면, 이 모든 것이 전조입니다. 플로베르는 래뢰가 과거에 텔리에에게 돈을 빌려주었듯이 앞으로 에마에게 돈을 빌려줄 것이고, 텔리에 노인이 죽기 전에 그 노인을 파멸시키듯이 에마도 파멸로 몰아넣을 것이고, 나중에 에마가 독을 먹은 뒤 가망이 없는 그녀를 치료하기 위해 불려오는 유명한 의사에게 요통을 상담하게 될 것임을 이런 식으로 암시하는 겁니다. 예술작품의 기획이라면 이 정도는 되어야 합니다.

레옹에 대한 사랑 때문에 에마는 절망에 빠집니다. "평범하기 짝이 없는 가정생활이 사치스러운 공상으로, 부부간의 애정에서 불륜에 대한 욕망으로 그녀를 몰아붙였다." 수녀원 학교에 다니던 시절을 회상하면서 "그녀는 폭풍에 휘말린 새의 솜털처럼 연약해지고 버림받은 기분이 들었다. 그녀가 성당으로 향한 것은 무의식적인 행동이었다. 영혼을 바쳐 자신의 존재를 모두 잊어버릴 수 있도록 신앙에 무조건 헌신할 생각이었다." 신부와 대화를 나누는 장면에 대해 플로베르는 1853년 4월 중순에 루이즈 콜레에게 보낸 편지에서 이렇게 말했습니다. "신부와 대화하는 그 망할 장면에 이제야 비로소 조금 빛이 보이고 있습니다…… 내가 표현하고자 하는 상황은 다음과 같습니다. 여주인공이 갑자기 솟아오른 종교적인 감정에 사로잡혀 마을 성당으로 갑니다. 그리고 문간에서 신부와 마주칩니다. 비록 멍청하고 통속적이지만, 이 신부는 착한 사람입니다. 심지어 훌륭한 사람이기도 합니다. 하지만 그의 머릿속에는 온통 물질적인 것에 대한 생각(가난한 사람들의 고생, 부족한 음식이나 장작 같은 것들)뿐입니다. 그는 도덕적인 고뇌, 정체가 불분명한 열망을 알아차리지 못합니다. 자신의 의무를 게을리하지 않는 정결한 사람이기 때문입니다. 이 에피소드는 작가의 생각이나 설명이 단 한 줄도 없이 최대 6~7페이지 정도 이어질 겁니다(모두 직접적인 대화입니다)." 이 에피소드가 대위법에 따라 구성되었음을 앞으로 알게 될 겁니다. 신부는 에마의 말을 멋대로 해석해서 대답합니다. 아니, 신도와의 일상적인 대화에서 기본적으로 나오는 평범한 질문들을 그녀가 했다고 상상해서 대답을 내놓습니다. 에마는 내면의 불만이라고 할 만한 것을 토로하지만, 신부는 주의를 기울이지 않습니다. 이렇게 두 사람이 대화를 나누는 내내 성당 안에서는 아이들이 뛰어놀면서 신부의 주의를 빼앗아갑니다. 그렇지 않아도 신부가 에마에게 이렇다 할 말을 해주지 못하는데 말입니다.

정숙한 여자로 변해버린 에마의 모습에 놀란 레옹은 파리로 떠나버리고, 이로써 좀더 뻔뻔스러운 애인이 나타날 길이 열립니다. 이제는 레옹이 떠난 후 병을 앓던 에마가 로돌프를 만나는 장면으로, 그리고 마을 축제 장면으로 전환이 이루어집니다. 플로베르가 여러 날을 쏟은 이 만남은 최고의 구조적 전환 사례 중 하나입니다. 플로베르는 시골의 신사인 로돌프 불랑제를 여기서 소개합니다. 사실 그의 속내는 그보다 앞서 등장했던 레옹과 똑같이 싸구려 속물이지만, 그래도 겉으로는 화려하고 짐승 같은 매력이 있습니다. 여기서 전환은 다음과 같이 이루어집니다. 샤를이 자꾸만 수척해지는 에마의 상태에 대해 의논하기 위해 어머니에게 용빌로 와달라고 말합니다. 용빌에 온 어머니는 에마가 책을, 그것도 사악한 소설을 너무 많이 읽는 것이 문제라는 결론을 내리고는, 집으로 돌아가는 길에 에마가 책을 빌려보는 루앙의 도서 대여점에 들러 에마의 회원권을 정지시키기로 합니다. 어머니는 수요일에 용빌을 떠나는데, 그날은 용빌의 장날이기도 합니다. 에마는 창가에서 장날의 북적거리는 풍경을 지켜보다가 초록색 벨벳 겉옷을 입은 신사를 발견합니다(나중에 샤를이 에마의 관을 덮는 천으로 선택하는 것이 초록색 벨벳입니다). 신사는 방혈요법을 원하는 농촌 소년을 데리고 보바리의 집으로 오고 있습니다. 아래층 진찰실에서 환자가 기절하자, 샤를은 에마에게 내려와보라고 소리칩니다(샤를이 매번 에마를 애인들에게 소개해주거나 그녀가 그들과 계속 만나게 만드는 데 운명적인 도움을 준다는 점에 주목할 필요가 있습니다). 다음의 아름다운 장면은 로돌프의 시선으로 묘사됩니다(독자들도 이 장면을 함께 지켜보고 있죠). "보바리 부인이 소년의 타이를 풀기 시작했다. 셔츠의 끈이 매듭으로 묶여 있어서 그녀의 가벼운 손가락이 몇 분 동안 소년의 목 언저리에서 계속 움직였다. 그러고 나서 그녀는 하얀 삼베 손수건에 식초를 조금 뿌려서 소년의 관자놀이를 살짝살짝 찍어 적셔준 다음, 그 위에 부드럽게 입김을 불었다. 시골뜨기 소년이 정신을 차렸다……

보바리 부인은 대야를 들어 탁자 아래로 넣었다. 이를 위해 그녀가 푹 주저앉듯이 움직이자, 드레스(네 단의 주름장식이 달린 노란색 여름 드레스로, 허리 라인이 낮고 치마폭이 넓었다) 자락이 그녀 주위의 돌바닥에 풍선처럼 풀썩 펼쳐졌다. 에마는 바닥에 엉덩이를 대고 앉아 허리를 굽힌 채 살짝 흔들리며 양팔을 뻗었다. 그러자 풍선처럼 부풀어오른 드레스 자락 여기저기에 몸의 굴곡을 따라 보조개가 생겼다."

이 축제 에피소드는 로돌프와 에마를 이어주는 데 중요한 역할을 합니다. 플로베르는 1853년 7월 15일자 편지에 이렇게 썼습니다. "오늘밤 중요한 축제 장면을 대략적으로 스케치했습니다. 엄청난 길이가 될 겁니다. 원고로 30페이지쯤. 내가 하고 싶은 것은 이겁니다. (이 책의 부차적인 인물들이 모두 등장해서 말하고 행동하는) 이 시골 박람회를 묘사하면서…… 세세한 묘사와 무대 전면 사이에서 신사와 숙녀가 지속적으로 대화를 나누는 겁니다. 신사는 숙녀에게 자신의 매력을 과시하고 있습니다. 게다가 시의원의 엄숙한 연설 중간과 끝에, 내가 이미 거의 마무리한 글이 들어갈 겁니다. 오메가 쓴 신문기사인데, 그는 이 글에서 철학적이고 시적이고 진보적인 자신의 문체를 총동원해서 축제를 묘사하고 있습니다." 30페이지에 달하는 이 에피소드를 쓰는 데 석 달이 걸렸습니다. 플로베르는 9월 7일자 편지에서 이렇게 말합니다. "이렇게 어려울 수가…… 힘든 부분입니다. 이 안에서 책 속의 모든 인물들이 뒤섞이며 사건이 벌어지고 대화가 오갑니다. 그리고…… 커다란 풍경이 그들을 에워쌉니다. 내가 제대로 해낸다면, 진정한 교향곡처럼 보일 겁니다." 10월 12일자 편지에는 이렇게 썼습니다. "교향곡의 장점들을 문학으로 옮겨놓은 사례가 있다면, 바로 이 장이 그것입니다. 많은 소리들이 가늘게 떨며 한데 어울릴 겁니다. 황소의 포효, 사랑의 속삭임, 정치가들의 말이 동시에 들려옵니다. 거기에 햇빛이 비추고, 바람이 불어와 크고 하얀 보닛을 흐트러뜨리고…… 인물들이 주고받는 대화와 인물들 간의 대비만으로 나는 극적인 움직임을 만들어냈습니다."

플로베르는 마치 이제 막 피어나는 사랑을 기리기라도 하려는 것처럼, 모든 등장인물들을 시장으로 불러모아 문체를 보여줍니다. 그것이 바로 이 장의 목적입니다. 로돌프(거짓 열정의 상징)와 에마(그 열정의 희생자) 커플이 오메(나중에 그녀의 목숨을 앗아갈 독약의 거짓 수호자), 래뢰(나중에 그녀가 비소 병을 향해 달려가게 만들 경제적 파멸과 수치를 상징하는 인물)와 얽히고, 샤를(결혼생활의 편안함)도 있습니다.

마을 축제 장면 초입에서 인물들을 여러 무리로 엮으면서 플로베르는 사채업자 겸 상인인 래뢰와 에마와 관련해서 의미심장한 장치를 마련합니다. 얼마 전 래뢰는 자신의 상품들을 들고 에마를 만났을 때(그는 필요하다면 돈도 빌려줄 수 있다고 암시합니다) 여관 맞은편 카페의 주인인 텔리에의 병세에 대해 묘한 관심을 보였습니다. 그런데 지금 여관의 여주인이 은근히 좋아하는 기색으로 그 카페가 곧 문을 닫을 것이라고 오메에게 말합니다. 카페 주인의 건강이 계속 나빠지고 있음을 래뢰가 알아차리고, 자신이 그에게 빌려준 돈에 이자까지 더해서 돌려받아야 할 때가 됐다고 판단했음이 분명합니다. 그 결과 가엾은 텔리에가 파산하게 된 겁니다. "세상에, 그런 기막힌 일이!" 오메는 이렇게 외칩니다. 플로베르의 얄궂은 표현에 따르면, 오메는 어떤 상황에서든 꼭 맞는 말을 찾아내는 사람입니다. 하지만 그것이 전부가 아닙니다. 오메가 그저 평소처럼 얼빠진 얼굴로 잘난 척하면서 "세상에, 그런 기막힌 일이!"라는 말을 과장되게 외치는 순간에, 여관 여주인은 광장 맞은편을 가리키며 이렇게 말합니다. "저기 래뢰가 있네요. 보바리 부인에게 인사하고 있는데, 보바리 부인은 무슈 불랑제와 팔짱을 끼고 있어요." 이 구조적인 대사는, 카페 주인을 파산시킨 래뢰를 에마와 하나의 테마로 연결시킨다는 점에서 훌륭합니다. 에마가 스러지는 데에는 그녀의 애인들 못지않게 래뢰도 커다란 역할을 하게 될 테니까요. 게다가 그녀의 죽음은 정말로 "기막힌 일"이 될 겁니다. 플로베르의 소설에는 아이러니와 페이소스가 멋들어지게 한데 엮여 있습니다.

'병렬 대화parallel interruption', 즉 대위법은 마을 축제 장면에서 한번 더 사용됩니다. 로돌프가 의자 세 개를 발견하고 벤치처럼 길게 잇대어놓습니다. 그리고 그는 에마와 함께 공회당 발코니에 앉아 연단에서 벌어지는 일들을 지켜보고, 연설에 귀를 기울이며, 서로 추파를 던지는 대화에 흠뻑 빠집니다. 엄밀히 말하면, 두 사람은 아직 연인이 아닙니다. 대위법의 첫번째 움직임은 시의원의 연설입니다. 그는 은유를 형편없이 뒤섞고, 순전히 생각나는 대로 말을 뱉다가 스스로 모순을 일으킵니다. "신사 여러분! (틀림없이 여러분도 모두 저와 같은 심정일 것이라고 확신합니다만, 오늘 이 모임의 목적에 대해 말씀드리기 전에) 먼저 상급 관청, 정부, 국왕께, 여러분, 우리의 군주이신 친애하는 국왕께 경의를 표해도 되겠습니까? 왕께서는 공적인 부문이든 사적인 부문이든 모두의 번영에 결코 무심하시지 않고, 폭풍이 이는 바다의 끊임없는 위험 속에서 단호하고 현명한 손길로 국가라는 전차를 이끄십니다. 또한 어떻게 하면 평화가 전쟁, 산업, 상업, 농업, 미술 못지않게 존중받을 수 있는지도 알고 계십니다."

로돌프와 에마의 대화 중 첫 단계는 시의원의 연설과 번갈아가며 지면에 표현됩니다. "'저는 좀더 뒤로 물러나야겠습니다.' 로돌프가 말했다.

'왜요?' 에마가 말했다.

그런데 바로 이 순간에 시의원의 목소리가 유난히 높게 솟아올랐다. 그가 웅변을 토했다.

'신사 여러분, 지금은 내란으로 공공장소에 피가 흐르던 시대가 아닙니다. 그때는 지주도, 상인도, 노동자도 밤에 편안히 잠자리에 들면서 몸을 떨었죠. 화재를 알리는 교회 종소리에 화들짝 놀라서 깨게 되지나 않을까 하고요. 무엇보다 파괴적인 주장들이 겁없이 사회의 기초를 무너뜨리려 하던 시대였습니다.'

'저 아래에서 혹시 누가 나를 보지 않을까 해서요.' 로돌프가 말을 이었다. '그렇게 되면 저는 변명을 생각해내느라 보름 동안 골머리를 앓아야 할 겁니다. 그렇지 않아도 제 평판이 나쁜데……'

'어머, 자신을 너무 비하하시는 것 아닌가요?' 에마가 말했다.

'아닙니다! 제 평판은 정말 지독해요.'

'하지만 신사 여러분.' 시의원의 연설이 계속 이어졌다. '그 슬픈 광경에 대한 기억을 제 머릿속에서 쫓아버리고, 사랑하는 조국의 지금 모습으로 시선을 돌린다면 무엇을 보게 될까요?'"

플로베르는 신문기사와 정치적 연설에서 쓸 수 있는 모든 클리셰를 여기에 끌어모았습니다. 하지만 중요하게 새겨둬야 하는 점이 하나 있습니다. 시의원의 연설이 진부한 '신문기사투'라면, 로돌프와 에마의 낭만적인 대화는 진부한 '로맨스소설투'라는 점입니다. 이 장면이 특히 멋들어진 것은, 선과 악이 서로를 방해하는 것이 아니라 서로 종류가 다른 악이 뒤섞이고 있기 때문입니다. 플로베르는 자신이 말한 그대로, 여러 색을 겹쳐서 칠하는 것 같은 기법을 사용했습니다.

두번째 움직임은 시의원 리유뱅이 자리에 앉고, 무슈 드로즈레가 연설을 시작하는 순간과 함께 시작됩니다. "그의 연설은 시의원의 것만큼 현란하다고 할 수는 없을 것 같았다. 하지만 더 직설적이라는 점, 다시 말하면 더 전문적인 지식과 더 많은 고려를 보여준다는 점이 장점이었다. 따라서 정부에 대한 찬사가 차지하는 분량은 줄어들고, 종교와 농업에 대한 이야기가 더 많았다. 그는 이 두 분야의 관계를 설명하며, 그들이 항상 문명에 기여했음을 증명했다. 로돌프는 보바리 부인과 꿈, 예감, 자력磁力에 대해 이야기했다." 첫번째 움직임과는 대조적으로, 처음에는 두 사람의 대화와 연단 위의 연설이 간접적으로 묘사됩니다. 그러다 세번째 움직임에서 직접적인 인용이 다시 시작되고, 연단에서 상을 나눠주며 외치는 소리가 바람에 실려 대화 중간중간에 끼어듭니다. 논평이나 묘사는 전혀 없습니다. "로돌프는 자력에 대한 이야기에서부터 조금씩 움직여서 친화력에 대한 이야기에 도달했다. 축제 위원장이 신시나투스와 그의 쟁기, 양배추를 심는 디오클레티아누스, 새해를 기념해서 씨앗을 뿌리는 중국 황제의 이야기를 하는 동안, 로돌프는 이렇게 거역할 수 없는 매력은 전생의 인연에서 비롯되는 것이라고 에마에게 설명했다.

'그러니까 우리는……' 그가 말했다. '우리는 왜 서로 알게 되었을까요? 어떤 우연이 의지를 발휘했을까요? 무한을 건너 흐르던 두 개울이

결국 하나로 합쳐지듯이, 우리의 마음이 특별한 방향을 향하고 있기 때문에 우리가 만나게 된 겁니다.'

그는 그녀의 손을 잡았다. 그녀는 손을 빼내지 않았다.

'전체적인 농사 성적이 좋은 사람!' 위원장이 소리쳤다.

'예를 들어, 조금 전 제가 당신 집에 갔을 때······'

'캥캉푸아의 비제 씨.'

'······제가 이렇게 당신과 함께 오게 될 것을 알았을까요?'

'70프랑입니다.'

'그냥 가버리고 싶다는 생각을 백 번이나 했습니다. 그런데 당신의 뒤를 따라왔고, 계속 곁에 남았죠.'

'거름 상!'

'저는 오늘밤도, 내일도, 다른 날도, 제 평생 동안 곁에 남을 겁니다.'

'아르괴이유의 무슈 카롱, 금메달!'

'이렇게나 완벽한 매력을 지닌 사람과 함께 있었던 적이 없거든요.'

'지브리 생 마르탱의 무슈 뱅.'

'저는 당신의 추억을 마음에 간직할 겁니다.'

'메리노 숫양 상!'

'아뇨, 당신은 저를 잊으실 거예요. 저는 그림자처럼 사라져버릴 걸요.'

'노트르담의 무슈 블로.'

'아, 그런 말씀 마세요! 제가 당신의 생각, 당신의 삶 속에 의미 있는 존재가 되겠죠, 그렇죠?'

'돼지 경주. 상은…… 무슈 르에리세와 무슈 퀼랑부르에게 똑같이 60프랑!'

로돌프는 에마의 손을 꼭 쥐고 있었다. 그 손이 사로잡혀 있지만 계속 날고 싶어하는 비둘기처럼 따뜻한 몸으로 파르르 떨고 있는 것 같았다. 손을 빼내려는 것인지 아니면 그의 몸짓에 응답하려는 것인지, 그녀가 손가락을 움직였다. 로돌프가 소리쳤다.

'아, 감사합니다! 저를 밀어내지 않으시는군요! 당신은 착한 사람입니다! 제가 당신의 것임을 알아주세요! 얼굴을 보여주십시오! 지긋이 바라볼 수 있게 해주십시오!'

창문으로 들어온 바람 한줄기가 테이블보에 주름을 만들었다. 저 아래 광장에서도 시골 여자들의 커다란 모자가 흰나비의 팔랑거리는 날개처럼 모두 바람에 실려 떠올랐다.

'깻묵 사용 상.' 위원장의 말이 이어졌다. 그는 서두르고 있었다. '플랑드르 거름…… 아마 재배…… 배수법…… 장기 임대…… 가사 도우미.'"

네번째 움직임은 두 사람이 모두 입을 다물고, 연단에서 특별상을 나눠주는 소리가 논평과 더불어 완전히 들려오는 순간에 시작됩니다. "로돌프는 이제 말이 없었다. 두 사람은 서로를 바라보았다. 궁극의 욕망으로 마른 입술이 파르르 떨리고, 손가락이 부드럽고 자연스럽게 얽혔다.

'사스토 라 게리에르의 카트린 니케즈 엘리자베트 르루는 한 농장에서 54년 동안 근속한 공로로 은메달…… 가치는 25프랑!'……

그때 소심해 보이는 자그마한 할머니가 연단에 올라왔다. 허름한 옷

속에서 몸이 쪼그라든 것 같았다…… 수도원을 연상시키는 엄격함이 그녀의 얼굴에 위엄을 부여했다. 그 창백한 얼굴을 연약하게 만드는 슬픔이나 감정은 드러나지 않았다. 항상 가축들과 가까이 있으면서 그녀는 녀석들의 침묵과 차분함을 닮았다…… 반세기 동안 힘들게 일한 사람이 활짝 웃음 짓는 부르주아들 앞에 이렇게 서 있었다……

'더 가까이 오세요! 더 가까이!'

'귀가 안 들려?' 튀바슈가 안락의자에서 벌떡 일어나 할머니의 귀에 입을 대고 소리를 지르기 시작했다. '54년 근속. 은메달! 25프랑! 당신에게 준다고!'

할머니는 메달을 받은 뒤 가만히 바라보았다. 아름다운 미소가 얼굴에 번졌다. 그녀가 멀어지면서 중얼거리는 소리가 들렸다.

'이걸 마을 신부님께 드려야지. 날 위해서 미사를 드려달라고!'

'저런 광신자 같으니!' 약제사가 공증인을 향해 몸을 기울이며 소리쳤다."

훌륭한 대위법이 사용된 이 장을 거의 신적인 경지로 끌어올리는 것은 오메가 이날의 축제와 연회에 대해 루앙 신문에 토해낸 이야기입니다. "'왜 이런 꽃줄 장식, 이런 꽃, 이런 화환을 썼을까? 우리의 초원에 쨍쨍 내리쬐는 열대의 햇빛 아래에서 이 수많은 사람들은 성난 바다의 파도처럼 어디로 이리 서둘러 가고 있는가?'……

그는 심사위원 명단 맨 앞에 자신의 이름을 썼으며, 심지어 약제사인 무슈 오메가 농업협회에 사과주에 관한 연구 보고서를 보냈다는 사실까지 각주로 써두었다. 상을 나눠주는 장면에서는 수상자들의 기쁨을 열광적인 찬가처럼 표현했다. '아버지가 아들을, 형제가 형제를, 남편이 배우자를 얼싸안았다. 자신의 보잘것없는 메달을 자랑스럽게 내보이는 사람이 한둘이 아니었다. 착한 아내가 기다리는 집에 돌아간 뒤에는 틀림없이 눈물을 흘리면서 초라한 오두막집 벽에 메달을 걸어놓았을 것이다.

여섯시쯤 무슈 리지르의 잔디밭에 준비된 연회가 축제의 주요 인물들을 한자리에 불러 모았다. 분위기는 최고로 화기애애했다. 다들 다양한 건배를 제의했다. 무슈 리유뱅은 국왕을 위한 건배를, 무슈 튀바슈는 도지사를 위한 건배를, 무슈 드로즈레는 농업을 위한 건배를, 무슈 오메는 쌍둥이 자매와도 같은 산업과 미술을 위한 건배를, 무슈 르플리시는 개량을 위한 건배를. 저녁이 되자 눈부신 불꽃놀이가 갑자기 하늘을 밝혔다. 문자 그대로 만화경이라고 해도 될 것 같았다. 정말 오페라 무대 같았다. 이 작은 마을이 순간적으로 『아라비안나이트』의 꿈 한복판으로 옮겨진 것 같았다.'"

쌍둥이 자매라는 산업과 미술이 어떤 의미에서는 일종의 희극적인 통합을 통해 돼지를 기르는 농민들과 서로에게 상냥한 애정을 표현한 로돌프-에마 커플을 상징한다고 할 수 있습니다. 이 장은 정말이지 놀랍습니다. 제임스 조이스도 이 장에서 엄청난 영향을 받았죠. 조이스가 피상적인 혁신을 몇 가지 해내기는 했지만, 내가 보기에는 플로베르를 전혀 뛰어넘지 못한 것 같습니다.

***

"오늘…… 남자와 여자, 연인과 정부를 한 몸에[생각 속에] 담은 채 나는 숲에서 말을 탔습니다. 가을날 오후라서 이파리들이 노랗게 변해 있었죠. 나는 말馬이고, 이파리고, 바람이고, 사람들이 주고받는 말들이고 진홍빛 태양이고…… 나의 두 연인이었습니다." 플로베르는 1853년 12월 23일에 루이즈 콜레에게 보낸 편지에서 2부의 유명한 장인 9장에 대해, 그러니까 로돌프가 에마를 유혹하는 장면에 대해 이렇게 썼습니다.

19세기 소설의 일반적인 틀 안에서 이런 장면은 전문용어로 여성의 타락 장면이라고 불렸습니다. 정숙함을 잃고 타락하는 장면이라고요. 즐겁게 쓴 이 장면에서 에마의 긴 파란색 베일, 그 자체로서 뱀 같은 성격을 띤 그 베일의 행동을 특별히 주목해야 합니다.* 두 사람은 각자 말에서 내려 걷습니다. "백 걸음쯤 더 걷고 나서 그녀가 다시 멈춰 섰다. 그녀가 쓰고 있는 남성용 모자에서 엉덩이까지 비스듬히 늘어진 투명한 파란색 베일을 통해 그녀의 얼굴이 보였다. 마치 그녀가 하늘색 파도 아래에 떠 있는 것 같았다." 그녀는 집에 돌아온 뒤 자기 방에서 이 산책에 대해 몽상에 잠깁니다. "그녀는 거울에 비친 자기 얼굴을 보고 경탄했다. 자신의 눈이 이렇게 크고, 이렇게 새까맣고, 이렇게 심오할 정도로 깊이 있게 보인 적은 없었다. 그녀의 존재 속 미묘한 무언가가 그녀

---

* 말 테마와 관련된 세부사항들이(이 글 말미의 해설 참조)을 열거하면서 나보코프는 "그녀의 아마존 드레스에 달린 긴 파란색 베일을 통해 이 장면을 본다고 해도 될 것"이라고 썼다. —편집자

의 외모까지 바꿔버린 것 같았다. 그녀는 같은 말을 되풀이했다. '나도 연인이 생겼어! 연인이!' 마치 두번째 사춘기가 찾아오기라도 한 것처럼, 생각만 해도 기뻤다. 마침내 그녀도 사랑의 기쁨을, 포기했던 행복의 열기를 알게 될 터였다! 온통 열정, 황홀경, 희열뿐인 경이 속으로 그녀는 발을 들여놓고 있었다. 하늘색 무한이 그녀를 감싸고, 절정에 이른 감정이 그녀의 상념 아래에서 반짝거리고, 평범한 삶은 저멀리 어둠 속, 그러니까 감정의 높은 봉우리들 사이의 어두운 공간에만 존재했다." 나중에 비소가 파란색 병에 담겨 있다는 사실을 잊으면 안 됩니다. 그녀의 장례식 때 시골 풍경 위에 걸려 있던 푸르스름한 안개도요.

그녀가 이런 몽상에 잠기게 되는 계기가 짤막하게 묘사되어 있는데, 여기에 무엇보다 의미심장한 내용이 있습니다. "그녀의 승마복 천이 그의 벨벳 겉옷에 붙들렸다. 그녀는 속에서 한숨이 차오르는 것을 느끼며 하얀 목을 뒤로 젖히고 눈물과 함께 머뭇거리다가 길게 몸을 부르르 떨고 얼굴을 가린 채 그에게 자신을 맡겼다.

밤의 어둠이 깔리고 있었다. 수평으로 누워서 나뭇가지들 사이로 들어오는 햇빛에 그녀는 눈이 부셨다. 그녀 주위의 여기저기에서, 나뭇잎이나 땅바닥이 밝은 빛을 받은 채 파르르 몸을 떨었다. 마치 하늘을 나는 벌새들*이 사방에 깃털을 흩뿌려놓은 것 같았다. 온통 침묵뿐이었다. 부드러운 어떤 것이 나무에서 새어나오는 것 같았다. 그녀는 자신의 심

---

* "이 직유는 에마가 떠올렸음이 분명하다. 유럽에는 벌새가 없으므로, 에마가 샤토 브리앙의 작품에서 벌새를 알게 되었을 가능성이 있다." 나보코프가 수업에 사용한 책에 적어둔 메모. —편집자

장이 다시 뛰기 시작한 것을 느꼈다. 피가 우유로 이루어진 개울처럼 몸속을 질주하는 것도 느껴졌다. 그때 저멀리, 숲 너머의 다른 언덕 위에서 길게 외치는 소리가 희미하게 들려왔다. 쉽게 사라지지 않는 그 목소리가 그녀의 욱신거리는 신경의 마지막 박동과 음악처럼 섞이는 것을 그녀는 침묵 속에서 들었다. 로돌프는 잇새에 시가를 하나 물고, 주머니 칼로 망가진 고삐를 고치고 있었다."

에마가 사랑의 황홀함에서 깨어났을 때, 조용한 숲 너머 어딘가에서 들려오는 소리에 주목하십시오. 멀리서 들려오는 음악적인 신음 같은 것인데, 마법처럼 매력적으로 들리지만 사실은 무시무시한 부랑자가 쉰 목소리로 불러대는 노래의 메아리가 근사하게 들려온 것에 불과합니다. 에마와 로돌프는 곧 승마를 마치고 돌아옵니다. 작가의 얼굴에는 미소가 그려져 있었겠지요. 여기 숲속과 루앙에서 들려오는 그 거슬리는 노랫소리가 5년도 채 되지 않아 에마가 죽음을 앞두고 가르랑거리는 소리와 끔찍하게 뒤섞일 테니까요.

* * *

로돌프는 에마가 파란 안개 같은 낭만적인 꿈을 향해 자신을 데리고 도망쳐주기를 바라던 바로 그 순간에 그녀를 버립니다. 그렇게 두 사람의 연애가 끝난 뒤, 플로베르는 자신이 좋아하는 대위법 구조로 관련 장면 두 개를 씁니다. 첫번째 장면에서는 오페라 〈람메르무어의 루치아〉를 보러 간 에마가 파리에서 돌아온 레옹과 재회합니다. 에마는 우아한 청년들이 오페라극장의 1층 객석을 자랑스럽게 활보하는 모습을 봅니다. 장갑을 낀 손으로 지팡이의 반짝이는 머리 부분을 짚은 그들은 연주 준비를 하느라 소란스러운 소리를 내는 다양한 악기들을 소개하는 역할을 합니다.

이 장면의 첫번째 움직임에서 에마는 테너의 아름다운 탄식에 도취합니다. 오래전 로돌프를 사랑하던 기억이 떠올랐거든요. 그런데 샤를이 너무나 평범한 발언들로 분위기를 깹니다. 그가 보기에 오페라는 바보 같은 행동들이 뒤죽박죽 뒤섞인 것에 불과하지만, 에마는 오페라의 플롯을 이해합니다. 원작소설의 프랑스어 번역본을 읽은 적이 있거든요. 두번째 움직임에서 그녀는 무대 위 루치아의 운명을 따라가며, 자신의 운명을 생각합니다. 무대 위의 아가씨에게 동질감을 느낀 그녀는 그 아가씨의 상대역인 테너 가수와 똑같아 보이는 사람이라면 누구든 사랑할 준비가 되어 있습니다. 하지만 세번째 움직임에서는 역할이 반전됩니다. 즉, 이번에는 오페라와 노래가 그녀를 방해하는 반갑지 않은 존재가 되는 겁니다. 여기서 그녀에게는 레옹과의 대화가 무엇보다 중요합니다. 샤를은 이제야 분위기를 좀 즐기기 시작하다가 그만 카페로 끌려가고 맙니다. 네번째 움직임에서는 레옹이 에마에게 일요일에 다시 극장에 와서 오늘 보지 못한 마지막 장면을 보자고 제안합니다. 여기서 일어나는 변화들은 참으로 계획적입니다. 처음에 에마는 오페라를 현실과 동일시합니다. 무대 위의 가수가 처음에는 로돌프였다가, 나중에는 혹시 연인이 될 수도 있는 가수 본인, 즉 라가르디가 됩니다. 그러나 연인이 될 수도 있는 인물은 레옹으로 변하고, 마침내 레옹이 곧 현실이 되면서 에마는 오페라에 흥미를 잃습니다. 오페라극장의 열기를 피해 그와 함께 카페로 가야 하니까요.

대위법 테마의 또다른 예는 성당 에피소드입니다. 레옹과 에마가 성당에서 밀회를 갖기 전에, 레옹이 여관에 머무르던 에마를 찾아온 장면에서 우리는 밀회를 예비하는 대화를 볼 수 있습니다. 이 대화는 에마가 마을 축제에서 로돌프와 나눈 대화를 그대로 따라가지만, 이제는 에마가 과거에 비해 훨씬 더 세련된 반응을 보입니다. 성당 장면의 첫번째 움직임에서 레옹은 성당으로 들어가 에마를 기다립니다. 그리고 수위 제복을 입은 교구 관리(관광객들을 위해 언제나 대기하고 있는 가이드입니다)와 관광에는 생각이 없는 레옹 사이에 대화가 오갑니다. 레옹이 성당에서 보는 것들, 즉 바닥에 비친 색색의 빛 그림자 같은 것들은 온통 에마에 대한 생각밖에 없는 그의 상태와 잘 어울립니다. 그는 에마에게서 프랑스 시인 뮈세의 시에 나오는 스페인 귀부인들, 질투 많은 남편의 경계를 뚫고 성당에 와서 자신의 기사에게 사랑의 쪽지를 전하는 그 귀부인들을 연상합니다. 교구 관리는 관광객으로 안내를 받아야 할 사람이 혼자 멋대로 성당 안을 돌아다니며 감탄하는 모습에 부글거리죠.

두번째 움직임은 에마가 안으로 들어와 레옹에게 불쑥 쪽지(거절의 편지입니다)를 건네는 장면으로 시작합니다. 그러고 나서 그녀는 성모의 예배당으로 들어가 기도를 시작합니다. "그녀가 자리에서 일어섰다. 두 사람이 밖으로 나가려는데, 교구 관리가 다가와서 황급히 말했다.

'부인은 이 고장 분이 아니시지요? 이 성당의 진기한 것들을 구경하시겠습니까?'

'아니, 안 됩니다!' 레옹이 소리쳤다.

'왜요?' 에마가 말했다. 그녀는 점점 소멸해가는 정숙함을 끌어안고 성모와 조각상과 성당 안의 무덤에 매달리고 있었다. 무엇이든 좋았다."

성당 여기저기를 유창하게 설명하는 교구 관리의 말과 조급한 마음에 폭풍이 이는 레옹의 속마음이 나란히 묘사됩니다. 교구 관리가 하필이면 뾰족탑을 구경시켜주려고 하자, 레옹은 에마를 재촉해서 밖으로 나옵니다. 하지만 세번째 움직임에서 두 사람이 이미 성당 밖으로 나온 뒤에 교구 관리가 또 두 사람을 방해합니다. 두 사람에게 구매를 권유하려고 커다란 책을 한아름 들고 나오는 겁니다. 모두 성당에 관한 책입니다. 결국 레옹은 절박해져서 마차를 잡으려고 합니다. 그리고 에마를 거기 태우려고 하죠. 그녀가 저항하자 그는 파리에서는 흔한 일이라고 대답합니다. 에마에게 파리는 초록색 비단으로 만든 시가 케이스와 같은 곳이므로, 그녀는 저항하지 못하고 마음을 정합니다. "마차가 아직도 오지 않았다. 레옹은 에마가 다시 성당으로 들어가버릴까봐 걱정스러웠다. 마침내 마차가 나타났다.

'나가려면 북쪽 문을 이용해요.' 문간에 혼자 남아 있던 교구 관리가 소리쳤다. '그러면 부활, 최후의 심판, 낙원, 다윗왕, 지옥 불에서 벌을 받는 자들을 볼 수 있습니다.'

'어디로 모실까요?' 마부가 물었다.

'어디든 좋소.' 레옹이 에마를 억지로 마차에 태우며 말했다.

그리고 마차가 무겁게 움직이기 시작했다."

마을 축제 때 돼지니 거름이니 하는 농사 관련 소재들이 나중에 에마가 애인 로돌프의 집까지 걸어갔다 온 뒤 쥐스탱이 에마의 신발에서 진흙을 닦아주는 장면의 전조가 됐듯이, 교구 관리가 앵무새처럼 유창하게 던진 마지막 말은 에마가 레옹과 함께 마차에 타지 않았다면 아마 피할 수 있었을 지옥 불을 암시합니다.

이것으로 성당 에피소드의 대위법이 끝납니다. 그리고 밀폐된 마차 안에서 진행되는 다음 장면*에서 대위법이 같은 방식으로 재현됩니다. 마부는 처음에 두 사람에게 루앙의 명소들, 예를 들어 어떤 시인의 동상 같은 것을 구경시켜주려고 합니다. 제복을 입고 있는 그는 두 사람이 관광객일 것이라고 단순하게 생각해버렸거든요. 동상 다음에는 기차역으로 향했다가, 다른 명소에서도 계속 멈추려고 합니다. 하지만 그때마다 마차 안에서 정체를 알 수 없는 목소리가 그에게 계속 가라고 지시합니다. 대단히 재미있는 이 마차 드라이브 장면을 자세히 이야기할 필요는 없을 겁니다. 아예 그 장면을 인용하는 것만으로 충분할 테니까요. 하지만 커튼을 친 기괴한 마차 한 대가 루앙 시민들의 시선을 받으며 시내를 도는 장면은 로돌프와 함께 말을 타고 숲으로 산책을 갔던 장면과는 거리가 한참 멉니다. 에마의 불륜이 점차 싸구려로 변하고 있는 겁니다. "그리고 마차가 무겁게 움직이기 시작했다. 마차는 그랑 퐁 거리를 따라가다가 아르 광장과 나폴레옹 부두, 뇌프 다리를 가로질러 피에르 코르

---

* 마부가 '어디로 모실까요?'라고 묻는 순간부터 이번 장의 끝에 이르기까지 마차 장면 전체는 『보바리 부인』이 연재되던 잡지 〈르뷔 드 파리〉에 실리지 못했다. 편집자들의 결정이었다. 원래 이 마차 장면이 실려야 하는 1856년 12월 1일자 잡지에는 독자들에게 사정을 알리는 설명이 개재되었다. —나보코프

네이유 동상 앞에서 멈춰 섰다.

'계속 가요.' 안에서 이런 목소리가 들려왔다.

마차는 다시 출발해서 곧 라파예트 사거리에 이르러 내리막길을 달려내려가 기차역으로 들어갔다.

'아니, 곧장 가요!' 안에서 또 목소리가 들려왔다.

마차는 문으로 나와서 곧 산책로에 이르러 느릅나무 사이를 조용히 달렸다. 마부는 이마의 땀을 닦고, 가죽모자를 양 무릎 사이에 놓은 뒤 골목길 너머, 풀이 자라는 물가로 마차를 몰았다……

그러나 마차는 카트르마르, 소트빌, 그랑드 쇼세, 엘뵈프 거리를 한달음에 가로질러 식물원 앞에서 세번째로 멈춰 섰다.

'그냥 가라고요.' 안에서 외치는 목소리가 아까보다 더 화를 내고 있었다.

마차는 곧바로 다시 출발해서 생스베로…… 부브뢰유 대로를 올라간 뒤 코슈아즈 대로를 따라가다가 몽 리부데를 끝에서 끝까지 가로질러 드빌 언덕까지 갔다.

마차는 갔던 길을 되돌아온 뒤, 이렇다 할 계획이나 목적지도 없이 아무렇게나 방황하기 시작했다. 생폴, 레스퀴르, 몽 가르강, 라루그 마르크, 가이야르부아 광장, 말라드르리 거리, 디낭드리 거리, 생로맹, 생비비앙, 생마클루, 생니케즈, 세관, '비에유 투르', '트루아 피프,' 모뉘망탈 공동묘지에 그 마차가 나타났다. 마부는 가끔 주점을 향해 절망적인 시선을 던졌다. 절대 멈추지 말라고 외쳐대는 저 안의 손님들은 무슨 돌아다니지 못해서 한이 맺힌 사람들이기라도 한 건지 이해가 가지 않았다.

마부는 몇 번 마차를 세우려고 해보았지만, 곧바로 안에서 성난 고함소리가 터져나왔다. 그러면 그는 땀에 젖은 야윈 말들에게 또 채찍을 휘둘러 계속 마차를 몰았다. 마차가 덜컹거리든 말든, 여기저기 긁히든 말든 신경도 쓰지 않고, 기운이 쭉 빠져서 갈증과 피로로 울고 싶은 심정이었다.

부둣가의 짐마차와 술통 사이에서, 길모퉁이에서 선량한 사람들이 놀라서 눈을 휘둥그렇게 뜨고 이 광경을 바라보았다. 커튼을 친 마차가 같은 자리에 몇 번이나 다시 나타나는 광경은 이 지역에서 보기 힘든 일이었다. 무덤보다도 더 단단하게 꼭꼭 닫혀 있는 마차는 바다 위의 배처럼 이리저리 흔들렸다.

그러다 한낮에 탁 트인 벌판에서 햇빛이 마차의 낡은 도금 램프에 그 어느 때보다 강렬하게 내리쬘 때, 장갑을 끼지 않은 손 하나가 노란색 캔버스 천으로 된 작은 커튼 아래로 나오더니 갈기갈기 찢은 종잇조각들을 허공에 버렸다. 종잇조각들은 바람에 실려 하얀 나비처럼 멀리멀리 날아가다가 빨간 클로버 꽃이 흐드러지게 피어 있는 벌판 위에 내려앉았다. [이 종잇조각은 에마가 성당에서 레옹에게 준 것으로, 그와 만나지 않겠다는 내용이 적혀 있었습니다.]

여섯시쯤 마차가 보부아진 구역의 어느 뒷골목에 서자, 여자가 마차에서 내려 베일을 내린 채 한 번도 뒤돌아보지 않고 걸어가버렸다."

***

용빌로 돌아온 에마를 맞이한 하녀는 무슈 오메의 집으로 당장 가보셔야 한다는 말을 전합니다. 오메의 약국은 묘하게 불길한 분위기입니다. 에마가 그 안에 들어섰을 때 가장 먼저 보인 것은 뒤로 쓰러져 있는 커다란 안락의자입니다. 하지만 집안이 이렇게 어질러진 것은 순전히 오메의 가족들이 정신없이 잼을 만들고 있는 탓입니다. 에마는 하녀의 전갈을 받고 막연히 걱정이 들었습니다만, 오메는 그녀에게 하려던 말이 무엇인지 완전히 잊어버리고 말았습니다. 그가 샤를의 부탁으로 에마에게 시아버지가 돌아가셨다는 소식을 지극히 조심스레 전하려 했다는 사실이 나중에야 밝혀집니다. 어린 쥐스탱이 잼을 만들 냄비를 더 가져오라는 말을 듣고 헛간에 갔다가 위험한 비소가 들어 있는 파란 병 근처에서 엉뚱한 냄비를 가져왔다는 이유로 그에게 불같이 화를 내며 소리를 질러대던 오메가 그 말끝에 에마에게 전하려던 소식을 불쑥 내뱉어버리거든요. 하지만 에마는 이 소식을 지극히 무심하게 받아들입니다. 이 놀라운 장면에는, 에마의 머리에 각인된 진짜 정보가 독약이 든 병의 존재와 위치, 그 방의 열쇠를 쥐스탱이 갖고 있다는 사실임이 교묘하게 숨겨져 있습니다. 이때의 에마는 불륜의 황홀함에 눈이 멀어 죽음을 전혀 생각하지 않고 있지만, 시아버지의 사망 소식과 뒤섞여 들려온 이 정보는 기억력이 좋은 그녀의 머릿속에 계속 남아 있게 됩니다.

***

에마가 레옹을 만나기 위해 루앙에 가려고 가엾은 남편의 동의를 이

끌어내는 데 사용한 방법들을 일일이 살펴볼 필요는 없을 겁니다. 두 사람은 루앙의 한 호텔에서 즐겨 만나는데, 금방 그 호텔 방이 마치 집처럼 편안해집니다. 이때의 에마는 레옹과 함께 행복의 정점에 있습니다. 그녀의 감상적인 꿈, 라마르틴의 시에 넋을 잃었던 소녀시절의 몽상이 모두 실현되었으니까요. 그녀가 꿈꾸던 호수, 배, 연인, 사공이 모두 있었습니다. 레옹과 함께 타고 있던 배에서 비단 리본이 발견됩니다. 그러자 사공은 아돌프인지 도돌프인지 하여튼 어떤 난봉꾼 손님이 얼마 전에 남녀가 어우러진 일행과 함께 이 배를 탔다고 말합니다. 에마는 몸을 부르르 떱니다.

하지만 낡은 무대배경처럼 그녀의 삶이 점차 흔들리면서 조각조각 떨어져나가기 시작합니다. 3부의 4장부터 운명은 플로베르의 부추김에 힘입어, 아름답게 보일 만큼 정밀한 솜씨로 에마를 파괴해나갑니다. 소설의 구성이라는 기술적인 관점에서, 이 부분은 예술과 과학이 만나서 차츰 뾰족한 한 점으로 향해 가는 지점입니다. 에마는 루앙에서 피아노를 배운다는 거짓말이 흔들리는데도, 어찌어찌 유지해나갑니다. 래뢰가 정신없이 내민 청구서 또한 한동안은 어음으로 막아냅니다. 대위법의 또다른 사례라고 할 만한 장면에서 오메는 에마가 호텔에서 레옹을 기다리던 바로 그 시각에 루앙까지 레옹을 만나러 가서 억지로 그를 끌고 다니며 대접을 받습니다. 성당 에피소드를 연상시키는, 기괴하면서도 몹시 재미있는 장면이지요. 여기서는 오메가 교구 관리의 역할을 합니다. 가엾은 에마가 루앙에서 참가한 방탕한 가장무도회는 좋지 않은 결과로 끝납니다. 자신이 형편없는 인간들과 어울렸다는 사실을 깨달았거든요. 결국 그녀의 집조차 무너져내리기 시작합니다. 어느 날 시내에 나갔다가 돌아와보니, 이제 8천 프랑으로 불어난 빚을 24시간 내에 갚지 않으면 그녀의 가구를 팔아버리겠다는 서류가 와 있습니다. 여기서부터 그녀의 마지막 여행이 시작됩니다. 돈을 구하려고 이 사람, 저 사람을 찾아다니는 여행입니다. 이 비극적인 클라이맥스에 모든 등장인물이 합류합니다.

그녀는 가장 먼저 시간을 좀더 벌어보려고 시도합니다. "'이렇게 애원할게요, 무슈 래뢰. 며칠만이라도 시간을 주세요!'

그녀는 흐느꼈다.

'이것 보라지! 이제는 눈물 작전입니까!'

'당신이 날 절망으로 몰아붙이고 있잖아요!'

'설사 그렇다 해도 내 알 바 아닙니다.' 그가 문을 닫으면서 말했다."

에마는 루앙으로 갑니다만, 이미 레옹은 한시라도 빨리 그녀를 떼어놓고 싶어 안달하는 상태입니다. 에마는 심지어 레옹에게 사무실에서 돈을 훔쳐오라고 암시하기까지 합니다. "불처럼 타오르는 그녀의 눈이 악마처럼 대담하게 번득였다. 눈꺼풀이 음탕하게 그를 부추기듯이 아래로 내려왔다. 청년은 자신에게 범죄를 저지르라고 다그치는 이 여자의 말없는 의지에 눌려 점점 마음이 약해졌다." 그러나 그의 약속은 아무 가치도 없습니다. 그가 그날 오후에 만나기로 한 약속을 지키지 않으니까요. "그는 그녀의 손을 꽉 쥐었지만, 생기가 느껴지지 않았다. 에마는 이제 어떤 감정이든 느낄 힘이 없었다.

네시가 되었다. 그녀는 오랜 습관에 따라 기계적으로 움직이며 용빌로 돌아가기 위해 자리에서 일어섰다."

루앙을 떠나는 길에 그녀는 보비사르 자작으로 짐작되는 사람을 위해 억지로 길을 비켜주게 됩니다. 그 사람이 의기양양하게 달리는 검은 말이 끄는 마차를 몰고 있었거든요. 에마는 집으로 돌아가려고 오메와 같은 마차에 올랐다가 혐오스러운 장님 거지를 봅니다. 그리고 용빌에 돌아온 뒤에는 공증인인 무슈 기요맹에게 접근하는데, 그는 그녀와 정사를 나누려고 시도합니다. "그는 실내복이 어떻게 되든 상관하지 않은 채 무릎걸음으로 그녀에게 다가갔다.

'제발 부탁입니다. 가지 마세요! 사랑합니다!'

그는 그녀의 허리를 끌어안았다. 보바리 부인의 얼굴이 벌겋게 달아올랐다. 그녀는 무시무시한 표정으로 몸을 움츠리면서 소리쳤다. '저의 곤경을 이용해서 파렴치한 짓을 하시는군요! 저는 동정을 구하러 왔지, 몸을 팔러 온 것이 아니에요.'

그녀는 밖으로 나갔다."

그러고 나서 에마는 비네를 찾아갑니다. 플로베르는 여기서 시점을 바꿔, 창가에 서 있는 두 여인의 눈으로 에마를 묘사합니다. 두 사람에게 소리는 들리지 않습니다. "비네는 무슨 소리인지 모르겠다는 듯이 눈을 휘둥그렇게 뜨고 열심히 듣고 있는 것 같았다. 에마는 연약한 모습으로 계속 뭔가를 애원했다. 그녀가 젖가슴을 크게 들썩이면서 그에게 다가갔다. 두 사람 모두 이제 아무 말도 하지 않았다.

'저 여자가 추파를 던지는 건가?' 튀바슈 부인이 말했다.

비네는 귀까지 새빨갛게 달아오른 모습이었다. 에마가 그의 손을 잡왔다.

'세상에, 너무하잖아!'

에마가 비네에게 뭔가 지독한 제의를 했음이 분명했다. 비네는 보첸과 뤼첸에서 전투에 참전했고, 프랑스의 군사원정에도 참가했으며, 심지어 십자훈장 후보에도 오른 적이 있는 용감한 사람이었지만, 갑자기 뱀이라도 본 것처럼 그녀에게서 최대한 멀리 떨어지며 소리쳤다.

'부인! 그게 무슨 소리입니까?'

'저런 여자한테는 채찍질을 해야 돼.' 튀바슈 부인이 말했다."

그다음에 에마가 찾아간 사람은 늙은 유모 롤레입니다. 그곳에서 몇 분 동안 휴식을 취하며, 레옹이 돈을 구해왔을 것이라는 몽상에 잠기지요. "에마는 느닷없이 이마를 탁 치면서 소리를 질렀다. 어두운 밤에 번개가 번쩍이는 것처럼, 로돌프의 이름이 그녀의 영혼 속으로 들어온 탓이었다. 그는 아주 선량하고, 우아하고, 너그러운 사람이었다! 게다가 만약 그가 그녀의 부탁을 들어주지 않고 머뭇거리더라도, 그녀는 그의 마음을 움직이는 방법을 아주 잘 알고 있었다. 과거의 사랑을 한순간 다시 일깨우면 되니까. 그래서 그녀는 라 위세트로 떠났다. 얼마 전까지만 해도 그토록 화를 냈던 일에 자신이 몸을 바치려고 서둘러 달려가고 있음을, 자신이 몸을 팔 생각임을 조금도 알아차리지 못했다." 그녀가 허영심이 강하고 저속한 로돌프에게 늘어놓는 거짓말은 이 소설의 앞부분에 나오는 에피소드, 즉 공증인이 돈을 가지고 도망치는 바람에 첫번째 보바리 부인이 세상을 떠난 일화를 그대로 옮겨놓은 것입니다. 3천 프랑이 필요하다는 그녀의 호소를 듣자마자 그녀를 쓰다듬던 로돌프의 손이 딱 멈춥니다. "'아!' 로돌프는 갑자기 얼굴이 창백해져서 생각했다. '그래서 이 여자가 날 찾아온 거로군.' 얼마 뒤 그가 차분한 표정으로 말했다.

'부인, 내게는 그만한 돈이 없습니다.'

거짓말이 아니었다. 그런 돈이 있었다면 틀림없이 그녀에게 주었을 것이다. 그런 훌륭한 행동은 대체로 내키지 않는 일이었지만. 돈을 요구하는 일은, 사랑을 덮치는 모든 바람 중에서도 가장 차갑고 파괴적이었다.

그녀는 그를 잠시 바라보기만 했다.

'돈이 없다고요!' 그녀는 같은 말을 여러 번 되풀이했다. '돈이 없다고요! 창피한 줄 알면서도 찾아왔는데. 당신은 날 한 번도 사랑하지 않은 거예요. 다른 사람들과 똑같아요.'……

'내게는 그만한 돈이 없어요.' 로돌프가 완전히 차분한 태도로 말했다. 그 태도가 체념과 분노를 방패처럼 가려주었다.

그녀는 밖으로 나갔다…… 발밑의 땅이 바다보다 더 출렁거리고, 밭고랑은 거품으로 부서지는 거대한 갈색 파도 같았다. 그녀의 머릿속에 있는 모든 것, 기억과 생각이 수천 개의 불꽃처럼 한꺼번에 터져나왔다. 아버지의 모습, 래뢰의 가게, 집에 있는 방, 지금 이곳과는 다른 풍경이 보였다. 광기가 그녀를 엄습했다. 그녀는 점점 무서워졌지만, 간신히 정신을 차렸다. 하지만 혼란은 여전했으므로, 자신이 이토록 끔찍한 처지가 된 원인이 무엇인지 전혀 기억나지 않았다. 다시 말해서, 돈 문제를 까맣게 잊어버렸다는 뜻이다. 그녀는 오로지 사랑으로 인해 괴로웠으며, 그 추억 속에서 영혼이 사라져가는 것 같았다. 죽어가는 부상자가 상처에서 흐르는 피를 통해 생기가 빠져나가는 것을 느낄 때처럼."

"영웅이 된 것처럼 황홀해서 거의 즐거워진 그녀는 언덕을 달려내려가 소들이 다니는 판자 다리를 건너서 오솔길과 골목과 시장을 지나 약국에 다다랐다." 여기서 그녀는 쥐스탱을 꾀어 헛간 열쇠를 손에 넣습니다. "열쇠구멍 안에서 열쇠가 돌아갔다. 그녀는 곧바로 세번째 선반으로 갔다. 그녀의 기억이 그렇게나 정확했다. 그녀는 파란색 병을 들어 코르크 마개를 찢듯이 떼어내고 손을 쑥 집어넣어 하얀 가루를 한 움큼 꺼냈다. 그리고 그것을 먹기 시작했다.

'안 돼요!' 쥐스탱이 소리치며 그녀에게 달려들었다.

'쉿! 누가 오면 어쩌려고.'

쥐스탱은 절망에 빠져서 소리쳤다.

'아무 말도 하지 마. 자칫하면 네 주인이 모든 책임을 지게 될 거야.'

그러고 나서 그녀는 갑자기 차분해져서 집으로 돌아갔다. 의무를 다한 사람처럼 평온한 모습이었다."

에마가 점점 더 심해지는 고통에 시달리며 죽어가는 모습은 냉혹한 의사의 눈으로 바라보는 것처럼 묘사됩니다. "곧 그녀의 가슴이 빠르게 들썩이기 시작했다. 혀가 완전히 입밖으로 삐져나오고, 이리저리 움직이는 눈동자 색깔은 점점 연해져서 마치 둥근 램프 두 개가 빛을 잃어가는 것 같았다. 무서울 정도로 힘겹게 움직이는 갈비뼈가 아니라면, 이미 죽은 사람처럼 보일 정도였다. 격한 호흡 때문에 몸이 흔들리는 모습은, 마치 영혼이 자유를 위해 뛰쳐나오려는 것 같았다…… 부르니지앵은 다시 기도를 하고 있었다. 얼굴을 숙여 침대 가장자리에 댄 그의 길고 검은 신부복 자락이 등뒤로 바닥에 펼쳐져 있었다. 샤를은 침대 반대편에서 무릎을 꿇고 에마를 향해 양팔을 뻗었다. 그는 그녀의 손을 꼭 쥐고서, 그녀의 심장이 한 번 박동할 때마다 몸을 떨었다. 폐허가 무너지느라 진동할 때처럼. 죽음을 앞둔 사람의 목에서 가래 끓는 소리가 더욱 심해지자, 신부의 기도 소리가 더욱 빨라졌다. 그의 기도 소리에 보바리의 숨죽인 흐느낌이 섞였다. 때로는 작게 중얼거리는데도 종소리처럼 울리는 라틴어 기도 소리 속으로 모든 것이 사라지는 것 같기도 했다.

갑자기 길에서 어떤 소리가 들려왔다. 시끄러운 나막신 소리와 지팡이로 딱딱 땅을 짚는 소리. 그리고 누군가의 목소리. 그 쉰 목소리가 노래를 불렀다.

'여름 하늘이 머리 위에서 뜨겁게 빛날 때
귀여운 아가씨는 사랑을 꿈꾸지.'

에마가 몸을 일으켰다. 시체에 전기를 흘려넣은 것 같았다. 머리카락은 헝클어지고, 눈은 한곳만 빤히 바라보고 있었다.

'바닥에 떨어진 옥수수를
정성껏 주워 모으려고
나네트가 허리를 구부리고 가네

옥수수 열매가 태어난 땅을 향해.'

'그 장님!' 에마는 이렇게 소리치고는 웃기 시작했다. 지독하고, 광적
이고, 절망적인 웃음이었다. 영원한 밤을 배경으로 무서운 존재처럼 우
뚝 서 있는 그 거지의 끔찍한 얼굴이 보이는 것 같았다.

'그 여름날 바람이 강하게 불었지,
  그녀의 짧은 치마가 날아오를 만큼.'

에마는 경련을 일으키며 매트리스 위로 다시 쓰러졌다. 모두 그 곁으
로 다가갔다. 그녀는 이제 이 세상에 없었다."

해설

문체

고골은 자신의 작품인 『죽은 혼』을 산문시라고 불렀습니다. 플로베르의 소설 또한 산문시지만, 작가의 솜씨가 고골보다 더 훌륭하고, 짜임새도 더 긴밀하죠. 이 점을 곧바로 살펴보기 위해, 무엇보다도 먼저 플로베르가 세미콜론 다음에 'and'를 사용한 방식에 주목하기 바랍니다(영어 번역본에서 가끔 세미콜론을 어설픈 쉼표로 바꿔놓았습니다만, 우리는 원래대로 세미콜론을 되찾아올 겁니다). 세미콜론과 and의 조합은 행동이나 상태나 사물을 열거한 뒤에 나옵니다. 세미콜론은 한 숨 쉬는 듯한 분위기를 연출하고, 'and'는 문단을 정리하면서 최절정의 이미지나 생생한 세부묘사로 이어주는 역할을 합니다. 이런 묘사는 경우에 따라 단순한 상황묘사가 되기도 하고, 시적이거나 우울하거나 재미있는 분위기를 자아내기도 합니다. 이것이 플로베르의 문체 중 독특한 특징입니다.

샤를과 에마의 결혼생활 초기를 묘사한 부분입니다. "그는 그녀의 빗, 반지, 숄을 계속 만져보고 싶어서 참을 수 없었다. 때로는 그녀의 뺨에 크게 쪽 소리가 나도록 입을 맞추기도 했고, 그녀의 손가락 끝에서부터 맨살이 드러난 팔을 따라 어깨까지 올라가며 가볍게 쪽쪽 입을 맞추기도 했다; 그리고and 그녀는 미소와 짜증이 반씩 섞인 표정으로 그를 밀어내곤 했다. 주위에서 알짱거리는 아이를 밀어내는 것 같았다."

1부가 끝날 무렵, 에마는 결혼생활에 권태를 느끼고 있습니다. "그녀는 깨진 종소리처럼 들려오는 성당 종소리가 한 번 울릴 때마다 약간 멍한 상태로 귀를 기울였다. 어떤 집 지붕 위에서 고양이 한 마리가 창백한 햇빛을 받으며 등을 둥글게 구부린 채로 걷고 있을 것 같았다. 대로에서는 바람에 흙먼지가 몇 줄기 솟아올랐다. 가끔 멀리서 개가 짖어대고; 그리고and 종소리는 같은 간격으로 벌판 위에 계속 단조롭게 울려퍼졌다."

레옹이 파리로 떠난 뒤 에마는 창문을 열고 구름을 바라봅니다. "서쪽, 루앙 쪽에서 차곡차곡 쌓인 구름이 금세 검은 소용돌이로 변했고, 그 뒤에서 긴 햇살 여러 줄기가 뻗어나왔다. 허공에 떠 있는 전리품에서 황금빛 화살들이 뻗어나온 것 같았다. 구름이 없는 하늘의 다른 부분들은 도자기처럼 새하얀 색이었다. 그러나 거센 바람 한줄기에 포플러들이 허리를 숙이더니, 갑자기 비가 내렸다. 빗방울이 초록색 이파리를 후두두 때렸다. 이내 해가 다시 모습을 드러내자, 암탉들이 꼬꼬 울어대고, 참새는 흠뻑 젖은 덤불 속에서 날갯짓을 했다; 그리고and 자갈밭 위를 흐르는 빗물은 분홍색 아카시아 꽃잎을 실어 갔다."

에마가 죽음의 병상에 누워 있는 장면입니다. "에마의 머리가 오른쪽 어깨를 향해 기울어져 있었다. 벌어져 있는 입꼬리는 그녀의 얼굴 아래쪽에 생겨난 검은 구멍 같았다. 양손 엄지손가락은 손바닥 쪽으로 구부러져 있고, 하얀 먼지 같은 것이 속눈썹에 흩뿌려져 있었으며, 눈동자는 점점 사라져, 얇은 거미줄을 닮은 끈적끈적하고 창백한 것으로 변해갔다. 마치 거기서 거미들이 열심히 일하고 있는 것 같았다. 이불은 젖가슴에서 무릎까지 푹 꺼졌다가 발끝에서 다시 솟아올랐다; 그리고and 샤를의 눈에는, 무한히 큰 덩어리가, 엄청난 무게가 그녀를 짓누르고 있는 것 같았다."

'and'를 사용한 몇 가지 사례에서 여러분이 기초적인 모습을 알아차렸을지도 모르겠습니다만, 플로베르의 문체에서 또하나의 특징은 그가 이른바 점층적인 방법, 즉 시각적인 세부묘사가 연달아 펼쳐지는 방법을 즐겨 썼다는 점입니다. 하나씩 세세한 묘사가 펼쳐질 때마다, 이런저런 감정이 축적됩니다. 2부 초입에서, 마치 카메라가 우리를 데리고 천천히 용빌로 움직여 가서 눈앞에 펼쳐지는 풍경을 차례차례 드러내는 듯한 장면이 좋은 예입니다. "라 부아시에르에서 대로를 벗어나 뢰 언덕 꼭대기까지 곧바로 올라가면 계곡이 내려다보인다. 계곡을 흐르는 강 때문에, 이 일대가 뚜렷이 구분되는 두 지역으로 나뉘는데, 왼편은 온통 목초지고 오른편은 경작지다. 목초지는 불룩하고 나지막한 야산들 기슭을 따라 브레 지방의 목초지까지 쭉 뻗어 있다. 동쪽에서는 완만한 경사로 살살 높아지며 더 넓어진 평원에 황금빛 밀밭이 펼쳐진다. 하얀 띠처럼 흐르는 강이 목초지의 색깔과 경작지의 색깔을 갈라놓는다. 가장자리를 은색으로 두른 초록색 벨벳 케이프가 달린 외투를 크게 펼쳐놓은 것 같은 풍경이다.

저기 지평선 가장자리에 아르괴이유숲의 떡갈나무들이 서 있다. 가파르게 솟은 생장산에는 꼭대기부터 바닥까지 불규칙한 빨간색 흉터가 가득하다. 빗물이 흐른 흔적인데, 회색 흙에서 가느다란 벽돌색 줄무늬가 도드라져 보이는 것은 인근 지역에 철분을 함유한 물이 많이 흐르기 때문이다."

산문보다는 시에 더 어울리는 세번째 특징은 의미 없는 대화 속에서 감정이나 마음의 상태를 드러내는 방식입니다. 이제 막 아내를 잃은 샤를의 옆에 오메가 함께 있어주는 장면입니다. "오메는 뭐라도 해야 할 것 같아서 제라늄 화분에 물을 주려고 선반의 물병을 집어들었다.

'아! 고맙습니다.' 샤를이 말했다. '당신은 정말……'

그는 말을 끝마치지 못했다. 오메의 행동을 보고 떠오른 수많은 기억 때문에 목이 멨다. [에마가 그 꽃에 물을 주곤 했습니다.]

오메는 그의 생각을 다른 곳으로 돌리는 데에 원예에 관한 이야기가 적당할 것 같았다. 그는 식물에 물이 필요하다고 말했다. 샤를은 맞는 말이라는 듯 고개를 숙였다.

'게다가……' 오메가 말을 이었다. '곧 날이 다시 화창해질 겁니다.'

'아.' 보바리가 말했다.

오메는 이제 화제가 다 떨어져서, 창문의 작은 커튼을 살살 열었다.

'흠! 저기 무슈 튀바슈가 지나갑니다.'

샤를은 기계적으로 그의 말을 따라했다. '……무슈 튀바슈가 지나갑니다.'"

의미 없는 말이지만, 얼마나 많은 의미를 담고 있는지요.

플로베르의 문체를 분석할 때 중요한 또 한 가지는 프랑스어의 불완전과거 시제입니다. 지속적인 행동이나 상태, 습관적으로 일어나는 일을 표현하는 시제죠. 영어로는 would나 used to로 표현하는 것이 최선입니다. '비가 오는 날이면 그녀는 이런저런 일들을 하곤 했다.' '그때 성당 종소리가 울리곤 했다.' '비가 그치곤 했다.' 등등. 프루스트는 플로베르가 불완전과거 시제를 사용하는 방법을 보면 그가 시간의 흐름을 얼마나 잘 다루는지 알 수 있다고 어딘가에서 말했습니다. 프루스트의 말에 따르면, 플로베르는 불완전과거 덕분에 시간의 지속성과 통일성을 표현할 수 있었습니다.

하지만 번역가들은 이 문제에 전혀 신경을 쓰지 않았습니다. 지루하고 반복적인 에마의 생활을 묘사한 부분들, 예를 들어 토스트에 살던 시절 그녀의 삶을 묘사한 부분 같은 것이 영어로 제대로 번역되지 못했습니다. 번역가가 여기저기에 would나 used to를 끼워넣는 수고를 하지 않았기 때문입니다.

토스트에서 에마는 개를 데리고 산책을 나갑니다. "그녀는 먼저 주위를 둘러보며 지난번에 다녀간 뒤로 변한 것이 없는지 확인하곤 했다['확인했다'가 아닙니다]. 똑같은 자리에 디기탈리스와 계란풀, 큰 바위들을 에워싼 쐐기풀, 세 개의 창문을 따라 돋아 있는 이끼가 또 보이곤 했다['보였다'가 아닙니다]. 언제나 닫혀 있는 덧창은 녹슨 쇠창살에 몸을 지탱한 채 썩어가고 있었다. 그녀의 상념은 처음에는 정처 없이 아무렇게나 방황하곤 했다['방황했다'가 아닙니다]……"

플로베르는 은유를 많이 사용하지 않지만, 간혹 나오는 은유들은 인물의 성격과 어울리는 감정을 표현합니다.

레옹이 떠난 뒤 에마의 모습입니다. "슬픔이 그녀의 텅 빈 영혼 속으로 밀려들었다. 버려진 저택에 겨울바람이 불 때처럼 부드럽게 포효하면서." (에마가 예술적인 천재성을 지니고 있었다면, 자신의 슬픔을 당연히 꼭 이렇게 표현했을 겁니다.)

로돌프는 에마의 열정에 점차 싫증을 냅니다. "방탕하고 타락한 입술들이 이미 그에게 그런 말을 속삭인 적이 있으므로, 그는 그녀가 솔직한 말을 했을 것이라고는 거의 믿지 않았다. 별 볼 일 없는 애정을 숨기려는 과장된 말을 그대로 믿으면 안 될 것 같았다. 영혼의 충만함이 때로는 공허한 은유 속으로 흘러넘치지 못하는 것처럼. 누구도 자신의 욕구, 자신의 생각, 자신의 슬픔을 정확히 파악하지 못한다. 사람의 말이란 깨진 주전자와 같아서, 우리는 그 주전자를 두드려 별이 감동한 나머지 눈물을 흘리게 만들고 싶어하면서도 실제로는 곰을 춤추게 만들 수 있을 뿐이다."(플로베르가 작문의 어려움에 대해 투덜거리는 소리가 들리는 것 같습니다.)

로돌프는 사랑의 도피 전날 에마에게 작별의 편지를 쓰기에 앞서 과거의 연애편지들을 훑어봅니다. "마침내 지겹고 따분해진 로돌프는 상자를 다시 벽장에 넣으려고 가져가면서 혼자 중얼거렸다. '전부 쓰레기야!' 그의 생각을 간단히 요약한 말이었다. 학교 운동장에서 뛰어노는 학생들처럼 쾌락이 그의 마음을 잔뜩 짓밟아놓았기 때문에 그곳에서는 푸른 풀이 한 포기도 자라지 못했다. 그리고 그곳을 스쳐가는 풀포기는 아이들보다도 더 부주의해서 아이들과 달리 담장에 제 이름조차 새겨놓지 않았다."(플로베르가 루앙에서 학교에 다니던 시절을 다시 떠올리는 모습이 눈에 보일 듯합니다.)

이미지

플로베르가 감각기관의 정보를 예술가의 눈으로 선별하고 퍼뜨리고 무리 짓는 솜씨를 최고로 발휘한 부분을 아래에 몇 가지 인용했습니다.

샤를이 루오 영감의 부러진 다리를 고치려고 겨울 풍경 속에서 말을 타고 가는 장면. "눈이 닿는 저 끝까지 평탄한 시골 풍경이 펼쳐져 있고, 농가를 에워싸고 듬성듬성 무리 지어 서 있는 나무들은 광대한 회색 땅

위에서 검보라색 반점처럼 보였다. 지평선에서 땅은 색이 흐릿해져 쓸쓸한 하늘의 색조와 뒤섞였다."

에마와 로돌프가 정사를 나누려고 만난 장면. "잎이 다 떨어진 재스민 가지 사이로 별들이 반짝였다. 뒤에서는 강물 소리가 들려오고, 강둑에서는 마른 갈대가 가끔 바스락거렸다. 어둠 속 여기저기서 많은 그림자들이 모습을 드러냈다가 가끔 일제히 몸을 떨며 솟아올랐다. 그림자들이 두 사람을 집어삼키려고 달려오는 거대한 검은 파도처럼 흔들렸다. 차가운 밤공기 때문에 두 사람은 서로를 더욱 단단히 껴안았다. 입술에서 새어나오는 한숨이 더욱 깊어지는 듯하고, 잘 보이지 않는 서로의 눈은 더 커진 것 같았다. 침묵 속에서 그들이 나직하게 주고받는 말이 그들의 영혼에 수정처럼 낭랑하게 떨어져 수많은 메아리가 되어 울려퍼졌다."

에마와 레옹이 오페라극장에서 재회한 다음날, 그녀가 묵는 여관방으로 찾아온 레옹이 본 그녀의 모습. "디미티 천으로 만든 실내복 차림으로 낡은 안락의자에 앉아 있는 에마가 머리카락을 뒤로 틀어올려 고정한 머리를 등받이에 기댔다. 황갈색 벽지가 그녀의 등뒤에서 황금빛 배경처럼 보였다. 거울에는 모자를 쓰지 않은 그녀의 머리 한가운데에 난 하얀 가르마가 비쳤고, 귓불이 머리카락 아래로 살짝 드러나 있었다."

말馬 테마

말 테마가 등장하는 부분들을 골라내다보면 사실상 『보바리 부인』 전체의 시놉시스가 만들어집니다. 이 작품 속 로맨스에서 말이 이상할 정도로 중요한 역할을 하기 때문입니다.

이 테마가 시작되는 구절은 이겁니다. "어느 날 밤 [샤를과 그의 첫번째 아내는] 문밖에 말이 서는 소리에 깨어났다." 다리가 부러진 루오 영감의 소식이 샤를에게 도달한 장면입니다.

샤를이 루오 영감의 집, 그러니까 곧 에마를 만나게 될 곳으로 다가가는데, 그의 말이 화들짝 놀라서 심하게 뛰어오릅니다. 마치 샤를과 에마의 운명이 드리운 그림자에 놀란 것처럼.

그가 말채찍을 찾고 있을 때, 에마가 먼저 밀가루 부대 뒤에서 그것을 발견하고 허리를 굽힙니다. 샤를은 그녀를 도우려고 그녀의 뒤에서 함께 몸을 숙였다가 어색한 장면을 연출합니다(중세의 돌팔이 의사인 프로이트가 이 장면을 보았다면 아주 많은 의미를 읽어냈을지도 모르겠습니다).*

결혼식 하객들이 술에 취한 채 달빛을 받으며 돌아가는 길에, 마차를 끄는 말들이 제멋대로 날뛰며 전속력으로 도랑으로 뛰어듭니다.

에마의 늙은 아버지는 갓 결혼한 딸 부부를 배웅하면서, 오래전 자신이 결혼식을 마치고 젊은 아내를 말에 태워 데려올 때를 회상합니다. 그

---

* 프로이트는 말을 성적인 상징으로 보았다. —편집자

때 그는 자신의 안장 뒤에 쿠션을 놓고 아내를 태웠습니다.

에마가 창밖으로 몸을 내민 채 입으로 꽃잎을 뜯어 아래쪽으로 불어 보내는 장면을 보십시오. 꽃잎들은 남편인 샤를의 말갈기 위로 떨어집니다.

에마가 수녀원 학교 시절을 회상하는 장면에서, 선량한 수녀들은 몸의 정숙함과 영혼의 구원에 대해 좋은 충고를 많이 해주었습니다. 그래서 그녀는 "고삐가 단단히 당겨진 말처럼, 우뚝 멈춰 섰다. 그리고 재갈이 입에서 벗겨졌다."

보비사르의 집에서 집주인은 그녀에게 자신의 말들을 보여줍니다.

그녀는 남편과 함께 보비사르 자작의 성을 떠나면서 자작이 여러 사람과 함께 말을 타고 달려가는 것을 봅니다.

샤를은 왕진을 갈 때 늙은 말의 빠른 걸음에 자신을 맡깁니다.

에마가 용빌의 여관에서 레옹과 처음으로 대화를 나눌 때, 가장 먼저 말에 관한 이야기가 나옵니다. "하지만 나처럼 항상 말을 타고 다녀야 하는 처지라면……" 샤를이 말합니다. "하지만……" 레옹이 보바리 부인을 향해 말을 잇습니다. "제가 보기에는 그것보다 더 유쾌한 일은 없을 것 같은데요……" 그렇죠, 얼마나 유쾌한 일일까요.

로돌프는 승마가 에마에게 아주 좋을 것 같다고 샤를에게 말합니다.

로돌프와 에마가 숲에서 다정하게 승마를 즐기는 유명한 장면은, 그녀가 입은 아마존 드레스의 긴 파란색 베일을 통해 보이는 광경이라고 해도 될 겁니다. 에마가 로돌프와 말을 타고 떠나기 전에, 창문 안에서 딸이 보낸 키스에 답하기 위해 말채찍을 들어올리는 장면도 있습니다.

에마는 아버지의 편지를 읽으면서 아버지의 집을 떠올리는데, 히힝

울어대고 빠르게 뛰어다니는 망아지들이 함께 생각납니다.

보바리가 치료해주려고 시도하는 마구간 일꾼의 내반족(말굽과 비슷하게 생겼습니다)은 말 테마를 기괴하게 비튼 것입니다.

에마는 로돌프에게 멋진 말채찍을 선물로 줍니다(프로이트 영감이 어둠 속에서 키득거리고 있군요).

로돌프와 새로운 삶을 꿈꾸는 에마는 먼저 "말 네 마리가 끄는 마차를 타고" 이탈리아로 가는 몽상에 잠깁니다.

지붕이 없는 파란색 이륜마차가 로돌프를 싣고 빠른 속도로 그녀의 인생에서 사라져갑니다.

에마와 레옹이 커튼을 단단히 친 마차를 타고 달리는 장면도 유명합니다. 여기서는 말 테마가 상당히 저속해졌습니다.

소설의 뒷부분에서, 용빌과 루앙을 오가는 역마차인 제비호가 에마의 삶에서 상당한 역할을 하기 시작합니다.

루앙에서 에마는 자작의 검은 말을 언뜻 보고 기억을 떠올립니다.

에마가 로돌프를 마지막으로 찾아갔을 때, 로돌프는 돈이 필요하다는 그녀의 간청에 돈이 없다고 대답합니다. 그러자 에마는 그의 말채찍에 달린 값비싼 장식을 지적하며 빈정거립니다(이제는 어둠 속에서 키득거리는 소리가 악마 같습니다).

에마가 죽은 뒤, 샤를은 자신의 마지막 재산인 늙은 말을 팔러 갔다가 로돌프와 마주칩니다. 과거 로돌프가 아내의 연인이었음을 이제는 샤를도 알고 있습니다. 말 테마는 여기서 끝납니다. 상징으로서 말은 어쩌면 오늘날의 컨버터블 자동차쯤 되는 것 같습니다.

로버트 루이스 스티븐슨(1850~1894)

「지킬 박사와 하이드 씨」(1885)

스티븐슨은 1885년에 영국해협에 면한 도시 본머스에서 폐출혈로 침대 신세를 지고 있을 때 「지킬 박사와 하이드 씨」를 썼습니다. 이 작품이 출판된 것은 1886년 1월입니다. 지킬 박사는 풍채가 좋고 선량한 의사 이며, 인간적인 약점이 없지 않은 인물입니다. 그는 가끔 약물의 힘을 빌려 잔혹하고 동물적인 본성을 지닌 사악한 인물 하이드에 자신을 투 사합니다. 아니, 자신의 본성을 그 인물에 집중시킨다거나, 몰아넣는다 고 해도 될 겁니다. 하이드의 인격으로 지킬 박사는 일종의 범죄자 인 생을 살아갑니다. 한동안은 지킬 박사의 인격으로 다시 돌아오는 것이 가능합니다. 하이드로 변하는 약과 지킬로 돌아오는 약이 따로 있거든 요. 하지만 시간이 갈수록 그의 선한 본성이 약해져서 결국 지킬로 돌 아오는 약이 효과를 발휘하지 못하고 진실이 폭로될 위기가 닥치자 그 는 스스로 독약을 삼킵니다. 이것이 아무런 꾸밈을 덧붙이지 않은 이 작품의 줄거리입니다.

우선 여러분이 나와 똑같이 포켓북스판 책을 갖고 있다면, 그 소름끼치고, 혐오스럽고, 흉악하고, 범죄적이고, 음험하고, 비열하고, 젊은이를 타락시키는 표지를 가리세요. 그건 차라리 구속복이라는 말이 어울리는 표지입니다. 돼지고기를 포장하는 일이나 하면 알맞을 사람들의 연출로 형편없는 배우들이 연기한 이 작품의 패러디가 영화로 만들어져서 극장이라고 불리는 곳에서 상영되었다는 사실도 무시하세요. 내가 보기에 영화관을 극장이라고 부르는 것은 undertaker를 mortician이라고 부르는 것과 같습니다.*

하지만 이보다 더 중요하게 당부할 것이 있습니다. 「지킬 박사와 하이드 씨」가 일종의 미스터리 소설, 범죄소설, 영화라고 생각한다면, 그 생각을 완전히 기억에서 몰아내고 잊어서 망각 속에 묻어버리십시오. 1885년에 스티븐슨이 쓴 이 짧은 소설이 현대 미스터리 소설의 조상 중 하나라는 말은 물론 사실입니다. 하지만 오늘날의 미스터리 소설은 기껏해야 전통적인 문학작품에 지나지 않기 때문에, 문체를 통째로 부정하고 있습니다. 솔직히 나는 탐정소설을 좋아한다고 짐짓 수줍은 척 자랑하는 교수들과 다릅니다. 내가 보기에 이 작품들은 너무나 형편없어서, 읽다보면 죽을 만큼 지루해집니다. 반면 스티븐슨의 소설은 탐정소설로서는 어설픈 편입니다. 하느님, 그의 순수한 영혼을 축복하소서. 이 작품은 또한 우화도 비유도 아닙니다. 이 둘 중 하나라고 보기에는 역시 좀 부족하니까요. 그러나 문체 면에서는 새로운 현상이라고 해도 될 만큼 특별한 매력을 지니고 있습니다. 스티븐슨은 이 작품이 "악령소설"이

---

* undertaker는 '장의사'를 뜻하는 영국식 단어이고, mortician은 미국식 단어다.

라고 외쳤습니다. 이 작품을 꿈으로 꾼 뒤 깨어나서 한 말입니다. 콜리지에게 미완성 시 중에서 가장 유명한 작품을 보여준 마법 같은 환상과 비슷한 꿈이었을 겁니다. 하지만 이 작품은 또한 "평범한 산문 소설보다 시에 더 가까운 이야기"*이기도 합니다. 그리고 이 점이 더 중요합니다. 따라서 이 작품은 예술로서 예를 들어 『보바리 부인』이나 『죽은 혼』과 같은 반열에 속합니다.

이 작품에는 맛있는 포도주 같은 풍미가 있습니다. 사실 작품 속에 향기롭고 오래된 포도주가 많이 나오기도 합니다. 우선 어터슨이 편안하게 천천히 마시는 포도주가 생각나는군요. 마음을 편안하게 달래주는 이 스파클링와인은 지킬이 먼지투성이 실험실에서 만드는 마법의 변신약과는 마실 때 느낌이 완전히 다릅니다. 모든 표현이 군침을 돌게 합니다. 곤트 거리의 게이브리얼 존 어터슨은 말투가 둥글둥글합니다. 런던의 서늘한 아침 공기에는 군침이 돌게 만드는 싸한 느낌이 있고, 지킬이 '하이드화'하는 동안 느끼는 끔찍한 감각을 묘사한 부분은 확실히 표현이 풍부합니다. 스티븐슨은 자신이 해결해야 할 두 가지 어려운 과제, 즉 (1) 마법의 약을 화학적으로 충분히 개연성이 있는 약으로 만드는 것, (2) 하이드화 이전과 이후에 드러나는 지킬의 사악한 부분을 독자가 납득할 수 있게 표현하는 것을 완수하기 위해, 문체에 크게 의존할 수밖에 없었습니다.** "내가 깊이 생각에 잠겨 있을 때, 이미 말했듯이 실험실 탁자에서 이 문제를 해결할 수 있는 우연한 서광이 비치기 시작

---

* 나보코프는 이 글에 나오는 중요한 인용문들이 스티븐 권의 『로버트 루이스 스티븐슨』(런던: 맥밀런, 1939)에서 따온 것이라고 밝혔다. ―편집자

했네. 우리가 입고 있는 이 몸은 겉으로는 아주 단단해 보이지만, 실제로는 실체가 없는 안개처럼 덧없는 것임을 누구보다 깊이 인식할 수 있었지. 내가 찾아낸 몇몇 약물은 그 육체라는 옷을 흔들어서 젖혀버릴 수 있었네. 마치 바람이 천막의 휘장을 흔들어댈 때처럼…… 나는 영혼을 구성하는 몇 가지 힘의 광휘와 아우라로 나의 자연스러운 육체를 인식

** 나보코프의 스티븐슨 폴더에는 스티븐슨의 『문예창작에 관한 에세이집』(런던: 채토&윈더스, 1920)의 문장들을 타자로 정리해놓은 4장 분량의 자료가 있다. 그는 이것을 강의 때 학생들에게 읽어주었다. 그 자료의 인용문 중 지금 여기에 적합한 것이 하나 있다. "시간 순서에 따라 사건을 훑고 지나가는 과거 연대기 작가들의 문장에서 대단히 종합적인 이야기의 밀도 높고 반짝이는 흐름 같은 문장으로 변하는 과정에 철학과 재치가 엄청난 영향을 발휘했을 것으로 짐작된다. 철학의 존재는 분명히 알아볼 수 있다. 종합적인 글을 쓰는 작가가 훨씬 더 깊이 있고 생각을 자극하는 방식으로 인생을 바라보고 있다는 것, 세대의 흐름과 비슷한 사건들을 훨씬 더 예리하게 인식하고 있다는 것을 알 수 있기 때문이다. 재치는 언뜻 사라진 것처럼 보일지도 모르지만, 사실은 그렇지 않다. 독자가 의식을 하든 하지 않든, 글에서 즐거움을 느낄 수 있는 것은 순전히 재치라는 이 영원한 장치, 어려움을 극복하고 다중적인 의미를 내포하며 두 개의 오렌지를 동시에 공중에서 계속 춤추게 만드는 이 장치 덕분이기 때문이다. 사람들이 거의 알아보지 못하는 이 재치는 우리가 그토록 찬탄하는 철학에 꼭 필요한 도구이다. 따라서 문체는 가장 완벽한 것이다. 바보들은 가장 자연스러운 문체를 이야기하지만, 가장 자연스러운 문체란 앞뒤가 전혀 연결되지 않는 연대기 작가들의 허튼소리일 뿐이다. 가장 완벽한 문체는 최고의 우아함과 풍부한 함의를 너무 중뿔나게 않게 달성한다. 혹시 중뿔나게 굴더라도, 그로 인해 감각과 활기를 최고로 높일 줄 안다. (이른바) 자연스러운 순서에서 벗어난 구절들조차 독자의 정신에 빛이 된다. 그리고 이처럼 계획된 순서의 역전 덕분에 심판이라는 요소가 가장 적절하게 배열되거나 복잡한 사건의 여러 단계들이 가장 명료하게 하나로 합쳐질 수 있다.
그렇게 해서 하나의 거미줄 또는 패턴이 만들어진다. 감각적이면서 논리적이고, 우아하면서도 함의가 많은 거미줄, 이것이 바로 문체이며 문학이라는 예술의 기초다."—편집자

하게 되었을 뿐만 아니라, 그 힘을 우월한 자리에서 끌어내리고 대신 부차적인 형태를 그 자리에 앉힐 수 있는 약물까지 합성해냈어. 그 부차적인 형태 또한 내게는 똑같이 자연스러웠는데, 그것이 내 영혼의 저열한 요소들의 표현이며 그 요소들의 특징을 갖고 있기 때문이었네.*

나는 이 이론을 실제로 시험해볼 때까지 오랫동안 망설였네. 내가 죽음의 위험까지 무릅써야 한다는 사실은 잘 알고 있었지. 정체성의 핵심적인 성채를 그토록 강력하게 좌우하면서 뒤흔들어놓는 약이라면 아주 조금이라도 과용하거나 좋지 않을 때에 힘을 드러내는 경우 내가 바꾸고자 하는 이 덧없는 육체를 완전히 없애버릴지도 모르니까. 그러나 대단히 유일무이하고 심오한 발견을 할 수 있을지 모른다는 유혹이 마침내 경계심에 승리를 거뒀네. 팅크 용액은 이미 오래전에 준비해두었으므로, 나는 실험을 통해 마지막으로 알아낸 재료인 어떤 염류를 화학약품 도매상에서 즉시 대량으로 구입했네. 그리고 어느 저주받은 깊은 밤에 약품들을 섞은 뒤, 유리 시험관 안에서 그것들이 끓어오르다가 함께 연기를 피워올리는 모습을 지켜보았지. 그러다 화학반응이 가라앉은 다음에, 강렬하게 달아오른 용기를 발휘해 그 약을 마셔버렸어.

무엇보다 지독한 고통이 온몸을 헤집었네. 뼈가 갈리는 것 같고, 죽을 만큼 속을 게워내야 할 것 같더군. 탄생의 순간이나 죽음의 순간에도 느낄 수 없을 것 같은 영혼의 공포도 느껴졌네. 이윽고 고통이 재빨리 가라앉기 시작하자, 나는 중병을 앓다가 깨어난 사람처럼 정신을 차렸다.

---

* "따라서, 여기에 적용된 것은 '육체와 영혼'의 이분법이 아니라 '선과 악'의 이분법이다." 나보코프가 주석을 달아놓은 수업용 책에 적어둔 메모. —편집자

몸의 감각이 조금 이상했어. 말로 형언할 수 없을 만큼 새로운 느낌. 바로 그 새로움이 믿을 수 없을 만큼 달콤했네. 몸이 더 젊어지고, 더 가벼워지고, 더 행복해진 것 같았지. 내 머리는 분별없는 무모함을 인식했네. 내 상상 속에서 뒤죽박죽 뒤섞인 감각적 이미지들이 물레방아의 물줄기처럼 흐르고, 의무의 굴레에서 벗어나는 법이 떠오르고, 지금까지 미지의 존재였지만 순수하지는 않은 영혼의 자유가 느껴졌지. 이 새로운 몸으로 처음 숨을 쉬는 순간, 나는 내가 더 사악해졌음을, 열 배는 더 사악해졌음을 깨달았네. 나는 타고난 사악함에 팔린 노예였어. 이런 생각을 한 순간, 포도주를 마셨을 때처럼 즐겁고 기운이 났네. 나는 양손을 뻗으며 신선하고 새로운 감각에 미친듯이 기뻐했네. 그러다가 내 키가 줄어들었음을 갑자기 깨달았지…… 원래 내 얼굴에서는 선함이 빛나는 반면, 변신한 얼굴에는 사악함이 훤히 드러나 있었네. 뿐만 아니라 사악함(나는 이것이 사람의 본성 중 치명적인 부분이라고 지금도 분명히 믿고 있다)이 남긴 각인 때문에 몸이 기형적인 형태를 띠고 있었네. 그래도 거울에 비친 그 추한 형상을 보면서 나는 전혀 반감이 생기지 않았네. 오히려 반가워서 폴짝 뛰어오르고 싶었어. 이것 역시 나였으니까. 자연스럽고 인간적으로 보였네. 내가 보기에는 이 모습에 내 영혼이 더 약동적으로 표현된 것 같더군. 내가 지금까지 내 것이라고 익숙하게 생각하던 외모, 그 불완전하고 분열된 외양에 비해 더 명확하고 단단해 보였어. 여기까지는 내 생각이 의심의 여지 없이 옳았네. 내가 에드워드 하이드의 모습을 하고 있으면 처음에는 모든 사람이 내 앞에서 불안감을 드러내는 것을 나는 알 수 있었네. 내 생각에는, 우리가 만나는 모든 사람에게는 선과 악이 섞여 있지만 에드워드 하이드만은 인류 중 유일하게 순수한 악으로만 이루어져 있기 때문인 것 같네."

지킬과 하이드라는 이름의 어원은 스칸디나비아입니다. 내 짐작이지만, 옛날 성姓을 모아놓은 책에서 스티븐슨이 이 이름들을 골랐을 것 같습니다. 나도 그 책을 훑어보았습니다. 하이드의 어원은 앵글로색슨어의 hyd, 덴마크어의 hide입니다. 뜻은 '천국'이지요. 지킬의 어원은 덴마크어의 Jökulle인데, '고드름'이라는 뜻입니다. 이 간단한 어원을 모르면, 온갖 종류의 상징적인 의미를 갖다 붙이기 쉽습니다. 특히 하이드가 그렇지요. 가장 뻔히 보이는 상징적인 해석은, 하이드가 지킬 박사에게 일종의 은신처hiding place라는 것입니다. 지킬 박사 안에는 익살맞은 의사와 살인자가 하나로 합쳐져 있으니까요.

읽는 사람이 많지 않은 이 작품에 대한 대중적인 인식에는 중요한 점 세 가지가 완전히 지워져 있습니다.

1. 지킬은 선한 사람인가? 아뇨, 그는 복잡한 존재입니다. 선과 악이 섞인 존재, 지킬염 99퍼센트 용액과 하이드 1퍼센트로 구성된 복합제입니다(그리스어에서 hydatid는 '물'을 의미하며, 동물학에서는 사람을 비롯한 여러 동물의 몸안에 생기는 자그마한 물주머니를 뜻합니다. 이 주머니 속 깨끗한 액체 속에 촌충의 유충이 들어 있는데, 적어도 이 유충에게는 몹시 쾌적한 환경일 겁니다. 따라서 어떤 의미에서 보면, 하이드 씨는 지킬 박사에게 기생충 같은 존재입니다. 하지만 스티븐슨이 이 이름을 골랐을 때 이런 사실을 전혀 몰랐다는 점을 분명히 밝혀둡니다). 빅토리아시대의 관점에서 보면, 지킬의 도덕성은 한심한 수준입니

다. 그는 사소한 죄악들을 조심스레 감추고 있는 위선자입니다. 뒤끝도 길어서, 학문적인 문제에서 자신과 의견이 다른 래니언 박사를 결코 용서하지 않습니다. 무모한 면도 있습니다. 하이드는 그의 내면에 그와 섞여 있습니다. 지킬 박사의 내면에 이처럼 섞여 있던 선과 악 중에서 악이 하이드로 분리될 수 있게 되자, 그는 순수한 악의 침전물로 태어납니다. 화학적인 의미의 침전물입니다. 뒤에 남은 지킬의 일부는 하이드가 움직이는 동안 그를 보며 경악하니까요.

2. 지킬은 사실 하이드로 변신한다기보다는 순수한 악의 결정체인 하이드를 밖으로 쏘아보냅니다. 그가 덩치가 큰 지킬보다 키가 작다는 사실은, 지킬이 갖고 있는 선의 양이 악에 비해 더 많다는 것을 의미합니다.

3. 사실 지킬의 인격은 세 개입니다. 지킬, 하이드, 그리고 하이드가 전면에 나섰을 때 뒤에 남은 지킬로 구성된 제3의 인격.

이 상황을 한번 시각적으로 표현해보죠.

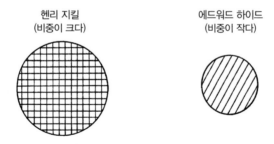

하지만 자세히 들여다보면, 크고 밝고 유쾌하고 싹싹한 지킬의 안 여기저기에 악의 싹이 흩어져 있음을 알 수 있습니다.

마법의 약이 효과를 발휘하면, 이 악의 싹들이 한곳으로 어둡게 모여 들기 시작합니다.

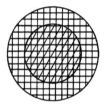

그리고 그것이 밖으로 발사됩니다.

한편 하이드를 자세히 살펴보면, 지킬의 남은 부분이 그의 머리 위에 떠서 경악하면서도 여전히 지배적인 위치를 차지하고 있음을 알게 됩니다. 담배 연기로 만들어낸 고리나 후광 같은 모양입니다. 검게 집중된 사악함이 떨어져나간 뒤, 선한 부분만 고리 형태로 남은 것 같습니다. 하지만 이 고리가 계속 남아 있어서 하이드가 계속 지킬로 돌아가고 싶어한다는 사실, 이것이 의미심장한 부분입니다.

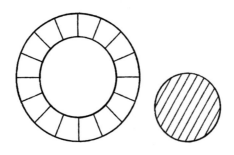

따라서 지킬의 변신은 완전한 변신이라기보다는 이미 그의 내면에 존재하던 악이 집중된 것이라고 볼 수 있습니다. 지킬은 순수한 선이 아니고, 하이드도 (지킬의 말과는 달리) 순수한 악이 아닙니다. 사회적으로 허용될 수 없는 부분인 하이드가 사회적으로 허용되는 존재인 지킬 안에 살고 있고, 하이드의 머리 위에는 지킬이 후광처럼 떠서 자신의 사악한 일부가 저지르는 죄악에 경악하고 있기 때문입니다.

이 둘의 관계는 지킬의 집에 잘 나타나 있습니다. 이 집 또한 반은 지킬이고, 반은 하이드거든요. 어터슨은 어느 일요일에 친구인 엔필드와 함께 산책하다가 런던 번화가의 뒷골목을 우연히 발견합니다. 작고 조용한 곳이지만 평일에는 장사가 잘되는 곳입니다. "일요일이라서 화려한 장식이 가려져 있고 행인도 거의 없었지만, 이 길은 이 일대의 지저분한 풍경과 대조적으로 반짝이고 있었다. 마치 숲에 불이 난 것 같았다. 새로 페인트칠을 한 덧창과 반짝반짝 광이 나는 놋쇠 장식, 전체적으로 깨끗하고 즐거운 분위기가 곧바로 행인의 눈을 사로잡고 즐거움을 안겨주었다.

"동쪽으로 뻗어 있는 왼쪽 모퉁이에서 두번째 집에서 쭉 이어져 있던 건물들의 선이 끊어지고 안뜰 입구가 나타났다. 바로 거기에 불길한 느낌을 주는 건물 한 채가 거리를 향해 박공지붕을 불쑥 내밀고 있었다. 2층 높이인 이 건물에는 창문이 하나도 보이지 않았다. 아래층에 문 하나가 있을 뿐이고, 위층 전면에는 색이 변한 벽뿐이었다. 어느 모로 보나 오랫동안 지저분하게 방치된 흔적이 역력했다. 초인종도 노커도 없는 문은 페인트가 들뜨고 변색되어 있었다. 부랑자들이 으슥한 곳으로 빈둥빈둥 들어가 벽에다 성냥을 그어댔다. 아이들은 계단에 좌판을 벌여놓았고, 몰딩에는 남학생들이 칼날을 시험한 흔적이 있었다. 아무렇게나 이곳을 찾는 부랑자를 쫓아내거나 그들이 망가뜨린 곳을 수리하려고 나타난 사람은 거의 한 세대 동안 하나도 없었다."

엔필드는 지팡이를 들어 이 문을 가리킵니다. 어떤 혐오스럽고 사악한 남자가 달려가던 여자아이를 일부러 짓밟고는 그 문으로 들어갔다는 겁니다. 그 남자는 엔필드에게 붙잡힌 뒤, 아이의 부모에게 보상금으로 100파운드를 내놓으라는 요구를 받아들였습니다. 그리고 바로 그 문을 열쇠로 열고 들어갔다가 금화 10파운드와 지킬 박사가 서명한 수표를 들고 나왔습니다. 나중에 알고 보니 실제로 돈으로 바꿀 수 있는 수표였습니다. 엔필드는 남자가 서명의 주인에게서 그 수표를 갈취했을 것이라고 생각했습니다. 그가 어터슨에게 계속 이야기합니다. "집이라고 하기가 힘들 정도입니다. 다른 문은 없고, 드나드는 사람도 없지요. 그때의 그 남자가 가끔 한 번씩 올 뿐입니다. 2층에 안뜰을 향한 창문 세 개가 있고, 아래층에는 하나도 없어요. 창문이 모두 항상 닫혀 있긴 한데, 깨끗합니다. 굴뚝에서도 대체로 연기가 피어오르고요. 그러니 누가 저기서 살고 있는 건 확실한데, 그게 또 그리 확신할 수 있는 일이 아닙니다. 그 안뜰 주변에는 건물들이 워낙 다닥다닥 붙어 있어서, 어디서부터 어디까지가 한 건물인지 알 수가 없거든요."

그 뒷골목에서 모퉁이를 돌면, 멋지고 유서 깊은 주택들이 서 있는 광장이 나옵니다. 하지만 지금은 그 주택들이 사람들의 관심에서 멀어져, 작은 아파트와 셋방으로 나뉘어 있습니다. "하지만 모퉁이에서 두번째 집은 여전히 한 사람의 소유였다. 대단히 부유하고 안락해 보이는 이 집의 문 앞에서" 어터슨은 문을 두드리고 친구인 지킬 박사가 집에 있느냐고 묻습니다. 어터슨은 하이드 씨가 사용했다는 그 문이, 지킬 박사 이전의 주인이던 외과의사의 해부실로 통하는 문이었음을 알고 있습니다. 그 해부실은 광장을 바라보고 있는 이 우아한 집의 일부입니다. 지킬 박사는 해부실을 화학 실험실로 개조했습니다. (훨씬 나중에 알게 되는 사실이지만) 그가 하이드 씨로 변신하는 곳도 바로 그 방입니다. 변신 뒤 하이드는 그쪽 건물에서 살았습니다.

지킬이 선과 악의 혼합체인 것처럼, 지킬이 사는 곳도 역시 혼합체입니다. 지킬과 하이드의 관계를 아주 깔끔하게 보여주는 상징이죠. 구조를 그려보면, 지킬이 살고 있는 집의 위엄 있는 문이 동쪽의 광장과 면해 있음을 알 수 있습니다. 하지만 같은 블록의 다른 면에 위치한 뒷골목에서는 다양한 건물과 안뜰이 한 덩어리처럼 뭉쳐 있어서 건물이 이상하게 왜곡된 채로 감춰져 있습니다. 하이드가 드나드는 정체불명의 샛문이 있는 곳이 바로 이 뒷골목입니다. 즉, 아름답고 웅장한 정면 현관홀이 있는 지킬의 복합적인 저택 안에 하이드의 구역으로 이어지는 복도가 존재한다는 얘깁니다. 옛날에 수술실로도 쓰이던 하이드의 방은 현재 지킬이 실험실로 쓰고 있습니다. 해부가 아니라 화학 실험을 하는 장소가 된 것이지요. 스티븐슨은 나중에 지킬이 직접 설명하게 될 기묘한 변신이 독자에게 현실로 느껴지게 하는 동시에 예술적으로도 만족스러운 효과를 내기 위해 온갖 장치, 이미지, 말투, 가짜로 꾸며낸 냄새를 동원해 하나의 세계를 점차 구축해나갑니다. 아니, 이런 변신이 과연 가능한 것인지 독자가 속으로 의문을 품지 않게 만들려고 이런 노력을 기울였다고 말해야 할 것 같군요. 디킨스도 『황폐한 집』에서 같은 방법을 동원했습니다. 기적이라고 해도 될 만큼 섬세한 태도로 다양한 문체를 사용해서, 술에 잔뜩 취한 노인이 문자 그대로 몸속에서 저절로 발생한 불길에 타 죽은 사건을 현실처럼 제대로 묘사했으니 말입니다.

***

스티븐슨의 예술적인 목적은 디킨스의 독자들에게 친숙한 환경, 즉 런던의 황폐한 안개 속에서 엄숙한 표정의 노신사들이 오래된 포트와인을 마시고, 볼품없는 집들이 늘어서 있고, 가문의 고문변호사와 헌신적인 집사가 있고, 지킬이 살고 있는 엄숙한 광장 뒤편의 어딘가에서 이름을 알 수 없는 악이 활개를 치고, 추운 아침에 이륜마차들이 거리를 돌아다니는 분위기 속에서 '평범하고 분별 있는 사람 앞에서도 통용될 환상적인 드라마'를 만드는 것이었습니다. 지킬의 변호사인 어터슨 씨는 "점잖고, 과묵하고, 호감이 가고, 믿을 만하고, 용기 있고, 무뚝뚝한 신사이므로, 그런 사람이 '현실'로 받아들일 수 있는 일이라면 독자들도 현실로 받아들일 것"입니다. 어터슨의 친구인 엔필드는 '그리 예민한 편이 아니'라고 묘사됩니다. 착실하고 젊은 사업가인 그는 확실히 둔한 편입니다(사실 그와 어터슨이 친해진 것도 그가 착실하고 둔한 사람이기 때문입니다). 스티븐슨은 이야기의 시작을 알릴 사람으로 상상력이 별로 없고 관찰력도 좋지 않은 이 둔한 엔필드를 선택했습니다. 엔필드는 하이드가 지킬의 서명이 있는 수표를 가지고 나올 때 이용한 뒷골목의 그 문이 지킬의 집안에 있는 실험실 문이라는 사실을 알아차리지 못합니다. 하지만 어터슨은 그 사실을 즉시 알아차리고, 그렇게 이야기가 시작됩니다.

어터슨은 환상적인 이야기를 결코 인정하지 않는 사람인데도, 엔필드의 이야기로 인해 자기 집 금고에 넣어둔 지킬의 유언장을 다시 꺼내보게 됩니다. 지킬이 직접 작성한(어터슨이 유언장 작성을 조금도 도와주지 않겠다고 선언했기 때문입니다) 이 유언장에서 그는 다음과 같은 조항을 다시 읽습니다. "의학박사이자 민법학 박사이며, 법학박사이자 왕립 학술원회원 등등의 지위를 지닌 헨리 지킬이 사망하는 경우, 그의 모든 재산을 그의 '친구이자 은인인 에드워드 하이드'에게 상속할 뿐만 아니라, 지킬 박사가 '3개월 이상 실종되거나 특별한 이유 없이 부재하는' 경우 상기 에드워드 하이드가 지체 없이 상기 헨리 지킬의 자리를 차지할 것이며 지킬 박사의 식솔들에게 소액의 돈을 지급하는 것 외에는 그 어떤 부담이나 의무도 지지 않을 것이다." 어터슨은 오래전부터 이 유언장에 커다란 반감을 지니고 있었습니다. 또한 자신이 하이드 씨에 대해 전혀 모른다는 사실에 더욱 분개했지요. "그런데 지금 갑작스럽게 정보를 얻게 되었다[덩치가 작은 사악한 남자가 아이를 짓밟았다는 엔필드의 이야기 덕분입니다]. 그가 이름 외에는 아무것도 알아내지 못했을 때도 이미 기분이 나빴는데, 이제 거기에 혐오스러운 이야기까지 덧붙으니 더욱 더 기분이 나빴다. 실체가 없으면서도 오랫동안 그의 눈을 가리고 있던 그 안개 속에서 갑자기 악마의 모습이 뚜렷하게 드러났다.

'정신 나간 짓이라고만 생각했는데.' 그는 기분 나쁜 서류를 다시 금고 안에 넣으면서 혼잣말을 했다. '이제는 망신거리가 되지나 않을지 걱정이 되는군.'"

잠자리에 드는 어터슨의 머릿속에서 엔필드의 이야기가 점점 자라나기 시작합니다. 엔필드의 이야기는 이러했습니다. "저는 세상 끝에 있는 어떤 곳에서 집으로 돌아가는 길이었습니다. 겨울의 깜깜한 새벽 세시쯤이었지요. 저는 가로등 불빛 외에는 정말로 아무것도 없는 동네를 통과해서 걸어가야 했습니다. 몇 개의 거리를 지나도 사람들은 모두 잠들어 있고, 거리마다 가로등이 줄줄이 늘어서 있기는 해도 인적은 없었습니다. 성당처럼 텅 비어 있었어요……" (엔필드는 둔하고 무미건조한 청년이지만, 예술가인 스티븐슨은 가로등이 모두 켜져 있는 거리가 성당처럼 텅 비어 있고 사람들은 잠들어 있었다는 말을 이 청년의 입에 넣어주지 않고는 배길 수가 없었을 겁니다.) 잠기운이 몰려오는 어터슨의 머릿속에서 이 말이 점점 자라나서 도돌이표처럼 자꾸만 되돌아와 메아리칩니다. "엔필드의 이야기가 빛이 밝혀진 그림들로 이루어진 두루마리처럼 그의 머릿속에서 펼쳐졌다. 한밤중의 도시에서 둥글게 주위를 밝히고 있는 가로등들이 보였다. 그다음에 나타난 것은 빠르게 걷고 있는 남자의 모습이었다. 그리고 그다음에는 의사의 집에서 뛰어나오는 아이의 모습. 그 둘이 마주쳤을 때, 남자가 인간 저거너트*처럼 아이를 짓밟더니, 아이의 비명에도 아랑곳하지 않고 그대로 걸어갔다. 부유한 저택의 침실에서 친구가 잠들어 있는 모습도 보였다. 친구는 꿈을 꾸면서 미소를 짓고 있었다. 그런데 그 방의 문이 열리더니, 누군가가 침대 커튼을 찢어버릴 듯이 홱 젖혔다. 자고 있던 사람이 눈을 떴을 때, 세상에나! 침대 옆에 힘센 누군가가 서 있었다. 한밤중이지만 자고 있던 친구는 반드시 침대에서 일어나 그 남자의 명령에 따라야 했다. 이 두 장면에 모두 등장하는 그 남자가 밤새 어터슨의 머릿속에서 떠나지 않았다. 잠깐 선잠이라도 들면, 그 남자가 잠들어 있는 집안을 미끄러지듯 은밀하게 돌아다니거나 가로등이 밝혀진 도시의 미로 같은 길들을 점점 더 빠른 속도로 돌아다니는 모습이 보일 뿐이었다. 그 빠른 속도 때문에 나중에는 현기증이 날 정도였다. 그 남자는 길모퉁이를 돌 때마다 아이를 짓밟고는, 비명을 지르는 아이를 그대로 둔 채 가버렸다. 하지만 그 남자에게는 얼굴이 없었다. 그의 꿈속인데도 그 남자에게는 얼

---

* 힌두교에서 크리슈나신의 신상. 독실한 신도들은 이것을 실은 수레에 치여 죽으면 극락에 갈 수 있다고 믿었다.

굴이 없었다."

어터슨은 그 남자를 찾아내기로 결심합니다. 그래서 언제든 틈이 날 때마다 문제의 그 문을 감시하죠. 그러다 마침내 하이드 씨를 보게 됩니다. "그는 몸집이 작았고, 옷차림이 아주 평범했다. 그런데 그의 외모는, 그렇게 먼 거리에서도, 왠지 어터슨에게 강한 반감을 일으켰다." (엔필드는 이렇게 말했습니다. "이상한 점이 하나 있었습니다. 그 남자를 보자마자 혐오감이 들었다는 겁니다.") 어터슨은 그 남자에게 다가가 말을 건 뒤, 그에게 얼굴을 보여달라고 말합니다. 여기서 스티븐슨은 하이드의 얼굴을 일부러 묘사하지 않습니다. 하지만 어터슨이 독자에게 몇 가지를 알려주기는 합니다. "하이드 씨는 얼굴이 창백하고, 몸이 난쟁이와 비슷했다. 딱히 이상한 점은 없는 것 같은데도, 기형이라는 느낌이 들었다. 그의 미소는 불쾌했고, 소심함과 대담함이 뒤섞인 흉악한 모습으로 어터슨을 대했으며, 속삭이는 듯한 목소리는 조금 갈라져 있었다. 이 모든 것이 호감과는 거리가 먼 특징이었지만, 이것을 모두 합친다 해도 어터슨 씨가 그를 보면서 생전 처음으로 느낀 강렬한 혐오감과 두려움을 설명할 수 없었다…… 아, 가엾은 내 친구 헨리 지킬. 자네가 새로 사귄 친구의 얼굴에서 나는 사탄을 봤어."

어터슨은 광장 쪽으로 돌아가서 초인종을 울립니다. 그리고 문을 열어준 집사 풀에게 지킬 박사가 집에 있느냐고 묻습니다. 하지만 풀은 박사님이 외출하셨다고 말합니다. 어터슨은 박사도 집에 없는데 하이드가 옛 해부실 문으로 마음대로 드나들어도 되느냐고 묻습니다. 하지만 집사는 하이드가 박사의 허락으로 열쇠를 갖고 있으며, 박사가 하인들에게 하이드의 명령을 따르라는 지시를 내렸다고 말합니다. "'내가 하이드 씨를 만난 적이 없는 것 같은데?' 어터슨이 물었다.

'그럼요, 없습니다, 변호사님. 하이드 씨는 절대 여기서 식사를 하시지 않으니까요.' 집사가 대답했다. '사실 집의 이쪽 구역에서는 하이드 씨를 보기가 아주 어렵습니다. 주로 실험실을 통해 드나드시니까요.'"

어터슨은 지킬이 협박을 당하는 것 같다고 의심하면서, 지킬이 허락한다면 그를 돕고 싶다고 마음을 다집니다. 곧 결심을 실행에 옮길 기회가 오지만, 지킬은 도움을 원하지 않습니다. "'자네는 지금 내 처지를 몰라.' 지킬 박사가 대꾸했다. 조금 앞뒤가 맞지 않는 태도였다. '내 상황이 지금 아주 힘드네, 어터슨. 아주 기묘한 상황이야. 아주 기묘하지. 누군가와 의논한다고 해결할 수 있는 문제가 아닐세.'" 하지만 그는 이런 말을 덧붙입니다. "'자네가 안심할 수 있게 한 가지 알려주겠네. 나는 언제든 원하는 순간에 하이드 씨를 떨쳐버릴 수 있어. 이건 분명히 말할 수 있네.'" 둘의 대화는 "'내가 이 세상에 없게 될 때'" 하이드의 권리를 지켜달라는 지킬의 간청을 어터슨이 마지못해 받아들이는 것으로 끝납니다.

커루 살인사건은 이야기를 더욱 또렷하게 만들어주는 사건입니다. 어떤 하녀가 낭만적인 분위기에 취해 달빛을 받으며 생각에 잠겨 있다가, 온화하고 멋진 노신사가 하이드 씨라는 사람에게 길을 묻는 모습을 보게 됩니다. 하녀는 예전에 자신의 주인을 만나러 온 하이드 씨를 보고 반감을 느낀 적이 있습니다. "그는 손에 든 무거운 지팡이를 만지작거리고 있었다. 그는 아무 말 없이 귀를 기울이면서 짜증스러운 기색을 잘 감추지 못했다. 그러다 갑자기 불꽃처럼 벌컥 화를 터뜨리면서 발을 구르고, 지팡이를 휘두르고, (하녀의 설명에 따르면) 미치광이처럼 굴었다. 노신사는 매우 놀란 기색으로 한 걸음 뒤로 물러났는데, 조금 속이 상한 것 같기도 했다. 그때 하이드가 완전히 이성을 잃고 노신사를 때려 바닥에 쓰러뜨렸다. 그러고는 원숭이처럼 분노에 휩싸여 노신사를 발로 짓밟고, 몽둥이세례를 퍼부었다. 뼈가 부러지는 소리가 확연히 들려오더니 신사의 몸이 길바닥에서 들썩거렸다. 이 끔찍한 광경과 소리를 이기지 못하고 하녀는 정신을 잃었다."

노신사가 어터슨 앞으로 된 편지를 전달하러 가던 중이었기 때문에 경찰에 불려온 어터슨은 그가 댄버스 커루 경임을 알아보았습니다. 또한 현장에 남아 있던 막대기가 오래전 자신이 지킬 박사에게 선물한 지팡이 조각이라는 사실도 알아보았죠. 그래서 그는 경찰관에게 하이드 씨의 집까지 안내하겠다고 제안합니다. 하이드의 집은 런던에서 가장 좋지 않은 지역 중 하나인 소호에 있습니다. 이 문단에는 언어를 이용해 예쁘게 효과를 내는 방법, 특히 두운법*이 쓰였습니다. "이제 오전 아홉 시 무렵이 되어 있었다. 이 계절 들어 처음으로 안개가first fog 낀 날이었다. 초콜릿 색깔의 커다란 장막이 하늘에 낮게 드리워져 있었지만, 바람이 계속 불어와 안개의 진을 몰아냈다. 따라서 마차가 기어가듯이cab crawled 거리에서 거리로 움직이는 동안 어터슨 씨는 놀라울 정도로 다양한 색조의 황혼을 보는 것 같았다. 밤의 끝자락처럼like 어둡다가도, 금방 기묘한 큰불이 난 것처럼 주위가 밝아졌다light. 또한 순간적으로 안개가 사라져 초췌한 햇빛 한줄기가 소용돌이치는 안개 틈새를 힐끔

들여다볼 때도 있었다. 이렇게 언뜻언뜻 계속 변하는 분위기 속에서 바라본 음울한 소호의 길은 진흙투성이였고, 행인들은 칠칠치 못한 몰골이었다. 가로등은 단 한 번도 꺼진 적이 없거나, 아니면 음산한 모습으로 다시 탄생한 이 어둠에 맞서 싸우기 위해 새로이 켜진 것 같았다. 어터슨의 눈에 소호는 악몽 속에 등장하는 도시의 한 구역 같았다."

하이드는 집에 없습니다. 집은 누가 뒤졌는지 난장판이 되어 있고, 살인범은 이미 도망쳤음이 분명합니다. 그날 오후 지킬을 찾아간 어터슨은 실험실로 안내됩니다. "벽난로의 쇠격자 안에서는 불이 타고 있고, 벽난로 선반에는 램프가 켜져 있었다. 집안에도 안개가 짙게 끼기 시작했기 때문이다. 벽난로의 온기에 바싹 붙어 앉은 지킬 박사의 모습은 죽

---

* 나보코프의 스티븐슨 폴더 중 스티븐슨의 『문예창작에 관한 에세이집』의 문장들을 타자로 정리해놓은 자료에 다음과 같은 인용문이 있다. "옛날에는 모든 젊은 작가들에게 두운법을 피하라고 말하는 것이 좋은 충고였다. 근거 있는 충고이기도 했다. 서투르게 작품을 망치는 일을 예방해주었으니까. 그럼에도 그것은 기가 막힐 정도로 말이 안 되는 소리였으며, 지독하게 눈이 먼 자들의 헛소리에 불과했다. 어떤 구절이나 문장의 아름다움은 두운법과 유운에 은연중에 달려 있다. 모음은 자꾸 반복되기를 원하고, 자음도 자꾸 반복되기를 원한다. 그리고 둘 다 항상 다양한 변주를 원한다고 큰 소리로 외친다. 어떤 편지에서 특히 마음에 드는 구절을 통해 그 편지의 모험을 따라가볼 수 있을 것이다. 잠시 사라졌던 그 구절을 다시 발견한다면, 귀가 간질거릴지도 모른다. 그 구절이 다시 일제히 몰려오는 모습을 보게 될 수도 있다. 아니면 그 구절이 유음(流音)이나 순음(脣音)처럼 비슷한 소리로 흘러들어가 서로 녹듯이 융합될 수도 있다. 그러면 훨씬 더 기묘한 상황이 새로이 눈앞에 펼쳐질 것이다. 문학의 주체도, 문학의 목표도 두 가지 감각이다. 하나는 '들리지 않는 멜로디'를 재빨리 알아차리는 일종의 내재적인 청각이고, 다른 하나는 펜을 이끌기도 하고 글을 해독하기도 하는 시각이다." 이 인용문에 대해 나보코프는 다음과 같은 메모를 덧붙여놓았다. "독자로서 한마디 덧붙이겠다. 내재적인 시각이 색채와 의미를 시각화한다." —편집자

음이 임박한 환자 같았다. 그는 손님을 일어나서 맞는 대신, 차가운 손만 내밀며 예전과 달라진 목소리로 반가움을 표시했다." 어터슨은 그에게 하이드가 여기에 숨어 있느냐고 묻습니다. "어터슨, 하느님께 맹세하네.' 지킬 박사가 소리쳤다. '하느님께 맹세코, 그자에게 다시는 눈길도 주지 않을 거야. 이 세상에서는 그자와 모든 관계가 끝났음을 내 명예를 걸고 맹세하네. 모두 끝났어. 사실 그자도 내 도움을 원하지 않는다네. 자네는 나만큼 그자를 모르지 않아. 그자는 안전해. 아주 안전해. 내 분명히 말하지만, 그자에 관한 이야기를 듣는 일은 두 번 다시 없을걸세.'" 그는 어터슨에게 '에드워드 하이드'라고 서명된 편지를 보여줍니다. 확실하게 도망칠 방법이 있으니 은인은 걱정할 필요가 없다는 내용입니다. 어터슨이 계속 물어보자, 지킬은 유언장의 내용을 정한 사람이 하이드였음을 인정합니다. 그러자 어터슨은 그에게 살해당할 위기에서 벗어났다며 축하인사를 건네죠. "'난 그보다 훨씬 더 많은 것을 얻었네.' 지킬 박사가 엄숙한 표정으로 대꾸했다. '교훈을 얻었어. 아, 하느님, 어터슨, 정말 굉장한 교훈일세!' 지킬 박사는 잠시 양손에 얼굴을 묻었다." 어터슨은 자신의 사무장에게서 하이드의 편지 필적이 지킬의 필적과 아주 흡사하다는 말을 듣습니다. 글자가 서로 반대방향으로 기울어져 있다는 점만 다를 뿐이라는 겁니다. "'이게 무슨 소리인가!' 어터슨은 속으로 생각했다. '헨리 지킬이 살인자를 위해 편지를 위조하다니!' 온몸의 피가 차갑게 식었다."

***

스티븐슨은 예술적으로 힘든 문제를 자청했습니다. 그에게 이 문제를 풀 능력이 있는지 정말로 궁금합니다. 우선 그의 문제를 다음과 같이 한번 쪼개봅시다.

1. 이 환상적인 이야기에 개연성을 부여하기 위해서 그는 어터슨과 엔필드처럼 사실을 중시하는 사람들도 이 이야기를 받아들일 수 있게 만들려고 합니다. 따라서 지극히 상식적인 이 두 사람이 반드시 하이드의 기괴하고 악몽 같은 면에 영향을 받아야 합니다.

2. 둔감한 편인 두 사람이 하이드의 공포를 독자에게 전달하는 역할을 맡아야 합니다. 그러나 이와 동시에, 예술가도 과학자도 아닌 두 사람은 래니언 박사와 달리 상세한 사정을 밝히는 역할을 맡을 수 없습니다.

3. 만약 스티븐슨이 엔필드와 어터슨을 지나치게 상식적이고 지나치게 평범한 인물로 설정한다면, 그들은 하이드에게서 어렴풋이 느끼는 불편한 감정조차 제대로 표현할 수 없을 겁니다. 한편 독자는 하이드를 본 두 사람의 반응을 궁금해하면서 동시에 하이드의 얼굴을 직접 보고 싶어합니다.

4. 하지만 작가 본인도 하이드의 얼굴을 명확히 보지 못하기 때문에, 엔필드와 어터슨의 입을 빌려 완곡하게 넌지시 표현할 수 있을 뿐입니다. 두 사람이 상상력을 발휘하게 만드는 것이죠. 하지만 둔감한 성격인 두 사람에게 어울리는 표현 방식은 아닙니다.

상황과 인물들의 성격을 감안할 때, 이 문제를 해결하는 방법은 엔필드와 어터슨이 하이드를 보고 반감과 전율 외에 또다른 것을 느끼게 만드는 길밖에 없는 것 같습니다. 하이드의 충격적인 모습에 엔필드와 어터슨의 내면에 숨어 있던 예술가 기질이 모습을 드러내게 하면 어떨까요? 이 방법이 아니라면, 하이드가 아이를 공격하기 전에 엔필드가 가로등이 켜진 텅 빈 거리의 모습을 그토록 근사하게 인식한 것이나 어터슨이 엔필드의 이야기를 들은 뒤 꿈에서 다채로운 상상을 한 것을 설명할 방법이 없습니다. 작가가 갑자기 직접 뛰어들어서 자신의 예술적 솜씨를 발휘해 직접 자기 목소리로 말했다고 볼 밖에요. 확실히 기묘한 문제입니다.

문제는 그것만이 아닙니다. 스티븐슨은 평범한 런던 신사들의 입을 통해 사건들을 구체적이고 생생하게 묘사합니다. 하지만 막후의 어딘가에 존재하는 무서운 악과 쾌락에 대해서는 구체적이지 못하고 어렴풋하지만 불길하게 암시할 뿐이죠. 한쪽에는 '현실'이 있고, 다른 한쪽에는 '악몽 같은 세상'이 있습니다. 만약 작가가 이 둘을 정말로 날카롭게 대비시키려 한다면, 우리는 이 작품에서 약간 실망을 맛보게 될지도 모릅니다. 하지만 작가가 우리에게 "악의 정체에 대해서는 신경쓰지 말고 그냥 무척 나쁜 것이라고만 알고 계시라"고 덮어놓고 말한다면, 우리는 불한당에게 속은 것 같은 느낌이 들지도 모릅니다. 이 소설에서 가장 재미있는 부분에서 모호한 묘사 때문에 속은 기분을 느낄 수도 있습니다. 순전히 이야기의 배경이 워낙 현실적으로 묘사되어 있기 때문입니다. 이 작품에 대해 우리가 반드시 품어야 하는 의문은 이것입니다. 어터슨과 안개와 마차와 창백한 집사가 지킬과 하이드의 괴상한 실험이나 차마 입에 담을 수 없는 모험보다 더 '현실적'인가?

***

스티븐 퀸 같은 비평가들은 이 소설의 이른바 친숙하고 진부한 배경 설정에서 흥미로운 결점을 발견했습니다. "한 가지 특징적인 결점이 있다. 이야기가 점점 진행되면서 거의 수도사들의 모임 같은 느낌이 들 수 있다는 것. 어터슨 씨도 독신이고, 지킬도 독신이다. 엔필드도 어느 모로 보나 독신인 듯하다. 나이가 젊은 그는 하이드의 잔혹함을 처음으로 어터슨에게 알리는 역할을 한다. 지킬의 집사인 풀도 독신이다. 그리고 그 역시 이야기 속에서 무시할 수 없는 역할을 한다. 대략적으로 묘사된 하녀 두세 명, 평범한 노파, 그리고 의사를 부르러 뛰어나온 이름 모를 여자아이를 빼면, 여성들은 소설 속의 사건에서 맡은 역할이 전혀 없다. 스티븐슨이 '빅토리아시대의 억압적인 분위기 속에서 글을 썼고' 수도사 모임 같은 글에 낯선 색채를 입힐 생각이 없었기 때문에 지킬이 비밀리에 탐닉했다는 쾌락에 여성이라는 가면을 씌우는 것을 일부러 피한 것 같다는 의견이 제시된 바 있다."

스티븐슨이 예를 들어 톨스토이와 비슷한 수준까지 나아갔다고 가정해봅시다. 사실 톨스토이도 빅토리아시대 사람이라서 그리 대담한 편은 못 되지만, 그래도 톨스토이가 오블론스키,* 프랑스 여자, 가수, 발레리나 등등의 가벼운 사랑을 묘사한 것처럼 스티븐슨도 그런 시도를 했

---

* 안나 카레니나의 오빠.

다면, 오블론스키와 비슷해진 지킬이 하이드의 분위기를 내뿜게 만들기가 예술적으로 몹시 힘들어졌을 겁니다. 하이드의 거죽을 쓰고 납빛 하늘을 배경으로 중세의 검은 허수아비처럼 몸을 일으키는 인물과 방탕한 사내의 쾌락을 관통하는 유쾌하고 쾌활하고 가벼운 분위기를 조화시키기가 힘들 테니까요. 예술가의 입장에서는 지킬이 즐기는 쾌락을 너무 구체적으로 묘사하지 않은 채로 남겨두는 편이 더 안전했습니다. 하지만 이 쉽고 안전한 방법이 예술가의 약점을 은근히 드러내 보여주고 있지 않을까요? 내 생각에는 그런 것 같습니다.

우선 빅토리아시대다운 과묵함에 자극을 받은 현대의 독자들은 아마도 스티븐슨이 결코 의도하지 않았던 부분까지 더듬어들어가며 결론을 찾게 됩니다. 예를 들어, 하이드는 지킬의 피후견인이자 은인이라고 불립니다. 하지만 하이드에게 붙은 또다른 이름, 즉 헨리 지킬이 아끼는 사람이라는 표현에는 조금 어리둥절해집니다. 마치 주군의 총애를 받는 부하 같은 느낌이 들거든요. 권이 언급했던 남성 일색의 분위기 또한 생각의 방향을 조금 비틀면, 지킬의 비밀스러운 쾌락이라는 것이 동성애인 듯하다는 결론으로 이어질 수 있습니다. 당시 런던에서는 빅토리아시대라는 장막 뒤에서 동성애가 몹시 성행했으니까요. 어터슨은 처음에 하이드가 착한 지킬을 협박하는 것이 아닌가 하고 짐작합니다. 만약 독신 남자가 도덕적으로 가벼운 여성들과 어울리며 쾌락을 추구했다면, 그것이 협박거리가 될 만한 이유를 생각해내기 힘듭니다. 아니면 어터슨과 엔필드가 하이드를 지킬의 사생아로 의심했을까요? 엔필드는 "젊은 날에 저지른 방종의 대가"라고 추측합니다. 그러나 두 사람의 외모에서 짐작할 수 있는 나이 차이를 감안하면, 하이드를 지킬의 아들로 보기는 힘듭니다. 게다가 지킬은 유언장에서 하이드를 '친구이자 은인'이라고 지칭합니다. 지독히 반어적인 표현이라고 할 수는 있어도, 아들을 지칭하는 말이라고 보기는 어렵습니다.

어쨌든 지킬이 추구했다는 쾌락이 안개에 가려져 있는 상황이 독자에게는 만족스럽지 못합니다. 하이드가 지킬처럼 익명을 유지하며 벌이는 일들이 지킬의 변덕스러운 충동이 소름끼치게 과장된 형태라니 더욱 더 짜증스럽죠. 하이드의 쾌락에 대해 우리가 추측할 수 있는 것은 그것이 가학적인 성격을 띤다는 점뿐입니다. 즉, 그가 남에게 고통을 주는 것을 즐긴다는 뜻입니다. "스티븐슨이 하이드라는 인물을 통해 표현하고 싶었던 것은 선과 완전히 분리된 악의 존재였다. 스티븐슨은 세상의 모든 악 중에서 잔인함을 가장 증오했다. 그가 상상해낸, 비인간적으로 잔혹한 인물은 구체적으로 무엇인지는 모르겠지만 하여튼 짐승 같은 욕망을 지닌 존재가 아니라" 자신이 상처를 입히고 죽이는 인간들에게 "잔인할 정도로 무심한 존재로 그려진다."

***

스티븐슨은 '로맨스에 대한 가십'이라는 에세이에서 서술구조에 대해 다음과 같이 말했습니다. "딱 알맞은 지점에서 딱 알맞은 것이 나와야 한다. 그다음에 딱 알맞은 것이 뒤따라야 하고…… 이야기 속의 모든 정황이 음표처럼 서로 조화를 이루어야 한다. 이야기의 가닥들이 때로 한데 합쳐져서 거미줄 속의 그림 하나를 만들어낸다. 등장인물들은 때로 서로에 대해, 또는 자연에 대해 특정한 태도를 취하고, 그것이 이야기를 그림처럼 분명하게 밝혀준다. 발자국을 보고 뒷걸음질치는 크루소[빛을 받아 프리즘처럼 무지개빛을 띤 양산 아래에서 미소 짓는 에마, 죽음을 향해 가면서 길가에 늘어선 상점 간판들을 읽는 안나], 이런 것이 전설이 절정에 이르는 순간이며, 이 순간은 사람들의 머릿속에 영원히 각인되어 있다. 다른 것들은 우리가 잊어버릴 수도 있지만…… 작가의 말이 독창적이고 진실하다 해도 독자의 머릿속에서 잊힐 수 있다. 하지만 이야기에 최종적인 진실의 [예술적인] 표식을 찍고, 우리 마음을 [예술적인] 즐거움으로 단번에 가득 채워주는 이런 획기적인 장면들을 우리는 마음 한복판으로 받아들인다. 세월도 시대의 조류도 그 표식을 지워버리거나 흐릿하게 만들 수 없다. 그렇다면 이것이야말로 문학에서 창조자가 자유로이 모양을 잡을 수 있는 [가장 고귀한] 부분이다. 작가는 이런 부분에서 독자에게는 무척 놀랍게 느껴질 모종의 행동이나 태도를 통해 등장인물의 성격, 생각, 감정을 구현한다.”

“지킬 박사와 하이드 씨”라는 말은 바로 작품 속의 획기적인 장면 때문에 우리 언어의 일부로 자리잡았습니다. 이 말이 우리에게 남긴 표식은 지워지지 않습니다. 문제의 획기적인 장면은 당연히 지킬이 하이드 씨로 변신하는 모습을 서술한 부분입니다. 시간 순서에 따른 이야기가 모두 끝난 뒤 두 통의 편지를 통해 변신 과정이 자세히 서술된다는 점에서 묘하게도 더욱 강렬한 느낌을 줍니다. 어터슨은 실험실에 며칠 동안 틀어박혀 있는 사람이 박사가 아닌 다른 사람이라는 말을 풀에게서

들은 뒤 실험실 문을 부수고 안으로 들어갑니다. 그리고 하이드가 자기 몸에 지나치게 큰 지킬의 옷을 입고 바닥에 죽어 있는 것을 발견하죠. 그가 방금 이로 깨문 청산가리 캡슐 냄새가 지독합니다. 하이드가 댄버스 경을 죽인 시점부터 어터슨이 하이드의 시체를 발견하는 이 시점 사이의 짧은 이야기는 그저 사건의 자초지종에 대한 설명을 들을 준비에 불과합니다. 이 짧은 이야기 속에서 하이드는 자취를 감추고, 지킬은 예전 모습으로 돌아간 것처럼 보입니다. 1월 8일에 그가 주최한 소규모 만찬에는 어터슨 외에, 다시 사이가 좋아진 친구 래니언 박사도 참석했습니다. 그러나 나흘 뒤 어터슨이 찾아갔을 때 지킬은 어터슨을 만나려 하지 않습니다. 두 달이 넘게 서로 매일 만나던 사이였는데 말이죠. 엿새 동안 그를 찾아갔으나 만나지 못한 어터슨은 조언을 구하려고 래니언 박사를 찾아가지만, 그의 얼굴에는 죽음의 기운이 드리워져 있습니다. 게다가 래니언은 지킬이라는 이름조차 듣기 싫어합니다. 래니언 박사는 병석에 누운 지 일주일도 되지 않아 세상을 떠납니다. 그리고 어터슨에게 편지가 한 통 도착합니다. 겉봉에는 헨리 지킬이 죽거나 실종되기 전에는 개봉하지 말라는 말이 래니언 박사의 필체로 적혀 있습니다. 하루나 이틀쯤 지난 뒤 어터슨은 엔필드와 함께 산책을 나갑니다. 두 사람은 뒷골목의 그 안뜰을 지나다가 안을 들여다봅니다. 그리고 좋지 않은 안색으로 실험실 창가에 앉아 있는 지킬과 잠시 대화를 나누죠. 이 대화는 다음과 같은 묘사로 끝납니다. "[지킬의] 얼굴에서 미소가 싹 사라지고 지독히 비참한 공포와 절망이 나타났다. 아래에 서 있는 두 신사도 온몸의 피가 얼어붙는 것 같았다. 지킬이 창문을 곧바로 내려버렸기 때문에 두 사람은 그의 표정을 순간적으로 언뜻 보았을 뿐이었다. 그러나 그것만으로도 충분했다. 두 사람은 아무 말 없이 몸을 돌려 그 자리를 떠났다."

이 일이 있고 얼마 뒤에 풀이 어터슨 씨를 찾아옵니다. 그리고 이 만남으로 인해 어터슨은 지킬의 실험실에 억지로 들어가려고 시도하게 되죠. "'어터슨.' 그 목소리가 말했다. '제발 부탁이네!'

'아, 저건 지킬의 목소리가 아니야. 하이드의 목소리야!' 어터슨이 소리쳤다. '풀, 문을 부수게!'

풀은 도끼를 어깨 위로 획 들어올렸다가 내리쳤다. 그 충격에 건물 전체가 흔들리고, 빨간 천으로 감싸인 문이 자물쇠와 경첩의 힘에 맞서 펄쩍 뛰었다. 공포에 질린 짐승 같은 비참한 비명이 안에서 울려나왔다. 다시 도끼가 위로 올라갔다가 내려오자 문의 판자가 부서지고 문틀이 들썩였다. 도끼를 네 번이나 내리쳤지만, 나무가 워낙 단단하고 경첩이나 자물쇠도 최고 장인의 손으로 만들어진 것이었다. 도끼를 다섯번째 내리친 다음에야 자물쇠가 깨지고 엉망이 된 문이 방안의 카펫 위로 쓰러졌다."

처음에 어터슨은 하이드가 지킬을 죽인 뒤 시체를 숨겼다고 생각합니다. 하지만 시체는 어디에도 없습니다. 게다가 책상 위에 놓인 지킬의 메모에는 래니언 박사의 편지를 먼저 읽은 다음, 여전히 호기심을 느낀다면 자신이 함께 놓아둔 봉투 속의 고백서를 읽어보라고 적혀 있습니다. 어터슨은 봉인된 두툼한 봉투 안에서 그 고백서를 발견합니다. 하이드가 시체로 발견될 때까지의 이야기는 어터슨이 자기 사무실로 돌아와서 봉투의 봉인을 뜯고 지킬의 글을 읽기 시작하는 것으로 끝납니다. 그리고 이야기 속의 이야기인 두 편지 속에서 펼쳐지는, 서로 맞물리는 상황 설명이 소설의 결말을 장식하지요.

래니언 박사는 편지에서 급히 실험실로 가달라는 지킬의 편지를 등기우편으로 받은 순간부터 벌어진 일들을 간략하게 설명합니다. 지킬은 래니언 박사에게 자신의 실험실에서 여러 화학약품이 들어 있는 서랍을 꺼내 자정에 도착하는 심부름꾼에게 건네주라고 부탁합니다. 래니언 박사는 서랍을 확보한 뒤(풀도 그를 도와주라는 내용의 등기우편을 받았습니다), 자기 집으로 돌아와 서랍 속 물건들을 살펴봅니다. "포장지 하나를 열어보니 단순한 하얀색 결정체 같은 것이 들어 있었네. 그다음에 살펴본 약병에는 피처럼 붉은 액체가 절반쯤 차 있었는데, 코를 찌르는 자극적인 냄새가 나는 것으로 보아 인과 휘발성 에테르가 들어 있는 것 같았네. 그밖의 다른 약품들에 대해서는 짐작도 가지 않았어." 자정에 심부름꾼이 옵니다. "이미 말했듯이 그는 몸집이 작은 남자였어. 하지만 그보다도 나는 그의 얼굴에 충격을 받았네. 근육이 울퉁불퉁 자유로이 움직이는데도 몸이 몹시 쇠약해 보인다는 점 또한 충격적이었지. 게다가 그 사람의 분위기 때문에 이상하게 마음이 불안해졌어. 그 사람의 모습은 신체가 경직될 때의 초기 증상과 비슷했을 뿐 아니라, 맥박수도 확연히 떨어져 있었네." 심부름꾼으로 온 남자는 몸에 비해 엄청나게 큰 옷을 입고 있습니다. 래니언 박사가 서랍을 보여주었을 때 남자의 반응은 이렇습니다. "그는 튀듯이 서랍에 달려들다가 잠시 멈추고서 심장 부위에 손을 올렸네. 턱이 경련을 일으키기라도 한 것처럼 이를 가는 소리가 들리더군. 얼굴이 어찌나 무시무시하던지, 나는 그자가 죽거나 이성을 잃어버리는 것이 아닌지 점점 걱정이 되었네.

'진정해요.' 내가 말했네.

그자는 나를 향해 무시무시한 미소를 지어 보였네. 그러고는 절망 끝에 결단을 내린 사람처럼 서랍을 싼 천을 잡아 뜯었지. 서랍 안의 내용물을 본 그가 크게 흐느끼는 듯한 소리를 한 번 냈네. 거기에 깃든 안도감이 어마어마해서 나는 꼼짝도 못하고 앉아만 있었어. 하지만 그는 금방 상당히 차분해진 목소리로 말했네. '눈금이 있는 유리잔이 있습니까?'

나는 조금 힘들게 자리에서 일어나 그가 원한 물건을 건네주었지.

그는 미소를 띠며 고개를 끄덕여 감사인사를 한 다음, 빨간색 팅크 용액 몇 방울을 유리컵으로 재고, 거기에 서랍 속의 어떤 가루를 첨가했네. 처음에 불그스름한 색을 띠던 이 혼합물은 가루가 점점 녹으면서 색이 밝아지고, 부글부글 소리를 내며 거품을 일으키더니 증기를 살짝 내뿜었네. 그러다 갑자기 부글거리는 반응이 멈추고, 혼합물의 색이 어두운 자주색으로 바뀌었다가 조금 전보다는 느린 속도로 색이 연해지면서 연한 초록색이 되었네. 이런 변화를 날카로운 눈으로 지켜보던 남자는 미소를 지으며 유리잔을 탁자 위에 내려놓았네."

남자는 래니언에게 이대로 물러나도 되고, 앞으로 무슨 일이 벌어질지 궁금하면 그냥 남아 있어도 된다고 말합니다. 그가 "우리의 직업을 걸고" 비밀을 지키겠다고 맹세하기만 한다면 말이죠. 래니언은 자리에 남아 있기로 합니다. "알겠네.' 남자가 대답했네. '래니언, 맹세를 잊지 말게…… 자네는 아주 오랫동안 몹시 편협하고 물질적인 시각에 묶여 있었지. 초월적인 의학의 힘을 부정하고, 자네보다 뛰어난 사람들을 조롱했어. 잘 보게!'

남자는 유리잔을 입에 대고 약을 단숨에 마셔버렸네. 그러고는 비명을 지르면서 휘청거리다가 탁자를 꽉 붙잡고 버텼네. 충혈된 눈은 앞을 똑바로 노려보고, 벌어진 입은 숨을 몰아쉬고…… 내 눈앞에서 변화가 일어나는 것 같았네. 남자의 몸이 부풀어오르는 것 같았어. 얼굴이 갑자기 시커멓게 변하고, 이목구비가 녹아서 모양을 바꾸는 것 같더니…… 나는 자리에서 벌떡 일어나 벽을 향해 뒷걸음질쳤네. 그 괴물을 막으려고 한쪽 팔을 들어올렸지만, 내 마음은 공포에 잠겼네.

'오, 하느님!' 나는 비명처럼 소리를 질렀어. '오, 하느님!' 몇 번이나 계속해서. 내 눈앞에, 창백하고 반쯤 기절할 것 같은 모습으로, 양손으로 앞을 더듬으면서, 죽음에서 되살아난 사람처럼 서 있는 자가 바로 헨리 지킬이었으니까!

그다음 한 시간 동안 그가 들려준 이야기를 나는 차마 종이에 적지 못하겠네. 내가 보고 들은 광경은 분명하지만, 그 생각을 하면 내 영혼이 진저리를 쳐. 그때의 기억이 희미해진 지금, 나는 그 일을 정말로 믿고 있는 건지 자문해본다네. 그런데 답을 알 수가 없어…… 지킬은 내게 도덕적으로 비열했던 자신의 행동을 밝히면서 참회의 눈물까지 흘렸지만, 나는 기억을 떠올리는 것만으로도 두려워서 화들짝 놀란다네. 한 가지만 말하겠네, 어터슨. 그것만으로도 충분하고도 남을 거야(자네가 내 말을 믿을 수만 있다면 말이지). 그날 밤 내 집으로 기어든 존재는, 지킬 본인의 고백에 따르면, 커루 살인사건의 범인으로 전국 방방곡곡에 수배된 하이드라는 자였네."

래니언 박사의 편지는 상당한 긴장감을 불러오고, 어터슨이 그다음에 읽는 '사건에 관한 헨리 지킬의 완전한 진술'이 그 긴장감을 완성하면서 이야기를 끝맺습니다. 지킬은 젊은 시절에 남몰래 즐기던 쾌락이 굳어져 자기 삶이 깊은 이중성을 지니게 되었다고 설명합니다. "지금의 나를 만든 것은 나의 결점으로 인한 모종의 타락보다는 엄하게 나 자신을 몰아붙이는 나의 포부였네. 사람의 이중적인 본성을 분열시키고 조합하는 선과 악의 영역은 내 안에서 대다수의 사람들보다 훨씬 더 깊은 골로 서로 차단되어 있었지." 학문적인 연구를 하면서 그는 신비롭고 초월적인 분야에 온전히 끌리게 되고, "사람은 사실 하나가 아니라 둘"이라는 진실에 꾸준히 마음이 끌립니다. 그의 과학 실험이 "그런 기적의 가능성을 적나라하게 암시하기" 전에도 "나는 이 요소들을 분리시키는 백일몽을 애지중지하며 즐거이 살아가는 법을 터득했네. 만약 각각의 요소를 별도의 개체에 담을 수 있다면, 삶에서 참을 수 없는 일들이 모두 사라질 것 같았어. 불의한 자는 제 갈 길을 가겠지. 좀더 정직한 쌍둥이의 포부와 후회로부터 해방되었으니. 또한 정의로운 자는 높은 곳을 향해 꾸준히 안정되게 걸어갈 수 있을 거야. 이제 자신과 상관없는 존재가 된 악 때문에 불명예를 당하며 참회할 필요 없이 자신에게 기쁨을 주는 선한 일만 하면서. 이렇게 서로 어울리지 않는 요소들이 한데 묶여 있다는 것이 인류의 저주일세. 고뇌에 빠진 의식의 자궁 속에서, 극과

극의 성질을 지닌 두 쌍둥이가 끊임없이 싸워야 한다니. 그렇다면 이 둘을 어떻게 분리할 수 있을까."

이제 지킬이 약을 만들게 된 과정이 생생하게 묘사되고, 그 약을 시험하는 장면에서 하이드 씨가 등장합니다. 그는 "인류 중 유일한 순수 악이었네." "나는 거울 앞에서 잠시 미적거렸을 뿐이야. 결정적인 두번째 실험이 아직 남아 있었으니까. 내가 도무지 구원할 수 없을 정도로 나의 정체성을 잃어버려서 더이상 내 것이 아니게 된 이 집에서 날이 밝기 전에 도망쳐야 하는지 확인해야 했거든. 나는 서둘러 실험실로 돌아와 다시 약을 준비해서 마셨네. 그리고 또다시 몸이 붕괴되는 고통을 겪은 뒤 헨리 지킬의 성격과 키와 얼굴을 지닌 나 자신으로 돌아왔지."

한동안은 아무런 문제도 없었습니다. "남들 앞에서 온화한 책임감을 잔뜩 짊어지고 돌아다니다가, 빌려 입은 이 겉모습을 남학생처럼 순식간에 벗어버리고 자유의 바다로 무모하게 뛰어들 수 있는 사람은 내가 처음이었네. 하지만 누구도 뚫을 수 없는 외투를 걸친 나는 완벽하게 안전했어. 생각해보게. 나는 심지어 존재하지도 않았어! 내가 실험실 안으로 도망쳐 항상 준비해두는 약을 겨우 1~2초 동안 혼합해서 마시기만 하면, 에드워드 하이드는 거울에 서린 입김 자국처럼 흔적도 없이 사라졌네. 그가 무슨 짓을 저질렀든 상관없었지. 그가 있던 자리에 대신 나타나, 서재에서 한밤중에 켜는 램프를 조용히 손질하는 남자는 누가 혹시 자신을 의심하더라도 웃어넘길 수 있는 사람, 헨리 지킬이었네." 지킬이 하이드 씨로 변신해서 양심이 잠들어 있는 동안 경험하는 쾌락에 대해서는 자세한 설명 없이 넘어갑니다. 다만 지킬에게는 "품위 없는"

행동이었던 것, 그가 "더 심한 말을 쓰지는 않겠다"면서 이렇게 표현한 행동이 하이드에게 가면 "괴물 같은 것으로 변하기 시작했네…… 내가 내 영혼에서 불러내 마음껏 즐기라고 혼자 내보낸 이 또다른 자아는 선천적으로 악하고 고약한 존재였어. 그의 행동과 생각은 모두 자기중심적이었고, 그는 어떤 식으로든 남을 괴롭히면서 짐승처럼 탐욕스럽게 쾌락을 들이켰으며, 돌로 만들어진 사람처럼 냉혹했네." 이렇게 하이드가 사디스트임이 확인됩니다.

그런데 일이 잘못되기 시작합니다. 하이드에서 지킬로 돌아오기가 점점 힘들어지는 겁니다. 어떤 때는 약을 평소보다 두 배나 먹어야 효과가 나고, 한번은 목숨을 걸고 세 배나 마신 적도 있습니다. 심지어 아예 돌아오지 못한 적도 한 번 있습니다. 그러던 어느 날 광장에 면한 집의 침실에서 눈을 뜬 지킬은 왠지 자신이 소호에 있는 하이드의 집에 있는 것 같아서 나른하게 이런저런 생각을 해봅니다. "계속 그런 생각을 하다가 그나마 조금 잠이 깬 순간에 내 눈길이 우연히 내 손에 닿았네. 헨리 지킬의 손은 (자네가 자주 말했듯이) 그 형태와 크기에 직업이 나타나 있네. 크고, 단단하고, 하얗고, 잘생긴 손이지. 그런데 그때 내 눈에 비친 손은, 런던의 오전에 노란 햇빛을 받으며 이불에 반쯤 가려져 있는 그 손은 확실히 힘줄과 관절이 불거진 야윈 손이었어. 거무스름하니 색이 별로 좋지 않고, 가무잡잡한 털도 빽빽하게 나 있었네. 그것은 에드워드 하이드의 손이었어…… 그래, 나는 헨리 지킬의 모습으로 잠자리에 들었는데 에드워드 하이드로 깨어난 걸세." 그는 간신히 실험실까지 가서 지킬의 모습으로 돌아오는 데 성공합니다. 하지만 무의식중에 몸이 변해버렸다는 충격이 깊어서 그는 이중생활을 그만두기로 결심하죠. "그래, 나는 친구들에게 둘러싸여 정직한 희망을 소중히 여기며 살아가는, 욕구불만의 노의사discontented doctor가 더 좋았네[이 문장의 두운법에 주목하세요]. 그래서 하이드로 변신해서 즐겼던 자유와 상대적인 젊음, 가벼운 걸음걸이, 제멋대로 날뛰는 충동과 비밀스러운 쾌락에 단호하게 작별을 고했네."

지킬은 두 달 동안 이 결심을 지킵니다. 하지만 소호의 집이나, 실험실에 준비되어 있는 하이드 치수의 옷을 포기하지는 않죠. 그러다 결국 마음이 약해집니다. "오랫동안 갇혀 있던 나의 악마가 포효하며 뛰쳐나왔네. 나는 약을 마시는 순간에 이미, 사악한 성질이 전보다 더 제멋대로 미친듯이 날뛰는 것을 알아차렸어." 이렇게 미친듯이 날뛰는 동안에 그는 댄버스 커루 경을 살해합니다. 커루 경의 예의바른 태도가 그의 분노를 부추겼거든요. 황홀경에 빠져 커루 경의 몸에 몽둥이질을 퍼붓는 순간이 지나간 뒤, 두려움의 차가운 전율이 그의 머릿속 안개를 흩어버립니다. "내 목숨을 잃게 생겼음을 깨닫고, 그 방종의 현장에서 도망쳤네. 의기양양하면서도 무서워서 덜덜 떨었지. 나의 사악한 욕망은 만족과 자극을 얻었고, 목숨을 소중히 아끼는 마음은 최고조에 이르렀으니까. 나는 소호의 집으로 달려갔네. 그리고 (한층 더 확실히 하기 위해서) 내 서류를 모두 없앤 다음, 가로등이 켜진 거리로 나갔네. 나는 여전히 분열된 황홀경에 빠져 있었어. 내가 저지른 범죄가 흡족해서 한껏 들뜬 머리로 또다른 범죄를 계획하면서도 누가 복수를 하려고 쫓아오지나 않는지 귀를 기울이며 걸음을 재촉했네. 하이드는 약을 준비하면서 노래를 흥얼거렸어. 그리고 약을 마시면서 죽은 사람을 위해 건배했지. 변신의 고통이 그를 다 찢어버리기도 전에 헨리 지킬은 감사와 후회의 눈물을 줄줄 흘리며 털썩 무릎을 꿇고 굳게 맞잡은 양손을 하느님을 향해 들어올렸네."

지킬은 자신의 문제가 해결되었음을 기뻐하며, 다시는 수배된 살인자인 하이드의 형상을 하지 않겠다고 다짐합니다. 그러고 나서 몇 달 동안 그는 모범적으로 선하게 살아갑니다만, 이중성이라는 저주는 사라지지 않았습니다. "나의 저열한 부분, 그렇게 오랫동안 마음껏 즐기다가 얼마 전에야 사슬에 묶인 그 부분이 자유를 달라며 으르렁거리기 시작했네." 그러나 다시 하이드가 되는 위험을 무릅쓸 수는 없었으므로, 그는 본연의 모습으로 비밀스러운 쾌락을 추구하기 시작합니다. 그런데 이 짧은 일탈이 영혼의 균형을 최종적으로 망가뜨리고 맙니다. 어느 날 그가 리젠트 공원에 앉아 있을 때의 일입니다. "현기증이 나를 덮쳤네. 지독하게 토기가 치밀어오르고, 무서울 정도로 몸이 덜덜 떨렸지. 이 증세는 곧 사라졌지만, 나는 기절할 것 같았네. 조금 있다가 기절할 것 같은 기분도 사라지는가 싶더니, 내 성격이 변한 것이 서서히 느껴졌네. 더 대담하고, 위험을 하찮게 여기고, 의무의 속박에서 자유로운 성격이 되어 있었어. 아래를 내려다보니 옷이 줄어든 팔다리에 형태를 잃고 늘어져 있더군. 무릎에 놓인 손은 힘줄이 불거지고, 털이 많았네. 내가 다시 에드워드 하이드가 된 거야. 조금 전만 해도 모든 사람의 존경과 사랑을 받는 부유한 사람이었는데. 내 집 식당에는 나를 위한 상이 차려져 있을 텐데. 그런데 지금 나는 집도 없고, 사냥감처럼 쫓기며 교수대를 눈앞에 둔, 유명한 살인범이었네." 하이드의 모습으로는 집에 돌아갈 수 없기 때문에 그는 하는 수 없이 래니언 박사에게 도움을 청합니다. 그 일을 래니언 박사가 편지로 쓴 것이고요.

이제 종말이 급속히 다가옵니다. 바로 다음날, 그는 자기 집 안뜰을 걷다가 또다시 변신을 알리는 현기증에 사로잡힙니다. 이번에는 원래 모습으로 돌아오기 위해 약을 두 배나 먹어야 했습니다. 여섯 시간 뒤 또 변신의 고통이 찾아오자 그는 또 약을 마십니다. 그때부터 그는 단 한순간도 안심하지 못합니다. 지킬의 모습을 계속 유지하려면 계속 약으로 자극해주어야 하니까요(안뜰 창가에서 엔필드, 어터슨과 이야기를 나눈 것이 바로 이 무렵입니다. 그때도 변신이 시작되는 바람에 그는 급히 대화를 끊었습니다). "밤이든 낮이든 아무때나 변신을 예고하는 떨림이 나를 사로잡곤 했네. 무엇보다도 내가 잠이 들면, 아니 의자에서 잠깐 졸기만 해도, 깨고 보면 항상 하이드였어. 이렇게 끊임없이 파멸이 임박했다는 긴장감과 내 탓이기는 해도 인간적으로 이럴 수 있을까 싶을 정도로 지독한 불면증 때문에 나는 나 자신의 모습을 한 채로 열기에 먹혀 텅 비어버리고 말았네. 몸과 마음이 모두 약해져서 기운이 없고, 내 머릿속을 차지한 것은 오로지 또다른 나에 대한 두려움뿐이었지. 하지만 잠이 들거나 약기운이 다 떨어지고 나면, 나는 거의 느닷없이(변신의 고통이 날이 갈수록 줄어들었네) 두려운 이미지들이 가득한 환상에 사로잡혔네. 영혼은 이유 없는 증오로 끓어오르고, 몸은 날뛰는 삶의 에너지를 감당할 힘이 없는 것 같았어. 지킬이 허약해지면서 하이드의 힘이 더 커진 것 같았네. 이제는 둘 다 서로를 똑같이 증오했지. 지킬에게는 그것이 생존본능이었네. 이제 그는 자신과 의식의 일부를 공유한 존재의 기형적인 모습을 모두 알게 되었네. 그 존재는 또한 그와 함께 죽음을 맞을 존재이기도 했어. 이렇게 그와 연결되어 있다는 사실만으로도 지독히 고통스러운데, 그가 생각하는 하이드는 비록 삶의 에너지가 넘친다 해도 지옥에서 올라온 존재이자 무생물 같은 존재였네. 이 부분이 충격적이었어. 구덩이 속의 쓰레기가 목소리를 내서 외치는 것 같았거든. 형체도 없는 먼지 같은 놈이 손발을 움직이며 죄를 짓고 있었네. 죽어서 형체도 없는 놈이 그렇게 생명의 공간을 빼앗으려 하다니. 게다가 반란을 일으킨 그 공포의 존재가 아내보다도, 그 자신의 눈보다도 더 가까이 그와 붙어 있다니. 그의 몸속에 갇혀 있다니. 그는 그것이 투덜거리는 소리를 듣고, 그것이 세상으로 나오려고 발버둥치는 것을 느꼈네. 언제든 그가 약해지거나 잠이 들 때마다 그것이 그를 누르고 그를 생명의 자리에서 쫓아내버렸어. 하이드가 지킬에게 느끼는 증오는 종류가 달랐네. 교수형을 당할 것이라는 두려움에 몰린 그는 계속 일시적인 자살을 했지. 당당한 한 사람이 되기보다는 종속적인 위치로 돌아갔다는 뜻이야. 하지만 그래야만 하는 상황에 이가 갈렸네. 지킬이 의기소침해진 것도 이가 갈리게 싫었고, 지킬이 자신을 혐오스럽게 바라보는 것에는 화가 났네. 그래서 놈은 나한테 원숭이 같은 장난을 치곤 했어. 내 책에 내 필체로 하느님을 모독하는 낙서를 해놓거나, 편지를 태워버리거나, 아버지의 초상화를 부수는 식으로. 사실 놈이 죽음을 두려워하지 않았다면, 이미 오래전에 나를 파멸시키기 위해 스스로를 망가뜨렸을 거야. 하지만 생명에 대한 그의 사랑은 대단하네. 하지만 나는 그보다 더해. 놈을 생각만 해도 속이 뒤집히고 몸이 굳어버리는 주제에, 놈이 비굴하게 목숨에 집착하기 때문에 내가 자살이라는 방법으로 놈의 목숨을 끊어버릴까봐 두려워한다는 사실을 생각하면, 놈이 가여워진다네."

그가 약을 만들 때 사용하는 특별한 염류의 재고가 줄어들기 시작하면서 최후의 재앙이 다가옵니다. 그는 염류를 새로 사오게 하지만, 두 번 변해야 하는 약의 색깔이 한 번만 변하고 맙니다. 변신도 일어나지 않지요. 어터슨은 지킬이 필사적으로 그 염류를 다시 구하려 했다는 이야기를 이미 풀에게 들어 알고 있습니다. "지난주 내내, 사람인지 뭔지 하여튼 저 실험실에 살고 있는 것이 밤낮으로 소리를 질러댔습니다. 무슨 약이 필요한데 생각이 나지 않는다고요. 가끔 종이에 명령을 적어서 계단 위에 던져두는 것은 그 사람의, 그러니까 주인님의 방식이었습니다. 그런데 이번주에는 그것뿐이었습니다. 항상 명령을 적은 종이뿐이었어요. 문은 계속 닫혀 있었고요. 식사를 놓아두어도, 아무도 없을 때 몰래 들여갑니다. 변호사님, 매일, 아니 하루에도 두세 번씩 명령과 불만이 종이에 적혀 있습니다. 저는 시내의 화학약품 도매상이란 도매상에 모두 날 듯이 서둘러 다녀왔어요. 그런데 제가 약품을 사올 때마다 그걸 반품하고 오라는 명령이 또 종이에 적혀 나옵니다. 약품이 순수하지 않대요. 그러면서 다른 도매상에 가서 사오라고 지시합니다. 무슨 약인지는 모르겠지만, 정말 꼭 필요한 모양입니다, 변호사님.'

'명령이 적힌 종이를 갖고 있나?' 어터슨 씨가 물었다.

풀은 주머니를 뒤져 구겨진 종이를 꺼내주었다. 어터슨은 촛불을 향해 몸을 기울이고 종이를 자세히 살펴보았다. 종이의 내용은 이러했다. '지킬 박사가 모 약국에 불만을 제기한다. 분명히 말하건대, 지난번에 사온 물건에 불순물이 섞여 있어서 그의 목적에는 도통 쓸모가 없다. 18_년에 J 박사는 M 약국에서 어떤 약품을 다소 많이 구매했다. 제발 부탁이니 그 약품을 공들여 찾아봐주기 바란다. 그리고 혹시 같은 품질의 약품이 조금이라도 발견되면 곧바로 J 박사에게 보내주시기 바란다. 값은 얼마든 상관없다. J 박사에게 이 약품이 얼마나 중요한지는 아무리 과장해도 지나치지 않다.' 여기까지는 상당히 침착한 어조였지만, 갑자기 펜이 불을 뿜기 시작했다. 이 편지를 쓴 사람의 감정이 폭발한 모양이었다. '제발 부탁이니, 옛날 그 약품을 조금이라도 찾아서 보내.'

'이상한 편지로군.' 어터슨 씨는 날카롭게 말을 이었다. '왜 봉투가 없지?'

'모 약국 사람이 무척 화가 나서 이 편지를 쓰레기처럼 저한테 던졌거든요.' 풀이 대답했다."

결국 지킬은 처음에 산 약품에 불순물이 섞여 있었던 모양이라고 확신합니다. 그 미지의 불순물 덕분에 약이 효력을 지니게 되었다고요. 따라서 그 약품을 다시 구할 길이 없어지자 지킬은 고백서를 쓰기 시작해서, 마지막 남은 옛날 그 약의 기운으로 일주일 만에 완성합니다. "그러니 헨리 지킬이 자신의 머리로 생각하고 거울에 비친 자신의 얼굴(지금 얼마나 슬픈 표정인지!)을 볼 수 있는 것은, 기적이라도 일어나지 않는 한, 지금이 마지막일 걸세." 그는 하이드가 갑자기 나타나서 이 고백서를 갈기갈기 찢어버릴까봐 서둘러 글을 마무리합니다. "앞으로 30분 뒤,

내가 그 증오스러운 인격으로 다시, 그리고 영원히 바뀌고 나면, 의자에 앉아 벌벌 떨면서 울거나 아니면 공포와 긴장에 사로잡혀 (지상에서 내 최후의 안식처인) 이 방을 계속 서성거리며 조금이라도 위협적인 소리가 들리지 않는지 귀를 기울이겠지. 하이드가 교수형을 당할까? 아니면 최후의 순간에 용기를 내서 자신을 해방시킬까? 하느님만이 아실 걸세. 나는 개의치 않아. 지금이 내게는 진정한 죽음의 순간이니, 이 다음에 일어나는 일은 내가 상관할 바 아니지. 이제 펜을 내려놓고 고백서를 봉하면서, 나는 불행한 헨리 지킬의 삶에 종지부를 찍네."

***

스티븐슨의 마지막 순간에 대해 몇 마디 덧붙이고 싶습니다. 여러분도 이제 알고 있겠지만, 나는 책을 이야기할 때 인간적인 요소에 그리 관심을 기울이는 사람이 아닙니다. 브론스키*가 자주 하던 말처럼, 인간적인 요소는 내 취향이 아닙니다. 하지만 책에는 저마다 운명이 있습니다. 그리고 때로는 저자의 운명이 책의 운명을 따라가기도 하죠. 1910년에 노인 톨스토이는 가족을 버리고 방랑을 떠나 어느 기차역의 역장실에서 안나 카레니나를 죽인 기차가 지나가는 소리를 들으며 숨을 거둡니다. 1894년에 사모아에서 세상을 떠난 스티븐슨도 자신의 환상소설에 나오는 변신 테마와 포도주 테마를 묘하게 따라간 것처럼 보입니다.

---

* 안나 카레니나의 애인.

그는 지하실에 내려가서 자신이 가장 좋아하는 적포도주 한 병을 들고 부엌으로 올라와 코르크 마개를 뺀 뒤 갑자기 아내를 소리쳐 부릅니다. 내가 왜 이러지? 왜 이렇게 이상한 느낌이야? 내 얼굴이 변했나? 그러고는 바닥에 쓰러집니다. 뇌혈관이 터진 거지요. 두어 시간 만에 모든 것이 끝나버렸습니다.

아니, 자기 얼굴이 변했느냐고 묻다니요. 스티븐슨의 이 마지막 순간과 그의 가장 놀라운 작품에 나오는 운명적인 변신이 테마로서 묘하게 서로 연결되어 있습니다.

『스완네 집 쪽으로』(1913)

프루스트의 위대한 소설인 『잃어버린 시간을 찾아서』(몬크리프의 번역본 제목은 『지나간 것들의 기억』)는 다음과 같이 7부로 구성되어 있습니다. 괄호 안은 몬크리프의 번역본 제목입니다.

『스완네 집 쪽으로』(『스완의 길』)

『피어나는 소녀들의 그늘에서』(『싹을 틔우는 숲속에서』)

『게르망트 쪽』(『게르망트 길』)

『소돔과 고모라』(『평범한 자들의 도시』)

『사로잡힌 여자』(『사로잡힌 자』)

『사라진 알베르틴』(『사랑스러운 사기꾼이 사라지다』)

『다시 찾은 시간』(『되찾은 과거』)

몬크리프는 이 작품을 번역하던 도중 세상을 떠났습니다. 놀랄 일도 아니지요. 따라서 마지막 권을 번역한 사람은 블로섬이라는 남자인데, 번역이 상당히 좋습니다. 모두 7부인 이 소설은 1913년부터 1927년 사이에 프랑스에서 15권으로 출간되었습니다. 영어 번역본으로는 무려 4천 페이지 분량입니다. 단어 수로 따지면 150만 단어쯤 됩니다. 시간적으로 이 작품은 1840년부터 제1차세계대전중이던 1915년까지 반세기가 넘는 세월을 다루고 있으며, 등장인물은 200명이 넘습니다. 전체적으로 봤을 때, 프루스트가 상상으로 만들어낸 세상의 분위기는 1890년대 초에 속합니다.

프루스트는 1906년 가을에 파리에서 이 작품을 쓰기 시작해서 1912년에 초고를 완성했습니다. 그러고는 원고를 대부분 다시 쓰다시피 하면서 1922년에 세상을 떠날 때까지 퇴고를 거듭했습니다. 작품 전체는 보물찾기와 같습니다. 보물은 시간이고, 보물이 감춰진 곳은 과거지요. 『잃어버린 시간을 찾아서』라는 제목에 숨어 있는 의미가 바로 이것입니다. 감각이 감정으로 변환되는 것, 밀려왔다 밀려가는 기억, 욕망이나 질투나 예술적인 도취감 같은 감정의 파도, 이런 것들이 방대하면서도 유난히 가볍고 반투명한 이 작품의 소재입니다.

프루스트는 젊은 시절에 앙리 베르그송의 철학을 공부했습니다. 시간의 흐름에 대해 프루스트가 근본적으로 갖고 있는 생각은, 기간에 따른 인격의 끊임없는 진화, 우리가 직관, 추억, 비자발적인 연상을 통해서만 떠올릴 수 있는, 잠재의식의 뜻하지 않은 풍요로움, 내면의 영감이 지닌 천재성에 보잘 것 없는 이성이 종속되는 것, 예술을 세상의 유일한 현실로 보는 시각과 관련되어 있습니다. 프루스트가 지닌 이런 생각은 베르그송의 철학에 색을 입힌 것과 같습니다. 장 콕토는 프루스트의 작품을 가리켜 "신기루, 겹쳐진 정원, 공간과 시간 사이에서 이루어지는 게임으로 가득한 거대한 미니어처"라고 말한 바 있습니다.

　여러분이 단단히 명심해야 할 것이 하나 있습니다. 이 작품은 자서전이 아니라는 것. 소설 속 화자는 프루스트가 아니며, 등장인물들은 오로지 저자의 상상 속에만 존재하는 사람들입니다. 따라서 이 강의에서는 작가의 삶을 들여다보지 않을 겁니다. 이 작품을 다루는 데 있어서 작가의 삶은 전혀 중요하지 않을 뿐만 아니라, 오히려 우리가 다뤄야 할 이슈를 흐릿하게 만들어버릴 뿐입니다. 특히 화자와 작가가 여러 면에서 서로 닮았으며, 거의 똑같은 환경 속에서 움직인다는 점 때문에 더욱 그렇습니다.

　프루스트는 프리즘입니다. 그의, 또는 그것의 목적은 오로지 빛을 굴절시키는 것뿐입니다. 그리고 이러한 굴절을 통해 회상 속의 세계를 재창조하는 것입니다. 그 세계 자체와 그 세계의 거주자들은 사회적으로나 역사적으로나 전혀 중요한 존재가 아닙니다. 그들은 그저 신문에서 사교계 인사로 지칭되는 사람, 유한계급의 신사와 숙녀, 부유한 백수로 살아가게 되었을 뿐입니다. 이 책에서 활발하게 활동하는, 또는 그 결과가 드러나는 직업은 예술가와 학자뿐입니다. 프루스트의 프리즘에 비친 사람들은 직업이 없습니다. 작가를 즐겁게 해주는 것이 그들의 임무입니다. 그들은 대화와 쾌락에 마음껏 탐닉합니다. 과일이 잔뜩 차려진 식탁 주위에 반쯤 드러누워 있거나 바닥에 그려진 그림을 두고 고담준론을 나누며 산책하는 모습으로 우리에게 분명히 각인된 전설 속 고대인들과 비슷합니다. 우리는 이 고대인들이 회계사무소나 조선소 같은 곳에서 일하는 모습은 한 번도 본 적이 없습니다.

『잃어버린 시간을 찾아서』는 프랑스의 비평가인 아르노 당디유의 말처럼 과거를 묘사한 글이 아니라 과거를 불러내는 글입니다. 당디유는, 작가가 훌륭한 솜씨로 골라낸 여러 순간들에 조명을 비추는 방식으로 과거를 불러내는 데 성공했다고 말합니다. 작가가 선택한 순간들은 일련의 삽화, 또는 이미지입니다. 당디유는 이 방대한 작품이 사실 '마치as if……'라는 단어를 중심으로 길게 이어진 비유에 지나지 않는다는 결론을 내립니다.* 과거의 재현이라는 문제의 열쇠는 알고 보니 예술의 열쇠이기도 합니다. 보물찾기는 음악이 가득한 동굴, 스테인드글라스로 화려하게 장식된 성전에서 행복한 결말을 맞습니다. 일반 종교의 신들은 부재합니다. 아니, 예술 속에 용해되었다고 말하는 편이 더 정확한 것 같습니다.

프루스트의 작품을 피상적으로 읽은 사람(피상적인 독자는 몹시 지루해져서 하품에 정신을 쏙 빼앗긴 탓에 이 작품을 결코 끝까지 읽지 못할 테니 이 표현 자체가 조금 모순적이기는 합니다), 예를 들어 미숙한 독자에게는, 여러 귀족 가문들을 서로 연결해주는 분파와 동맹을 탐구하는 것이 화자의 중요한 관심사 중 하나로 보일지도 모릅니다. 그런 독자의 눈에는 화자가 평범한 사업가라고 생각했던 사람이 사교계 사람들과 어울리는 것을 알게 되거나 어떤 중요한 결혼 덕분에 두 가문이 화자 본인으로서는 꿈에도 상상하지 못한 방식으로 연결되었음을 알게 되었을 때 묘한 기쁨을 느끼는 것처럼 보일 겁니다. 무미건조하고 평범

---

* 미들턴 머리는 정확성을 위해서는 은유를 사용하는 수밖에 없다고 했다. —나보코프

한 독자는 십중팔구 연달아 벌어지는 파티가 이 작품의 중요한 맥을 이룬다는 결론을 내릴 겁니다. 예를 들어, 어느 날의 만찬이 150페이지를 차지하고, 어느 날의 야회 이야기가 반 권을 차지하는 식이니까요. 이 작품의 1부에서 우리는 베르뒤랭 부인의 속물적인 살롱과 만납니다. 스완이 그 살롱에 자주 나타나던 시절의 이야기입니다. 생유베르트 부인의 집에서 열린 이브닝 파티도 나옵니다. 스완이 오데트를 향한 사랑에 희망이 없음을 처음으로 깨달은 시절의 이야기입니다. 그다음 권들로 넘어가면, 또다른 응접실, 또다른 리셉션, 게르망트 부인의 집에서 열린 디너파티, 베르뒤랭 부인의 집에서 열린 연주회, 그리고 나중에 게르망트 공*의 부인이 된 베르뒤랭 부인이 같은 집에서 연 마지막 애프터눈 파티가 나옵니다. 『잃어버린 시간을 찾아서』의 마지막 권인 『다시 찾은 시간』에 나오는 이 마지막 파티 중에 화자는 시간이 자신의 모든 친구들에게 어떤 변화를 일궈놓았는지 깨닫고 충격과도 같은 영감, 아니 일련의 충격을 받아 과거를 재구성하는 책을 지체 없이 써야겠다고 결심하게 됩니다.

이 마지막 순간을 보면, 프루스트가 바로 화자가 아니냐, 그가 바로 이 책의 눈과 귀가 아니냐고 말하고 싶은 생각이 들지도 모릅니다. 하지만 대답은 여전히 '아니요.'입니다. 프루스트의 책 속에서 화자가 쓰게 될 책은 책 속의 책일 뿐, 딱히 『잃어버린 시간을 찾아서』가 아닙니다. 화자가 딱히 프루스트가 아닌 것과 마찬가지입니다. 여기서 글의 초점이

---

* 공작인 게르망트 씨의 사촌.

이동해, 무지개 같은 느낌을 만들어냅니다. 우리는 프루스트만의 이 특별한 프리즘을 통해 작품을 읽습니다. 이 작품은 풍속을 비춰주는 거울도 아니고, 자서전도 아니고, 역사 이야기도 아닙니다. 순전히 프루스트가 상상으로 만들어낸 허구의 이야기일 뿐입니다. 『안나 카레니나』가 허구이고, 카프카의 「변신」이 허구인 것과 같습니다. 똑같은 맥락에서, 만약 내가 언젠가 과거를 되돌아보며 코넬대학에 관한 글을 쓰게 된다면, 코넬대학 또한 허구가 될 겁니다. 작품 속의 화자는 등장인물 중 하나이며, 이름은 마르셀입니다. 다시 말해, 다른 등장인물들의 이야기를 듣는 마르셀과 작가 프루스트가 따로 존재한다는 얘깁니다. 소설 속 화자 마르셀은 마지막 권에서 자신이 쓰게 될 이상적인 소설에 대해 곰곰이 생각해봅니다. 프루스트의 작품은 그 이상적인 소설의 모사模寫일 뿐입니다만…… 이렇게 대단한 모사라니요!

***

『스완네 집 쪽으로』(『스완의 길』)는 반드시 올바른 각도에서 바라보아야 합니다. 프루스트가 의도한 그대로, 완성된 작품 전체와의 관계 속에서 이 작품을 보아야 한다는 뜻입니다. 전체 작품의 첫번째 권에 해당하는 이 책을 온전히 이해하려면, 먼저 우리가 화자를 따라 마지막 권의 파티까지 죽 동행할 필요가 있습니다. 이에 대해서는 나중에 자세히 이야기하기로 하고, 지금은 마르셀이 자신이 받은 충격을 이해하기 시작하면서 하는 말에 귀를 기울여야 합니다. "우리가 현실이라 부르는 것은 동시에 우리를 에워싸고 있는 감각과 기억 사이의 특정한 관계인데, 유일하게 진실한 관계인 이것을 작가가 반드시 다시 포착해야만 뚜렷하게 구분되는 이 두 요소를 글 속에서 영원히 연결시킬 수 있다. 글에 묘사된 장소에서 중요한 자리를 차지한 사물들을 한없이 길게 묘사하며 열거할 수도 있겠으나, 진실은 작가가 서로 다른 사물 두 개를 택해 그들 사이의 관계를 분명히 한 뒤 자신의 문체(예술)라는 꼭 필요한 고리로 감쌀 때만이 비로소, 또는 인생 그 자체와 마찬가지로 두 감각의 비슷한 특징들을 비교하며 그들을 시간의 우발성(우연)으로부터 떼어내기 위해 은유로 연결해 그들의 근본적인 본질이 뚜렷이 도드라지게 하고 시간을 초월한 말로 그들을 한데 연결시킬 경우에도 시작될 것이다. 이런 관점에서 진정한 예술의 길을 바라본다면[마르셀이 자문합니다], 자연이 바로 예술의 시작이 아닌가, 콩브레에서 한낮에 기억 속에 남아 있던 종소리와 꽃을 맛보았을 때 그랬던 것처럼, 오랜 시간이 흐른 뒤에야 다른 사람을 통해서만이 어떤 것의 아름다움을 깨닫게 해주기 일쑤인 자연이니."

콩브레를 언급하고 보니, 두 개의 길이라는 중요한 테마가 생각납니다. 7부까지 이르는(태초에 일요일 휴식 없이 7일 동안 창조가 이루어진 것과 같은 7부입니다) 이 소설의 흐름 속에서, 그 모든 책 속에서 화자는 어렸을 때 콩브레라는 작은 도시에서 걷던 두 개의 길을 항상 시야에서 놓치지 않습니다. 하나는 스완의 집 쪽으로, 그러니까 탕송빌 쪽으로 지나가는 메제글리즈 방향이고, 다른 하나는 게르망트의 시골 저택 방향입니다. 프랑스어판 15권을 관통하는 줄거리는 화자가 어렸을 때 걸었던 이 길과 어떤 식으로든 연결된 사람들을 살펴보는 것입니다. 특히 어머니의 입맞춤을 받고 싶어서 화자가 노심초사하는 모습은 스완의 고뇌와 사랑을 미리 엿볼 수 있게 해줍니다. 비슷한 맥락에서, 화자가 어렸을 때 질베르트에게 품는 사랑과 나중에 알베르틴이라는 여성을 사랑하게 되는 이야기는 스완과 오데트의 사랑을 확대하고 증폭한 것입니다. 하지만 이 두 길의 의미는 이것으로 끝이 아닙니다. 데릭 레온은 『프루스트 개론』(1940)에서 다음과 같이 썼습니다. "마르셀은 어린 시절의 그 두 길이 스완의 손녀(질베르트의 딸)에게서 하나로 합쳐진 것을 본 뒤에야, 우리가 인생을 꼬아서 엮어넣는 절편들이 순전히 임의적인 것이며 인생 그 자체의 어떤 측면과도 상응하지 않고 인생을 바라보는 우리의 결함 있는 시각에만 상응한다는 사실을 깨닫는다. 따로 분리되어 있던 베르뒤랭 부인, 스완 부인,* 게르망트 부인의 세상은 근본적으로 같은 세상이며, 그들을 갈라놓은 것은 오로지 속물근성이나 사회적인 관습으로 인한 모종의 우연뿐이었다. 그들의 세계가 같은 것은 베르뒤랭 부인이 최종적으로 게르망트 공과 결혼하기 때문도, 스완의 딸이 결국 게르망트 부인의 조카와 결혼하기 때문도, 오데트가 게르망트 씨의 정부가 됨으로써 인생의 정점에 오르기 때문도 아니다. 이들 각자가 비슷한 요소들로 이루어진 궤도를 돌기 때문이다. 이것은 삶의 자동적이고, 피상적이고, 기계적인 측면을 보여준다." 우리는 이런 측면을 이미 톨스토이의 작품을 통해 알고 있습니다.**

---

* 오데트.

＊＊＊

다시 말하지만, 문제는 작가의 버릇, 즉 그를 다른 작가와 구분할 수 있게 만들어주는 특정한 버릇입니다. 여러분이 작품을 알고 있는 작가 세 명의 글에서 각각 한 부분씩 골라서 여러분 앞에 내놓았을 때, 특히 글의 주제만으로는 아무런 단서를 알아차릴 수 없게 신경써서 인용문을 골랐는데도 여러분이 확신을 갖고 즐거운 표정으로 "이 사람은 고골이고, 이 사람은 스티븐슨이고, 이 사람은 세상에 프루스트네요"라고 외친다면, 그런 결론의 근거가 된 것은 글에 드러난 놀라운 문체의 차이 때문일 겁니다. 프루스트의 문체에는 다음과 같은 뚜렷한 특징 세 가지가 있습니다.

1. 은유적인 이미지가 풍부해서, 비유가 층층이 겹쳐져 있습니다. 이 프리즘을 통해 우리는 프루스트의 작품이 지닌 아름다움을 봅니다. 프루스트에게 '은유'라는 용어는 대개 좀더 느슨한 의미였습니다. 혼성 양식＊＊＊ 또는 일반적인 비유의 동의어였으니까요. 그의 글에서는 직유가 계속해서 은유로 변하고, 반대의 경우도 마찬가지였기 때문입니다. 은유가 더 우세했지만요.

＊＊ 여기서뿐 아니라 다른 곳에서도 나보코프는 인용문에 이런 식으로 자신의 말을 가끔 끼워넣었다. —편집자
＊＊＊ 나보코프는 단순한 직유를 "안개는 베일 같았다"로, 단순한 은유를 "안개의 베일이 있었다"로 혼성 직유는 "안개의 베일은 침묵의 잠 같았다"로 설명한다. 직유와 은유를 둘 다 결합시킨 것이다. —편집자

2. 문장의 폭과 길이를 최대한 늘리고 채우는 경향, 문장 안에 기적적으로 많은 수의 절, 삽입구, 종속절, 종속절의 종속절을 꽉꽉 밀어넣는 경향. 확실히 언어의 인심만 따진다면, 프루스트는 진정한 산타입니다.

3. 프루스트보다 나이가 많은 소설가들은 묘사와 대화를 확실하게 구분했습니다. 묘사가 나온 뒤, 대화가 이어지는 식이었지요. 물론 오늘날에도 전통적인 문학작품에서는 이 방법이 계속 쓰이고 있습니다. 유리병에 넣어서 판매하는 상품과 비슷한 B급이나 C급 작품, 그리고 아예급이 없어서 그냥 양동이 단위로 판매되는 작품이 그런 종류입니다. 하지만 프루스트의 작품에서는 대화와 묘사가 서로 융합되어, 꽃과 이파리와 곤충이 꽃을 피우는 똑같은 나무에 속한 것 같은 새로운 통일성을 만들어냅니다.

"오랫동안 나는 일찍 잠자리에 들곤 했다." 작품을 여는 이 첫 문장이 테마의 열쇠입니다. 감수성이 예민한 소년의 침실이 여기서 중심이 됩니다. 소년은 잠을 자려고 애쑵니다. "기차의 기적소리가 들렸다. 점점 가까워졌다가 점점 멀어지는 그 소리는 숲에서 들리는 새소리처럼 내게 거리를 분명하게 알려주면서, 여행자가 가장 가까운 역으로 서둘러 가는 길에 통과하게 될, 인적 없는 시골 풍경을 원근화법으로 내 앞에 펼쳐주었다. 여행자는 낯선 장소, 평소에 하지 않던 행동, 조금 전 대화에서 마지막으로 주고받은 말, 낯선 램프 아래에서 조금 전에 나눴지만 지금도 밤의 침묵 속에서 그의 귓가에 울리고 있는 작별인사, 다시 집으로 돌아간다는 즐거운 기대로 인해 전체적으로 흥분한 상태라서, 지금 가고 있는 이 길이 그의 기억 속에 영원히 각인되는 중이었다." 기차의 기적소리가 바람 속에서 들려오는 새소리처럼 거리 감각을 알려준다는 말 역시 직유입니다. 이런 내적인 비유는 프루스트가 어떤 장면에 가능한 한 모든 색깔과 힘을 입히고자 할 때 사용하는 전형적인 장치죠. 그 다음에는 기차라는 주제가 논리적으로 전개되면서 여행자와 그의 기분이 묘사됩니다. 이렇게 이미지가 펼쳐지는 것도 프루스트의 전형적인 장치입니다. 논리와 시적인 일면을 지니고 있다는 점에서, 고골의 산만한 비유와는 다릅니다. 고골의 비유는 언제나 기괴하며, 호메로스의 패러디입니다. 그의 은유가 악몽이라면, 프루스트의 은유는 꿈입니다.

조금 더 앞으로 나아가면, 소년의 꿈속에서 여성이 은유적으로 창조되는 장면이 나옵니다. "때로는, 이브가 아담의 갈비뼈로 창조되었듯이, 내가 잠든 동안 어떤 여자가 내 허벅지 즈음의 어떤 기질에서 잉태되어 태어나곤 했다…… 내 몸은 자신의 체온이 그녀의 체온 속으로 스며드는 것을 의식하며, 그녀와 하나가 되려고 몸부림치곤 했다. 그러면 나는 깨어났다. 내가 방금 떠나온 이 여자에 비하면 인류의 나머지 구성원들은 아주 멀게 보였다. 내 뺨은 그녀의 입맞춤으로 아직 따뜻하고, 내 몸은 그녀의 체중 아래에서 휘어져 있었다. 때로는 그녀가 내가 깨어 있을 때 알던 여자의 모습을 띠기도 했는데, 그럴 때면 나는 오로지 그녀를 탐구하는 일에 나 자신을 몽땅 바쳤다. 오래전부터 갈망하던 도시를 생각하며 여행길에 나서서, 상상 속에서 그토록 황홀하던 것을 실제로 맛볼 수 있게 되었다고 상상하는 사람 같았다. 점차 그 여자의 기억이 흩어져서 사라지더니, 마침내 나는 내 꿈에서 태어난 그녀를 잊어버렸다." 이번에도 점점 넓게 펼쳐지는 기법이 사용되었습니다. 한 여자를 탐구하는 일이 여러 곳을 여행하는 사람에게 비유되는 식입니다. 우발적인 탐구와 헌신과 실망은 이 작품 전체의 주요 테마 중 하나입니다.

점점 넓게 펼쳐지는 기법은 짧은 글에 수년의 세월을 담는 것도 가능하게 합니다. 꿈을 꾸다가 깨었다가 다시 잠드는 소년의 이야기는 어른이 된 그가 화자로 이야기를 하고 있는 현재에 자고 일어나는 습관에 관한 이야기로 은연중에 옮겨가버립니다. "잠든 사람은 시간의 사슬을, 세월과 행성들의 질서를 몸에 두르고 있다. 그러다 깨어나면 그는 본능적으로 이것들을 살펴보고, 지상에서 자신이 있는 곳의 위치와 잠들어 있는 동안 지나간 시간의 양을 순식간에 읽어낸다…… 그러나 내게는 [이제 어른이 되었습니다] 내 침대에 누워 의식이 완전히 긴장을 풀 만큼 깊은 잠을 자는 것으로 충분했다. 그렇게 되면 나는 잠자리에 든 장소의 감각을 모두 잃어버리기 때문이다. 한밤중에 깨어난 나는 여기가 어딘지 알 수 없어서, 처음에는 내가 누구인지도 확신할 수 없었다. 동물의 의식 속 깊은 곳에 숨어 명멸하고 있을, 존재에 대한 가장 기초적인 감각만이 있을 뿐이었다. 나는 동굴에서 살던 원시인들보다 더 결핍되어 있었다. 하지만 이내 기억이, 그러니까 아직 내가 있는 이 장소에 대한 기억은 아니지만 지금까지 살았던 여러 장소, 어쩌면 지금 내가 있는 곳일 수도 있는 여러 장소에 대한 기억이 하늘에서 내려온 동아줄처럼 다가와 비非존재의 심연에서 나를 끌어올려주곤 했다. 내 혼자 힘으로는 그곳에서 결코 탈출하지 못했을 것이다……"

그러고 나면 몸의 기억이 주도권을 쥡니다. "먼저 피로 때문에 사지를 내던져놓은 모습에서 상황을 유추하고, 그것을 기초로 벽과 가구의 위치를 유추한 뒤, 그 결과를 꿰어 맞춰 자신이 있는 이 집에 이름을 부여하려고 애썼다. 몸의 기억, 그러니까 갈비뼈, 무릎, 어깨뼈의 복합적인 기억이 언젠가 잠든 적이 있는 여러 방들을 연달아 보여주었고, 그동안 보이지 않는 벽들은 기억이 보여주는 방의 모양에 맞춰 계속 모습을 바꾸며 어둠 속에서 휘몰아쳤다. 내 뇌가 시간과 형상의 문턱에서 머뭇거리며 인상 속에 남은 것들을 충분히 그러모아 방의 정체를 알아내기도 전에, 내 몸은 각각의 방에서 침대가 어떤 모습이었는지, 문은 어디에 있었는지, 창문으로 들어오는 햇빛이 어떠했는지, 밖에 복도가 있었는지, 그 방에서 잠들 때 내가 무슨 생각을 했으며 깨어난 뒤 무엇을 깨달았는지를 연달아 떠올리곤 했다." 여러 방과 그들에 관한 은유가 연달아 나옵니다. 화자는 캐노피가 달린 커다란 침대에서 순간적으로 아이로 되돌아갑니다. "그러면 나는 곧바로 이렇게 중얼거리곤 했다. '이런, 내가 그냥 잠들어버렸나보네. 엄마가 잘 자라는 인사를 하러 오지 않았어!'" 이런 순간에 그는 시골의 할아버지 집으로 돌아가 있습니다. 할아버지는 오래전에 돌아가신 분인데도요. 그다음에는 그가 있는 장소가 질베르트의 집으로 바뀝니다(이제 질베르트는 생루 부인이 되었습니다). 탕송빌에 있는 스완의 옛집이 바로 그곳입니다. 그리고 또 겨울과 여름의 여러 방들이 연달아 나타납니다. 마침내 그는 파리에 있는 자신의 집에서 (어른이 된) 현재 시점으로 깨어납니다만, 그의 기억은 이미 움직이고 있습니다. "대개 나는 당장 다시 잠들려고 시도하지 않고, 옛날 콩브레의 대고모님 댁에서, 발벡에서, 파리에서, 동시에르에서, 베네치아에서, 기타 여러 곳에서 보낸 시절과 내가 접한 모든 장소들과 사람들, 내가 실제로 본 그들의 모습과 다른 사람들에게 들은 이야기를 회상하며 밤을 거의 지새우곤 했다."

콩브레라는 말을 떠올린 덕분에, 그는 다시 어린 시절, 즉 자신이 화자로서 서술하고 있는 시점으로 돌아갑니다. "콩브레에서는 매일 오후가 끝날 무렵, 그러니까 내가 어머니와 할머니에게서 멀리 떨어진 침대에 잠을 이루지 못하고 누워 있어야 하는 때가 되기 훨씬 전부터, 우울하고 불안한 나의 생각이 내 침실에 집중되었다." 그가 특히 비참해지는 때인 저녁식사 이전의 시간에는 마법 램프에게서 악당 골로와 선량한 쥬느비에브 드 브라방(게르망트 공작부인을 예고하는 인물입니다)이 나오는 중세의 이야기를 듣습니다. 이 마법 램프의 '움직임' 또는 '사건'은 비가 내리는 날 가족들이 저녁식사 후에 모여 앉곤 하던 작은 거실의 램프와 연결되고, 비는 화자의 할머니를 소개하는 역할을 합니다. 화자의 할머니는 소설 속에서 가장 고귀한 동시에 가장 딱한 인물로, 비내리는 정원에서 굳이 산책을 하겠다고 고집을 부리곤 합니다. 스완도 등장합니다. "정원 저쪽 끝에서 소리가 들렸다. 이 집의 식구들이 지나가다가 '종을 울리는 것이 아니라' 밀고 지나가기만 해도 얼음처럼 차갑고 녹이 잔뜩 슨 것 같은 소리를 한없이 퍼부어대서 자신을 건드린 그사람의 혼을 빼놓는 그 날카로운 종소리가 아니라, 손님들을 위해 매달아둔 종이 두 번 울리는, 황금색의 수줍은 달걀형 소리였다…… 그러고 나서 곧 할아버지가 말했다. '스완의 목소리가 들리는군.'…… 스완 씨는 할아버지보다 훨씬 젊은데도 할아버지를 몹시 좋아했다. 할아버지가 젊은 시절 스완의 아버지와 절친한 사이였기 때문이다. 능력이 뛰어나지만 괴짜였던 스완의 아버지는 지극히 작은 일에도 생각의 흐름이 멈추거나 방향이 바뀌는 사람이었던 것 같았다." 스완은 세련된 사람이자 예술 전문가이며, 최상류층 사교계에서 크게 인기 있는 훌륭한 파리지앵입니다. 하지만 콩브레에 있는 그의 친구들, 즉 화자의 가족들은 그가 이런 지위에 있는 사람이라는 사실을 전혀 모른 채, 주식중개인이던 옛 친구의 아들로만 대합니다. 한 사람이 다양한 사람의 눈을 통해 다양하게 묘사되는 것은 이 책의 특징 중 하나입니다. 마르셀의 대고모라는 프리즘을 통해 스완의 모습이 묘사되는 것이 한 예입니다. "어느 날 그가 파리에서 저녁식사 후에 우리를 찾아와 야회복 차림이라 죄송하다고 사과한 적이 있다. 그가 돌아간 후 프랑수아즈[요리사]가 그의 마부에게서 들은 이야기라며 그가 '어느 귀부인'과 함께 저녁식사를 했다고 말하자, 대고모님이 점잔을 빼며 말했다. '그래, 화류계의 어느 귀부인이셨겠지.' 그러고 나서 대고모님은 뜨개질감에서 눈을 떼지 않은 채 어깨를 으쓱했다. 조용히 빈정거리는 태도였다."

등장인물에게 접근하는 프루스트의 방법과 조이스의 방법 사이에는 근본적인 차이점이 하나 있습니다. 조이스는 완벽하고 절대적인 인물, 하느님이 알고 조이스가 아는 인물을 조각조각 분해해서, 그 조각들을 작품이라는 시공간에 흩뿌려놓습니다. 훌륭한 독자는 이 퍼즐 조각들을 모아서 하나씩 그림을 맞춰가지요. 반면 프루스트는 어떤 등장인물, 어떤 인격에 대해 절대적으로 아는 것은 불가능하며 항상 상대적으로 파악할 수 있을 뿐이라고 주장합니다. 그는 인물을 분해하지 않고, 다른 인물들이 그 인물에 대해 갖고 있는 인식을 통해 그 인물을 보여줍니다.

그러면서 이렇게 일련의 프리즘과 그림자를 접한 독자들이 거기서 수집한 정보를 조합해서 하나의 예술적인 현실을 만들어내기를 희망하지요.

소설의 도입부는 마르셀이 아래층에서 억지로 밤인사를 하면서 어머니가 잘 자라는 입맞춤을 해주러 자기 방으로 올라오지 않을 것임을 짐작하고 절망하는 이야기로 끝납니다. 그리고 나서 어느 날 스완이 이 집에 왔을 때의 이야기로 비로소 소설이 본격적으로 시작되지요. "우리가 모두 정원에 있을 때 문 앞의 종소리가 두 번 수줍게 울렸다. 틀림없이 스완이 종을 울렸음을 모두들 알고 있었다. 하지만 식구들은 의아한 얼굴로 서로를 바라보다가 할머니를 정찰대로 내보냈다." 입맞춤의 은유는 복합적이며, 이 책 전체를 관통합니다. "나는 어머니에게서 결코 눈을 떼지 않았다. 사람들이 식탁에 있을 때, 나는 식사가 끝날 때까지 내내 이 자리에 머무를 수 없다는 사실을 알고 있었다. 엄마가 아버지의 심기를 거스를까봐 남들이 보는 앞에서는 내 방에 있을 때처럼 내가 여러 번 엄마에게 입을 맞출 수 있게 허락해주지 않으리라는 것도 알고 있었다. 그래서 사람들이 식당에서 음식을 먹고 마시기 시작하고 그 시간이 다가온다는 느낌이 들면 나는 반드시 짧고 은밀할 수밖에 없는 이 입맞춤에 미리 내 모든 노력을 기울이기로 나 자신에게 약속했다. 먼저 내 입술이 닿았으면 싶은 자리를 엄마의 뺨에서 정확히 공들여 찾아둘 것이고, 엄마가 허락해준 그 짧은 시간을 내 입술이 엄마의 뺨에 닿는 감각에만 온전히 바칠 수 있도록 미리 정신적인 준비를 할 것이다. 모델을 앉혀놓을 수 있는 시간이 아주 짧기 때문에 미리 팔레트를 준비해두고, 자신의 기억과 대략적인 스케치를 바탕으로 모델이 없어도 할 수 있는 모든 일을 미리 해두는 화가처럼. 하지만 그날 밤 저녁식사 종이 울리기도 전에, 할아버지가 자신도 모르게 잔인성을 발휘했다. '아이가 피곤해 보이는구나. 이만 방으로 올려보내는 게 낫겠다. 게다가 오늘 저녁에는 늦게까지 식사를 할 테니.'……

내가 막 엄마에게 입을 맞추려는 순간 저녁식사 종이 울렸다.

'안 돼, 어머니를 귀찮게 하면 안 돼. 밤인사는 이미 충분히 했잖니. 어리석은 짓은 그만두고 어서 2층으로 올라가거라.'"

어린 마르셀의 고뇌, 그가 어머니에게 쓴 쪽지, 그의 기대, 그리고 어머니가 끝내 나타나지 않자 흘리는 눈물은 그가 장차 견뎌내야 할 절망적인 질투라는 테마를 예고합니다. 이렇게 해서 마르셀의 감정과 스완의 감정이 직접적으로 연결되지요. 마르셀은 자신이 어머니에게 쓴 쪽지의 내용을 스완이 봤다면 호탕하게 껄껄 웃었을 것이라고 상상합니다. "하지만 내 생각과는 정반대였을 것이다. 내가 나중에야 알게 되었듯이, 나와 비슷한 고뇌가 오랫동안 그의 삶을 갉아먹었기 때문이다. 당시 그만큼 내 기분을 잘 이해할 수 있는 사람은 아마 아무도 없었을 것이다. 그의 고뇌는 자신이 사랑하는 사람이 자기가 없는 곳에서, 그리고 자신이 따라갈 수도 없는 곳에서 즐거운 시간을 보내고 있음을 아는 데서 기인한 것이었다. 그의 고뇌는 사랑에서 비롯되었으나, 어떤 의미에서는 그것이 사랑의 숙명이었으므로 사랑으로 그것을 극복하고 한정지어야 한다…… 프랑수아즈가 돌아와 내 쪽지가 전달될 것이라고 말했을 때 내가 도제처럼 처음 맛본 그 기쁨, 스완도 그 거짓된 기쁨을 아주 잘 알고 있었다. 우리가 사랑하는 사람이 어느 무도회나 파티나 '첫 공연'에 가 있는 것을 알고 그녀의 친구나 친척이 그 행사가 벌어지는 누군가의 집이나 극장에 도착했을 때, 밖에서 서성거리며 그녀와 이야기할 기회를 필사적으로 기다리는 우리를 보고 우리에게 줄 수 있는 것이 바로 그런 거짓된 기쁨이다. 그 친구나 친척은 우리를 알아보고 친숙하게 인사를 건네며 여기에는 어쩐 일이냐고 묻는다. 우리가 (그의 친척 또는 친구인) 그녀에게 급히 전할 말이 있다고 이야기를 꾸며내면, 그는 세상에 그보다 더 간단한 일은 없다면서 우리를 문 안쪽으로 데리고 들어가 5분 뒤에 그녀를 내려보내겠다고 약속한다…… 이렇게 안타까울 수가! 스완은 자신이 사랑하지 않는 남자가 무도회장까지 쫓아 들어온 것을 알고 화가 난 여성에게 제3자의 선의가 아무런 힘을 발휘하지 못한다는 사실을 경험으로 이미 알고 있었다. 대개는 그 친절한 친구가 혼자서 다시 내려온다.

어머니는 내 방에 오지 않았다. (뭔가를 찾아보고 그 결과를 알려달라고 어머니가 내게 부탁했다는 거짓말에 어머니가 장단을 맞춰주어야만 유지될 수 있는) 내 자존심을 지켜주려는 시도는 전혀 없이, 어머니는 프랑수아즈를 시켜 고작해야 "아무 답이 없어"라는 말만 전달하게 했다. 그 시절 이후 나는 댄스홀이나 도박클럽 같은 곳의 수위들이 어떤 가엾은 아가씨에게 같은 말을 되풀이하는 것을 아주 많이 들었다. 그러면 아가씨는 황망한 얼굴로 대답한다. '뭐라고요! 그 사람이 아무 말도 하지 않았다고요? 그럴 리가 없어요. 내 편지를 분명히 전달한 것 맞죠? 좋아요, 조금 더 기다려볼게요.' 그리고 나서 수위가 추가로 가스등을 켜주겠다는 것을 필요 없다고 한결같이 거절한 아가씨가 그 자리에 계속 앉아 있듯이…… 나한테 탕약을 만들어주거나 내 옆에 있어주겠다는 프랑수아즈의 제의를 거절한 나는 그녀를 다시 하인 휴게실로 돌려보낸 뒤 누워서 눈을 감고 정원에서 식후 커피를 마시는 가족들의 목소리를 듣지 않으려고 애썼다."

이 에피소드 다음에 나오는 달빛과 침묵에 관한 묘사는 은유 안에 은유를 넣는 프루스트의 방식을 완벽하게 잘 보여줍니다.

소년은 자기 방 창문을 열고 침대 발치에 앉습니다. 아래에 있는 사람들에게 소리가 들릴까 싶어서 감히 움직이지 못하지요. (1) "바깥의 사물들도 말없는 기대감에 굳어버린 것 같았다." (2) 그 사물들은 "달빛을 방해하기를" 원하지 않는 듯합니다. (3) 그럼 달빛은 무엇을 하고 있을까요? 달빛은 모든 사물을 그대로 복사한 그림자를 만들어내서 앞쪽으로 길게 늘여, 마치 사물을 뒤로 밀어버리는 것 같은 효과를 냅니다. 어떤 그림자냐고요? "사물들보다 더 진하고 더 뚜렷"하게 보이는 그림자입니다. (4) 이 모든 효과를 통해 달빛은 "풍경 전체를 가늘게 줄이면서 동시에 더 크게 늘려놓았다. 지도가 넓게 펼쳐진 것 같았다[이것도 직유]." (5) 모종의 움직임이 생겨납니다. "반드시 움직여야 하는 것들, 예를 들어 일부 밤나무의 이파리 같은 것들이 움직였다. 그러나 그 정밀한 떨림[이건 무슨 종류의 떨림일까요?], 정밀하기 짝이 없는 색조와 가장 섬세하고 세세한 부분에 이르기까지 완전하게 완성된 떨림[까다로운 떨림입니다]은 풍경의 다른 부분을 침범하거나 조금씩 스며들지 않고 뚜렷한 경계선 안에 남아 있었다." 마침 그 부분을 달빛이 비췄고, 풍경의 다른 부분들은 그림자 속에 잠겨 있었기 때문입니다. (6) 침묵과 멀리서 들려오는 소리. 달빛 속에서 이파리들이 움직이는 부분과 벨벳 같은 그림자에 잠긴 부분이 상대적인 관계를 이루듯이, 멀리서 들려오는 소리들도 침묵의 표면과 상대적인 관계 속에서 움직입니다. 가장 멀리서 들려오는 소리, "도시의 저편 끝에 있는 정원들에서 들려오는 소리는 워낙 정확한 '마무리'가 두드러져서, 그 소리가 멀리서 들려오는 듯한 인상을 주는 것은[또 직유가 나옵니다] 소리를 죽인 현 위의 움직임처럼[또 직유가 나옵니다] 오로지 '피아니시모'로 연주되기 때문인 듯했다." 이번에는 소리를 죽인 현악기 소리가 묘사됩니다. "음 하나도 놓치지 않으려 하지만," 그 소리는 "저 바깥에서, 멀리 떨어진 연주회장에서부터 들려오기 때문에 [여기서부터 연주회장입니다] 모든 노인 회원들과 우리 할머니의 자매들 또한 스완이 자신의 좌석을 내주었을 때 아직 길모퉁이에서 모습을 드러내지는 않았지만 멀리서 행군하며 다가오는 군대의 소리를 포착하기라도 한 것처럼[마지막 직유] 귀를 잔뜩 기울이곤 했다."

달빛의 그림 같은 효과는 시대와 작가에 따라 다릅니다. 1840년에 『죽은 혼』을 쓸 때의 고골과 1910년에 방금 인용한 묘사를 쓰던 프루스트는 서로 닮았습니다. 그러나 프루스트의 묘사는 은유 시스템을 훨씬 더 복잡하게 만들었으며, 기괴하지 않고 시적인 글을 만들어냈습니다. 달빛을 받은 정원을 묘사할 때 고골도 풍부한 이미지를 사용하겠지만, 산만한 비유 때문에 기괴한 과장과 아름답지만 비이성적인 헛소리 약간으로 구성된 글이 될 겁니다. 예를 들어, 『죽은 혼』 어딘가에서 그랬던 것처럼, 고골은 달빛의 효과를 빨랫줄에서 떨어진 침대보에 비유할 겁니다. 하지만 이내 두서없이 뻗어나가서, 땅을 비추는 달빛이 세탁부가 편안히 잠들어 시누이가 사온 예쁜 새 옷과 비눗물과 풀이 나오는 꿈을 꾸는 동안 바람이 흩어놓은 침대보와 셔츠 같다고 말할 가능성이 있습니다. 프루스트의 경우에는 그가 창백한 달빛이라는 개념에서 벗어나 멀리서 들려오는 음악 소리를 생각해냈다는 점이 특이합니다. 시각이 청각으로 점차 스며들 듯이 변해간 겁니다.

그러나 프루스트 이전에 이런 방식을 쓴 선구자가 있었습니다. 톨스토이의 『전쟁과 평화』(1864~1869) 6부 2장에서 안드레이 공작은 지인인 로스토프 백작의 시골 장원에 머무릅니다. 하지만 잠을 이루지 못합니다. 가넷의 번역본을 내가 살짝 손봤습니다. "안드레이 공작은 침대를 벗어나 창문을 열려고 다가갔다. 그가 덧창을 열자마자 달빛이 밖에서 이런 기회를 기다리며 한참 동안 파수를 보고 있었던 것처럼 방안으로 쏟아져들어왔다. 그는 창문을 열었다. 서늘한 밤공기가 정적 속에서 은은히 빛났다. 창문 바로 앞에 가지런히 다듬어진 모습으로 줄지어 서 있는 나무들이 한편은 검게, 반대편은 은색으로 밝게 보였다…… 그 너머에서는 어떤 지붕이 온통 이슬에 젖어 반짝거렸다. 오른편에 잎이 아주 무성한 커다란 나무 한 그루가 있었는데, 줄기와 가지가 눈부신 하얀색이었다. 머리 위에서는 거의 다 차오른 달이 별 하나 없는 봄 하늘을 가로지르고 있었다.

이윽고 위층 창가에서 두 여자의 목소리가 들린다. 하나는 나타샤 로스토프의 목소리인데, 그녀는 음악의 어떤 소절을 자꾸 되풀이하며 흥얼거리고 있다…… 조금 뒤 나타샤가 창문 밖으로 몸을 내밀자 드레스 자락이 스치는 소리와 그녀의 숨소리가 들려온다." 그리고 "그 소리가 달과 그림자처럼 고요해졌다."

톨스토이의 글에서 프루스트를 예고하는 요소 세 가지를 꼽아볼 수 있습니다.

1. 달빛이 기대를 품고 기회를 기다리는 것(한심한 오류입니다). 금방이라도 쏟아져들어올 준비를 갖춘 아름다움, 사람이 인식하는 순간 애교를 부리는 귀여운 생물.

2. 명확한 묘사. 풍경이 은색과 검은색으로 확실하게 새겨져 있고, 진부한 표현은 없습니다. 모든 것이 감각적으로 생생하게 진짜처럼 묘사되어 있습니다.

3. 시각과 청각, 그림자 빛과 그림자 소리, 귀와 눈의 밀접한 연상.

이 세 가지를 프루스트의 글에 진화한 모습으로 나타난 이미지와 비교해보십시오. 프루스트의 글에서는 달빛이 공들여 묘사되어 있고, 그림자는 빛 속에서 서랍장의 서랍처럼 모습을 드러냅니다. 멀리서 들려오는 음악소리의 묘사도 주목할 만합니다.

프루스트의 은유에 드러난 감각의 다양한 층을 흥미롭게 보여주는 것은 화자의 할머니가 선물을 고르는 방법을 묘사한 장면입니다. [첫번째 층] "할머니는 내 방에 오래된 건물이나 가장 아름다운 풍경을 찍은 사진이 있었으면 했다. 그러나 그런 사진을 사려는 순간, 사진의 주제가 나름대로 미학적인 가치를 지니고 있는데도 할머니는 사진을 통한 재현이라는 기계적인 방식으로 인해 저속함과 실용성이 너무 뚜렷이 드러나 있다는 생각을 하곤 했다. [두번째 층] 그래서 할머니는 사진의 상업적인 진부함을 완전히 제거하지는 못할망정 가능한 한 최소화하고, 많은 부분을 아직 예술의 성질을 간직한 것으로 대체하고, 여러 '층'의 예술을 덧입히기 위해 일종의 변명을 시도했다. 샤르트르 대성당이나 생클루의 분수나 베수비오산의 사진 대신에 위대한 화가가 이것들을 그린 그림이 없는지 스완에게 물어보고, 내게 코로의 화풍을 따른 '샤르트르 대성당'의 사진, 위베르 로베르의 화풍을 따른 '생클루의 분수' 사진, 터너의 화풍을 따른 '베수비오산'의 사진을 주는 식이었다. 이것이 예술적인 측면에서 할머니의 선물을 한 단계 높여주었다. [세번째 층] 그러나 사진가가 자연의 아름다움이나 걸작을 곧바로 재현하지 못하고 위대한 예술가가 그 자리를 대신했다 하더라도, 예술가의 해석을 재현하는 문제에 이르면 사진가가 뚜렷한 권리를 지니고 다시 모습을 드러냈다. 따라서 그 저속함과 다시 맞부딪힐 수밖에 없게 된 할머니는 그것을 더욱 더 밀어내려 했다. 스완에게 그 그림이 판화로 제작되지 않았느냐고 물으신 것이다. [네번째 층] 예를 들어 레오나르도의 「최후의 만찬」이 복원 작업으로 인해 망가지기 전에 모르겐이 제작한 판화가 오늘날에는 더이상 볼 수 없는 걸작의 모습을 보여주듯이, 가능하다면, 다른 작품과 모종의 연관성을 지니고 있는 오래된 판화가 더 낫다고 생각했기 때문이다." 할머니가 골동품 가구를 선물할 때나 조르주 상드(1804~1876)가 50년 전에 쓴 구식 소설들을 마르셀에게 줄 때도 같은 방법이 쓰였습니다.

어머니가 화자에게 조르주 상드의 소설을 읽어주는 장면으로 첫번째 '잠자리에 들 무렵' 테마가 끝납니다. 영어 번역본에서 맨 앞 60페이지를 차지하는 이 부분은 그 자체로서 완성되어 있으며, 이 소설 전체에서 발견되는 스타일 요소들 대부분을 포함하고 있습니다. 데릭 레온은 이렇게 말합니다. "그의 놀랍고 포괄적인 문화, 고전 문학과 음악과 그림에 대한 그의 깊은 사랑과 이해가 작품을 풍요롭게 했을 뿐만 아니라, 생물학, 물리학, 식물학, 의학, 수학까지도 훌륭한 솜씨로 차용한 풍부한 직유들이 작품 전체에 퍼져 있어 항상 놀라움과 기쁨을 안겨준다."

***

그다음 여섯 페이지도 완전한 에피소드, 또는 테마를 이룹니다. 사실이 부분은 소설 속 이야기 중 콩브레 부분의 서문 격입니다. '린덴 꽃차의 기적'이라는 제목이 어울릴 것 같은 이 에피소드는 저 유명한, 마들렌을 통한 회상입니다. 먼저 앞에 나온 '잠자리에 들 무렵' 테마가 은유적으로 요약됩니다. "그뒤로 오랫동안 밤에 잠을 이루지 못하고 누워서 옛날 콩브레의 기억들을 되살릴 때면, 내 눈에 보이는 것이라고는 모호하고 그늘이 진 배경 속에서 또렷하게 보이는 이 빛나는 쐐기꼴 조각 같은 것뿐이었다. 불꽃놀이나 전기 간판이 어둠 속에 잠겨 있는 건물의 전면에 빛을 끌어내서 여러 개의 삼각형으로 쪼개놓은 것 같았다. 이 조각의 가장 넓은 밑면에는 작은 거실, 식당, 자기도 모르는 사이에 나의 고통을 자아낸 스완 씨가 걸어오던 어두운 길의 짜릿함, 내가 계단의 첫번째 단까지 이동할 때 통과하던 복도가 있었다. 올라가기가 몹시 힘들던 그 계단이 불규칙한 피라미드 모양의 조각 중에서 점차 폭이 좁아지는 부분을 차지했고, 피라미드 맨 꼭대기에는 내 침실이 있었다. 흐린 유리를 끼운 문을 통해 엄마가 들어오던……"

이 시점에 화자는 이런 기억들을 계속 쌓아올리면서도 의미를 알아차리지 못한다는 점에 주목할 필요가 있습니다. "[과거를] 다시 포착하려 시도하는 것은 헛수고다. 우리의 지성이 기울이는 모든 노력이 반드시 무익한 것으로 판명될 터이니. 과거는 지성의 힘이 닿는 영역 너머 어딘가에, 우리가 짐작조차 하지 못하는 물질적인 대상 속에(그 대상이 우리에게 주는 감각 속에) 숨어 있다. 그리고 우리가 죽기 전에 그 대상과 마주칠지 그러지 않을지는 운에 달린 문제다." 이 작품의 마지막 권에 나오는 마지막 파티에서 쉰 살의 중년남자가 된 화자는 비로소 세 번의 충격, 세 번의 계시(오늘날의 비평가들이라면 '현현(顯現)'이라고 표현할 겁니다)를 연달아 빠르게 겪습니다. 현재와 과거의 회상에서 느껴지는 감각들, 고르지 못한 자갈, 숟가락에서 느껴지는 얼얼함, 냅킨의 뻣뻣함 같은 것들이 한데 합쳐져서 다가오는 겁니다. 이때 그는 이런 경험의 '예술적인 중요성'을 생전 처음으로 깨닫습니다.

화자는 살면서 이런 충격을 여러 번 경험했습니다만 그때는 그 중요성을 깨닫지 못했습니다. 이런 충격을 가장 먼저 안겨준 것이 바로 마들렌입니다. 그가 예를 들어, 서른 살의 남자가 된 어느 날, 그러니까 콩브레에서 보낸 어린시절로부터 오랜 세월이 흐른 때의 이야기입니다. "겨울의 어느 날 내가 집에 돌아오니 어머니가 몸이 차갑게 식은 나를 보고 내가 평소 잘 마시지도 않는 차를 권했다. 처음에는 거절했지만, 곧 그냥 마음을 바꿨다. 어머니는 '작은 마들렌'이라고 불리는, 짤막하고 통통한 과자 하나를 가져오게 했다. 순례자의 조개껍데기*인 세로로 홈이 나 있는 가리비 껍데기로 찍어낸 것 같은 모양이었다. 나는 따분한 하루를 보내고 또다시 우울한 내일을 맞아야 한다는 생각에 지쳐서 곧 차 한 스푼을 기계적으로 입으로 들어올렸다. 스푼에는 과자 한 조각이 차에 흠뻑 젖어 있었다. 따뜻한 액체와 과자 조각이 함께 입천장에 닿는 순간 온몸에 전율이 일어서 나는 동작을 멈췄다. 내 안에서 일어나고 있는 놀라운 변화에 온정신이 팔린 탓이었다. 빼어난 즐거움이 나의 감각기관들을 침범하였으나, 각각 따로 떨어져 있어서 그 출발점이 어디인지 짐작조차 할 수 없었다. 그러고는 곧바로 삶의 흥망성쇠가 내게 무심해졌다. 재앙은 무해했고, 짧은 수명은 환상이었다. 이 새로운 감각이 사랑처럼 귀한 정수精髓로 나를 채우는 효과를 냈다. 아니, 그 정수는 내 안에 있는 것이 아니라, 나 자신이었다. 이제 내가 평범하고 우발적인 필멸자라는 느낌이 사라졌다. 이 강력한 기쁨이 어디서부터 내게로 온 것일까? 나는 그것이 차와 과자의 맛과 연결되어 있으나 그 맛을 무한히 초월하기 때문에 그 맛과 본질이 같다고 말할 수는 없음을 인식했다. 이 기쁨이 어디에서 왔을까? 무엇을 의미할까? 내가 이것을 어떻게 포착하여 파악할 수 있을까?"

그러나 차를 계속 마시자 마법 같은 효과가 사라지기 시작합니다. 마

* 산티아고 데 콤포스텔라를 방문한 순례자들이 야고보를 기리는 뜻에서 그의 전통적 상징인 가리비 껍데기를 가져온 데서 유래한 이름.

르셀은 찻잔을 내려놓고, 그 감각을 조사해보기 위해 지칠 때까지 자신의 정신을 다그칩니다. 조금 휴식을 취한 뒤에도 다시 모든 힘을 쏟습니다. "아직 생생한 첫번째 맛을 내 마음의 눈앞에 가져다놓자, 내 안에서 뭔가가 움직이는 것이 느껴진다. 그것이 쉬고 있던 곳을 떠나 위로 올라오려고 한다. 그것이 아주 깊은 곳에 박혀 있던 닻처럼 헐거워진다. 그것이 무엇인지는 아직 모르지만, 그것이 서서히 올라오는 것이 느껴진다. 그것의 저항이 생생히 느껴지고, 그것이 가로지른 거대한 공간의 혼란스러운 메아리가 들린다." 맛을 통해서, 과거에 같은 맛을 느꼈던 때의 시각적인 기억을 또렷하게 떠올리려는 시도가 계속 이어집니다. "갑자기 기억이 돌아온다. 그것은 콩브레에서 일요일 오전마다(그때 나는 예배당에 가기 전에는 외출하지 않았다) 레오니 숙모님의 침실로 아침인사를 하러 갔을 때 숙모님이 주던 그 작은 마들렌 조각의 맛이었다. 숙모님은 차나 라임 꽃즙이 담긴 자신의 찻잔에 그것을 먼저 담갔다가 주었다……

숙모님이 라임 꽃즙을 흠뻑 적셔 내게 주던 마들렌 조각의 맛을 일단 알아차리고 나자(그러나 그 기억이 왜 그토록 반가웠는지 나는 그때 아직 알지 못했으며, 그 답을 알아내는 일 또한 한참 뒤로 미루는 수밖에 없었다), 숙모님의 방이 있던 길가의 그 낡은 회색 집이 무대배경처럼 곧바로 몸을 일으켜 정원을 향하고 있는 작은 별채에 저절로 붙어버렸다…… 일본인들이 도자기 그릇에 물을 채우고 작은 종잇조각들을 담그면, 그때까지 이렇다 할 특징이나 형태가 없던 그 종잇조각들이 물에 젖는 순간 스스로 몸을 쭉 펴고 휘면서 색채와 또렷한 형태를 취해 꽃이 되고 집이 되고 사람이 되고, 그러니까 우리가 금방 알아볼 수 있고 영구적인 존재가 되는 것을 보며 즐거워하듯이, 그 순간 우리 정원과 스완 씨네 정원의 모든 꽃들과 비본의 수련과 착한 마을 사람들과 그들의 자그마한 집과 동네 예배당과 콩브레 전체와 그 주위가 저마다 알맞은 형태와 실체를 얻어 도시든 정원이든 할 것 없이 내 찻잔에서 튀어나와 실제로 존재하게 되었다."

이것으로 1부에서 콩브레를 마법처럼 소개한 부분과 두번째 테마가 끝납니다. 그러나 이 작품 전체의 더 원대한 목적과 관련해서, 우리는 반드시 화자의 고백에 주목해야 합니다. "그러나 그 기억이 왜 그토록 반가웠는지 나는 그때 알지 못했으며, 그 답을 알아내는 일 또한 한참 뒤로 미루는 수밖에 없었다." 앞으로도 때로 과거의 기억들이 계속해서 튀어나와 화자에게 반가움과 기쁨을 안겨줍니다만, 그들의 의미는 놀랍게도 맨 마지막 권에서 화자의 감각과 기억을 연달아 강타하는 충격들이 융합되어 하나의 위대한 깨달음이 된 뒤에야 비로소 이해됩니다. 앞에서 한 말을 되풀이하자면, 이때 화자는 자신의 경험이 지닌 예술적 중요성을 의기양양하게 깨닫고 『잃어버린 시간을 찾아서』라는 훌륭한 이야기의 집필을 시작할 수 있게 됩니다.

***

'콩브레'라는 제목이 붙은 부분은 레오니 숙모의 이야기가 나오는 부분, 즉 그녀의 방, 요리사인 프랑수아즈와 그녀의 관계, 환자라서 직접 동참할 수 없는 동네 사람들의 생활에 대한 관심이 묘사된 부분에 속합니다. 이 부분은 읽기가 쉽습니다. 프루스트의 시스템을 생각해봅시다. 레오니 숙모는 무심히 세상을 떠날 때까지 150페이지 분량에서 거미줄의 중심부에 앉아 있습니다. 이곳에서 뻗어나온 거미줄들이 정원으로, 길로, 예배당으로, 콩브레 주변의 산책로로 향했다가 가끔 레오니 숙모의 방으로 돌아오지요.

마르셀은 프랑수아즈와 수다를 떠는 숙모의 옆을 떠나 부모와 함께 예배당에 갑니다. 여기서 콩브레의 생일레르 교회에 대한 유명한 묘사가 나오지요. 유리와 돌이 자아내는 환상과 무지개처럼 반짝이는 빛이 묘사되어 있습니다. 게르망트라는 이름이 처음으로 언급되는 순간, 이 낭만적인 귀족 가문이 예배당의 내밀한 색깔들 속에서 모습을 드러냅니다. "날실을 세로로 거는 직조기로 짠 태피스트리 두 장에는 에스더의 대관식 장면이 그려져 있었다(전설에 따르면, 직조공이 아하수에로왕의 얼굴은 어느 프랑스 왕과 비슷하게, 에스더의 얼굴은 그의 애인이었던 게르망트의 어느 귀부인과 비슷하게 묘사했다고 한다). 거기에 포함된 색깔들이 하나로 융합되어, 그림에 표정과 입체감과 빛을 덧붙여주었다." 게르망트 가문이 순순히 프루스트의 창작품이므로, 그가 여기서 프랑스 왕의 이름을 정확히 밝힐 수 없었다는 말을 굳이 되풀이할 필요는 없을 겁니다. 화자는 예배당 내부를 살펴본 뒤 다시 밖으로 나옵니다. 그리고 아름다운 뾰족탑 테마가 시작되지요. 멀리서도 볼 수 있는 이 뾰족탑은 기차를 타고 가다보면 "아직 콩브레가 나타나지도 않은 지점에서 지평선에 그 잊을 수 없는 모습을 새기고" 있지요. "콩브레에서 뻗어 있는 가장 긴 산책로를 걷다보면, 좁은 길이 갑자기 광대한 평원으로 이어지는 지점이 있었다. 지평선에 줄무늬를 그리고 있는 숲 위로 생일레르 예배당의 뾰족탑 꼭대기가 홀로 외로이 솟아 있지만, 그 끝이 어찌나 뾰족하고 어찌나 선명한 분홍색인지 어떤 화가가 이토록 순수한 '자연'의 한 폭에 예술의 작은 표식 하나, 인간의 존재를 알려주는 표식 하나를 간절히 남기고 싶어서 하늘에 손톱으로 살짝 스케치해놓은 것 같았다." 이 묘사 전체를 꼼꼼히 연구해볼 가치가 있습니다. 이 부분 전체에서, 잡다하게 뒤섞인 지붕들 위로 솟은 자주색 뾰족탑에서 강렬한 시적 진동이 느껴집니다. 이 뾰족탑은 일련의 회상을 가리켜 보여주는 일종의 화살표이자, 애정 어린 기억의 느낌표입니다.

글이 간단하게 전환되면서 우리는 새로운 인물을 만나게 됩니다. 이제 화자는 예배당을 떠나 집으로 돌아오는 길입니다. 화자의 가족들은 이 길에서 토목기사인 르그랑댕 씨를 자주 만납니다. 그는 주말에 콩브레에 있는 자기 집으로 오는데, 토목기사일 뿐만 아니라 문필가이기도 합니다. 또한 그가 저속한 속물의 가장 완벽한 사례라는 사실이 이 책 전체에 걸쳐 차츰차츰 드러나기도 합니다. 집에 돌아오면 다시 레오니 숙모가 등장합니다. 그리고 귀가 들리지 않지만 활기 넘치는 노처녀인 욀랄리가 숙모님의 손님으로 옵니다. 이제 식사 시간입니다. 프랑수아즈의 요리 실력이 13세기에 성당의 정면 현관에 조각돼 있던 네 이파리 장식과 나란히 아름답게 묘사됩니다. 다시 말해서, 뾰족탑이 여전히 화자의 가족들 곁을 떠나지 않고 화려한 식탁 위에 솟아 있다는 뜻입니다. 초콜릿 크림에 특히 주목해야 합니다. 프루스트가 과거를 재구성하는 데에는 미각이 아주 시적인 역할을 합니다. 이 초콜릿 크림의 묘사는 이렇습니다. "특별한 때를 위해 만들어진 음악처럼 가볍고 무상했다. [프랑수아즈가] 자신의 재능을 전부 쏟아넣은 작품이었다…… 접시에 아주 작은 부스러기 한 점이라도 남긴다면, '작품'이 아직 연주되는 동안 작곡가의 면전에서 일어나 연주회장을 나가는 행위만큼이나 심하게 무례한 행위가 되었을 것이다."

이다음에 나오는 중요한 테마는 작품 속의 주요 여성 인물 한 명과 연결됩니다. 우리는 나중에 이 여성이 스완의 아내인 오데트 스완이라는 사실을 알게 되지만, 여기서는 그저 마르셀의 어린 시절 기억 속에 등장하는 익명의 존재, 분홍색 옷을 입은 부인일 뿐입니다. 그녀는 이렇게 등장합니다. 예전에 콩브레의 이 집에 아돌프 숙부가 살았습니다. 어렸을 때 작가는 파리에서 이 숙부님을 찾아가 연극에 대해 즐겁게 이야기를 나누곤 했습니다. 위대한 여배우들의 이름이 튀어나오는 와중에, 베르마라는 가상의 인물이 함께 언급됩니다. 아돌프 숙부는 확실히 난봉꾼이었습니다. 어느 날 마르셀은 분홍색 실크드레스를 입은 젊은 여성과 난처한 상황에서 마주치게 되는데, 도덕적으로 헤픈 매춘부인 그녀는 다이아몬드나 진주 한 알에 사랑을 파는 사람이었습니다. 이 매력적인 여성이 나중에 스완의 아내가 됩니다만, 독자들에게는 그녀의 정체가 철저히 비밀로 남아 있습니다.

이제 다시 레오니 숙모가 있는 콩브레로 돌아갑니다. 레오니 숙모는 집안의 여신 같은 존재로서 이 부분을 온전히 지배합니다. 그녀는 환자이고 다소 기괴한 면도 있지만, 또한 몹시 안쓰럽습니다. 병 때문에 세상과 단절되어 있으면서도 콩브레의 모든 소문과 뒷공론에 지극히 관심이 많은 인물입니다. 어떤 의미에서 그녀는 마르셀 자신의 패러디, 기괴한 그림자이기도 합니다. 마르셀 또한 병든 작가로서 거미줄을 자아내서 주위의 분주한 삶을 포착해 잡아들이니까요. 임신한 하녀가 잠시 등장해서, 지오토의 우화적인 그림에 비유됩니다. 게르망트 부인이 예배당의 태피스트리에 등장한 것과 같습니다. 이 작품 전체에 걸쳐 화자도 스완도 과거의 유명한 화가들, 대부분 피렌체 학파에 속해 있는 화가들의 그림에서 작품 속의 이런저런 인물들을 실제로 발견한다는 점이 주목할 만합니다. 프루스트가 이런 방법을 쓴 데에는 중요한 이유 하나와 부차적인 이유 하나가 있습니다. 중요한 이유는 당연히 프루스트에게 예술이 삶의 본질적인 실체였다는 것입니다. 부차적인 이유는 좀더 개인적인 성격을 띠고 있습니다. 프루스트가 젊은이들을 묘사하면서 남성의 아름다움에 대한 자신의 첨예한 관심을 널리 알려진 그림이라는 가면으로 감췄다는 것. 그는 젊은 여성들을 묘사할 때 여성에 대한 성적인 무관심과 그들의 매력을 제대로 묘사하지 못한다는 사실 또한 같은 가면으로 감췄습니다. 하지만 우리가 이제 와서 현실이 곧 가면이었다는 사실 때문에 프루스트를 불편하게 여길 이유는 없습니다.

뜨거운 여름날 오후의 이야기가 뒤에 이어집니다. 여름의 색채와 열기가 집중되고, 그 한복판에 정원과 책이 있습니다. 이 책이 독자인 마르셀의 주변과 어떻게 하나로 녹아드는지 주목해서 보아야 합니다. 약 35년이 흐른 뒤, 마르셀이 청소년기의 초입을 보낸 이 작은 도시를 재구성하는 새로운 방법을 항상 찾아 헤맨다는 사실을 명심하세요. 모종의 화려한 행렬 속에서 군인들이 정원을 지나가더니, 곧 프루스트가 베르고트라고 부르는 작가를 독서라는 테마가 불러냅니다. 이 인물은 별도로 언급되는 실제 작가인 아나톨 프랑스와 조금 닮은 부분이 있지만, 전체적으로는 순전히 프루스트가 창조해낸 인물입니다(베르고트의 죽음이 작품 뒤편 다른 전에 아름답게 묘사되어 있습니다). 우리는 다시 한번 스완을 만납니다. 여기서 스완의 딸 질베르트가 처음으로 넌지시 언급되는데, 마르셀은 나중에 그녀를 사랑하게 됩니다. 질베르트는 아버지의 친구인 베르고트와 연결되어 있고, 베르고트는 그녀에게 성당의 아름다움을 설명해줍니다. 마르셀은 자신이 가장 좋아하는 이 작가가 어린 소녀인 질베르트의 공부와 관심사를 이끌어주고 있다는 사실에 깊은 인상을 받습니다. 프루스트의 수많은 등장인물들이 빠져드는 낭만적인 투영과 관계가 여기에 이렇게 드러나 있습니다.

마르셀의 친구인 블로크라는 청년은 다소 잘난 척하는 성격의 엉뚱한 젊은이입니다. 문화, 속물근성, 흥분하기 쉬운 기질이 그의 안에 하나로 합쳐져 있지요. 여기에서 새로 등장하는 그와 함께 인종적 편협함이라는 테마가 나옵니다. 스완은 유대인이고, 블로크도 마찬가지입니다. 프루스트의 외가도 유대계였습니다. 따라서 프루스트는 당시 부르주아와 귀족 사회에 반유대주의 풍조가 있는 것을 크게 걱정했습니다. 이 풍조는 드레퓌스 사건에서 절정에 이르는데, 『잃어버린 시간을 찾아서』의 후반부에서도 이 사건이 가장 중요한 정치적 사건으로 다뤄집니다.

다시 레오니 숙모 이야기로 돌아가서, 박식한 신부가 그녀를 만나러 옵니다. 교회 뾰족탑 테마가 다시 모습을 드러내고, 시계종 소리처럼 윌랄리, 프랑수아즈, 임신한 하녀의 테마가 메아리치며 이 여성들 사이의 다양한 관계와 태도가 확실히 드러납니다. 마르셀은 숙모의 꿈을 엿듣습니다. 문학사에서 참으로 독특한 사건이죠. 엿듣기는 물론 가장 오래된 문학적 장치 중 하나입니다만, 여기서 작가는 이 장치를 한계까지 밀어붙입니다. 토요일에 오찬이 열립니다. 프루스트는 사소한 가문의 전통, 즉 여러 가문들을 유쾌하게 구분해주는 변덕스러운 집안 풍습을 중요하게 다룹니다. 그다음에는 산사나무 꽃의 아름다운 테마가 몇 페이지에 걸쳐 전개되는데, 이 테마는 나중에 더 온전하게 전개됩니다. 우리는 다시 예배당에 와 있습니다. 산사나무 꽃이 제단을 장식하고 있군요. "부채꼴 모양으로 펼쳐진 검은 이파리들이 그들을 더욱 더 아름답게 장식했다. 그 이파리들 위에는 눈부시게 하얀 꽃봉오리들이 신부의 면사포 자락 위에 뿌려질 때처럼 여기저기 무리지어 잔뜩 뿌려져 있었다. 나는 감히 제대로 바라보지 못하고 손가락 사이로 보았을 뿐이지만, 이곳의 공식적인 장식이 살아 있는 것들로 이루어져 있음을 느낄 수 있었다. 이파리의 모양을 다듬고, 눈처럼 하얀 꽃봉오리들을 장식으로 얹어 축제 같은 분위기와 엄숙하고 신비로운 분위기를 동시에 품을 수 있는 장식을 만들어낸 것은 바로 자연 그 자체였다. 제단 위 높은 곳에서 무심하면서도 우아하게 벌어진 꽃송이는 거미줄처럼 가느다란 모습으로 꽃 자체를 하얀 안개처럼 뒤덮은 수술 한 다발을 거의 덧없는 최후의 화려한 장식처럼 무심하게 붙들고 있어서, 나는 그 광경을 눈으로 쫓아가며 마음속 어딘가에서 꽃들이 봉오리를 벌리는 모습을 흉내내려 애쓰는 한편 하얀 옷을 입은 무심하고 생생한 소녀가 동공이 줄어든 눈으로 유혹하듯 이쪽을 흘깃 보면서 부주의하게 재빨리 머리를 움직이는 모습 같다고 상상했다."

예배당에서 우리는 뱅퇴유 씨라는 사람을 만납니다. 콩브레 사람들은 모두 그가 음악 쪽 일에 손을 대고 있는 모호하고 불안정한 사람이라고 생각하고 있습니다. 스완도 마르셀도 그의 음악이 파리에서 엄청나게 유명하다는 사실을 모릅니다. 이것이 중요한 음악 테마의 시작입니다. 앞에서 이미 말했듯이, 프루스트는 한 사람이 여러 사람들 앞에 다양한 가면을 쓰고 나타나는 것에 몹시 강렬한 관심을 갖고 있었습니다. 따라서 스완이 마르셀의 가족들에게는 단순히 주식중개인의 아들이지만, 게르망트 가문 사람들은 그를 파리 사교계의 매력적이고 낭만적인 인물로 알고 있습니다. 은은하게 반짝이는 이 책 전체에서 이처럼 변화무쌍한 인간관계의 사례를 많이 찾아볼 수 있습니다. 뱅퇴유는 자꾸만 되풀이해서 나타나는 음표의 테마, 즉 우리가 나중에 살펴보게 될 그 '작은 테마'뿐 아니라, 이 소설 전체에 걸쳐 있는 동성애 테마도 소개하는 역할을 함으로써 이런저런 등장인물을 새로운 관점에서 바라보게 해줍니다. 뱅퇴유가 처음 등장한 이 장면에서는 동성애자인 그의 딸이 이 테마와 관련되어 있습니다.

마르셀은 셜록 홈즈의 환상적인 능력을 갖고 있기 때문에, 중요한 동작과 이야기를 눈과 귀로 잘도 포착해냅니다(참고로, 현대 문학작품 중 처음으로 동성애자를 묘사한 작품은 『안나 카레니나』입니다. 2부 19장에서 브론스키가 연대 구내식당에서 아침식사를 하고 있을 때 두 장교가 짧지만 생생하게 묘사되는데, 두 사람의 관계에 대해 추호도 의심할 수 없게 만드는 묘사입니다). 뱅퇴유의 집은 가파른 산에 에워싸인 분지에 서 있습니다. 화자는 바로 이 가파른 산길에서 덤불 사이에 숨어 겨우 몇 피트 떨어진 응접실 창문을 통해 뱅퇴유가 악보 한 장(자신이 작곡한 곡입니다)을 펼쳐놓는 것을 봅니다. 그의 집으로 다가오는 손님들, 즉 마르셀의 부모의 시선을 끌기 위해서입니다. 그러나 마지막 순간에 그는 악보를 치워버립니다. 자신이 직접 작곡한 곡을 연주해줄 기회만을 노리고 그들을 반기는 것처럼 보이기 싫기 때문입니다. 이로부터 약 80페이지 뒤에 화자는 다시 그 덤불 속에 숨어 그 응접실을 창문으로 엿봅니다. 뱅퇴유는 이미 세상을 떠난 뒤입니다. 그의 딸은 깊은 슬픔에 잠겨 있고요. 화자는 그녀가 아버지의 사진을 작은 탁자에 놓는 것을 봅니다. 그런데 아버지가 악보를 펼칠 때와 동작이 똑같습니다. 알고 보니 그녀의 목적이 불길하고 가학적입니다. 그녀의 레즈비언 친구가 사랑을 나눌 준비를 하면서 그 사진을 모욕하는 것입니다. 참고로, 이 장면은 앞으로 나올 사건들의 관점에서 보면 조금 어설픕니다. 게다가 화자가 이 모습을 엿본다는 설정이 어색함을 한층 더해줍니다. 그러나 이 장면은 『잃어버린 시간을 찾아서』의 뒷부분에서 아주 많은 분량을 차지하는 다양한 등장인물들에 대한 재평가와 연달아 이어질 동성애 이야기의 출발점이며, 여러 인물의 커다란 변화를 이끌어냅니다. 또한 나중에 마르셀은 알베르틴과 뱅퇴유의 딸이 서로 사귈 수도 있다는 가능성에 집착해서 질투를 하기도 합니다.

하지만 여기서는 화자가 예배당에서 레오니 숙모가 있는 집까지 걸어가는 광경으로 다시 돌아갑시다. 숙모는 거미줄을 잣는 거미와 같고,

프랑수아즈는 식사를 준비하고 있는데, 그녀가 닭과 사람을 모두 상스럽고 잔혹하게 대한다는 사실이 드러납니다. 조금 뒤에 르그랑댕이 다시 나타납니다. 속물인 그는 어떤 공작부인에게 비굴하게 아부하면서, 보잘것없는 친구들인 화자의 식구들을 그녀에게 보여주려고 하지 않습니다. 풍경의 아름다움에 대해 르그랑댕이 잘난 척 늘어놓는 말이 얼마나 입에 발린 거짓말로 들리는지 재미있습니다.

***

화자의 식구들이 콩브레에서 걸어다니던 두 길의 테마가 이제 가장 중요한 단계에 접어듭니다. 한쪽 길은 메제글리즈로 뻗어 있어 스완의 길이라고 불립니다. 탕송빌에 있는 스완의 땅 경계선을 따라 뻗어 있으니까요. 다른 쪽 길은 게르망트 공작 부처의 땅으로 이어진 게르망트의 길입니다. 산사나무의 테마와 사랑의 테마, 스완의 어린 딸 질베르트의 테마가 하나로 합쳐져서 찬란한 섬광을 내는 그림처럼 어우러지는 곳은 바로 스완의 길입니다. "길 전체가 산사나무 꽃의 향기로 박동하고 있었다. 연달아 늘어서 있는 예배당들을 닮은 산울타리에 꽃이 산더미처럼 피어 제단 위에 쌓여 있기 때문에 예배당들의 벽이 전혀 보이지 않았다[예배당에서 산사나무 테마가 처음 소개되었을 때를 회상하는 겁니다]. 그 아래쪽 땅바닥에는 햇빛이 사각형 하나를 그리고 있어서, 마치 스테인드글라스로 장식된 창문을 통해 빛이 들어온 것 같았다. 울타리에서부터 나를 휩쓴 향기가 어찌나 풍요롭고 어찌나 범위가 뚜렷한지,

마치 내가 성모 성당의 제단 앞에 서 있는 것 같았다……

　그러나 내가 산사나무 앞에서 머뭇거리며 향기를 들이마시고, 내 마음속에 그것을 정렬시키고(내 마음은 그것을 어떻게 받아들여야 할지 알지 못했다), 눈에 보이지도 않고 변하지도 않는 그 향기를 다시 발견하기 위해 일부러 잃어버리고, 일부 음악처럼 뜻하지 않은 간격을 두고 젊은이처럼 쾌활하게 여기저기 꽃을 흩뿌리는 리듬에 흠뻑 빠져도 헛된 일이었다. 그들은 내게 똑같은 매력을 한없이 풍성하게 제공해주었으나, 그 정체를 조금이라도 더 깊이 파고드는 것은 허락해주지 않았다. 연달아 백 번을 연주해도 그 비밀에는 조금도 다가갈 수 없는 멜로디 같았다. 나는 새로이 힘을 내어 그들을 다시 마주하기 위해 잠시 그들에게서 돌아섰다."

　그러나 그가 다시 돌아와봐도 산사나무는 새로운 깨달음을 주지 않습니다(마르셀은 마지막 권에서 깨달음을 얻을 때까지 이런 경험의 온전한 의미를 몰라야 하기 때문입니다). 그러다 할아버지가 어느 꽃 한 송이를 특별히 지적해서 가리키자 그의 황홀경이 더욱 깊어집니다. "그것은 확실히 산사나무였으나 꽃이 분홍색이었다. 그런데 하얀색 꽃보다 더 아름다웠다. 축제 의상을 차려입은 것은 다른 산사나무들과 같았으나, 이 나무의 의상이 훨씬 더 화려했다. 꽃들이 가지에 위아래로 아주 다닥다닥 매달려 있어서 나무에 장식이 빈 곳이 전혀 없었고, [첫번째 비유] 로코코 시대의 여성 양치기가 든 지팡이의 술 장식과 비슷했으며…… 한 송이도 빼지 않고 모두 '색을' 띠고 있어서 콩브레의 미학적인 기준에 따르면 '평범한' 꽃에 비해 품질이 더 우월했기 때문이다. [두

번째 비유] 광장의 큰 '상점'이나 카뮈의 가게에서 사용하는 가격 기준으로 판단하자면 그랬다. 그곳에서는 분홍색 설탕을 쓴 비스킷이 가장 비쌌다. 한편 나는 [세번째 비유] 분홍색 크림치즈를 더 높게 쳤다. 딸기를 으깨서 크림치즈에 색을 입혀도 좋다고 허락을 받았을 때의 이야기지만. 지금 내 앞의 꽃들은 [이제 모든 감각이 하나로 합쳐집니다] 정확히 맛좋은 음식의 색, 또는 훌륭한 축제를 위한 의상에 덧붙인 훌륭한 색을 띠고 있었다. 색은 자신이 왜 우월한지를 분명히 보여주므로 아이들의 눈이 그 아름다움을 가장 분명하게 찾아낸다…… 가지 위 높은 곳에, 수많은 작은 장미나무처럼, 화분이 종이 레이스로 만든 옷에 가려져 있었다. 훌륭한 축제의 제단에서 호리호리한 꽃대가 숲처럼 솟아오르고, 수천 개의 꽃망울이 부풀어올랐다가 한층 창백한 색으로 벌어졌다. 그러나 꽃망울이 터질 때마다 분홍색 대리석으로 만든 잔의 바닥에 피처럼 붉은 얼룩이 묻은 것 같은 모습이 드러났다. 이것이 이 산사나무의 저항할 수 없는 특별한 특징, 즉 꽃망울이 어디서 터지든, 꽃이 어디서 만개하든, 꽃망울과 꽃은 항상 분홍색일 수밖에 없다는 사실을 만개한 꽃보다 더 강력하게 암시했다."

이다음에는 질베르트가 나옵니다. 마르셀의 마음속에서 그녀는 영원히 찬란하게 피어난 산사나무 꽃과 함께 연상될 겁니다. "불그스름한 금발머리의 작은 소녀 하나가 산책에서 돌아오는 길인지 손에 모종삽 하나를 든 채 우리를 바라보며 분홍색 주근깨가 흩뿌려진 얼굴을 들어올렸다……

나는 그녀를 지긋이 바라보았다. 처음에는 단순히 눈이 하고자 하는 말을 전하는 시선만이 아니라, 모든 감각이 창가에 모여 근심스러운 듯 밖으로 몸을 내민 채로 굳어버린 것 같은 시선이기도 했다. 기꺼이 손을 뻗어 제가 겨냥한 그 몸과 그 몸속의 영혼을 함께 만져보고 붙잡아서 의기양양하게 빼앗아버리는 시선…… 무의식적으로 호소하는 시선의 목적은 내게 주의를 기울여 나를 보고 알아달라고 그녀에게 억지로 강요하는 것이었다. 그녀는 앞과 옆을 흘깃거렸다. 내 할아버지와 아버지의 존재를 확인하기 위해서. 그녀가 두 사람에게서 모두 어리석은 인간이라는 인상을 받았음이 틀림없었다. 무심하고 깔보는 듯한 태도로 돌아서서, 이 사람들의 시야에 자신의 얼굴이 남아 있는 것이 모욕적이라는 듯 뒤로 물러났다. 할아버지와 아버지는 소녀의 존재를 알아차리지 못한 채 계속 걸어 나를 앞지른 뒤였으므로, 그녀는 이렇다 할 표정 없이, 딱히 나를 보지 않는 것 같은 얼굴로, 그러나 내가 받은 훌륭한 가정교육으로는 무한한 혐오감의 표시라고 해석할 수밖에 없는 미소를 반쯤 숨긴 채 강렬한 표정으로 나를 향해 그 시선을 풀어놓았다. 그와 동시에 그녀의 손은 허공에서 우아하지 못한 동작을 했다. 남들 앞에서 잘 모르는 사람에게 그런 동작을 하는 경우에 대해 내가 마음속에 담아 가지고 다니는 작은 예절사전은 단 한 가지 의미만을 알려주었다. 즉, 고의적인 모욕.

'질베르트, 어서 와라. 뭘 하는 거니?' 하얀 옷을 입은 부인이 날카롭고 권위적인 목소리로 외쳤다. 내가 처음 보는 부인이었다. 그녀에게서 조금 더 떨어진 곳에서는, 역시 내가 모르는 사람인 어떤 신사가 리넨

덕* 양복 차림으로 서서 마치 머릿속에서부터 쏟아져나온 것 같은 시선으로 나를 노려보았다. 소녀의 미소가 순식간에 사라지더니, 소녀는 모종삽을 꼭 움켜쥔 채 내 쪽으로는 고개 한 번 돌리지 않고 가버렸다. 고분고분하고, 속을 알 수 없고, 의뭉스러워 보이는 모습이었다.

질베르트라는 이름은 이렇게 내 귓가로 흘러와 내게 부적처럼 주어졌다…… 그녀와 함께 살고, 걷고, 여행한 행복한 사람들에게 이 이름으로 불리던 그녀의 삶이라는 신비와 함께. 내 어깨 높이에서 아치를 그린 분홍색 산사나무 아래로 그녀와 친숙한(내게는 그것이 얼마나 고통스러운지) 그들의 모습, 그리고 나는 결코 뚫고 들어갈 수 없는 그녀의 삶이라는 미지의 세계와 친숙한 그들의 모습이 간명하게 펼쳐졌다." 물론 마르셀이 이 미지의 세계를 뚫고 들어가기는 합니다. 오데트의 세계뿐만 아니라 저 양복쟁이 신사 샤를뤼스의 세계도 뚫고 들어가지요. 샤를뤼스는 나중에 문학사상 가장 훌륭한 동성애자의 초상으로 발전합니다. 그러나 아직 아무것도 모르는 마르셀의 가족들은 그가 스완 부인의 애인이라고 믿고, 아이가 그런 환경에서 살고 있다는 사실에 진저리를 칩니다. 질베르트가 마르셀에게 그가 우정을 보여주려는 어떤 몸짓도 없이 자신을 바라보기만 한 것에 화가 났다면서, 그가 움직임을 보였다면 자신이 응답했을 것이라고 고백하는 것은 훨씬 나중의 일입니다.

게르망트 쪽 길에는 아름다운 강인 비본을 따라 걷는 길이 일부 포함

---

* linen duck. duck은 캔버스 천처럼 톡톡하게 짠 천이다. 리넨 덕은 아마를 이용해 단단하게 짠 천을 말한다.

되어 있습니다. 비본은 무리지어 피어 있는 수련들 사이로 흐르죠. 게르망트 테마가 실체를 얻는 것은, 게르망트 공작부인이 태피스트리에 자신의 얼굴이 대략적으로 묘사되어 있는 바로 그 예배당에서 어떤 예식에 참석한 모습을 마르셀이 보는 순간입니다. 그는 이름의 주인보다 이름이 더 무게를 지니고 있다고 생각합니다. "혼례미사중에 교구 관리가 갑자기 한쪽으로 움직인 덕분에 나는 예배당에 앉은 채로 어떤 부인의 모습을 볼 수 있었다. 머리는 금발이고, 코는 크고, 푸른 눈은 날카롭고, 목에서는 연보라색 비단으로 만든 새 스카프가 눈부시게 반짝이며 너울거리고, 코의 한쪽 귀퉁이에는 작은 여드름이 하나 있는 부인이었다…… 나의 실망감은 엄청났다. 게르망트 부인을 생각할 때, 내가 태피스트리나 스테인드글라스의 다채로운 색으로 그녀를 상상했음을, 다른 세기에 사는 사람으로, 세상의 모든 사람들과 근본적으로 다른 존재로 상상했음을 미처 생각하지 못한 탓이었다…… 나는 '게르망트 부인'이라는 똑같은 이름으로 내 꿈속에 그토록 자주 나타났던 이미지와는 당연히 닮은 구석이 전혀 없는 이 이미지를 응시했다. 이 이미지는 다른 이미지들처럼 내가 만든 것이 아니라, 겨우 조금 전에 이 예배당에서 생전 처음 내 시야 안으로 뛰어들어온 것이었다. 낭랑한 음절의 오렌지색 [마르셀은 소리를 색으로 봅니다]이 퍼지는 것을 허락하던 다른 이미지들과 성질이 같지도 않고, 마음대로 색을 입힐 수도 없지만, 너무나 생생해서 코 귀퉁이에 불처럼 빨갛게 돋아 있는 작은 여드름에 이르기까지 모든 것이 그녀 역시 삶의 법칙에 종속되어 있음을 확인해주었다. 무대에서 요정이 변신할 때 옷에 생겨난 주름, 가늘게 떨리는 작은 손가락이 지금 우리 앞에 있는 사람은 실제로 살아 있는 여배우임을 알려줄 때와 같았다. 그때까지 그저 불빛이 만들어낸 영상을 보고 있는 것이 아닌가 하고 의심하던 우리에게…… 그러나 내가 꿈에서 자주 보았던 게르망트 부인이 나오는 별개의 실체를 지닌 존재임을 깨닫고 나니, 내 상상력이 한층 더 강력해졌다. 예상했던 것과 너무나 다른 현실과 접촉하고 순간적으로 굳어 있던 나의 상상력은 서서히 반응을 보이며 내 안에서 입을 열었다. '샤를마뉴시대 이전에도 위대하고 찬란했던 게르망트 가문은 가신들의 생사여탈권을 쥐고 있었고, 게르망트 공작부인은 쥬느비에브 드 브라방의 후손이야.'…… 시선을 그녀의 금발, 푸른 눈, 목의 주름에만 두고, 혹시 다른 여자의 얼굴을 연상시킬 수도 있는 특징들은 무시한 채 일부러 미완성품으로 만든 스케치에 나는 속으로 감탄해서 소리쳤다. '이렇게 아름다울 수가! 진정한 귀족이야! 자부심 높은 게르망트, 쥬느비에브 드 브라방의 후손이 정말로 내 앞에 있어!'"

예식이 끝나고 예배당 앞에 서 있던 공작부인의 시선이 마르셀을 살짝 스치고 지나갑니다. "그 즉시 나는 그녀를 사랑하게 되었다…… 그녀의 눈이 협죽도 꽃처럼 파란색을 띠었다. 내 손이 전혀 닿지 않는 곳에 있지만, 그녀가 내게 바친 꽃. 그리고 태양은 위협적인 구름 뒤에서 다시 불쑥 빠져나와 광장과 성물실 안으로 햇살을 있는 힘껏 던지는 동시에, 결혼식을 위해 펼쳐둔 빨간 카펫에도 제라늄 색의 광채를 얹어주었다. 게르망트 부인이 미소를 지으며 카펫을 따라 그 옆을 걸어왔다. 또한 털실로 짠 것 같은 느낌의 카펫에 장밋빛 벨벳 같은 보풀과 빛의 꽃 한 송이를 덮어주었으므로, 즐겁고 화려한 잔치에서 느낄 수 있는 부드러운 애정과 엄숙한 다정함이 카펫에서 느껴졌다. 〈로엔그린〉의 어느 부분이나 카르파초의 일부 작품에 특징적으로 나타나 있는 그런 느낌 덕분에 우리는 보들레르가 왜 트럼펫 소리에 '맛있다'는 형용사를 적용했는지 이해할 수 있게 된다."

마르셀은 게르망트 쪽으로 산책하면서 작가로서 자신의 장래를 곰곰이 생각해보다가, 자신에게 이렇다 할 능력이 없다는 사실에 의기소침해집니다. "언제든 위대한 문학작품을 쓰기 위해 철학적인 테마를 찾고자 할 때마다 느낀 나의 무능함" 때문이지요. 무엇보다 생생한 감각이 그를 찾아오지만, 그는 거기에 문학적인 의미가 있음을 알아차리지 못합니다. "그러다 문득 문학에 대한 이 모든 상념들과는 전혀 상관없이, 그리고 그 무엇과도 명확히 연결되지 않은 채로, 갑자기 어떤 지붕 하나, 돌에 부딪혀 반사된 햇빛의 반짝임, 길의 냄새가 나를 우뚝 멈춰 세우면 나는 그들 각자가 주는 특별한 기쁨을 즐기곤 했다. 그들은 또한 내 눈에 보이는 겉모습 아래에 뭔가를 감추고 있는 듯한 인상을 풍기며 나더러 다가와서 그것을 가져가보라고 권유했지만, 나는 아무리 애써도 그들에게 다가가 그것을 손에 넣을 수 없었다. 그들 안에 그 신비로운 대상이 있을 것 같아서 나는 그들 앞에 꼼짝도 않고 서서 그들을 응시하고 호흡하며, 눈에 보이고 귀에 들리고 코로 느껴지는 것 너머까지 내 마음으로 뚫고 들어가려고 애썼다. 설사 서둘러 할아버지를 따라잡기 위해 그 자리를 떠나 다시 걷기 시작하더라도 나는 눈을 감고 그들에게서 느낀 감각을 되찾으려고 애쓰며 지붕의 정확한 윤곽, 돌의 색깔을 다시 떠올리는 데 온 정신을 집중했다. 이유는 알 수 없었지만, 그들 안에 비밀스러운 보물이 가득차 있으며 그들이 언제라도 속을 열어 내게 그 보물을 넘겨줄 것 같은 느낌, 그들은 그 보물의 껍데기에 불과하다는 느낌이 들었다. 확실히 이런 느낌이 내가 이미 포기해버린, 언젠가 작가로 성공할 것이라는 희망을 되살려주지는 못할 것이다. 각각의 느낌이 모두 지적인 가치라고는 전혀 없고 추상적인 진실을 암시해주지도 않는 물질적인 대상과 관련되어 있기 때문이었다." 여기에는 진정한 예술인 감각의 문학과 생각의 문학이 대비되어 있습니다. 후자의 경우, 감각에서 유래하지 않는 한 진정한 예술을 만들어내지 못합니다. 그러나 마르셀은 이런 심오한 관계를 보지 못합니다. 그래서 지적인 가치를 지닌 것에 관한 글을 써야 한다고 잘못된 생각을 하게 되죠. 사실은 그가 경험하고 있는 감각들이 그도 모르는 사이에 서서히 그를 진정한 작가로 만들어주고 있었는데 말입니다.

모종의 암시가 그에게 다가옵니다. 마차를 타고 가던 중에 뾰족탑 테마가 세 개로 불어나서 다시 등장하는 순간이 한 예입니다. "길이 휘어지는 곳에서 나는 갑자기 그 특별한 기쁨을 경험했다. 그 무엇과도 닮은 점이 없는 기쁨. 마차의 움직임과 구불구불한 길 때문에 계속 자리를 옮기는 것처럼 보이면서 석양빛을 받고 있는 마르탱빌의 두 뾰족탑과 비유비크의 또다른 뾰족탑이 시야에 들어왔을 때였다. 이 세번째 뾰족탑은 산과 계곡을 사이에 두고 두 뾰족탑과 떨어져 저멀리서 다소 높은 곳에 서 있는데도 마치 그 두 탑과 나란히 서 있는 것처럼 보였다.

그 탑들의 뾰족한 형태와 각도에 따라 달라지는 모습, 햇볕을 받아

따뜻해 보이는 모습을 확인하면서 나는 내가 받은 인상의 가장 깊은 곳까지 뚫고 들어가지 못했음을, 저렇게 빛을 받아 반짝이며 움직이는 듯한 모습 뒤에 뭔가가 더 있음을 느꼈다. 그들이 그 뭔가를 품은 채 감추고 있는 듯했다."

이제 프루스트가 아주 재미있는 일을 하나 합니다. 현재의 문체와 과거의 문체를 대비시키는 겁니다. 마르셀은 종이 한 장을 빌려서 이 세 뾰족탑을 묘사하는 글을 짓고, 나중에 그 글을 다시 발견해서 손질합니다. 이것은 마르셀이 처음으로 시도한 글짓기이며, 비록 꽃과 아가씨의 비유처럼 일부 비유들이 의도적으로 소년 같은 느낌을 주기는 하지만 그래도 매력적입니다. 그러나 화자가 나중에 이때를 회상하면서 고친 글 속의 뾰족탑과 피상적인 묘사에 그친 최초의 문학적인 시도가 비교됩니다. 어린 날의 글에는 그가 세 뾰족탑을 보고 처음으로 어떤 감각을 경험했을 때 더듬더듬 찾고 있던 의미가 들어 있지 않습니다. 그가 이 글을 씀으로써 "내 마음이 뾰족탑에 대한 집착에서 자유로워졌다"는 점도 두 배로 의미심장합니다.

화자가 유년시절에 받은 느낌과 인상을 다룬 콩브레 이야기는 맨 처음에 시작되었던 테마, 즉 콩브레에 있던 화자의 방을 재현한다는 테마로 끝납니다. 그가 밤이면 잠을 이루지 못하고 누워 있던 그 방 말입니다. 나중에 어른이 된 그는 잠을 이루지 못하고 누워 있을 때, 마치 그 방으로 되돌아간 것 같은 기분이 됩니다. "이 모든 기억들이 연달아 떠올라서 하나의 실체로 응축되었다. 그러나 그 융합이 완전하지는 않아서 나는 그 세 개의 층(가장 오래된 본능적인 기억, 맛이나 '향기'를 통해 비교적 최근에 되살아난 다른 기억, 그리고 내가 간접적으로 알게 된 다른 사람의 기억)에서 균열이나 단층까지는 아니어도 최소한 특정한 암석이나 특정한 대리석의 기원과 연대와 형성 방식의 차이를 알려주는 채색 줄무늬, 일종의 맥은 알아볼 수 있었다." 여기서 프루스트는 인상의 세 층을 묘사하고 있습니다. (1) 의도적인 행동으로 이루어진 단순한 기억. (2) 과거의 어떤 감각을 현재에 다시 느끼면서 살아난 옛 기억. (3) 간접적으로 획득한, 다른 사람의 삶에 대한 지식. 여기서 다시 지적할 것은, 과거를 재현할 때 단순한 기억은 믿을 만한 존재가 아니라는 점입니다.

콩브레 이야기는 프루스트가 말한 세 개의 층 중 두 가지를 다뤘습니다. 마지막 세번째 층은 이 책의 후반부에서 다뤄집니다. '사랑에 빠진 스완'이라는 제목이 붙은 이 부분에서 오데트를 향한 스완의 열정 덕분에 우리는 알베르틴을 향한 마르셀의 열정을 이해할 수 있게 됩니다.

***

여러 가지 중요한 테마들이 이 책의 후반부를 차지하고 있습니다. 그중 하나가 '짧은 악절樂節'입니다. 스완은 지난해의 어느 이브닝 파티에서 바이올린과 피아노로 연주되는 음악을 들은 적이 있습니다. "우아하면서도 단호하게 당당히 전체를 지배하는 바이올린의 가느다란 선율이 철벅거리는 소리의 파도처럼 위로 쑥 올라오려는 순간, 그 선율 아래에서 다양한 형태를 지녔으면서도 통일성이 있고 평탄한 피아노 선율의 덩어리가 달빛의 마법으로 단조로 변해서 연보라색으로 요동치는 바다처럼 함께 부딪혀오는 것을 갑자기 알아차렸을 때 이미 그는 강렬한 기쁨을 느꼈다." 그리고 "스완이 경험한 그 감미로운 감각이 사라지자마자 그의 기억이 즉시 그것의 사본을 제공해주었다. 확실히 잠정적인 요약본이긴 했으나, 연주가 계속되는 동안 그가 줄곧 시선을 고정하고 있던 복사본이기도 했다. 그것이 워낙 효과적이어서, 똑같은 감각이 느닷없이 되돌아왔을 때 이제는 그것을 다시 포착할 수 있었다…… 이번에는 그가 소리의 파도에서 잠깐 동안 모습을 드러낸 악절 하나를 상당히 선명하게 식별해냈다. 그 악절은 내밀한 기쁨에 동참하라고 권유하며 그에게 즉시 손을 내밀었는데, 그는 귀로 듣기 전에는 그런 기쁨이 존재한다고는 꿈에도 생각한 적이 없었으므로 오로지 이 악절만이 자신을 그기쁨으로 인도할 수 있을 것 같다는 느낌이 들었다. 그래서 그는 새롭고 낯선 욕망을 느끼듯이, 그 악절에 대한 사랑으로 가득차 있었다.

그 악절은 리듬에 맞춰 천천히 그를 여기로, 저기로, 사방으로 이끌었다. 잘 이해할 수는 없지만 또렷이 표시되어 있는 고결한 행복을 향해서. 그러다 갑자기 어떤 지점에 도달했을 때, 그는 계속 그것을 따라갈 준비가 되어 있었으나 그것이 잠시 가만히 멈췄다가 느닷없이 방향을 바꿔서 조금 전보다 더 빠르고 다양하고 우울하고 지속적이고 부드러운 움직임으로 미지의 즐거움이 펼쳐진 곳으로 그를 데려갔다."

악절에 대한 이러한 열정 덕분에 스완이 이미 무덤덤해져버린 것들의 회춘 또는 혁신의 가능성이 생겨납니다. 그러나 작곡가를 찾아내서 악보를 확보하는 일에 실패한 그는 결국 그 음악에 대해 더이상 생각하지 않게 됩니다. 그런데 순전히 오데트와 함께 시간을 보내기 위해 참석한 베르뒤랭 부인의 파티에서 피아니스트가 연주하는 곡이 귀에 익숙합니다. 스완은 그것이 뱅퇴유가 작곡한, 피아노와 바이올린을 위한 소나타의 안단테 악장임을 알게 됩니다. 이 지식을 얻은 뒤 스완은 그 악절을 자신이 단단히 확보하고 소유했다고 생각합니다. 화자가 눈으로 본 풍경을 소유하는 꿈을 꾸는 것과 비슷합니다. 문제의 그 악절은 작품 속에서 나중에 스완에게 다시 한번 말을 걸 뿐만 아니라, 화자에게도 어느 시점에 기쁨을 안겨줍니다. 스완이 화자에게 일종의 화려한 거울 같은 존재임을 잊으면 안 됩니다. 스완이 패턴을 설정하면, 화자는 그 뒤를 따릅니다.

또하나의 중요한 에피소드이자 프루스트가 사건을 어떻게 펼치는지 보여주는 사례는 오데트의 창가에 스완이 서 있는 장면입니다. 그는 밤 열한시가 지난 시각에 그녀를 만나러 왔지만, 그녀는 피곤하다면서 시큰둥한 태도로 그에게 30분 뒤에 나가달라고 요구합니다. "그녀는 그에게 가기 전에 불을 꺼달라고 간청했다. 그는 그녀의 침대를 감싸듯 커튼을 단단히 쳐서 여며주고 자리를 떴다." 그러나 한 시간쯤 뒤 그는 불쑥 치밀어오른 질투에 사로잡혀, 어쩌면 그녀가 다른 손님을 기다리느라 자신을 내보낸 건지도 모른다는 생각을 하게 됩니다. 그래서 마차를 타고 그녀의 집 거의 맞은편까지 가지요. 프루스트는 황금 과일의 은유를 사용합니다. "줄줄이 늘어선 새까만 창문들, 이미 오래전에 꺼진 불빛들 사이에서 그는 단 하나의 불빛을 보았다. 신비로운 황금빛 과육을 눌러

포도즙을 짜내는 압착기처럼 닫혀 있는 덧창의 널 사이로 방을 가득 채운 빛이 흘러나왔다. 수많은 밤 이 거리로 들어서는 그의 가슴에 멀리서부터 기쁜 메시지를 전해준 빛이었다. '그녀가 저기서 널 기다리고 있어.' 하지만 지금은 그 빛의 메시지가 괴로울 뿐이었다. '그녀는 저기서 기다리던 남자와 함께 있어.' 그 남자가 누구인지 꼭 알고 싶어서 그는 벽을 따라 살금살금 까치발로 움직여서 마침내 창가에 도착했다. 그러나 덧창의 비스듬한 가로대들 때문에 아무것도 보이지 않았다. 그저 밤의 침묵 속에서 웅얼거리는 대화 소리만 들릴 뿐이었다."

고통 속에서도 그는 지적인 기쁨, 진실의 기쁨을 찾아냅니다. 톨스토이가 좇던, 감정을 초월하는 바로 그 내면의 진실입니다. 그는 "옛날에 역사를 공부할 때와 똑같은 지식에 대한 갈증"을 느낍니다. "지금까지 그가 수치스러운 짓이라며 피하던 모든 행동, 이를테면 오늘밤처럼 창가에서 염탐을 하거나, 또는 혹시 내일 하게 될 수도 있는, 별로 상관없는 목격자들에게 교묘하게 도발적인 질문을 던지고, 하인을 매수하고, 문 앞에서 엿듣는 행동 같은 것이 지금은 어려운 원고를 해독하고, 증거를 가늠하고, 고서를 해석하는 행동, 다시 말해서, 각각 뚜렷한 지적인 가치를 지니고 있으며 진실을 탐색할 때 정당하게 사용할 수 있는 다양한 과학적인 조사 방법들과 정확히 똑같은 일처럼 보였다." 그다음 은유는 황금색 불빛과 지식을 향한 순수한 학문적 탐구를 결합시킵니다. "그러나 진실을 알고 싶다는 욕망이 그녀를 향한 그의 욕망보다 더 강렬했다. 그의 눈에는 그 욕망이 더 고결해 보이기도 했다. 정확하게 온전히 복원할 수만 있다면 목숨을 주어도 아깝지 않을 어느 사건들의 진실을,

빛이 줄무늬를 그리고 있는 저 창문 안에서 읽게 될 것임을 그는 알 수 있었다. 금박으로 장식된 귀한 원고를 읽는 것과 같았다. 그 원고는 예술적인 보물들로 풍요로우므로, 그 원고를 살펴본 학자라면 마음이 움직이지 않을 수 없다. 그는 덧없을 만큼 짧고 귀한 그 사본에서, 그토록 따스하고 아름답고 반투명한 페이지에서 자신에게 그토록 커다란 열정을 안겨준 진실을 마침내 알아내 만족감을 느낄 수 있기를 갈망했다. 게다가 그가 느끼던, 아니 그토록 필사적으로 느끼고 싶던, 그들에 대한 우월감은 어쩌면 진실을 아는 데서 나오는 것이 아니라 그가 진실을 안다는 것을 그들에게 보여줄 수 있는 데서 나오는 것 같기도 했다."

그가 창문을 두드리자 창가에 두 노신사의 모습이 나타납니다. 그가 창문을 착각한 것입니다. "밤늦게 오데트를 만나러 올 때 모두 똑같이 생긴 창문들 중 유일하게 불이 켜진 창문을 보고 그녀의 방을 알아보던 버릇 때문에, 이번에도 불빛을 보고 착각해서 옆집의 다른 창문을 두드린 것이다." 스완의 이 실수를 화자가 콩브레 이야기 마지막 부분에서 오로지 기억에만 의존하면서 어둠 속에서 어렴풋이 보이는 것들을 바탕으로 자신의 방을 재구성하려고 애쓰다가 저지른 실수와 비교해볼 수도 있을 것 같습니다. 그때도 화자는 햇빛이 들어온 뒤 자신이 완전히 틀렸음을 깨닫습니다.

***

파리의 샹젤리제공원. "불그스름한 머리카락의 소녀가 라켓과 깃털공으로 놀고 있었다. 그때 길에서 또다른 소녀가 겉옷을 걸치고, 배틀도어* 채를 옷 속에 감추며 날카롭게 소리쳤다. '잘 있어, 질베르트, 나 집에 갈게. 우리가 오늘 저녁식사 뒤에 너네 집에 가기로 한 것 잊지 마.' 질베르트라는 이름이 내 옆을 가까이 스쳐지나가면서, 훨씬 더 강렬하게 그녀의 기억을 불러냈다. 이 이름은 누군가가 없는 자리에서 그 사람에 대한 이야기를 할 때처럼 그녀를 지칭하는 수단이자 그녀를 직접 부를 수 있는 수단이라는 점에서, 일종의 라벨과 같았다." 이 소녀의 기억 속에는 이렇게 두 소녀의 공통의 경험이 들어 있습니다. 마르셀은 이 경험에서 배제되어 있으므로, 그에게 이 기억은 미지의 세계죠. 앞의 인용문으로 시작되는, 이름의 궤적이라는 은유 다음에는 이름의 향기라는 은유가 나옵니다. 질베르트의 친구 이야기입니다. "쾌활하게 소리치며 그 이름을 허공으로 던져, 그 감미로운 향기가 공중을 떠돌게 했다. 그녀의 말에 담긴 뜻이 두 소녀를 정밀하게 건드려, 스완 양의 인생에서 눈에 보이지 않는 어느 시점으로부터 정제해낸 향기였다." 여기서 질베르트라는 이름은 천상의 것으로 비유됩니다. "푸생의 정원 위로 뭉게뭉게 피어오르며, 전차와 말이 잔뜩 등장하는 오페라 극장의 구름처럼 신들의 생활 중 일부를 세세하게 비춰주는 구름과 비슷하게, 멋들어진 색깔을 띤 푸생의 작은 구름." 이런 이미지에 이제는 시공의 이미지가 덧붙여집니다. 여기에는 소녀의 오후 중 약간의 시간과 잔디밭 한 조각이 포함되어 있고, 깃털공이 박자를 맞춥니다. 구름이 "그 울퉁불퉁한 잔디

---

* 배드민턴의 전신.

밭에, 그녀가 서 있는 그 지점(시든 잔디밭의 한 조각이자 이 아름다운 소녀의 오후중 한순간인 지점. 그녀는 푸른 깃털을 꽂은 모자를 쓴 가정교사가 그녀를 부를 때까지 계속 공을 쳤다)"에 빛을 던집니다. 지나가는 구름처럼 그 이름이 마르셀에게 던져준 빛은 "놀라운 빛의 띠, 연보라색 빛의 띠"였습니다. 그러고 나서 그 이름은 내면의 직유를 통해 잔디밭을 마법의 융단으로 바꿔버립니다.

이 빛의 띠는 연보라색을 띠고 있습니다. 이 책 전체를 관통하는 이 색깔은 바로 시간의 색입니다. 장밋빛과 자주색이 섞인 연보라색, 분홍빛이 도는 라일락색은 유럽 문학에서 예술적인 기질이 세련되게 다듬어지는 것과 관련되어 있습니다. 이것은 또한 난초 중에서 카틀레야 라비아타(진지한 영국 식물학자인 윌리엄 캐틀리의 이름을 딴 속屬명입니다)의 색이기도 합니다. 오늘날 이 나라에서 클럽 축제가 열릴 때 부인들의 가슴을 자주 장식하는 꽃이죠. 1890년대에 파리에서는 이 꽃이 매우 희귀하고 비쌌습니다. 이 꽃장식과 함께 스완이 사랑을 나누는 장면은 유명하지만, 그리 설득력이 있지는 않습니다. 이 연보라색에서부터 콩브레 이야기에서 나온 산사나무의 섬세한 분홍색까지 프루스트의 붉게 상기된 프리즘 안에는 온갖 다양한 색조가 있습니다. 오래전 아돌프 숙부의 아파트에 나타난 아름다운 부인(오데트 드 크레시)이 분홍색 드레스 차림이었던 것을 잊으면 안 됩니다. 그런데 이제는 그녀의 딸인 질베르트가 이 색과 함께 연상됩니다. 게다가 질베르트를 다시 본 이 장면에 일종의 느낌표를 찍듯이, 푸른 깃털이 꽂힌 모자를 쓴 가정교사가 나타납니다. 소년을 돌보던 아주머니에게서는 볼 수 없는 모습이었죠.

마르셀이 질베르트와 안면을 익혀 공원에서 함께 놀게 된 뒤에도 은유 안에 은유가 들어 있는 표현들을 더 찾아볼 수 있을 겁니다. 비가 내릴 것 같은 날이면 마르셀은 질베르트가 샹젤리제로 나오지 못할까봐 걱정합니다. "그래서 날씨가 의심스러울 때는 이른 아침부터 끊임없이 하늘을 살피며 온갖 조짐들을 관찰했다." 길 건너 아파트에 사는 여성이 모자를 쓰는 모습이 보이면 그는 질베르트도 모자를 쓰고 밖으로 나설 수 있을 것이라고 희망을 품습니다. 하지만 날이 점점 더 흐려지더니 도무지 갤 것 같은 조짐이 보이지 않습니다. 창밖의 발코니도 회색입니다. 그다음에 그가 마음속으로 이런저런 비유를 하는 모습이 묘사됩니다. (1) "갑자기 [발코니의] 음울한 색에서, 사실 내가 본 것 중 가장 부정적인 색이었지만, 그 색이 마치 덜 부정적인 색이 되려고 노력하는 것 같은 느낌이 들었다. (2) 빛을 발산하고 싶어 몸부림치며 머뭇거리는 햇살의 박동. (3) 잠시 후 발코니는 새벽녘의 잔잔한 수면처럼 반짝이며 색이 옅어졌고, 난간의 철세공 무늬가 그 위에 수천 개의 그림자를 가만히 드리우고 있었다." 그다음에도 내면의 비유들이 다시 나옵니다. 바람이 입김 한 번으로 그림자를 흩어버린 뒤 발코니의 돌바닥은 다시 어두워집니다. (1) "그러나 길들여진 짐승처럼 [그림자들이] 되돌아와, 알아보기 힘들 만큼 아주 조금씩 밝아지기 시작했다. (2) 그리고 지속적으로 높아지는 크레센도처럼, 그러니까 음악의 서곡 말미에서 음표 하나를 극단적인 포르티시모까지 끌고 올라가면서 그 중간 단계들을 신속히 통과할 때처럼, 그것이 화창한 날 변하지 않고 굳건히 자리를 지키는 황금빛에 마침내 도달하는 모습을 나는 보았다. (3) 날카롭고 선명하게 드리워진 난간의 철세공 그림자들이 그 황금빛 위에서 변덕스러운 식물 같은 검은색 윤곽을 드러냈다······" 이 내면의 비유들은 행복의 맹세로 끝납니다. "예술가가 만족할 때까지 공을 들인 것 같은, [그림자의] 지극히 세세한 부분까지 정교하게 묘사되어 있고, 음울하면서도 행복하게 한데 모여 쉬고 있는 그들에게서 벨벳으로 만든 꽃 같은 모습이 워낙 선명히 부각되었으므로, 그 햇빛의 호수 위에 반사된 크고 무성한 그림자들이 사실은 자신이 마음의 평화와 행복의 증거임을 알고 있는 듯했다." 담쟁이덩굴을 닮은 이 철세공 난간의 그림자들은 마침내 이렇게 묘사됩니다. "어쩌면 이미 샹젤리제에 나와 있을지도 모르는 질베르트의 그림자 같았다. 내가 그곳에 모습을 드러내는 순간 질베르트는 내게 인사를 건넬 것이다. '바로 시작하자. 넌 내 편이야.'"

질베르트에 대한 낭만적인 생각은 그녀의 부모에게로 옮겨갑니다. "그들과 관련된 모든 것이 내게는 항상 최고의 관심사였으므로, 오늘처럼 스완 씨(오래전 그가 우리 부모님과 아직 사이가 좋을 때 그토록 자주 만났는데도, 그때의 나는 그에게 호기심이 전혀 동하지 않았다)가 샹젤리제로 질베르트를 데리러 오는 날 그의 회색 모자와 후드가 달린 망토를 보고 흥분한 내 심장이 일단 가라앉은 뒤에도 나는 역사적인 인물을 보기라도 한 것처럼, 그러니까 조금 전까지 책을 연달아 읽으며 그 일생을 아주 세세한 부분까지 열심히 공부했던 인물을 만난 것처럼, 그의 모습에 강한 인상을 받았다······ 이제 스완은 내게 무엇보다도 [질베르트의] 아버지였다. 더이상 콩브레의 스완이 아니었다. 요즘 내가 그의 이름에 부여하는 의미는 예전에 구성되었던 체제 속의 의미들과 달랐다. 나는 이제 그를 생각할 때 그 시스템을 전혀 사용하지 않기 때문에, 그는 완전히 새로운 다른 사람이 되어 있었다……" 마르셀은 심지어 스완을 흉내내려고 시도하기까지 합니다. "스완을 닮고 싶어서 나는 식탁에 앉아 있는 동안 내내 코의 윤곽을 따라 손가락을 움직이고 눈을 비볐다. 아버지는 이렇게 소리를 지르곤 했다. '저애는 완전히 멍청이야. 아주 구제불능이 됐어.'"

이 책의 한복판을 차지하고 있는, 스완의 사랑에 대한 논설은 스완과 자신의 닮은 점을 찾고 싶어하는 화자의 욕망을 분명히 보여줍니다. 그리고 『잃어버린 시간을 찾아서』의 중간쯤에서 알베르틴을 사랑하게 된 화자는 옛날 스완이 느꼈던 강렬한 질투를 똑같이 겪습니다.

***

『스완네 집 쪽으로』는 이제 서른다섯 살의 성인 남자가 된 화자가 11월의 어느 날 일찍 불로뉴숲을 다시 찾아가는 장면으로 끝납니다. 여기서 우리는 그의 인상과 기억에 남은 일들의 놀라운 기록을 보게 되죠. 어둡고 먼 숲을 배경으로 아직 이파리를 매달고 있는 나무 몇 그루를 제외하면, 모든 나무가 헐벗은 모습입니다. 두 줄로 뻗어 있는 주황색 밤나무들은 "이제 막 그리기 시작한 그림 속에서 유일하게 색칠되어 있는 것 같았다. 화가가 다른 부분에는 아직 색을 입히지 않아서……" 인위적으로 보이는 풍경입니다. "숲은 묘목밭이나 공원처럼 일시적이고 아직 완성되지 않은 인위적인 곳처럼 보였다. 식물학적인 목적을 위해서든 아니면 축제를 준비하기 위해서든, 아직 뿌리째 뽑혀서 다른 곳으로 옮겨 심긴 적이 없는 평범한 나무들 사이에 희귀한 품종 몇 가지를 심어놓은 곳 같은 느낌. 환상적인 이파리들이 매달려 있는 희귀종 나무들은 자기 주변을 온통 깨끗이 비워서 여유 공간을 만들어 바람이 통하게 하고 빛을 흩어놓는 것 같았다." 아직 이른 시간이라 수평으로 비쳐들어오는 햇빛이 황혼녘과 마찬가지로 나무들의 정수리를 건드립니다. "램프처럼 화르르 타올라서 이파리들 위로 따스하고 인위적인 빛을 멀리멀리 쏘아보내고, 어떤 나무의 가장 꼭대기에 있는 가지 몇 개에 불을 놓았다. 나무 자체는 그 타오르는 볕 아래에서 불에 타지 않는 우울한 가지촛대처럼 전혀 변하지 않은 채 그대로 서 있을 것이다. 어느 한 지점에서 빛이 벽돌담처럼 단단해지더니, 파란색 무늬가 있는 노란색 페르시아 돌담 한 조각처럼 밤나무 이파리들을 하늘에 거칠게 처덕처덕 그려놓았다. 또다른 지점에서는 돌돌 말린 황금색 손가락을 위로 쭉 뻗은 나무들과 하늘 사이를 빛이 갈라놓았다."

채색 지도를 보듯이, 숲속의 여러 장소들을 더듬어 찾아볼 수 있습니다. 나무들은 과거에 제 아래를 산책했던 아름다운 여성들의 삶을 오랫동안 공유했습니다. "일종의 접목 과정을 통해 이미 오랜 세월 동안 인간 여성들의 삶을 공유할 수밖에 없었던 그들에게서 나는 드라이어드*를, 아름다운 속세의 사람을 떠올렸다. 밝은색 옷을 입고 빠르게 걷는

---

* 그리스신화의 숲의 요정.

속세의 여성이 아래로 지나갈 때면 그들은 가지로 그녀를 지켜주었으며, 자신들과 마찬가지로 계절의 힘을 인정하라고 강요했다. 나는 또한 아직 어려서 믿음을 잃지 않았던 행복한 시절, 여성의 우아함을 최고로 보여주는 걸작들이 의식은 없지만 싹싹한 가지들 아래에서 아주 잠시 모습을 드러내곤 하던 장소들로 열심히 서둘러가던 시절을 떠올렸다." 지금 숲에서 그의 곁을 스쳐지나가는 우아하지 못한 사람들을 보고는 예전에 알던 것을 다시 떠올립니다. "겨울 아침에 물개 가죽으로 만든 외투를 입고, 자고새 깃털 두 개가 칼날처럼 삐죽 튀어나와 있는 모직 모자를 쓴 차림으로 걷고 있는 스완 부인과 만났을 때 느끼곤 하던 감정을 저들에게 과연 이해시킬 수 있을까? 그녀의 집과 똑같은 신중하고 인위적인 온기 또한 그녀를 에워싸고 있었는데, 그녀가 가슴에 으스러뜨릴 것처럼 안고 있는 제비꽃이 바로 그 점을 암시해주었다. 회색 하늘과 얼어붙을 듯이 추운 공기와 벌거벗은 가지들을 배경으로 생생한 파란색을 띤 꽃은 계절과 날씨를 순전히 배경으로 이용할 때와 똑같은 매력적인 효과를 냈다. 그녀의 응접실에서 이글거리며 타오르는 벽난로 옆, 비단 커버를 씌운 소파 앞의 꽃병과 화분 속에 있을 때와 마찬가지로, 거기서 닫힌 창문을 통해 눈 내리는 풍경을 내다볼 때와 마찬가지로, 그 꽃은 실제로 인간적인 분위기 속에서, 이 여성의 분위기 속에서 살아 있는 듯했다."

이 책은 화자가 시간과 공간 속에서 과거를 바라보는 것으로 끝납니다. "태양의 얼굴이 가려졌다. 자연이 다시 숲 위에 군림하기 시작하고, 이곳이 여성들의 낙원임을 암시하는 흔적은 모두 사라져버렸다……"

이 인위적인 숲에 현실과 비슷한 분위기가 돌아오자 "나는 사람의 기억 속에 저장된 장면들을 현실 속에서 찾는 것이 얼마나 불합리한 일인지 이해할 수 있었다. 기억 속 장면들은 기억 자체에서 나오는 매력, 오감을 통해 이해되는 것이 아니라는 사실에서 나오는 매력을 필연적으로 잃어버릴 수밖에 없다. 내가 알던 현실은 더이상 존재하지 않았다. 스완 부인이 옛날과 똑같은 옷차림으로 똑같은 순간에 나타나지 않았다는 사실만으로도 길 전체가 바뀌기에 충분했다. 우리가 알던 장소들은 우리가 편의를 위해 지도에 표시한 그 작은 공간에만 속하지 않는다. 그들은 모두 당시 우리 삶을 구성하던 연속적인 인상들 사이의 얄팍한 한 층에 불과하고, 어느 특정한 형태에 관한 기억은 어느 특정한 순간에 대한 미련일 뿐이다. 집도 길도 대로도 모두, 슬프게도, 세월과 똑같은 도망자다."

***

그가 하고자 하는 말은, 단순한 기억, 즉 어떤 것을 시각적으로 되돌아보는 행위가 올바른 방법이 아니라는 것입니다. 이런 방법으로는 과거를 재현할 수 없다는 것이죠. 『스완네 집 쪽으로』의 마무리는 마르셀이 이해할 수 있는 것들을 점차 쌓아올림으로써, 이 작품 속에서 내내 그가 찾아 헤매던 실체를 최후의 경험에서 깨달을 수 있게 준비시키는 행위, 즉 과거를 바라보는 행위의 여러 측면들 중 하나에 불과합니다. 이 최후의 경험은 『잃어버린 시간을 찾아서』의 마지막 권인 『되찾은 과거』 3장 '게르망트 공의 부인이 받다'에 나옵니다. 여기서 화자는 단순한 기억만으로는 왜 불충분한지, 그 대신 필요한 것은 무엇인지를 깨닫습니다. 이 과정이 시작되는 것은 마르셀이 최후의 파티에 참석하기 위해 게르망트 공의 저택 안뜰로 들어서다가 다가오는 자동차를 황급히 피하는 순간입니다. "뒤로 물러나다가 마차 차고로 이어진 길의 울퉁불퉁한 포석에 발이 부딪혔다. 다시 균형을 잡으려고 애쓰면서 옆의 포석보다 살짝 아래로 꺼진 포석에 한 발을 디뎠는데, 그 순간 낙담하던 마음이 모두 사라지고, 지금껏 살아오며 다른 때에 느꼈던 행복감, 그러니까 발벡 주위를 돌아다니며 눈에 익은 듯한 나무를 보았을 때나 마르탱빌의 예배당 뾰족탑을 보았을 때나 허브티에 적신 *마들렌*을 맛보았을 때의 행복감 또는 뱅퇴유가 말년에 만든 작품들에 융합된 것으로 보이는, 앞에서 이미 언급한 기타 여러 감각들에서 오는 행복감이 솟았다. *마들렌*을 맛보았을 때와 똑같이, 미래에 대한 불안감, 지적인 회의가 모두 일소되었다. 나의 문학적 재능과 관련해서, 그리고 심지어 문학 자체와 관련해서 방금 전까지만 해도 나를 괴롭히던 걱정과 불안이 마법처럼 갑자기 사라졌다. 하지만 이번에는 내가 생각의 방향을 달리 한 것도 아니고 결정적인 논리를 찾아낸 것도 아닌데 조금 전만 해도 해결할 수 없을 것처럼 보이던 난제들이 이제 의미를 모두 잃어버린 이유에 대해 (허브티에 적신 *마들렌*을 맛본 날 그랬던 것처럼) 답을 찾지 않고 내버려둔 채 만족하지 않기로 굳게 마음을 다졌다. 방금 나를 덮친 행복감은 사실 *마들렌*을 먹으면서 경험한 것과 정확히 똑같은 감정이었으나, 당시 나는 깊숙한 곳에 자리한 그 감정의 원인을 찾는 일을 뒤로 미뤄버렸다."

화자는 과거에서부터 솟아난 그 감각이 옛날 베네치아의 산마르코 성당 세례당에서 서로 높이가 다른 포석 두 개 위에 섰을 때 느낀 적이 있는 감각임을 깨닫습니다. "그 감각과 함께 그날의 연관된 감각들이 모두 되살아났다. 기억 속에 묻힌 여러 날들 속에 제자리를 지키며 내내 기다리고 있다가, 어느 날 갑작스러운 일로 인해 앞으로 나오라는 당당한 명령을 받은 것 같았다. 작은 *마들렌*의 맛이 콩브레의 기억을 회상하게 한 것과 똑같았다." 이번에는 그가 이 문제를 뿌리까지 파고 들어가 보기로 결심합니다. 응접실로 들어가기 위해 기다리는 동안 그의 오감이 이미 깨어나 활발하게 활동중이었으므로, 숟가락이 접시에 챙 하고 부딪히는 소리, 빳빳하게 풀을 먹인 냅킨의 감촉, 심지어 온수 파이프에서 나는 소리까지 모든 것이 과거에 비슷한 감각을 느꼈던 순간의 기억들을 홍수처럼 불러옵니다. "게르망트 공의 저택에 와 있는 지금 이 순간에도, 스완 씨와 함께 걷던 부모님의 발소리, 마침내 스완 씨가 돌아갔으며 엄마가 위층으로 곧 올라올 것임을 내게 알려주던 작은 쇠종의 길고 날카로운 소리가 내 귀에 들려왔다. 아주 먼 과거의 일인데도 그때와 똑같은 소리를 나는 다시 들을 수 있었다."

하지만 화자는 이것만으로는 충분하지 않다는 것을 알고 있습니다. "내가 발백을 다시 찾았을 때나 질베르트를 만나려고 탕송빌로 돌아갔을 때와 마찬가지로 산마르코 광장에서도 지나간 시간을 되찾지는 못할 것이다. 과거에 받았던 이런 인상들이 나의 외부에, 어떤 광장의 모퉁이에 존재한다는 환상이 한때 내게 제안했던 여행은 내가 찾던 방법이 될 수 없었다…… 내가 분석하고 규정하고자 애쓰던 그 인상들은 그들을 실체로 불러낼 수 없는 물질적인 즐거움과 맞부딪히면 반드시 사라질 수밖에 없었다. 그들에게서 더 많은 기쁨을 끌어내려면, 그들이 존재하는 장소, 즉 나의 내면에서 그들을 더 완전히 파악해서 그들의 가장 깊은 심연에 이르기까지 명확히 밝혀내려고 애쓰는 방법밖에 없었다." 그가 해결해야 하는 문제는, 어떻게 하면 현재의 압박으로 인해 이 인상들이 사라지지 않게 막을 수 있는가 하는 것입니다. 현재가 과거의 연장선상에 있다는 새로운 깨달음이 그에게 해답 하나를 제시합니다. "나는 나 자신의 의식 속으로 다시 내려가야 했다. 이 딸랑거리는 소리[스완이 떠났음을 알리는 종소리]는 틀림없이 그곳에 존재할 것이고, 또한 그때와 지금 이 순간 사이에는 나도 모르는 사이에 내가 줄곧 내면에 지니고 있던, 무한히 펼쳐지는 과거가 존재할 것이다. 종이 딸랑거렸을 때 나는 이미 존재하고 있었다. 그날 밤 이후로 내가 그 소리를 다시 들을 수 있다는 것은 그 연장선에 끊어진 부분이 전혀 없다는 것, 내게 잠깐의 휴식시간도 없다는 것, 나의 존재가, 생각이, 자아에 대한 의식이 끊어진 적이 없다는 것을 뜻했다. 먼 과거의 그 순간이 여전히 내게 달라붙어 있어서 내가 나의 내면으로 좀더 깊이 내려가기만 해도 그 순간을 다시 포착하고 그 순간으로 되돌아가는 것이 가능했기 때문이다. 시간을 화신으로 보는 이런 인식, 지나간 세월이 우리 안에 여전히 단단히 붙들려 있다고 보는 이런 인식, 이 순간 나는 바로 이것을 내 책에서 선명한 돋을새김처럼 이끌어내기로 결심했다."

하지만 아무리 생생하고 연속적인 기억이라 해도, 그 이상의 뭔가가 필요합니다. 내적인 의미를 반드시 추구해야 한다는 뜻입니다. "백일하에 드러나 있는 세계에서 지성이 공개적이고 직접적으로 움켜쥐는 진리는 우리가 모르는 사이에 인상이라는 형태를 통해 삶이 우리에게 전해주는 진리보다 아무래도 덜 심오하고 덜 필수불가결하다. 인상은 오감을 통해 우리에게 다가왔다는 점에서 물질적인 성격을 띠지만, 우리는 그것의 내적인 의미를 분별해낼 수 있다. 간단히 말해서, 다른 때와 마찬가지로 이번에도, 내가 마르탱빌의 뾰족탑을 보고 느낀 것과 같은 객관적인 인상이든 아니면 두 계단의 높이 차이나 *마들렌*의 맛에 대한 주관적인 기억이든, 나는 그 감각을 반드시 상응하는 법칙과 상념의 표식으로 해석하려고 애써야 한다. 나는 반드시 생각을 해야 한다. 그러니까 말하자면, 그 모호한 감각으로부터 내가 느낀 것을 끄집어내 그에 상응하는 영적인 어떤 것으로 전환해야 한다." 그는 과거의 기억이나 감각을 머리로 훑어보는 것만으로는 그 의미를 알아낼 수 없었음을 이제 깨달았습니다. 그는 오랫동안 노력했습니다. "콩브레에 있을 때조차 나는 억지로 비집고 들어와 내 관심을 요구하는 대상, 예를 들어 구름이나 삼각형이나 뾰족탑이나 꽃이나 자갈 같은 것을 마음의 눈앞에 놓고 주의 깊게 살피곤 했다. 이런 표식 아래에 아주 다른 어떤 것이 있어서 내가 반드시 찾아내야 할 것 같은 느낌이 들었기 때문이다. 언뜻 물질적인 대상만을 의미할 것 같은 상형문자와 비슷한 방식으로 그 표식들이 표기해놓은 생각 같은 것."

이제 그는 머리로만 노력할 때처럼 자신이 샅샅이 훑어보고 싶은 과거의 기억들을 마음대로 고를 수 없다는 진실을 알고 있습니다. "그들은 내 머릿속에 뒤죽박죽으로 떠올랐다. 나는 그것이야말로 그들이 진짜임을 나타내는 증거임이 분명하다고 생각했다. 내가 그 안뜰에서 일부러 그 두 개의 포석을 골라 거기에 발을 부딪힌 것이 아니었다. 그러나 전혀 예기치 못했지만 또한 피할 수도 없었던 바로 그 일 덕분에 나는 그 감각을 만났고, 그것은 그 감각이 되살려낸 과거와 거기서 풀려나온 정신적 이미지들이 진실임을 보장해주었다. 그것의 노력이 밝은 빛 속으로 모습을 드러내는 것과 실체를 다시 포착할 때의 전율을 느낄 수 있기 때문이다. 그 감각은 빛과 그림자, 강조와 생략, 기억과 망각의 비율을 정확히 조절해서 자신이 끄집어낸 당시의 인상들로 구성된 그림 전체가 진실임을 보증해준다. 의식적인 기억과 관찰로는 결코 알 수 없는 것들이다." 의식적인 기억은 단순히 "우리가 실제로 경험한 것들, 즉 우리의 생각, 삶, 현실을 구성하는 것들의 흔적이 전혀 남아 있지 않은 부정확한 인상들의 연쇄"를 만들어낼 뿐입니다. "이른바 '현실에서 뽑아낸 예술'은 그 거짓을 재생산할 뿐이다. 아름다움이라고는 전혀 없으며 삶 그 자체만큼이나 얄팍하고 빈곤한 예술, 우리가 눈으로 보고 머리로 인식한 것들의 반복." 반면 "진정한 예술의 웅장함은 이와 반대로…… 우리가 대체품으로 삼은 형식적인 지식이 더 두꺼워지고 더 단단해짐에 따라 우리가 점점 더 멀어져서 한참 동떨어져 살게 된 그 현실을 다시 찾아내고 포착해서 우리 앞에 놓는 것이다. 우리가 끝내 알지 못한 채 세상을 떠나게 될지도 모르는 심각한 위험이 존재하는 현실, 그러나 그것이 바로 실제 모습 그대로의 우리 삶이다. 마침내 가리고 있던 것들이 벗겨져서 뚜렷이 모습을 드러낸 삶……"

마르셀은 그때 과거와 현재 사이의 다리를 발견합니다. "우리가 현실이라고 부르는 것은 동시에 우리를 에워싸고 있는 감각과 기억 사이의 특정한 관계다." 간단히 말해서, 과거를 재현하기 위해서는 기억의 작용외에 다른 것이 반드시 필요합니다. 현재의 감각(특히 미각, 후각, 촉각, 청각)과 감각적인 과거의 기억이 반드시 결합되어야 하는 것입니다. 레온의 말을 인용하겠습니다. "이러한 부활의 순간[예를 들어 게르망트의 저택 안뜰에서 높이가 다른 포석 때문에 베네치아를 떠올린 것]에 우리가 현재를 지워버리는 대신 계속 인식할 수 있다면, 자신의 정체성에 대한 감각을 계속 유지하면서 동시에 이제는 존재하지 않는다고 우리가 오랫동안 믿어온 그 순간을 온전히 경험할 수 있다면, 그때, 오로지 그때만이 마침내 잃어버린 시간을 온전히 소유하게 된다." 다시 말해서, 현재의 감각이라는 꽃다발과 과거의 사건 또는 감각을 돌아보는 시야, 이 둘이 함께 존재할 때 감각과 기억이 하나가 되고 잃어버린 시간을 되찾을 수 있습니다.

우리가 이런 식으로 과거를 되찾을 수 있는 유일한 수단은 예술작품이라는 사실을 화자가 깨달을 때, 그의 계몽이 완성됩니다. 이 목표에 그는 자신을 바칩니다. "기억을 통해 인상을 재현한 뒤, 그것을 그 자체의 심연으로 떨어뜨려 깊이를 재고 다시 빛 속으로 끌어올려 지적으로 상응하는 어떤 것으로 변화시키는 것, 이것이야말로 내가 생각했던 예술작품의 거의 핵심적인 본질, 선행조건이 아니었을까……?" 그는 마침내 깨닫습니다. "문학작품의 재료란 다름 아닌 나의 과거이며, 경박하게 즐거워하는 와중에, 빈둥거리는 순간에, 부드러운 애정과 슬픔 속에서 나를 찾아온 그 재료들을 나는 그들의 최종적인 목적은 물론 심지어 생존 가능성조차 예견하지 못하고 저장해두었다. 묘목에 영양분이 되어줄 것들과 함께 놓인 씨앗이 미래를 예견하지 못하는 것처럼."

그는 이렇게 글을 마무리합니다. "이미 저 아래로 멀리까지 뻗어 있으며 내가 그토록 고통스럽게 속에 간직하고 있는 과거를 앞으로 계속 짊어지고 다닐 힘이 내게 있는 것 같지 않았다! 적어도 내 작품을 완성할 시간이 충분히 허락된다면, 나는 거기에 반드시 그 시간의 인장을 찍을 수 있을 것이다. 시간에 대한 이해는 오늘날 몹시 강력하게 내게 각인을 새기고 있었다. 나는 또한 그 작품 안에서 인간을 묘사할 것이다. 그로 인해 설사 인간이 괴물과 비슷해진다 하더라도, 공간 속에서 그들에게 할당된 그 한정된 공간보다 훨씬 더 중요한 장소를 시간 속에서 차지하고 있는 존재로. 그 장소는 제한된 공간과 반대로 한없이 뻗어 있는데, 그것은 인간이 세월 속에서 거인처럼 저멀리 뒤편까지 손을 뻗어, 헤아릴 수 없이 많은 날들이 사이에 자리하고 있어서 시간 속에서 서로 멀찍이 떨어져 있는 자기 삶의 여러 시대들을 동시에 건드리기 때문이다."

프란츠 카프카(1883~1924)

「변신」(1915)

어떤 이야기를, 음악을, 그림을 아무리 예리하고 훌륭하게 논의하고 분석한다 해도, 마음이 차갑게 식은 채 머릿속으로 아무것도 받아들이지 않는 사람들은 당연히 존재할 겁니다. "세상의 신비를 우리가 들여다보자." 리어왕은 자신과 코딜리어를 위해 소망을 잔뜩 담아 이렇게 말합니다. 예술을 진지하게 대하는 사람들에게 내가 해주고 싶은 말도 이것입니다. 가엾은 남자가 강도에게 외투를 빼앗깁니다(고골의 「외투」 또는 더 정확히 번역하자면 「캐릭」*). 또다른 가엾은 친구는 벌레로 변합니다(카프카의 「변신」). 그래서 뭐? 이 질문에 내놓을 수 있는 합리적인 답은 없습니다. 이야기를 낱낱이 분해해서 각각의 조각이 서로 어떻게 맞아떨어지는지, 패턴의 여러 부분들이 서로 어떻게 상응하는지 알아낼 수는 있습니다. 그러나 우리 안에 우리가 명확히 규정할 수도 무시하고 내쳐버릴 수도 없는 감각에 반응해서 진동하는 모종의 세포, 모종의 유전자, 모종의 싹이 반드시 있어야 합니다. 아름다움에 연민을 더

---

* 18세기 말부터 나타난 남성용 긴 코트.

한 것. 이것이 예술을 정의하는 말로 내놓을 수 있는 최선의 표현입니다. 아름다움이 있는 곳에는 연민이 있습니다. 아름다움이 반드시 죽을 수밖에 없다는 간단한 이유 때문입니다. 아름다움은 항상 죽습니다. 그와 함께 그 사람 특유의 태도도 죽습니다. 그와 함께 세상이 죽습니다. 만약 카프카의 「변신」을 읽고 단순히 곤충이 등장하는 판타지 이상의 어떤 느낌을 받는다면, 나는 그 사람에게 훌륭하고 위대한 독자의 반열에 올랐다는 축하인사를 건네겠습니다.

나는 판타지와 현실을 논하고 싶습니다. 이 둘의 관계도 논하고 싶습니다. 「지킬 박사와 하이드 씨」를 일종의 우화로, 즉 모든 사람의 내면에 존재하는 선과 악의 투쟁을 그린 이야기로 본다면, 참으로 멋없고 유치한 우화가 아닐 수 없습니다. 이 작품을 우화로 보는 사람이라면, 작품 속 그림자놀이 또한 당연히 물리적인 실제라고 생각할 겁니다. 그런 일이 불가능하다는 사실을 상식적으로는 알고 있는데 말이지요. 그러나 이야기의 설정 속에서는, 상식적인 사람의 눈으로 볼 때도 세상의 일반적인 경험과 어긋나는 점을 첫눈에 찾아내지 못합니다. 그래도 한번 더 살펴보면, 이야기의 설정 자체가 일반적인 경험과 어긋난다는 사실을 알게 될 겁니다. 어터슨을 비롯해서 지킬 주위의 여러 사람들이 어떤 의미에서는 하이드 씨 못지않게 환상적인 인물임을 알게 될 겁니다. 환상이라는 관점에서 그들을 바라보지 않는 한, 우리는 이야기의 마법을 느낄 수 없습니다. 만약 마법사가 사라져버리고 이야기꾼과 교사만 남는다면, 우리는 그들과 쉽게 어울릴 수 없을 겁니다.

지킬과 하이드의 이야기는 멋지게 잘 만들어져 있습니다만, 오래되 없습니다. 선도 악도 실제로 묘사되어 있지 않으니, 이 작품이 말하고자 하는 도덕은 생뚱맞게 보일 뿐입니다. 전체적으로 봤을 때 이 작품에서 선과 악은 당연한 듯이 받아들여지며, 갈등은 속이 텅 비어서 윤곽밖에 없는 이 둘 사이에서 진행됩니다. 그런데도 이 작품의 마법이 살아 있는 것은 스티븐슨의 솜씨 덕분입니다. 하지만 나는 이런 생각이 듭니다. 예술과 생각, 작풍과 소재는 불가분의 관계이므로, 이야기의 구조에도 비슷한 것이 있지 않을까. 그래도 조심해야 합니다. 이 이야기를 예술적으로 실체화하는 과정에 결점이 있다는 내 생각은 아직 변하지 않았습니다(이야기의 형식과 내용을 별도로 떼어놓고 생각하면 그렇다는 얘깁니다). 고골의 「캐릭」과 카프카의 「변신」에는 이런 결점이 없습니다). 이야기 설정의 환상적인 측면(어터슨, 엔필드, 풀, 래니언 그리고 그들이 살고 있는 런던)은 지킬의 하이드화라는 환상적인 측면과 질적으로 같지 않습니다. 그림에 금이 간 것처럼, 통일성이 부족합니다.

「캐릭」「지킬 박사와 하이드 씨」「변신」. 이 세 작품 모두 판타지로 불립니다. 내 관점에서는, 독특한 개인의 독특한 세계를 반영하기만 한다면, 뛰어난 예술작품은 모두 판타지입니다. 사람들이 이 세 작품을 판타지라고 부르는 것은, 이 이야기들이 흔히들 현실이라고 일컫는 것과 동떨어진 소재를 다루고 있다는 뜻일 뿐입니다. 그러니 '현실'이 무엇인지 한번 살펴봅시다. 이른바 판타지가 이른바 현실로부터 어떤 식으로, 얼마나 멀리 떨어져 있는지 알아보기 위해서입니다.

세 남자가 똑같은 풍경 속을 걷고 있다고 가정합시다. 남자1은 열심히 일한 보상으로 마땅히 누려야 할 휴가를 떠난 도시인입니다. 남자2

는 식물학자이고, 남자3은 인근에 사는 농부입니다. 도시인인 남자1은 이른바 현실적이고, 상식적이고, 무미건조한 유형입니다. 그의 눈에 나무는 그저 나무로만 보일 뿐이고, 지도를 보면 자신이 뉴턴으로 이어진 훌륭한 새 도로를 따라가고 있다는 사실이 눈에 들어올 뿐입니다. 뉴턴에는 직장 동료가 추천해준 맛집이 있습니다. 식물학자는 주위를 둘러보면서 식생의 조건을 정확히 파악합니다. 구체적인 나무와 풀, 꽃과 양치류를 정확한 생물학적 규칙에 따라 분류하지요. 그에게는 이것이 바로 현실입니다. (떡갈나무와 느릅나무를 구분하지 못하는) 둔감한 여행자의 세계는 그에게 환상적이고, 모호하고, 몽상적이고, 결코 존재할 수 없는 세상으로 보입니다. 마지막으로, 농부의 세계는 대단히 감정적이고 개인적이라는 점에서 앞의 두 사람과 다릅니다. 그는 이곳에서 태어나 자랐기 때문에, 모든 길과 나무를 손바닥처럼 잘 알고 있습니다. 모든 길에 드리워진 모든 나무의 그림자 하나하나도 마찬가지입니다. 이들은 모두 그의 일상적인 노동, 유년시절, 그밖의 수천 가지 사소한 것들과 따스하게 관련되어 있습니다. 평범한 여행자인 남자1과 식물분류학자인 남자2는 결코 알 수 없는 것들입니다. 우리의 농부는 세상을 바라보는 식물학적인 시선과 자기 주위 식물들의 관계를 알지 못합니다. 식물학자는 헛간이나 오래된 밭이나 사시나무숲 아래의 낡은 집에서 자신에게 조금이라도 의미 있는 것을 발견하지 못합니다. 이런 것들은 여기서 태어난 사람의 개인적 기억이라는 매질媒質 속에 말하자면 둥둥 떠 있기 때문입니다.

자, 이렇게 우리 앞에 세 개의 세상이 펼쳐졌습니다. 평범한 세 남자가 각자 다른 '현실'을 지니고 있기 때문입니다. 물론 우리는 다른 존재들을 얼마든지 불러낼 수 있습니다. 개를 데리고 있는 시각장애인, 개를 데리고 있는 사냥꾼, 주인과 함께 있는 개, 마음에 드는 일몰 장면을 찾아 돌아다니는 화가, 자동차 기름이 떨어진 아가씨⋯⋯ 이 사람들의 세계 또한 각각 완전히 다를 겁니다. 가장 객관적인 단어인 나무, 길, 꽃, 하늘, 헛간, 엄지손가락, 비 등이 각자에게 완전히 다른 주관적인 의미를 지니기 때문입니다. 사실 이런 주관적인 세계가 워낙 강렬해서 이른바 객관적인 세계는 텅 비고 깨진 껍데기가 되어버립니다. 객관적인 현실로 돌아가는 길은 하나뿐입니다. 각자의 세계를 한데 모아 철저히 뒤섞은 뒤, 그 혼합물 한 방울을 퍼올려 그것을 '객관적인 현실'이라고 부르는 방법. 만약 어떤 정신병자가 그 인근을 지나갔다면 거기서 광기의 맛이 살짝 날 것이고, 누군가가 아름다운 벌판을 보면서 단추와 폭탄을 생산하는 아름다운 공장이 거기에 세워진 모습을 상상했다면 아름다운 헛소리의 맛이 날 겁니다. 그러나 전체적으로 봤을 때는, 우리가 시험관에 담아 빛을 향해 들고 있는 이 객관적인 현실 속에서 이 광기의 입자들이 많이 희석되어 있을 겁니다. 게다가 이 '객관적인 현실'에는 시각적인 환상과 실험을 초월하는 뭔가가 들어 있습니다. 시, 고결한 감정, 에너지와 노력(단추의 왕에게 어쩌면 이 지점이 딱 맞는 곳이 될지도 모르겠습니다), 연민, 자부심, 열정이라는 요소들. 그리고 친구가 추천해준 길가 맛집에서 두툼한 스테이크를 먹고 싶다는 갈망도 있습니다.

따라서 우리는 '현실'이라는 말을 할 때 사실 이 모든 것을 생각하는 셈입니다. 한 방울 속에 수많은 개인들의 현실이 섞여 있는 평균적인 셈

풀. 내가 「캐릭」 「지킬 박사와 하이드 씨」 「변신」처럼 특정한 판타지의 세계를 배경으로 '현실'이라는 말을 사용할 때의 의미도 바로 이것입니다.

「캐릭」과 「변신」에는 기괴하고 무정한 인물들, 재미있거나 경악스러운 인물들, 얼룩말처럼 줄지어 지나가는 멍청한 놈들, 토끼와 쥐의 잡종 같은 놈들 속에 인간적인 페이소스를 어느 정도 부여받은 핵심적인 인물이 존재합니다. 「캐릭」의 핵심적인 인물은 카프카의 이야기 속 그레고르와는 다른 유형의 인간적인 특징을 지니고 있지만, 인간적이고 애잔한 특징은 두 사람 모두에게 있습니다. 「지킬 박사와 하이드 씨」에는 이러한 인간적인 페이소스가 전혀 없습니다. 이야기의 목구멍이 두근거리는 듯한 감각도, "'난 나갈 수 없어, 난 나갈 수 없어.' 찌르레기가 말했다."(스턴의 판타지 소설인 『풍류여정기』에서 무척 비통하게 들리는 말이죠)를 연상시키는 느낌도 없습니다. 스티븐슨이 지킬이 처한 무시무시한 곤경에 많은 지면을 할애한 것은 사실입니다만, 결국 이야기는 아주 잘 만들어진 꼭두각시 인형극에 불과합니다. 카프카와 고골이 묘사하는 개인적인 악몽은 인간적인 주인공들이 주위의 비인간적인 인물들과 똑같이 환상적인 자기만의 세계에 속한다는 점에서 아름답습니다. 하지만 주인공은 이 세계에서 벗어나 가면을 벗어던지고 외투 또는 벌레의 외골격을 초월하려고 애씁니다. 스티븐슨의 작품에는 이런 통일성도, 이런 대비도 없습니다. 어터슨과 풀, 엔필드는 그저 평범하고 일상적인 인물일 뿐입니다. 사실 이들은 디킨스에서 유래한 인물들이므로, 스티븐슨만의 예술적인 현실과는 그리 어울리지 않는 환상에 속합니다. 스티븐슨의 안개 또한 디킨스를 연상시키는 스튜디오에서 흘러나와 전통적인 런던 풍경을 감싸지요. 사실 내가 보기에는 지킬이 만든 마법의 약이 어터슨의 삶보다 더 현실적입니다. 반면 지킬과 하이드라는 환상적인 테마는 원래 전통적인 런던과 대비를 이뤄야 하지만, 실제로 대비되는 것은 고딕풍 중세 테마와 디킨스 테마입니다. 부조리한 세상과 애잔하게 부조리한 바시마치킨*의 대비나 부조리한 세상과 비극적으로 부조리한 그레고르의 대비와는 다른 종류입니다.

지킬과 하이드 테마는 배경과 딱히 조화를 이루지 않습니다. 이 테마의 판타지와 배경의 판타지가 서로 다른 유형에 속하기 때문입니다. 지킬에게는 특히 애잔하거나 비극적인 면이 전혀 없습니다. 그 놀라운 곡예, 아름다운 술수는 속속들이 즐겁습니다만, 예술적이고 감정적인 두근거림은 없습니다. 또한 지킬과 하이드 중 누가 우월한 위치를 차지하는지에 대해 훌륭한 독자는 더할 나위 없이 무심합니다. 나는 지금 다소 정밀한 차이점에 대해 이야기하고 있기 때문에, 간단히 설명하기가 힘듭니다. 명석하지만 다소 피상적인 프랑스 철학자가 심오하지만 모호한 독일 철학자 헤겔에게 그의 견해를 간결하게 설명해보라고 하자, 헤겔은 몹시 거슬린다는 듯이 이렇게 대답했습니다. "이런 문제는 간략하게 논할 수도 없고, 프랑스어로 논할 수도 없소." 헤겔의 말이 옳았는지 여부는 무시하기로 하고, 고골-카프카류의 이야기와 스티븐슨류의 이야기가 어떻게 다른지 간략하게 설명하려는 시도를 계속 이어가보겠습니다.

---

* 「캐릭」의 주인공.

고골과 카프카의 이야기에서 부조리한 주인공은 자신을 에워싼 부조리한 세상에 속해 있지만, 거기서 벗어나 인간들의 세계로 들어가려는 시도를 애잔하고 비극적으로 계속하다가 절망 속에서 죽습니다. 스티븐슨의 이야기에서는 비현실적인 주인공이 자신을 에워싼 세상과는 다른 종류의 비현실에 속합니다. 그는 디킨스류의 배경 속에서 움직이는 고딕풍 인물이며, 몸부림을 치다가 죽는 그의 운명에는 그저 전통적인 페이소스가 있을 뿐입니다. 물론 스티븐슨의 이야기가 실패작이라는 뜻은 전혀 아닙니다. 그 작품은 그 나름의 전통적인 관점에서 걸작 소품입니다만, 고작해야 두 차원 정도를 다루고 있을 뿐입니다. 반면 고골과 카프카의 이야기에는 대여섯 개의 차원이 있습니다.

*　*　*

1883년에 태어난 프란츠 카프카는 체코슬로바키아 프라하에서 독일어를 사용하던 유대인 가정 출신입니다. 그는 우리 시대에 독일어로 작품을 쓴 작가 중 가장 위대한 인물입니다. 릴케 같은 시인이나 토마스 만 같은 소설가도 카프카에 비하면 난쟁이나 딱딱한 성자처럼 보입니다. 카프카는 프라하의 독일 대학에서 법학을 공부했으며, 1908년부터 그야말로 고골의 소설 같은 분위기를 풍기는 보험사 사무실에서 하급 사무원으로 일했습니다. 지금은 유명해진 그의 작품들, 예를 들어 『소송』(1925)이나 『성』(1926) 같은 소설들 중 그가 살아 있을 때 출판된 것은 거의 없습니다. 그의 가장 훌륭한 단편인 「변신」, 독일어로 「Die

Verwandlung」은 1912년 가을에 쓴 작품으로, 1915년 10월에 라이프치히에서 출간되었습니다. 1917년에 그는 각혈을 했고, 그로부터 세상을 떠날 때까지 7년 동안 중부 유럽의 요양원들을 들락거렸습니다. 짧은 생애(그는 마흔한 살에 세상을 떠났습니다)의 이 마지막 몇 년 동안 그는 행복한 사랑을 했으며, 1923년에는 베를린에서 애인과 함께 살았습니다. 당시 내가 살던 곳과 그리 멀지 않은 집이었습니다. 1924년 봄에 그는 빈 인근의 요양원에 들어가 6월 3일에 후두결핵으로 눈을 감았습니다. 시신은 프라하의 유대인 묘지에 묻혔죠. 그는 친구인 막스 브로트에게 이미 출간된 것까지 포함해서 자신이 쓴 것을 모조리 불태워달라고 부탁했습니다. 브로트가 친구의 소망을 들어주지 않은 것이 다행입니다.

「변신」에 대한 이야기를 시작하기 전에, 제쳐두고 싶은 관점이 두 가지 있습니다. 먼저, 카프카의 글을 이해하는 일은 문학의 범주가 아니라 성자의 범주에 속한다는 막스 브로트의 의견을 전적으로 거부합니다. 카프카는 무엇보다도 예술가였습니다. 모든 예술가는 어떤 의미에서 성자라고(나는 확실히 그렇게 느끼고 있습니다) 주장할 수도 있겠지만, 카프카의 천재성에 종교적인 의미를 부여해서는 안 된다고 생각합니다. 내가 거부하고 싶은 또하나의 관점은 프로이트식 시각입니다. 프로이트식 관점으로 카프카의 전기를 쓴 사람들, 예를 들어 『얼어붙은 바다』(1948)를 쓴 나이더 같은 사람들은 카프카와 아버지의 복잡한 관계 및 그가 평생 안고 있던 죄책감이 「변신」의 바탕이 되었다고 주장합니다. 또한 여기서 더 나아가, 신화적인 상징체계에서 어린이는 해충으로 표현된다면서(내가 보기에는 의심스럽습니다) 카프카가 프로이트식 원리에 따라 작품 속 아들인 그레고르를 표현하기 위해 벌레라는 상징을 사용했다고 주장합니다. 그가 아버지 앞에서 스스로 쓸모없는 존재라고 느끼는 심정을 벌레가 적절하게 형상화해준다는 겁니다. 나는 벌레에는 관심이 있습니다만, 헛소리에는 관심이 없습니다. 카프카 본인도 프로이트식 사고에 지극히 비판적이었습니다. 그는 정신분석학이 "난감한 오류"라고 생각했으며, 프로이트의 이론이 아주 대략적인 그림에 불과하기 때문에 세세한 부분뿐 아니라 심지어 문제의 핵심도 제대로 다루지 못한다고 보았습니다. 내가 프로이트식 접근 방식을 내치고, 대신 예술적인 순간에 집중하려 하는 것은 바로 이런 이유 때문이기도 합니다.

카프카에게 문학적으로 가장 커다란 영향을 미친 사람은 플로베르였습니다. 예쁘기만 한 산문을 혐오했던 플로베르가 글을 쓸 때 도구를 다루는 카프카의 태도를 보았다면 갈채를 보냈을 겁니다. 카프카는 법과 과학의 용어에서 단어를 즐겨 뽑아와서, 글에 일종의 풍자적인 정밀함을 부여했습니다. 여기에 작가 본인의 개인적인 감상은 전혀 끼어들지 않았습니다. 플로베르가 뛰어난 시적인 효과를 획득한 방법이 바로 이것입니다.

「변신」의 주인공인 그레고르 잠자는 프라하에 사는 중산층 가정의 아들입니다. 그의 부모는 플로베르식의 속물로, 삶의 물질적인 측면에만 관심이 있고, 취향은 저속합니다. 약 5년 전에 아버지 잠자가 가진 돈을 대부분 잃어버리는 바람에 아들인 그레고르가 아버지의 채권자 중 한 명의 회사에 취직해 여기저기 돌아다니며 천을 파는 영업사원이 되었습니다. 그다음부터 아버지는 일을 완전히 손에서 놓았고, 여동생인 그레테는 아직 일하기에 어린 나이였으며, 어머니는 천식을 앓고 있었습니다. 따라서 젊은 그레고르는 온 가족을 부양하면서 지금 가족이 살고 있는 아파트까지 자기 힘으로 구했습니다. 정확히 말해서 샬럿 거리에 있는 이 아파트는 여러 부분으로 나눠져 있습니다. 나중에 곤충이 된 그의 몸이 여러 절로 나눠지는 것과 같습니다. 이 이야기의 배경은 중부 유럽의 프라하이고, 때는 1912년입니다. 하인을 싼값에 부릴 수 있기 때문에 잠자의 집에도 열여섯 살짜리 하녀(그레테보다 한 살 어립니다) 안나와 요리사가 있습니다. 그레고르는 대부분 출장을 다니지만, 이야기가 시작하는 시점에서는 또 출장을 떠나기 전에 집에서 하룻밤을 보낸 상태입니다. 그때 무서운 일이 일어난 겁니다. "어느 날 아침 좋지 않은 꿈에서 깨어난 그레고르 잠자는 침대에서 자신이 거대한 곤충으로 변해버렸음을 알게 되었다. 그는 갑옷처럼 단단한 등을 대고 누워 있었는데, 고개를 살짝 들어보니 둥근 지붕처럼 생긴 갈색 배가 보였다. 이랑 같은 무늬가 있는 여러 절로 나뉜 배 위에서는 이불이 자리를 지키기 힘들기 때문에 완전히 흘러내리기 직전이었다. 헤아릴 수 없이 많은 다리, 두툼한 다른 부위에 비해 안쓰러울 정도로 가느다란 다리들이 그의 눈앞에서 무기력하게 나풀거리며 희미하게 반짝였다flimmered[나풀거리다flicker + 희미하게 반짝이다shimmer].

이게 어떻게 된 일이지? 그는 속으로 생각했다. 이것은 꿈이 아니었다……

그레고르의 눈이 이번에는 창문으로 향했다. 양철로 된 창턱의 바깥

452

쪽 가장자리를 빗방울이 두드리는 소리가 들리고, 그는 찌푸린 날씨 때문에 꽤나 우울해졌다. 이런 말도 안 되는 일은 잊어버리고 조금 더 잘까. 그는 이런 생각을 했지만 그럴 수 없었다. 원래 오른쪽으로 누워서 자는 습관이 있는데, 지금 상태로는 혼자서 몸을 돌릴 수 없기 때문이었다. 오른쪽으로 돌아눕기 위해 몸을 아무리 격렬하게 내던지려 해도, 매번 반듯이 누운 자세로 획 돌아오고 말았다. 꿈틀거리는 다리를 보지 않으려고 눈을 감은 채* 그는 적어도 백 번쯤 시도를 해보았다. 그러다 옆구리에서 한 번도 느껴본 적이 없는 희미하고 둔탁한 통증이 느껴지기 시작했을 때 시도를 그만두었다.

아, 젠장. 그는 속으로 생각했다. 내가 너무 힘든 직업을 택했어! 허구한 날 출장이라니. 사무실에 있을 때보다는 돌아다닐 때 걱정할 게 더 많잖아. 갈아탈 열차 걱정, 형편없고 불규칙한 식사, 다시는 볼 일이 없는 사람들, 결코 친한 친구가 되지 않을 사람들과 일시적으로 만나고 헤어지는 것. 에이, 될 대로 되라지! 배의 살갗이 조금 가려워져서 그는 등으로 몸을 밀어 침대 머리맡 가까이로 천천히 움직였다. 고개를 좀더 쉽게 들어올리기 위해서였다. 가려운 부위를 파악하고 보니, 정체를 알 수

---

* 나보코프는 직접 주석을 단 책에 이렇게 메모했다. "일반적인 딱정벌레는 눈커풀이 없기 때문에 눈을 감을 수 없다. 인간의 눈을 지닌 딱정벌레다." 여기 인용된 부분 전체에 대해서는 다음과 같이 메모해두었다. "독일어 원본에서는 몽상적으로 이어지는 문장들에서 놀랍게 흐르는 듯한 리듬이 느껴진다. 그의 의식은 반만 깨어 있다. 그래서 자신의 곤경을 깨닫고도 놀라지 않고 아이처럼 받아들인다. 또한 그와 동시에 그는 인간일 때의 기억과 경험에 계속 매달리고 있다. 아직 변신이 완전하지 않다." —편집자

없는 작은 하얀색 점들이 그 부위를 뒤덮고 있었다. 그는 다리로 그것을 만져보려다가 곧바로 다리를 거둬들였다. 다리가 그곳에 닿는 순간 온몸이 소스라쳐서 부르르 떨렸기 때문이다."

물건을 팔려고 돌아다니는 초라한 여행자, 가엾은 그레고르가 이토록 갑자기 변해버린 '해충'이란 정확히 무엇일까요? 절지동물에 속하는 것이 분명합니다. 곤충, 거미, 지네, 갑각류가 모두 절지동물입니다. 앞부분에서 언급된 "헤아릴 수 없이 많은 다리"가 여섯 개 이상의 다리를 의미한다면, 그레고르는 동물학적인 관점에서 볼 때 곤충이 아닙니다. 그러나 반듯이 누운 자세로 잠에서 깨어 무려 여섯 개나 되는 다리가 허공에서 꼼지락거리는 모습을 본 사람이라면, 여섯 개도 엄청 많아 보일 겁니다. 그러니 그레고르가 여섯 개의 다리를 지닌 곤충이라고 가정합시다.

다음 질문. 어떤 곤충일까요? 바퀴벌레라고 말하는 사람들도 있지만, 그건 당연히 말이 되지 않습니다. 바퀴벌레는 몸통이 납작하고 다리가 큰 곤충입니다. 하지만 그레고르는 전혀 납작하지 않습니다. 양쪽 옆구리와 배와 등이 볼록하고 다리는 작지요. 그가 바퀴벌레와 비슷한 점은 딱 하나뿐입니다. 색이 갈색이라는 것. 그게 전부입니다. 이것만 빼면, 그는 엄청나게 볼록한 배가 여러 절로 나뉘어 있고 등도 단단하고 둥근 모양입니다. 여기에는 날개가 들어 있을 가능성이 있습니다. 딱정벌레의 등껍질 안에는 아주 얇고 작은 날개가 감춰져 있지요. 딱정벌레는 그날개를 펼쳐 서투른 솜씨로 몇 마일이나 날아갈 수 있습니다. 그런데 묘하게도 우리 딱정벌레 그레고르는 단단한 등껍질 안에 날개가 있다는 사실을 끝까지 모릅니다(이건 내가 관찰 결과 알아낸 훌륭한 사실이니 여러분 모두 평생 소중히 간직하기 바랍니다. 그레고르와 마찬가지로 세상 사람들 중 일부는 자신에게 날개가 있다는 사실을 모릅니다). 그는 또한 튼튼한 턱을 갖고 있습니다. 그는 이 턱을 이용해서 열쇠구멍 속의 열쇠를 돌립니다. 뒷다리, 그러니까 세번째 다리 한 쌍(아주 튼튼한 다리입니다)으로 똑바로 일어선 자세인데, 이를 통해 우리는 그의 몸길이가 약 3피트임을 알 수 있습니다. 이야기가 진행되면서 그레고르는 자신의 새로운 기관들, 즉 발과 더듬이를 이용하는 데 점점 익숙해집니다. 그가 몸집은 개만하고, 볼록한 모양을 한 갈색 딱정벌레라는 것은 대략적인 추측일 뿐입니다. 아마 그는 다음의 그림과 같이 생겼을 겁니다.

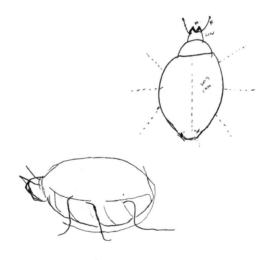

독일어 원본에서 늙은 파출부는 그를 Mistkafer, 즉 '쇠똥구리'라고 부릅니다. 이 착한 아주머니가 이런 말을 한 것은 순전히 친해지기 위해

서임이 분명합니다만, 그레고르는 엄밀히 말해서 쇠똥구리가 아닙니다. 그냥 큰 딱정벌레일 뿐입니다(그레고르도 카프카도 딱정벌레를 아주 또렷하게 본 적이 없다는 말을 덧붙여야겠습니다).

이제 그레고르의 변신을 좀더 자세히 살펴봅시다. 그의 변신이 충격적이기는 해도, 처음에 생각했던 것만큼 이상한 일은 아닙니다. 상식적인 해설가(폴 L. 랜즈버그, 『카프카 문제』[1946], 에인절 플로레스 편집)는 "낯선 환경에서 잠자리에 들었다가 깨어났을 때 우리는 순간적으로 당황하기 쉽다. 갑작스럽게 여기가 현실이 아닌 것 같은 느낌이 드는 것이다. 출장을 자주 다니는 영업사원이라면 이런 경험을 몇 번이나 되풀이해서 겪을 것이다. 이런 삶의 방식으로 인해 그는 어떤 식으로든 지속성을 느낄 수 없게 된다." 현실감은 지속성에 달려 있습니다. 사실 벌레로 변해서 깨어나는 것이나, 나폴레옹 또는 조지 워싱턴으로 변해서 깨어나는 것이 그리 크게 다르지 않습니다(나는 브라질 황제로 변해서 깨어난 남자를 압니다). 반면 이른바 현실 속의 소외감과 낯선 느낌, 이런 것들은 사실 예술가, 천재, 발견자에게 상존하는 특징입니다. 환상적인 곤충 주위의 잠자 일가는 천재 주위의 평범한 사람에 지나지 않습니다.

1부

이제부터 구조에 관한 이야기를 하려고 합니다. 이 이야기의 1부는 일곱 가지 장면 또는 절로 나눌 수 있습니다.

장면 I: 그레고르가 깨어납니다. 그는 혼자입니다. 몸은 이미 딱정벌레로 변했지만, 인간적인 감상이 곤충으로서 새로 얻은 본능과 아직 섞여 있습니다. 이 장면은 아직 인간적인 특징을 간직한 시간 요소가 도입되는 것으로 끝납니다.

"그는 서랍장 위에서 똑딱거리는 자명종 시계를 바라보았다. 이런 세상에! 그는 속으로 생각했다. 시곗바늘이 여섯시 삼십분에서 조용히 계속 움직이고 있었다. 이미 삼십분 표시를 넘어서서 일곱시 십오분 전을 향해 나아가고 있었다. 자명종이 울리지 않은 걸까?…… 다음 기차는 일곱시 출발이었다. 그 기차를 타려면 미친듯이 서둘러야 할 텐데 샘플은 아직 포장도 하지 않은 상태였다. 그레고르 본인도 딱히 개운하고 활기찬 상태는 아니었다. 게다가 설사 그 기차를 탄다 하더라도, 사장의 잔소리는 피할 수 없을 터였다. 회사의 심부름꾼이 다섯시 기차를 기다리고 있었을 테니, 그레고르가 나타나지 않았다는 사실을 이미 한참 전에 보고했을 것이다." 그는 병가를 낼까 생각해보지만, 보험사의 의사가 그의 완벽한 건강을 확인해줄 것이라는 결론을 내립니다. "사실 의사의 의견이 그렇게 잘못된 것일까? 그레고르는 조금 졸린 것을 빼고는 몸 상태가 아주 좋았다. 졸린 것이야 그렇게 오래 자고 일어났으니 생각할 문제도 아니고, 게다가 심지어 평소보다 유난히 배가 고프기까지 했다."

장면 II: 그레고르의 가족 세 명이 그의 방 문을 두드리고, 각각 복도, 거실, 여동생의 방에서 그에게 말을 겁니다. 그레고르의 가족들은 그를 착취하고, 그를 속에서부터 파먹는 기생충입니다. 이것은 딱정벌레가 된 그를 참을 수 없게 만드는 인간적인 문제입니다. 배신, 잔혹성, 더러움으로부터 자신을 보호해줄 것을 찾고 싶다는 애처로운 충동이 그에게 딱정벌레의 껍데기라는 갑옷을 만들어준 겁니다. 처음에는 이 껍데기가 단단하고 튼튼해 보이지만, 결국은 인간이던 시절 그의 병든 육체와 정신만큼 취약하다는 사실이 드러납니다. 아버지, 어머니, 여동생이라는 세 기생충 중 누가 가장 잔혹할까요? 처음에는 아버지인 것 같을 겁니다. 하지만 최악의 존재는 아버지가 아니라 여동생입니다. 그레고르가 누구보다 사랑하는 여동생은 이야기의 중반부에 나오는 가구 장면에서부터 그를 배신합니다. 지금 이야기하고 있는 장면 II에서는 문 테마가 시작됩니다. "그의 침대 머리맡 뒤편에 있는 문을 누군가가 조심스레 두드렸다. '그레고르.' 어머니의 목소리였다. '일곱시 십오분 전이야. 기차를 타야 한다고 하지 않았니?' 그 부드러운 목소리라니! 그레고르는 어머니에게 대답하는 자신의 목소리를 들으며 충격을 받았다. 틀림없는 그의 목소리였으나, 한심하게 끽끽거리는 소리가 끈질기게 밑에 깔려 있었다…… '네, 네, 고마워요, 어머니. 이제 일어날게요.' 두 사람 사이에 자리한 나무 문 덕분에 밖에서는 그의 목소리가 달라졌다는 사실을 알아차리지 못했음이 분명했다…… 하지만 이렇게 몇 마디 주고받은 덕분에 식구들은 그레고르가 뜻밖에도 아직 집에 있다는 사실을 알게 되었다. 아버지가 벌써 한쪽 쪽문을 두드리고 있었다. 동작은 부드러웠지만, 문을 두드리는 것은 아버지의 주먹이었다. '그레고르, 그레고르.' 아버지가 소리쳤다. '너 무슨 일이라도 있는 거냐?' 그러고 얼마 뒤 아버지가 더욱 깊어진 목소리로 다시 소리쳤다. '그레고르! 그레고르!' 반대편 쪽문에서는 여동생이 작은 목소리로 애원하듯 말하고 있었다. '그레고르? 몸이 안 좋아? 뭐 필요한 거라도 있어?' 그레고르는 두 사람에게 동시에 대답했다. '이제 곧 나갈 거야.' 그는 목소리를 최대한 평소처럼 내기 위해 최선을 단해서 단어를 또박또박 발음하고, 단어 사이에 긴 여백을 주었다. 그래서 아버지는 다시 아침식사를 하러 갔지만, 여동생은 이렇게 속삭였다. '그레고르, 문 열어. 열어줘.' 하지만 그는 문을 열 생각을 하지 않았다. 여행을 많이 다닌 덕분에 밤에는 집에서조차 문을 모조리 잠가두는 신중한 습관이 생긴 것을 오히려 고맙게 생각하고 있었다."

　　장면 III: 계획은 사람의 머리로 했지만 행동은 딱정벌레의 몸이 해야 하는 시련, 즉 침대에서 일어나는 일입니다. 그레고르는 아직도 인간 시절의 감각으로 자신의 몸을 생각하고 있지만, 인간일 때의 하반신이 지금은 딱정벌레의 몸 뒷부분이 됐고, 상반신은 앞부분이 됐습니다. 여섯 개의 다리로 선 딱정벌레의 모습은 인간이던 시절 네 발로 엎드린 모습에 해당할 겁니다. 하지만 이 점을 아직 이해하지 못한 그레고르는 세번째 다리 한 쌍으로 일어서려고 끈질기게 시도합니다. "그는 먼저 하반신을 이용해서 침대에서 벗어날 수 있을 것이라고 생각했다. 하지만 아직 눈으로 직접 보지 못해서 어떻게 생겼는지 명확히 인식할 수 없는 하반신을 움직이기가 너무나 힘들었다. 모든 것이 너무 느렸다. 마침내 그가 거의 잔인할 정도로 힘을 끌어모아 무모하게 몸을 쑥 밀어냈으나, 방향을 잘못 계산하는 바람에 침대 끝부분에 심하게 쿵 하고 부딪히고 말았다. 타는 듯한 통증 덕분에 그는 한동안 하반신을 조심해서 다뤄야 한다는 사실을 깨달았다…… 그는 혼잣말을 했다. '일곱시 십오분이 되기 전에는 반드시 침대에서 일어나 있어야 돼. 어차피 그때쯤이면 나한테 무슨 일이 생긴 건가 하고 사무실에서 사람이 나와 있겠지. 사무실은 일곱시 전에 문을 여니까.' 그는 몸 전체를 흔들다가 규칙적으로 크게 움직이는 동작을 곧바로 시작했다. 그 반동으로 휙 침대를 벗어날 작정이었다. 그런 식으로 침대에서 떨어진다면, 고개를 예각으로 들어올려 부상을 방지할 수 있을 터였다. 등은 아주 단단한 것 같았으므로, 카펫 위로 떨어지면서 다칠 가능성이 희박했다. 그가 무엇보다 걱정한 것은 바닥에 떨어질 때 어쩔 수 없이 큰 소리가 날 것이라는 점이었다. 그 소리를 들으면 저 문 뒤의 식구들이 두려움까지는 아니더라도 십중팔구 불안감을 느낄 터였다. 그래도 그런 가능성을 감수하는 수밖에 없었다…… 문이 모두 잠겨 있다는 사실을 무시해버리고, 그가 도움을 요청해야 할까? 곤경에 처해 있는데도, 이런 생각을 하는 것만으로도 웃음을 참을 수 없었다."

장면 IV: 그가 계속 애를 쓰고 있을 때 가족 테마, 또는 많은 문의 테마가 다시 등장합니다. 이 장면이 진행되는 동안 그는 마침내 둔탁하게 쿵 하는 소리를 내며 침대에서 아래로 떨어집니다. 이 장면의 대화는 그리스 연극의 코러스와 조금 비슷합니다. 그레고르의 사무실에서 그가 기차역에 아직 나타나지 않은 이유를 알아보려고 사무장을 보냅니다. 태만한 직원의 상태를 이렇게 냉혹할 정도로 신속하게 확인하려 드는 모습은 질 나쁜 꿈 그 자체입니다. 두번째 장면에서처럼 문을 사이에 두고 대화를 나누는 모습이 반복되는데, 이 장면에서 벌어지는 일들의 순서가 중요합니다. 사무장이 왼쪽 거실에서 그레고르에게 말을 겁니다. 그레고르의 여동생 그레테가 오른쪽 방에서 오빠에게 말을 겁니다. 어머니와 아버지가 사무장이 있는 거실로 옵니다. 그레고르는 아직 말을 할 수 있지만, 목소리가 점점 뭉개져서 곧 그의 말을 알아들을 수 없는 지경이 됩니다(제임스 조이스가 20년 뒤에 쓴 『피네건의 경야』에서는 강을 사이에 두고 이야기를 나누는 두 여자 세탁부가 점차 억센 느릅나무와 돌로 변합니다). 그레고르는 오른쪽 방에 있는 여동생이 왜 다른 사람들이 있는 곳으로 옮겨가지 않는지 이해하지 못합니다. "십중팔구 이제 막 일어나서 아직 옷도 갈아입지 않은 모양이었다. 그런데 동생이 왜 울고 있을까? 그가 일어나서 사무장에게 문을 열어주지 않기 때문에? 그가 일자리를 잃게 생겼기 때문에? 사장이 부모에게 다시 빚 독촉을 시작할 것 같아서?" 가엾은 그레고르는 식구들에게 도구처럼 이용당하는 데 너무나 익숙해져서, 동생이 연민 때문에 울고 있을지도 모른다는 생각은 아예 떠올리지도 않습니다. 그레테가 자신을 안쓰럽게 생각해줄지도 모른다는 희망조차 품지 않습니다. 어머니와 여동생은 그레고르의 방을 사이에 두고 서로 맞은편 문에서 상대를 향해 큰 소리로 이야기를 나눕니다. 식구들은 여동생과 하녀에게 의사와 열쇠공을 불러오라고 말합니다. "하지만 그레고르는 훨씬 더 차분해졌다. 그가 내뱉는 말은 이제 알아들을 수 없는 지경인 듯했지만, 그의 귀에는 또렷하게 들렸다. 오히려 전보다 더 또렷했다. 아마도 그의 귀가 그 소리에 익숙해진 덕분인 것 같았다. 그래도 어쨌든 사람들은 이제 그에게 문제가 생겼음을 확신하고 그를 도우려 하고 있었다. 그들이 확신을 갖고 조치를 취했다는 사실에서 그는 위안을 얻었다. 자신이 다시 한번 인간들의 세계로 이끌려들어간 것 같아서 의사와 열쇠공이 모두 훌륭하고 놀라운 결과를 내주기를 기대했다. 하지만 그 둘을 정확히 구분하지는 않았다."

장면 V: 그레고르가 문을 엽니다. "그레고르는 의자를 천천히 문 쪽으로 밀다가 놓아버리고, 대신 문을 붙잡아 몸을 지탱했다. 그의 작은 다리 맨 끝의 바닥이 조금 끈적거렸다. 그는 그 상태로 잠시 휴식을 취한 뒤, 입으로 열쇠를 돌리는 일에 착수했다. 불행히도 그에게는 이빨이 없는 것 같았다. 도대체 무엇으로 열쇠를 잡을 수 있을까? 하지만 턱이 아주 튼튼했다. 그 덕분에 그는 어떻게든 열쇠를 돌릴 수 있었다. 입에서 갈색 액체가 새어나와 열쇠를 타고 흐르다가 바닥으로 뚝뚝 떨어졌으므로, 열쇠든 바닥이든 어딘가가 틀림없이 망가지고 있을 것 같았지만 그는 신경쓰지 않았다…… 문을 안으로 잡아당겨야 해서, 문이 활짝 열렸을 때도 그의 모습은 아직 보이지 않았다. 그는 두 짝으로 이루어진 문 중 자신과 가까운 쪽을 끼고 천천히 돌아나가야 했다. 문턱에서 철퍼덕 넘어져 하늘을 보고 눕지 않으려면 아주 조심스럽게 움직일 필요가 있었다. 그는 이 힘든 작전을 수행하느라 다른 것을 관찰할 겨를이 없었다. 그런데 그때 사무장이 '아!' 하고 크게 외치는 소리가 들렸다. 마치 돌풍 같은 소리였다. 이제 사무장의 모습이 눈에 들어왔다. 그는 문과 가장 가까운 곳에 서서 한 손으로 벌어진 입을 턱 틀어막더니 천천히 뒷걸음질을 쳤다. 눈에 보이지 않는 뭔가가 그를 꾸준히 밀어내고 있는 것 같았다. 어머니는 사무장이 와 있는데도 아직 머리를 손보지 않아서 머리카락이 사방으로 뻗친 모습으로 처음에는 양손을 꽉 맞잡고 아버지를 바라보았다가, 곧 그레고르를 향해 두 걸음 다가와 털썩 주저앉았다. 어머니의 치맛자락이 바닥에 넓게 퍼졌다. 어머니의 얼굴은 가슴에 거의 묻힌 상태였다. 아버지는 흉포한 표정으로 주먹을 꽉 쥐었다. 마치 그레고르를 두들겨패서 다시 방안으로 돌려보내려는 것 같았다. 하지만 곧 불안한 시선으로 거실을 둘러보더니, 양손으로 눈을 가리고 널찍한 가슴이 들썩일 정도로 울었다."

장면 VI: 그레고르는 직장에서 쫓겨나지 않기 위해 사무장을 달래려고 합니다. "'저……' 그레고르가 말했다. 그는 지금 이 자리에서 조금이라도 침착한 사람은 자신뿐임을 아주 잘 알고 있었다. '당장 옷을 입고 샘플을 챙겨서 출발하겠습니다. 사무장님이 허락해주시기만 한다면요. 아시다시피, 사무장님, 저는 지금 공연히 고집을 부리는 게 아닙니다. 기꺼이 일을 할 자세가 되어 있어요. 출장을 다니는 건 힘들지만, 그게 아니면 살 수가 없으니까요. 어디 가십니까, 사무장님? 사무실로 가시나요? 그렇다고요? 가서 여기서 본 것들을 사실대로 말씀하실 겁니까? 사람이 살다보면 잠시 일을 할 수 없게 되기도 하는 법입니다. 하지만 그건 그저 과거에 회사를 위해 했던 일들을 돌이켜보고, 나중에 몸이 다시 정상으로 돌아오면 더욱 성실하게 온 마음으로 일하겠다고 다짐하는 시간일 뿐입니다.'" 하지만 경악한 사무장은 그 자리에서 도망치기 위해 홀린 듯이 계단을 우당탕탕 내려갑니다. 그레고르는 세 쌍의 다리 중 맨 뒤의 한 쌍으로 그를 향해 걸어가려 합니다. 참으로 놀라운 일이죠. "하지만 몸을 지탱할 곳을 찾아 더듬거리던 그는 곧바로 수많은 작은 다리 위로 넘어지면서 작게 비명을 질렀다. 그렇게 넘어지자마자 그는 그날 아침 처음으로 몸이 편하다는 느낌을 받았다. 다리는 아래에서 단단히 버티고 있었다. 다리가 그에게 지극히 순종적이라는 사실이 기뻤다. 다리들은 심지어 어느 쪽이든 그가 원하는 방향으로 그의 몸을 실어나르려고 애쓰기까지 했다. 이 모든 고통에서 곧 완전히 벗어날 수 있을 것만 같았다." 어머니가 벌떡 일어나서 뒷걸음질을 치다가 식탁 위의 커피주전자를 쓰러뜨리는 바람에 커피가 카펫 위로 쏟아집니다. "'어머니, 어머니.' 그레고르가 작은 목소리로 말하면서 어머니를 올려다보았다. 사무장의 존재는 이 순간 그의 머릿속에서 거의 사라져버렸다. 대신 그는 커피가 줄줄 흐르는 광경에 그만 참지 못하고 턱을 딱딱 부딪히고 말았다. 그러자 어머니가 다시 비명을 질렀다." 그레고르는 다시 사무장이 어디 있는지 찾아봅니다. "그를 확실히 붙잡기 위해 그를 향해 도약했다. 사무장은 그의 의도를 미리 짐작했는지, 계단 여러 개를 훌쩍 뛰어내려 사라져버렸다. 그는 계속 '억!' 하고 소리를 지르고 있었다. 그 소리가 계단 전체에 울려퍼졌다."

장면 VII: 아버지가 지팡이와 신문지를 각각 양손에 들고 휘두르고, 발을 굴러대며 그레고르를 방안으로 무참하게 몰아넣습니다. 그레고르는 일부만 열린 문을 통과하는 데 어려움을 겪지만, 아버지 때문에 어떻게든 통과하려고 애쓰다가 그만 문에 끼어버립니다. "몸 한쪽이 솟아올랐다. 그는 문간에 비스듬하게 끼여 있었다. 옆구리에는 크게 멍이 들었고, 불쾌한 얼룩이 하얀 문을 더럽혔다. 곧 문에 단단히 끼여버린 그는 아무런 도움도 받지 못한 채 전혀 움직이지 못했다. 한쪽에서 공중으로 쳐들린 그의 다리가 파르르 떨듯이 흔들거렸다. 반대편 다리는 바닥에 고통스럽게 짓눌려 있었다. 뒤에서 아버지가 그를 세게 밀어준 것이 그에게는 문자 그대로 구원이었다. 그는 피를 철철 흘리면서 방 안쪽 깊숙한 곳에 처박혔다. 아버지는 지팡이로 문고리를 잡아 쾅 닫아버렸다. 마침내 조용해졌다."

2부

장면 I: 갑충이 된 그레고르에게 먹이를 주려는 최초의 시도가 이루어집니다. 식구들은 그가 고약하기는 해도 아주 희망이 없지는 않은 질병에 걸린 상태라서 시간이 흐르면 좋아질 것이라는 생각에 처음에는 인간 환자를 위한 음식을 줍니다. 그에게 제공된 음식은 우유입니다. 그는 항상 문을 의식합니다. 어둑한 곳에서 조심스럽게 문을 열고 닫는 소리. 복도 맞은편의 부엌에서부터 그레고르의 방문까지 가벼운 발소리가 다가와 잠든 그를 깨웁니다. 여동생의 발소리입니다. 자다가 깨어 보니 우유 접시가 방안에 놓여 있습니다. 그는 아버지와 충돌할 때 다리 하나를 다쳤습니다. 시간이 흐르면 상처가 낫겠지만, 지금은 다친 다리를 쓸 수 없어 질질 끌면서 절룩절룩 움직입니다. 그는 딱정벌레 중에서도 큰 편이지만, 인간보다는 작고 더 연약합니다. 그레고르는 우유를 향해 갑니다. 슬프게도 아직 인간적인 그의 머리는 우유에 부드럽고 하얀 빵을 담가놓은 그 음식을 받아들이지만, 딱정벌레의 위장과 입맛은 포유류의 음식을 거부합니다. 몹시 배가 고픈데도 우유가 혐오스럽게 느껴져서 그는 방 한복판으로 다시 기어옵니다.

장면 II: 문 테마가 계속 이어지면서 안정적으로 자리를 잡습니다. 이제 1912년의 이 환상적인 겨울에 그레고르가 어떤 일상을 보내는지 볼 수 있습니다. 그는 소파에서 안정을 찾습니다. 하지만 그레고르와 함께 왼쪽의 거실 문틈으로 보이는 광경을 보고, 들려오는 소리에 귀를 기울여봅시다. 예전에 아버지는 아내와 딸에게 소리내어 신문을 읽어주곤 했습니다. 하지만 이제는 이 일이 중단되었기 때문에, 아파트 안은 사람이 있는데도 아주 조용합니다. 하지만 전체적으로는 식구들이 이 새로운 상황에 점차 익숙해지고 있습니다. 그들의 아들이자 오빠인 그레고르가 괴물처럼 변해버렸으니, 그들은 비명을 지르고 눈물을 줄줄 흘리며 거리로 허둥지둥 뛰어나가 불쌍한 그레고르를 도와달라고 외쳐야 할 것 같지만, 이 세 속물들은 상황을 무난히 받아들이고 있습니다.

2년쯤 전에 신문에 실린 기사를 여러분이 읽었는지 모르겠습니다. 십대 소년과 소녀가 소녀의 어머니를 살해한 사건 말입니다. 그 사건은 카프카를 몹시 연상시키는 장면으로 시작됩니다. 소녀의 어머니가 집에 돌아와보니 딸이 제 방에 남자아이와 함께 있습니다. 소년은 망치로 여러 번 소녀의 어머니를 때린 뒤 부엌으로 질질 끌어다놓습니다. 하지만 어머니는 거기서 계속 몸부림치며 신음합니다. 그러자 소년은 제 여자 친구에게 이렇게 말합니다. "그 망치 좀 줘봐. 저 여자를 또 패줘야겠어." 하지만 소녀는 망치 대신 칼을 건네고, 소년은 소녀의 어머니를 몇 번이나, 몇 번이나 찔러서 죽입니다. 십중팔구 이 모든 일이 만화라고 생각한 모양입니다. 만화에서 누군가가 사람을 때리면, 그 사람은 수많은 별과 느낌표를 보지만 그다음 회에서 그럭저럭 되살아나지 않습니까. 하지만 현실 속에는 다음 회라는 것이 없으니, 소년과 소녀는 곧 죽은 어머니에게 모종의 조치를 취해야 하는 상황이 됩니다. "아, 석고. 저 여자를 완전히 녹여버려야겠어!" 시체를 욕조에 넣고 석고로 덮어버리기만 하면 된다는, 아주 놀라운 아이디어입니다. 그렇게 어머니에게 석고를 부어놓은 뒤(하지만 생각했던 효과는 없습니다. 아마 엉뚱한 석고를 쓴 모양입니다), 소년과 소녀는 여러 번 맥주파티를 엽니다. 이렇게 재미있을 데가! 통조림 같은 음악도, 캔맥주도 모두 멋들어집니다. "그런데 화장실은 못 써. 지금 화장실이 엉망이거든."

내가 이 이야기를 하는 것은, 이른바 현실 속에서도 때로 카프카의 환상적인 이야기와 크게 닮은 상황을 발견하게 된다는 사실을 보여주기 위해서입니다. 카프카의 작품에서 자기네 아파트에 환상 속에나 존재할 무서운 존재가 살고 있는데도 석간신문을 즐겁게 읽는 얼간이들의 신기한 정신상태를 잘 보세요. "'우리 식구들은 그동안 정말 조용히 살았어.' 그레고르는 혼잣말을 했다. 꼼짝도 않고 앉아서 어둠 속을 빤히 바라보며, 그는 이렇게 좋은 아파트에서 이렇게 살아갈 수 있는 삶을 자신이 부모와 여동생에게 제공해줄 수 있었다는 사실에 커다란 자부심을 느꼈다." 방은 천장이 높고, 텅 비어 있습니다. 그리고 딱정벌레가 점차 그레고르를 지배하기 시작합니다. "그가 바닥에 똑바로 누워 있어야 하는" 높은 방이 "설명할 수 없는 두려움으로 그의 마음을 가득 채웠다. 지난 5년 동안 여기가 바로 그의 방이었기 때문이다. 수치심을 살짝 느끼기는 했으나 그는 반쯤 무의식적으로 소파 아래로 허둥지둥 기어 들어갔다. 등이 조금 꼭 끼고 고개를 들 수 없는데도, 곧바로 마음이 편안해졌다. 유일하게 아쉬운 점은, 등이 너무 넓어서 소파 아래로 다 들어오지 못한다는 점뿐이었다."

장면 III: 그레고르의 여동생이 여러 음식을 가져옵니다. 그녀는 맨손이 아니라 천을 이용해서 우유 접시를 치웁니다. 저 역겨운 괴물에게 닿았던 그릇이기 때문입니다. 하지만 여동생은 영리하기 때문에, 대신 갖가지 음식을 가져옵니다. 썩은 채소, 오래된 치즈, 화이트소스가 말라붙은 뼈. 그레고르는 이 만찬을 향해 쌩하니 달려옵니다. "그는 너무 좋아서 눈물을 흘리며 치즈와 채소와 소스를 하나씩 차례로 재빨리 먹어치웠다. 반면 신선한 음식은 전혀 당기지 않았다. 아예 그 냄새를 참을 수 없어서, 자신이 먹을 수 있는 것들을 조금 떨어진 곳으로 끌고 가기까지 했다." 여동생은 열쇠를 천천히 돌려서 그에게 뒤로 물러나라고 먼저 경고한 뒤 안으로 들어와 음식을 치웁니다. 그동안 그레고르는 부른 배를 안고 소파 밑에 몸을 숨기려고 애씁니다.

장면 IV: 여동생 그레테가 새로이 중요한 의미를 지니게 됩니다. 딱정벌레에게 음식을 가져다주는 사람도 여동생이고, 한숨을 내쉬고 가끔 성인의 이름을 부르면서 딱정벌레의 굴에 들어오는 사람도 여동생뿐입니다. 참으로 독실한 그리스도교 집안이지요. 요리사가 잠자 부인 앞에서 무릎을 꿇고 제발 일을 그만두게 해달라고 애원했다는 내용이 멋지게 표현됩니다. 잠자 부인이 허락하자 요리사는 눈물을 글썽거리며 고마워합니다. 마치 해방된 노예처럼 말이지요. 그러고는 누가 시키지도 않았는데, 잠자 집안에서 일어나는 일에 대해 다른 사람에게는 한마디도 하지 않겠다고 알아서 엄숙히 맹세합니다. "그레고르는 부모님과 하녀가 아직 잠들어 있는 이른 아침에 한 번 먹이를 먹었다. 두번째 먹이는 식구들이 모두 점심식사를 마친 뒤에 나왔다. 부모님은 잠깐 낮잠을 자고, 하녀는 여동생이 이런저런 심부름을 보낼 수 있는 때이기 때문이었다. 물론 식구들이 그를 굶길 생각을 한 것은 아니었다. 다만 그의 먹이에 대해 전해듣는 말 외에 더 자세히 알게 되는 것을 아마 참을 수 없었을 것이다. 어쩌면 여동생도 식구들에게 그런 작은 걱정거리를 가능한 한 알리고 싶지 않았을 수도 있다. 그렇지 않아도 식구들이 이미 많은 것을 견디고 있었으니까."

장면 V: 이것은 매우 괴로운 장면입니다. 그레고르가 인간이던 시절에 식구들에게 기만당했음이 밝혀지기 때문입니다. 그레고르가 그 악몽 같은 회사에서 지긋지긋한 일을 했던 것은, 5년 전 파산한 아버지를 돕고 싶어서였습니다. "그들은 간단히 익숙해졌다. 식구들도 그레고르도. 그가 기꺼이 내놓는 돈을 식구들은 감사히 받아들였다. 하지만 식구들 사이에 특별히 따뜻한 감정이 갑자기 치솟지는 않았다. 그가 계속 친하게 지낸 사람은 여동생뿐이었다. 자신과 달리 음악을 사랑해서 바이올린을 감동적으로 연주할 수 있는 여동생을 다음해에 반드시 음악학교에 보내야겠다는 것이 그의 비밀스러운 계획이었다. 거기에 드는 많은 돈을 다른 방법으로 벌충해야 할 테지만 상관없었다. 그가 출장 사이 잠깐 집에 있는 동안 여동생과 이야기할 때면 음악학교 이야기가 자주 나왔다. 하지만 언제나 결코 실현될 수 없는 아름다운 꿈으로만 언급될 뿐이었다. 부모님은 이렇게 순수하게 음악을 언급하는 것조차 좋아하지 않았다. 하지만 그레고르는 이 계획에 대해 단단히 마음을 굳히고, 크리스마스 날 이런 일에 걸맞은 엄숙한 표정으로 자신의 계획을 발표할 작정이었다." 그런데 아버지의 말소리가 그레고르의 귀에 들려옵니다. "약간의 투자금이, 솔직히 정말 소액이지만, 파산의 난장판에서 살아남아 조금 불어났다고 했다. 그동안 배당금에 손을 대지 않은 덕분이었다. 게다가 그레고르가 매달 가져온 돈(그레고르 본인은 겨우 몇 푼밖에 쓰지 않았다)도 다 쓰지 않기 때문에 소액이나마 자본금이라고 할 만한 수준이 되어 있었다. 문 뒤에서 그레고르는 열심히 고개를 끄덕이며, 아버지의 뜻하지 않은 절약정신과 선견지명에 감탄했다. 그 돈으로 아버지가 사장에게 진 빚을 더 갚았다면 그가 직장을 그만둘 수 있는 날이 훨씬 앞당겨졌겠지만, 아버지의 선택이 확실히 더 나았다." 식구들은 어려운 때를 위해 이 돈을 고스란히 남겨둬야 한다고 생각합니다. 그러면 생활비는 어떻게 마련할까요? 5년 동안 일을 하지 않은 아버지에게 많은 것을 기대할 수는 없습니다. 어머니도 천식 때문에 일을 할 수 없을 겁니다. "그렇다고 여동생이 돈을 벌기에는, 지금까지 예쁜 옷을 입고, 잠을 많이 자고, 집안일을 돕고, 밖에 나가 검소한 오락을 즐기고, 무엇보다도 바이올린을 연주하면서 아주 쾌적하게 살아온, 아직 열일곱 살의 아이일 뿐이었다. 처음에는 돈을 벌어야 한다는 이야기가 나올 때마다 그레고르는 잡고 있던 문을 놓고 그 옆에 있는 서늘한 가죽 소파로 몸을 던졌다. 수치심과 슬픔 때문에 몸이 아주 뜨겁게 느껴졌다."

장면 VI: 오빠와 여동생 사이에 새로운 관계가 시작됩니다. 이번에는 문이 아니라 창문이 관련되어 있습니다. 그레고르는 "기운을 내서 안락의자를 창가로 밀고 가는 데 크게 힘을 썼다. 그러고는 창턱에 기어올라가 의자를 지지대 삼아 유리창에 몸을 기댔다. 예전에 창문을 내다볼 때마다 항상 느끼던 자유를 회상하고 있음이 분명했다." 그레고르 또는 카프카는 그가 인간일 때의 경험을 회상하고 싶어서 창가로 다가가려는 충동을 느꼈다고 생각하는 것 같습니다. 하지만 사실은 빛을 봤을 때 곤충이 보이는 전형적인 반응입니다. 유리창 근처에는 언제나 온갖 종류의 벌레들이 몰려듭니다. 나방, 서투른 장님거미, 유리창 구석의 거미줄에 걸린 가엾은 곤충들, 계속 유리창을 정복하려고 애쓰며 붕붕거리는 파리. 인간이던 시절의 시력이 점점 흐릿해지고 있어서, 그레고르는 길 건너편조차 선명하게 볼 수 없습니다. 인간사회의 세세한 부분을 곤충의 개략적인 생각이 지배해버립니다(그렇다고 우리가 직접 곤충으로 변하지는 맙시다. 먼저 이 이야기를 샅샅이 공부해야 합니다. 필요한 데이터를 모두 모으고 나면, 개략적인 그림이 저절로 떠오를 겁니다). 여동생은 그레고르에게 인간적인 마음, 인간적인 감수성, 인간적인 예의, 수치심, 겸손함, 애잔한 자부심이 남아 있다는 사실을 이해하지 못합니다. 그래서 신선한 공기를 마시겠다면서 시끄럽게 벌컥 창문을 열어 그를 끔찍하게 방해합니다. 그의 굴에서 나는 끔찍한 냄새가 역겹다는 기색을 굳이 감추지도 않습니다. 그를 실제로 볼 때도 역시 자신의 감정을 감추지 않습니다. 그레고르의 변신으로부터 한 달쯤 지난 어느 날, "그녀가 이제는 그의 외모를 보고 화들짝 놀랄 이유가 사라졌을 때, 여느 때보다 일찍 그의 방에 와보니 그가 거의 꼼짝도 하지 않고 창밖을 지그시 바라보고 있었다. 악령처럼 보이기에 딱 좋은 꼴이었다…… 그녀는 깜짝 놀란 사람처럼 펄쩍 뛰듯이 뒷걸음질을 치더니 문을 쾅 닫아버렸다. 누가 봤다면, 그가 일부러 그녀를 기다리고 있다가 물려고 달려든 줄 알았을 것이다. 물론 그는 당장 소파 밑으로 숨었다. 그녀는 정오가 돼서야 다시 나타났는데, 평소보다 더 불안한 기색이었다." 이런 일들이 마음에 상처를 입혔지만, 그가 왜 상처를 입었는지 아무도 이해해주지 않습니다. 그레고르가 어느 날 자신의 혐오스러운 모습을 여동생에게 보여주지 않기 위해 애쓰는 장면에는 감정이 훌륭하게 드러나 있습니다. "등에 이불을 얹어 소파로 끌고 갔다. 네 시간에 걸친 노동의 결과였다. 그는 자신의 모습이 완전히 감춰지게 이불을 폈다. 설사 그녀가 허리를 숙인다 해도 그를 볼 수 없도록…… 그레고르는 이 새로운 배치를 동생이 어떻게 받아들이는지 보려고 고개로 이불을 아주 살짝 들어올렸을 때, 동생이 고맙다는 시선을 보낸 것 같다고 믿어버리기까지 했다."

우리의 가엾은 괴물이 얼마나 상냥하고 착한지 반드시 알아주어야 합니다. 딱정벌레로 변해버리는 바람에 몸은 비록 뒤틀리고 퇴화했지만, 성격 면에서는 인간적인 상냥함이 모두 겉으로 드러난 것 같습니다. 이기심이라고는 전혀 없는 그의 성격, 항상 다른 사람들을 생각하는 마음, 이것이 그의 끔찍한 고난을 배경으로 강렬하게 도드라집니다. 카프카의 예술은 한편에서는 그레고르가 곤충으로서 겪는 온갖 슬픈 일들을 세세히 쌓아올리고, 다른 한편에서는 그레고르의 다정하고 섬세하고 인간적인 성격을 독자의 눈앞에 생생하고 투명하게 보여주는 방식으로 이루어져 있습니다.

장면 VII: 여기서 가구를 옮기는 장면이 나옵니다. 두 달이 지났습니다. 지금까지는 여동생만 그의 방을 드나들었지만, 그레고르는 여동생은 아직 어리다고 혼잣말을 합니다. 그애가 자신을 돌보는 일을 맡은 건 순전히 어린애다운 경솔함 때문이라고요. 어머니라면 이 상황을 더 잘 이해할 것이라고 그는 생각합니다. 그래서 여기 일곱번째 장면에서 천식을 앓아 몸이 약하고 머리가 잘 돌아가지 않는 어머니가 처음으로 그의 방에 들어옵니다. 카프카는 이 장면을 공들여 준비합니다. 그레고르는 기분전환 삼아 벽과 천장을 걸어다니는 버릇을 들였습니다. 그는 딱정벌레로서 느낄 수 있는 보잘것없는 행복의 정점에 있습니다. "여동생은 그레고르가 찾아낸 이 새로운 오락을 금방 알아차렸다. 그가 기어다닌 자리마다 발바닥의 끈적거리는 물질이 흔적을 남겼기 때문이다. 여동생은 그가 기어다닐 수 있는 공간을 최대한 넓게 확보해주기 위해 그를 방해하는 가구들을 치우자는 생각을 해냈다. 특히 서랍장과 책상부터 없애야 했다." 이렇게 해서 어머니가 가구 옮기는 일을 도우려고 투입된 겁니다. 어머니는 아들을 만날 수 있다는 기쁨에 탄성을 지르며 아들의 방 앞으로 달려옵니다. 그러나 상황에 맞지 않는 이 기계적인 반응은, 그녀가 그 신비의 방에 들어간 뒤 숨죽인 침묵으로 바뀝니다. "물론 여동생이 먼저 들어가서 무슨 문제가 없는지 살펴본 뒤 어머니에게 들어오시라고 했다. 그레고르는 급히 이불을 아래로 잡아당겨 더 많이 주름이 잡히게 했다. 이불이 우연히 소파 위에 떨어진 것처럼 위장하기 위해서였다. 이번에는 어머니를 보는 기쁨을 포기하고, 이불 밑에서 밖을 내다보지 않았다. 어머니가 와주었다는 사실이 그저 기쁠 뿐이었다. '들어오세요. 오빠는 안 보여요.' 여동생이 말했다. 어머니의 손을 잡고 안으로 인도하고 있는 듯했다."

어머니는 딸과 함께 무거운 가구를 힘들게 옮기다가 문득 인간적인 생각을 하나 떠올립니다. 순진하지만 상냥하고, 머리가 좀 모자란 것 같지만 냉정하지는 않은 생각입니다. "이렇게 가구를 없애는 게, 우리가 마치 그애가 나아질 거라는 희망을 포기해버리고 그애를 차갑게 내버려둘 거라고 말하는 것처럼 보이지 않을까? 이 방을 옛날 그대로 놔두는 게 최선이지 싶구나. 그러면 그애가 다시 돌아왔을 때 아무것도 변하지 않은 것을 보고 그동안 있었던 일을 훨씬 더 쉽게 잊어버릴 수 있지 않겠니?" 그레고르는 두 가지 감정 사이에서 갈등합니다. 딱정벌레인 그는 아무것도 없는 텅 빈 방이 기어다니기에 더 편리하다고 말합니다.

그가 숨어들어갈 수 있는 틈새, 즉 필수불가결한 소파 하나만 있으면 충분하다고 말이지요. 그것만 빼면 인간의 편의를 위한 물건들과 장식품은 전혀 필요하지 않습니다. 하지만 어머니의 목소리를 듣고 그는 자신이 원래 인간이었음을 새삼 떠올립니다. 불행히도 그동안 이상한 자신감이 생긴 여동생은 그레고르의 일에 관한 한 자신이 전문가라고 생각하는 데 익숙해져 있습니다. "청소년기 소녀의 열광적인 기질 또한 작용했을 가능성이 있다. 기회만 생기면 마음껏 날뛰기 일쑤인 그 기질이 지금은 오빠의 상태가 얼마나 끔찍한지 과장하라고 그레테를 유혹하고 있었다. 그래야 그녀가 오빠를 위해 더 많은 일을 해줄 수 있을 테니까." 묘한 느낌을 주는 구절입니다. 남을 마음대로 좌우하려 드는 자매, 동화 속의 강한 자매, 멍청한 가족들을 멋대로 휘두르며 오지랖을 부리는 당당한 존재, 신데렐라의 거만한 언니들, 재앙과 먼지뿐인 집에서 건강과 젊음을 꽃피우는 아름다움의 잔인한 상징. 그래서 두 사람은 결국 원래 예정대로 가구를 옮기기로 합니다만, 서랍장을 옮길 때 문제가 생깁니다. 그레고르는 끔찍한 공황상태에 빠져 있습니다. 서랍장 안에 그의 실톱이 있기 때문입니다. 집에서 쉴 때 그 실톱으로 이런저런 물건을 만드는 것이 그의 유일한 취미였습니다.

장면 VIII: 그레고르는 자신이 그 소중한 실톱으로 만든 액자 안의 그림만이라도 어떻게든 지켜보려고 합니다. 카프카는 식구들 눈에 딱정벌레가 보일 때마다 그가 다른 지점에서 다른 자세를 취하고 있는 것으로 묘사함으로써 다양한 효과를 냅니다. 여기서 그레고르는 은신처에서 서둘러 기어나와, 그의 책상을 옮기느라 힘을 쓰고 있는 두 여자가 미처 보지 못하는 사이에 벽으로 올라가서 그림에 몸을 밀착시킵니다. 그의 뜨겁고 건조한 배가 마음을 달래주는 서늘한 유리에 닿습니다. 어머니는 가구를 옮기는 일에 그리 도움이 되지 않아서 반드시 그레테가 도와주어야 합니다. 그레테는 언제나 강하고 꿋꿋합니다. 그녀의 오빠뿐 아니라 부모님도 (사과를 던지는 장면 뒤에) 곧 일종의 지루한 꿈, 또는 무감각하고 쇠약한 망각 상태로 언제든 빠져들 것 같은 상태가 되는데 말이지요. 그러나 혈색 좋은 청소년답게 건강하고 튼튼한 그레테가 계속 그들을 지탱합니다.

장면 IX: 그레테의 노력에도 불구하고, 어머니가 그레고르를 봅니다. "꽃무늬 벽지 위의 거대한 갈색 덩어리. 그것이 그레고르임을 제대로 깨닫기도 전에, 그녀는 갈라진 목소리로 크게 비명을 질렀다. '오, 하느님, 오, 하느님!' 그러고는 모든 것을 포기한 사람처럼 양팔을 쭉 펼친 채 소파 위로 쓰러져 움직이지 않았다. '그레고르!' 여동생이 주먹을 흔들어대며 그를 노려보았다. 그가 변신한 뒤로 동생이 직접 그를 부른 것은 이번이 처음이었다." 동생은 기절해버린 어머니를 깨울 물건을 찾아보려고 거실로 뛰어갑니다. "그레고르도 돕고 싶었다. 그림을 구하는 것은 아직 그리 급한 일이 아니었으니까. 하지만 그의 몸이 유리에 단단히 달라붙어서 억지로 찢듯이 몸을 떼어내야 했다. 그는 동생의 뒤를 쫓아 옆방으로 달려갔다. 옛날에 그랬듯이, 동생에게 조언이라도 해주려는 것처럼. 하지만 동생의 뒤에 무기력하게 서 있을 수밖에 없었다. 그동안

동생은 다양한 작은 병들을 뒤지다가 돌아서더니 오빠를 보고 화들짝 놀랐다. 병 하나가 바닥에 떨어져 깨졌다. 유리 조각 하나가 그레고르의 얼굴을 베었고, 일종의 부식성 약품이 그에게 흩뿌려졌다. 그레테는 더 이상 지체하지 않고 자기가 들 수 있는 만큼 최대한 많은 병을 모아든 뒤 어머니에게 뛰어갔다. 그리고 발로 문을 쾅 닫아버렸다. 그레고르는 어머니와 단절되었다. 바로 그레고르 때문에 어쩌면 거의 죽음에 문턱에 가 있을 어머니와. 그는 여동생이 겁을 먹을까봐 감히 문을 열지 못했다. 여동생은 지금 어머니 곁에 있어야 했다. 그가 할 수 있는 일은 기다리는 것뿐이었다. 자책과 걱정에 지친 그는 이리저리 기어다니기 시작했다. 사방의 벽, 가구, 천장을 타넘다가 마침내 절망에 빠져 방 전체가 휘청거리는 것처럼 보일 무렵 커다란 식탁 한복판으로 떨어져버렸다." 식구들 각자의 위치가 변했습니다. 어머니(소파 위)와 여동생이 가운데 방에 있고, 그레고르는 왼쪽의 거실 구석에 있습니다. 곧 집으로 돌아온 아버지가 거실로 들어옵니다. "그래서 [그레고르는] 자기 방의 문으로 도망쳐서 그 앞에 웅크렸다. 아버지가 들어오자마자 그 모습을 보면, 아들이 즉시 자기 방으로 돌아가려는 좋은 의도를 갖고 있음을 깨닫고 굳이 아들을 방으로 몰아넣을 필요는 없다고 생각할 터였다. 문이 열리기만 한다면, 그가 곧장 방안으로 사라질 테니까."

장면 X: 이제 사과를 던지는 장면이 나옵니다. 그레고르의 아버지는 그동안 사람이 달라져서 최고의 힘을 발휘하고 있습니다. 예전에는 피곤한 모습으로 침대에 푹 파묻히듯이 누워서 팔을 흔들어 인사를 건네는 법도 거의 없고, 어쩌다 밖으로 나올 때는 손잡이가 구부러진 지팡이를 짚고 발을 질질 끌며 힘겹게 걷곤 했는데 말이죠. "아버지가 아주 건강한 모습으로 서 있었다. 황금색 단추가 달린 말쑥한 파란색 제복은 은행의 심부름꾼들이 입는 것과 비슷했고, 강력해 보이는 이중턱이 재킷의 빳빳하고 높은 옷깃 위로 불룩 튀어나와 있었다. 텁수룩한 눈썹 밑의 검은 눈은 상대를 꿰뚫어버릴 듯이 기운차게 여기저기를 살폈다. 헝클어져 있던 흰머리는 정확하게 가르마를 내서 양편으로 납작하게 반짝반짝 정리되어 있었다. 그가 거실 저편 끝의 소파 위로 커다란 호를 그리며 모자를 던졌다. 모자에 새겨진 황금색 로고는 십중팔구 어떤 은행의 표식 같았다. 아버지는 재킷 끝자락을 뒤로 젖히고 양손을 바지 주머니에 넣은 자세로 그레고르를 향해 다가왔다. 무서운 표정이었다. 아버지 본인도 무엇을 할 작정인지 잘 모르는 것 같았다. 어쨌든 그는 발을 유난히 높이 들어올리며 걸었고, 그레고르는 아버지가 신은 구두 밑창의 엄청난 크기에 기가 질려버렸다."

여느 때처럼 그레고르는 인간의 다리가 움직이는 모습에 엄청난 흥미를 느낍니다. 크고 두툼한 인간의 발은 은은하게 반짝이며 나풀거리는 자신의 다리와 몹시 다르니까요. 여기서 슬로모션 테마가 다시 나타납니다(사무장이 발을 끌면서 뒷걸음질을 치던 장면이 슬로모션으로 묘사되었죠). 아버지와 아들이 천천히 방안을 빙빙 돕니다. 사실 두 사람의 움직임이 워낙 느려서 서로 쫓고 쫓기는 것처럼 보이지 않을 정도입니다. 그러다 아버지가 거실에서 구할 수 있는 유일한 미사일, 즉 작은 빨간색 사과를 그레고르에게 무지막지하게 던지기 시작합니다. 그레고르는 가운데 방, 즉 딱정벌레 생활의 중심지로 점점 밀리게 되죠. "별로 힘을 들이지 않고 던진 사과 하나가 그레고르의 등을 살짝 스치고 지나갔다. 상처는 나지 않았다. 하지만 그뒤를 이어 곧바로 날아온 사과가 그의 등에 푹 박히고 말았다. 그레고르는 몸을 끌며 앞으로 나아가고 싶었다. 그러면 이 놀랍고, 믿을 수 없는 고통을 뒤로 떨쳐버릴 수 있기라도 한 것처럼. 하지만 그 자리에 못박힌 듯 꼼짝도 할 수 없고 모든 감각이 혼란스러워져서 그대로 납작하게 쓰러져버렸다. 그가 의식을 잃기 전에 마지막으로 본 것은, 자기 방의 문이 벌컥 열리더니 어머니가 뛰어나오고, 곧이어 여동생이 비명을 지르며 뛰어나오는 광경이었다. 기절한 어머니가 숨을 편히 쉴 수 있게 해주려고 여동생이 옷을 느슨하게 풀어주었기 때문에, 어머니는 속옷차림이었다. 어머니가 느슨하게 풀어져 있던 옷을 하나씩 바닥에 흘리면서 아버지에게 달려가는 모습이 보였다. 어머니는 속옷자락에 발이 걸려 비틀거리며 곧장 아버지에게 뛰어가 아버지와 한몸이 되려는 것처럼 끌어안았다. 하지만 여기서 그레고르의 시야가 점점 흐려지기 시작했다. 어머니는 아버지의 목에 양손을 두르고 아들을 살려달라고 간청했다."

이것으로 2부가 끝납니다. 상황을 한번 요약해볼까요? 여동생이 오빠에 대한 적의를 노골적으로 드러냅니다. 예전에는 오빠를 사랑했을지 몰라도, 지금은 오빠에게 혐오감과 분노를 느낄 뿐입니다. 잠자 부인은 천식과 복잡한 감정으로 고통을 받습니다. 그녀는 다소 기계적인 어머니입니다. 아들을 사랑하는 마음도 기계적이죠. 하지만 그녀 역시 아들을 포기하는 단계에 와 있음이 곧 드러날 겁니다. 아버지는 이미 말했듯이 놀라운 힘과 잔혹성의 정점에 이르러 있습니다. 처음부터 그는 무기력한 아들에게 물리적인 상처를 입히려고 본격적으로 달려들고, 결국 그가 던진 사과가 가엾은 딱정벌레 그레고르의 살 속에 박혀버렸습니다.

3부

장면 I: "심각한 부상으로 그레고르는 한 달 넘게 움직이지 못했다. 사과는 그의 몸에 계속 박힌 채로 무슨 일이 있었는지를 일깨워주었다. 아무도 그 사과를 뽑아주려 하지 않았기 때문이다. 심지어 아버지조차 그 상처를 보면, 그레고르가 불행히도 혐오스러운 모습으로 바뀌긴 했으나 그래도 가족이므로 적을 대하듯 해서는 안 되며, 오히려 혐오감을 억누르고 인내심을, 오로지 인내심을 발휘하는 것이 가족의 의무라는 사실을 새삼 느끼는 듯했다." 문 테마가 다시 등장합니다. 이제 저녁이 되면, 어두운 그레고르의 방에서 밝은 거실로 통하는 문을 계속 열어둡니다. 미묘한 상황입니다. 이 앞의 장면에서 아버지와 어머니는 최고의 에너지를 발휘했습니다. 아버지는 반짝반짝 빛나는 제복 차림으로 작은 빨간색 폭탄들을 던졌습니다. 그 폭탄들은 결실과 남자다움의 상징이었습니다. 어머니는 기관지가 약한 사람인데도 힘을 써서 가구를 옮겼습니다. 그러나 정점이 지난 뒤에는 내리막길이 나타납니다. 힘이 약해지는 겁니다. 마치 아버지 본인이 금방이라도 해체돼서 힘없는 딱정벌레로 변해버릴 것만 같습니다. 열린 문을 통해 묘한 분위기가 흘러오는 것 같습니다. 딱정벌레로 변하는 병에 전염성이 있어서 아버지마저 그 병에 걸려버렸는지, 약하고 우중충한 사람이 되었습니다. "저녁식사를 마친 직후 아버지는 안락의자에서 잠이 들곤 했다. 어머니와 여동생은 서로에게 조용히 하라고 잔소리를 했다. 어머니는 램프 불빛을 향해 허리를 깊이 숙이고, 어느 속옷회사에서 의뢰한 섬세한 바느질일을 했다. 판매원으로 취직한 여동생은 더 나은 미래를 위해 저녁에 속기와 프랑스어를 배우고 있었다. 가끔 아버지가 잠에서 깨어, 자신이 자고 있었다는 사실을 전혀 인식하지 못한 채 어머니에게 이렇게 말했다. '당신 오늘 무슨 바느질을 이렇게 많이 하는 거요!' 그러고는 아버지가 즉시 다시 곯아떨어지면, 어머니와 여동생은 피곤한 얼굴로 미소를 교환했다.

일종의 옹고집으로 아버지는 집안에서도 굳이 제복 차림을 고수했다. 아버지의 실내복은 벽의 고리에 쓸모없이 걸려 있을 뿐이었다. 아버지는 완전히 제복을 갖춰 입은 채로 앉아 있다가 그 자리에서 그대로 잠들었다. 집에서도 언제든 상사가 부르기만 하면 나갈 준비가 되어 있는 것 같았다. 그 결과, 처음부터 완전히 새것도 아니었던 제복이 점점 더러워지기 시작했다. 어머니와 여동생이 제복을 깨끗하게 유지하려고 온갖 정성을 쏟았지만 소용없었다. 그레고르는 언제나 최고로 반짝이는 황금색 단추가 달린 옷의 수많은 땟자국을 저녁 내내 응시하며 시간을 보낼 때가 많았다. 아버지는 그 옷을 입은 채 지극히 불편한 자세로 앉아 아주 평화롭게 자고 있었다." 잠자리에 들 시간이 되면 어머니와 여동생이 침실로 가라고 갖은 말로 권유하는데도, 아버지는 항상 거부합니다. 결국 두 여자가 아버지의 겨드랑이에 손을 넣어 아버지를 의자에서 들어올리죠. "아버지는 두 사람에게 기댄 채로 힘겹게 몸을 일으키곤 했다. 자신의 몸이 본인에게도 커다란 짐덩어리라는 듯이. 아버지는 두 사람이 자신을 문으로 데리고 갈 때까지 묵묵히 참다가 손을 흔들어 두 사람을 물리고 계속 걸어갔다. 어머니는 바느질감을, 여동생은 공부하던 것을 내려놓고, 아버지를 더 부축해주려고 뛰어갔다." 아버지의 제복은 덩치가 크지만 다소 더러워진 풍뎅이의 겉껍데기와 점점 비슷해집니다. 그리고 과로에 지친 그의 가족들이 그를 거실에서 침실로, 그리고 침대로 옮겨줘야 합니다.

장면 II: 잠자 가족의 해체가 계속됩니다. 그들은 하녀를 내보내고, 훨씬 적은 돈을 줘도 되는 파출부를 고용합니다. 거대한 체격에 뼈만 앙상한 파출부는 거친 일을 담당합니다. 1912년의 프라하에서는 청소와 요리가 1954년의 이타카에 비해 훨씬 더 힘든 일이었다는 사실을 잊으면 안 됩니다. 잠자 가족은 갖고 있던 여러 장식품을 팔아야 하는 지경이 됩니다. "하지만 그들이 가장 안타까워한 것은, 지금 그들의 형편을 감안할 때 지나치게 큰 아파트를 떠날 수 없다는 사실이었다. 아무리 생각해도 그레고르를 옮길 방법이 없기 때문이었다. 하지만 그레고르는 식구들이 이사하지 못하는 가장 큰 이유가 자신이 아님을 잘 알고 있었다. 적당한 상자에 그를 넣고, 공기구멍만 몇 개 뚫어준다면 그를 쉽게 옮길 수 있을 터였다. 그들이 다른 아파트로 이사하지 못하는 진짜 이유는, 친척이나 친구 중 누구도 당한 적이 없는 불행이 자신들에게만 일어났다는 확신과 절망이었다." 완전히 자기중심적인 식구들은 하루하루 반드시 해야 하는 일을 해내고 나면 힘이 모두 빠지고 맙니다.

　장면 III: 인간일 때의 기억이 그레고르에게 마지막으로 떠오릅니다. 가족을 돕고 싶다는 충동이 그의 마음속에 아직 살아 있다가 기억을 이끌어낸 겁니다. 그는 심지어 어렴풋이 호감을 품었던 여성들도 떠올립니다. "그들은 그와 그의 가족을 도와주기보다는 하나같이 쌀쌀맞아서, 그는 그들이 사라졌을 때 오히려 반가웠다." 이 장면은 주로 그레테에게 할애되어 있습니다. 이제 그녀는 이 작품의 악당으로 분명히 자리를 잡은 상태입니다. "여동생은 이제 그가 좋아할 만한 것을 일부러 가져다줄 생각 같은 것은 하지 않았다. 출근하기 전 아침과 정오에 그녀는 손에 닿는 아무 음식이나 그의 방에 서둘러 발로 밀어넣었다. 그리고 저녁에는 빗자루질 한 번으로 음식을 치워버렸다. 그레고르가 그냥 맛만 보고 전부 남겼는지, 아니면 아예 손을 대지 않았는지(이런 경우가 가장 잦았다) 신경쓰지 않았다. 이제 그녀는 항상 저녁때 그의 방을 청소했는데, 서둘러 건성건성 해버리기가 이루 말할 수 없을 지경이었다. 벽에는 더러운 자국들이 줄무늬처럼 길게 남아 있었고, 먼지와 오물 덩어리가 여기저기 있었다. 처음에 그레고르는 여동생이 오면 일부러 유난히 더러운 곳에 가 있곤 했다. 그것으로, 말하자면, 동생을 질책하는 효과를 내기 위해서였다. 하지만 그가 그런 곳에 몇 주를 앉아 있어도 여동생의 행동은 조금도 나아지지 않았다. 동생도 눈이 있으니, 방이 더럽다는 사실을 그레고르만큼 잘 알겠지만 그냥 그대로 내버려두기로 마음을 정한 모양이었다. 하지만 여동생은 전에 없이 까다로운 태도로(어쩐지 식구들 모두에게 이런 태도가 전염된 것 같았다), 유일하게 그레고르의 방을 돌보는 사람이라는 지위를 누구에게도 양보하려 하지 않았다." 한 번은 어머니가 물을 여러 양동이나 써가며 방을 샅샅이 깨끗하게 청소한 적이 있습니다. 축축한 습기 때문에 그레고르도 동요했고, 곧 기괴한 싸움이 벌어졌죠. 여동생이 갑자기 폭풍처럼 울음을 터뜨리자 아버지와 어머니는 놀라서 멍하니 바라보기만 합니다. "이윽고 두 사람도 움직임을 보이기 시작했다. 아버지는 그레고르의 방을 청소하는 일을 딸에게 맡겨두지 않았다고 오른편의 어머니를 질책했고, 왼편의 딸에게는 다시는 그레고르의 방을 청소하는 일을 허락해주지 않겠다고 고함을 질러댔다. 아버지가 화가 나서 제정신이 아니었으므로, 어머니는 아버지를 방으로 끌고 들어가려고 애썼다. 여동생은 흐느끼느라 정신이 없는 것 같더니 작은 주먹으로 식탁을 내리쳤다. 그레고르는 식구들 중 누구도 문을 닫아 이런 광경과 소리로부터 자신을 보호해줄 생각을 하지 않은 것에 화가 나서 쉿쉿 소리를 냈다."

장면 IV: 그레고르와 비쩍 마른 파출부 사이에 기묘한 관계가 만들어집니다. 파출부는 그레고르를 보고 재미있어할 뿐, 전혀 겁을 먹지 않습니다. 솔직히 그레고르를 조금 좋아하기도 합니다. "자, 따라와라, 이 늙은 쇠똥구리야." 파출부는 이렇게 말합니다. 밖에는 비가 내리고 있습니다. 어쩌면 봄을 알리는 첫 전령인지도 모르겠습니다.

장면 V: 하숙인들이 나타납니다. 턱수염을 기른 하숙인 세 명은 정리

정돈을 아주 좋아하는 사람들입니다. 그들은 기계적인 존재입니다. 턱수염은 점잖음을 나타내는 가면이고요. 사실 그들은 겉모습만 그럴듯한 불한당입니다. 제법 진지한 신사 같은 외양을 하고 있는데도 말이죠. 이 장면에서 아파트에 커다란 변화가 일어납니다. 하숙인들은 아파트 맨 왼쪽, 거실 너머의 부모님 침실을 차지합니다. 아버지와 어머니는 그레고르의 방 오른쪽에 있는 여동생 방으로 옮겨오고, 그레테는 거실에서 잠을 자야 합니다. 하지만 하숙인들이 거실에서 식사를 하고 저녁시간을 보내기 때문에, 그녀만의 공간이 전혀 없습니다. 게다가 턱수염을 기른 세 하숙인은 이미 가구가 갖춰진 이 아파트에 자기들 가구를 몇 점 가져왔습니다. 그들은 피상적인 깔끔함에 악마처럼 집착합니다. 그래서 그들에게 필요하지 않은 온갖 잡동사니들이 그레고르의 방으로 옵니다. 2부의 일곱번째 장면인 가구 장면과 정확히 반대의 상황입니다. 그때는 그레고르의 방에서 모든 물건을 내가려고 했으니까요. 그때는 썰물이었다면, 지금은 밀물입니다. 그리고 그 서슬에 표류하던 잡동사니들이 죄다 그레고르의 방으로 쏟아져들어옵니다. 그레고르는 지금 몹시 병이 깊은 딱정벌레(사과가 박힌 상처가 곪고 있고, 먹을 것도 제대로 먹지 못해 굶주린 상태입니다)이지만, 먼지 쌓인 쓰레기들 사이를 기어다니며 딱정벌레만의 기묘한 즐거움을 느낍니다. 3부의 이 다섯번째 장면에서 온갖 변화가 일어나지만, 특히 가족들의 식사시간이 어떻게 변했는지 묘사됩니다. 턱수염을 기른 자동인형들의 기계적인 움직임과 잠자 가족의 자동적인 반응이 잘 어울립니다. 하숙인들은 "식탁의 한쪽 끝 상석에 앉았다. 예전에 그레고르와 아버지와 어머니가 식사하던 자리였다. 그들은 냅킨을 펼치고 나이프와 포크를 손에 들었다. 곧 어머니가 고기 접시를 들고 반대편 문에서 나타나고, 감자가 높이 쌓인 접시를 든 여동생이 곧바로 그 뒤를 따랐다. 음식에서 굵은 김이 피어올랐다. 하숙인들은 먹기 전에 조사라도 하려는 것처럼 앞에 놓인 식탁 위로 몸을 숙였다. 다른 두 사람에게 모종의 권위를 행사하는 존재인 듯한 가운데 남자가 접시 위의 고기를 한 조각 잘랐다. 고기가 부드러운지, 아니면 다시 부엌으로 돌려보내야 할지 알아보려는 생각임이 분명했다. 그가 만족스러운 기색을 띠자, 그를 불안하게 지켜보던 그레고르의 어머니와 여동생이 편하게 숨을 내쉬며 웃음을 지었다." 커다란 발을 부러워하며 유난히 관심을 보이는 그레고르의 태도가 다시 등장합니다. 그레고르는 이빨도 없기 때문에 치아에도 관심을 보입니다. "식탁에서 나는 다양한 소리 중에서 이로 음식을 씹는 소리를 언제나 구분할 수 있다는 사실이 그레고르는 놀라웠다. 그것은 마치 사람이 음식을 먹으려면 이가 필요하므로, 아무리 훌륭한 턱이라 해도 이가 없다면 아무것도 할 수 없다고 그레고르에게 알려주는 신호 같았다. '난 배가 많이 고파.' 그레고르는 슬픈 기분으로 혼잣말을 했다. '하지만 저런 음식이 먹고 싶은 게 아니야. 저 하숙인들은 음식을 마구 먹어대는데, 나는 여기서 굶어죽고 있다니!'"

장면 VI: 이 훌륭한 음악 장면에서 하숙인들은 그레테가 부엌에서 바이올린을 연주하는 소리를 듣습니다. 그리고 음악의 오락적 가치에 대한 자동적인 반응으로, 그레테에게 자신들을 위해 연주해달라고 말하지요. 세 하숙인과 잠자 집안의 세 식구가 거실에 모입니다.

음악을 사랑하는 사람들에게 반감을 사고 싶지는 않습니다만, 일반적인 의미에서 소비자들이 인식하는 음악은 예술 중에서도 문학이나 회화보다 좀더 원시적이고 동물적인 형태에 속합니다. 개개인의 창작물, 상상력, 구성이 아니라 음악 전반이 그렇다는 얘깁니다. 물론 이 모든 것이 문학이나 회화에 뒤지지 않지만, 음악이 평균적인 사람에게 미치는 영향을 말하자면 그렇습니다. 위대한 작곡가, 위대한 작가, 위대한 화가는 형제와 같습니다. 그러나 일반적이고 원시적인 형태의 음악이 청자에게 미치는 영향은 평균적인 책이나 평균적인 그림의 영향에 비해 질적으로 조금 낮은 편입니다. 특히 몇몇 사람들을 위안하고 진정시켜서 멍해지게 만드는 음악, 이를테면 라디오나 레코드의 음악이 그렇습니다.

카프카의 이야기에서는 그저 어떤 가엾은 아가씨가 바이올린을 켜고 있을 뿐입니다만, 이 음악은 오늘날 레코드 등으로 들을 수 있는 음악과 같은 존재입니다. 음악 전반에 대한 카프카의 생각은 방금 내가 설명한 것과 같았습니다. 사람을 멍하게 만들고, 동물 같은 성질을 지니고 있다고 말이지요. 일부 번역가들이 잘못 이해한 중요한 문장을 해석할 때, 이 점을 반드시 명심해야 합니다. "음악에 이토록 영향을 받는 그레고르는 동물인가?" 다시 말해서, 인간의 형태를 하고 있을 때 그는 음악에 별로 관심이 없었습니다만, 이 장면에서 딱정벌레의 모습을 한 그는 음악 앞에 무릎을 꿇습니다. "마치 그가 갈망하는 미지의 음식을 향해 그의 앞에 길이 열리는 것 같았다." 이 장면의 순서는 다음과 같습니다. 그레고르의 여동생이 하숙인들을 위해 연주를 시작합니다. 그레고르는 음악 소리에 이끌려 거실에 머리를 내놓습니다. "다른 사람들을 배려하는 마음이 점점 사라지는 것에 그는 별로 놀라지 않았다. 한때는 자신이 사려 깊은 사람이라는 사실에 자부심을 느끼기도 했는데. 하지만 오늘은 몸을 숨길 이유가 어느 때보다 많았다. 그의 방에 두툼하게 쌓인 먼지가 아주 작은 움직임에도 풀썩풀썩 일어나기 때문에 그의 몸이 먼지로 뒤덮여 있었다. 보풀과 머리카락과 음식 찌꺼기가 등과 옆구리에 붙어 그의 뒤로 질질 끌렸다. 그는 모든 일에 지독히 무심해진 상태였으므로, 몸을 뒤집어 카펫에 등을 비벼서 깨끗이 닦아낼 생각은 들지 않았다. 옛날에는 하루에도 몇 번씩 그렇게 닦아낸 적도 있었지만. 이런 상태인데도 그는 전혀 부끄러움 없이 거실의 티 없이 깨끗한 바닥으로 살짝 넘어갔다."

처음에는 아무도 그의 존재를 알아차리지 못합니다. 좋은 바이올린 음악을 기대하다가 실망한 하숙인들은 창가에 모여 자기들끼리 수군거리며 음악이 멈추기만 기다리고 있습니다. 하지만 그레고르의 귀에 여동생의 연주는 아름답게 들립니다. "앞으로 조금 더 기어나가 바닥으로 고개를 내렸다. 그러면 동생과 눈을 마주칠 수 있을지도 모른다는 생각이 들었다. 음악에 이토록 영향을 받는데, 그는 동물인가? 마치 그가 갈망하는 미지의 음식을 향해 그의 앞에 길이 열리는 것 같았다. 그는 여동생에게 닿을 때까지 앞으로 기어가서 동생의 치마를 잡아당기기로 결심했다. 그렇게 해서 동생에게 바이올린을 들고 자기 방으로 가자는 뜻을 전달할 것이다. 여기에는 그만큼 동생의 연주를 들어주는 사람이 없으니까. 그는 동생을 다시는 방에서 내보내지 않을 작정이었다. 적어도 자신이 살아 있는 동안에는. 그의 무서운 외모가 생전 처음으로 그에게 유용하게 쓰일 것 같았다. 그는 자기 방의 모든 문을 동시에 감시하면서, 침입자가 들어오면 침을 뱉을 것이다. 하지만 여동생에게는 강요가 필요하지 않았다. 여동생은 반드시 자신의 의지로 그의 방에 머무를 터였다. 그녀는 소파에서 오빠와 나란히 앉아, 그에게 귀를 가까이 대고, 그가 털어놓는 속내를 들을 것이다. 자신이 그녀를 꼭 음악학교에 보내줄 생각이었으며, 이런 처지가 되지만 않았다면 지난 크리스마스에(크리스마스가 정말로 그렇게 오래전인가?) 모두에게 자신의 계획을 밝힌 뒤 반대의 목소리는 절대로 허용하지 않았을 것이라고 털어놓는 소리를. 이 고백을 듣고 나면 동생은 감동한 나머지 눈물을 터뜨릴 것이고, 그레고르는 동생의 어깨 높이까지 몸을 일으켜 목에 입을 맞출 것이다. 요즘은 동생이 직장에 다니기 때문에 목에 리본이나 옷깃이 없었다."

세 신사 중 가운데 있던 신사가 갑자기 그레고르를 발견합니다. 하지만 아버지는 그레고르를 방으로 쫓아보내는 대신, 하숙인들을 달래려고 애씁니다. 그리고 과거와는 정반대의 행동을 하죠. "양팔을 펼치고서 하숙인들을 그들의 방으로 돌려보내려고 애쓰면서, 동시에 그들이 그레고르를 볼 수 없게 시야를 가렸다. 이제 그들은 진심으로 조금 화를 내기 시작했다. 노인의 행동 때문인지, 아니면 자기들도 모르는 사이에 옆방에 그레고르 같은 이웃이 살고 있었다는 사실을 이제 막 깨달은 탓인지는 알 수 없었다. 그들은 설명해보라고 아버지를 다그치고, 아버지처럼 팔을 흔들어대고, 불안한 표정으로 자기들의 턱수염을 잡아당기다가 마지못해 자기들 방으로 뒷걸음질쳤다." 여동생이 하숙인들의 방으로 급히 들어가서 재빨리 침대를 정돈해줍니다. 그러나 "노인은 옛날처럼 또 옹고집에 사로잡혔는지 하숙인들을 점잖게 대해야 한다는 사실을 모두 잊어버렸다. 그가 계속 그들을 몰아붙이자, 결국 방 앞에서 가운데 신사가 발을 크게 굴러 그를 멈춰 세웠다. '내가 이건 꼭 말해야 겠습니다.' 하숙인이 한 손을 들어올리고, 그레고르의 아버지뿐 아니라 어머니와 여동생도 바라보면서 말했다. '이 집과 가족들의 상황이 혐오스러운 관계로……' 그는 여기서 힘을 잔뜩 주고 바닥에 침을 뱉었다. '지금 이 자리에서 미리 통보합니다. 내가 여기서 살았던 기간에 대해 하숙비를 한푼도 지불하지 않는 것은 물론, 손해배상 소송도 고려할 것입니다. 내 주장을 증명하는 것쯤, 분명히 말하지만, 아주 쉽겠지요.' 그는 말을 멈추고, 뭔가를 기대하듯 똑바로 앞을 바라보았다. 그의 두 친구가 즉시 맞장구를 치고 나섰다. '우리도 지금 이 자리에서 통보합니다.' 이 말과 함께 가운데 신사는 문고리를 움켜쥐고 문을 쾅 닫아버렸다."

장면 VII: 여동생의 가면이 완전히 벗겨집니다. 그녀의 배신은 그레고르에게 절대적이고 치명적인 영향을 미칩니다. "'나는 이 괴물 앞에서 오빠의 이름을 입에 담지 않겠어요. 그러니까 내가 하고 싶은 말은 이것뿐이에요. 우리가 저것을 없애버려야 해요…… 우리가 저것을 없애버려야 해요.' 여동생은 아버지에게 똑바로 말했다. 어머니는 기침이 너무 심해서 한마디라도 들을 수 있는 상태가 아니었다. '이러다가는 두 분 모두 돌아가시고 말 거예요. 틀림없어요. 우리 모두 열심히 일하고 있잖아요. 그런데 집에 돌아와서도 계속 이런 고통을 겪어야 한다니, 참을 수가 없어요. 적어도 나는 더이상 견딜 수 없어요.' 이 말을 마치고 나서 여동생이 너무나 격렬하게 울어대는 바람에, 눈물이 어머니의 얼굴로 떨어졌다. 어머니는 눈물을 기계적으로 닦아냈다." 아버지와 여동생 모두 그레고르가 자신들의 말을 이해하지 못하므로, 그와 어떤 합의도 불가능하다고 생각합니다.

"'오빠가 없어져야 돼요.' 그레고르의 여동생이 소리쳤다. '그게 유일한 방법이에요, 아버지. 아버지도 저게 그레고르라는 생각을 그만두셔야 해요. 우리가 그 생각을 이렇게 오랫동안 믿었던 게 사실 우리가 겪는 모든 문제의 뿌리예요. 저것이 어떻게 그레고르일 수 있어요? 만약 저것이 그레고르라면, 인간이 저런 짐승과 함께 사는 건 불가능하다는 사실을 이미 오래전에 깨닫고 스스로 사라졌을 거예요. 그러면 우리집에서 아들이 사라졌겠지만, 그래도 우리는 계속 살아가면서 오빠의 기억을 명예롭게 간직할 수 있었겠죠. 그런데 지금 저 짐승이 우리를 괴롭히고, 하숙인들을 몰아내고 있어요. 틀림없이 이 아파트를 혼자 차지하고, 우리는 도랑 같은 데로 내몰 생각이에요.'"

인간이던 오빠는 이미 사라졌고, 이제는 딱정벌레가 된 그도 사라져야 한다는 말이 그레고르에게는 최후의 타격입니다. 몸이 워낙 만신창이가 된 탓에 그는 고통스럽게 기어서 자기 방으로 돌아갑니다. 문간에서 고개를 돌려 마지막으로 어머니를 흘깃 보지만, 어머니는 거의 잠들기 직전입니다. "그가 방에 제대로 들어가기도 전에 문이 서둘러 닫히고, 빗장이 걸렸다. 자물쇠도 잠겼다. 뒤에서 나는 갑작스러운 소리에 화들짝 놀란 나머지 그의 작은 다리에 힘이 풀렸다. 그렇게 서둘러 문을 닫은 사람은 바로 그의 여동생이었다. 그녀가 기다리며 서 있다가 앞으로 가볍게 튀어나와 문을 닫은 것이다. 그레고르는 동생이 다가오는 소리를 듣지도 못했는데, 동생은 부모에게 '드디어!'라고 외치며 열쇠구멍에서 열쇠를 돌려 문을 잠갔다." 어두운 방에서 그레고르는 몸을 움직일수 없다는 사실을 깨닫습니다. 통증은 점점 사라지는 것 같습니다. "등에서 썩어가는 사과와 그 주위의 염증이 모두 먼지에 뒤덮여 있었지만, 이미 그에게는 문제가 되지 않았다. 그는 애정과 사랑으로 가족들을 생각했다. 자신이 사라져야 한다는 생각은 그가 여동생보다 더 강력히 지지했다. 사라지는 것이 가능하기만 하다면. 이렇게 마음을 비우고 평화롭게 명상을 하는 것 같은 상태가 이어지다가 시계탑이 새벽 세시를 알렸다. 창밖의 세상을 처음으로 밝히기 시작한 빛이 그의 의식 속으로 다시 들어왔다. 이윽고 그의 고개가 바닥을 향해 저절로 푹 꺾이고, 그의 콧구멍에서 가느다란 마지막 숨결이 꺼질 듯이 새어나왔다."

장면 VIII: 그레고르의 시체가 다음날 아침 파출부에 의해 발견되자, 크고 따스한 안도감이 그의 경멸스러운 가족들이 사는 벌레들의 세계에 퍼집니다. 여기에 관심과 애정을 갖고 잘 봐두어야 할 점이 하나 있습니다. 그레고르는 벌레의 외피를 뒤집어쓴 인간이고, 그의 가족들은 사람으로 위장한 벌레입니다. 그레고르의 죽음으로, 벌레인 그들의 영혼은 이제 마음껏 즐거운 생활을 할 수 있다는 사실을 갑자기 깨닫게 되죠. "'우리 방으로 좀 가자, 그레테.' 잠자 부인*이 떨리는 미소를 지으며 말했다. 그레테는 시체를 한 번도 돌아보지 않고 부모를 따라 그들의 방으로 들어갔다." 파출부가 창문을 활짝 열자 공기에서 온기가 조금 느껴집니다. 벌레들이 동면에서 깨어나는 3월말입니다.

장면 IX: 하숙인들이 뚱한 얼굴로 아침식사를 요구하자 파출부가 그들에게 그레고르의 시체를 대신 보여주는 장면에서 그들의 모습을 슬쩍 묘사한 부분이 놀랍습니다. "그래서 그들은 안으로 들어가 양손을 추레한 겉옷 주머니에 넣은 채 그것을 둘러싸듯 섰다. 방 한복판에는 이미 햇빛이 밝게 비치고 있었다." 여기서 핵심 단어는 무엇일까요? 햇빛 속에 드러난 '추레함'입니다. 동화에서처럼, 그러니까 해피엔딩으로 끝나는 동화에서처럼, 마법사의 죽음으로 사악한 마법이 흩어집니다. 하숙인들은 이제 초라한 모습일 뿐 전혀 위험하지 않습니다. 반면 잠자 가족은 다시 힘과 싱싱한 생기를 얻어 어깨를 쭉 펴지요. 이 장면은 계단 테마가 반복되면서 끝납니다. 사무장이 난간을 부여잡고 슬로모션으로 물러나던 장면과 똑같습니다. 당장 나가라는 잠자 씨의 명령으로 하숙인들이 퇴치된 겁니다. "현관에서 세 사람 모두 못에 걸려 있던 모자를 들고, 우산꽂이에서 지팡이를 꺼내든 뒤, 말없이 고개 숙여 인사하고는 아파트를 나가버렸다." 이제 그들이 사라집니다. 턱수염을 기른 세 하숙인, 시계처럼 정해진 반응만 보이는 자동인형 꼭두각시들. 잠자 가족은

---

* 강의를 위해 주석을 적어둔 책에 나보코프는 그레고르의 죽음 이후에는 '아버지'나 '어머니'라는 말이 단 한 번도 나오지 않고, 대신 잠자 씨와 잠자 부인이라는 말이 쓰인다고 적어놓았다. ─편집자

난간에 몸을 기대고 그들이 아래로 내려가는 모습을 지켜봅니다. 나선형으로 뻗어 있는 계단은, 말하자면, 관절이 있는 곤충의 다리와 비슷합니다. 하숙인들은 층계참에서 층계참으로, 즉 관절에서 관절로 점점 내려가면서 시야에서 사라졌다가 나타나기를 반복합니다. 한번은 아래에서 올라오던 푸줏간집 소년이 그들과 마주칩니다. 바구니를 들고 있는 소년이 그들을 향해 올라오는 모습, 그리고 그들보다 위로 올라선 모습이 차례로 묘사됩니다. 소년은 빨간 스테이크 고기와 맛좋은 내장이 가득 들어 있는 바구니를 자랑스럽게 들고 있습니다. 빨간 생고기는 통통하고 반짝거리는 파리들이 알을 낳는 곳이기도 합니다.

장면 X: 이 마지막 장면의 역설적인 소박함은 최고입니다. 잠자 가족은 봄의 햇빛을 받으며 각자 고용주에게 편지를 한 통씩 씁니다. 관절, 관절이 있는 다리, 행복한 다리, 편지 세 통을 쓰는 세 벌레들입니다. "그들은 이날 하루는 휴식을 취하면서 산책을 나가기로 결정했다. 그들은 이렇게 휴식을 취할 자격이 있었을 뿐만 아니라, 휴식이 절실히 필요하기도 했다." 파출부는 오전에 해야 할 일을 끝내고 돌아가기 전에 붙임성 있게 쿡쿡 웃으면서 잠자 가족에게 알립니다. "옆방의 저 물건을 어떻게 치워야 하나 걱정할 필요 없어요. 이미 처리했으니까.' 잠자 부인과 그레테는 다시 편지를 향해 고개를 숙였다. 편지 쓰기에 완전히 몰두한 것 같은 모양새였다. 잠자 씨는 파출부가 그 일을 미주알고주알 설명할 작정임을 알아차리고는 단호히 한 손을 들어 그녀를 제지했다……

'오늘밤에 저 여자한테 해고 통보를 해야겠어.' 잠자 씨가 말했다. 하지만 그의 아내도 딸도 아무런 대답을 하지 않았다. 그들이 간신히 도달한 평온을 파출부가 다시 산산이 부숴버린 것 같았기 때문이다. 그들은 자리에서 일어나 창가로 가서 서로를 꼭 붙잡았다. 잠자 씨는 의자를 돌려 한동안 조용히 두 사람을 바라보다가 소리쳤다. '자, 이제 됐어. 지난 일은 다 잊어버리는 거야. 이젠 나도 좀 생각해주지 그래?' 두 사람은 그의 말을 듣고 즉시 그에게 다가와 그를 달래준 뒤 재빨리 편지를 마무리했다.

그러고 나서 세 사람은 함께 아파트를 나섰다. 몇 달 만에 처음 있는 일이었다. 그들은 전차를 타고 시외의 들판으로 나갔다. 승객이라고는 그들 세 명뿐인 전차 안에 따스한 햇살이 가득했다. 그들은 좌석 등받이에 편안하게 몸을 기대고, 미래를 생각해보았다. 자세히 살펴보니, 미래가 전혀 어둡지 않은 것 같았다. 지금까지는 각자의 직업에 대해 제대로 이야기해본 적이 없었지만, 세 사람 모두 좋은 직장에 다니고 있었기 때문에 앞으로 상황이 더 나아질 것 같았다. 지금 당장 생활을 가장 바꿔놓을 수 있는 요인은 당연히 이사였다. 그들은 지금 아파트보다 작고 싸면서도 위치가 좋고 관리하기 편한 아파트를 구하고 싶었다. 지금 아파트는 그레고르가 고른 곳이었다. 잠자 씨와 잠자 부인은 이런 대화를 나누다가 딸이 점점 더 활기를 띠고 있다는 사실을 알아차리고는, 최근에 많은 슬픔을 겪으면서 안색이 파리해졌던 딸이 건강한 아가씨로 피어났다는 사실을 동시에 깨달았다. 그들은 점차 조용해져서 반쯤 무의식적으로 시선을 교환했다. 곧 딸에게 좋은 신랑감을 찾아줘야 할 것 같다는 결론에 함께 이르렀음을 나타내는, 완벽한 공감의 시선이었다. 전차가 목적지에 도착했을 때 딸이 먼저 벌떡 일어나 젊은 몸을 쭉 펴는 모습이 그들의 새로운 꿈과 훌륭한 목표를 확인해주는 것 같았다."*

***

이 이야기의 주요 테마들을 요약해봅시다.

1. '3'이라는 숫자가 이 이야기에서 상당한 역할을 합니다. 이야기가 세 부로 나뉘어 있고, 그레고르의 방에 문이 세 개 있으며, 그의 가족은 세 명입니다. 이야기가 진행되면서 등장하는 사용인의 수도 세 명이고, 턱수염을 기른 하숙인도 세 명입니다. 잠자 가족 세 명이 각각 한 통씩 쓴 편지를 합하면 세 통이지요. 나는 상징에 지나친 의미를 부여하지 않으려고 몹시 주의를 기울이고 있습니다. 책의 예술적인 고갱이에서 상징을 분리해버리면, 책을 읽는 즐거움이 모두 사라져버리니까요. 예술적인 상징이 있는가 하면, 진부하고 인위적이거나 심지어 멍청하기까지 한 상징도 있기 때문입니다. 카프카의 작품을 정신분석학과 신화의 관점에서 바라본 글에는 그런 어리석은 상징들이 많이 나옵니다. 유행에 따라 성과 신화를 뒤섞은 그런 글은 별로 잘난 것 없는 평범한 사람들에게 매력적으로 다가갑니다. 다시 말해서, 독창적인 상징도 있고 진

---

* "영혼은 그레고르와 함께 죽어버렸고, 건강하고 젊은 동물이 그 자리를 차지한다. 이 기생충들은 그레고르를 먹이로 삼아 살을 찌웠다." 나보코프가 강의를 위해 주석을 달아놓은 책에 적은 메모. —편집자

부하고 어리석은 상징도 있다는 얘깁니다. 또한 예술작품에서 추상적인 상징의 가치가 아름답게 타오르는 작품의 생기를 눌러버리는 일이 있어서는 안 됩니다.

따라서 「변신」에서 '3'이 강조되는 데에는 상징적이라기보다 일종의 전형적인 의미가 있을 뿐입니다. 사실 3의 의미는 정해져 있습니다. 셋으로 이루어진 한 벌, 3부작, 삼위일체, 세 폭 작품은 예술에서 흔히 볼 수 있는 형태입니다. 예를 들어, 청년기, 장년기, 노년기를 그린 세 장의 그림처럼 세 가지 소재를 묘사한 모든 예술작품이 그렇지요. 세 폭 작품 triptych이라는 말은 그림이나 조각 작품이 세 칸에 나란히 배치되어 있는 것을 뜻합니다. 카프카가 예를 들어 이야기 첫머리에서 거실, 그레고르의 침실, 여동생의 방을 묘사하고, 그레고르의 방을 중심에 놓음으로써 얻어낸 효과가 바로 이런 작품과 같습니다. 또한 3을 강조하는 패턴은 연극의 3막을 암시하기도 합니다. 그리고 마지막으로, 카프카의 환상이 확실히 논리적이라는 점을 놓치면 안 됩니다. 정, 반, 합이라는 삼각체제보다 더 뚜렷하게 논리적인 특징을 드러내는 것이 있을까요? 따라서 우리는 카프카가 사용한 3이라는 상징을 미학적이고 논리적인 의미로만 바라볼 것입니다. 성적인 신화를 신봉하는 사람들이 빈 출신 주술사 의사의 지휘로 이 작품에 어떤 신화를 덧씌우든 우리는 무시할 뿐입니다.

2. 또다른 테마로는 문 테마가 있습니다. 문이 열리고 닫히는 모습이 이 작품 전체를 관통합니다.

3. 세번째 테마는 잠자 가족의 생활 변화와 관련되어 있습니다. 그들

의 형편이 점점 나아지는 것과 그레고르의 절망적이고 애잔한 처지 사이의 미묘한 균형 상태를 말합니다.

이밖에도 하위 테마가 몇 개 더 있습니다만, 이 이야기를 이해하는 데 필수적인 테마는 위의 세 가지뿐입니다.

카프카의 문체를 잘 살펴보십시오. 명확한 문장, 정밀하고 정연한 어조가 악몽 같은 이야기와 놀라운 대조를 이룹니다. 그는 시적인 은유라는 장식 없이 흑백사진 같은 이야기를 자아냅니다. 명쾌한 문장이 어두운 환상을 더욱 강조해줍니다. 대비와 통일성, 문체와 소재, 작풍과 플롯이 가장 완벽하게 융합되어 있습니다.

제임스 조이스(1882~1941)

『율리시스』(1922)

제임스 조이스는 1882년에 아일랜드에서 태어나 1910년대에 아일랜드를 떠났습니다. 그리고 생애의 대부분을 타향인 유럽 대륙에서 보내다가 1941년에 스위스에서 세상을 떠났죠. 『율리시스』는 1914년부터 1921년 사이에 트리에스테, 취리히, 파리에서 집필했습니다. 1918년에는 이른바 〈리틀 리뷰〉에 이 작품의 일부가 실리기 시작했고요. 『율리시스』는 26만 단어가 넘는 두툼한 책입니다. 약 3만 개의 어휘가 실린 풍요로운 책이기도 합니다. 작품의 배경인 더블린에 대한 묘사는 타향을 떠도는 조이스의 기억 속 데이터를 일부 참고했지만, 『톰스 더블린 디렉토리』에 실린 데이터가 가장 큰 바탕이 되었습니다. 문학교수들은 『율리시스』를 논하기 전에 몰래 날개를 펼쳐 이 책을 향해 날아갑니다. 조이스가 바로 이 책의 도움으로 쌓았던 지식으로 학생들을 놀래주기 위해서입니다. 조이스는 더블린에서 발행되는 신문인 〈이브닝 텔레그래프〉 1904년 6월 16일 목요일 자도 작품 안에서 내내 이용합니다. 값이 반 페니인 이 신문에는 무엇보다도 그날의 애스콧 골드컵 경마 결과 (아웃사이더인 스로어웨이가 우승했습니다), 미국의 기막힌 사고(증기

유람선 제너럴 슬로컴호의 화재), 독일 홈부르크에서 열린 고든 베넷컵 자동차 경주 소식이 실려 있습니다.

『율리시스』는 1904년 6월 16일 목요일 하루 동안의 일을 묘사합니다. 여러 등장인물들이 더블린에서 이날 하루와 다음날 이른 새벽까지 서로 섞이거나 따로 떨어져서 걷고, 교통수단을 이용하고, 앉아 있고, 이야기하고, 꿈꾸고, 술을 마시고, 생리적으로나 철학적으로 사소하거나 중요한 여러 일들을 겪습니다. 조이스는 왜 하필 1904년 6월 16일을 골랐을까요? 뜻은 좋았지만 결과가 그리 좋지 않은 책『전설적인 항해자: 제임스 조이스의 율리시스』(1947)에서 리처드 케인 씨는 이날 조이스가 나중에 아내가 된 노라 바너클을 처음 만났다고 알려줍니다. 인간적인 면에 대한 관심은 이쯤 해두죠.

『율리시스』에서는 세 명의 주요 인물을 중심으로 여러 장면들이 구축되어 있습니다. 이 세 명 중 작품을 지배하는 인물은 광고업에 종사하는 레오폴드 블룸인데, 그가 하는 일은 정확히 말해서 광고 영업입니다. 예전에는 문구회사인 위즈덤 헬리에서 압지 외판원으로 일하다가, 지금은 독립해서 광고 영업을 하는 중이지만 실적은 그리 좋지 않습니다. 조금 뒤에 언급하게 될 몇 가지 이유로 인해, 조이스는 그를 헝가리계 유대인으로 설정했습니다. 다른 두 주요 인물은 조이스가『젊은 예술가의 초상』(1916)에서 이미 등장시킨 적이 있는 스티븐 디덜러스와 블룸의 아내인 매리언 블룸, 즉 몰리 블룸입니다. 블룸이 이 삼인조 중 한가운데를 차지하고 있다면, 스티븐과 매리언은 그의 양옆에 자리합니다. 그래서『율리시스』는 스티븐으로 시작해서 매리언으로 끝납니다. 스티븐 디덜러스의 성인 디덜러스는 고대 크레타에서 왕이 살던 도시 크노소스에 미궁을 만들었다는 그리스신화 속 인물 다이달로스와 같습니다. 그는 자신과 아들 이카로스를 위해 또하나의 놀라운 발명품인 날개도 만들었죠. 스물두 살인 스티븐 디덜러스는 더블린에서 교사 겸 학자 겸 시인으로 살고 있습니다. 학창시절에 예수회 학교에서 엄하게 교육받은 그는 지금 그런 교육에 격렬하게 반발하지만 기본적으로 형이상학적인 성격은 그대로 남아 있습니다. 그는 다소 추상적인 청년이며, 술에 취했을 때조차 독단적이고, 자아 속에 갇힌 자유사상가이자 금언 같은 말들을 갑자기 불쑥 내뱉는 사람입니다. 몸은 허약하고, 성자처럼 몸을 잘 씻지 않고(그가 마지막으로 목욕을 한 것은 10월인데, 지금은 6월입니다), 불만이 많고, 과민한 청년인 그의 모습을 독자가 시각적으로 명확하게 상상하기는 힘듭니다. 그는 예술가가 상상력으로 창조해낸, 온기가 도는 새로운 존재라기보다 작가의 생각이 그대로 투영된 존재입니다. 비평가들은 스티븐을 청년시절의 조이스와 동일시하는 경향이 있지만, 그런 것은 중요하지 않습니다. 해리 레빈은 이렇게 말했습니다. "조이스는 종교를 잃었지만, 자신의 범주는 잃지 않았다." 스티븐도 마찬가지입니다.

블룸의 아내인 매리언(몰리) 블룸은 아일랜드인 아버지와 스페인계 유대인 어머니 사이에서 태어났습니다. 직업은 가수입니다. 스티븐이 지식인이고 블룸이 평범한 교양을 갖춘 사람이라면, 몰리 블룸은 확실히 교양이 모자랄 뿐만 아니라 저속하기까지 한 인물입니다. 그러나 이세 사람에게는 저마다 예술적인 면이 있습니다. 스티븐의 경우에는 예술적인 면이 너무 뛰어나서 도저히 사실 같지 않을 정도입니다. 스티븐처럼 일상 속의 평범한 대화를 그토록 완벽하게 예술적으로 다듬을 수 있는 사람을 '현실' 속에서 만나는 일은 결코 없을 겁니다. 평범한 교양인인 블룸은 예술적인 면에서 스티븐보다 떨어지지만, 그래도 비평가들이 생각하는 것보다는 훨씬 더 예술적입니다. 사실 그의 정신적인 흐름은 가끔 스티븐의 정신적 흐름과 아주 흡사합니다. 이 점에 대해서는 나중에 설명하겠습니다. 마지막으로, 몰리 블룸은 진부한 인물이라서 생각하는 것도 인습적입니다. 게다가 저속하지요. 그런데도 생활 속의 피상적인 아름다움에 풍부한 감정을 느낍니다. 『율리시스』의 맨 마지막에 나오는 그녀의 놀라운 독백에서 이 점을 보게 될 겁니다.

이 책의 소재와 작풍을 논하기 전에, 주인공 레오폴드 블룸에 대해 할말이 좀더 있습니다. 프루스트는 스완을 독특한 성격과 특징을 지닌 개인으로 만들었습니다. 스완은 문학적인 전형도, 인종적인 전형도 따르지 않습니다. 공교롭게도 유대계 주식중개인의 아들인데도 말이지요. 블룸이라는 인물을 구상할 때 조이스는 고향 더블린의 아일랜드인들 사이에 자신처럼 아일랜드인이면서 또한 망명자인 인물을 떨어뜨려놓을 생각이었습니다. 자신처럼 양우리 속의 검은 양 한 마리 같은 인물을 만들 생각이었던 겁니다. 따라서 조이스는 아웃사이더, 방랑하는 유대인, 망명자 같은 인물을 선택하자는 합리적인 계획을 짰습니다. 그러나 나중에 설명하겠지만, 조이스는 이른바 인종적인 특징을 축적하고 강조할 때 때로 조야한 면모를 보입니다. 블룸과 관련해서 생각할 것이 하나 더 있습니다. 『율리시스』에 대해 수많은 글을 쓴 수많은 사람들은 몹시 순수하거나 몹시 타락한 이들이라는 점. 그들은 블룸을 대단히 평범한 사람으로 보는 경향이 있습니다. 조이스 본인도 평범한 인물을 그릴 생각이었던 것으로 보입니다. 그러나 성적인 부분에서 블룸은, 광기의 문턱에 발을 걸치고 있다고 말할 정도는 아닐지언정, 적어도 극단적인 성 집착증과 도착증의 훌륭한 임상적 사례이며 게다가 온갖 신기한 합병증까지 갖고 있음이 분명히 드러나 있습니다. 물론 그는 철저한 이성애자입니다. 프루스트의 작품에 나오는 대부분의 신사 숙녀가 동성애자homosexual인 것과는 다릅니다(homo는 그리스어로 '같다'는 뜻입니다. 일부 학생들의 생각처럼 '인간'을 뜻하는 라틴어가 아닙니다). 그러나 블룸이 생각하는 이성에 대한 사랑의 범주가 워낙 넓어서, 그는 동물학과 진화론적인 의미에서 분명히 정상이라고 볼 수 없는 행동과 꿈에 탐닉합니다. 그의 기묘한 욕망을 지루하게 열거하지는 않겠습니다만, 이 말만은 해야겠습니다. 블룸의 머릿속과 조이스의 책 속에서 섹스라는 테마는 끊임없이 변소 테마와 뒤섞이고 얽힙니다. 소설 속의 이른바 솔직함에 대해 내가 아무런 반감도 갖고 있지 않다는 사실은 하느님도 아십니다. 사실 우리에게는 솔직함이 너무 적습니다. 그나마 있는 것도 인습적이고 진부하게 변해버리죠. 북클럽들이 좋아하고 사교계 여성들이 귀여워하는, 이른바 터프한 작가들의 솔직함처럼 말입니다. 그러나 나는 블룸이 다소 평범한 시민으로 설정되어 있다는 점에 정말로 반감을 느낍니다. 평범한 시민이 끊임없이 생리적인 일만 생각하는 것은 사실과 거리가 멉니다. 나는 '끊임없이'라는 부분이 싫은 것이지, '역겨운' 생각이 싫은 것이 아닙니다. 대단히 특별하고 병적으로 보이는 모든 묘사가 이런 맥락에서 보면 인위적이고 불필요하게 보입니다. 여러분 중에 성격이 결벽한 사람들은 조이스의 이 특별한 집착을 완전히 초연한 눈으로 바라보기를 권합니다.

『율리시스』는 훌륭하고 영구적인 구조물입니다만, 예술작품 자체보다는 그 안에 표현된 생각과 일반적인 원칙과 인간적인 측면에 더 관심이 많은 비평가들이 살짝 과대평가한 감이 있습니다. 특히 레오폴드 블룸이 더블린에서 어느 여름날 지루하게 이리저리 돌아다니며 사소한 모험을 겪는 모습을 『오디세이』의 면밀한 패러디로 보면 안 됩니다. 광고인인 블룸이 오디세우스, 즉 수완 좋은 율리시스의 역할을 하고, 간통을 저지르는 블룸의 아내는 정숙한 페넬로페를 대신하고, 스티븐 디딜러스는 두 사람의 아들인 텔레마코스 역할이라고 보면 안 된다는 얘기입니다. 블룸이 떠돌아다니는 테마에 호메로스의 메아리가 아주 막연하게 배어 있는 것은 분명합니다. 작품의 제목도 그 점을 암시하고요. 또한 이 책에 나오는 수많은 비유 중에도 고전적인 비유가 상당수 있습니다. 그러나 모든 등장인물과 모든 장면에 밀접하게 대응하는 부분을 고전에서 찾으려고 애쓰는 것은 완전한 시간 낭비입니다. 이미 낡아빠진 신화를 바탕으로 길게 늘어지는 비유보다 더 지루한 건 없습니다. 이 작품을 일부 발표한 뒤에 조이스는 따분한 학자들과 가짜 학자들이 무슨 짓을 꾸미는지 알아차리고는 호메로스를 연상시키는 각 장의 제목을 즉시 지워버렸습니다. 한 가지 더. 어느 따분한 인간, 즉 스튜어트 길버트라는 남자가 조이스 본인이 농담 삼아 만든 목록을 오해해서, 장마다 다른 신체 기관(귀, 눈, 위 등)이 지배한다는 주장을 내놓았습니다.

하지만 우리는 그런 따분한 헛소리도 무시할 겁니다. 모든 예술은 어떤 의미에서 상징적입니다만, 예술가의 미묘한 상징을 현학자의 진부한 비유로 바꿔버리려고 고의로 수작을 부리는 비평가에게는 "그만 둬, 도둑놈아"라고 말해야 합니다. 천일야화를 우애결사*의 규약으로 만들어버리는 꼴이니까요.

그렇다면 이 작품의 중심 테마는 무엇일까요? 간단합니다.

1. 절망적인 과거. 블룸의 아들이 아기 때 세상을 떠났지만, 그의 피와 머릿속에는 아들의 모습이 남아 있습니다.

2. 우스꽝스럽고 비극적인 현재. 블룸은 여전히 아내 몰리를 사랑하지만, 운명의 앞길을 막지 않습니다. 그는 6월 중순의 그날 오후 네시 삼십분에 아내의 대담한 흥행사이자 공연 에이전트인 보일런이 몰리를 찾아올 것이라는 사실을 알면서도 그 일을 막으려는 행동을 전혀 하지 않습니다. 그는 운명의 앞길을 방해하지 않으려는 괴팍한 노력을 계속합니다만, 사실 하루종일 계속해서 보일런과 우연히 마주칩니다.

3. 애처로운 미래. 블룸은 또다른 젊은이인 스티븐 디덜러스와도 계속 마주칩니다. 그리고 이것이 어쩌면 운명의 또다른 의도일 수 있음을 서서히 깨닫습니다. 아내가 꼭 애인을 두어야 한다면, 저속한 보일런보다는 섬세하고 예술적인 스티븐이 더 나을 겁니다. 사실 스티븐은 가수인 몰리에게 이탈리아어 발음을 가르쳐줄 수 있습니다. 간단히 말해서 그녀를 세련된 사람으로 다듬어줄 수 있으리라는 것이 블룸의 애처로

---

* Shriner. 19세기에 결성된 프리메이슨의 외부단체로, 중동 테마를 채택해서 입회 서약문에 코란, 알라, 무함마드 등의 단어가 들어가 있다.

운 생각입니다.

이것이 중심 테마입니다. 블룸과 운명.

각 장은 서로 문체가 다릅니다. 아니, 서로 다른 문체가 주도적인 위치를 차지한다고 해야겠습니다. 이래야만 하는 이유, 그러니까 어떤 장은 단도직입적인 문체로, 또 어떤 장은 숨이 넘어갈 것 같은 의식의 흐름 문체로, 또 어떤 장은 패러디라는 프리즘을 통해 이야기를 진행해야 하는 특별한 이유는 없습니다. 특별한 이유는 없습니다만, 이렇게 계속 시점이 바뀜으로써 더 다양한 지식, 이런저런 측면에서 언뜻 바라본 생생하고 신선한 모습이 전달된다고 주장할 수는 있을 것입니다. 선 채로 허리를 숙여 무릎 사이로 뒤쪽을 바라본다면, 세상이 완전히 다르게 보일 겁니다. 해변에서 한번 이렇게 해보세요. 위아래가 뒤집힌 시선으로 걸어다니는 사람들을 바라보면 아주 재미있습니다. 한걸음 내디딜 때마다 아교처럼 그들을 붙들어두는 중력으로부터 발을 빼내면서도 품위를 전혀 잃지 않는 것처럼 보이죠. 조이스의 새로운 문학적 기법은 이렇게 시야를 바꾸는 방법, 프리즘과 시점을 바꾸는 방법에 비유할 수 있습니다. 시야를 새롭게 비틀어서 더 푸른 풀밭, 더 신선한 세계를 보게 되는 방법이라고 할 수 있을 겁니다.

등장인물들은 더블린의 하루 동안 저마다 이리저리 돌아다니면서 계속 마주칩니다. 조이스는 단 한 번도 조종간을 놓치는 법이 없습니다. 인물들은 오며가며 만났다가 헤어지고 다시 만납니다. 느릿느릿 이어지는 운명의 춤 속에 정성들여 만들어낸 어느 한 부분, 그 안에서 생생하게 살아 움직이는 구성요소들입니다. 여러 테마가 거듭 등장하는 것은 이 책의 가장 놀라운 특징 중 하나입니다. 이 테마들은 톨스토이나 카프카의 작품에 등장하는 테마에 비해 훨씬 더 명확하고, 작가가 이 테마들을 추적하는 자세도 훨씬 더 신중합니다. 앞으로 점차 알게 되겠지만,『율리시스』전체가 되풀이해서 등장하는 테마들이 신중하게 자아낸 패턴이자 사소한 사건들의 동기화입니다.

조이스의 주요 문체는 다음과 같습니다.

1. 원래 조이스의 문체: 단도직입적이고, 명료하고, 논리적이고, 느긋합니다. 1부의 1장, 2부의 1장과 3장을 등뼈처럼 떠받치는 문체가 바로 이것입니다. 다른 장에서도 명료하고, 논리적이고, 느긋한 부분들을 볼 수 있습니다.

2. 불완전하고, 빠르고, 변칙적인 표현으로 이루어진 이른바 의식의 흐름. 아니, 의식의 디딤돌이라고 하는 편이 더 낫겠습니다. 대부분의 장에서 이 문체를 찾아볼 수 있지만, 이 문체는 보통 주요 인물들하고만 관련되어 있습니다. 이 장치에 대해 논한 글들은 대개 가장 유명한 사례인 몰리의 최후 독백(3부 3장)을 거론합니다만, 내가 보기에는 그 부분이 생각의 언어적인 측면을 과장한 듯합니다. 사람의 생각은 말뿐만이 아니라 이미지로도 이루어져 있습니다. 그런데 의식의 흐름은 글로 적을 수 있는 단어들의 흐름을 미리 가정합니다. 하지만 블룸이 계속해서 혼잣말을 한다고 믿기는 힘듭니다.

3. 소설이 아닌 다양한 양식의 패러디. 신문 헤드라인(2부 4장), 음악(2부 8장), 신비적인 익살극(2부, 12장), 교리문답식으로 주고받는 질문과 대답(3부 2장). 문학적인 문체와 작가의 패러디도 있습니다. 2부 9장

의 익살스러운 화자, 2부 10장에 나오는 여성잡지 유형의 작가, 2부 11장에 나오는 일련의 특정한 작가들과 문학사조, 3부 1장의 우아한 신문 기사투.

조이스는 언제든 바뀐 문체나 주어진 범주 안에서 음악적이고 서정적인 요소를 도입해 특정한 분위기를 강화할 수 있습니다. 두운법과 쾌활한 곡조를 연상시키는 기법으로 보통 동경하는 듯한 분위기를 자아내지요. 시적인 문체는 대개 스티븐과 함께 등장하지만, 블룸과 함께 등장하는 경우도 있습니다. 그가 마사 클리퍼드에게서 온 편지의 봉투를 처리하는 장면이 한 예입니다. "그는 철로 아래의 아치형 통로로 들어가면서 봉투를 꺼내 재빨리 갈기갈기 찢어서 길을 향해 뿌렸다. 종잇조각들이 팔랑팔랑 날아가다가 습한 공기 속으로 가라앉았다. 하얀 날갯짓이 모두 가라앉았다." 여기서 몇 문장 더 뒤에, 쏟아진 맥주가 엄청난 홍수를 일으키는 환상이 끝나는 부분도 마찬가지입니다. "평평한 땅을 모두 차지한 진흙밭을 구불구불, 나른하게 웅덩이로 고여 소용돌이치는 술에 이파리가 널찍한 꽃처럼 거품이 함께 딸려갔다." 하지만 조이스는 언제든 온갖 종류의 언어 트릭, 동음이의어를 이용한 말장난, 단어의 치환, 언어의 되풀이, 동사를 기괴한 한 쌍으로 만들기, 소리 흉내 등을 이용할 수 있습니다. 그 지역에서만 통용되는 암시와 이국적인 표현이 지나치게 사용되었을 때와 마찬가지로, 이런 장치들 역시 쓸데없이 모호한 분위기를 만들어낼 수 있습니다. 세세한 부분이 선명하게 밝혀지지 않고, 아는 사람만 알 수 있게 암시될 뿐이기 때문입니다.

1부, 1장

때: 1904년 6월 16일 목요일 아침 여덟시경

장소: 더블린만 샌디코브, 마텔로 탑. 실제로 존재하는 건물이며, 체스판의 땅딸막한 루크와 비슷하게 생겼습니다. 19세기 초에 프랑스의 침공에 맞서 세운 여러 탑 중 하나죠. 윌리엄 피트, 즉 같은 이름의 부자 정치인 중 영국의 총리를 지낸 아들 피트가 이 탑들을 세웠다고 벅 멀리건이 말합니다. "프랑스 군대가 바다에 있을 때." (다음과 같은 노래 가사에서 따온 말입니다. "오 프랑스 군대가 바다에 있다고 [아일랜드어로 계속 이어집니다] 그 가엾은 노파가 말한다." 여기서 노파는 곧 아일랜드입니다). 하지만 멀리건의 말은 계속 이어집니다. 마텔로 탑은 그 탑들 중에서도 옴팔로스, 즉 몸의 중심인 배꼽이라고요. 이 탑은 또한 이 책의 시작점이자 중심이며, 고대 그리스시대에 델포이 신탁이 내려지던 곳과 같습니다. 스티븐 디덜러스, 벅 멀리건, 그리고 영국인 헤인스가 이 옴팔로스에 살고 있습니다.

등장인물: 스티븐 디덜러스, 스물두 살의 젊은 더블린 시민. 학생이자 철학자이자 시인. 파리에서 약 1년을 보낸 뒤 얼마 전인 1904년 초에 더블린으로 돌아왔습니다. 3개월 전부터 학교(단지의 학교)에서 교사로 일하면서, 한 달의 중간에서 하루 더 지난 날에 급료를 받습니다. 월급은 3.12파운드로, 당시 환율로 환산하면 20달러가 되지 않는 돈입니다. 그가 파리에서 돌아온 것은 아버지가 보낸 전보 때문이었습니다. "—엄마 위독 돌아와라 아버지." 돌아와보니 어머니는 암으로 죽음을 앞두고

있었습니다. 어머니는 그에게 무릎을 꿇고 죽어가는 사람을 위한 기도를 해달라고 부탁했으나 그는 거절합니다. 이 작품 속에서 내내 스티븐이 어두운 슬픔에 잠겨 있는 이유를 알려주는 열쇠가 바로 이때의 거절입니다. 그는 어머니의 마지막 부탁, 마지막 위안보다 자신이 새로이 발견한 영적인 자유를 우위에 두었기 때문에 어머니의 부탁을 거절했습니다. 로마가톨릭의 품에서 자란 스티븐은 이 신앙을 버리고, 예술과 철학에 의지합니다. 하느님에 대한 믿음이 빠져나가서 텅 비어버린 공간을 채울 뭔가를 찾아내려는 필사적인 노력입니다.

여기 1장에는 다른 남성 두 명이 더 등장하는데, 그중 벅 멀리건("맬러카이 멀리건, 강약약격 두 개……그리스풍 울림이 있지")은 의대생이고 영국인 헤인스는 더블린에서 민담을 수집중인 옥스퍼드 학생입니다. 이 탑의 세는 1년에 12파운드(당시 환율로 60달러)인데, 지금까지는 스티븐이 이 돈을 냈습니다. 벅 멀리건은 유쾌한 기생충이자 강탈자입니다. 어떤 의미에서는 스티븐의 패러디이자 기괴한 그림자이기도 합니다. 스티븐이 고통스러운 영혼을 지닌 진지한 젊은이, 신앙의 상실 또는 변화가 비극이 되는 인물이라면, 멀리건은 즐겁고 튼튼하며 신성모독을 일삼는 속물, 엉터리 그리스 이교도이기 때문입니다. 그는 놀라운 기억력을 갖고 있으며, 현란하고 과장된 표현을 사랑합니다. 1장의 첫머리에서 그는 거울과 면도칼을 엇갈리게 놓은 면도 그릇을 들고 계단 꼭대기에서 내려오며 미사를 흉내내듯 대사를 읊조립니다. 미사는 예수가 살과 피를 희생한 것을 가톨릭교회가 빵과 포도주로 기념하는 예식이죠. "그는 그릇을 높이 들고 읊조렸다.

—Introibo ad altare Dei.*

걸음을 멈추고 어두운 나선형 계단을 내려다보며 갈라진 목소리로 소리쳤다.

—올라와, 킨치, 올라와. 이 겁쟁이 예수회 음모꾼아."

킨치는 멀리건이 스티븐을 부르는 별명입니다. '칼날'을 뜻하는 사투리죠. 그의 존재, 그의 모든 것이 스티븐에게는 숨이 막힐 것처럼 갑갑하고 불쾌합니다. 1장의 내용이 진행되면서 스티븐은 멀리건에게 자신이 그를 싫어하는 이유를 밝히죠.

"스티븐이, 자신의 목소리에 우울해진 얼굴로, 말했다.

—어머니가 돌아가신 뒤에 내가 처음 자네 집에 간 날을 기억하나?

벅 멀리건은 곧바로 미간을 찌푸리며 말했다.

—뭐? 어디? 아무 기억도 안 나는 걸. 내가 기억하는 건 오로지 생각과 감각뿐일세. 왜지? 도대체 무슨 일이 있었던 거야?

—자네는 차를 준비하고 있었어. 스티븐이 말했다. 나는 뜨거운 물을 더 가져오려고 층계참을 가로질렀는데, 자네 어머니가 손님과 함께 응접실에서 나오셨지. 그러고는 자네 방에 있는 사람이 누구냐고 자네에게 물었어.

—그래? 벅 멀리건이 말했다. 내가 뭐라고 했지? 잊어버렸어.

—자네가 뭐라고 했냐면, 스티븐이 대답했다. 아, 그냥 디덜러스예요. 이 친구 어머니가 짐승처럼 죽었잖아요.

---

* '천주님의 제단으로 나아가리다'라는 뜻의 가톨릭 미사 성구.

벅 멀리건의 뺨이 붉게 달아오르자 그가 더 젊고 매력적으로 보였다.

─내가 그랬어? 그가 물었다. 그래서? 그게 뭐 어떻다고?

그는 압박감을 신경질적으로 떨쳐버렸다.

─죽음이 뭔가? 그가 물었다. 자네 어머니의 죽음이든, 자네 죽음이든, 내 죽음이든. 자네는 어머니의 죽음을 보았을 뿐이야. 나는 메이터*와 리치먼드**에서 매일 사람들이 픽픽 죽어가는 걸 봐. 해부실에서는 칼로 창자를 헤집지. 그건 정말 짐승 같은 일이야. 딱 그거라고. 그런 건 전혀 중요하지 않아. 자네는 어머니가 돌아가실 때 무릎을 꿇고 기도해 달라는 어머니의 부탁을 들어주지 않았지. 왜? 자네 안에 저주받은 예수회 음모꾼이 있기 때문이야. 그게 엉뚱한 방향으로 주입된 탓이지. 나한테는 모든 것이 조롱이고 짐승 같아. 자네 어머니의 뇌는 제대로 돌아가지 않고 있었네. 그래서 의사를 피터 티즐 경이라고 부르고, 이불에 그려진 미나리아재비를 꺾으려고 했지. 모든 것이 끝날 때까지 환자의 비위를 맞춰줘야 해. 그런데 자네는 죽음을 앞둔 어머니의 마지막 소원에 가위표를 긋고는 나한테 골을 내는군. 내가 랄루엣 장의사에서 돈을 받고 장례식에 참석한 사람처럼 징징거리며 울지 않는다는 이유로 말이야. 터무니없어! 아마 내가 그런 말을 한 게 맞을 걸세. 하지만 자네 어머니의 기억을 더럽힐 생각은 없었어.

그는 말을 하면서 점점 대담해졌다. 스티븐은 그의 말이 가슴에 남긴 상처들을 가린 채, 몹시 차가운 목소리로 말했다.

---

* 블룸이 살고 있는 에클스 거리에 위치한 대형병원.
** 리치먼드 정신병원.

―내 어머니가 모욕당했다는 생각 때문이 아니야.

―그럼 뭔데? 벅 멀리건이 물었다.

―내가 모욕당했기 때문이야. 스티븐이 대답했다.

벅 멀리건은 발꿈치를 축으로 휙 돌아섰다.

―아, 정말 구제불능이로군! 그가 소리쳤다."

벅 멀리건은 스티븐의 옴팔로스를 [마비시킬] 뿐만 아니라, 친구인 헤인스도 그곳에 묵게 해줍니다. 헤인스는 영국에서 온 문학 관광객입니다. 헤인스에게 특별히 잘못은 없지만, 스티븐에게 그는 증오스러운 강탈자 영국의 대표이자 그의 개인적인 강탈자 벅의 친구입니다. 스티븐은 벅의 신을 신고 있으며, 벅의 반바지는 그의 다리마저 헌것으로 만듭니다. 그리고 벅은 나중에 탑을 스티븐에게서 빼앗아갑니다.

액션: 이 장의 액션은 벅 멀리건의 면도로 시작됩니다. 그는 면도칼을 닦으려고 스티븐의 더러운 콧물색 손수건을 빌립니다. 멀리건이 면도하는 동안 스티븐은 헤인스가 탑에 머무르는 것이 싫다고 멀리건에게 말합니다. 헤인스가 꿈에서 흑표범을 총으로 쏜다는 등 헛소리를 해서 무섭다는 겁니다. "그 녀석이 여기 계속 머무른다면, 내가 나가겠네." 바다, 아일랜드, 스티븐의 어머니, 스티븐이 학교에서 받게 될 3.12파운드가 암시됩니다. 그러고 나서 헤인스, 멀리건, 스티븐은 대단히 맛있게 아침식사를 합니다. 우유배달부 할머니가 우유를 가져오자, 그들은 기뻐하며 서로 말을 주고받습니다. 세 사람 모두 바다로 나가는데, 멀리건은 곧바로 수영을 시작합니다. 헤인스는 아침식사가 조금 소화된 뒤 뛰어들 생각이지만, 물을 몹시 좋아하는 블룸과 달리 아주 싫어하는 스티

븐은 수영을 하지 않습니다. 이윽고 스티븐은 두 사람을 두고 자신이 학생들을 가르치는 학교로 향합니다. 학교는 그리 멀지 않습니다.

문체: 1부의 1장과 2장은 이른바 평범한 문체로 되어 있습니다. 다시 말해서, 명료하고 논리적인 조이스의 문체, 평범하게 이야기를 진행시키는 문체라는 뜻입니다. 내적인 독백 기법이 서술적인 이야기의 흐름을 여기저기서 자주 방해하는 것은 사실입니다. 다른 장에서는 이 기법이 조이스의 말을 대단히 모호하게 만들고 뚝뚝 끊어놓는 효과를 내지만, 여기서는 논리적인 이야기의 흐름이 우세합니다. 의식의 흐름의 짤막한 사례 하나가 첫번째 페이지에 나옵니다. 멀리건이 곧 면도를 시작하려는 참입니다. "그는 비스듬히 위를 바라보고 길고 나직하게 휘파람을 불더니, 한동안 움직임을 멈추고 홀린 듯이 주의를 기울였다. 고르고 하얀 그의 치아 여기저기에서 금색 점들이 반짝였다. 크리소스토무스. 강력하고 날카로운 휘파람 소리가 고요함을 뚫고 두 번 대답했다." 이 책 전체에서 자꾸만 되풀이되며 크게 발전할 조이스의 전형적인 장치를 여기서 볼 수 있습니다. '황금의 입'이라고도 불린 크리소스토무스는 물론 4세기 콘스탄티노플의 대주교였던 요한을 뜻합니다. 그런데 왜 이 이름이 불쑥 튀어나온 걸까요? 간단합니다. 스티븐의 생각의 흐름이 이야기를 방해한 겁니다. 스티븐은 벅이 헤인스를 깨우려고 아래를 향해 휘파람을 부는 모습을 보고 소리를 듣습니다. 벅은 그러다 동작을 멈추고 홀린 듯이 주의를 기울이지요. 스티븐은 금을 씌운 벅의 치아가 햇빛을 받아 반짝이는 것을 봅니다. 황금, 황금의 입, 신의 사자 멀리건, 뛰어난 웅변가. 이렇게 해서 초기 그리스도교의 교부인 요한의 모습이 스티

븐의 머릿속을 언뜻 지나가고, 그다음에 헤인스가 멀리건의 휘파람에 휘파람으로 답변하면서 이야기가 즉시 다시 시작됩니다. 벅은 이것이 기적이라면서, 하느님에게 이제 전기 스위치를 내려도 된다고 말합니다.

간단한 사례입니다. 이 장에는 다른 간단한 사례들도 있습니다만, 스티븐의 의식의 흐름이 더 난해하게 이야기를 방해하는 사례가 곧 나옵니다. 스티븐이 특유의 놀라운 금언을 하나 번뜩 내놓아서 멀리건이 완전히 매혹되는 장면입니다. 벅은 하녀의 방에서 훔쳐온 깨진 거울을 놓고 면도하는 중입니다. 스티븐은 그 거울을 가리키며 씁쓸하게 말합니다. "—이것이 아일랜드 예술의 상징이지. 하녀의 깨진 거울." 멀리건은 이 금언을 '옥스퍼드 녀석' 헤인스에게 1기니에 파는 게 어떻겠느냐고 스티븐에게 제안하면서, 자신과 스티븐이 함께 멋지고 또렷한 생각으로 아일랜드를 그리스화해야 한다고 말을 덧붙입니다. 그러면서 아주 친밀하고 은밀하게 스티븐의 팔을 잡지요. 그다음에 스티븐의 의식의 흐름이 나옵니다. "크랜리의 팔. 그의 팔." 처음 『율리시스』를 읽을 때는 이 말을 이해할 수 없을 겁니다. 하지만 두번째로 읽는다면 크랜리가 누구인지 알 수 있습니다. 그의 존재가 뒤에 나오거든요. 그는 스티븐이 어렸을 때 사귄 가짜 친구로, 스티븐을 경마장에 데려가곤 했습니다. "손쉽게 부자가 되기 위해 나를 데려가면서 우승할 만한 말들을 찾아다녔다…… 큰 소리로 시끄럽게 호객을 해대는 마권업자들 사이로." 지금 멀리건이 근사한 금언들을 팔아서 손쉽게 부자가 되자고 제안하는 것과 비슷합니다. "페어 레블은 1대 1. 다른 출장마는 10대 1. 우리는 노름꾼과 사기꾼 옆을 지나 말발굽과 기수 모자와 재킷을 서둘러 쫓아가며 얼굴이 고기 같은 여자 옆을 지나쳤다. 목이 마른 듯 오렌지 클로브에 코를 비벼대고 있는 그 여자는 푸줏간 주인의 부인이었다." 이 부인은 매리언 블룸의 사촌으로, 그 세속적인 부인의 모습을 미리 언뜻 보여줍니다.

이 쉬운 1장에서 스티븐의 의식이 드러난 또다른 사례는, 스티븐, 멀리건, 헤인스가 아침식사를 마치는 장면에서 나옵니다. 멀리건이 스티븐에게 이렇게 말합니다. "—진짜야, 디덜러스. 난 빈털터리라고. 빨리 자네의 그 학교로 가서 돈을 좀 가져와. 오늘 음유시인들은 반드시 술을 마시고 유람여행을 해야 돼. 아일랜드는 오늘 모든 사람이 자신의 의무를 다하기를 기대하고 있거든.

—그러고 보니 생각나는데, 헤인스가 일어나면서 말했다. 난 오늘 국립도서관에 가야 돼.

—우리 수영이 먼저야. 벅 멀리건이 말했다.

그러고는 스티븐에게 시선을 돌려 부드럽게 물었다.

—오늘이 한 달에 한 번 자네가 씻는 날이지, 킨치?

이번에는 헤인스에게 말했다.

—이 불결한 음유시인은 한 달에 꼭 한 번씩 씻어.

—아일랜드 전체를 만의 물살이 씻어주잖아. 스티븐은 빵조각 위에 꿀을 똑똑 떨어뜨리면서 말했다.

헤인스가 구석에서 테니스셔츠의 느슨한 옷깃에 편안하게 스카프를 묶으면서 말했다.

—자네가 허락한다면 자네의 말을 모아볼까 해.

내게 하는 말이군. 저들은 몸을 씻고 목욕하고 박박 문지른다. 양심의 가책Agenbite of inwit. 양심. 그런데 여기 얼룩이 있네.

　―하녀의 깨진 거울이 아일랜드 예술의 상징이라는 말이 끝내주게 좋았어."

　스티븐의 생각의 흐름은 다음과 같습니다. 그가 내게 말하고 있다. 영국인이다. 영국인은 목욕하고 박박 문지른다. 그들이 억압하는 나라들에 대해 양심의 가책을 느끼기 때문이다. 그러다가 그는 맥베스 부인과 그녀가 느끼는 양심의 가책을 떠올립니다. 그녀가 씻어내지 못한 핏자국이 남아 있다는 말. Agenbite of inwit은 프랑스어로 양심의 가책을 뜻하는 remords de conscience에 해당하는 중세 영어입니다. 양심의 아픔, 후회를 뜻하죠(14세기에 나온 어느 종교 논문의 제목이기도 합니다).

　이 의식의 흐름 기법에는 당연히 간결함의 이점이 있습니다. 뇌가 짧은 메시지들을 연달아 적어내려가는 것이니까요. 하지만 독자는 평범한 묘사를 읽을 때보다 더 주의를 기울이며 공감해야 합니다. 앞의 장면을 평범하게 묘사한다면 다음과 같을 겁니다. 스티븐은 헤인스가 자신에게 말하고 있음을 깨달았다. 그래, 영국인들은 아주 자주 몸을 씻지. 그는 속으로 생각했다. 어쩌면 옛날에 누군가가 양심의 가책이라고 불렀던 양심의 얼룩을 박박 씻어내려는 건지도 모르지……

　외부에서 받은 인상에 자극을 받아 내면의 생각이 표면으로 떠오르면서, 그 생각의 주인의 머릿속에서 단어들이 의미심장하게 서로 연결됩니다. 예를 들어, 바다라는 단어가 스티븐의 고통스러운 영혼 속에 가장 깊이 감춰져 있던 생각으로 이어지는 장면을 한번 살펴봅시다. 멀리건은 면도하면서 더블린만을 지긋이 바라보며 조용히 말합니다. "세상에…… 이 바다야말로 앨지[즉, 후기 낭만주의 시대 영국의 이류 시인인 앨저넌 스윈번]가 말한 '회색의 다정한 어머니'가 아닌가?" ('다정하다'라는 단어에 주목하세요.) 그는 회색을 뜻하는 grey에 t발음을 하나 덧붙여서 위대하고great 다정한 어머니라는 말을 덧붙입니다. 그다음에는 두운법으로 표현을 더욱 다듬어서 우리의 강한 어머니mighty mother라고 말하지요. 그러고는 스티븐의 어머니, 스티븐의 사악한 죄를 언급합니다. 우리 숙모님은 자네가 자네 어머니를 죽였다고 생각해. 그가 이렇게 말하지요. 하지만 자네는 정말 멋진 무언극 배우mummer야. 그가 중얼거립니다murmur(두운법이 의미들을 차례로 끌어올리고 있습니다. mighty mother, mummer, murmur). 스티븐은 잘 먹어서 기름기가 흐르는 목소리에 귀를 기울입니다. 강하고 다정하고 쓰라리고 중얼거리는 바다와 어머니가 하나로 융합됩니다. 이런 융합은 다른 곳에도 나옵니다. "둥근 고리 같은 만의 선과 스카이라인이 탁한 초록색 물을 가두고 있었다." 스티븐의 머릿속에서는 이 생각이 다음과 같이 이어집니다. "죽음을 앞둔 어머니의 침대 옆에 서 있던 하얀 도자기 그릇에는 어머니가 커다란 신음과 함께 발작하듯 구토를 하며 썩은 간에서부터 찢어내듯이 끄집어낸 초록색의 나른한 담즙이 고여 있었다." 다정한 어머니가 쓰라린 어머니로, 쓴 담즙으로, 쓰디쓴 후회로 변합니다. 그때 벅 멀리건이 스티븐의 손수건으로 면도칼을 닦습니다. "—아, 가여운 졸병dogsbody 같으니. 그가 상냥한 목소리로 말했다. 자네에게 셔츠 하나와 손수건 몇 장을 줘야겠어." 이 말로 콧물색 바다와 스티븐의 더러운 손수건과 그릇 속의 초록색 담즙이 연결됩니다. 담즙 그릇과 면도 그릇과 바다를 담은 그릇, 쓰라린 눈물과 짭짤한 점액, 이 모든 것이 순간적으로 융합돼서 하나의 이미지를 이루는 겁니다. 조이스가 최고의 솜씨를 발휘했습니다.

그건 그렇고, '가여운 졸병'이라는 말에 주목해야 합니다. 쓸쓸한 개라는 상징은 이 작품에서 내내 스티븐을 따라다닙니다. 몸이 유연한 고양이, 발바닥이 푹신한 표범이라는 상징이 블룸을 따라다니는 것과 같습니다. 이제 이 상징이 다음에 이야기할 내용과 이어지는군요. 흑표범이 나온 헤인스의 악몽이 스티븐에게 아직 만난 적도 없는 블룸의 이미지를 살짝 예고해준다는 점 말입니다. 앞으로 블룸은 조용히 스티븐을 따라다니게 됩니다. 검은 고양이를 닮은 부드러운 그림자입니다. 또한 스티븐도 그날 밤에 좋지 않은 꿈을 꿨음을 잊으면 안 됩니다. 꿈에서 어떤 동양인이 그에게 여자를 내밀었지요. 블룸도 몰리가 동양의 노예시장에서 터키 의상을 입고 있는 모습을 꿈에서 보았습니다.

1부 2장

때: 같은 날 아홉시에서 열시 사이. 반 공휴일인 목요일이라서, 학교 수업이 열시에 끝나고, 곧 하키 경기가 이어집니다.

액션: 스티븐이 고등학교에서 고대 역사를 가르칩니다.

"─그래, 코크런, 어느 도시가 그에게 사람을 보냈지?

—타렌툼입니다, 선생님.

—잘했다. 그래서?

—전투가 있었습니다, 선생님.

—잘했어. 어디서?

소년의 텅 빈 얼굴이 텅 빈 창문에게 질문을 던졌다."

스티븐의 의식의 흐름이 전면으로 나옵니다. "기억의 딸들이 만든 이야기. 그러나 어쩐지 기억이 만들어낸 그대로였다. 그다음에는 참을성 없는 한마디, 쿵쿵거리는 블레이크의 방종의 날갯짓. 모든 공간의 붕괴, 산산이 부서진 유리, 쓰러지는 담장, 그리고 검푸른 최후의 불꽃 소리가 들린다. 그다음에 우리에게 남은 것은?"

단 한순간에, 그러니까 한 학생이 머릿속이 텅 비어서 대답하지 못하는 그 짧은 순간에, 스티븐의 생생한 내면은 역사의 급류, 산산이 부서진 유리, 쓰러지는 담장, 검푸른 시간의 불꽃을 떠올립니다. 그다음에 우리에게 남은 것은? 망각의 위안인 듯합니다. "—어디인지 잊어버렸습니다, 선생님. 기원전 279년인데요.

—아스쿨룸. 스티븐이 피와 상처가 가득한 책에서 그 지명과 연대를 흘깃 확인하면서 말했다." (빨간 잉크로 된, 망할 역사책.)

한 학생이 먹고 있는 무화과롤은 우리가 피그뉴턴*라고 부르는 것입니다. 이 어린 바보는 한심한 말장난을 시도합니다. 피로스**와 부두pier를 연결시킨 겁니다. 스티븐은 전형적인 금언을 내놓습니다. 부두란 무

---

* 무화과가 든 막대기 모양의 쿠키.
** 고대 그리스 에페이로스의 왕.

엇인가? 좌절당한 다리다. 모든 학생이 이 말을 이해하지는 못합니다.

이 장에서는 학교에서 일어나는 일들이 계속 스티븐의 의식의 흐름에 방해를 받습니다. 아니, 그가 의식의 흐름으로 주석을 단다고 하는 편이 낫겠습니다. 그는 자신이 "밤마다 파리의 죄악으로부터 보호받으며" 아리스토텔레스를 읽었던 파리의 도서관과 헤인스와 영국을 생각합니다. "영혼이란 말하자면 존재하는 모든 것이다. 영혼은 형상 중의 형상." 영혼이 형상 중의 형상이라는 말은 다음 장을 이끄는 테마입니다. 스티븐은 수수께끼를 냅니다.

> 수탉이 울었다.
> 하늘은 파랗고,
> 천상의 종들이
> 열한시를 쳤다.
> 이 가엾은 영혼이
> 하늘로 올라갈 시간.

그날 오전 열한시에 아버지의 친구인 패트릭 디그넘의 장례식이 열릴 예정이지만, 스티븐은 얼마 전 어머니가 돌아가신 일에도 집착하고 있습니다. 어머니도 디그넘이 묻히게 될 공동묘지에 묻혀 있는데, 디그넘의 장례식에서 아버지는 아내의 무덤 앞을 지나가며 흐느끼는 모습을 보이게 됩니다. 하지만 스티븐은 패디 디그넘의 장례식에 가지 않습니다. 그는 학생들에게 낸 수수께끼의 답을 내놓습니다. "—여우가 할머니를 호랑가시나무 덤불 아래에 묻고 있는 거다."

그는 어머니와 죄책감에 대해 계속 고민합니다. "하늘로 올라간 가엾은 영혼. 깜박이는 별빛 아래 황야에는 여우 한 마리. 털에서는 약탈의 붉은 악취가 풍기고, 자비를 모르는 밝은 눈을 한 여우가 땅을 파다가 귀를 기울이고, 땅을 파다가 귀를 기울이고, 땅을 파고 또 팠다." 소피스트인 스티븐은 무엇이든 증명할 수 있습니다. 예를 들어, 햄릿의 할아버지가 셰익스피어의 유령이었다는 주장까지도. 왜 아버지가 아니라 할아버지일까요? 할머니, 그러니까 수수께끼의 답에 나와 있는 여우의 할머니 때문입니다. 그에게 할머니는 어머니를 의미합니다. 다음 장에서 스티븐은 바닷가를 걷다가 개를 한 마리 봅니다. 그 개가 여우처럼 모래를 파헤친 뒤 귀를 기울이는 장면에서 개와 여우가 하나로 융합됩니다. 그 개도 뭔가를, 할머니를 땅에 묻었기 때문입니다.

소년들이 하키를 하는 동안, 스티븐은 디지 교장과 이야기를 나누고 월급을 받습니다. 조이스가 이 거래를 얼마나 아름답고 상세하게 묘사했는지 잘 살펴보기 바랍니다. "그는 겉옷에서 가죽끈으로 묶은 지갑을 꺼냈다. 그리고 그것을 펼친 뒤 지폐 두 장을 꺼냈는데, 하나는 둘로 찢어진 것을 다시 하나로 붙여놓은 것이었다. 그는 지폐를 조심스럽게 탁자 위에 놓았다.

—2파운드일세. 그는 지갑을 다시 끈으로 묶어 주머니에 넣으면서 말했다.

이제 황금을 넣어둔 그의 귀중품 창고. 스티븐의 당황한 손이 차가운 돌절구 안에 쌓인 조개껍데기들 위에서 움직였다. 쇠고둥과 원시시대에 화폐로 쓰이던 개오지조개와 표범조개. 여기 이것은 아랍 토후의 터번처럼 나선형 무늬가 있고, 여기 이것은 성 야고보의 가리비. 늙은 순례자의 보물, 죽은 보물, 텅 빈 조개껍데기.

부드럽게 쌓여 있는 테이블보 위에 반짝거리는 새 1파운드 금화 한 개가 떨어졌다.

—이제 3파운드. 디지 교장이 한 손으로 작은 저금통을 만지작거리며 말했다. 이런 걸 갖고 있으면 편하지. 보게. 이건 1파운드 금화용이고, 이건 실링, 6펜스 은화, 반 크라운 은화용이야. 그리고 여기는 크라운 은화. 보게.

그가 저금통에서 2크라운 2실링을 쏟아 보냈다.

—3파운드 12실링. 그가 말했다. 금액이 맞을 거야.

—감사합니다, 선생님. 스티븐은 소심하게 서둘러 돈을 모아서 바지 주머니에 넣으면서 말했다.

—고마워할 게 뭐 있나. 디지 교장이 말했다. 자네가 일해서 번 돈인걸.

돈을 집어넣고 다시 자유로워진 스티븐의 손이 텅 빈 조개껍데기로 돌아갔다. 이것들 역시 아름다움과 힘의 상징. 내 주머니 속의 덩어리. 탐욕과 불행으로 더럽혀진 상징."

성 야고보의 가리비가 프루스트의 작품에 나오는 마들렌과 생 자크의 코키유*의 원형이라는 사실을 알아차린다면 살짝 찌르는 듯한 기쁨

* 조개껍데기 모양의 그릇.

을 느낄 수 있을 겁니다. 아프리카인들은 이런 조개껍데기를 화폐로 사용했습니다.

디지는 스티븐에게 자신이 타자기로 작성한 편지를 〈이브닝 텔레그래프〉에 전해달라고 부탁합니다. 플로베르의 『보바리 부인』에 나오는 무슈 오메처럼 오지랖 넓은 속물인 디지 교장은 그 편지에서 그 지역에서 발생한 가축 전염병에 대해 잘난 척 논하고 있습니다. 디지는 소수 집단에 대해 속물답게 사악하고 진부한 정치적 생각을 잔뜩 갖고 있습니다. 그는 영국에 대해 다음과 같이 말합니다. "유대인이 장악하고 있어…… 유대 상인들이 이미 파괴 공작을 벌이고 있다는 것은, 우리가 지금 여기에 서 있다는 사실만큼이나 확실하네." 이 말에 스티븐은 몹시 현명한 답변을 합니다. 유대인이든 아니든, 상인이란 물건을 싸게 사서 비싸게 파는 사람이라고요. 반유대주의 부르주아의 입을 막아버린 훌륭한 답변입니다.

1부 3장

때: 오전 열시에서 열한시 사이.

액션: 스티븐이 해변을 따라 시내로 걸어갑니다. 샌디마운트 해변입니다. 우리는 나중에 디그넘의 장례식에 가는 길에 그가 여전히 꾸준하게 걷고 있는 모습을 언뜻 보게 될 겁니다. 블룸, 커닝엄, 파워, 그리고 스티븐의 아버지인 사이먼 디덜러스가 마차를 타고 공동묘지로 가는 장면입니다. 그리고 나서 우리는 그의 첫번째 목적지인 신문사(〈이브닝

텔레그래프)) 사무실에서 그를 다시 만날 수 있습니다. 바닷가를 걸으면서 스티븐은 많은 생각을 합니다. "눈에 보이는 것들의 불가피한 ineluctable 형상modality." 여기서 ineluctable은 '극복할 수 없다'는 뜻이고, modality는 '본질과 반대되는 개념인 형상'을 뜻합니다. 스티븐은 산파인 두 할머니가 보이자 그들에 대해서도 생각하고, 산파의 가방이 새조개를 채취하는 사람들의 가방과 닮았다는 생각도 합니다. 어머니, 리치 숙부, 디지의 편지에서 읽은 여러 구절들, 망명중인 아일랜드 혁명가 이건, 파리, 바다, 어머니의 죽음도 생각합니다. 새조개를 줍는 사람 두 명, 즉 남자 한 명과 여자 한 명인 두 집시(Egyptians는 '집시'를 뜻합니다)가 눈에 들어오자, 그의 머리는 즉시 부랑자들의 말, 부랑자들의 단어, 집시의 말투를 떠올립니다.*

그대의 손fambles은 하얗고, 입술은 빨갛고
그대의 몸quarrons은 우아하구나.
이제 나와 함께 눕자couch a hogshead.
밤darkmans의 어둠 속에서 꼭 껴안고 입을 맞추자.

최근 어떤 남자가 물에 빠져 죽은 일이 있었습니다. 멀리건과 헤인스

---

* 나는 스티븐과 조이스가 찾아보았던 바로 그 특수사전을 찾아보았다. mort는 '여자', bing awast, to Romeville은 '런던으로 가는', wap은 '사랑', dimber wapping dell은 '예쁘고 사랑이 깊은 여자', fambles은 '손', gan은 '입', quarrons는 '몸', couch a hogshead는 '눕다', dankmans는 '밤'을 뜻한다. ─나보코프

가 수영을 하고 스티븐이 그 모습을 지켜볼 때 뱃사공들이 이미 그 일을 이야기한 적이 있는데, 그 남자는 나중에 다시 등장할 겁니다. "저기 다섯 길 밖. 꼬박 다섯 길 거리에 너의 아버지가 누워 있다. 즉시 그가 말했다. 익사체로 발견되었지. 더블린 모래톱의 만조. 잡다한 돌멩이, 부채꼴 물고기떼, 멍청한 조개를 앞세워 밀려온다. 반대편으로 물러나는 강한 저류에서 소금기로 하얗게 변해 떠오른 시체, 꺼떡거리며 육지로, 한 발 한 발 돌고래. 저기 있다. 빨리 고리로 걸어. 물 아래에 가라앉아 있지만. 잡았어. 이제 천천히.

더러운 바닷물에 푹 젖은 시체 가스 자루. 피라미들의 떨림, 흐물흐물한 진미로 통통해진 그것들이 단추가 채워진 그의 바지 앞섶 틈새로 번개처럼 드나든다. 하느님이 사람이 되고 사람은 물고기가 되고 물고기는 흑기러기가 되고 흑기러기는 깃털 침대 산이 된다. 살아 있는 내가 죽은 숨을 쉬고, 죽은 흙을 밟고, 모든 죽은 것의 지린내 나는 썩은 고기를 게걸스레 삼킨다. 뱃전 너머로 뻣뻣하게 끌어올려진 그가 초록색 무덤의 악취를 위로 내쉬고, 나병환자처럼 문드러진 콧구멍은 태양을 향해 코를 곤다……

내 손수건. 그가 그것을 던졌다. 기억해. 내가 그것을 줍지 않았던가?

그의 손이 주머니를 더듬거렸지만 소용없었다. 그래, 줍지 않았군. 하나 사는 게 낫겠어.

그는 콧구멍에서 파낸 마른 코딱지를 바위 턱에 조심스레 놓았다. 그밖의 것들은 볼 사람이 보라지.

뒤. 누가 있는 것 같다.

그는 어깨 너머로 고개를 돌려 뒤를 주시했다. 세대박이 배의 높은 돛대가 허공을 가르며 움직인다. 돛을 돛대 가로장에 밧줄로 묶어놓고, 물살을 거슬러 조용히 움직이며 집으로 돌아오는 조용한 배."

2부 7장에서 우리는 이 배가 브리지워터에서 벽돌을 싣고 온 스쿠너선 로즈빈호라는 사실을 알게 됩니다. 이 배를 타고 온 머피는 마부 대기소에서 블룸과 만납니다. 바다에서 마주치는 두 척의 배처럼.

2부 1장

문체: 논리적이고 명료한 조이스.

때: 아침 여덟시. 스티븐의 아침과 같음.

장소: 에클스 거리 7번지. 블룸 부부가 살고 있는 도시 북서쪽. 인근에 어퍼 도싯 거리가 있습니다.

주요 등장인물: 블룸과 그의 아내. 그리고 부수적인 인물들. 블룸처럼 헝가리 출신인 돼지고기 푸줏간 주인 들루가츠, 옆집인 에클스 거리 8번지 우즈 집안의 하녀. 블룸은 누구입니까? 블룸은 헝가리계 유대인으로 나중에 블룸으로 이름을 바꾼 루돌프 비라그(헝가리어로 '꽃'이라는 뜻)와 아일랜드계와 헝가리계 피가 섞인 엘렌 히긴스의 아들입니다. 1866년에 더블린에서 태어나 현재 서른여덟 살이지요. 엘리스 부인이라는 사람이 운영하는 학교에 다닌 뒤, 밴스가 교사로 있는 고등학교에 진학해 1880년에 교육을 끝마쳤습니다. 블룸의 아버지는 아내가 죽은 뒤 신경통과 외로움에 시달리다가 1886년에 스스로 목숨을 끊었죠. 블

룸은 맷 딜런의 집에서 의자 빼앗기 놀이를 할 때 브라이언 트위디의 딸인 몰리를 처음 만났습니다. 그날 게임에서 두 사람이 짝이었거든요. 그는 1888년 10월 8일에 그녀와 결혼했습니다. 그는 스물두 살, 그녀는 열여덟 살 때의 일입니다. 두 사람의 딸인 밀리는 1889년 6월 15일에 태어났고, 아들 루디는 1894년에 태어나 고작 11일을 살았습니다. 처음에 블룸은 위즈덤 헬리라는 문구회사에서 일했지만, 가축 거래회사의 직원으로 가축시장에서 일한 적도 있습니다. 1888년부터 1893년까지는 롬바드 거리에서, 1893년부터 1895년까지는 레이먼드 테라스에서, 1895년에는 온타리오 테라스에서 살았습니다. 그전에 잠시 시티암스 호텔에서 산 적이 있고, 그 이후인 1897년에는 홀스 거리에서 살았습니다. 1904년에는 에클스 거리 7번지에 살고 있습니다.

블룸 부부의 집은 좁은 편이며, 3층 건물의 전면에는 층마다 두 개씩 창문이 있습니다. 그 집은 현재 존재하지 않지만, 1904년에는 사실 빈 집이었습니다. 조이스는 그로부터 약 15년 뒤에 친척인 조세핀 숙모와 편지를 주고받은 뒤, 그 집을 상상 속 블룸 부부의 집으로 골랐습니다. 1905년에 이 집에 입주한 피너랜 씨라는 사람은 (『제임스 조이스의 더블린』[1950]이라는 매력적인 책을 쓴 퍼트리샤 허친스의 정보에 따르면) 그곳에 살았던 문학적인 유령의 존재를 상상도 하지 못했다고 합니다. 블룸 부부는 (전면인 에클스 거리에서 봤을 때) 3층짜리인 이 셋집에서 1층(전면에서 봤을 때. 뒤쪽에서 봤을 때는 2층입니다)의 방 두 개를 쓰고 있습니다. 부엌은 지하(뒤쪽에서 봤을 때는 1층)에, 거실은 집의 앞쪽에, 침실은 반대편에 있습니다. 집 뒤쪽에는 작은 정원도 있습니다. 욕실도 온수 설비도 없는 아파트지만, 층계참에 수세식 화장실이 있고 뒤뜰에는 다소 퀴퀴한 냄새가 나는 변소가 있습니다. 블룸 부부가 살고 있는 층 위의 두 층은 비어 있습니다. 사실 블룸 부부는 1층의 앞쪽 창틀에 '가구 없는 아파트'라는 카드를 끼워놓았습니다.

액션: 블룸이 지하의 부엌에서 아내를 위해 아침식사를 준비하며 고양이에게 다정하게 말을 겁니다. 주전자가 불 위에 "둔하고 땅딸막하게, 주둥이를 쑥 내민 채" 비스듬히 앉아 있는 동안 그는 복도로 나갑니다. 자신의 아침식사로 돼지 콩팥을 사오기로 이미 마음을 정했기 때문에 그는 침실 문을 사이에 두고 몰리에게 금방 나갔다 오겠다고 말합니다. 몰리는 졸린 듯 작게 웅얼거리는 소리를 냅니다. "으응." 그의 모자에 둘러진 가죽띠에 어떤 종잇조각이 안전하게 끼워져 있습니다. "모자 정수리 부분의 땀에 전 표시가 그에게 말없이 알려주었다. '플라스토의 고급 모즈"(땀 때문에 마지막 글자가 지워져버렸습니다). 모자에 끼워놓은 종이는 헨리 플라워라는 가짜 이름으로 된 명함입니다. 다음 장에서 그는 웨스트랜드 길에 있는 작은 우체국으로 가서, 마사 클리퍼드라는 사람에게서 온 편지를 찾기 위해 이 명함을 꺼냅니다. 마사 클리퍼드 역시 가명인데, 그는 〈아이리시 타임스〉의 애정 고민 칼럼이 계기가 돼서 이 사람과 은밀하게 편지를 주고받고 있습니다. 그는 매일 입던 바지에서 열쇠를 옮기는 것을 깜빡 잊었습니다. 오늘은 오전 열한시로 예정된 디그넘의 장례식에 대비해서 검은 정장 차림입니다. 그러나 마스코트, 부적, 가엾은 어머니의 만병통치약으로 들고 다니는 감자는 잊지 않고 엉덩이 주머니에 옮겨두었습니다(한참 나중에 그는 모래를 마구 흩뿌리

는 전차 앞에서 이 감자 덕분에 목숨을 건집니다.) 그의 의식의 흐름은 다양한 생각의 자갈들 위를 졸졸 흐릅니다. "삐걱거리는 옷장. 아내를 방해할 필요는 없지. 그때 그녀가 잠결에 몸을 돌렸다. 그는 현관문을 아주 조용히 등뒤로 잡아당겼다. 조금 더, 문 자락이 문턱 위로 조용히 떨어질 때까지, 야무지지 못한 뚜껑. 잘 닫힌 것 같다. 어쨌든 내가 돌아올 때까지는 괜찮겠지." 그는 도싯 거리 모퉁이를 돌아가서 식품점 앞을 지나가며 주인에게 인사를 건넵니다. "날씨가 아주 좋네요." 그러고는 푸줏간에 들어가 옆집 하녀가 카운터에서 소시지를 사고 있는 것을 발견합니다. 헝가리 출신인 그와 들루가츠, 두 사람이 서로 동포라며 반가워할까요? 블룸은 다시 한번 그런 인사를 뒤로 미룹니다. 아냐, 나중에. 그리고 팔레스타인에 있는 어느 조림造林회사의 광고를 읽은 뒤 동양으로 생각이 뻗어나갑니다. 그리고 동기화를 위한 구름. "구름 한 점이 완전히 천천히 완전히 해를 덮기 시작했다. 회색이다. 멀리까지." 동기화가 이루어집니다. 스티븐도 아침식사 전에 똑같은 구름을 봤거든요. "구름 한 점이 천천히 해를 덮기 시작하면서 만에 더욱 진한 초록색 그림자를 드리웠다. 그것이 그의 뒤에 있었다, 쓴 바닷물을 가둔 그릇." 스티븐의 머릿속에서 초록색은 쓰라린 기억이고, 블룸에게 회색 구름은 회색 폐허, 광고 속의 육감적인 과수원과는 다른 동양의 황무지를 암시합니다.

그는 콩팥을 사서 돌아옵니다. 그동안 집에는 편지 두 통과 엽서 한 장이 와 있습니다. "그는 허리를 숙여 그것을 한데 모았다. 매리언 블룸 부인. 빠르게 뛰던 그의 심장이 곧장 느려졌다. 선이 굵은 필체. 매리언 부인." (편지는 선이 굵은bold 필체로 되어 있고, 매리언 부인은 과감한 bold 사람입니다.) 그의 심장이 왜 한 박자를 건너뛰었을까요? 그 편지가 매리언의 흥행사인 블레이지스 보일런에게서 온 것임이 금방 드러납니다. 그는 매리언의 다음 순회공연 프로그램을 들고 네시경에 오겠다고 알렸습니다. 블룸은 남편인 자신이 두 사람을 방해하지 않고 오후에 집을 비운다면, 네시가 아주 중요한 시간적 지표가 될 것임을 직감합니다. 그날 오후 보일런은 몰리의 애인이 될 겁니다. 마크 블룸은 숙명적인 태도를 보입니다. "살짝 메스꺼운 낙담이 그의 등뼈를 타고 내려가면서 점점 더 강해졌다. 그 일은 일어날 거야, 맞아. 막는다. 소용없는 일이지. 움직일 수가 없어. 아가씨의 달콤하고 가벼운 입술. 거기에도 그 일은 일어날 거야. 흘러내려가던 메스꺼움이 온몸에 퍼지는 것이 느껴졌다. 지금은 움직여봤자 소용없어. 키스를 받는 입술, 키스하고 키스받는 입술. 풍만하고 아교 같은 여자의 입술."

다른 한 통의 편지와 엽서는 블룸의 딸인 밀리에게서 온 것입니다. 현재 밀리는 아일랜드 중심부에 있는 웨스트미스 카운티 멀린가에 있습니다. 편지는 아버지에게 보낸 것이고, 엽서는 6월 15일 생일선물을 보내준 어머니에게 고맙다고 인사하는 내용입니다. 생일선물은 예쁜 초콜릿 크림 한 상자였습니다. 밀리는 이렇게 썼습니다. "저의 사진 일도 차츰 헤엄을 치고 있어요." 멀리건이 아침식사를 마친 뒤 수영하고 있을 때, 친구가 웨스트미스에 있는 배넌에게서 온 엽서를 받았다고 말했습니다. "거기서 귀엽고 어린 아가씨를 만났다는데. 자기는 그 아가씨를 사진 아가씨라고 부른다는군." 밀리의 편지는 계속 이어집니다. "토요일에 그레빌 암스에서 콘서트가 열릴 거예요. 배넌이라는 학생이 저녁때 가끔 오는데 친척들인지 누군지가 아주 거물이라고 하고 보일런의 노래를 불러요…… 바닷가의 아가씨들이 어쩌고 하는 노래 말이에요." 네시에 몰리의 애인이 될 블레이지스 보일런과 블룸의 관계는 어떤 의미에서 유쾌한 강탈자 벽 멀리건과 스티븐의 관계와 같습니다. 조이스의 모든 조각들이 맞아떨어집니다. 몰리, 배넌, 멀리건, 보일런. 여러분은 놀라울 정도로 예술적인 글을 읽으며 즐거움을 느끼게 될 겁니다. 블룸이 몰리에게 아침식사를 가져다주는 장면은 모든 문학작품을 통틀어 가장 위대한 문장 중 하나입니다. 어찌 이리도 아름다운 글을 썼을까요!

"—어디서 온 편지요? 그가 물었다.

선이 굵은 필체. 매리언.

—아, 보일런이에요. 그녀가 말했다. 프로그램을 가지고 온다네요.

—무슨 노래를 부를 건데?

—J. C. 도일과 같이 〈그대의 손을 나에게〉*를 부를 거예요. 〈사랑의 달콤한 노래〉도.

그녀의 풍만한 입술이 차를 마시고 미소를 지었다. 향을 피워도 다음날이면 다소 퀴퀴한 냄새가 난다. 더러워진 꽃잎 물처럼.

창문을 조금 열까?

그녀는 빵 한 조각을 반으로 접어서 입에 넣으며 물었다.

---

* 모차르트의 오페라 〈돈 조반니〉에 나오는 노래.

—장례식은 몇시예요?

—열한시일걸. 그가 대답했다. 내가 신문을 안 봐서.

그녀의 손가락이 가리키는 곳으로 따라간 그는 침대에서 그녀의 더러워진 속옷을 다리 한 짝만 잡고 들어올렸다. 이게 아니야? 그럼 스타킹을 둘둘 말 듯이 비틀어져 있는 회색 가터벨트. 구겨진 스타킹의 발바닥이 반짝거렸다.

—아니에요. 그 책 말이에요.

또 스타킹 한 짝. 그녀의 페티코트.

—아래로 떨어졌나봐요. 그녀가 말했다.

그는 여기저기를 더듬어보았다. Voglio e non vorrei.* 이 가사를 그녀가 제대로 발음할 수 있을지 궁금했다. voglio. 침대 안에는 없다. 미끄러져 떨어졌음이 분명했다. 그는 허리를 숙여 침대 가장자리로 드리워진 침대보 자락을 들어올렸다. 아래로 떨어진 책이 오렌지 색조의 둥근 요강에 기대듯이 널브러져 있었다.

—이리 줘요. 그녀가 말했다. 내가 표시를 해뒀어요. 당신한테 물어보고 싶은 단어가 있어서.

그녀는 손잡이가 아닌 곳으로 찻잔을 들고 차를 한 모금 삼킨 뒤, 담요에 손가락 끝을 말쑥하게 닦고 나서 머리핀으로 책장을 더듬어 마침내 그 단어에 도달했다.

---

* 몰리가 부를 노래의 가사로 '하고 싶지만 하고 싶지 않아'라는 뜻. 원래 voglio가 아니라 vorrei가 맞는데 블룸이 가사를 착각했다.

—그를 만나서 뭐?* 그가 물었다.

—여기예요. 그녀가 말했다. 이게 무슨 뜻이에요?

그는 허리를 숙여 그녀의 반짝거리는 엄지손톱 옆의 글자를 읽었다.

—Metempsychosis?**

—맞아요. 그가 집에 있을 때는 뭐가 되는 거예요?***

—Metempsychosis. 그는 미간을 찌푸리며 말했다. 그리스어요. 그리스어에서 나온 말이지. 영혼의 환생을 뜻해요.

—세상에! 그녀가 말했다. 쉬운 말로 해봐요.

그는 미소를 지으며 놀리는 듯한 그녀의 눈을 곁눈질로 흘깃 보았다. 예전과 똑같이 젊은 눈. 샤레이드 게임****을 한 이후 그 첫날 밤. 돌핀스 반. 그는 더러워진 책장을 넘겼다. 『루비: 서커스 장의 자랑거리』. 안녕. 삽화. 채찍을 든 사나운 이탈리아인. 틀림없이 루비는 자랑거리 바닥에서 알몸으로. 친절하게 빌려준 이불보. 괴물 마페이가 행동을 멈추고 욕설과 함께 피해자를 내던졌다. 이 모든 일의 뒤에 자리잡은 잔인함. 약에 취한 동물들. 헹글러스 서커스단의 공중그네. 차마 볼 수가 없었다. 입을 헤벌린 군중. 네가 목이 부러지면 우리는 허리가 부러져라 웃을 것이다. 모두 같은 사람들. 젊을 때 그들의 뼈를 발라 윤회하게 하라. 우리는 죽은 뒤에도 산다는 것. 우리 영혼. 사람이 죽은 뒤 그의 영혼. 디그넘의

---

* Met him what? 매리언이 물어보려는 단어인 Metempsychosis의 발음만으로 잘못 알아들은 것. 옮긴이.
** '윤회설'이라는 뜻.
*** 앞의 Met him what 참조.
**** 몸짓만으로 단어를 맞히는 게임.

영혼……

　—다 읽었소? 그가 물었다.

　—네. 그녀가 말했다. 음란한 내용은 전혀 없어요. 그 여자는 내내 그
첫번째 남자를 사랑하는 거예요?

　—난 읽은 적이 없어요. 다른 책을 읽고 싶소?

　—네. 폴 드 코크의 책을 한 권 더. 이름이 멋지죠?

　그녀는 잔에 차를 따르면서 차가 찻잔 옆구리를 따라 흘러넘치는 것
을 지켜보았다.

　케이플 거리의 그 도서관에서 대출을 갱신하지 않으면, 도서관측이
내 보증인인 키어니에게 편지를 보낼 것이다. 환생. 바로 그거다.

　—어떤 사람들은 우리가 죽은 뒤에 다른 몸에서 계속 살아간다고 믿
어요. 그가 말했다. 우리가 이전에도 살았던 적이 있다고 믿지. 그걸 환
생이라고 해요. 우리 모두 여기 지구나 다른 행성에서 수천 년 동안 살
아왔다는 거요. 다만 우리가 그것을 잊었을 뿐이라고. 전생을 기억한다
는 사람들도 있소.

　크림이 찻잔 속에서 나른하게 움직이며 나선형으로 돌돌 말린 채 굳
어졌다. 아내에게 그 단어를 일깨워주는 것이 좋겠군. 윤회설. 예를 하
나 들면 더 좋을 거야. 예?

　침대 위에 '님프의 목욕'이 걸려 있었다. 〈포토 비츠〉지의 부활절 특
집호 부록으로, 예술적인 색채로 된 눈부신 걸작. 우유를 넣기 전의 홍
차 색깔. 머리를 늘어뜨린 매리언과 다르지 않다. 더 날씬하지만. 액자
값으로 3실링 6펜스가 들었다. 아내는 침대 위에 걸어두면 멋질 것이라

고 말했다. 벌거벗은 님프들. 그리스. 그리고 예를 들어, 그때 살았던 모든 사람.

그는 책장을 넘겼다.

—Metempsychosis는 고대 그리스인들이 그걸 지칭하던 말이오. 그가 말했다. 그 사람들은 사람이 동물이나 나무 같은 것으로 변할 수 있다고 믿었소. 예를 들면, 그들이 님프라고 부르던 존재로도.

설탕을 젓던 매리언의 스푼이 멈췄다. 그녀는 앞을 지그시 바라보면서, 아치형 콧구멍으로 숨을 들이쉬었다.

—타는 냄새가 나요. 그녀가 말했다. 혹시 불에 올려놓은 것 있어요?

—콩팥! 그가 갑자기 소리쳤다.”

이 장의 마지막도 역시 예술적입니다. 블룸은 정원으로 통하는 뒷문을 나가 변소로 갑니다. 모자는 몇 가지 생각으로 이어지는 연결고리입니다. 마음의 귀에 드래고 이발관의 종소리가 들리고(하지만 드래고 이발관은 남쪽으로 멀리 떨어진 도슨 거리에 있습니다), 윤기 나는 갈색 머리카락의 보일런이 세수를 하고 매무새를 가다듬은 뒤 밖으로 나오는 모습이 마음의 눈에 보입니다. 블룸은 이것을 계기로 타로 거리의 목욕탕에 갈까 생각해보지만, 대신 라인스터 거리로 갑니다.

아름답게 묘사된 변소 장면에서 블룸은 잡지에 실린 단편소설 「매첨의 훌륭한 솜씨」를 읽습니다. 그리고 이것이 『율리시스』 여기저기에서 메아리처럼 울려퍼집니다. 블룸에게는 약간 예술가 기질 같은 것이 있습니다. 그가 따뜻한 변기에 앉아 상상하는 시간의 춤 공연이 한 예입니다. “저녁 시간, 얇은 회색 옷을 입은 아가씨들. 그다음에는 단검을 들고 눈을 가리는 가면을 쓴 검은색 밤 시간. 시적인 착상 분홍, 그다음에는 황금색, 그다음에는 회색, 그다음에는 검은색. 그러면서 현실과도 일치하지. 낮, 그다음에는 밤.

그는 상을 받은 소설 절반을 짝 찢어내서 그 종이로 뒤를 닦았다. 그러고는 바지를 올려 고리와 단추를 잠갔다. 그는 움찔움찔 덜렁거리는 변소 문을 잡아당겨 열고 어두운 곳에서 바람이 잘 통하는 곳으로 나왔다.

밝은 빛 속에서 사지가 가볍고 서늘해진 그는 자신의 검은 바지를, 끝자락과 무릎을, 짐승의 뒷다리 무릎 같은 그것을 조심스레 살펴보았다. 장례식이 몇시지? 신문에서 찾아봐야겠군."

시계가 아홉시 십오분 전을 알립니다. 디그넘이 땅에 묻힐 시각은 열한시입니다.

2부 2장

때: 6월 16일 오전 열시에서 열한시 사이.

장소: 서쪽에서 동쪽으로 더블린을 가로지르는 리피강 남쪽의 여러 거리들.

등장인물: 블룸. 길에서 그를 불러 세우고 디그넘의 장례식에 갈 수 없다면서 대신 그곳 방명록에 이름을 적어달라고 부탁하는 지인 맥코이. "샌디코브에서 물에 빠진 사람이 있어서, 만약 시체가 발견된다면 내가 검시관과 함께 내려가봐야 할 거야." 맥코이의 아내는 가수지만, 실력이 매리언 블룸에 비해 떨어집니다. 이 장의 말미에서 또다른 인물이 길거

리에서 블룸에게 말을 겁니다. 그의 이름은 밴텀 라이언스인데, 그에 대해서는 애스컷 경마 테마와 함께 곧 다시 이야기하겠습니다.

액션과 문체: 처음에 블룸은 리피강 남쪽의 존 로저슨 경 부두에 모습을 드러냅니다. 그는 집이 있는 에클스 거리, 리피강에서 북서쪽으로 1마일 떨어진 그곳에서부터 여기까지 걸어왔습니다. 도중에 그는 조간신문인 〈프리먼〉을 샀습니다. 이 장에서는 의식의 흐름이 가장 중요한 장치로 쓰입니다. 블룸은 부두에서 남쪽에 있는 우체국까지 걸어가면서, 모자를 두른 띠 안에 넣어두었던 명함을 조끼 주머니로 옮깁니다. 그의 생각은 오리엔탈 티 컴퍼니의 창문에서 출발해 향기와 꽃의 세계로 둥둥 떠갑니다. 우체국에는 미지의 인물인 마사 클리퍼드에게서 온 편지가 그를 기다리고 있습니다. 마사 클리퍼드는 이 작품이 끝날 때까지 단 한 번도 실제로 등장하지 않습니다. 블룸은 거리에서 맥코이와 대화하는 동안 산만하게 시선을 돌리며 어떤 여자가 막 마차에 오르려 하는 모습을 지켜봅니다. "조심해! 조심해! 비단이 번쩍 값비싼 스타킹 하얀색. 조심해!" 1904년에는 오늘날에 비해 사람들이 발목을 잘 드러내지 않았습니다. 그때 묵직한 전차가 경적을 울리며 여자를 지켜보는 블룸의 눈과 여자 사이를 우르릉 지나갑니다. "사라졌다. 이 시끄러운 들창코 자식. 저쪽이 내 앞에서 문을 잠가버린 기분인걸. 낙원과 요정. 항상 이런 식이지. 딱 중요한 순간에. 유스터스 거리의 어느 현관의 그 여자 월요일이었나 가터벨트를 정리하고 있었어. 친구가 그걸 가려버렸지. Esprit de corps.* 아이고, 뭘 그리 멍청하게 보고 있어?"

컴벌랜드 거리를 걸으면서 블룸은 마사의 편지를 읽습니다. 그 편지의 감상적인 저속함이 그의 감각에 영향을 미쳐서, 그의 생각은 부드럽고 만족스러운 것들을 향해 달려갑니다. 그는 철교 아래를 지나갑니다. 위에서 기차가 시끄럽게 지나가는 소리에, 더블린의 주요 수출품인 맥주가 커다란 통에 담겨 있는 모습이 떠오릅니다. 스티븐이 바닷가를 걸으면서 바닷물에서 통에 담긴 흑맥주를 떠올리는 바로 그때입니다. "바위의 잔 속에서 그것이 출렁거린다. 쏴, 출렁, 철썩. 통에 갇힌 채로. 그러고는 기진해서 말을 멈춘다. 소용돌이치며 흘러서, 넓게 흘러서, 떠다니는 거품웅덩이, 펼쳐지는 꽃송이." 블룸이 상상한, 맥주가 흐르는 광경과 상당히 흡사합니다. "그의 머리 위에서 기차 한 대가 무겁게 철컥철컥 지나갔다. 한 칸씩 차례로. 술통들이 머릿속에서 서로 부딪혔다. 텁텁한 흑맥주가 그 안에서 출렁출렁 요동쳤다. 통 마개가 튕겨나오더니, 엄청난 양의 텁텁한 홍수가 새어나와 함께 흐르며 평평한 땅을 모두 차지한 진흙밭을 구불구불, 나른하게 웅덩이로 고여 소용돌이치는 술에 이파리가 널찍한 꽃처럼 거품이 함께 딸려갔다." 이것 역시 동기화입니다. 이번 장이 블룸이 목욕하는 장면에서 '꽃'이라는 단어로 끝난다는 점을 명심해야 합니다. 스티븐이 물에 빠져 죽은 남자를 상상하는 것과 관련되어 있는 장면입니다. 블룸은 이렇게 예측합니다. "그의 몸통과 사지가 잔잔물결에 흔들리며 떠 있다. 가볍게 위를 향해 떠오른 레몬노랑. 그의 배꼽은 육체의 싹. 그의 곱슬곱슬한 덤불이 어둡게 얽혀 있는 것을 보았다. 수천의 자손을 품은 무기력한 아버지 주위에 떠서 흐르는 털,

---

* '단결심'을 뜻하는 프랑스어.

나른하게 떠 있는 꽃." 이렇게 이 장은 '꽃'이라는 단어로 끝납니다.

블룸은 마사의 편지를 읽은 뒤 컴벌랜드 거리를 계속 걷다가 어느 성당에 잠시 들어갑니다. 그의 생각은 계속 흐릅니다. 몇 분 뒤, 열시 십오 분쯤에 그는 웨스트랜드 길을 걸어 잡화점으로 갑니다. 아내가 쓸 핸드 로션을 주문하기 위해서입니다. 달콤한 아몬드 오일과 벤조인 팅크제, 오렌지 꽃물. 그는 비누를 하나 산 뒤, 나중에 다시 와서 로션을 가져가 겠다고 말합니다. 하지만 잊어버리고 가지 않지요. 반면 그가 산 비누는 이 이야기에서 상당한 역할을 합니다.

여기서 이번 장에 나오는 두 테마를 이야기해야겠습니다. 비누 테마 와 애스컷 골드컵 테마입니다. 비누는 레몬향을 가미한 배링턴 비누로, 가격은 4펜스이며, 달콤한 레몬향이 섞인 밀랍 냄새가 납니다. 블룸이 목욕을 마친 뒤 마차를 타고 장례식장으로 향할 때, 비누는 그의 엉덩이 주머니에 들어 있습니다. "뭔가 딱딱한 것을 깔고 앉아 있다. 아, 엉덩이 주머니에 비누가 있지. 그걸 다른 데로 옮기는 게 낫겠다. 기회를 봐서." 기회가 찾아온 것은 일행이 프로스펙트 공동묘지에 도착했을 때입니다. 그는 마차에서 내린 뒤에야 포장지가 달라붙은 비누를 엉덩이에서 재킷 안쪽 손수건 주머니로 옮깁니다. 장례식이 끝난 뒤 신문사 사무실 에서 그가 손수건을 꺼내는데, 여기에 레몬 향수 테마가 마사의 편지 및 아내의 부정과 섞입니다. 그리고 더 나중에, 즉 이른 오후에 블룸은 킬 데어 거리에 있는 도서관과 박물관 근처에서 블레이지스 보일런을 언 뜻 봅니다. 왜 박물관일까요? 블룸은 순전히 호기심 때문에 대리석 여 신상들의 신체 구조 중 특정 부분을 조사해보기로 결심한 참입니다. "햇빛 속의 밀짚모자. 황갈색 구두. 끝을 접은 바지. 맞다. 맞아.

그의 심장이 부드럽게 뛰었다. 오른쪽으로. 박물관. 여신상. 그는 오른쪽으로 휙 방향을 꺾었다.

맞나? 거의 확실해. 안 볼래. 얼굴에 포도주 티가 나. 내가 왜 그랬지? 머리가 빙빙 돌아. 그래, 맞아. 저 걸음걸이. 보지 마. 보지 마. 계속 가.

질겁해서 성큼성큼 박물관 쪽으로 걸어가며 그는 눈을 들어올렸다. 멋진 건물. 토머스 딘 경이 설계했지. 날 따라오지는 않나?

아마 날 못 봤을 거야. 그의 눈이 빛났다.

펄떡거리던 숨이 거듭되는 짧은 한숨으로 나왔다. 빨리. 차가운 조각상. 거기는 조용해. 곧 안전해질 거야.

아냐, 날 못 봤어. 두시가 지나서. 바로 문 앞.

깜짝이야!

그의 깜박이는 눈이 석상의 크림색 곡선을 흔들림 없이 바라보았다. 토머스 딘 경은 그리스풍 건축가였다.

찾는다 뭔가를 내가.

그의 황급한 손이 재빨리 주머니 안으로 들어갔다가 아젠다스 네타임*을 꺼내 펼쳐서 읽었다. 어디에?

바삐 찾는다.

그는 아젠다스를 재빨리 다시 쑤셔넣었다.

오후라고 그녀가 말했다.

---

* 앞에 나온 조림회사의 이름. 그 회사의 광고가 실린 신문지를 주머니에서 꺼냈다는 뜻이다.

내가 찾는 게 그거야. 그래, 그거. 주머니를 전부 뒤져봐. 손수ㄱ. 〈프리먼〉 어디에? 아, 그렇지. 바지. 지갑, 감자. 어디에?

서둘러. 조용히 걸어라. 조금만 더. 깜짝이야.

그의 손이 찾는다 내가 그걸 어디에 엉덩이 주머니에서 찾았 비누 로션 불러야지 미지근한 종이가 달라붙었. 아, 비누가 여기! 그래. 문이다. 안전해!"

비누는 네시에 그의 엉덩이 주머니에 끈적하게 달라붙어 있는 것으로 언급됩니다. 그리고 한밤중에 유곽에서 벌어진 엄청난 희극 같은 악몽 속에서 깨끗한 새 레몬 비누 한 개가 빛과 향기를 발산하며 떠오르죠. 광고 속의 향기 나는 달이 천상에서 살아나고, 비누는 광고인의 낙원으로 솟아오르면서 실제로 노래를 부릅니다.

우리는 훌륭한 한 쌍이지 블룸과 나는
그는 땅을 밝히고, 나는 하늘에 광을 낸다네—

비누 테마는 여기서 미화되어 '방랑하는 비누'가 됩니다. 그리고 이 비누는 마침내 블룸이 집에서 더러워진 손을 씻는데 사용됩니다. "반쯤 찬 주전자를 타고 있는 석탄 위에 올려놓은 뒤, 그는 왜 계속 흐르고 있는 수도로 돌아갔을까?

더러워진 손을 이미 조금 사용한 배링턴의 레몬향 비누로 씻기 위해서. 아직 종이가 붙어 있는 비누(13시간 전에 4펜스의 가격으로 샀지만 아직도 돈을 주지 않았다). 결코 변하지 않고 언제나 변하는 신선하고 차가운 물에 씻어 말리기 위해서, 얼굴과 손을 모두, 나무 롤러로 한 번 민 빨간색 가장자리의 긴 삼베로."

이 책을 두번째로 읽는 독자라면 2부 2장의 끝에서 이 책의 하루를 관통하는 테마의 시작점을 발견하게 될 겁니다. 그날, 그러니까 1904년 6월 16일 오후 세시에 잉글랜드 버크셔의 애스콧 히스에서 열릴 예정인 애스콧 골드컵 경마. 골드컵 경기의 결과는 한 시간 뒤인 네시에 더블린에 알려집니다. 말들이 달리는 이 경마는 이른바 현실 속에서 일어났습니다. 많은 더블린 사람들이 네 마리 말에게 돈을 걸었죠. 프랑스 출신의 지난해 우승마인 맥시멈 2세, 엡섬에서 열린 코로네이션컵에서 보여준 솜씨로 인기를 구가하는 진판델, 스포츠 기자 레너핸이 선택한 셉터, 그리고 마지막으로 아웃사이더인 스로어웨이.

이제 이 테마가 이 작품 전체를 통해 어떻게 진화해나가는지 살펴봅시다. 이미 말했듯이, 이 테마는 블룸이 나오는 두번째 장의 마지막 장면에서 시작됩니다. "그의 겨드랑이 옆에서 밴텀 라이언스의 목소리와 손이 말했다.

—여어, 블룸. 무슨 좋은 소식이라도 있나? 오늘 신문이야? 잠깐 좀 보세.

또 콧수염을 깎아버리다니, 세상에! 윗입술이 길고 차갑게 보이네. 더 젊어 보이려고 그런 거지. 확실히 부드러워 보이기는 하네. 나보다 젊어 보여.

밴텀 라이언스의 손톱이 검은 노란 손가락이 몽둥이처럼 둘둘 말린 신문지를 폈다. 이것도 씻을 필요가 있겠어. 거친 때를 벗겨내. 자네 피어스 비누를 썼나? 어깨에 비듬이 있어. 두피에 기름기가 없군.

—오늘 나올 그 프랑스 말에 대해 좀 보고 싶어서 그래. 밴텀 라이언스가 말했다. 그 망할 게 어디 있지?

그는 주름 무늬가 생긴 신문지를 바스락거리며 높은 옷깃 위에서 턱을 획획 움직였다. 버짐 때문이다. 꼭 끼는 옷깃 때문에 머리가 빠질 것이다. 그냥 신문을 주고 나 몰라라 하는 게 낫겠군.

—자네가 가져. 블룸 씨가 말했다.

—애스콧. 골드컵. 잠깐. 밴텀 라이언스가 중얼거렸다. 잠깐만. 맥시멈 2세.

—어차피 그냥 버릴 생각이었어. 블룸 씨가 말했다.

밴텀 라이언스가 갑자기 시선을 들고 힘없이 곁눈질을 했다.

—그게 무슨 소리야? 그가 날카로운 목소리로 말했다.

—그거 그냥 가지라고. 블룸 씨가 대답했다. 마침 버리려던 거니까.

밴텀 라이언스는 잠시 곁눈질을 하며 머뭇거리다가 활짝 펼친 신문지를 블룸 씨의 품에 다시 불쑥 안겼다.

—모험을 한번 해보지, 뭐. 그가 말했다. 자, 받게. 고마워.

그는 콘웨이 술집 모퉁이 쪽으로 재빨리 사라졌다. 행운을 빌어주마, 비열한 놈."

이 인용문에 의식의 흐름 기법이 아름답게 표현되어 있다는 점 외에 우리가 또 주목할 점이 무엇일까요? 두 가지 사실이 있습니다. (1) 블룸은 이 경마에 전혀 관심이 없다(아마 아는 것도 전혀 없을 것이다). (2) 격식을 차릴 필요 없는 지인인 밴텀 라이언스는 블룸의 말을 스로어웨이*에 대한 힌트로 착각한다. 블룸은 애스콧 골드컵 경마에 무심할 뿐만 아니라, 자신의 말이 힌트로 잘못 해석되었다는 사실도 전혀 모른 채 계속 차분함을 유지합니다.

이제 이 테마가 진화하는 모습을 보죠. 〈프리먼〉의 경마 특별판은 정오에 나옵니다. 그리고 스포츠 기자인 레너핸은 셉터를 선택하죠. 블룸은 신문사 사무실에서 이 말을 우연히 듣습니다. 두시에 블룸은 아주 멍청한 녀석인 노지 플린과 나란히 어느 음식점에 서서 간식을 먹습니다. 플린은 그 경마 특별판에 대해 이야기하고 있습니다. "블룸 씨는 선 채로 음식을 우적우적 씹으면서 그의 한숨을 바라보았다. 멍텅구리 노지. 레너핸의 그 말을 말해줄까? 이미 알고 있을걸. 그냥 잊어버리게 두는 편이 낫지. 가서 돈이나 더 잃게. 멍청이가 쓰는 돈이니까. 콧물이 또 떨어진다. 여자랑 키스할 때도 이 자식은 이렇게 코감기가 들어 있을걸. 그래도 여자가 좋아할지 모르지. 따끔거리는 턱수염도 좋아하잖아. 개의 차가운 코도. 시티암스 호텔에서 뱃속이 우르릉거리는 스카이테리어를 데리고 있던 리오던 부인. 몰리가 녀석을 무릎에 앉히고 쓰다듬었어. 어머, 큰 개네멍멍이멍이!

돌돌 만 빵의 심이 포도주에 젖어 부드러워지고 머스터드 잠깐 느글거리는 치즈. 좋은 포도주야. 목이 마르지 않으니 맛이 더 좋네. 물론 목욕의 효과지. 딱 한두 입만. 그러다 여섯시쯤이면 나도 할 수 있어. 6, 6. 그때쯤이면 시간이 이미 사라졌을 테니. 그녀는……"

---

* Throwaway. 'throw away'는 '버리다'라는 뜻.

블룸이 떠난 뒤 그 식당에 들어온 밴텀 라이언스는 좋은 정보를 얻어서 혼자 5실링을 걸 것이라고 플린에게 암시합니다. 하지만 스로어웨이의 이름은 말하지 않고, 블룸이 그 정보를 주었다고만 말합니다. 스포츠 기자 레너핸은 셉터의 최종 배당률을 알아보려고 마권업자를 찾아왔다가 라이언스를 만나고, 스로어웨이에 돈을 걸지 말라고 설득합니다. 오먼드 바를 배경으로 한 훌륭한 장에서 오후 네시경 레너핸은 셉터가 틀림없이 낙승할 것이라고 블레이지스 보일런에게 말하고, 몰리 블룸과 데이트를 하러 가는 길인 보일런은 어떤 귀부인 친구(몰리)를 위해 자신도 돈을 좀 걸었다고 털어놓습니다. 경마 결과를 알리는 전신이 곧 들어올 겁니다. 키어넌 바가 배경인 장에서 스포츠 기자 레너핸은 이 술집에 들어와 스로어웨이가 우승했다고 우울하게 알립니다. "20대 1이야. 완전히 아웃사이더인데…… 약한 자여, 그대의 이름은 셉터로다." 이제 이 모든 일들이 블룸에게 어떻게 운명적인 영향을 미치는지 살펴봅시다. 블룸은 골드컵에 아무런 관심이 없습니다. 그는 키어넌 바에서 나와 (죽은 친구 팻 디그넘의 생명보험과 관련된) 일을 호의로 대신 해주기 위해 법원까지 걸어갑니다. 술집에서는 레너핸이 이렇게 말하죠. "─그 자가 어디 갔는지 나는 알지. 레너핸이 손가락을 꺾으며 말한다.

─누구? 내가 말한다.

─블룸 말이야. 그가 말한다. 법원은 속임수야. 스로어웨이에 몇 실링 걸었으니, 이제 딴 돈을 받으러 간 거지.

─그 하얀눈 이교도 말인가? 시민이 말한다. 평생 단 한 번도 발끈해서 말에 돈을 건 적이 없는 놈이지.

틀림없이 그러려고 간 거야. 레너핸이 말한다. 밴텀 라이언스가 그 말에 돈을 걸겠다고 하기에, 내가 말렸더니 블룸한테서 정보를 들었다는 거야. 내 장담하는데, 5실링으로 100실링은 벌었을 거야. 돈을 딴 사람은 더블린에서 그자뿐이라고. 다크호스지.

─그놈 자신이 망할 다크호스야. 조가 말한다."

이 키어넌 술집 장에서 '나'는 익명의 화자입니다. 약간 폭력적인 성향을 갖고 있고, 지금은 술에 취한 얼간이죠. 블룸의 점잖은 태도와 인간적인 지혜에 자극을 받았던 그는, 이 익명의 화자는 이제 유대인이 다크호스인 스로어웨이에 5실링을 걸어 100실링을 땄을 것이라는 생각에 펄펄 뛰고 있습니다. 이 익명의 화자는 어느 깡패(이 장에서 시민이라고 불리는 자)가 블룸에게 비스킷 통을 던진 뒤 벌어진 소동을 즐겁게 바라봅니다.

경마 결과는 나중에 〈이브닝 텔레그래프〉에 실립니다. 블룸은 긴 하루를 마친 뒤 마부 대기소에서 그 신문을 읽지요. 신문에는 디그넘의 장례식 기사와 디지의 편지도 실려 있습니다. 하루 동안 있었던 일들을 요약해서 알려주는 신문입니다. 이 소설의 끝에서 두번째 장에서 블룸은 마침내 집으로 돌아오고, 여기서 우리는 두 가지를 볼 수 있습니다. (1) 부엌 조리대에 빨간색 경마 전표 두 장이 네 조각으로 찢어져 있는 것을 봅니다. 블레이지스 보일런이 몰리를 만나러 왔을 때 셉터가 우승하지 못했다는 사실을 알고 불같이 화를 내며 찢어버린 겁니다. (2) 상냥한 블룸은 자신이 모험을 하지 않았고, 실망하지도 않았고, 점심때 플린에게 레너핸이 고른 셉터에 돈을 걸라고 권유하지도 않았다는 사실을 되돌아보며 만족감을 느낍니다.

***

2부의 2장에서 3장으로 넘어가기 전인 지금 블룸의 성격에 대해 잠시 이야기하겠습니다. 그의 중요한 특징 중 하나는 동물과 약자에게 친절하다는 것입니다. 그날 아침식사로 짐승의 장기, 즉 돼지 콩팥을 아주 맛있게 먹었지만, 그리고 뜨겁게 김이 피어오르는 진하고 달콤한 피를 생각하면 실제로 강렬한 허기를 느끼기도 하지만, 이렇게 다소 거친 취향에도 불구하고 그는 인간이 격하시키고 인간이 상처를 입힌 동물들에게 강한 연민을 느낍니다. 그가 아침식사 때 검은색의 작은 고양이를 상냥하게 대하는 장면을 기억할 겁니다. "블룸 씨는 그 유연한 검은색 형체를 호기심 어린 눈으로 상냥하게 지켜보았다. 깨끗해 보였다. 매끈하게 윤이 나는 털, 꼬리 밑동 아래의 하얀 단추, 번득이는 초록색 눈. 그는 양손으로 무릎을 짚고 고양이를 향해 몸을 숙였다.

—야옹한테는 우유지. 그가 말했다.

—그냐아아! 고양이가 소리쳤다."

그는 개도 잘 이해합니다. 예를 들어, 묘지로 가는 길에 돌아가신 아버지의 개 애소스를 회상하는 장면이 있습니다. "애소스, 가엾은 녀석! 녀석에게 잘해줘라, 레오폴드. 내 마지막 소원이야." 블룸이 마음속에 품고 있는 애소스의 모습은 이러합니다. "조용한 짐승. 노인이 기르는 개들은 대개 그렇지." 블룸은 인생을 동물로 상징하는 데에 공감하며 동참합니다. 예술적 가치관과 인간적 가치관 면에서, 스티븐이 샌디마운 트 바닷가 장면에서 보여준, 개를 대하는 태도와 경쟁할 만합니다. 블룸도 맥코이를 만난 뒤에 마부 대기소 근처에서 먹이를 먹는 시간에 힘없이 고개를 숙인 늙은 말들 앞을 지나면서 연민과 애정을 느낍니다. "점점 가까워지면서 금빛 귀리를 우적거리는 소리, 이빨이 부드럽게 우적거리는 소리가 들렸다. 녀석들의 커다란 눈이 앞을 지나가는 그를 바라보았다. 달콤한 귀리 냄새가 섞인 말 오줌의 악취 속에서. 그들의 엘도라도. 가엾은 얼간이들! 꼴을 넣어 목에 걸어둔 자루 속에 그 긴 코를 처박은 녀석들이 신경을 쓰거나 아는 것이 무엇이란 말인가. 자루가 너무 꽉 차서 말을 할 수 없을 지경. 그래도 어쨌든 녀석들이 먹이와 잠자리를 얻는 데는 문제가 없다. 거세도 당했다. 궁둥이 사이에서 밑동만 남은 검은 고무 덩어리 같은 것이 힘없이 흔들린다. 그래도 그런 삶이 행복할지 모른다. 착하고 가엾은 짐승처럼 보인다. 그래도 녀석들이 히힝거리는 소리가 때로 아주 짜증스럽다." (방광에 대한 조이스의 묘한 관심이 블룸에게서도 나타납니다.) 블룸은 동물들에 대한 연민의 감정 때문에 심지어 갈매기에게 먹이를 주기도 합니다. 개인적으로 나는 갈매기를 주정뱅이의 눈을 한 고약한 새라고 생각합니다만. 이밖에도 그가 동물들에게 친절을 베푸는 모습이 이 작품 전체에 걸쳐 여러 번 나옵니다. 그가 점심식사 전에 길을 걷다가 아일랜드 의사당 앞에서 비둘기떼를 보고 언뜻 떠올리는 생각이 흥미롭습니다. "식사를 마친 녀석들의 야단법석"이라는 말이 스티븐이 바닷가에서 개가 주인의 호통을 들은 뒤 뒷다리를 들고 "냄새 없는 바위에 재빨리 오줌을 찍 갈기는" 모습에 떠올린 "가엾은 것들의 소박한 즐거움"(토머스 그레이의 『시골 묘지에서 읊은 만가』[1751]를 풍자적으로 비튼 표현)이라는 말과 어조와 운율 면에서 정확히 상응하기 때문입니다.

2부 3장

문체: 명료하고 논리적인 조이스. 블룸의 생각을 독자가 쉽사리 따라갈 수 있습니다.

때: 열한시 직후

장소: 블룸은 라인스터 거리의 목욕탕 앞에서 전차를 타고 동쪽에 있는 디그넘의 집으로 갑니다. 서펀타인 애비뉴 9번지인 이 집은 리피강 남동쪽에 있으며, 장례식이 여기서 시작됩니다. 장례 행렬은 서쪽의 더블린 중심부로 곧장 가서 북서쪽의 프로스펙트 공동묘지로 가는 대신, 북동쪽으로 휘어졌다가 서쪽으로 가면서 아이리시타운을 경유합니다. 디그넘의 시신을 싣고 서펀타인 애비뉴 북쪽에 있는 트라이튼빌 로드를 따라 아이리시타운을 통과하는 것은 훌륭한 옛 관습입니다. 아이리시타운을 통과한 뒤에야 장례 행렬은 링센드 로드와 뉴브런즈윅 거리를 통해 서쪽으로 방향을 틀고, 곧 리피강을 건너 북서쪽의 프로스펙트 공동묘지로 향할 겁니다.

등장인물: 십여 명의 조문객. 그들 중에서 4인승 마차 뒷좌석에 앉은 마틴 커닝엄은 선량한 사람이고, 그 옆에 앉은 파워는 블룸 앞에서 아무 생각 없이 자살을 입에 담습니다. 두 사람을 마주보는 자리에는 블룸과

사이먼 디덜러스가 있습니다. 스티븐의 아버지인 사이먼 디덜러스는 대단히 재치 있고, 모질고, 까다롭고, 재능 있는 사람입니다.

액션: 이 장에서 벌어지는 일들은 아주 간단하며, 독자가 쉽게 이해할 수 있습니다. 나는 몇몇 테마의 관점에서 이 점을 논할 생각입니다.

블룸의 헝가리계 유대인 아버지(이 장에서 그의 자살이 언급됩니다)는 아일랜드 아가씨인 엘렌 히긴스와 결혼했습니다. 엘렌의 아버지는 헝가리계 그리스도교 집안 출신이고 엘렌 본인은 신교도였으므로, 블룸도 신교도로 세례를 받았지만 나중에 매리언 트위디와 결혼하기 위해 가톨릭으로 개종했습니다. 매리언의 부모도 헝가리계 아일랜드인입니다. 블룸의 조상 중에는 금발의 오스트리아 병사도 한 명 있습니다. 이렇게 다양한 핏줄이 얽혀 있는데도 블룸은 스스로 유대인이라고 생각하기 때문에, 작품 전체에서 반유대주의가 그의 머리 위에 항상 그림자처럼 걸려 있습니다. 그는 반유대주의만 빼면 모든 면에서 점잖은 사람들에게조차 모욕을 당하고 상처를 입을 위험에 항상 노출되어 있습니다. 사람들 눈에 그는 아웃사이더입니다. 이 문제를 살펴보다가 나는 1904년, 그러니까 작품 속 더블린의 하루가 펼쳐지는 그 시기에 아일랜드 전체 인구 450만 명 중 유대인의 수가 4천 명가량이었음을 알게 되었습니다. 블룸이 이 위험한 하루 동안 만나는 사람들 중 대부분이 사악한 편견, 또는 인습적인 편견에서 활기를 얻습니다. 묘지로 가는 마차 안에서 사이먼 디덜러스는 유대계 대금업자인 루번 J. 도드를 아주 즐겁게 조롱하면서, 그의 아들이 물에 빠져 죽을 뻔한 이야기를 합니다. 블룸은 이야기가 엉뚱한 방향으로 흘러서 모욕적으로 빈정거리는 소리가 나오는 것을 막기 위해 자기가 먼저 사건의 전말을 이야기하려고 열심히 애씁니다. 인종 박해라는 테마는 이 책 전체에 걸쳐 블룸의 뒤를 쫓습니다. 심지어 스티븐 디덜러스조차 끝에서 두번째 장에서 어떤 무례한 노래로 그의 화를 돋웁니다. 16세기 민요를 패러디한 노래인데, 여기에 등장하는 젊은 성자인 링컨의 휴는 12세기에 유대인들에 의해 십자가에 못박혔다고 알려져 있었습니다.

동기화는 테마라기보다는 하나의 장치입니다. 이 책 전체에서 사람들은 계속 서로 우연히 마주칩니다. 그들이 이동하는 길이 한곳에서 마주쳤다가 갈라지고, 다시 마주칩니다. 네 사람이 탄 마차가 트라이튼빌 로드에서 링센드 로드로 접어들면서 스티븐 디덜러스를 지나갑니다. 사이먼의 아들인 스티븐은 샌디코브에서부터 장례 행렬이 가고 있는 길과 거의 같은 경로로 신문사까지 걸어가는 중입니다. 마차가 더 달려서 리피강에서 멀지 않은 브런즈윅 거리에 이르렀을 때, 블룸은 보일런이 오후에 오기로 했다는 사실에 대해 생각합니다. 그런데 그 순간 커닝엄이 길에서 보일런을 발견하고, 마차 안에 블룸과 함께 타고 있던 사람들이 보일런에게 손짓으로 인사합니다.

그러나 '갈색 매킨토시*의 남자'는 테마입니다. 이 책의 부수적인 인물들 중에서 조이스의 독자에게 특별한 관심을 불러일으키는 사람이 하나 있는데, 새로운 유형의 작가는 언제나 새로운 유형의 독자를 만들어낸다는 말을 내가 되풀이할 필요는 없을 겁니다. 모든 천재는 잠들지

---

* 찰스 매킨토시가 1823년에 개발한 방수 천. 이 천으로 만든 비옷도 매킨토시라 불린다.

못하는 젊은이들을 한 군단쯤 만들어냅니다. 방금 내가 말한 아주 특별한 부수적인 인물이 바로 이른바 '갈색 매킨토시의 남자'입니다. 그는 이 책에서 이런저런 방식으로 열한 번이나 넌지시 언급되지만, 이름은 끝내 밝혀지지 않습니다. 내가 아는 한, 이 작품을 해설하고 주석을 붙인 사람들도 그의 정체를 알아내지 못했습니다. 우리가 혹시 그의 정체를 알아낼 수 있는지 한번 살펴봅시다.

그가 맨 처음 등장한 곳은 패디 디그넘의 장례식장입니다. 아무도 그가 누구인지 모르고, 그의 등장 자체가 갑작스럽습니다. 길고 긴 그날 하루 동안 블룸 씨는 사소하지만 신경에 거슬리는 이 수수께끼의 인물을 자꾸만 떠올립니다. 갈색 매킨토시를 입은 그 남자는 누구지? 그가 장례식에 등장하는 장면은 이렇습니다. 블룸이 죽은 디그넘에 대해 생각하는 동안, 인부들이 무덤 가장자리에 관의 앞코가 오게 놓고 관을 무덤 속으로 내리기 위해 끈을 두릅니다. "그를 땅에 묻는…… 그는 여기에 누가 있는지 알지도 못하고 신경도 쓰지 않는다." 이때 블룸의 눈이 "이 자리에 있는" 사람들을 일 분 동안 훑어보다가 모르는 사람의 얼굴을 발견하고 딱 멈춥니다. 그리고 의식의 흐름이 새로운 방향으로 향합니다. "저쪽에 매킨토시를 입고 서 있는 저 멀대 같은 얼간이가 누구지? 누군지 알고 싶은데? 누군지 알 수 있다면 아주 조촐한 사례를 할 수 있을 것 같군. 항상 꿈에도 생각하지 못한 사람이 나타난다니까." 이런 식으로 떠듬떠듬 생각이 이어지다가, 곧 그는 소수의 장례식 참석자를 한 명, 한 명 세기 시작합니다. "블룸 씨는 모자를 손에 쥐고 멀리 뒤쪽에 서서, 모자를 벗은 맨머리들을 헤아렸다. 열둘. 내가 열셋. 아냐. 매킨토시를 입은 녀석이 열셋이지. 죽음의 숫자. 저놈은 도대체 어디서 튀어나온 거지? 예배당 안에는 없었어. 그건 분명해. 열셋에 대해서는 어리석은 미신이 있지." 블룸의 생각은 다른 곳으로 정처 없이 떠갑니다.

그럼 패트릭 디그넘의 관이 막 무덤 속으로 들어가려는 순간에 허공에서 홀연히 나타난 것처럼 보이는 그 멀대 같은 남자가 누구일까요? 이 문제를 계속 추적해봅시다. 식이 끝났을 때, 장례식 참석자들의 이름을 적고 있던 기자 조 하인스가 블룸에게 묻습니다. "—그런데 말이죠, 하인스가 말했다. 저기 저 사람이 누구인지……" 하지만 그는 그 남자가 이미 사라졌음을 깨닫고, 문장을 마치지 못합니다. 그가 하려던 말은 당연히 '매킨토시를 입은 남자'일 겁니다. 하인스는 이렇게 말을 잇습니다. "—저기 누가 있었는데, 옷이……" 이번에도 그는 문장을 끝맺지 못하고 주위를 둘러봅니다. 블룸이 그 문장을 대신 완성해주죠. "—매킨토시. 그래요, 나도 봤습니다…… 그 사람이 어디로 간 거죠?" 하인스는 그 남자의 이름이 매킨토시라고 착각합니다(말 이름인 스로어웨이 테마와 비교해보세요). 그래서 그 이름을 수첩에 적죠. "—매킨토시. 하인스가 글자를 갈겨쓰면서 말했다. 누군지 모르겠는데요. 이게 그 사람 이름입니까?" 하인스는 이름을 빼먹은 사람이 없는지 주위를 살피면서 멀어져갑니다. "—아니에요. 블룸 씨가 입을 열면서 몸을 돌렸다. 이봐요, 하인스!

듣지 못한 모양이다. 뭐지? 그놈이 어디로 사라진 거지? 흔적도 없다. 이런 하필이면. 본 사람 없나? 케이 이 엘 두 개. 눈에 보이지 않게 되다. 세상에, 그놈이 어떻게 된 거야?" 이때 일곱번째 인부가 옆으로 와서 놀고 있던 삽을 들어올리는 바람에 블룸의 생각이 끊깁니다.

2부 7장, 즉 오후 세시경 더블린의 거리를 돌아다니는 다양한 사람들의 동기화만을 전적으로 다루고 있는 장의 마지막 부분에서 이 수수께끼의 남자가 또 넌지시 언급됩니다. 아일랜드 총독이 머서스 병원 기금 모금을 돕기 위한 마이러스 바자 개막을 위해 가던 도중의 일입니다(나중에 10장에서 해가 진 뒤에 이 바자에서 의미심장한 불꽃놀이가 벌어집니다). 총독 일행 옆을 눈먼 청년이 지나갑니다. 그러고는 "로워 마운트 거리에서 갈색 매킨토시를 입은 행인이 마른 빵을 먹으면서 총독 일행의 앞을 재빨리 무사히 가로질렀다." 여기에 어떤 새로운 단서가 첨가되었을까요? 음, 우선 그 남자는 확실히 존재합니다. 정말로 살아 있는 사람이고, 가난하고, 걸음걸이가 가볍고, 냉담하게 상대를 낮잡아보는 듯한 동작이 왠지 스티븐 디덜러스를 닮았습니다. 하지만 당연히 그는 스티븐이 아닙니다. 총독, 즉 영국은 그에게 아무런 상처를 입히지 않습니다. 영국은 그를 괴롭히지 못합니다. 살아 있는 사람이지만 동시에 유령처럼 가벼운 존재. 도대체 누구일까요?

그다음에 그가 언급되는 곳은 2부 9장입니다. 상냥하고 점잖은 블룸이 키어넌 술집에서 어느 불한당, 즉 익명의 시민과 거티의 할아버지 소유인 무시무시한 개에게 괴롭힘을 당하는 곳. 블룸의 어조는 아주 부드럽고 진중합니다(이것이 이 책의 다른 부분에서 지나치게 육체적이고 개인적인 성격으로 묘사된 그를 근사한 존재로 만들어줍니다). 유대인 블룸이 말합니다. "—나는 증오와 박해를 받는 민족에 속하지. 지금도. 지금 이 순간에도. 바로 지금도." 시민은 그에게 냉소를 보냅니다. "새

예루살렘을 말하는 건가? 시민이 말한다.

　—난 부당함에 대해 말하는 거야. 블룸이 말한다……

　—하지만 그런 건 소용없어. 그가 말한다. 힘, 증오, 역사, 그 모든 것. 그런 건 사람의 삶이 아니야. 모욕이나 증오 말이야. 그것이 진정한 삶의 정반대라는 건 누구나 알아."

　진정한 삶이 무엇이냐고 바텐더 앨프가 묻습니다. "—사랑이지. 블룸이 말한다." 참고로, 이것은 톨스토이의 철학을 지탱하는 주요 뼈대 중 하나입니다. 인간의 삶이 곧 신성한 사랑이라는 주장 말입니다. 이 술집 안의 단순한 인간들은 사랑이라는 말을 곧 성적인 사랑으로 이해합니다. 하지만 그들의 다양한 말 중에는 이런 것도 있습니다. "경관 14 A는 메리 켈리를 사랑한다. 거티 맥도웰은 자전거를 가진 소년을 사랑한다…… 국왕 전하는 왕비 전하를 사랑한다." 등등. 우리의 정체 모를 남자도 순간적으로 다시 등장합니다. "갈색 매킨토시의 남자는 죽은 여자를 사랑한다." 여기서 그는 경관은 물론, 심지어 "나팔 모양 보청기를 단 버스코일 영감"과도 대조적인 존재로 도드라집니다. 버스코일 영감은 "눈이 움푹 들어간 버스코일 할멈을 사랑"한다고 돼 있습니다. 정체 모를 남자에게 시적인 어떤 것이 덧붙여졌습니다. 하지만 그는 도대체 누구일까요? 이 책의 중요한 지점들에서 등장하는 그는 죽음인가요, 억압인가요, 박해인가요, 삶인가요, 사랑인가요?

　10장에서 해변의 자위 장면 끝부분, 바자의 불꽃놀이가 벌어지는 동안 블룸은 장례식 때 보았던 갈색 매킨토시의 남자를 잠깐 떠올립니다. 11장에서는 열한시에 문을 닫기 직전인 어떤 술집, 산부인과 병원과 유곽 사이에 있는 술집에서 정체 모를 남자가 안개처럼 뿌연 술기운을 뚫고 잠깐 모습을 드러냅니다. "와, 진짜, 저 매킨토시 입은 놈은 뭐야? 먼지투성이 로즈.* 몸에 걸친 걸 좀 봐. 아이고, 젠장! 손에 든 건 뭐야? 축제의 양고기. 보브릴**이야, 젠장. 진짜 미치게 좋아하나보네. 낡아빠진 양말 보여? 리치먼드의 기분 나쁜 새끼? 야, 끝내주네! 제 거시기에 납덩어리가 들었다고 생각한 놈. 하찮은 미친놈. 우리는 빵돌이 바틀이라고 불러. 저놈이 그래도 한때는 잘나가던 시민이었어. 의지할 데 없는 아가씨랑 결혼한 완전 너덜너덜한 남자. 근데 여자가 바람이 난 거야, 진짜로. 여기 있는 건 실연당한 남자고. 고독한 골짜기를 돌아다니는 매킨토시. 얼른 마시고 잔을 내놓으세요. 시간이 다 됐습니다. 쉿, 발정난 놈들 조심. 뭐라고? 오늘 저놈을 례장식에서 봤다고? 절친한 친구 오 네놈인 죽었나?" 이 장의 마지막 장면 전체와 마찬가지로 이 인용문도 쓸데없이 어렵습니다. 하지만 보브릴 수프를 게걸스레 먹고 있는 남자와 그의 먼지투성이 신발, 찢어진 양말, 실연이 분명히 언급되어 있습니다.

갈색 매킨토시의 남자는 12장의 유곽 장면에서도 불쑥 튀어나옵니다. 12장에서는 블룸의 머릿속을 토막토막 지나가는 생각들이 기괴하게 과장되어 있습니다. 토막토막 끊어진 생각들이 악몽 같은 코미디의 어두운 무대에서 연기를 합니다. 이 장을 진지하게 받아들이면 안 됩니다. 갈색 매킨토시의 남자가 나타나서 그리스도교도 어머니의 아들인 블룸을 비난하는 블룸의 짧막한 환상도 진지하게 받아들이면 안 됩니

---

* 신발 상표명인 듯하다.
** 쇠고기 추출물.

다. "저 사람 말은 한마디도 믿지 마시오. 저 사람은 레오폴드 매킨토시 M'Intosh, 악명 높은 방화범입니다. 본명은 히긴스예요." 블룸의 어머니, 솜버트헤이, 빈, 부다페스트, 밀라노, 런던, 더블린의 루돌프 비라그와 결혼한 그녀는 줄리어스 히긴스(원래 이름은 카롤리, 헝가리계)와 결혼 전 성이 헤가티였던 패니 히긴스의 둘째 딸 엘렌 히긴스였습니다. 이 악몽 속에서 블룸의 할아버지인 리포티(레오폴드) 비라그는 코트 여러 벌을 소시지처럼 몸에 둘둘 감은 뒤, 그 위에 정체불명의 남자에게서 빌려왔음이 분명한 갈색 매킨토시를 입습니다. 자정이 지난 뒤 블룸은 마부 대기소에서 스티븐을 위해 커피를 주문하고(3부 1장), 〈이브닝 텔레그래프〉를 들어 조 하인스가 쓴 패트릭 디그넘의 장례식 기사를 읽습니다. 조문객들의 이름이 기사에 포함되어 있는데, 명단 맨 끝에 매킨토시의 이름이 있습니다. 그리고 3부의 2장, 질문과 답변 형태를 한 이 장에 다음과 같은 문장이 나옵니다. "자신이 포함된 어떤 수수께끼를 블룸은 [옷을 벗어 정리하면서] 자발적으로 이해했는가, 깨닫지 않고?

매킨토시는 누구인가?"

이것이 갈색 매킨토시의 남자가 마지막으로 나오는 장면입니다.

그가 누구인지 우리가 알아냈을까요? 내 생각에는 알아낸 것 같습니다. 단서는 2부 4장에 있습니다. 도서관 장면. 스티븐이 셰익스피어를 논하면서, 셰익스피어가 자신의, 즉 셰익스피어의 작품에 직접 등장한다고 단언합니다. 그는 딱딱한 말투로 이렇게 말합니다. "그는 자신의 이름, 멋진 이름인 윌리엄을 극 속에 숨겼습니다. 여기서는 단역으로, 저기서는 광대로. 옛날 이탈리아의 어떤 화가가 캔버스의 어두운 구석에 자신의 얼굴을 넣은 것처럼……" 조이스가 한 일이 바로 이것입니다. 캔버스의 어두운 구석에 자신의 얼굴을 넣는 것. 이 작품의 꿈속을 돌아다니는 갈색 매킨토시의 남자는 다름 아닌 작가 본인인 것입니다. 블룸이 자신의 창조주를 언뜻 본 겁니다!

2부 4장

때: 정오

장소: 〈프리먼스 저널〉과 〈이브닝 텔레그래프〉 사무실. 리피강 바로 북쪽인 시내 중심부에 있는 넬슨 기념탑 근처.

등장인물: 여러 인물 중에 블룸이 있습니다. 그는 알렉산더 키스의 광고를 신문에 내기 위해 왔습니다. 알렉산더 키스는 정식 허가를 받은 고급 주류판매점 또는 주점입니다. 나중에 5장에서 블룸은 열쇠 두 개가 교차된 디자인을 구하려고 국립도서관으로 갑니다. 옛날 맨섬 의회의 이름이던 열쇠의 집을 이용한 디자인인데, 이것은 아일랜드 자치에 대한 풍자입니다. 같은 신문사에 스티븐이 구제역에 대한 디지의 편지를 가지고 들어옵니다. 그러나 조이스는 여기서 블룸과 스티븐을 한자리에 모으지 않습니다. 블룸이 스티븐의 존재를 알아차리기는 합니다. 스티븐의 아버지를 포함한 다른 시민들, 즉 블룸과 함께 묘지에서 돌아온 사람들도 신문사 사무실에서 언뜻 목격됩니다. 기자들 중 레너핸은 말장난을 이용한 수수께끼를 냅니다. "철도를 닮은 오페라가 무엇인가?" 답: "카스티야의 장미The Rose of Castille (rows of cast steel).*

문체: 신문 헤드라인을 패러디한 재미있는 제목들이 나옵니다. 내가 보기에 이 장은 균형이 제대로 잡히지 않은 것 같은데, 스티븐 또한 딱히 재치 있는 모습이 아닙니다. 그냥 훑어보듯 읽어도 될 겁니다.

2부 5장

때: 한시가 지난 이른 오후.

장소: 넬슨 기념탑 남쪽의 여러 거리.

등장인물: 블룸, 그리고 그와 우연히 마주치는 여러 사람들.

액션: 블룸은 넬슨 기념탑에서 강이 있는 남쪽으로 걷습니다. 음침한 YMCA 회원이 "블룸 씨의 한쪽 손에" '엘리야가 온다'는 전단을 쥐어줍니다. 왜 '블룸 씨의 한쪽 손에in a hand of Mr. Bloom'라는 이상한 표현을 썼을까요? 전단을 나눠줄 때, 손은 단순히 전단을 쥐어줄 대상에 불과합니다. 그 손의 주인이 블룸 씨인 것은 우연일 뿐입니다. "마음과 마음의 대화.

블루Bloo…… 나?** 아니야.

어린 양의 피Blood.

그의 느린 발이 전단을 읽는 그를 강 쪽으로 데려갔다. 구원받았습니까? 모든 것이 어린 양의 피로 씻겨나갑니다. 하느님은 피의 제물을 원하십니다. 탄생, 처녀막, 순교자, 전쟁, 건물 건립, 희생, 콩팥 번제, 드루

---

* 괄호 안의 영어는 나보코프가 붙인 것. '줄줄이 늘어선 강철'이라는 뜻.
** 블룸의 이름 철자는 Bloom.

이드의 제단. 엘리야가 온다. 시온에서 교회를 재건한 존 알렉산더 도위 박사가 온다.

　　온다! 온다!! 온다!!!
　　모두 온 마음으로 환영하라."

　　조금 있다가 우리는 '스로어웨이'*라고 불리는 그 전단의 운명을 따라 가볼 겁니다.
　　시내로 점심을 먹으러 가는 길에서 몇 사람이 블룸을 스치고 지나갑니다. 스티븐의 누이는 딜런의 경매장 앞에 서서 뭔가 낡은 물건들을 팔고 있습니다. 그들은 몹시 가난합니다. 어머니가 안 계신 스티븐 집안의 네 딸과 스티븐 말입니다. 늙은 이기주의자인 아버지는 신경도 쓰지 않는 것 같습니다. 오코넬 다리에 올라선 블룸은 갈매기들이 날개를 펄럭이며 선회하는 것을 봅니다. 그는 YMCA 회원이 준 전단을 아직도 손에 쥐고 있습니다. 복음 전도자인 도위 박사가 엘리야의 재림이라는 주제로 연설할 것이라고 적힌 전단입니다. 블룸은 그것을 공처럼 구겨서 허공으로 던진 다음, 갈매기들이 낚아채는지 지켜봅니다. "엘리야 초속 32피트로 온." (블룸이 과학적이지 않습니까?) 갈매기들은 그 공을 무시해 버립니다.
　　3장에 걸친 엘리야 테마를, 그러니까 그 종이 전단의 운명을 잠깐 따

---

* throwaway에는 '광고 전단'이라는 뜻도 있다.

라가봅시다. 흐르는 리피강 물속으로 떨어진 전단은 앞으로 시간의 흐름을 알려주는 중요한 역할을 할 겁니다. 처음에 전단은 강물을 타고 바다가 있는 동쪽으로 여행을 시작합니다. 시각은 한시 반쯤. 한 시간 뒤, 여전히 리피강 위를 가볍게 흘러가던 전단은 출발점에서 동쪽으로 두 블록 떨어진 루프라인 다리 밑을 지나갑니다. "작은 배, 구겨진 스로어웨이, 엘리야가 온다가 리피강을 따라 가볍게 흘러갔다. 루프라인 다리 아래를 지나 물이 교각을 두드려대는 급류를 쏜살같이 지나, 세관의 옛 부두와 조지 부두 사이로 선체들과 닻줄을 지나 동쪽으로 떠갔다." 몇 분 뒤 "북쪽 벽과 존 로저슨 경 부두, 선체들과 닻줄이 있는 그곳에서 서쪽으로 떠가던 작은 배, 구겨진 스로어웨이가 연락선 물살에 흔들렸다. 엘리야가 온다." 세시 조금 지나서 전단은 마침내 더블린만에 도착합니다. "엘리야, 작은 배, 가볍고 구겨진 스로어웨이가 배들의 측면과 트롤선 옆을 지나 동쪽으로, 코르크 군도 사이로, 벤슨 나루터를 지나 새로 뚫린 워핑 거리 너머로, 브리지워터에서 벽돌을 싣고 온 세대박이 스쿠너 로즈빈호 옆을 지나 떠갔다." 이와 비슷한 시각에 눈먼 애송이와 스쳐지나가기 직전인 패럴 씨는 복음 전도자가 연설할 예정인 "메트폴리턴 홀에 나붙은 엘리야의 이름에" 미간을 찌푸립니다.

또다른 동기화 장면에서, 하얀 작업용 덧옷을 입은 샌드위치맨 행렬이 웨스트모어랜드 거리 인근에서 블룸을 향해 천천히 행진합니다. 블룸은 곧 벌어질 몰리의 배신을 곱씹으며 동시에 광고에 대한 생각을 하고 있습니다. 그전에 그는 소변기에 붙은 안내문(벽보 금지)을 본 적이 있는데, 누군가가 벽보를 뜻하는 bills를 알약을 뜻하는 pills로 바꿔놓았습니다. 이것이 계기가 돼서 블룸은 무서운 생각을 떠올립니다. 만약 보일런이 임질에 걸렸으면 어쩌지? 위즈덤 헬리 문구점을 광고하는 샌드위치맨들은 이 작품이 끝날 때까지 계속 걷습니다. 블룸의 머릿속에서 그들은 그가 위즈덤 헬리에서 일하던 행복한 신혼 시절과 함께 연상됩니다.

같은 장인 5장에서 블룸은 점심을 먹으려고 남쪽으로 가다가 옛날에 열정을 불태웠던 여성을 만납니다. 당시 조세핀 파월이었던 그녀는 이제 데니스 브린 부인이 되어 있습니다. 그녀는 익명의 누군가가 남편에게 모욕적인 엽서를 보내는 장난을 쳤다고 블룸에게 말합니다. 엽서에는 U. P.라는 말이 적혀 있습니다. 너you 오줌 싼다pee, 위쪽으로up(상투적인 표현으로 굳어진 'U. P. spells goslings'*를 가리킵니다. 어떤 사람과 모든 것이 끝났다는 뜻입니다). 블룸은 화제를 바꿔 브린 부인에게 혹시 뷰포이 부인을 만난 적이 있느냐고 묻습니다. 브린 부인은 뷰포이가 아니라 퓨어포이, 마이나 퓨어포이를 말하는 거냐고 블룸의 말을 정정해줍니다. 블룸이 이런 말실수를 한 것은 퓨어포이와 필립 뷰포이의 이름이 뒤섞인 탓입니다. 필립 뷰포이는 블룸이 아침식사를 한 뒤 화장실에 가지고 간 잡지의 토막 기사 페이지에 실린 소설 「매첨의 훌륭한

---

* 'U. P.라고 쓰고 풋내기라고 읽는다'는 뜻. 주로 잉글랜드 중부에서 남학생들이 주고받던 일종의 욕이라고 한다. 'you pee up'도 남학생들이 성적인 함의를 담아 장난으로 주고받는 말인 듯하다. 데니스 브린에게 선천성 요도 기형인 요도하열이 있어서 소변이 위로 치솟는다는 뜻이라고 해석하는 사람도 있고, 단순히 '미쳤다' '끝났다'는 뜻으로 보는 사람도 있다. 이처럼 U. P.에 대해서는 많은 사람들이 다양한 해석을 내놓고 있다.

솜씨」를 쓴 사람의 짐짓 우아한 척하는 이름입니다. 블룸은 브린 부인과 이야기하면서 심지어 소설의 일부를 기억해내기까지 합니다. 마이나 퓨어포이가 산부인과 병원에서 지독한 난산으로 고통을 겪고 있다는 말에 동정심을 느낀 블룸은 병원에 가보기로 하지만, 그가 실제로 문병을 가는 것은 여덟 시간 뒤인 11장에서입니다. 이 놀라운 책에서는 여러 가지 일들이 서로 이어져 있습니다. 이제 브린 부인이 된 조세핀 파월과의 만남으로 블룸은 과거, 그러니까 처음 몰리를 만났을 때의 행복한 과거와 씁쓸하고 지저분해진 현재를 돌아보게 됩니다. 얼마 전 밤에 그가 몰리, 보일런과 함께 더블린 근처의 톨카강을 따라 걷던 일이 생각납니다. 몰리는 콧노래를 부르고 있었습니다. 어쩌면 그때 그녀와 보일런의 손가락이 서로 맞닿았는지도 모릅니다. 한 가지 의문에 '네'라는 답이 돌아왔습니다. 몰리가 변하고, 그들의 사랑이 변한 것은 약 10년 전인 1894년의 일입니다. 아들이 태어났다가 며칠 만에 세상을 떠났을 때. 블룸은 몰리에게 바늘겨레를 선물로 줄까 생각해봅니다. 9월 8일인 그녀의 생일에 선물로 주면 어떨까. "여자들은 바늘을 집으려고 하지 않아. 그것이 사lo를 베어버린다고." 사랑을 뜻하는 love에서 ve가 잘려나간 것은 그들에게 벌어지고 있는 일을 보여주기 위해서입니다. 그러나 그는 그녀가 보일런과 바람을 피우는 것을 막을 수 없습니다. "돌아가봤자 소용없어. 이렇게 될 수밖에 없었어. 나한테 전부 말해봐요."

블룸은 버튼 식당에 들어갑니다만, 사람이 너무 많고, 시끄럽고, 더러워서 거기서 식사를 하지 않기로 합니다. 그러나 누구든, 심지어 악취를 풍기는 버튼조차 불쾌하게 만들지 않으려고 몹시 조심하는 친절한 블룸은 개인적으로 예의를 지키느라 조금 횡설수설합니다. "손가락 두 개를 올려 망설이듯이 입술에 댔다. 그의 눈이 말했다.

─여기는 아니야. 저 사람을 보지 마."

이곳을 떠날 핑계를 만들기 위해 그가 가상으로 만들어낸 인물입니다. 대단히 선량하고 대단히 여린 블룸의 버릇이죠. 그가 이 장의 끝부분에서 보일런과 우연히 마주쳤을 때 그를 보고 있다는 사실을 들키지 않으려고 자기 주머니를 뒤지는 척하는 모습을 미리 보여주는 장면이기도 합니다. 그는 결국 듀크 거리에 있는 번 주점에서 간단히 식사를 합니다. 고곤졸라치즈 샌드위치와 적포도주 한 잔. 이곳에서 그는 노지 플린과 이야기를 나누는데, 모두들 골드컵 경마 생각만 머릿속에 가득합니다. 블룸은 은은하게 빛나는 포도주를 입에 쑤셔넣으면서 몰리가 처음으로 해주었던 입맞춤, 더블린만 바로 북쪽에 있는 호스 언덕의 야생 고사리, 철쭉과 그녀의 입술과 젖가슴을 생각합니다.

그는 계속 걸어갑니다. 미술관과 국립도서관에 가서 〈킬케니 피플〉 과월호에서 어떤 광고를 찾아볼 생각입니다. "듀크 길에서 탐욕스러운 테리어 한 마리가 뼛조각이 섞인 메스꺼운 덩어리를 자갈 포장 위에 게워놓고는 새로이 기운을 내서 열심히 핥고 있었다. 포식. 내용물을 모두 소화한 뒤에 감사한 마음으로 되돌린 것…… 블룸 씨는 조심스럽게 그 옆을 지나갔다. 되새김질을 하는 동물들. 녀석의 두번째 코스." 가엾은 졸병인 스티븐도 이 개와 마찬가지로 도서관 장면에서 눈부신 문학 이론들을 토해냅니다. 길을 걸으면서 블룸은 과거와 현재를 생각하고, 〈돈 조반니〉의 아리아에서 teco가 '오늘밤'을 뜻하는지(틀렸습니다. teco는

'그대와 함께'라는 뜻입니다) 생각합니다. "몰리에게 저 비단 페티코트를 하나 사줄 수도 있겠군. 몰리의 새 가터벨트와 같은 색으로."* 그러나 보일런의 그림자, 이제 두 시간밖에 남지 않은 오후 네시의 그림자가 끼어듭니다. "오늘. 오늘. 생각하지 마." 그는 보일런이 지나가는 모습을 보지 못한 척합니다.

이 장이 끝날 무렵, 별로 중요하지 않은 인물 하나가 처음으로 등장합니다. 이 책 속에서 동기화를 행동에 옮기는 많은 인물들 중 한 명으로, 앞으로 여러 장에 걸쳐 걸어다닐 사람입니다. 이날 하루 동안 시간의 흐름을 알려주기 위해 매번 다른 장소에서 등장하는 인물이나 사물 중 하나라는 뜻입니다. "눈먼 애송이가 가느다란 지팡이로 인도 턱을 두드리며 서 있었다. 전차는 보이지 않는다. 길을 건너려는 거다.

—길을 건너고 싶나? 블룸 씨가 물었다.

눈먼 애송이는 대답하지 않았다. 그의 철벽 얼굴이 살짝 찌푸려졌다. 그가 머뭇머뭇 고개를 움직였다.

—여긴 도슨 거리야. 블룸 씨가 말했다. 건너편은 몰즈워스 거리고. 길을 건너고 싶나? 앞에 걸리적거리는 건 없어.

지팡이가 가늘게 떨리면서 왼쪽으로 움직였다. 블룸 씨의 눈이 지팡이를 따라가다가 드래고 이발소 앞에 염색공장 짐마차가 서 있는 것을 다시 보았다. 아까 내가 [보일런의] 머릿기름을 바른 머리카락을 본 곳이다. 고개를 늘어뜨린 말. 마부는 존 롱 술집에. 목을 축이면서.

---

* 몰리의 새 가터벨트는 보라색이다. 앞에서 블룸이 아침식사로 먹을 콩팥을 사러 가면서 떠올린 동양적인 망상에서 이미 이 가터벨트의 색이 나온 적 있다. —편집자

─저기 짐마차가 한 대 있는데, 블룸 씨가 말했다. 움직이지 않아. 길을 건너는 걸 내가 봐주지. 몰즈워스 거리로 가고 싶나?

─네. 애송이가 대답했다. 사우스 프레더릭 거리. [사실 그는 클레어 거리로 가고 있습니다.]

─이리 와. 블룸 씨가 말했다.

그는 마른 팔꿈치를 살짝 건드렸다가, 눈을 대신하는 힘없는 손을 잡고 앞으로 인도했다……

─감사합니다, 선생님.

내가 어른이라는 걸 알고 있군. 목소리로.

─여기서 바로? 먼저 왼쪽으로 꺾어.

눈먼 애송이는 인도 턱을 두드리면서 걷다가 지팡이를 뒤로 빼서 다시 주위를 더듬거리며 제 갈 길을 갔다."

한시 반쯤에 다른 다리로 리피강을 다시 건넌 블룸은 남쪽으로 걷다가 브린 부인을 만나고, 두 사람은 곧 정신 나간 패럴 씨가 성큼성큼 걸어가는 모습을 봅니다. 번 주점에서 점심식사를 마친 뒤 블룸은 국립도서관을 향해 또 걷습니다. 그리고 여기 도슨 거리에서 눈먼 애송이가 길을 건너게 도와주는 겁니다. 애송이는 클레어 거리를 향해 동쪽으로 계속 걸어갑니다. 그동안 킬데어 거리를 통해 메리언 광장에 이른 패럴은 돌아서서 걷다가 그 눈먼 청년과 스쳐지나갑니다. "그가 블룸 씨의 치과 [다른 블룸입니다] 창문 앞을 성큼성큼 지나갈 때, 흔들리는 그의 겉옷 자락이 바닥을 두드리는 호리호리한 지팡이를 비스듬한 각도로 무례하게 스치면서 근력 없는 몸을 후려친 뒤 그대로 척척 나아갔다. 눈먼 애송이는 환자 같은 얼굴을 돌려 성큼성큼 걸어가는 사람을 바라보았다.

—하느님의 저주나 받아라. 그가 심술궂게 말했다. 네가 누구든! 넌 나보다 더 눈이 멀었어, 이 개자식아!"

이렇게 광기와 맹목이 만납니다. 곧 바자 개회를 위해 달려가는 총독이 "브로드벤트 상점 맞은편에서 눈먼 애송이를" 지나갑니다. 그리고 더 나중에는 이 눈먼 청년이 지팡이로 주변을 두드려대며 갔던 길을 돌아옵니다. 오먼드 바에서 피아노 조율을 한 뒤 소리굽쇠를 깜박 잊고 두고 왔기 때문입니다. 네시경을 무대로 한 오먼드 장에서 우리는 지팡이로 톡톡 바닥을 두드리는 소리가 점점 가까워지는 것을 느끼게 될 겁니다.

2부 6장

때: 두시경.

장소: 국립도서관

등장인물: 스티븐은 벅 멀리건에게 마텔로 탑의 권리를 내놓으라는 내용의 전보를 보냈습니다. 그리고 도서관에서 아일랜드 문예부흥 단체에 속한 작가들 및 학자들과 셰익스피어에 대해 논합니다. 토머스 리스터(실존인물)는 여기서 퀘이커교도 사서로 묘사됩니다. 그가 머리카락이 벗어진 큰 머리를 가리기 위해 챙이 넓은 모자를 쓰고 있기 때문입니다. 어둠 속에는 조지 러셀이 있습니다. 필명이 A. E.인 그는 유명한 아일랜드 작가로, 키가 큰 편이며, 옷차림이 소박합니다. 앞 장에서 그가 지나가는 것을 블룸이 본 적이 있습니다. 존 이글링턴은 쾌활한 청교

도이고, 리처드 베스트 씨는 셰익스피어가 아내 앤 해서웨이에게 남긴, 두번째로 좋은 침대 이야기에 끼어듭니다(베스트는 다소 천박하고 인습적인 문인으로 묘사됩니다). 그리고 곧 남을 조롱하기 좋아하는 맬러카이 멀리건이 연노랑색 조끼 차림으로, 방금 도착한 스티븐의 난해한 전보를 들고 나타납니다.

액션: 스티븐은 셰익스피어에 대해 다음과 같이 주장합니다. (1) 「햄릿」에 나오는 유령은 사실 셰익스피어 본인이다. (2) 햄릿은 셰익스피어의 아들 햄닛과 동일인물이다. (3) 윌리엄의 형제인 리처드 셰익스피어가 윌리엄의 아내 앤과 간통을 저질렀고, 그로 인해 「햄릿」이 슬프고 쓰라린 분위기의 작품이 되었다. 이 주장을 진심으로 믿고 있느냐는 질문에 스티븐은 곧바로 아니라고 대답합니다. 이 책에서는 모든 것이 엉망으로 헝클어집니다.* 이 장에 나오는 토론은 작품을 읽는 독자보다는 글을 쓰는 작가에게 더 즐거운 부분 중 하나입니다. 따라서 이 부분을 자세히 살펴볼 필요는 없습니다. 그러나 이 장의 도서관에서 스티븐이 처음으로 블룸의 존재를 의식하게 됩니다.

조이스는 스티븐과 블룸의 패턴을 사람들이 일반적으로 생각하는 것보다 훨씬 더 면밀하게 서로 엮어놓았습니다. 둘 사이의 접점은 블룸이 도서관 계단에서 스티븐과 스쳐지나가기 훨씬 전에 시작됩니다. 꿈속

---

* 나보코프는 다음과 같은 글을 썼다가 지워버렸다. "유곽이 나오는 12장을 예술적인 호기심에서 읽는 사람들은, 어느 시점에 블룸이 사슴뿔 모양 모자걸이가 비치는 거울로 자신의 모습을 보다가, 오쟁이 진 남편인 자신의 얼굴이 순간적으로 셰익스피어의 얼굴로 보이는 장면을 보게 된다. 블룸의 배신과 셰익스피어의 배신이라는 두 테마가 창녀의 거울 속에서 하나로 합쳐지는 것이다." —편집자

에서. 아직 아무도 알아차리지 못한 것이 하나 있습니다(진정한 조이스, 예술가 조이스에 대한 글이 그리 많지 않은 것은 사실입니다). 즉, 톨스토이의 『안나 카레니나』와 마찬가지로 『율리시스』에도 꿈이 중첩되는 의미심장한 장면이 나온다는 사실을 아직 어느 비평가도 알아차리지 못했습니다. 꿈의 중첩이란, 두 사람이 동시에 같은 꿈을 꾸는 것을 말합니다.

앞에서 스티븐은 면도중인 멀리건에게, 간밤에 검은 표범을 쏘느니 어쩌느니 헛소리를 하는 헤인스 때문에 잠에서 깼다고 불평합니다. 검은 표범은 블룸에게 이어져, 상냥한 검은 고양이의 형태로 나타납니다. 설명하자면 이렇습니다. 스티븐은 디지에게서 월급을 받은 뒤 바닷가를 걷다가 새조개를 줍는 사람들과 개를 봅니다. 개는 조금 전 다리 하나를 쳐들고 바위에 오줌을 갈기며 가엾은 것들의 소박한 즐거움을 느낀 참입니다. 스티븐은 학생들에게 낸 여우 수수께끼를 떠올리며 처음에는 죄책감을 느낍니다. "녀석의 뒷발이 모래를 차내더니, 앞발이 철벅철벅 땅을 팠다. 녀석이 거기에 뭔가를 묻어두었다. 할머니를. 녀석은 모래 속에 뿌리를 박고 철벅거리며 땅을 파다가 동작을 멈추고 바람에 귀를 기울이더니, 다시 발톱으로 미친듯이 모래를 긁어내다가 곧 동작을 멈췄다. 간통으로 태어난 표범, 퓨마, 시체를 파먹는다.

어젯밤 자다가 깬 뒤로 같은 꿈이었던가? 잠깐. 현관이 열려 있었다. 창부들의 거리. 기억해. 하룬 알 라시드.* 거의 하고 있어. 그 남자가 나

---

* 아바스 왕조 제15대 칼리프.

를 이끌었고, 말을 했다. 나는 두렵지 않았다. 그가 가진 멜론을 내 얼굴에 댔다. 미소를 지었다. 크림 열매의 냄새. 그것이 규칙이라고 말했다. 안으로. 와. 빨간 카펫이 펼쳐졌다. 누군지 알게 될 거야.”

이것은 예언적인 꿈입니다. 하지만 2부 10장의 거의 끝부분을 기억에 새겨두기 바랍니다. 여기서 블룸 또한 바닷가에 있습니다. 그는 스티븐이 꿈을 꾼 그날 밤에 꾸었던 꿈을 언뜻 흐릿하게 떠올리죠. 처음에 그의 의식의 흐름은 어떤 광고에 사로잡혀서, 옛날에 열정을 품었던 상대, 지금은 나이를 먹어서 매력이 사라져버린 브린 부인 주위를 어른거립니다. 그녀의 남편은 익명으로 날아온 모욕적인 편지에 넘어가서 변호사를 만나러 갔습니다. “여성용 회색 플란넬 블루머, 한 벌에 3실링, 깜짝 놀랄 만큼 싼 가격. 평범하지만 사랑받는다, 영원히 사랑받는다고 사람들은 말한다. 못생겼다. 어느 여자도 자신을 이렇게 생각하지 않는다. 사랑하고, 거짓말하고, 아름다워진다. 내일이면 우리는 죽을 테니까. 가끔 그가 장난을 친 범인을 찾으려고 돌아다니는 모습이 보인다. U. p. 다 끝났다. 그것은 운명이다. 그 사람이. 내가 아니라. 자주 눈에 띄는 가게도 하나 있다. 저주가 거기에 붙어다니는 것 같다. 어젯밤에 꿈을 꿨나? 잠깐. 뭔가 혼란스러운데. 그녀는 빨간 슬리퍼를 신고 있었다. 터키풍. 짧은 바지를 입고.” 그러고 나서 그의 생각은 다른 방향으로 정처 없이 뻗어갑니다. 산부인과 병원이 나오는 11장에서 꿈이 또 살짝 언급되지만, 자세한 설명은 없습니다. “블룸은 거기서 무기력하게 늘어져 있었지만 지금은 나아졌다. 오늘밤 자신의 부인인 몰 부인이 빨간색 슬리퍼를 신고 터키풍 사각 반바지를 입고 있는 이상한 꿈을 꾸었는데, 지식이 있는 사람들은 그것이 모처럼……"

6월 15일에서 16일로 넘어가는 밤에 스티븐 디덜러스는 샌디코브에 있는 마텔로 탑에서, 블룸 씨는 에클스 거리에 있는 집에서 아내와 함께 쓰는 침대에 누워 이렇게 똑같은 꿈을 꾼 겁니다. 여기서, 이 쌍둥이 꿈에서 조이스는 무엇을 의도했을까요? 그는 스티븐이 동양풍 꿈을 통해 어느 낯선 사람이 화려한 매력, 즉 자신의 아내를 그에게 내놓는 모습을 미리 보았음을 표현하고자 했습니다. 피부가 검은 이 낯선 사람은 블룸입니다. 또다른 부분을 살펴볼까요? 블룸은 아침식사 전 콩팥을 사러 걸어가는 길에 스티븐의 꿈과 아주 흡사한 동양풍 상상을 합니다. "동쪽 어딘가. 이른 아침. 동틀 무렵에 출발해서 태양보다 앞서 여행하며 그를 향해 진군하는 하루를 훔친다. 영원히 계속 이렇게 한다면 이론적으로는 단 하루도 나이를 먹지 않는다. 낯선 땅, 바닷가를 걸어 도시의 성문에 도착하면 파수병. 늙은 병사이기도 하다. 늙은 트위디[몰리의 아버지]의 커다란 콧수염이 조금 긴 듯한 창에 기대고 있다. 차양이 있는 거리를 정처 없이 돌아다닌다. 터번을 쓴 얼굴들이 지나간다. 어두운 동굴 같은 카펫 가게들, 덩치 큰 남자, 공포의 터키인이 책상다리로 앉아서 나선형으로 꼬인 파이프로 담배를 피운다. 거리에는 상인들이 호객하는 소리. 회향을 가미한 물, 셔벗을 마신다. 하루종일 정처 없이 돌아다닌다. 도둑을 한두 명 만날지도 모른다. 뭐, 만날 테면 만나라지. 석양이 다가온다. 기둥들을 따라 드리워진 모스크의 그림자. 둘둘 감은 두루마리를 든 성직자들. 나무가 부르르 떠는 것은 신호, 저녁바람. 나는 계속 간다. 저물어가는 황금빛 하늘. 어떤 엄마가 자기 집 문간에서 지켜본다. 그리고 그들의 알 수 없는 언어로 아이들을 집으로 불러들인다. 높은 담. 그 뒤에서 현들이 팅팅 울린다. 밤하늘의 달, 보라색, 몰리가 새로 산 가터벨트의 색. 현들이 울리는 소리. 들어봐. 어떤 아가씨가 그 악기를 연주한다. 그걸 뭐라고 부르지? 덜시머.* 나는 지나간다."

두시경에 블룸은 국립도서관에 옵니다. 스티븐은 멀리건과 함께 걸어나오다가 블룸을 보지요. 그와 어렴풋이 아는 사이인 그를 그날 처음으로 보는 겁니다. 스티븐이 꿈에 나타난 낯선 사람 블룸을 보는 장면입니다. "어떤 남자가 두 사람 사이를 지나가며 고개를 숙여 인사했다.

—또 만났네요. 벅 멀리건이 말했다.

주랑현관.

나는 여기서 새들을 관찰하며 점을 쳤다. 새들의 아엔구스.** 그들이 날아갔다가 다시 온다. 어젯밤에는 내가 하늘을 날았다. 쉽게 날았다. 사람들은 놀랐다. 창부들의 거리는 그다음. 크림열매 멜론을 그가 내게 내밀었다. 안으로. 알게 될 거요.***

—방랑하는 유대인이야. 벅 멀리건이 광대처럼 감탄한 얼굴로 속삭였다. 저 사람 눈을 봤나?" 그러고 나서 그는 외설적인 농담을 지껄입니다. 그러고 나서 몇 줄 아래입니다. "검은 등이 두 사람 앞을 걸어갔다. 표범의 걸음으로 내려가 내리닫이 가시철망 아래를 지나 문 밖으로.

---

* 무릎 위에 놓고 손가락으로 현을 퉁겨 연주하는 악기.

** 사랑과 젊음과 미의 신.

*** 나보코프는 이 문단의 여백에 다음과 같이 주석을 적어놓았다. "NB 스티븐은 블룸이 고개 숙여 인사하는 것을 알아차리는 순간 자신의 꿈을 떠올린다." —편집자

그들은 따라갔다."

블룸의 검은 등, 표범의 걸음. 연결고리가 완전해집니다.

더 나아가서, 유곽의 악몽이 나오는 장에서 블룸-스티븐의 쌍둥이 꿈이 다시 메아리칩니다. 무대의 연출 지문은 다음과 같습니다. "([블룸이] 고개를 든다. 어떤 잘생긴 여자가 터키풍 의상을 입고 신기루 같은 대추야자 옆에 서 있다. 그녀의 진홍색 바지는 풍만한 곡선을 그리고, 재킷은 황금에 베였다. 넓은 노란색 장식띠가 그녀의 허리를 두르고 있다. 밤의 어둠 속에서 보라색을 띤 하얗고 긴 베일이 얼굴을 가리고 있어서, 크고 검은 눈과 새까만 머리카락만 자유로이 드러나 있다.)" 블룸이 소리칩니다. "몰리!" 그리고 한참 뒤 같은 장면에서 스티븐은 여자들 중 한 명에게 말합니다. "내 말 잘 들어요. 나는 수박watermelon이 나오는 꿈을 꿨습니다." 이 말에 그 여자는 이렇게 대답합니다. "외국에 가서 외국 여자를 사귀어요." 스티븐이 꿈에서 본 수박, 원래 그에게 제시된 크림열매였던 그것은 3부 2장의 질문-대답에서 마침내 몰리 블룸의 풍만한 몸매로 판명됩니다. 블룸은 "통통하고 감미롭고 노랗고 향기로운 멜론 같은 그녀의 궁둥이에, 통통한 멜론 같은 각각의 반구에, 감미롭고 노란 골에 입을 맞췄다. 모호하고 길게 늘어지고 도발적이고 멜론향기가나는 키스로."

스티븐과 블룸의 쌍둥이 꿈이 예언이었음이 드러납니다. 끝에서 두 번째 장에서 블룸은 스티븐의 꿈에 나타난 낯선 사람이 하고 싶어했던 일을 그대로 정확히 하려고 하기 때문입니다. 즉, 블룸은 보일런을 밀어내는 수단으로서 아내 매리언과 스티븐을 맺어주려고 합니다. 이 테마는 3부 맨 앞, 마부 대기소를 배경으로 한 장에서 특히 강조되어 있습니다.

2부 7장

이 장은 19개 섹션으로 구성되어 있습니다.

때: 세시 오분 전.

장소: 더블린.

등장인물: 50명. 우리의 모든 친구들과 그들이 같은 시간대인 6월 16일 오후 세시경에 하는 다양한 행동 포함.

액션: 이 인물들이 몹시 얽히고설킨 대위법 구조 속에서 서로를 스쳐 지나고 또 지나갑니다. 플로베르의 대위법 테마, 예를 들어 『보바리 부인』의 농업박람회 장면에 나오는 것 같은 대위법이 괴물처럼 발전된 형태입니다. 따라서 여기서는 이 기법을 동기화라고 합니다. 먼저 어퍼 가디너 거리에 있는 성 자비에 성당의 예수회 신부인 콘미가 나옵니다. 낙천적이고 우아한 사제인 그는 이 세계와 저 세계를 훌륭하게 결합시킵니다. 이 장에서 동기화의 끝을 맺는 사람은 시내를 마차로 달려가는 아일랜드 총독입니다. 콘미 신부는 평소대로 돌아다니며 외다리 선원을 축복하고, 걸으면서 만나는 교구민들과 차례로 이야기를 나누고, 오닐 장의사를 지나 뉴커먼 다리에서 전차에 오릅니다. 전차는 그를 싣고 호스 로드 정거장으로, 말라하이드로, 더블린 북동쪽으로 갑니다. 즐거운 하루입니다. 우아하고 낙천적이지요. 들판의 산울타리 틈새에서 얼굴이 상기된 청년이 나타나고, 그 뒤로 정신없이 고개를 끄덕거리는 데이지를 손에 든 젊은 여성이 나타납니다. 의대생인 청년의 이름이 빈센트 린

치라는 사실을 우리는 나중에 알게 됩니다. 청년이 불쑥 모자를 벗어 인사하고, 아가씨는 불쑥 허리를 숙여 가벼운 치맛자락에 달라붙은 잔가지 하나를 천천히 꼼꼼하게 떼어냅니다(놀라운 작가입니다). 콘미 신부는 두 사람을 근엄하게 축복합니다.

　두번째 섹션에서 동기화가 시작됩니다. 뉴커먼 다리 근처 오닐 장의사에서 장의사 조수인 켈러허, 디그넘의 장례식을 맡았던 그가 거래 장부를 덮고 경관과 가벼운 이야기를 나눕니다. 조금 전 지나가는 콘미 신부를 향해 인사했던 경찰관입니다. 이때 존 콘미 신부는 다리 쪽으로 가서 바로 지금 전차에 오릅니다(동기화!). 켈러허에 관한 문장들 사이에서 벌어지는 일입니다. 작가의 기법을 알아보겠습니까? 이제 세시가 됐습니다. 켈러허는 건초즙(조금 전 콘미 신부가 지나갈 때 그가 거래 장부의 숫자들을 확인하며 씹고 있던 건초에서 나온 것)을 소리 없이 찍 뱉습니다. 켈러허가 소리 없이 즙을 뱉던 바로 그 순간에, 시내의 다른 지역(섹션 3), 북서쪽으로 3마일 떨어진 에클스 거리의 어느 창문에서 풍만하고 하얀 팔 하나(몰리 블룸의 것)가 이제 에클스 거리에 다다른 외다리 선원에게 동전 하나를 던져줍니다. 몰리는 블레이지스 보일런과의 데이트를 위해 단장을 하는 중입니다. 바로 이 순간에 J. J. 오몰로이는 네드 램버트가 손님과 함께 창고에 왔다는 말을 듣습니다. 이 손님의 이야기는 나중에 섹션 8에서 다뤄집니다.

　열아홉 개 섹션에서 일어나는 동기화의 메커니즘을 모두 상세히 살펴볼 시간도 여유도 우리에게는 없습니다. 그러니 중요한 지점만 찍고 지나가야 합니다. 섹션 4에서 스티븐의 여동생들인 케이티, 부디, 매기

(여동생은 모두 네 명입니다)는 전당포에서 빈손으로 돌아옵니다. 콘미 신부는 클론고우스 밭을 가로질러 걷는 중입니다. 곡식을 베어내고 남은 그루터기들이 얇은 양말을 신은 그의 발목을 간질이죠. 구겨진 작은 배 엘리야는 어디에 있을까요? 누구네 하인이 무슨 종을 울린 거죠? 찌링! 경매장, 즉 딜런의 경매장에서 일하는 남자입니다.

세시 십오분경, 블레이지스 보일런이 나타납니다. 그는 몰리를 향한 작은 여행을 이미 시작했습니다. 그는 네시 십오분 전쯤에 경쾌한 이륜마차를 타고 몰리 블룸이 있는 곳에 도착할 겁니다. 하지만 지금은 아직 세시 언저리입니다(그는 도중에 오먼드 호텔에 들를 겁니다). 손턴의 과일가게에서 그는 몰리에게 과일을 보냅니다. 전차에 실어서. 십 분이면 그녀에게 과일이 도착할 겁니다. 헬리의 샌드위치맨들은 과일가게 앞을 터벅터벅 지나가고 있습니다. 블룸은 메탈 다리 근처의 머천트 아치 아래에서 검은 등을 서적 노점상의 수레 위로 수그리고 있습니다. 이 섹션의 끝에서 우리는 이 장이 끝날 때까지 보일런이 이로 줄기를 물고 다닐 빨간 카네이션의 출처가 과일가게임을 알 수 있습니다. 그는 카네이션을 달라고 조르면서 전화를 한 통 써도 되느냐고 묻습니다. 그가 비서에게 전화했음이 나중에 밝혀집니다.

이번에는 스티븐이 걷고 있습니다. 트리니티 칼리지 인근에서 그는 옛날에 자신에게 이탈리아어를 가르쳐준 알미다노 아르티포니를 만나 이탈리아어로 기운차게 이야기를 나눕니다. 아르티포니는 스티븐이 이상을 위해 젊음을 희생하고 있다고 나무랍니다. 스티븐은 피를 흘리지 않는 희생이라고 말하면서 미소를 짓습니다. 일곱번째 섹션은 다섯번째 섹션과 동기화되어 있습니다. 보일런의 비서 미스 던이 소설을 읽다가 전화를 받습니다. 보일런이 과일가게에서 건 전화입니다. 미스 던은 스포츠 기자 레너핸이 보일런을 만나고 싶다고 했다면서, 네시에 오먼드 호텔에 있을 것이라고 전해줍니다(뒤의 다른 장에서 두 사람이 함께 있는 모습을 보게 될 겁니다). 이 섹션에서는 동기화가 두 건 더 일어납니다. 홈을 따라 쭉 내려가면서 6이라는 숫자로 구경꾼들에게 추파를 던지는 원반은 마권업자인 톰 로치퍼드가 아홉번째 섹션에서 시범을 보이는 마권 판매기를 가리킵니다. 키가 크고 하얀 모자를 쓴 샌드위치맨 다섯 명도 나옵니다. 갈 수 있는 가장 먼 곳에 도달한 그들은 모니페니 자수점이 있는 모퉁이에서 뱀장어처럼 방향을 바꿔 늘어서서 온 길을 되돌아가기 시작합니다.

섹션 8에서 네드 램버트는 잭 오몰로이와 함께 개신교 성직자인 러브 목사를 안내하며 자신의 창고를 돌아봅니다. 그 창고는 예전에 성 마리아 수도원의 회의실로 쓰이던 곳입니다. 이 순간 콘미 신부가 걸어갔던 그 시골길에서는 의대생과 함께 등장한 아가씨가 치마에 붙은 잔가지를 떼어내고 있습니다. 여기서 이런 일이 일어나는 동안, 저기서는 저런 일이 일어나는 것, 이것이 동기화입니다. 세시 직후(섹션 9) 마권업자 로치퍼드가 레너핸에게 자신의 기계를 보여줍니다. 홈을 타고 미끄러져내려온 원반이 나타낸 숫자는 6입니다. 이 순간에 스티븐의 숙부이자 법률회사 사무원인 리치 굴딩이 지나갑니다. 다음 장에서 그는 블룸과 함께 오먼드 호텔에서 식사를 할 겁니다. 레너핸은 로치퍼드와 헤어져서 맥코이(디그넘의 장례식에 참석할 수 없다면서 블룸에게 자기 이름을 대신 방명록에 적어달라고 말한 사람입니다)와 함께 또다른 마권 업자를 찾아갑니다. 두 사람은 셉터의 최종배당률을 알아보려고 라이넘 술집에 들렀다가 오먼드 호텔로 가는 길에 블룸 씨를 지켜봅니다. "―『레오폴드, 또는 블룸이 호밀밭에』." 레너핸이 빈정거립니다. 블룸은 노점상의 수레에서 책들을 훑어보고 있습니다. 레너핸이 오먼드 호텔로 걸어가는 순간은 몰리 블룸이 가구가 갖춰지지 않은 아파트라고 적힌 카드를 제자리로 돌려놓는 순간과 동기화됩니다. 그녀가 외다리 선원에게 동전을 던져주려고 창문을 열었을 때, 그 카드가 창틀에서 떨어졌거든요. 같은 순간에 켈러허가 경관과 이야기를 나누고 콘미 신부가 전차에 올라탔으므로, 우리는 섹션 2, 3, 9가 각각 다른 장소에서 동시에 발생한 일들을 다루고 있다는 결론과 함께 예술적인 즐거움을 살짝 느낄 수 있습니다.

세시가 지난 뒤에도 블룸 씨는 여전히 책들을 훑어보며 시간을 보냅니다. 그러다 마침내 몰리를 위해 『죄의 감미로움』을 빌립니다. 고풍스러운 외설 분위기가 살짝 나는 미국 소설입니다. "그는 손가락으로 책을 펼쳐서 읽었다.

― '남편이 준 달러 지폐를 모두 눈이 휘둥그레지는 드레스와 주름 장식이 달린 최고로 비싼 페티코트를 사는 데 써버렸다. 그를 위해서! 라울을 위해서!'

그래. 이거다. 여기. 읽어보자.

― '그녀의 입술이 그의 입술에 딱 달라붙어서 관능적이고 육감적인 키스를 하는 동안 그의 손은 그녀의 평상복 안쪽의 풍만한 몸매를 더듬었다.'

그래. 이걸 가져가자. 결말은.

— '늦었잖아. 그가 갈라진 목소리로 말하면서, 의심을 담은 시선으로 그녀를 노려보았다.

아름다운 그녀가 검은담비 털로 가장자리를 두른 외투를 벗어던져 여왕같은 어깨와 숨을 몰아쉬는 풍만한 몸매를 드러냈다. 그를 향해 차분하게 고개를 돌리는 그녀의 완벽한 입가에 알아보기 힘들 만큼 희미한 미소가 어렸다.'"

스티븐의 네번째 여동생인 딜리 디덜러스는 딜런의 경매장 앞에서 한시쯤 블룸의 눈에 띈 뒤로 계속 그곳에서 어른거리며 경매장 안에서 낙찰을 알리는 종소리에 귀를 기울입니다. 무정하고 이기적이고 영리하고 예술적인 사이먼 디덜러스 영감, 즉 그녀의 아버지가 나타나자 그녀는 그에게서 1실링 2펜스를 받아냅니다. 이 장면은 총독의 마차행렬이 더블린 서쪽 근교에 있는 피닉스 공원의 문 앞에서 출발하는 순간과 동기화됩니다. 이 행렬은 시내 중심부를 지나 동쪽의 샌디마운트로 향합니다. 바자 개막식에 가야 하기 때문입니다. 행렬은 서쪽에서 동쪽으로 도시 전체를 가로지릅니다.

세시 직후에 차茶 상인인 톰 커넌은 방금 받은 주문에 흡족해하며 길을 걷습니다. 그는 거만하고 통통한 개신교도이며, 디그넘의 장례식에서 블룸과 나란히 서 있었습니다. 이 책에서 의식의 흐름이 상세하게 묘사된 단역 인물들은 몇 명 되지 않는데, 커넌이 그중 한 명입니다. 그의 의식의 흐름은 여기 섹션 12에 묘사되어 있습니다. 같은 섹션에서 사이먼 디덜러스는 카울리 신부를 길에서 만납니다. 그와는 친근하게 이름을 부르는 사이입니다. 작은 배 엘리야가 리피강을 떠내려가면서 존 로 저슨 경 부두를 지나가고, 총독의 마차 행렬은 펨브로크 부두를 따라갑니다. 그리고 커넌은 그 행렬을 아슬아슬하게 놓칩니다.

다음 섹션에서 블룸이 서적 노점상의 수레를 떠난 직후, 스티븐이 베드퍼드 길의 여러 서적 노점상에 들릅니다. 콘미 신부는 이제 도니카니 마을을 걸으면서 저녁 기도문을 읽고 있습니다. 스티븐의 여동생 딜리, 어깨가 높고 초라한 옷을 걸친 그녀가 스티븐의 옆에 멈춰 섭니다. 그녀는 아버지에게서 받은 돈 중 1페니로 초보자용 프랑스어 교본을 샀습니다. 추상적인 일에만 빠져 있는 스티븐은, 여동생 네 명이 힘들게 살고 있다는 사실을 충분히 잘 알고 있는데도 자신의 주머니에 아직 금화가 남아 있다는 사실을 잊어버린 듯합니다. 학교에서 월급으로 받은 돈 중 아직 남아 있는 돈입니다. 그는 나중에 다른 장에서 술에 취해 아무런 이유 없이 그 돈을 기꺼이 내주고 맙니다. 이번 섹션은 그가 딜리 때문에 느끼는 슬픔과 반복되는 agenbite, 즉 양심의 가책으로 끝납니다. 1부 1장에서도 우리는 그가 양심의 가책을 이야기하는 것을 들은 적이 있습니다.

섹션 14에서는 사이먼 디덜러스와 카울리 신부의 인사가 되풀이되고, 두 사람의 대화가 나옵니다. 신부는 돈 문제로 대금업자 루번 J. 도드와 집주인에게 시달리고 있습니다. 그때 아마추어 가수인 벤 돌라드가 나타나 신부를 도우려고 애씁니다. 제정신이 아닌 캐셜 보일 오코너 피츠모리스 티스덜 패럴 씨는 흐리멍덩한 눈으로 혼자 중얼거리면서 킬데어 거리를 성큼성큼 걸어갑니다. 블룸이 브린 부인과 이야기하고 있을 때 그 옆을 지나간 그 패럴 씨입니다. 램버트와 오몰로이의 안내로 과거 수도원이었던 창고를 둘러본 러브 목사의 이름이 카울리 신부의 집주인으로 언급됩니다. 그가 임대료를 받으려고 영장을 발부받았다고 합니다.

그다음에는 커닝엄과 파워(둘 다 장례식에 참석했습니다)가 디그넘의 아내를 위해 돈을 모으는 일에 대해 이야기를 나눕니다. 블룸이 여기에 5실링을 내놓았습니다. 콘미 신부가 언급되고, 술집 여종업원인 미스 케네디와 미스 두스가 처음으로 등장합니다. 이 두 사람은 나중에 8장에 다시 나올 겁니다. 이제 총독은 팔리아먼트 거리를 지나갑니다. 섹션 16에서는 아일랜드의 애국자 파넬의 남동생이 카페에서 체스를 두고, 벅 멀리건이 민담을 연구하는 옥스퍼드 학생 헤인스에게 그가 누구인지 알려줍니다. 그리고 두 사람은 스티븐에 대해 이야기합니다. 이 섹션에서 동기화된 대상은 외다리 선원입니다. 그는 넬슨 거리에서 목발을 짚고 흔들흔들 걸어가며 으르렁거리듯이 노래를 부르고 있습니다. 구겨진 전단 엘리야는 만에서 고향으로 돌아온 배 로즈빈호를 만납니다.

섹션 17에서는 스티븐의 이탈리아어 선생이 길을 걷고, 이름이 아주 긴 미친 신사 패럴도 길을 걷습니다. 우리는 이 장 전체에서 동기화에 가장 중요한 역할을 하는 인물이 바로 눈먼 청년임을 곧 깨닫게 됩니다. 앞을 보지 못하는 피아노 조율사인 그가 두시경에 동쪽으로 길을 건너려는 것을 블룸이 도와준 적이 있습니다. 지금은 미친 패럴이 클레어 거리를 따라 서쪽으로 걷는 동안, 그 눈먼 청년이 같은 길을 동쪽으로 걷고 있습니다. 자신이 오먼드 호텔에 소리굽쇠를 두고 왔다는 사실은 아직 모르는 상태입니다. 맞은편의 8번지에 있는 블룸 씨의 치과의원. 장례 행렬을 묘사할 때 이미 언급된 적이 있는 그는 레오폴드와 아무런 관계도 없는 인물입니다. 미친 패럴이 눈먼 청년의 연약한 몸을 밀치듯이 스치고 지나가자, 청년은 그를 향해 욕설을 토해냅니다.

섹션 18은 세상을 떠난 디그넘 씨의 아들인 패트릭 2세를 집중적으로 다룹니다. 나이가 열두 살가량인 그는 위클로 거리를 따라 서쪽으로 걷고 있습니다. 손에는 심부름으로 사러 온 스테이크용 돼지고기를 들고 있습니다. 소년은 꾸물꾸물 시간을 보내면서 진열창에 걸린 두 권투 선수의 사진을 바라봅니다. 얼마 전인 5월 21일에 경기를 벌인 선수들입니다. 9장에는 권투 경기에 대한 기사를 유쾌하게 패러디한 글이 나옵니다. 스포츠 기자가 선수의 별명을 계속 바꿔가며 언급하고 있어서, 이 재미있는 책에서도 가장 웃기는 부분 중 하나입니다. 더블린이 귀여워하는 어린양, 특무상사, 포병, 군인, 아일랜드 검투사, 영국군, 더블린 사람, 포토벨로의 난폭자. 더블린에서 가장 빛나는 거리인 그래프턴 거리에서 디그넘 도련님은 말쑥하게 차려입은 남자가 입에 빨간 꽃을 물고 있는 모습을 봅니다. 물론, 블레이지스 보일런입니다. 죽은 아버지에 대한 소년의 생각과 1장에서 스티븐이 어머니에 대해 생각한 것을 비교해봐도 좋을 것입니다.

마지막 섹션에서 총독의 행렬은 생생하게 존재감을 발산합니다. 앞에 등장했던 모든 인물들과 그 밖의 사람들 몇 명을 또렷하게 표현하는데 이것이 중요한 역할을 하지요. 사람들 중 일부는 총독에게 경례를 하고, 그밖의 사람들은 총독을 무시해버립니다. 여기에 등장하는 사람들은 커년, 리치 굴딩, 오먼드 술집의 여종업원들, 비굴하게 모자를 아래로 내려 총독에게 인사하는 사이먼 디덜러스, 10장에서 만나게 될 거티 맥도웰. 휴 러브 목사, 레너핸과 맥코이, 놀런, 로치퍼드, 플린, 유쾌한 멀리건과 진중한 헤인스, 체스판에서 고개를 들지도 않는 존 파넬, 프랑스어 교본을 들고 있는 딜리 디덜러스, 멘튼 씨, 브린 부인과 그녀의 남편, 샌드위치맨 등입니다. 블레이지스 보일런은 남색 양복에 하늘색 넥타이를 매고, 머리에는 밀짚모자를 쓰고, 입에는 카네이션을 문 모습으로 오먼드 호텔에 들렀다가 에클스 거리로 가면서 마차에 탄 여자들에게 추파를 던집니다. 미친 캐셜 보일 오코너 피츠모리스 티스덜 패럴은 사나운 외알안경 너머에서 마차 뒤편 오스트리아-헝가리 영사관 창가에 있는 누군가를 노려봅니다. 블룸이 목욕하러 가는 길에 만났던 트리니티 칼리지의 문지기 혼블로워, 패디 디그넘 2세, 새조개 줍는 사람 두 명, 알미다노 아르티포니도 있습니다. 로워 마운트 거리를 향해 움직이는 행렬은 여전히 동쪽으로 걷고 있는 눈먼 피아노 조율사를 지나칩니다만, 조율사는 곧 마지막 들른 곳에 소리굽쇠를 두고 왔음을 깨닫고 발길을 돌려 서쪽의 오먼드 호텔로 돌아갈 겁니다. 명단에는 갈색 매킨토시의 남자, 즉 동기화의 대가인 제임스 조이스도 포함되어 있습니다.

블룸은 이날 하루 동안 보일런과 각각 다른 장소에서 세 번 마주칩니다(오전 열한시, 오후 두시, 오후 네시). 그리고 세 번 모두 보일런은 블룸의 존재를 알아차리지 못합니다. 첫 만남은 2부 3장에서 블룸이 커닝엄, 파워, 사이먼 디덜러스와 함께 마차를 타고 장례식장으로 갈 때입니다. 열한시 조금 지나서 블룸이 퀸즈 극장 근처의 게시판에서 물에 젖어 반짝이는 오페라 광고지를 보던 그 순간입니다. 그는 보일런이 레드뱅크라는 해산물 식당에서 나오는 것을 봅니다. 다른 사람들이 보일런에게 인사를 건네는 동안, 블룸은 자신의 손톱을 유심히 살피는 시늉을 합니다. 보일런은 장례식이 있다는 사실을 알아차리면서도 마차에는 관심을 기울이지 않습니다.

두번째 만남은 2부 5장에서 블룸이 국립도서관으로 가기 위해 킬데어 거리에 발을 들여놓았을 때입니다. 오후 두시 직후이고, 블룸은 조금 전 눈먼 애송이가 프레더릭 거리로 가는 것을 보았습니다. "어쩌면 레빈스톤 댄스 학원의 피아노"를 보러 가는 길인지도 모르죠. 만약 그렇다면, 그가 소리굽쇠를 잃어버리는 곳은 그 학원이 아닙니다. 7장에서도 그는 여전히 동쪽으로 걷고 있으니까요. 블룸은 보일런의 "햇빛 속의 밀짚모자. 황갈색 구두"를 보고 도서관과 연결된 박물관이 있는 오른쪽으로 휙 방향을 꺾습니다.

세번째 만남은 2부 8장에서 블룸이 데일리 문구점에서 편지지를 좀 사려고 (웰링턴 부두에서 에식스 다리를 건너 리피강 북쪽 강둑에서 남쪽 강둑으로 넘어온 뒤) 오먼드 부두를 가로지를 때입니다. 그가 고개를 돌리자 말쑥한 전세마차를 타고 방금 블룸이 온 그 길을 달려오는 보일런이 보입니다. 보일런은 잠시 레너핸을 만나기 위해 오먼드 호텔 술집으로 들어옵니다. 블룸은 문 앞에서 우연히 만난 리치 굴딩과 함께 식당으로 들어가기로 합니다. 그리고 거기서 보일런을 지켜봅니다. 이제 네시까지 겨우 몇 분이 남았습니다. 보일런은 곧 술집을 나서서 에클스 거리로 향합니다.

2부 8장

8장의 등장인물들은 다음과 같습니다.

1. 호텔 살롱과 술집:

여종업원 두 명—청동색 머리카락의 리디아 두스와 금발의 마이나 케네디.

두 사람에게 차를 가져다주는 쾌활하고 젊은 허드레 일꾼.

스티븐의 아버지인 사이먼 디덜러스

경마 담당기자 레너핸. 그가 곧 들어와서 보일런을 기다립니다.

몰리를 만나러 가는 길에 호텔에 들른 보일런.

뚱뚱한 벤 돌라드와 날씬한 카울리 신부. 두 사람은 피아노 옆에서 사이먼 디덜러스와 합류합니다.

리드웰 씨. 미스 두스에게 구애하는 변호사.

톰 커넌, 거만한 차 상인.

큰 조끼로 맥주를 마시는 익명의 신사 두 명도 있습니다. 그리고 이 장의 끝에서 눈먼 피아노 조율사가 소리굽쇠를 찾아가려고 나타납니다.

2. 바로 옆 식당에는 웨이터 팻(머리가 벗어지고 귀가 들리지 않는 팻), 블룸, 리치 굴딩이 있습니다. 술집의 노랫소리가 여기까지 들려오고, 블룸은 술집 여종업원들을 언뜻 봅니다.

8장에서 실제로 오먼드 호텔 안에 모습을 드러내기 전에 점점 가까워지고 있음이 느껴지는 인물이 세 명 있습니다. 블룸, 보일런, 소리굽쇠를 찾으러 온 눈먼 청년. 그의 지팡이가 길바닥을 두드리는 소리(그와 함께 연상되는 소리)가 8장 중간쯤부터 점점 가까워지기 시작합니다. 여기저기 장소가 계속 바뀌는 그 소리가 페이지를 넘길 때마다 커지는 겁니다. 탁, 탁, 탁. 그러고는 탁, 탁, 탁, 탁이 되풀이됩니다. 그의 소리굽쇠가 피아노 위에 놓여 있는 것을 사이먼 디덜러스가 알아차립니다. 데일리의 문구점 창문 덕분에 청년이 점점 다가오고 있음이 느껴지고, 마침내 "탁. 한 청년이 고독한 오먼드 홀에 들어왔다."

블룸과 보일런은 올 때뿐 아니라 갈 때도 미리부터 그 사실이 암시됩니다. 보일런은 레너핸과 말에 관한 이야기를 나누고, 시럽 같은 슬로진을 마시면서 짐짓 수줍은 체하는 미스 두스가 허벅지에 가터벨트를 철썩 부딪혀 시계 종소리를 흉내내는 것을 보다가 초조하게 일어서서 몰리에게 가려고 나갑니다. 그러나 레너핸이 톰 로치퍼드에 대해 그에게 이야기하려고 함께 일어섭니다. 술집에서는 손님들이 계속 술을 마시고, 식당에서는 손님들이 계속 음식을 먹는 동안, 보일런의 딸랑거리는 마차 소리가 점점 멀어지는 것을 블룸과 작가가 모두 느낍니다. 그의 가벼운 이륜마차가 에클스 거리로 점점 나아가는 모습이 "딸랑딸랑 소풍을 갔다," "딸랑딸랑 부두를 지나 소풍을 갔다. 블레이지스는 덜컹거리는 바퀴 위에 널브러졌다," "독신자의 길을 따라 독신자 블레이지스 보일런이 경쾌하게 딸랑딸랑 달려간다. 햇빛 속에서, 더위 속에서, 암말의 번들거리는 궁둥이가 채찍질에 덜컹거리는 바퀴 위에서 빠르게 움직인다. 따뜻한 좌석에 널브러진 보일런은 초조, 열렬대담," "그레이엄 레몬의 파인애플 사탕 옆을, 엘버리의 코끼리 옆을 딸랑딸랑 달려갔다" 같은

말로 표시됩니다. 블룸이 생각하는 것보다 느린 속도로 움직이는 마차
는 "존 그레이 경, 허레이쇼 외팔이 넬슨, 시어벌드 매튜 신부의 기념비
들 옆을 딸랑딸랑, 조금 전에 말한 것처럼 소풍을 갔다. 더위 속에서, 더
운 좌석으로 달려갔다. Cloche. Sonnez la. Cloche. Sonnez la.* 암말은
러틀랜드 광장의 둥근 건물 앞 오르막길을 조금 느려진 속도로 올라갔
다. 보일런에게는 너무 느렸다. 타오르는** 보일런, 초조한 보일런, 암말
은 휘청거렸다." 그다음에는 "딸랑딸랑 도싯 거리로" 들어서서 점점 더
가까워지는 "전세마차, 번호는 삼백이십사, 마부는 바튼, 도니브룩 하모
니 애버뉴 1번지의 제임스, 거기에 승객 한 명, 젊은 신사가 앉아 있었
다. 이든 부두 5번지의 양복 재단사 조지 로버트 메시어스가 만든 남색
서지 정장을 멋들어지게 차려 입고, 그레이트 브런즈윅 거리 1번지의
모자 가게 존 플래스토에서 산 맵시 있는 밀짚모자를 썼다. 응? 이것이
흔들흔들 딸랑딸랑 달려온 이륜마차다. 들루가츠 정육점 앞에서 아젠
다스의 반짝이는 튜브들이 아름다운 엉덩이의 암말을 빨리 뛰게 만들
었다." 딸랑거리는 소리는 호텔에서 마사에게 보낼 답장을 쓰는 블룸의
의식의 흐름에까지 끼어듭니다. "딸랑, 당신 혹시?" 그는 틀림없이 그 소
리를 들었느냐는 문장을 쓰려고 했을 겁니다. 보일런이 어디만큼 갔을
지 머릿속으로 계속 따라가고 있었으니까요. 사실 미친듯이 돌아가는
블룸의 상상 속에서 보일런은 실제보다 더 일찍 몰리의 집에 도착해서
그녀와 사랑을 나눕니다. 블룸이 술집의 음악과 리치 굴딩의 말에 귀를

---

* 프랑스어로 '종. 종을 울리세요. 종. 종을 울리세요'라는 뜻.
** blazes. 보일런의 이름 불레이지즈와 철자가 같다.

기울이는 동안에도 머릿속 생각은 정처 없이 떠돌아다닙니다. 그중에는 이런 것도 있습니다. "그녀의 구불고불구부구불구볼구보거리는 머리가 빗질 안돼." 성급한 블룸의 상상 속에서, 그녀의 머리가 벌써 연인의 손길에 흐트러졌다는 뜻입니다. 사실 이 시점에 보일런은 겨우 도싯 거리에 다다랐을 뿐입니다. 마침내 보일런이 도착합니다. "덜컹 덜컥 덜컹 멈췄다. 멋쟁이 보일런의 멋쟁이 황갈색 구두 양말 하늘색 시계가 지상의 빛 속으로……

사람이 문을 두드렸다, 사람이 한 번 노크를 했다, 그가 폴 드 코크를 두드렸다, 크고 자랑스러운 노커로, 거시기cock 카라카라카라 거시기로. 콕콕."

술집에서 사람들이 노래 두 곡을 부릅니다. 먼저 놀라운 노래 솜씨를 지닌 사이먼 디덜러스가 오페라 「마르타」 중 리오넬의 아리아 〈이제 모두 사라졌다〉를 부릅니다. 이탈리아어 대본에 독일 작곡가 폰 플로토가 1847년에 곡을 붙인 프랑스 오페라입니다. 〈이제 모두 사라졌다〉는 말은 블룸이 아내에 대해 느끼는 감정을 훌륭하게 표현해줍니다. 술집 바로 옆의 식당에서 블룸은 정체는 알 수 없지만 하여튼 편지를 주고받고 있는 마사 클리퍼드에게 편지를 씁니다. 그녀가 그랬던 것처럼 짐짓 수줍은 척 편지를 써서 소액의 우편환을 동봉합니다. 그다음에 벤 돌라드가 민요인 〈까까머리 소년〉을 부릅니다. 이 노래를 찾아보면, 가사 첫머리가 다음과 같이 시작됩니다.

이른, 이른 봄,

새들이 휘휘 아름답게 노래해,

나무에서 나무로 음을 바꿔가며,

그들이 부르는 노래는 자유로운 옛 아일랜드.

(까까머리는 1798년에 반란을 일으킨 아일랜드인들을 가리키는 말입니다. 그들은 프랑스혁명에 공감한다는 뜻에서 머리를 짧게 깎았습니다.)

블룸은 노래가 끝나기 전에 오먼드 호텔에서 나와 가장 가까운 우체국에 들렀다가, 마틴 커닝엄과 잭 파워를 만나기로 한 주점으로 갑니다. 그의 배가 꾸르륵거리기 시작합니다. "사과술은 가스가 많아. 변비도 일으키고." 그는 부두에서 아는 매춘부가 검은 밀짚으로 만든 선원 모자를 쓰고 서 있는 것을 보고 그녀를 피합니다(그날 밤 그녀가 마부 대기소에 잠깐 들릅니다). 그의 배가 또 꾸르륵거립니다. "틀림없이 사과술 아니면 적포도주 때문이야." 그는 점심때 적포도주를 먹었습니다. 배가 꾸르륵거리는 소리는 그가 떠나온 술집의 대화와 동기화됩니다. 그러다 그 애국적인 대화가 결국 블룸의 뱃속에서 나는 소리와 온통 뒤섞여버리죠. 블룸이 리오넬 막스의 진열창에 걸린 아일랜드 애국자 로버트 에밋의 그림을 보고 있을 때, 술집의 남자들도 그의 이야기를 하며 에밋을 위해 건배합니다. 그리고 그때 눈먼 청년이 나타납니다. 그들은 존 켈스 잉그럼이 쓴 시 「망자들의 기억」(1843)에서 "당신들 같은 진정한 남자"라는 구절을 인용합니다. 블룸의 배가 꾸르륵거리는 소리와 함께 나오는 이탤릭체 구절들은 에밋의 마지막 말입니다. 블룸은 그림 밑에서 그 말을 보았습니다. "바다블룸, 기름기블룸이 마지막 말을 보았다. 조용히. 내 조국이 자신의 자리를 찾을 때.

프르르프르르.

틀림없이 적포.

프프프. 우. 르르프르.

지상의 여러 나라들 가운데서. 뒤에는 아무도 없다. 그녀는 지나갔다. 그때, 오로지 그때서야. 전차. 크랜, 크랜, 크랜. 좋은 기ㅎ. 다가오는 크랜 들크랜크랜[전차 소리입니다]. 틀림없이 적포도주야. 그래. 하나, 둘. 나의 묘비명을. 카라아아아아아. 글로 적으라. 이제 다.

프프르르프프프프르르프프프프프프.

이루었다."

천재 조이스는 묘하게도 역겨운 것을 좋아합니다. 음악, 애국적인 페이소스, 가슴 아픈 사랑노래가 가득한 장을 배가 꾸르륵거리는 소리와 에밋의 마지막 말과 블룸이 만족스럽게 중얼거리는 "이루었다"가 합쳐진 내용으로 끝맺는 것은 기가 막힐 정도로 조이스다운 일입니다.*

2부 9장

빚을 받아내는 일을 하는 익명의 화자가 더블린 경찰청의 트로이 영

---

* 나보코프는 책에 달아놓은 주석에 다음과 같이 썼다. "게다가 '나의 묘비명을let my epitaph be'이라는 말은 자유로운 바람에 대한 유명한 오행 속요와 연결되고, '이루었다done'는 여러 가지 의미로 한 장을 끝맺는 역할을 한다." ―편집자

감과 어울려 시간을 보내다가 또다른 친구인 조 하인스를 만납니다. 디그넘의 장례식에서 조문객들의 이름을 적던 그 기자입니다. 화자와 조는 바니 키어넌 주점으로 가는데, 거기에 이 장의 악당 역할을 하는 인물, 즉 '시민'이라고 불리는 인물이 있습니다. 시민 옆에는 사납고 더러운 개 개리오언이 함께 있습니다. 이 개는 원래 시민의 장인인 질트랩의 것입니다. 질트랩은 다음 장에서 주도적인 역할을 하는 젊은 여성 거티 맥다월의 외할아버지이기도 합니다. 다음 장에 거티 맥다월이 외할아버지의 사랑스러운 개에 대해 생각하는 장면이 나옵니다. 따라서 시민은 거티 맥다월의 아버지로 짐작됩니다. 앞장에서 거티는 우편물을 들고 그의 사무실에서 나와 걸어가다가 총독의 행렬을 보게 되지만, 전차가 지나가면서 그녀의 시야를 가립니다(그는 코르크와 리놀륨 관련 일을 하고 있습니다). 다음 장에서 우리는 주정뱅이인 그녀의 아버지가 통풍 때문에 디그넘의 장례식에 가지 못했음을 알게 됩니다.

이번 장의 시간적 배경은 다섯시경입니다. 시민 맥다월은 통풍에 걸렸는데도 절룩거리며 단골 술집에 들른 듯합니다. 거기에 빚을 받아내는 일을 하는 화자와 기자 조 하인스가 들어와 바에 앉은 그의 옆에 합류하고, 바텐더인 테리 오라이언이 그들에게 에일 3파인트를 내놓습니다. 그뒤에 또다른 손님인 앨프 버건이 들어와 봅 도런이 구석에서 코를 골며 자는 것을 봅니다. 그들은 죽은 디그넘에 대해 이야기를 나누고, 버건은 어떤 사형집행인이 더블린의 주장관州長官에게 보낸 진품 지원서를 꺼내 보여줍니다. 이때 블룸이 술집 안으로 들어와 마틴 커닝엄을 찾습니다. 그다음에 두 명이 더 안으로 들어오는데, 그중 잭 오몰로이는 신문사 사무실과 램버트의 창고에서 등장했던 인물이고, 다른 한 명은 네드 램버트 본인입니다. 그 두 사람에게 존 와이즈 놀런과 경마 담당기자 레너핸이 합류하는데, 그는 셉터에게 돈을 걸었다가 잃었기 때문에 우울한 표정입니다. 블룸은 혹시 커닝엄이 법원에 있나 하고 근처 법원으로 가지만, 블룸이 술집으로 돌아오기 전에 마틴 커닝엄이 잭 파워와 함께 술집에 나타납니다. 곧 블룸도 술집으로 돌아오고, 세 사람은 마차를 타고 더블린의 북서쪽에 있는 술집에서 정반대편인 남동쪽의 만에 있는 디그넘의 집으로 향합니다. 그들이 디그넘의 아내를 만나 디그넘의 보험금에 대해 이야기한 내용은 어찌 된 일인지 블룸의 의식에서 삭제되어 있습니다.

이 장의 테마들은 블룸이 술집을 나서기 전에 술집 안에서 전개됩니다. 애스콧 골드컵 경마 테마와 반유대주의 테마입니다. 애국주의에 대해 한쪽으로 기울어진 논의가 이루어지자 블룸은 합리적이고 인도적인 방향으로 이야기를 이끌려고 애쓰지만 실패하고, 시민 때문에 주먹다짐이 벌어집니다. 일종의 패러디, 전설적인 행동의 기괴한 모조품이 이 장을 관통하다가, 시민이 멀어져가는 마차를 향해 빈 비스킷 통을 던지는 장면으로 끝납니다.

2부 10장

때: 키어넌의 술집에서 다섯시경에 벌어진 "공격적인 원시인과의 언쟁"과 10장 사이에는 공백으로 남은 시간이 있습니다. 블룸 일행이 마차

를 타고 더블린 동쪽, 샌디마운트에서 그리 멀지 않은 디그넘의 집으로 가서 그의 아내를 만나는 시간인데, 이 만남이 묘사되어 있지 않습니다. 10장에서 액션이 다시 시작되는 시각은 일몰 때인 저녁 여덟시경입니다.

장소: 더블린 남동쪽, 더블린만의 샌디마운트 해변. 오전에 스티븐이 예배당 쪽으로 걸어갔던 곳입니다.

등장인물: 바위 위에 세 여성이 앉아 있는데, 두 여성의 이름이 곧바로 밝혀집니다. 시시 캐프리에 대한 묘사는 이렇습니다. "지금껏 숨 쉬고 살아간 사람 중에 그녀보다 더 진실한 아가씨는 없었다. 집시 같은 눈에는 항상 웃음이 깃들어 있고, 잘 익은 버찌 같은 붉은 입술에는 장난스러운 말이 깃들어 있는 그녀는 지극히 사랑스러운 아가씨였다." 여기의 문체는 여성잡지와 상업적인 글을 일부러 패러디한 것입니다. 에디 보드먼은 자그마하고 눈이 나쁜 아가씨입니다. 이 장의 주인공이기도 한 나머지 한 명의 이름은 세번째 페이지에 나옵니다. "그런데 거티가 누굴까?" 거티는 친구들 근처에 앉아 멍하니 생각에 잠겨 있다고 묘사됩니다. "진실로 매력적인 아일랜드 여성의 모습을 보여주는 최고의 표본이었다." 이것은 촌스러운 문장을 아름답게 패러디한 것입니다. 시시 캐프리는 어린 쌍둥이 남동생 토미와 재키를 데리고 있습니다. "네 살이 될까 말까 한" 이 아이들은 당연히 머리카락이 곱슬거립니다. 에디 보드먼은 아직 아기인 남동생을 유모차에 태워서 데리고 나왔습니다. 이 세 사람 외에 또다른 사람 한 명이 반대편 바위에 앉아 있습니다. 그는 세번째와 여덟번째 페이지에 언급되어 있지만, 그가 바로 레오폴드 블룸이라는 사실은 나중에야 밝혀집니다.

액션: 이 장의 액션은 아주 특별한 문체와 따로 떼어서 생각하기 힘듭니다. 이 장에서 어떤 일들이 벌어지느냐는 간단한 질문에 우리도 간단히 대답할 수 있습니다. 두 어린 소년이 놀다가 싸우다가 또 놀고, 아기는 목을 울리는 소리를 내거나 큰 소리로 울어대고, 시시와 에디는 각각 남동생들을 돌보고, 거티는 백일몽에 잠기고, 근처의 반투명한 예배당에서 노랫소리가 들려오고, 해질녘이 다가오고, 바자회장(총독이 달려가던 곳)에서 불꽃놀이가 시작되고, 시시와 에디가 저멀리 주택들 위로 솟아오르는 불꽃을 보려고 동생들을 데리고 바닷가를 달려간다고요. 하지만 거티는 곧바로 두 사람을 따라가지 않습니다. 두 사람이 말처럼 달려간다면, 거티는 지금 앉은 자리에서도 불꽃을 볼 수 있다고 생각하니까요. 블룸은 맞은편 바위에 앉아 계속 거티를 바라보고 있었습니다. 거티는 수줍은 아가씨 행세를 하면서도, 그의 시선이 무엇을 의미하는지 아주 분명하게 깨닫고는, 결국 몸을 뒤로 기대며 대담하게 가터벨트를 드러냅니다. 그 순간 벌어지는 일은 이렇습니다. "로켓이 솟아올라 눈부시게 쾅 하고 터지자, 오! 곧 이어 꽃불이 터지는데 마치 오! 하고 한숨을 쉬는 것 같았고, 모두들 홀린 듯이 오! 오! 소리를 질렀고, 거기서 금빛 머리카락들이 비처럼 흘러나와 쏟아지자 아! 온통 초록색 이슬 같은 별들이 황금빛과 함께 떨어져서, 오 이토록 아름다울 수가! 오 이토록 부드럽고, 즐겁고, 부드러울 수가!" 곧 거티가 일어나서 천천히 바닷가를 걸어 멀어져갑니다. "그녀는 그녀 특유의 조용하고 품위 있는 태도로, 그러나 아주 천천히 조심스럽게 걸었다. 왜냐하면, 왜냐하면 거티 맥다월은……

신발이 너무 꼭 죄는 건가? 아니. 그녀는 다리를 전다! 오!

블룸 씨는 절룩거리며 멀어지는 그녀를 지켜보았다. 가여운 아가씨 같으니!"

문체: 이 장은 완전히 다른 기법을 사용한 두 부분으로 구성되어 있습니다. 첫째, 세 여성이 바닷가의 바위에 앉아 있는 동안 그들과 남동생들을 묘사하는 문장에는 여성잡지나 짧은 소설의 패러디가 계속 유지됩니다. 온갖 클리셰와 짐짓 우아한 척하는 분위기까지 전부.* 그다음 두번째 부분에서는 블룸 씨의 의식의 흐름이 전면에 나섭니다. 말이 불쑥불쑥 튀어나오는 친숙한 문체로 그가 받은 인상과 회상이 이 장의 끝까지 계속 이어집니다.

패러디에는 놀라울 정도로 재미있는 클리셰, 우아한 생활에 대한 진부한 표현들과 공연히 시를 흉내내는 분위기가 가득합니다. "여름날 저녁이 세상을 그 신비로운 품에 끌어안기 시작했다…… 너무나 스치듯 지나가는 하루의 마지막 광채가 바다와 해변에서 사랑스러운 듯이 머뭇거리며…… 마지막으로……

세 여자 친구들은 바위에 앉아 저녁 풍경과 상쾌하지만 너무 서늘해지는 않은 바람을 즐겼다…… 몇 번이나 그들은 그곳으로 와서 가장 좋아하는 이 구석진 곳에서 반짝이는 파도를 바로 옆에 두고 아늑하게 수다를 떨며 여자들의 문제matters feminine를 이야기했다." (우아한 느낌

---

* 나보코프는 나중에 행간에 연필로 다음과 같은 말을 적어놓았다. 이것은 50년 전의 일이다. 요즘으로 치면 〈새터데이 이브닝 포스트〉 같은 쓰레기에 실리는, 금발의 여성 사무원이나 남자처럼 보이는 중역에 편한 이야기가 이와 비슷하다." ─편집자

을 주기 위해 명사 뒤에 형용사를 놓는 방식은 당연히 〈하우스 뷰티풀〉 문체의 특징입니다.)

구문 자체가 진부하고 촌스럽습니다. "토미 캐프리와 잭 캐프리는 네 살이 될까 말까 한 쌍둥이였으며, 아주 시끄럽고 때로 버릇없는 쌍둥이 였으나 밝고 명랑한 얼굴에 하는 짓이 귀여운 아이들이었다. 녀석들은 삽과 양동이로 모래 장난을 하며 아이들이 으레 그렇듯이 모래성을 쌓 거나, 다채로운 색상의 커다란 공을 가지고 긴 하루만큼이나 즐겁게 놀 았다." 아기는 당연히 토실토실합니다. "그 어린 신사는 기뻐서 까르르 웃었다." 그냥 웃은 것이 아니라 까르르 웃었답니다. 이렇게 우아한 클 리셰를 일부러 모아놓은 곳을 이 장의 첫번째 부분에 해당하는 20페이 지 중 모든 페이지에서 찾아볼 수 있습니다.

클리셰, 틀에 박힌 표현, 진부하고 짐짓 우아한 척하는 표현 등등의 말에는, 무엇보다도 그 표현이 문학에서 처음 사용되었을 때는 독창적 이었으며 생생한 의미를 지니고 있었다는 뜻이 내포되어 있습니다. 사 실 그런 표현이 진부해진 것은, 처음에 워낙 생생하고 깔끔하고 매력적 이어서 자꾸만 사용되다보니 판에 박힌 클리셰가 되어버렸기 때문입니 다. 따라서 클리셰란 죽은 산문과 썩어가는 시의 조각이라고 정의할 수 있습니다. 그러나 패러디에는 방해 요소가 있습니다. 조이스는 죽어서 썩어가는 그 말의 조각들이 원래의 신선함과 생생함을 여기저기서 드 러내게 만듭니다. 그래서 시가 여기저기에 여전히 살아 있습니다. 거티 의 의식 속을 투명하게 통과해 지나가는 예배에 대한 묘사에는 진정한 아름다움과 애잔하고 눈부신 매력이 있습니다. 황혼의 부드러움도 마찬가지고, 불꽃놀이에 대한 묘사(앞에서 인용한, 절정에 해당하는 부분)도 당연히 몹시 섬세하고 아름답습니다. 클리셰가 되기 이전, 시의 신선함이 아직 남아 있습니다.

그러나 조이스는 그보다 훨씬 더 섬세한 일을 해냈습니다. 거티의 의식의 흐름이 시작되는 지점을 잘 보세요. 그녀는 자신의 품위와 감각 있는 옷차림을 아주 중요하게 생각합니다. 〈우먼 뷰티풀〉과 〈레이디스 픽토리얼〉이라는 잡지가 제안해준 패션의 신봉자이기 때문입니다. "(〈레이디스 픽토리얼〉에서 선명한 파란색을 입어야 한다고 말했으므로) 인형 염료로 직접 염색한 선명한 파란색의 깔끔한 블라우스, 목선은 가슴골까지 깔끔한 V자를 그렸고, 손수건을 꽂는 주머니가 있었다(그녀는 그 주머니에 항상 좋아하는 향수를 뿌린 솜을 넣어두었다. 손수건을 꽂으면 모양새가 망가졌기 때문이다). 7부 길이의 군청색 치마는 보폭에 맞게 재단되었으며, 그녀의 날씬하고 우아한 몸매가 완벽하게 돋보이게 해주었다." 등등. 그러나 블룸의 눈을 통해 이 가엾은 아가씨가 다리를 심하게 전다는 사실을 알게 되면, 그녀가 생각했던 진부한 표현들에 애잔함이 스며듭니다. 다시 말해서, 조이스는 자신이 패러디하고 있는 죽은 공식들에서 생생한 것(페이소스, 연민, 측은지심)을 구축하는 데 성공한 겁니다.

조이스는 여기서 멈추지 않습니다. 패러디가 그 멋진 길을 따라 미끄러지듯 나아가는 동안, 악마의 쾌활함을 번득이는 작가는 거티의 생각을 여러 주제로 이끕니다. 거티의 의식에 깊이 퍼져 있는 짧은 소설에서는 당연히 언급되는 법이 없는 생리적인 문제들과 관련된 주제입니다.

"그녀의 몸매는 호리호리하고 우아했으며, 심지어 연약하다고 해도 될 정도였으나, 그녀가 최근에 먹고 있는 물컹한 철분제는 위도우 웰치의 여성 약보다 훨씬 더 효과가 좋아서 예전에 느끼던 탈진과 피로감이 아주 많이 좋아졌다." 그녀가 "떠나지 않는 슬픔의 이야기가…… 얼굴에 쓰여 있는" 깊은 슬픔에 잠긴 신사를 알아차렸을 때는 낭만적인 상상이 시작됩니다. "그녀가 그토록 자주 꿈에서 본 그것이 여기에 있었다. 그는 중요한 사람이었다. 그녀가 그를 원했기 때문에 그가 다른 사람과는 다르다는 사실을 본능적으로 느꼈기 때문에 그녀의 얼굴이 기쁜 표정을 지었다. 소녀이자 여인인 그녀의 심장이 그에게로, 꿈속의 남편에게로 향했다. 보는 순간 그가 바로 그 사람임을 알았기 때문이다. 설사 그가 고통을 받았다 해도, 스스로 죄를 짓기보다는 남들이 죄를 짓는 대상이었다 해도, 아니 심지어, 심지어 그가 스스로 죄를 지은 죄인, 사악한 남자라 해도, 그녀는 상관하지 않았다. 그가 개신교도이든 감리교도이든 그녀를 진심으로 사랑한다면 그녀가 그를 쉽게 개종시킬 수 있을 것이다…… 어쩌면 그는 진정한 남자답게 그녀를 부드럽게 끌어안고, 그녀의 부드러운 몸을 꽉 끌어안고, 그녀를, 오로지 그만의 여인을, 오로지 그녀만을 위해 사랑해줄 것이다." 이 낭만적인 상상(훨씬 더 많이 이어집니다)은 그녀의 머릿속에서 나쁜 남자에 대한 매우 현실적인 생각과 함께 그냥 계속 이어집니다. "그의 손과 얼굴이 움직이고, 떨림이 그녀를 훑고 지나갔다. 그녀는 불꽃을 올려다보기 위해 뒤로 한참 몸을 기울인 뒤, 하늘을 올려다보다가 몸이 뒤로 넘어지지 않게 양손으로 무릎을 붙잡았다. 그녀가 그런 식으로 우아하고 아름다운 다리, 나긋나긋하고 부드러우며 섬세하고 둥글둥글한 다리를 완전히 드러냈을 때 그것을 볼 사람은 그와 그녀뿐이었다. 그녀는 그의 심장이 헐떡이는 소리, 그의 거친 숨소리가 들리는 듯했다. 피가 뜨거운 저런 남자의 정열에 대해 그녀가 알고 있기 때문에, 버사 서플이 예전에 절대 비밀이라면서 단단히 맹세까지 받아낸 뒤에 당시 그 집에 하숙하던 밀집지역위원회 소속의 신사가 치마를 입고 다리를 높이 차올리며 춤을 추는 여자들의 그림을 오려내서 사람들이 가끔 침대에서 상상하는 별로 점잖지 못한 일을 할 때 사용했다는 말을 해주었기 때문이다. 하지만 이것은 그런 일과는 완전히 달랐다. 그가 그녀의 얼굴을 끌어당기고, 그의 잘생긴 입술이 처음으로 뜨겁게 살짝 닿는 것이 거의 실제처럼 느껴져서 모든 것이 달랐기 때문이다. 게다가 결혼 전에 다른 짓을 하지만 않는다면, 이 정도는 사면받을 수 있었다."

블룸의 의식의 흐름에 대해서는 별로 말할 필요가 없습니다. 여러분도 생리적인 상황을 이해할 테니까요. 멀리서 느낀 사랑이라는 것(블루미즘). 블룸의 생각, 인상, 회상, 감각을 표현하는 방식과 이 장 첫번째 부분에 나온 소녀 같은 문학의 맹렬한 패러디가 문체 면에서 대조를 이룬다는 사실을 여러분도 알 수 있을 겁니다. 블룸의 박쥐 같은 생각은 황혼 속에서 파르르 진동하며 지그재그로 움직입니다. 물론 그의 머릿속에는 항상 보일런과 몰리에 대한 생각이 있습니다. 지브롤터에서 몰리에게 반했던 첫번째 구애자 멀비 중위가 처음으로 언급되기도 합니다. 그는 그녀가 열다섯 살 때 정원 옆의 무어 양식 담장 아래에서 그녀에게 입을 맞췄습니다. 블룸이 신문사 사무실이 나오는 장에서 넬슨 기넘탑 근처 거리에 있던 신문팔이들의 존재를 사실 알아차렸다는 것이 밝혀질 때는 연민이 독자의 가슴을 찌릅니다. 그들은 블룸의 걸음걸이를 흉내냈습니다. 블룸이 박쥐에 대해 내린 대단히 예술적인 정의("외투를 걸친 자그마한 남자처럼 녀석의 손도 아주 작다")는 절대적으로 매혹적이고, 태양과 관련해서도 이에 못지않게 매력적이고 예술적인 생각이 블룸의 머릿속에 떠오릅니다. "예를 들어 독수리처럼 해를 바라보다가 신발을 보면 노란빛을 띤 반점이나 얼룩 같은 것이 보인다. 모든 것에 자신의 표식을 찍고 싶어한다." 스티븐 못지않습니다. 블룸에게도 예술가 기질이 있습니다.

이 장은 블룸이 잠시 깜박 조는 장면으로 끝납니다. 근처에 있는 신부의 집(미사는 끝났습니다) 벽난로 선반에 놓인 시계가 뻐꾹cuckoo 뻐꾹 뻐꾹 오쟁이 진cuckold 블룸의 곤경을 알립니다. 그는 자신의 손목시계가 네시 반에 멈춘 것을 보고 몹시 이상하다고 생각합니다.

2부 11장

때: 밤 열시경.

장소: 첫번째 줄은 아일랜드어로 "우리 [리피강] 남쪽의 홀리스 거리로 가자"는 뜻입니다. 블룸의 발길도 그곳에 닿습니다. 두번째 문단에서 호혼Horhorn이라는 단어는 홀리스 거리에 있는 산부인과 병원의 원장이자 실존인물인 앤드루 혼 경을 뜻하는 말장난입니다. 다음 문단에 나오는 'hoopsa boyaboy'*는 산파가 신생아의 기운을 북돋우려고 하는 말

입니다. 블룸은 산고에 시달리는 퓨어포이 부인을 문병하려고 병원에 옵니다(이 장에서 아이가 태어납니다). 그러나 그녀를 만나지 못하고, 대신 병원 구내식당에서 맥주와 정어리를 먹습니다.

등장인물: 블룸이 이야기를 나누는 캘런 간호사. 예전에 벌에 쏘인 블룸을 치료해준 적이 있는 수련의 딕슨. 이번 장의 기괴할 정도로 서사적인 말투 때문에 벌은 무시무시한 드래곤으로 격상됩니다. 그밖에 여러 의대생이 나옵니다. 세시 경에 근교의 벌판에서 여자와 함께 있다가 콘미 신부와 마주쳤던 빈센트 린치. 매든, 크로터스, 펀치 코스텔로. 그리고 술에 몹시 취한 스티븐. 함께 식탁에 앉아 있는 그들에게 블룸이 합류합니다. 조금 뒤 벅 멀리건이 친구인 앨릭 배넌과 함께 나타나는데, 배넌은 1장에 나온 엽서에서 멀린가에 있는 블룸의 딸 밀리에게 반했다는 청년입니다.

액션: 딕슨이 퓨어포이 부인을 살피기 위해 자리를 뜹니다. 다른 사람들은 계속 앉아서 술을 마십니다. "정말이지 훌륭한 장면이로다. 크로터스는 놀라운 하이랜드 복장으로 탁자 끝자락에 앉아 있는데, 얼굴은 갤러웨이곶의 소금기 있는 바람 때문에 벌겋게 변해 있었다. 그의 맞은편 린치의 얼굴에는 어린 날의 타락과 조숙한 지혜의 낙인이 벌써 찍혀 있었다. 스코틀랜드인 크로터스 옆자리는 괴짜 코스텔로 몫이었고, 그의 옆에 둔감하고 평온하게 앉아 있는 것은 땅딸막한 매든이었다. 수련의의 의자는 과연 벽난로 앞에서 비어 있었으나, 그 양편에서는 트위드 반

---

* '영차, 우리 도련님'으로 의역할 수 있을 듯하다.

602

바지와 소금에 절여진 소가죽 신발이라는 탐험가 세트를 갖춘 배넌의 모습과 맬러카이 롤런드 세인트 존 멀리건의 우아한 노란색 옷과 도시인다운 태도가 강렬한 대조를 이루고 있었다. 마지막으로 식탁 상석에는 쾌활한 분위기의 소크라테스식 토론의 분위기 중 교육과 형이상학적 탐구라는 노고에서 벗어날 피난처를 발견한 젊은 시인이 있었고, 그의 오른편과 왼편은 경기장에서 방금 떠나온 경박한 예언자[레너핸]와 여행과 전투의 먼지로 더럽혀지고 지워지지 않은 불명예의 늪에서 오물이 묻은 주의 깊은 방랑자[블룸]의 차지였다. 그러나 그 어떤 유혹이나 위험이나 협박이나 강등도 라파예트[몰리의 사진을 찍은 사진가]의 연필이 영감을 얻어 오래오래 전하기 위해 그려낸 그 육감적이고 사랑스러운 이미지를 그의 굳건하고 한결같은 심장에서 끝내 지워내지 못하리라."

퓨어포이 부인의 아이가 태어납니다. 스티븐은 모두 함께 벅 술집에 가자고 제안합니다. 왁자지껄한 술집 풍경을 묘사한 방식은, 내가 보기에 작가의 다음 소설이자 마지막 소설이며 문학사상 가장 위대한 실패작 중 하나인 『피네건의 경야』(1939)에 쓰인 기괴하고, 과장되고, 변칙적이고, 남을 모방하고, 말장난을 하는 문체를 반영한 것 같습니다.

문체: 리처드 M. 케인의 『엄청난 여행자』(1947)를 인용하겠습니다. "이 장의 문체는 앵글로색슨에서부터 현대 속어에 이르기까지 영어 산문의 패러디 시리즈다……*

---

* 나보코프는 이런 말을 덧붙였다. "그리고 성공하지 못했다." —편집자

그것은 그렇다 치고, 지금까지 밝혀진 가장 중요한 패러디들은 다음과 같다. 앵글로색슨, 맨더빌, 맬러리, 엘리자베스 여왕 시대의 산문, 브라운, 버니언, 피프스, 스턴, 고딕 소설, 찰스 램, 콜리지, 매콜리, 디킨스(가장 성공적인 패러디 중 하나), 뉴먼, 러스킨, 칼라일, 현대 속어, 부흥회의 복음 설교.

젊은 의대생들이 스티븐의 돈으로 술을 마시러 갈 때, 문장은 툭툭 끊어진 소리, 메아리, 반 토막이 난 단어로 전락한다…… 술에 취해 인사불성이 된 상태를 묘사한 것이다."

2부 12장

이 장을 올바르게 이해한 비평가를 나는 아직 한 명도 보지 못했습니다. 정신분석학적인 해석에 대해서 나는, 당연히 절대적으로 반대합니다. 나는 빌려온 신화, 추레한 우산, 어두운 뒷계단으로 이루어진 프로이트 교파 소속이 아니기 때문입니다. 이 장을 술기운이나 욕망이 블룸의 잠재의식과 부딪혀 반응하는 내용이라고 해석하는 것은 다음과 같은 이유들 때문에 불가능합니다.

1. 블룸은 술기운이 전혀 없으며, 이 순간에는 성적으로 불능 상태입니다.

2. 이 장에 환상으로 나타나는 사건들, 인물들, 사실들은 블룸이 도저히 알 수 없는 것입니다.

나는 이 12장을 작가의 환상으로 보는 방법을 제안합니다. 그의 다양한 테마들이 재미있게 왜곡된 것으로 보는 겁니다. 이 책 자체가 꿈을 꾸면서* 환상을 보고 있습니다. 그리고 이 12장은 이 책 속의 인물들, 대상들, 테마들을 단순히 과장해서 악몽처럼 발전시킨 것에 불과합니다.

때: 열한시부터 자정 사이.

장소: 리피강 북쪽, 더블린 동부의 매벗 거리 입구에서부터 밤거리가 시작됩니다. 부두와 가깝고, 에클스 거리에서 서쪽으로 정확히 1마일 떨어진 곳입니다.

문체: 악몽 같은 희극. 약 50년 전 플로베르가 쓴 『성 안토니우스의 유혹』에 나오는 환상들이 여기에 영향을 미쳤음이 암시되어 있습니다.

액션: 이 장의 액션은 다섯 장면으로 나눌 수 있습니다.

장면 I: 주요 등장인물 — 영국군인 카와 콤프턴. 이 두 사람은 나중에 장면 5에서 스티븐을 공격합니다. 10장의 순진한 시시 캐프리 행세를 하는 매춘부도 있습니다. 스티븐과 그의 친구이자 의대생인 린치도 등장하죠. 두 병사는 이 첫번째 장면에서 이미 스티븐을 조롱합니다. "목사님께 길을 내드려." "여어, 목사님!" 어머니의 죽음을 애도하고 있는 스티븐은 성직자처럼 보입니다(스티븐과 블룸 모두 검은색 옷을 입었습니다). 또다른 매춘부는 에디 보드먼을 닮았습니다. 캐프리의 쌍둥이 동생들도 나타납니다. 거리의 부랑아이자 쌍둥이를 닮은 환상인 그들

---

* 나보코프의 메모 중에 다음과 같은 구절이 있다. "버나드 쇼는 『율리시스』를 출판한 실비아 비치에게 보낸 편지에서 이 작품을 몽상이지만 문명의 역겨운 일면에 대한 진실한 기록이라고 규정했다." —편집자

은 가로등을 타고 올라갑니다. 이런 연상작용들이 블룸의 머릿속에서 일어나는 것이 아니라는 점에 주목할 가치가 있습니다. 블룸은 바닷가에서 시시와 에디를 보았지만 이 첫번째 장면에는 등장하지 않습니다. 반면 이 장면에 등장하는 스티븐은 시시와 에디를 모릅니다. 이 첫번째 장면에서 유일한 현실은 스티븐과 린치가 벅 멀리건을 포함한 다른 사람들이 흩어진 뒤 밤거리에 있는 유곽으로 향한다는 것뿐입니다.

장면 II: 블룸이 무대에 등장합니다. 가로등들이 기울어져 있고 분위기도 그리 좋지 않은 거리를 나타낸 무대 위에서 그는 스티븐을 걱정하며 뒤따라갑니다. 이 장면의 첫머리에는 현실 속 입구에 대한 묘사가 있습니다. 블룸은 스티븐을 쫓아 뛰어오느라 숨을 몰아쉬며 오투센 푸줏간에서 돼지와 양의 발을 사서 나옵니다. 하마터면 전차에 치일 뻔도 하지요. 그뒤 세상을 떠난 그의 부모가 나타납니다. 이것은 작가의 환상이자 블룸의 환상입니다. 몰리, 브린 부인, 거티 등 블룸이 아는 여자들 여러 명도 이 장면에서 나타나고, 레몬 비누, 갈매기, 별로 중요하지 않은 인물들 또한 등장합니다. 여기에는 심지어 잡지에 실린 소설의 저자인 뷰포이까지 포함되어 있습니다. 종교적인 암시도 있습니다. 블룸의 아버지가 헝가리계 유대인으로 태어나 개신교도로 개종한 사람이고, 어머니는 아일랜드인이라는 사실을 기억할 겁니다. 블룸은 개신교도로 태어나서 가톨릭교도로 세례를 받았습니다. 참고로, 프리메이슨이기도 합니다.

장면 III: 블룸이 유곽에 도착합니다. 사파이어색 속치마 차림의 젊은 매춘부 조가 로워 타이론 거리에 있는 어느 문간에서 그를 맞이합니다. 이 거리의 상징 같은 건물이었지만 지금은 존재하지 않습니다. 곧 작가의 환상 속에서 세상에서 가장 위대한 개혁가인 블룸(그가 시민생활을 개선하는 다양한 방안에 대해 관심이 있음을 암시합니다)이 더블린 시민들에 의해 황제로 추대되고, 그는 시민들에게 자신의 사회 재생 계획을 설명하지만 이내 악마 같은 방탕아로 비난받다못해 결국 여자로 선언됩니다. 딕슨 박사(산부인과 병원의 수련의)가 그의 검진 결과를 읽습니다. "블룸 교수는 새로 나타난 여성적인 남성의 완성된 사례입니다. 그의 도덕적 본성은 소박하고 호감이 갑니다. 많은 사람들이 그를 호감이 가는 남자, 호감이 가는 사람으로 생각합니다. 전체적으로 봤을 때는 다소 기묘한 인물이고, 의학적인 관점에서는 지능이 떨어지지는 않지만 소심합니다. 그는 개종한 성직자 보호협회의 법정대리인에게 한 편의 시처럼 아름다운 편지를 썼는데, 이것이 모든 것을 명확하게 밝혀줍니다. 그는 사실상 완전한 금주를 실천하고 있으며, 지푸라기 침상에서 자고 무엇보다도 스파르타식 음식인 말린 완두콩을 차갑게 먹는 생활을 합니다. 제가 분명히 단언할 수 있습니다. 여름에도 겨울에도 고행자의 거친 모직 셔츠를 입고, 토요일마다 스스로 채찍질을 합니다. 제가 알기로, 그는 한때 글렌크리 소년원에서 1급 비행소년이었습니다. 또다른 보고에 따르면, 그는 유복자였습니다. 우리의 발성기관이 지금까지 불러낸 단어들 중 가장 신성한 단어의 이름으로 여러분께 자비를 호소합니다. 그는 지금 아기를 낳기 직전입니다.

(사람들이 모두 동요하며 연민을 드러낸다. 여자들은 기절한다. 부유한 미국인이 블룸을 위해 길거리에서 모금을 한다.)"

등등. 이 장면 끝에서 블룸은 스티븐을 찾기 위해 조를 따라 유곽 안으로 들어갑니다. 이 책의 현실 속에서 벌어지는 일입니다. 이 장이 어떤 방식으로 돌아가고 있는지 이제 알 것 같습니다. 현실 속의 이런저런 세부사항들이 갑자기 정교하게 살아나고, 비유와 암시가 스스로 생명을 얻어 살아가기 시작합니다. 따라서 유곽 문간에서 조와 블룸이 나누는 '현실 속의' 대화는 블룸이 안으로 들어가기 전에 그의 흥망성쇠를 끼워넣기 위해 중단됩니다.

장면 IV: 유곽 안에서 블룸은 스티븐과 린치를 만나고, 다양한 환상이 나타납니다. 작가는 블룸의 할아버지 레오폴드 비라그를 불러냅니다. 덩치 크고 콧수염이 난 포주 벨라 코헨은 작가의 또다른 환상 속에서 블룸이 과거에 저지른 죄들을 상기시키고, 재미있는 성별 역전을 통해 성적으로 불능이 된 블룸에게 무서울 정도로 잔인하게 굽니다. 물의 님프들과 폭포도 조이스가 무척 좋아하는, 흐르는 듯한 음악 테마와 함께 등장합니다. 그리고 현실을 언뜻 볼 수 있게 됩니다. 블룸은 자신의 부적인 감자를 조에게서 돌려받습니다. 스티븐은 돈을 탕진하려고 합니다(스티븐도 블룸도 주위의 여자들에게 전혀 관심이 없다는 점이 중요합니다). 블룸은 어떻게든 그 돈을 되찾아서 스티븐을 위해 챙겨두는 데 성공합니다. 1파운드 7실링. "그까짓 것 전혀 중요하지 않아요." 스티븐은 이렇게 말합니다. 작가의 환상은 계속 이어집니다. 보일런과 매리언조차 환상 속에 등장합니다. 현실 속에서 스티븐은 파리 사람들의 영어 발음을 우스꽝스럽게 흉내냅니다. 그리고 작가의 환상이 스티븐을 괴롭히기 시작하면서, 스티븐의 어머니가 무시무시한 모습으로 등장합니다.

"어머니: (죽음의 광기를 품은 음흉한 미소를 지으며) 나는 한때 아름다운 메이 굴딩이었어. 지금은 망자가 됐지만.

스티븐: (두려움에 차서) 여우원숭이 같으니, 너 누구야? 이건 어느 악귀의 수작이야?

벅 멀리건: (구불구불한 모자방울을 흔들면서) 이런 가짜 흉내라니! 킨치가 개 같고 암캐 같이 고생만 하던 어머니를 죽였어. 어머니가 죽어버렸다고. (그의 눈에서 녹은 버터가 눈물로 흘러내려 스콘 속으로 떨어진다.) 우리의 위대하고 상냥한 어머니! Epioinopa ponton.*

어머니: (가까이 다가와 젖은 재 냄새가 나는 숨결을 그에게 부드럽게 내뿜는다.) 이건 누구나 반드시 겪어야 하는 일이야, 스티븐. 세상의 남자들보다는 더 많은 여자가. 너도 마찬가지지. 언젠가 때가 올 거야.

스티븐: (두려움, 후회, 공포로 숨이 막힌다.) 사람들은 제가 어머니를 죽였다고 해요. 그놈이 어머니의 추억을 욕보였어요. 암이 한 짓이지, 제 탓이 아니잖아요. 운명이라고요.

어머니: (한쪽 입가에서 초록색 담즙이 실개천처럼 뚝뚝 떨어진다.) 네

---

* '짙은 포도주색 바다에서'라는 뜻의 그리스어.

가 나한테 그 노래를 불러줬잖아. 〈사랑은 쓰라린 수수께끼〉.

스티븐: (열렬하게) 그 말을 해주세요, 어머니. 이제 그 말을 아신다면. 모든 사람이 아는 그 말을.

어머니: 네가 패디 리와 함께 댈키에서 기차에 올라탄 그밤에 누가 널 구해주었지? 네가 낯선 사람들 사이에서 슬퍼할 때 누가 널 불쌍히 여겨주었어? 기도는 전능하지. 우르술라 수녀회의 입문서에 있는, 고통받는 영혼들을 위한 기도와 40일 동안의 도락. 회개해라, 스티븐.

스티븐: 무덤 파는 귀신! 하이에나!

어머니: 나는 여기 저세상에서 너를 위해 기도하고 있어. 하루종일 머리를 쓰며 일한 뒤 밤마다 딜리에게 쌀을 끓여 식사를 만들어달라고 하려무나. 몇 년이고 몇 년이고 나는 너를 사랑했다, 오, 내 아들, 내 첫 아이, 네가 내 뱃속에 있었을 때도."

이런 대화가 더 이어진 뒤 스티븐은 지팡이로 램프를 박살냅니다.

장면 V: 스티븐과 블룸이 유곽에서 나와 거기서 멀지 않은 비버 거리에 있습니다. 스티븐은 여전히 술에 취해서 헛소리를 해대고, 영국 병사 카와 콤프턴은 그가 국왕 에드워드 7세를 모욕했다는 결론을 내립니다 (국왕도 작가의 환상에 등장합니다). 카가 스티븐을 공격해서 쓰러뜨린 뒤, 야경꾼이 나타납니다. 이것은 현실 속에서 벌어지는 일입니다. 장의사의 조수인 켈러허가 우연히 근처에 있다가 스티븐이 단순히 술에 취해 흥청거리고 있을 뿐이라고, 사내들은 다 그렇지 않느냐고 야경꾼을 설득하는 데 도움을 주는 것도 역시 현실 속의 일입니다. 이 장면 끝에서 블룸이 쓰러진 스티븐에게 허리를 숙이자, 스티븐이 이렇게 중얼거립니다. "누구? 검은 표범 뱀파이어." 그러고는 예이츠의 「누가 퍼거스와 함께 가는가」를 토막토막 인용합니다. 이 장은 블룸의 죽은 아들 루디가 열한 살짜리 요정 소년이 되어 블룸 앞에 나타나는 환상으로 끝납니다. 요정이 데려간 아이는 블룸의 눈을 멍하니 바라보다가 자신이 오른쪽에서 왼쪽으로 읽고 있던 책의 페이지에 입을 맞춥니다.

3부 1장

때: 자정 이후.

장소: 여전히 밤거리 근처, 더블린 북동부에 있는 아미앵 거리 인근입니다. 부두와 세관도 근처에 있습니다. 그다음에는 버트 다리 근처에 있는 마부 대기소. 그곳 관리인은 '염소 가죽을 벗기는' 피츠해리스라고 불리는데, 피닉스 파크에서 발생한 정치적 암살에 동참한 적이 있습니다. 피츠해리스는 1882년에 피닉스 파크에서 프레더릭 캐번디시 장관과 토머스 H. 벅 차관을 살해한 이른바 무적혁명당 소속이었습니다. 피츠해리스는 그때 마차를 몰았을 뿐이므로, 정말로 그가 그 인물이 맞는지는 확신할 수 없습니다.

등장인물: 블룸과 스티븐. 두 사람이 이제야 고독한 밤거리에 단둘만 있게 되었습니다. 그들이 밤거리에서 만나는 여러 단역 인물들 중 가장 생생한 사람은 빨간 턱수염의 선원 머피입니다. 엘리야가 마침내 만으

로 휩쓸려 들어왔을 때 만난 세대박이 배 로즈빈호를 타고 돌아온 사람이죠.

문체: 이 장도 대부분 패러디입니다. 남성적인 클리셰들을 사용하는 말쑥한 신문기사체를 흉내낸 문장이 거티 맥다월 장에서 나오는 여성잡지의 클리셰를 대신합니다만, 이 점만 빼면 두 문체가 서로 닮았습니다.

액션: 착한 블룸은 스티븐을 호의적으로 대하려고 이 장 내내 최선을 다합니다. 그러나 스티븐은 경멸이 살짝 섞인 무심함으로 그를 대합니다. 이 장과 다음 장에서 조이스는 블룸과 스티븐의 성격, 교육, 취향 등에 드러나는 다양한 차이점들을 개괄적으로 보여주려고 공을 들입니다. 두 사람 사이의 차이점이 둘 다 아버지의 종교를 거부했다는 중요한 공통점을 훨씬 뛰어넘습니다.* 그러나 스티븐의 형이상학적인 금언들은 전체적으로 봤을 때 블룸의 유사과학적인 발언들과 그리 동떨어져 있지 않습니다. 두 사람 모두 보고 듣는 것에 대해 예리한 감각을 지녔고, 음악을 사랑하고, 몸짓이나 색깔이나 소리 같은 세부적인 것들을 잘 알아차립니다. 이날 하루 동안 벌어진 여러 사건들 중에서 문을 여는 열쇠가 두 사람에게 묘하게 비슷한 역할을 합니다. 블룸에게 보일런이 있다면, 스티븐에게는 멀리건이 있습니다. 두 사람 모두 과거의 망령, 상실과 배반의 과거를 마음에 품고 있습니다. 블룸과 스티븐 모두 고독에 시달립니다만, 스티븐이 외로운 것은 그가 가족의 믿음과 싸우고 평범한 것에 반항하기 때문이 아닙니다. (블룸처럼) 사회적으로 자신이 처한 처지 때문도 아닙니다. 그가 외로운 것은 작가가 그를 이제 막 싹을 틔우는 천재로 창조했기 때문입니다. 천재란 반드시 외로울 수밖에 없

는 존재죠. 두 사람 모두 역사 속에서 적을 발견합니다. 블룸의 적은 부당함이고, 스티븐의 적은 형이상학적인 감옥입니다. 두 사람 모두 방랑자이자 망명자이며, 창조주인 제임스 조이스의 노래하는 피를 갖고 있습니다.

두 사람의 다른 점을 대략적으로 말하자면, 블룸은 평범한 교양을 갖춘 사람이고 스티븐은 지식인입니다. 블룸은 응용과학과 응용예술에 감탄하는 반면, 스티븐은 순수예술과 순수과학에 감탄합니다. 블룸은 〈믿거나 말거나〉 칼럼을 아주 즐겁게 읽지만, 스티븐은 심오하고 철학적인 금언을 만들어내는 사람입니다. 블룸이 흐르는 물 같은 남자라면, 스티븐은 우윳빛으로 반짝이는 돌멩이입니다. 감정적으로도 다릅니다. 블룸은 상냥하고 내성적이고 친절한 물질주의자인 반면, 스티븐은 견

---

* 나보코프는 강의에 쓸 주석을 달아놓은 책의 다음 장에서 블룸이 두번째 서랍의 내용물을 조사하다가 '내 사랑하는 아들 레오폴드에게'라고 적힌 봉투를 보고 아버지가 돌아가실 때 한 말을 떠올리는 장면에 표시를 해두었다. 조이스는 이렇게 묻는다. "블룸은 왜 감상적인 후회를 느꼈을까?" 그리고 이렇게 대답한다. "미숙하고 성급한 마음에 그가 특정한 믿음과 관습을 무례하게 대했기 때문." 나보코프는 여백에 "스티븐과 비교"라고 메모해두었다. 소설 속 문장은 다음과 같이 이어진다.
"이를테면 어떤 것?
한 식탁에 고기와 우유를 한꺼번에 올리면 안 된다는 것, 일주일 동안 성당에서 이런저런 일들을 담당하는 것, 지나치게 추상적인 심포지엄, 열렬하고 현실적이며 상업적이고 과거에 같은 종교를 믿었던 과거의 동포들, 갓 태어난 사내아이의 할례, 유대 경전의 초자연적인 인물, 신성한 네 문자(히브리어에서 야훼를 뜻하는 YHWH, YHVH 등. 옮긴이.)를 입에 담으면 안 되는 것, 안식일의 신성함.
그럼 이런 믿음과 관습이 지금은 그에게 어떻게 보일까?
옛날보다 더 합리적이지도 않고, 다른 믿음이나 관습보다 덜 합리적이지도 않아."
—편집자

고하고 머리가 뛰어나고 마음에 품은 것이 많은 이기주의자이자 고행자입니다. 그는 또한 하느님을 거부하면서 인류까지 덩달아 거부해버리죠. 스티븐의 생김새도 반대되는 특징들을 바탕으로 구축되어 있습니다. 그는 신체적으로는 반감을 사는 외모지만 지적인 능력은 뛰어납니다. 조이스는 그의 물리적인 비겁함, 더러움, 상태가 나쁜 치아, 단정치 못하거나 정나미가 떨어지는 몸가짐(그의 더러운 손수건과 나중에 바닷가에서 그에게 손수건이 없다는 점이 이런 묘사의 기반이 됩니다), 육체적 욕망, 사람을 볼품없게 만드는 굴욕적인 가난을 강조합니다. 그러나 이 모든 것을 배경으로 그의 고상한 정신, 매력적이고 창의적인 상상력, 환상적으로 보일 만큼 풍부하고 섬세한 지식, 자유로운 정신, 긍지가 높아서 굽힐 줄 모르는 성실성과 진실성(여기에는 도덕적 용기가 필요합니다), 고집불통으로 보일 만큼 강렬한 독립성이 높이 솟아오릅니다. 블룸에게 속물적인 면이 있다면, 스티븐에게는 가차없는 광신도 같은 면이 있습니다. 아버지 같은 애정과 염려가 가득한 블룸의 질문에 스티븐은 어려운 금언으로 복수합니다. 블룸은 이번 장의 우아한 신문 기사체로 이렇게 말합니다. "조금이라도 자네를 휘두를 생각은 없지만, 왜 아버지의 집에서 나온 건가?

—불행을 찾으려고요. 이것이 스티븐의 대답이었다." (참고로, 우아한 신문기사체의 특징 중 하나가 여기 나와 있습니다. '그가 말했다'의 다양한 동의어들이죠. 진술했다, 대답했다, 내뱉었다, 대꾸했다, 다시 말했다, 감히 내뱉었다 등등.)

그뒤에 이어진 두서없는 대화에서, 자신이 문화적으로 천박하다는 사실 때문에 몹시 소심해져서 스티븐에게 최대한 친절하게 대하려고 애쓰는 블룸이 네 조국은 노력하면 잘살 수 있는 곳이라고 말합니다. 소박하고 현실적인 의견이죠. 스티븐은 자신을 거기서 빼달라고 대답합니다. 블룸은 설명을 내놓으려고 서두릅니다. 최대한 넓은 의미의 노동이자 문학적인 노동입니다…… 농부들이 완력을 이용해서 살아가듯이, 시인도 두뇌의 힘으로 살아갈 권리가 있다, 둘 다 아일랜드의 국민이다. 스티븐은 어이없다는 듯 웃으면서 반박합니다. 당신은 내가 아일랜드에 속하기 때문에 중요한 존재라고 생각하는 모양이지만, 나는 아일랜드가 내게 속하기 때문에 중요하다고 확신한다고요. 블룸은 당황해서 스티븐의 자신의 말을 잘못 이해했다고 생각합니다. 스티븐은 다소 무례하게 말을 잇습니다. "─우리가 나라를 바꿀 수는 없습니다. 화제를 바꾸죠."

그러나 이 장에서 가장 중요하게 다루는 대상은 몰리입니다. 이 책의 마지막 장에서 우리는 그녀를 다시 만나게 될 겁니다. 해전수전을 다 겪은 뱃사람이 페루의 그림엽서를 꺼내거나 가슴에 새긴 문신을 보여줄 때와 비슷한 몸짓으로, 블룸은 스티븐에게 몰리의 사진을 보여줍니다. "주머니에 들어 있는 책 『의 감미로움』, 참고로 그 책은 시대에 뒤떨어진 케이펠 거리 도서관의 책을 연상시켰다, 어쨌든 그 책을 조심스레 피해서 그는 수첩을 꺼내 재빨리 여러 장을 넘긴 끝에 마침내……

─그건 그렇고, 자네가 보기에는…… 그가 빛바랜 사진 한 장을 신중하게 골라서 탁자 위에 놓으며 말했다. 스페인 타입 같은가?

그의 질문을 받은 대상임이 분명한 스티븐은 몸집이 큰 여성의 사진을 내려다보았다. 한창때의 여성성을 뽐내고 있는 그녀가 가슴이 후하게 드러나도록 여봐란 듯이 목선이 깊게 파여서 젖가슴의 모습이 단순히 상상만으로 끝나지 않는 이브닝드레스를 입고, 도톰한 입술을 살짝 벌려 완벽한 치아를 내보이면서 짐짓 진지한 표정으로 피아노 근처에 서 있어서 살집이 있고 매력적인 모습이 훤히 드러나 있었다. 피아노 악보대에 올려져 있는 민요 〈그 옛날의 마드리드에서〉는 나름대로 예쁜 곡으로, 당시 크게 유행하고 있었다. 그녀의(그 여성의) 눈은 크고 검었으며, 스티븐을 바라보고 있었다. 뭔가에 감탄해서 미소를 짓기 직전이었다. 웨스트모어랜드 거리의 라파에트, 더블린 최고의 사진작가인 그가 이 미학적인 작품을 만들어낸 사람이었다.

—블룸 부인, 내 아내이자 프리마돈나인 마담 매리언 트위디라네. 블룸이 설명했다. 몇 년 전에 찍은 사진이야. 96년쯤. 당시 그녀의 모습이 딱 이랬어."

블룸은 스티븐이 마지막으로 식사를 한 것이 수요일임을 알게 됩니다. 어느 날 밤 블룸은 한쪽 다리를 저는 개 한 마리(품종은 알 수 없습니다)를 집으로 데려온 적이 있는데, 이번에는 스티븐을 에클스 거리의 집으로 데려가기로 합니다. 스티븐은 약간 쌀쌀한 태도인데도(전혀 속내를 내보이지 않습니다), 블룸은 그에게 자기 집으로 가서 코코아나 한잔하자고 권유합니다. "내 아내는…… 그가 곧바로 본론을 꺼냈다. 자네를 만나면 무척 기뻐할 걸세. 종류를 막론하고 모든 음악을 열렬히 좋아하거든." 두 사람은 함께 블룸의 집까지 걸어갑니다. 그리고 이렇게 해서 이야기는 다음 장으로 이어집니다.

3부 2장

"이전 장이 일부러 꾸며낸 듯한 지루한 분위기를 띠었다면, 이 장은 과학적인 질문처럼 완전히 냉정한 어조의 질문과 이에 못지않게 서늘한 어조의 대답으로 이루어져 있다"(케인). 질문들은 교리문답처럼 구성되어 있고, 말투는 진짜 과학보다는 유사과학에 더 가깝습니다. 정보와 요점 요약의 형태로 많은 자료가 독자들에게 제시되므로, 이 장에 나오는 사실들을 기준으로 이 장에 대한 논의를 진행하는 것이 가장 현명할 듯 싶습니다. 이 장은 아주 단순합니다.

이 장에 나오는 사실들 중 일부는 이미 이 작품에 나온 정보를 상세히 설명하거나 요약한 형태이지만, 새로운 사실들도 있습니다. 예를 들어, 블룸과 스티븐에 대한 두 질문과 대답이 그렇습니다.

"두 사람은 가는 길에 무엇에 대해 협의했을까?

음악, 문학, 아일랜드, 더블린, 파리, 우정, 여자, 성매매, 음식, 가스등이나 아크등과 글로 램프가 인근의 준굴광성 나무의 성장에 미치는 영향, 야외 쓰레기 양동이, 로마가톨릭교회, 성직자의 독신생활, 아일랜드 민족, 예수회의 교육, 사회경력, 의학공부, 지나간 하루, 안식일 전날의 유해한 영향, 스티븐의 쓰러짐.

블룸은 자신과 스티븐이 경험에 대해 각각 보여주는 비슷한 반응과 그렇지 않은 반응 사이에서 공통적인 요인을 찾아냈는가?

두 사람 모두 조형이나 회화보다는 음악에서 예술적인 인상에 민감했다…… 두 사람 모두 어린 시절의 가정교육과 타고난 이단적인 반항심으로 단련되어 많은 종교, 국가, 사회, 윤리에 대한 정통적인 주장들을 믿지 않는다고 토로했다. 두 사람 모두 이성의 매력이 자신을 자극하는 효과와 감각을 둔화시키는 효과를 번갈아 낸다고 인정했다."

블룸이 시민의 의무에 대해 관심을 보이는 것은 (독자가 보기에) 갑작스러운데, 그는 마부 대기소에서 스티븐과 대화를 하며 이런 관심을 드러냅니다. 두 사람이 이 주제로 주고받는 질문과 대답은 무려 1884년부터 1893년까지 다양한 자리에서 다양한 사람들과 나눴던 이야기로 거슬러올라갑니다.

"1884년, 1885년, 1886년, 1888년, 1892년, 1893년, 1904년이라는 불규칙한 시기들에 대해 블룸은 목적지에 도착하기 전에 어떤 생각을 했을까?

그가 곰곰이 되돌아본 것은, 개인의 발전과 경험이라는 분야가 점차 확장되면서, 사람간의 관계라는 반대의 영역은 제한되는 쪽으로 역행했다는 점이었다."

에클스 거리 7번지에 도착한 블룸은 열쇠를 다른 바지에 넣어둔 채 깜박 잊고 그냥 나왔음을 깨닫습니다. 그래서 울타리를 넘어가 지하의 부엌으로 들어갑니다.

"그동안 스티븐은 띄엄띄엄 이어지는 어떤 이미지들을 인식했는가?

그는 울타리에 몸을 기대고, 투명한 부엌 유리창을 통해 14촉광의 가스불꽃을 조절하는 남자, 양초에 불을 붙이는 남자, 양쪽 신발을 차례로 벗는 남자, 1촉광의 촛불을 들고 부엌을 나서는 남자를 인식했다.

그 남자가 다른 곳에 다시 나타났는가?

4분이 흐른 뒤 그가 들고 있는 양초의 가물거리는 빛을 현관문 위의 반투명한 반원형 유리 채광창을 통해 알아볼 수 있었다. 현관문이 경첩을 축으로 천천히 돌아갔다. 열린 문간에 그 남자가 모자를 쓰지 않고 양초를 든 모습으로 다시 나타났다.

스티븐은 그의 신호에 복종했는가?

그랬다. 그는 조용히 안으로 들어가 남자를 도와서 문을 닫고 체인을 건 뒤 남자의 등과 발과 불 켜진 양초를 따라 조용히 복도를 걸어 틈새로 불빛이 새어나오는 왼쪽 문간[몰리가 침실의 불을 켜두었습니다]을 지나서 다섯 단이 넘는 둥근 계단을 조심스레 내려가 블룸의 집 부엌으로 들어갔다.”

블룸은 스티븐과 자신이 마실 코코아를 준비합니다. 그가 다양한 도구들, 수수께끼, 독창적인 장치, 단어게임을 좋아한다는 사실이 다양하게 언급됩니다. 그는 자신의 이름 철자를 뒤섞어놓은 적도 있고, 1888년에는 몰리에게 각 행의 첫 글자를 연결하면 단어가 되는 편지를 보냈으며, 비록 완성하지는 못했지만 게이어티 극장의 크리스마스 팬터마임 공연인 〈뱃사람 신드바드〉를 위해 시사적인 노래를 작곡하려 한 적도 있습니다. 여기서 두 사람의 나이 차이가 밝혀집니다. 1904년에 블룸은 서른여덟 살이고 스티븐은 스물두 살입니다. 그뒤에는 대화와 회상에 대한 언급이 있습니다. 두 사람의 부모에 대한 정보는 물론, 다소 안쓰러운 두 사람의 세례 이야기도 여기에 나옵니다.

이 장에서 두 사람은 서로 민족과 종교가 다르다는 사실을 강하게 의식합니다. 그리고 조이스는 이런 의식을 조금 지나치다 싶게 강조하지요. 고대 히브리어와 고대 아일랜드어로 된 시를 주인과 손님이 서로에게 조금씩 읊어줍니다.

"이 언어들, 소멸했다가 되살아난 이 언어들에 대해 두 사람은 이론적으로만 알고 있었는가, 아니면 실질적인 지식을 갖고 있었는가?

어형변화와 구문에 대한 문법규칙 일부뿐, 어휘는 사실상 배제된 이론적인 지식이었다."

다음 질문은 "이 두 언어 사이에, 그리고 그것을 사용한 두 민족 사이에 어떤 접점이 존재했는가?"입니다. 이 질문에 대한 답에서는 유대인과 아일랜드인 사이에 자연스러운 유대가 존재하고 있음이 드러납니다. 두 민족이 모두 억압받는 민족이기 때문입니다. 두 언어로 된 문학에 대해 짐짓 박식한 척 담론을 늘어놓은 뒤, 조이스는 질문을 끝맺습니다. "형법과 유대인 복장 규칙에 따른 그들의 민족의상 금지. 시온의 하난* 다윗 부흥과 아일랜드의 정치적 자치 또는 권한 회복 가능성." 다시 말해서, 유대인들이 고향을 되찾으려는 운동과 아일랜드의 독립운동이 똑같다는 뜻입니다.

하지만 여기서 분열의 명수인 종교가 끼어듭니다. 블룸이 히브리어

---

* 히브리어로 '자비롭다' '불쌍히 여기다'라는 뜻.

로 인용한 두 줄의 탄식과 나머지 내용을 의역한 말에 대해 스티븐은 여느 때처럼 초연하고 잔혹한 태도로, 초록색 옷을 입은 유대인의 딸에 대한 중세 민요를 암송합니다. 이 유대인의 딸은 그리스도교 교인인 성 휴를 유혹해서 십자가에 못박히게 하는 인물입니다. 스티븐은 이어 다소 부조리하고 형이상학적인 시각에서 이 민요를 논하기 시작합니다. 블룸은 불쾌감과 슬픔을 느낍니다만, 이와 동시에 스티븐에 대한 기묘한 환상을 계속 좇습니다("그는 영리하고 젊은 남성의 친숙한 모습에서 미래의 숙명을 보았다"). 스티븐이 몰리의 이탈리아어 발음을 교정해주는 환상과 어쩌면 블룸의 딸인 금발의 밀리와 결혼할지도 모른다는 환상입니다. 블룸은 스티븐에게 거실에서 자고 가라고 권합니다.

"주간 보행자이자 밀리의 아버지이자 몽유병자인 블룸이 야간 보행자인 스티븐에게 무엇을 제안했는가?

목요일(본래 요일)과 금요일(정상적인 요일) 사이의 몇 시간을 부엌 바로 위, 주인 부부가 자는 방 바로 옆에 임시로 만든 작은 방에서 휴식하며 보내라고.

그런 즉흥 조치의 시간을 늘린다면 어떤 다양한 이점이 생길 것인가? 또는 생길 수 있을 것인가?

손님에게는 안정적인 주거와 조용한 연구 공간. 주인에게는 지성의 회춘, 대리만족. 여주인에게는 강박 해소, 올바른 이탈리아어 발음 획득.

손님과 여주인 사이의 이러한 여러 잠정적인 가능성들이, 공부하는 자와 유대인의 딸이 궁극적으로 화해해서 영원히 결합하는 것을 반드시 배제하지는 않는 이유, 또는 그런 결합에 반드시 배제당하지는 않는 이유가 무엇인가?

딸에게 이르는 길은 어머니를 통하고, 어머니에게 이르는 길은 딸을 통하기 때문이다."

스티븐이 몰리에게 보일런보다 더 나은 연인이 될 것이라는 블룸의 막연한 생각이 여기에 넌지시 드러나 있습니다. '강박 해소'란 아마도 보일런에 대한 몰리의 마음이 식는 것을 의미할 겁니다. 그리고 그다음 답변은 아무런 저의가 없는 순수한 뜻으로 읽힐 수도 있지만, 또한 어떤 의미가 숨어 있을 수도 있습니다.

블룸의 제의는 거절당합니다만, 스티븐은 블룸의 아내에게 이탈리아어를 가르쳐주는 데에는 동의한 듯합니다. 그러나 이에 대한 제안도 그 제안을 받아들이는 것도 묘하게 미심쩍은 방식으로 이루어집니다. 그리고 스티븐은 곧 떠날 준비를 합니다.

"나가는 문이 들어오는 문이 된 생물은 무엇인가?

고양이.

먼저 주인이, 그다음에는 손님이 집의 뒤뼌에서 어스름한 정원으로, 통로를 통해 어둠 속에서 조용히, 두 배로 어둡게 등장했을 때 어떤 광경과 맞닥뜨렸는가?

습한 밤푸른 열매가 매달린 별들의 하늘나무." 두 사람은 한 순간 똑같은 시선으로 하늘을 봅니다.

두 사람이 헤어진 뒤, 방랑자 스티븐이 어디서 어떻게 밤을 보냈는지 우리는 결코 알 수 없습니다. 이제 새벽 두시가 다 된 시각입니다만, 그는 아버지의 집으로 가지도 않고 벽돌로 쌓은 탑으로도 가지 않습니다. 그는 그 탑의 열쇠를 이미 멀리건에게 넘겼죠. 블룸은 밖에 남아서 여명이 퍼져나가는 때를 기다려볼까, 하고 반쯤 마음이 기울었지만, 생각을 고쳐 집안으로 돌아갑니다. 그리고 거실에 있는 물건들에 대한 설명이 이어지죠. 조금 더 뒤에는 그가 갖고 있는 책들의 목록이 훌륭하게 묘사됩니다. 되는대로 쌓은 그의 문화적 소양과 열성이 그 목록에 분명히 반영되어 있습니다. 그는 1904년 6월 16일의 지출과 수입을 항목별로 일일이 적습니다. 수입과 지출이 2파운드 19실링 3펜스로 딱 맞습니다. 각각의 항목은 그가 그날 하루 돌아다니는 동안 이미 묘사된 바 있습니다. 그가 살펴본 서랍 두 개의 내용물을 묘사한 유명한 부분이 끝난 뒤, 그날의 피로에 대한 요약 설명이 조금 나옵니다.

"미리 염려하며 일어나기 전에 블룸은 피로가 쌓인 과거의 연속적인 원인으로, 일어나기 전에, 무엇을 조용히 요약하여 설명하였는가?

아침식사 준비(번제). 내장의 혼잡과 계획적인 배변(지성소). 목욕(요한의 의식). 장례식(사무엘의 의식). 알렉산더 키스의 광고(우림과 둠밈).* 빈약한 점심(멜기세덱의 의식). 박물관과 국립도서관 방문(성소). 베드퍼드 길, 머천츠 아치, 웰링턴 부두를 따라가며 도서 탐색(심하

_____

* 히브리어로 '빛과 진실'이라는 뜻. 옛날 유대교에서 하나님의 뜻을 물을 때 쓰던 신탁의 도구.

트 토라).* 오먼드 호텔의 음악(아가).** 버나드 키어넌의 술집에서 호전적인 원시인과의 언쟁(전번제).*** 마차를 타고 가는 시간, 상을 당한 집을 방문하고 나오는 시간이 포함된 빈 시간(광야). 여성의 노출증이 야기한 에로티시즘(오난의 의식). 마이나 퓨어포이 부인의 길고 긴 분만(거제擧祭).**** 아래쪽 타이런 거리 82번지에 있는 벨라 코헨 부인의 문란한 집 방문과 그뒤에 비버 거리에서 벌어진 주먹다짐 및 우연한 소동(아마겟돈). 버트 다리의 마부 대기소를 오간 야간 산책(속죄)."

블룸은 거실에서 침실로 걸어들어갑니다. 침실에 흩어져 있는 몰리의 옷가지와 가구가 훌륭하게 묘사되어 있습니다. 방에는 불이 켜져 있고, 몰리는 선잠이 들었습니다. 블룸은 침대로 들어갑니다.

"그의 사지가 천천히 펴지면서 무엇과 만났는가?

깨끗한 새 침대보, 추가된 냄새들, 인간의 존재, 여자인 그녀의 몸, 인간의 몸이 남긴 자국, 그가 아닌 남자의 것, 빵 부스러기 조금, 병조림 고기 몇 조각, 다시 데운 것, 그는 그것을 치웠다."

그가 침대로 들어오자 몰리가 잠에서 깹니다.

"이 조용한 행동에 무엇이 이어졌는가?

잠결의 청원, 그보다 잠기운이 덜한 인지의 말, 흥분의 시초, 교리문답식 심문."

---

* 토라의 완득을 기념하는 유대인의 명절.
** 구약성서 중 하나. 히브리어의 올바른 음차 표기는 Shir Ha-Shirim이지만 조이스는 유대인들의 일반적인 발음을 그대로 따서 Shira Shirm으로 표기했다.
*** 동물을 통째로 구워 하느님께 비치는 것.
**** 하나님 앞에서 제물을 높이 들었다 아래로 내려놓는 제사의 한 형태.

하루종일 무엇을 했느냐는 뜻이 내포된 질문에 블룸은 유난히 짤막한 대답을 내놓습니다. 다음 장에 나오는 몰리의 긴 명상에 비하면 그렇다는 뜻입니다. 그는 일부러 세 가지를 언급하지 않습니다. (1) 마사 클리퍼드와 헨리 플라워가 몰래 편지를 주고받고 있다는 것. (2) 키어넌 술집에서 있었던 언쟁. (3) 거티의 노출에 자신이 자위라는 반응을 보인 것. 그는 세 가지 거짓말을 합니다. (1) 게이어티 극장에 다녀왔다. (2) 원스 호텔에서 저녁식사를 했다. (3) 스티븐을 잠시 집으로 데려온 것은 스티븐이 저녁식사 후에 운동을 하다가 동작을 잘못 계산하는 바람에 일시적으로 뇌진탕 증세를 보였기 때문이다. 나중에 몰리의 내적 독백을 통해 드러나듯이, 블룸은 그녀에게 진실한 이야기도 세 가지 해줍니다. (1) 장례식 이야기. (2) 브린 부인(몰리의 옛 친구인 조시 파월) 이야기. (3) 스티븐이 그녀에게 이탈리아어를 가르쳐주면 좋겠다는 블룸 자신의 생각.

이 장은 블룸이 서서히 잠에 빠져드는 것으로 끝납니다.

"어떤 자세로?

듣는 사람[몰리]: 반쯤 왼쪽 옆으로 누워 왼손은 머리를 받치고, 오른쪽 다리는 똑바로 뻗어서 구부린 왼쪽 다리 위에 올린 채, 씨앗을 크게 품고 만족스러운 모습으로 누워 있는 대지의 여신 가이아의 태도로 관절을 움직였다. 말하는 사람: 왼쪽 옆으로 누워 오른쪽과 왼쪽 다리를 구부린 채, 오른손의 집게손가락과 엄지손가락은 콧등에 올려놓고, 퍼시 앱존이 찍은 스냅사진 속의 모습처럼 지친 아이어른, 자궁 속의 어른 아이.

자궁? 지쳐?

그는 휴식한다. 그는 여행했다.

누구와?

뱃사람 신드바드Sindbad와 재단사 재바드와 교도관 교바드와 고래잡이 고바드와 못 박는 사람 못바드와 실패하는 사람 실바드와 물 퍼내는 사람 물바드와 들통 만드는 사람 들바드와 우편배달부 우바드와 환호하는 사람 환바드와 악담하는 사람 악바드와 케일 먹는 사람 딘바드와 겁쟁이 빈바드와 혼혈아 린바드와 폐병환자 신바드Xinbad.

언제?

어두운 침대로 가니 밝은 낮의 어둠바드의 아라비아 괴조의 모든 바다쇠오리의 침대의 밤에 뱃사람 신바드의 사각 둥근 괴조의 바다쇠오리의 알이 있었다.

어디에?"

대답은 없습니다. 그러나 답은 아마도…… '어디도 아니다'일 것입니다. 블룸이 잠들었으니까요.

3부 3장

새벽 두시, 또는 그보다 조금 지난 시각입니다. 블룸은 태아처럼 몸을 둥글게 말고 잠든 상태입니다만, 몰리는 40페이지 동안 말똥말똥 깨어 있습니다. 문제는 몰리의 섬뜩하고 저속하고 열에 들뜬 마음속, 다소 히스테리 환자 같은 여자의 마음속을 지나가는 의식의 흐름을 길게 이어가는 형태입니다. 그녀는 다소 불건전한 쪽으로 관능적이고 진부한 생각들, 품고 있는 풍부한 음악성, 내면에서 끊이지 않고 줄줄 이어지는 언어의 흐름을 통해 자신의 평생을 돌아볼 수 있는 상당히 비정상적인 능력을 지니고 있습니다. 이처럼 힘차고 끈질기게 생각이 줄줄이 이어지는 사람은 정상이 아닙니다. 이번 장의 흐름을 끊어서 읽고 싶은 독자라면 연필을 들고 문장들을 분리할 필요가 있습니다. 이 장을 여는 문장을 예로 들어보지요. "그래/ 그 사람은 전에 이런 일을 한 적이 없어/ 달걀 두 개를 곁들인 아침식사를 침대에서 먹고 싶다고 말하는 것/ 시티암스 호텔에서는 환자 같은 목소리를 내면서 꾀병을 부리곤 했지/ 그고고한 남자가 못된 할멈 리오던 부인의 환심을 사려고 하면서 크게 성공한 줄 알았는데 그 할멈은 우리한테 푼돈 한푼도 남겨주지 않았어/ 모두 자기 영혼을 위한 미사에 기부해버리다니/ 세상에 그런 구두쇠가 없지/ 메틸알코올을 섞은 화주에 4펜스를 쓰는 것도 무서워하면서/ 나한테 여기저기가 다 아프다고 말했지/ 정치니 지진이니 세상의 종말이니 지겹게 수다를 떨어대는데/ 그보다 먼저 좀 즐겁게 살아보면 좋잖아/ 세상 여자들이 모두 그 할멈 같다면 신이여 이 세상을 도우소서/ 수

영복이나 목이 깊이 파인 옷을 아주 싫어하는데/ 물론 그 할멈이 그런 옷을 입기를 바라는 사람은 하나도 없지/ 내 생각에 그 할멈의 신앙심이 깊어진 건 남자들이 그 할멈을 한 번 보고는 두 번 다시 보지 않으려고 했기 때문일 거야/ 나는 그 할멈처럼 되지 말아야 하는데/ 그 할멈이 우리더러 얼굴을 가리라고 하지 않은 게 놀라운 일이지/ 하지만 확실히 교육을 잘 받은 여자이긴 해/ 말끝마다 리오던 씨가 어쩌고저쩌고 수다를 떨어대니/ 아마 리오던 씨도 그 할멈이랑 인연이 끊어진 게 기뻤을 거야/ 그 할멈의 개는 내 거웃의 냄새를 맡고 항상 특히 그날에 내 페티코트 밑으로 슬금슬금 기어들어오려고 했지/ 그래도 나는 그 사람[블룸]의 그런 점이 좋아/ 그런 할망구들한테도 웨이터랑 거지한테도 정중한 거/ 아무것도 아닌 일로 거만을 떨지는 않지만 항상 그런 것만은 아니고……"

독자들은 의식의 흐름이라는 장치에 과도하게 감탄합니다. 나는 다음과 같은 점들을 생각해보라고 말하고 싶습니다. 첫째, 이 장치가 다른 장치에 비해 더 '사실적'이거나 더 '과학적'인 것은 아닙니다. 사실 몰리의 생각 중 일부를 무작정 기록하는 대신 묘사하는 방법을 썼다면, 그편이 오히려 더 '사실적'이고 더 자연스럽게 느껴졌을 겁니다. 중요한 것은, 의식의 흐름이 통용되는 문체 중 하나일 뿐이라는 점입니다. 확실히 사람들은 계속 말로만 생각하지 않습니다. 이미지를 떠올리기도 합니다. 그러나 앞의 인용문에서처럼 묘사를 제거해야만, 생각이 말에서 이미지로 넘어갈 때의 변화를 직접적인 단어로 기록할 수 있습니다. 한 가지 더. 우리가 떠올리는 생각 중에는 나타났다 사라지는 것도 있고, 계속 남는 것도 있습니다. 정해진 형태 없이 굼뜨게 움직이면서 한자리에 머무르는 것이죠. 흘러가는 생각들이 바위처럼 자리잡은 이런 생각 주위를 돌아 흐르는 데에는 시간이 좀 걸립니다. 생각을 기록하려고 시도하는 이 방법의 단점은 시간이라는 요소가 흐릿해지고, 활자에 대한 의존도가 너무 커진다는 것입니다.

조이스의 이러한 기법은 엄청난 영향을 미쳤습니다. 활자로 이루어진 이 수프 속에서 수많은 이류 시인들이 만들어졌죠. 위대한 제임스 조이스의 글을 활자로 옮긴 식자공이 바로 소문자를 즐겨 쓴 시인 커밍스 씨의 대부입니다. 조이스가 만들어낸 의식의 흐름 속에 자연스러운 사건은 없습니다. 의식의 흐름 속의 현실은 조이스의 뇌, 즉 이 책을 만들어낸 머리 속에서 일어나는 일들뿐입니다. 이 책은 조이스가 창조한 새로운 세계입니다. 이 세계에서 사람들은 단어로, 문장으로 생각합니다. 그들의 정신적인 연상을 좌우하는 것은 이 책의 구조적인 필요성, 작가의 예술적인 목적과 계획입니다. 또한 이 말도 덧붙여야겠습니다. 만약 편집자가 조이스의 글에 구두점들을 끼워넣는다 해도, 몰리의 상념이 덜 재미있어지거나 덜 음악적으로 느껴지지는 않을 겁니다.

블룸이 잠들기 직전에 몰리에게 말한 것이 하나 있습니다. 앞장에서 침실의 일을 이야기할 때 언급되지 않은 이야기지만, 몰리는 그 이야기 때문에 상당한 충격을 받았습니다. 블룸은 잠들기 전에 몰리에게 내일 침실로 자신의 아침식사를 가져오라고 냉정하게 말했습니다. 달걀 두 개를 곁들여서요. 몰리의 배신이라는 위기가 지나간 뒤, 블룸은 그 상황을 알면서도 암묵적으로 용인하고 아내가 다음 월요일에 보일런과 그 지저분한 관계를 계속하도록 허락했다는 단순한 사실로 인해 어떤 의미에서는 몰리에게 힘을 행사할 수 있는 우세를 점하게 되었다고 생각한 듯합니다. 그러니 이제는 자신이 아내의 아침식사에 신경쓸 필요가 없고, 오히려 아내에게 자신의 아침식사를 가져오라고 하자, 침실로, 이렇게 된 겁니다.

몰리의 독백은 그의 요구에 대한 짜증과 놀라움으로 시작됩니다. 그녀는 이 독백에서 그 일을 여러 번 생각합니다. 다음이 한 예입니다. "그러고 나서 이 사람은 달걀과 차와 핀던* 대구와 버터를 바른 뜨거운 토스트를 가져오라고 지시하기 시작해 그걸 가져오면 아마 이 사람은 한 나라의 왕처럼 일어나 앉아서 숟가락 손잡이 쪽으로 달걀을 쑤셔대겠지 그런 걸 어디서 배웠는지⋯⋯" (블룸이 작고 특별한 장치들, 방법상의 술수에 관심이 있다는 것을 여러분도 알아차렸을 겁니다. 몰리의 독백을 보면, 그녀가 임신했을 때 그가 자신의 차에 그녀의 젖을 짜넣으려고 했다는 말이 나옵니다. 그가 잠잘 때의 자세나 요강을 향해 무릎을 꿇고 앉는 것 같은 사소한 습관들은 모두 그만의 것입니다.) 몰리는 블룸의 아침식사 요구가 준 충격을 극복하지 못하고, 달걀을 갓 낳은 달걀로 바꿔서 말합니다. "그러고는 차와 토스트를 양편에 버터를 발라서 갓 낳은 달걀과 함께 아무래도 난 이제 아무것도 아닌 것 같아." 조금 지난 뒤에도 그녀는 또다시 속이 끓어오릅니다. "나는 저 아래 부엌에서 구부

---

* 스코틀랜드의 지명.

정하니 돌아다니며 주인님의 아침식사를 준비해야 한다는 거지 그동안 주인님은 미라처럼 이불을 둘둘 말고 있는데 정말 그래 당신은 내가 뛰어다니는 걸 본 적이 있어 내가 그런 일을 하는 모습을 나도 보고 싶네 남자들한테 관심을 보이면 남자들은 우리를 먼지처럼 취급해……" 그러나 그의 요구가 현실임을 마침내 실감한 뒤 몰리는 이런 생각을 합니다. "크고 즙이 많은 배가 당신 입에서 녹았으면 좋겠네 내가 갈망에 사로잡혔을 때 그랬던 것처럼 그러면 나는 달걀과 차를 이 사람한테 던져줄 거야 그애가 아버지 입을 더 크게 만들겠다면서 준 콧수염잔*에 담아서 아마 이 사람은 나의 맛있는 크림도 좋아할 거야……" 그녀는 그에게 아주 다정하게 굴어서, 2파운드 수표를 얻어내기로 마음을 정합니다.

독백을 하는 동안 몰리의 생각은 남녀를 막론하고 다양한 사람들의 이미지 사이를 오갑니다. 하지만 곧바로 한 가지가 눈에 들어옵니다. 그녀가 새로 생긴 애인 보일런에게 할애하는 회상이 남편과 다른 사람들에게 할애하는 생각에 비해 질적으로나 양적으로나 한참 뒤떨어진다는 점. 그녀는 몇 시간 전 짐승 같기는 해도 그럭저럭 만족스러운 육체적 경험을 했습니다. 그런데도 지금 그녀의 생각을 차지하고 있는 것은 지루한 회상이고, 그 회상은 계속해서 남편을 향합니다. 그녀는 보일런을 사랑하지 않습니다. 만약 그녀가 누군가를 사랑한다면, 그것은 블룸입니다.

밀도가 엄청나게 높은 이 페이지들을 얼른 통과합시다. 몰리는 블룸

---

* 콧수염에 음식이 묻지 않도록 일부가 뚜껑으로 덮여 있는 잔.

이 나이든 여성들을 예의바르게 대하는 것, 웨이터와 거지도 정중하게 대하는 것을 인정합니다. 그녀는 또한 스페인 수녀처럼 꾸민 여자와 기마 투우사가 추잡한 짓을 하는 사진이 블룸의 책상에 보관되어 있다는 사실을 알고 있습니다. 그가 연애편지를 끼적이고 있는 것 같다는 의심도 있습니다. 그녀는 그의 약한 부분들을 생각합니다. 그날 하루의 일에 대해 그가 해준 이야기들 중 일부는 믿을 수 없습니다. 그녀는 블룸이 예전에 집에서 일하는 하녀와 바람을 피우려다 실패한 일을 어느 정도 자세히 떠올립니다. "온타리오 테라스에 살 때 우리집에서 일하던 그 헤픈 년 메리 엉덩이에 뽕을 넣어 가짜로 부풀려서 이 사람을 흥분시키려고 이 사람에게서 얼굴에 덕지덕지 화장을 한 그런 여자들의 냄새를 맡는 건 정말 싫어 한 번인가 두 번인가 의심이 갔지 이 사람더러 가까이 와보라고 했더니 외투에 긴 머리카락이 있었잖아 그게 아니라도 내가 부엌에 들어가면 이 사람은 물을 마시는 척했어 여자 1로는 남자들한테 충분하지 않다니까 그때 그년한테 크리스마스 때 원한다면 우리랑 같은 식탁에서 먹어도 된다고 말해서 하인들을 죄다 망가뜨린 건 당연히 이 사람 잘못이야 어머 무슨 그런 소리를 내 집에서는 안 돼……" 그녀의 생각이 잠시 보일런에게 옮겨갑니다. 그가 처음 그녀의 손을 꼭 쥐었을 때를 생각하는데 노래 가사가 토막토막 섞여듭니다. 그녀가 생각할 때면 아주 흔히 일어나는 일이죠. 그러다 그녀는 다시 블룸을 생각합니다. 바람직한 정사에 대해 자세히 생각하는 데 정신이 팔린 그녀는 사내다운 생김새의 사제를 기억해냅니다. 그녀는 블룸의 독특함, 상상 속 이교도의 섬세함(스티븐 테마를 위한 준비입니다), 향 냄새를 풍기던 사제의 의복, 이 모든 것을 보일런의 저속함과 비교하는 듯합니다. "그 사람이 나한테 만족했는지 모르겠네 한 가지 마음에 안 드는 건 내 엉덩이를 찰싹 때린 거야 집을 나서면서 현관에서 그렇게 친한 척 비록 나는 웃었지만 나는 말이나 당나귀가 아니야 나는……" 그녀는 가엾게도 섬세한 애정을 갈망합니다. 보일런이 오먼드 술집에서 맛보았던 진한 술이 그가 숨을 쉴 때마다 향기를 뿜어내자 그녀는 그것이 무엇인지 궁금해합니다. "진해 보이는 초록색과 노란색의 그 값비싼 술을 나도 마셔보고 싶어 무대 뒤의 건달들이 오페라 모자를 쓰고 마시는 술." 그리고 블룸이 침대에 누웠을 때 찌꺼기가 남아 있었던 병조림 고기의 정체도 이제 밝혀집니다. "그 사람은 잠들지 않으려고 안간힘을 썼어 우리가 마지막으로 포트와인을 마시고 병조림 고기를 먹은 뒤에 짭짤하니 맛이 좋았어." 열시의 뇌우가 몰고 온 천둥, 블룸이 병원에 갔던 장에서 우리가 그와 함께 들었던 그 천둥소리에 몰리가 깨어났다는 사실을 우리는 여기서 알게 됩니다. 보일런이 떠난 뒤 그녀가 곤히 잠들었을 때입니다. 이것도 조이스식의 동기화입니다. 그녀는 보일런과의 정사와 관련해서 다양한 생리적인 일들을 상세히 떠올립니다.

그녀의 생각이 조세핀 파월에게로 옮겨갑니다. 블룸은 이제 브린 부인이 된 그녀를 그날 만났고, 그 사실을 몰리에게도 이야기했습니다. 그녀는 블룸이 결혼 전에 조시에게 관심이 있었다는 생각에 질투를 합니다. 그리고 지금도 그 감정이 계속되고 있을지 모른다고 상상합니다. 그러다 결혼 전의 블룸을 떠올립니다. 당시 그는 문화적으로 그녀보다 수준 높은 대화를 했습니다. 그녀는 그의 청혼을 떠올립니다만, 당시의 블룸에 대한 기억은 조시의 불행한 결혼생활에 대해 그녀가 그것 참 고소하다고 느끼던 만족감과 온통 뒤섞여 있습니다. 조시의 남편은 머리가 정상이 아니라서, 진흙투성이 신발을 신은 채로 잠자리에 드는 것 같습니다. 몰리는 어떤 여자가 남편을 독살한 사건도 떠올립니다. 그러고는 블룸과 그녀가 처음 사랑을 시작했던 때, 어떤 가수가 그녀에게 키스했던 일, 당시 블룸의 모습, 그의 갈색 모자와 집시풍 머플러로 거슬러올라갑니다. 그다음에는 사귄 지 얼마 되지 않았을 때 블룸과 나눈 정사와 관련해서, 가드너가 처음으로 언급됩니다. 블룸은 모르는 그녀의 옛 애인입니다. 그녀는 블룸과의 결혼생활을 돌아봅니다. 그는 그녀가 1870년 9월 8일에 태어났다는 이유로 그녀에게 양귀비 여덟 송이를 보냈고, 두 사람이 결혼한 것은 그녀가 열여덟 살 때인 1888년 10월 8일입니다. 8이라는 숫자가 멋지게 무리를 짓고 있지요. 그녀는 가드너를 다시 떠올리며 그가 애인으로서 블룸보다 나았다고 생각하다가 월요일 오후 네시로 정해진 보일런과의 다음 데이트를 생각합니다. 독자들이 이미 알고 있는 일들도 넌지시 암시됩니다. 보일런이 그녀에게 보낸 포트와인과 복숭아, 디덜러스의 여동생들이 학교에서 돌아오는 모습, 외다리 선원이 노래를 부르자 그녀가 1페니를 던져준 것.

그녀는 예정된 공연 여행에 대해 생각합니다. 기차를 타고 여행할 생각을 하다보니 재미있는 사건 하나가 떠오릅니다. "맬로 콘서트에 가던 길에 메리버러에서 우리 둘이 먹을 뜨거운 수프를 [블룸이] 주문했는데 그때 종이 울리니까 이 사람이 수프를 출렁거리며 플랫폼을 걸었어 수프를 숟가락으로 퍼먹으면서 신경줄이 참 웨이터가 쫓아오면서 소리를 질러대고 난리를 피웠지 기차가 출발하려고 시동을 거는데도 이 사람은 수프를 다 먹을 때까지 돈을 내려고 하지 않았으니까 3등칸의 두 신사도 이 사람 말이 옳다고 했어 이 사람도 이 사람은 가끔 고집이 너무 세다니까 뭔가 한 가지를 생각하기 시작하면 이 사람이 칼로 객차 문을 열수 있어서 다행이야 안 그랬으면 우리는 코크까지 가버렸을걸 내 생각에는 그게 이 사람에 대한 복수였던 것 같아 아 기차나 마차를 타고 한가롭게 가는 게 얼마나 좋은지 예쁘고 부드러운 쿠션도 있고 그 사람 [보일런]이 나를 위해 1등석 표를 사줄지 궁금하네 어쩌면 차 안에서도 그걸 하고 싶어할지 몰라 차장에게 팁을 후하게 주고서……" 가드너, 즉 스탠리 가드너 중위는 약 5년 전 남아프리카에서 장티푸스로 사망했습니다. 몰리는 그와의 마지막 입맞춤을 사랑스럽게 회상합니다. "그 사람은 카키색 군복을 입으면 아주 잘 어울렸어 키도 나랑 딱 맞았고 틀림없이 용감하기도 했을 거야 우리가 운하 갑문에서 작별의 키스를 하던 그날 밤에 그 사람은 나더러 예쁘다고 말해줬어 나의 아름다운 아일랜드 아가씨라고 그 사람은 떠난다는 생각에 흥분해서 얼굴이 창백했어……" 다시 보일런에게 생각이 옮겨가면서, 다소 역겨운 이야기가 조금 나온 뒤 보일런의 분노에 대한 생각이 나옵니다. "몇 분 동안 완전히 악마 같았어 신문을 가지고 돌아와서 마권을 찢어버리며 마구 욕을 할 때 자기가 20파운드를 잃었기 때문이라고 우승한 그 아웃사이더 말 때문에 그 사람은 레너핸의 정보로 반쯤은 나를 위해 돈을 걸었다면서 가장 깊은 구덩이로 떨어져버리라고 레너핸을 저주했어……" 몰리는 레너핸에 대한 기억을 떠올립니다. "날 함부로 대했지 글렌크리 소년원에서 만찬이 끝난 뒤 덜컹덜컹 깃털침대 산을 넘어 돌아올 때 시장님이 추잡한 눈으로 나를 본 다음이야.” 레너핸이 맥코이에게 아주 즐거워하며 들려준 이야기이기도 합니다. 몰리는 다양한 속옷들을 떠올리고, 영국 왕세자가 지브롤터를 방문했던 일을 떠올립니다. 지브롤터는 그녀가 어린 시절과 젊은 시절을 보낸 곳입니다. “내가 태어난 해에 그분이 지브롤터에 왔어 틀림없이 거기서도 백합을 봤을 거야 나무를 심은 곳에 나무만 심지는 않았지 조금만 더 일찍 오셨다면 나를 누군가의 몸에 심었을지도 몰라 그랬다면 난 지금 이렇게 살고 있지 않겠지……” 돈 문제가 끼어듭니다. 블룸에 대한 생각. “돈이라고 고작 몇 실링밖에 받아낼 수 없는 프리먼은 내팽개치고 제대로 월급을 받을 수 있는 어디 회사 같은 곳에 들어가야 돼 은행에 들어가면 하루종일 돈을 세라고 사람들이 옥좌에 모실지도 모르는데 물론 이 사람은 집에서 빈둥거리는 걸 더 좋아하니까 어느 쪽으로든 흔들어서……” 생리적인 일이나 신체구조의 명칭들이 상세하게 쏟아져나옵니다. 심지어 metempsychosis도 언뜻 모습을 드러내지요. 블룸이 그날 아침에 그녀에게 식사를 가져다주었을 때 그녀가 블룸에게 물어본 단어 말입니다. “그 단어가 호스가 있는 뭔가를 만났지.* 이 사람이 환생에 대해 엄청 발음하기 어려운 말을 했는데 아무것도 제대로 설명할 줄을 몰라 그냥 몸으로 이해할 수 있는 것처럼 그러다가 그놈의 콩팥 때문에 냄비 밑바닥이 눌어붙어서……” 생리적인 일이나 신체구조의 명칭들이 더 나오고, 밤의 어둠속에서 기차가 휘파람 소리를 내며 지나갑니다. 몰리의 생각은 다시 지브롤터로 돌아가 친구인 헤스터 스탠호프(그녀의 아버지가 몰리에게 잠시 구애했습니다)와 멀비의 사진을 차례로 생각합니다. 멀비는 그녀의 첫사랑입니다. 윌키 콜린스의 소설 『문스톤』(1868), 디포의 소설 『몰 플랜더스』(1722)가 언급됩니다.

그다음에는 신호, 메시지, 편지에 대한 이야기들이 나오고, 이렇게 해서 멀비 중위의 연애편지로 생각이 이어집니다. 그녀가 지브롤터에 살때 태어나서 처음으로 받은 연애편지입니다. "난 그 사람을 잡고 싶었어 그 사람이 레알 거리에서 날 따라오는 걸 진열창에서 봤을 때 그런데 그 사람이 지나가면서 나한테 살짝 줬어 그 사람이 약속을 잡는 편지를 쓸 줄은 생각도 못했는데 나는 그걸 하루종일 페티코트 보디스 안에 넣고 다니면서 샅샅이 읽었어 아버지가 훈련에 나간 사이에 필체나 우표로 찾아보려고 노래하던 기억이 나 하얀 장미를 달까요 라고 나는 시간을 앞당기려고 그 낡고 한심한 시계를 움직이고 싶을 정도였어 그 사람은 나한테 키스한 첫번째 남자야 무어 양식 담장 아래에서 내 연인 소년일 때는 키스가 뭔지 몰랐어 그 사람이 내 입에 혀를 집어넣을 때까지는 그의 입은 달콤한 것 같고 젊었어 나는 그 방법을 배우려고 몇 번 무릎을 세우고 그 사람한테 다가갔지 내가 그 사람한테 뭐라고 했더라 돈 미구엘 데 라 플로라라는 스페인 귀족의 아들과 재미로 약혼했다고 그 사람은 내가 3년 뒤에 그 남자와 결혼해야 한다는 말을 믿었어……" 플로라는 블룸과 마찬가지로 꽃과 관련된 단어입니다. 물론 당시 몰리는 아직 블룸을 몰랐지요. 하지만 "농담으로 진실한 말을 할 때가 많아

---

* 몰리는 metempsychosis가 무슨 뜻인지 몰라서 소리만 따서 'Met him pike hoses'라고 발음했다.

꽃을 피우는 꽃……" 몰리는 젊은 멀비와의 첫 밀회에 대해 아주 상세한 기억을 떠올리지만 그의 성이 아닌 이름을 잘 기억해내지 못합니다. "그 사람은 나를 귀여운 몰리라고 불렀어 그 사람 이름은 뭐였지 잭 조해리 멀비였을까 그래 아마 중위였을 거야……" 그녀의 두서없는 생각은 멀비에게서 자신이 그의 모자를 장난으로 써봤던 일로, 그다음에는 여자들의 더 고상한 역할에 대해 이야기하던 늙은 주교에게로 뻗어갑니다. "요즘 자전거를 타고 다니고 챙이 달린 모자를 쓰고 신식 반바지 속옷 블루머를 입는 여자들에 대해서 하느님 주교님에게는 분별을 주시고 제게는 더 많은 돈을 주세요 내 생각에는 그 사람 이름을 딴 속옷 같아 내 이름이 블룸이 될 줄은 정말 몰랐는데……내가 이 사람과 결혼한 뒤로 조시는 너 블루밍해* 보인다고 말하곤 했지……" 그리고 다시 지브롤터로 돌아와서 후추나무와 하얀 포플러와 멀비와 가드너를 생각합니다.

또 기차가 기적을 울립니다. 블룸과 보일런, 보일런과 블룸, 콘서트 여행에 대한 생각을 하다가 다시 지브롤터로. 몰리는 이제 새벽 네시가 넘었을 거라고 생각하지만 나중에 시계가 가리키는 시각은 고작해야 두시를 조금 지났을 뿐입니다. 고양이가 언급되고 그다음에는 생선. 몰리는 생선을 좋아합니다. 남편과 함께 소풍을 나갔던 일을 회상하던 그녀는 딸 밀리에 대해 생각합니다. 건방지게 군다는 이유로 자신이 밀리의 뺨을 두 번 아주 제대로 후려갈겼던 일도 생각합니다. 그녀는 블룸이

---

* blooming. '활짝 피었다' '지독하다' '어처구니없다' 등의 뜻이 있다.

스티븐 디덜러스를 부엌으로 데리고 오는 모습을 상상하다가 곧 생리가 시작되었음을 깨닫습니다. 그래서 삐걱거리는 침대를 벗어나죠. '조심조심easy'이라는 단어가 여섯 번이나 반복되는 것은 그녀가 쭈그리고 앉아 있는 물건이 자신의 몸 아래에서 깨질까봐 두려워한다는 뜻입니다. 모두 다 쓸데없는 걱정인데 말이죠. 알고 보니 블룸은 그 위에 앉는 것이 아니라 그 앞에 무릎으로 서서 볼일을 봅니다. 마지막 '조심조심'이 나온 뒤 몰리는 침대로 돌아갑니다. 그리고 블룸에 대해 더 생각하다가, 그다음에는 그가 다녀온 디그넘의 장례식을 생각합니다. 이 생각이 사이먼 디덜러스와 그의 멋진 목소리를 거쳐 스티븐 디덜러스로 이어지죠. 블룸은 스티븐이 몰리의 사진을 보았다고 그녀에게 말해주었습니다. 루디가 살아 있었다면 오늘 열두 살이 됐을 겁니다. 몰리는 스티븐을 상상해보려고 합니다. 그녀의 눈에 비친 스티븐은 어린 소년입니다. 그녀는 시를 생각합니다. 자신이 생각하는 시. 그러면서 젊은 스티븐과 바람을 피우는 상상을 합니다. 그리고 스티븐과 대조적인 보일런의 저속함을 떠올리며, 조금 전 그와 열정을 나눈 것을 다시 회상합니다. 남편은 머리를 두어야 할 곳에 발을 두고 침대에 누워 있습니다. 그는 그렇게 눕는 것을 좋아합니다. "아 그 커다란 몸뚱이 좀 저쪽으로 치워 제발 좀." 몰리는 어머니를 잃은 스티븐을 다시 생각합니다. "그 사람이 여기 머무르면 아주 재미있을 텐데 안 될 것도 없지 2층에는 빈방이 있고 뒷방에 밀리의 침대도 있고 그 사람은 거기 있는 탁자에서 글도 쓰고 공부도 할 수 있어 이 사람[블룸]도 거기서 끼적거리니까 만약 그 사람[스티븐]이 아침에 나처럼 침대에서 책을 읽고 싶다면 이 사람

[블룸]이 1을 위한 아침식사를 만들면서 2를 위한 아침식사도 만들 수 있어 난 그 사람을 위해서 절대 아무나 하숙생으로 받아들이지 않을 거야 그 사람이 이 누추한 집을 받아들인다면 나는 많이 배운 지적인 사람과 오랜 대화를 나누고 싶어 터키 모자를 쓴 저 터키 사람들이 팔던 예쁜 빨간색 슬리퍼를 한 켤레 사야겠다[블룸과 스티븐의 쌍둥이 꿈!] 아니면 노란색으로 멋진 반투명 모닝가운도 꼭 갖고 싶어⋯⋯"

　블룸을 위해 아침식사를 만들어야 한다는 생각이 여전히 몰리의 머릿속을 차지하고 있습니다. 그리고 여기에 친숙한 다른 요소들이 모두 뒤섞입니다. 블룸과 그가 모르는 여러 가지 것들, 스티븐(보일런의 성적인 저속함은 이제 잊어버렸습니다), 멀비, 지브롤터 등이 몰리가 스르르 잠들기 전 마지막으로 떠올리는 낭만적인 생각에 섞여듭니다. "정말 터무니없는 시각에서 15분 지났어 중국에서는 사람들이 이제 막 일어나 하루를 위해 변발을 빗고 있을걸 곧 수녀들은 삼종기도 종을 울릴 거고 거기에는 잠을 방해하는 사람이 하나도 없어 야간 근무를 맡은 이상한 신부 한두 명밖에는 옆집의 자명종은 닭이 소리를 질러대는 시각에 뇌가 부서져라 시끄럽게 울어대 내가 잠들 수 있는지 한번 볼까 1 2 3 4 5⋯⋯ 이 램프를 낮추고 다시 시도해봐야겠어 그래야 일찍 일어날 수 있으니까 핀들레이터 가게 옆에 있는 램의 가게에 가서 꽃을 좀 보내라고 해야지 내일 이 사람이 그 사람을 데려올지도 모르니까 집 여기저기에 놓아두게 오늘 아니 아니 금요일은 불길한 날이야 먼저 이 집을 싹 바꿔놓고 싶어 먼지가 안에서 자라고 있잖아 내가 자는 사이에 그러고 나면 음악을 들으면서 담배를 피울 수 있을 거야 나는 먼저 그 사람의 반주를 할 수 있어 꼭 우유로 피아노 건반을 닦아놓아야겠다 뭘 입을까 하얀 장미를 달까…… 당연히 식탁 한가운데에는 예쁜 식물이 있어야지 그걸 싸게 살 거야 잠깐 그 가게가 어디지 얼마 전에 봤는데 난 꽃이 좋아 이 집이 온통 장미꽃 속에서 헤엄치게 하고 싶어 하늘의 하느님 자연만큼 좋은 것은 없지 야생의 산 그다음에는 바다와 밀려오는 파도 그다음에는 귀리와 밀과 온갖 것들이 자라는 밭이 있고 훌륭한 소들이 돌아다니는 아름다운 시골 강과 호수와 꽃을 보는 게 마음에도 좋을 거야 온갖 모양과 향기와 색깔로 솟아오르는 꽃 심지어 도랑에서조차 앵초와 제비꽃이 그게 자연이야 하느님이 없다고 말하는 사람들한테는 손가락 하나 튕기지 않을 거야 아무리 배운 게 많은 사람들이라도…… 내일 해가 뜨는 걸 한번 막아보라지 태양은 당신을 위해 빛나고 있다고 이 사람[블룸]이 말했어 우리가 호스곶에서 철쭉들 사이에 누워 있던 날 회색 트위드 양복과 밀짚모자 차림으로 그날 나는 그가 내게 청혼하게 했어 그래 처음에 나는 그에게 시드케이크 한 조각을 내 입으로 먹여줬어 올해처럼 윤년이었는데 그래…… 이 사람은 나더러 산에 핀 꽃이라고 했어 그래 우리는 꽃이야 모든 여자의 몸 그래 그건 이 사람이 평생 입밖에 낸 하나의 진실 오늘도 태양은 당신을 위해 빛난다는 말도 그래 그래서 내가 이 사람을 좋아한 거야 여자가 어떤 존재인지 이 사람은 이해하는 것 같았으니까 아니 느끼는 것 같기도 했고 내가 언제나 이 사람을 구워삶을 수 있다는 걸 나는 알고 있었어 나는 이 사람을 이끌면서 내가 줄 수 있는 모든 즐거움을 주었지 그래서 마침내 이 사람이 나더러 승낙하라고 말하게 된 거야 나는 처음에는 대답하지 않고 바다와 하늘만 보았어 이 사람이 모르는 많은 일들을 생각했지 멀비와 스탠호프 씨와 헤스터와 아버지와 늙은 그로브스 대위와…… 총독 관저 앞에서 하얀 투구 둘레에 그것을 늘어뜨리고 가엾게도 반쯤 익어서 서 있는 보초병과 숄을 걸치고 빗을 높게 꽂고 웃고 있는 스페인 아가씨들과…… 반쯤 졸고 있는 가엾은 당나귀들과 계단 위의 그늘에서 겉옷을 걸치고 잠들어 있는 정체 모를 사람들과 황소가 끄는 수레의 커다란 바퀴와 수천 년이나 된 고성 그래 그리고 온통 하얀 옷과 터번 차림으로 작은 가게에서 손님들에게 앉으라고 왕처럼 말하는 그 잘생긴 무어인들과 론다 거리 여관들의 낡은 창문 힐끔거리는 눈 숨겨진 격자 그녀의 애인이 쇠로 만든 격자에 입을 맞추도록 밤에 반쯤 문을 열어둔 포도주 술집과 캐스터네즈와 우리가 알헤시라스에서 배를 놓친 밤 램프를 들고 차분히 돌아다니던 야경꾼과 오 그 끔찍한 저 깊은 곳의 급류 오 그리고 바다 때로 불처럼 진홍색으로 변하는 바다와 화려한 일몰과 알라메다 식물원의 무화과나무 그래 그리고 이상한 작은 골목들과 분홍색 파란색 노란색 집들과 장미정원과 재스민과 제라늄과 선인장과 어렸을 때 내가 산에 피는 꽃이었던 지브롤터 그래 내가 안달루시아 여자들처럼 내 머리에 장미를 꽂았을 때 아니 빨간 것을 꽂을까 그래 그리고 그 사람[멀비]이 무어식 담장 아래에서 나한테 어떻게 입을 맞췄던지 나는 이 사람[블룸]도 다른 사람 못지않다고 생각했지 그러고는 눈으로 말했어 다시 한번 청하라고 그래 그랬더니 이 사람[블룸]이 내게 청혼을 받아들이겠느냐고 그러겠다고 하라고 산에 핀 나의 꽃이여 나는 먼저 두 팔을 이 사람 몸에 두르고 그래 그리고 이 사람을 내게로 끌어당겼지

이 사람이 내 향기로운 젖가슴을 느낄 수 있게 그래 이 사람의 심장이 미친 것 같았고 좋아요 내가 말했어 좋아요 결혼하겠어요 좋아요."

좋아요: 블룸은 다음날 아침 침대에서 아침식사를 먹게 되겠군요.

문학이라는
예술과 상식

살다보면 가끔 시간의 흐름이 진흙투성이 급류로 변하고 역사가 범람해서 지하실을 덮칠 때 성실한 사람들은 국가나 우주라는 공동체와 작가 사이의 상호관계를 살펴보는 경향이 있습니다. 작가들 본인도 자신의 의무에 대해 고민하기 시작하지요. 내가 지금 말하는 작가는 추상적인 유형의 작가입니다. 우리가 구체적으로 상상해볼 수 있는 작가들, 특히 나이가 좀 있는 작가들은 자신의 재능에 대한 자만심이 너무 강하거나 평범한 재능에 너무 익숙해져서 의무에는 굳이 신경을 쓰지 않습니다. 그들은 운명이 자신에게 무엇을 약속하는지 중간쯤 되는 거리에서 똑똑하게 바라봅니다. 자신이 대리석 건물의 구석진 곳에 놓일지 아니면 회반죽으로 된 벽감에 놓일지 보는 거지요. 하지만 이런 사람 말고 정말로 고민하고 걱정하는 작가를 생각해봅시다. 그 작가는 자신의 껍데기에서 나와 하늘을 살펴볼까요? 지도력은 어떨까요? 그 사람이 훌륭한 화합의 능력을 갖고 있을까요? 그런 능력이 반드시 있어야 할까요?

가끔 군중과 어울리는 것에 대해서는 할말이 많습니다. 관찰, 유머, 연민 등 다른 사람들과의 밀접한 접촉을 통해 전문적으로 얻을 수 있는 보물들을 포기하는 작가라면 상당히 어리석고 근시안적인 작가임이 분명합니다. 비슷한 맥락에서, 음산한 테마를 찾아 헤매며 당혹감에 젖어 있는 작가들이 고향의 다정하고 평범한 생활에 푹 빠지거나 걸걸한 목소리를 지닌 땅의 사람과, 그런 사람이 존재하는지는 모르겠습니다만 하여튼 그런 사람과 사투리로 이야기를 나누는 것은 훌륭한 치료법이 될 수 있습니다. 그러나 전체적으로 봤을 때 나는 상당히 오용되고 있는 상아탑을 여전히 추천합니다. 작가의 감옥이 아니라 단순히 고정된 주소지로서. 물론 전화가 연결되어 있고, 혹시 석간신문을 사러 급히 내려가거나 체스 게임을 하려고 친구를 불러올릴 때를 대비해서 엘리베이터가 갖춰진 곳이어야 합니다만. 엘리베이터의 경우, 상아탑의 성격상 있을 것 같기는 합니다. 이렇게 해서 상아탑은 사방을 내려다볼 수 있는 웅장한 전망과 수많은 책과 유용한 장치들을 갖춘 유쾌하고 멋진 곳이 됩니다. 그러나 상아탑에 자리를 잡기 전에 우리는 상당수의 코끼리를 죽이는 수고를 반드시 감내해야 합니다. 그 방법을 알고 싶어하는 사람들을 위해 내가 보여주고 싶은 훌륭한 표본은 공교롭게도 코끼리와 말의 혼합종입니다. 녀석의 이름은…… 상식이지요.

1811년 가을에 노아 웹스터는 사전의 C 항목들을 꾸준히 정리하면서 상식commonsense을 "훌륭하고 건전하고 평범한 분별력…… 감정적인 편견이나 지적인 통찰력의 영향을 받지 않는…… horse sense"*라고 정의했습니다. 이 생물을 상당히 좋게 봐준 편이지요. 상식의 전기傳記

---

* 상식.

는 사실 읽기가 고약한데 말입니다. 상식은 지나치게 일찍 진리의 달빛을 받고 기쁨에 눈을 빛냈던 온화한 천재들을 많이 짓밟아버렸습니다. 상식은 사랑스럽기 그지없는 괴상한 그림들에 뒷발질로 흙을 끼얹었습니다. 상식의 악의 없는 발굽이 보기에 파란 나무는 광기를 의미하는 것 같았거든요. 상식은 추악하지만 힘센 나라들을 부추겨서 역사 속의 틈새가 생기는 순간 공정하지만 연약한 이웃들을 밟아버리게 했습니다. 그런 기회를 이용하지 않으면 우스꽝스럽게 보일 것이라면서요. 상식은 근본적으로 부도덕합니다. 인류의 선천적인 도덕이란 기억할 수도 없을 만큼 희미한 먼 옛날부터 제 뿌리가 되어주었던 마법의 의식만큼이나 비합리적이기 때문입니다. 상식이란 나쁘게 말하면 '흔해진 생각'입니다. 따라서 상식의 손이 닿는 순간 모든 것이 편안하게 싸구려가 됩니다. 삶에서 가장 중요한 비전과 가치는 아름다운 원인데, 처음 서커스를 보러 간 아이의 눈이나 우주처럼 둥근 원인데, 상식은 사각형입니다.

이 강의실 안에, 아니 따지고 보면 세상의 어느 방안에도, 역사적인 시공의 어느 특정한 지점에 독선적인 분노에 휩싸인 상식적인 다수의 손에 곧바로 죽임을 당할 위험이 없는 사람은 한 명도 없다는 사실을 생각해볼 가치가 있습니다. 한 사람의 신조, 넥타이, 눈동자, 생각, 버릇, 말투의 색채는 시간이나 공간 속 어느 지점에서 바로 그 색채를 증오하는 군중의 치명적인 반대와 반드시 맞부딪힐 수밖에 없습니다. 특히 남보다 더 총명하고 비범한 사람일수록 화형대가 더 가깝지요. 낯선 사람을 뜻하는 stranger는 위험을 뜻하는 danger와 항상 각운을 이룹니다. 얌전한 예언자, 동굴 속의 마법사, 분노한 예술가, 규율에 따르지 않는 학생, 이들은 모두 똑같이 신성한 위험에 처해 있습니다. 그러니 우리는 이들을 축복합시다. 괴짜들을 축복합시다. 자연의 진화 과정중 어느 한 집안에서 괴짜가 등장하지 않았다면, 아마 원숭이는 결코 인간이 되지 못했을 겁니다. 항상 정해진 자손만 낳는 것을 거부할 만큼 긍지 높은 정신을 지닌 사람은 모두 뇌의 뒤편에 비밀스러운 폭탄을 하나씩 가지고 있습니다. 그래서 제안합니다. 그냥 재미를 위해서라도 그 폭탄을 꺼내 상식이라는 모범도시에 조심스레 떨어뜨리자고요. 폭발의 눈부신 불빛 속에서 신기한 일들이 많이 일어날 겁니다. 아주 짧은 순간이나마 보기 드문 생각을 지닌 사람들이 세상을 지배한 속물들의 자리를 대신하겠지요. 타고난 자아와 후천적으로 받아들인 자아 사이에서 닥치는 대로 싸움이 벌어지고 있을 때 신드바드의 목을 조르는 속물들 말입니다. 나는 지금 의기양양하게 은유들을 섞어서 쓰고 있습니다. 원래 은유들이 비밀스러운 연결관계들을 제대로 따라간다면 바로 이렇게 되어야 하기 때문입니다. 작가의 관점에서 보면, 상식의 패배가 낳은 첫번째 긍정적인 결과입니다.

두번째 결과는 인간의 선량함(사실이라고 불리는 희극적이고 부정한 인물들은 여기에 아주 엄숙하게 반대합니다)에 대한 비합리적인 믿음이 이상적인 철학의 위태로운 기반을 훨씬 뛰어넘어, 탄탄하고 재기 있는 진리가 되는 것입니다. 선량함이 세상의 핵심적이고 생생한 일부가 된다는 뜻입니다. 언뜻 보기에 이 세상은 신문 편집자들을 비롯한 똑똑한 염세주의자들이 그려내는 현대적인 세상과 같지 않은 것 같습니다. 염세주의자들은 경찰국가 또는 공산주의라고 불리는 것이 지구를 공포, 어리석음, 가시철망이 가득한 너른 땅으로 만들려고 애쓰는 시대에 선량함의 우월성에 갈채를 보내는 것은, 좋게 말해도 비논리적인 일이라고 말할 것입니다. 그리고 폭탄이 떨어진 적이 없고 먹을 것도 풍부한 나라의 아늑하기 짝이 없는 구석에서는 자기만의 세상을 향해 밝게 미소 지을 수도 있겠지만, 무서운 포성이 들리는 밤에 무너지는 건물들 사이에서 어떻게든 제정신을 잃지 않으려고 애쓰는 사람들의 세계는 완전히 다르다는 말을 덧붙일 겁니다. 그러나 틀림없이 비논리적이기 짝이 없는 이 세상에서, 내가 영혼의 고향이라고 광고하는 이 세상에서 전쟁 신들은 비현실적인 존재입니다. 그들이 독서용 램프와 만년필이 있는 현실로부터 편리하게도 물리적으로 멀리 떨어져 있기 때문이 아니라, 조용히 그러나 끈기 있게 존재하는 이 사랑스럽고 애정 있는 세계에 영향을 줄 만한 상황들을 내가 상상할 수 없기 때문입니다(이것은 그냥 하는 말이 아닙니다). 반면 나와 같은 몽상가들, 지상을 헤매 다니는 수천 명의 몽상가들이 물리적인 위험, 고통, 먼지, 죽음으로 점철된 어둡고 눈부신 시간에 비합리적이고 신성한 기준들을 꼭 붙들고 있는 모습은 아주 잘 상상할 수 있습니다.

그렇다면 비합리적인 기준들이란 정확히 무엇을 뜻할까요? 전체보다 세부가 우월하다는 것입니다. 전체보다 더 생생한 일부, 주위의 군중은 공통의 목표를 향해 공통의 충동에 휘말려 움직이고 있을 때 어느 한 사람이 다정한 영혼의 고갯짓으로 인사하며 관찰하는 작은 것 하나가 더 우월하다는 것입니다. 나는 불타는 이웃집으로 뛰어들어가 아이를 구해서 나오는 영웅에게 모자를 벗어 경의를 표합니다. 그러나 만약 그가 아이뿐만 아니라 아이가 가장 좋아하는 장난감도 함께 찾아서 들고 나오려고 귀하디귀한 5초를 허비하는 위험을 무릅썼다면, 나는 그와 악수할 겁니다. 어떤 만화가 기억납니다. 굴뚝 청소부가 높은 건물의 옥상에서 떨어지다가 철자법이 틀린 간판을 발견합니다. 정신없이 아래로 떨어지는 와중에도 그는 왜 아무도 저것을 바로잡지 않았는지 궁금해하지요. 어떤 의미에서 우리는 모두 태어나는 순간부터 건물 최상층에서 묘지의 돌바닥을 향해 추락하며 옆을 스쳐가는 벽의 무늬에 대해 불멸의 존재인 '이상한 나라의 앨리스'와 함께 고민하는 존재입니다. 위험이 임박한 상태에서도 사소한 것에 놀라고 고민할 수 있는 능력, 영혼의 여담이자 인생이라는 책 속의 각주인 이런 능력은 의식의 여러 형태 중 가장 상위를 차지하고 있습니다. 우리는 상식이나 상식적인 논리와는 크게 다른 이 어린애 같고 호기심 많은 의식 속에서 세상이 좋은 곳임을 깨닫습니다.

멋들어지게 어리석은 이 정신세계에서 수학적인 상징들은 기를 펴지 못합니다. 그들의 상호작용이 아무리 매끄러워도, 우리의 정신적 연상작용이라는 양자量子들과 우리의 꿈이 그려내는 나선을 아무리 충실하게 흉내낸다 해도, 그들에게는 철저히 낯설 수밖에 없는 정신세계를 제대로 표현하는 것은 불가능합니다. 언뜻 앞뒤가 맞지 않는 것 같은 작은 일부가 언뜻 세상을 지배하고 있는 듯이 보이는 일반화를 누르고 지배력을 얻는 것에 창조적인 정신이 가장 큰 기쁨을 느낀다는 점을 고려하면 그렇습니다. 상식이 제 계산기와 함께 방출되고 나면, 숫자는 더이상 정신을 괴롭히지 못합니다. 통계는 제 치맛자락을 모아쥐고 발끈하며 획 나가버릴 겁니다. 2 더하기 2는 이제 4가 아닙니다. 두 개의 2가 반드시 4가 되어야 할 이유가 사라졌기 때문입니다. 우리가 떠나온 인위적인 논리세계에서 두 개의 2가 4가 된 것은 단순히 습관 때문이었습니다. 2 더하기 2가 4라는 법칙은 저녁식사에 초대하는 손님의 수가 반드시 짝수여야 한다는 법칙과 같습니다. 그러나 나는 내 숫자들을 정신없이 돌아가는 소풍에 초대할 겁니다. 그러면 2 더하기 2가 5가 되든 아니면 5에서 이상한 분수를 뺀 숫자가 되든 아무도 개의치 않을 겁니다. 인류가 발전 과정중 어느 시점에 산수를 발명한 것은 순전히 실용적인 목적 때문이었습니다. 당시 신들이 세상을 다스린다고 알고 있던 사람들은 세상에 일종의 인간적인 질서를 확보하고 싶었습니다. 그러나 신들이 문득 마음이 내켜서 그들의 계산을 엉망으로 만드는 것을 막을 수는 없었습니다. 인류는 신들이 가끔 필연적으로 들이미는 예측 불능의 일들을 받아들여 거기에 마법이라는 이름을 붙이고는, 물물교환으로 구해온 가죽의 수를 동굴 벽에 석회 조각으로 선을 그어 헤아리는 일을 조용히 계속해나갔습니다. 가끔 신들이 방해하기도 했지만, 사람들은 자신이 발명한 시스템을 따르기로 굳게 결심하고 있었습니다.

그렇게 수천 세기가 똑똑 떨어지는 물방울처럼 흐르는 동안 신들은 그럭저럭 적당한 연금을 받고 은퇴했고, 사람들의 계산 능력은 점점 더 곡예처럼 변해갔습니다. 그러자 수학이 처음 창조될 때의 조건을 초월해서, 세상의 자연스러운 일부가 되었습니다. 처음에 수학은 그저 세상에 적용되는 수단일 뿐이었는데 말입니다. 예전에는 우리가 이해한 패턴에 우리가 우연히 숫자를 꿰맞췄기 때문에 특정한 현상이 숫자의 기반이 되었다면, 이제는 숫자가 온 세상의 기반이라는 사실이 점차 드러났습니다. 그런데 외곽의 네트워크가 내부의 골격이 된 이 기묘한 현실에 아무도 놀라지 않은 것 같습니다. 사실 어느 운 좋은 지질학자가 어느 날 남아메리카의 허리선 근처 어딘가를 조금 깊이 파들어가다가 삽이 금속에 닿아 챙 하고 울리는 소리를 듣고는, 지구를 단단하고 불룩하게 둘러싼 적도 고리를 발견하게 될지도 모르겠습니다. 어떤 나비의 뒷날개에는 액체 방울 모양과 으스스할 정도로 똑같은 커다란 안점이 있습니다. 그 모양이 어찌나 완벽한지, 날개를 가로지르는 선이 그 안점을 통과하는 바로 그 지점에서 안점 아래쪽으로 살짝 휘어 있기까지 합니다. 마치 굴절현상으로 선이 일부 휘어져 보이는 것처럼 말이지요. 만약 그 날개에 있는 것이 정말로 액체 방울이고, 우리가 그 방울을 통해 날개의 무늬를 보고 있다면 딱 그런 굴절현상이 일어났을 겁니다. 정밀한 과학에 의해 객체가 주체로 변한 이 기묘한 변신을 생각하면, 어느 날 진짜 액체 방울이 나비의 날개에 떨어진 뒤 계통발생적으로 그 자리에 점이 되어 남았다고 생각하지 못할 이유도 없지 않습니까? 그러나 수학이라는 유기체에 대한 우리의 화려한 믿음이 낳은 결과 중 가장 재미있는 것은 몇 년 전 어떤 진취적이고 독창적인 천문학자가 거대한 전구들을 몇 마일 규모의 단순한 기하학적인 형태로 늘어놓아 화성인, 만약 화성인이 있다면 말입니다만, 하여튼 화성인의 주의를 끌어보자고 제안한 일일 것입니다. 우리가 삼각형의 원리를 제대로 알고 있다는 사실을 화성인이 알아차린다면, 이렇게나 똑똑한 지구인들과 연락을 주고받는 것이 가능할지도 모르겠다는 결론에 덥석 도달할지도 모른다는 논리였습니다.

이쯤에서 상식이 슬그머니 돌아와 갈라진 목소리로 속삭입니다. 당신이 좋아하든 싫어하든, 한 행성에 또다른 행성을 더하면 두 행성이 되고 100달러는 50달러보다 많은 액수라고요. 만약 내가 그 다른 행성이 혹시 이중 행성일 수도 있고 이른바 인플레이션이라는 현상 때문에 100달러가 하룻밤 만에 10달러만도 못하게 될 수도 있지 않느냐고 반박한다면, 상식은 나더러 구상具象을 추상으로 대체하려 한다고 비난할 겁니다. 그러나 이것 역시 내가 여러분에게 잘 살펴보라고 권유하고 싶은 세상에서는 필수적인 현상 중 하나입니다.

내가 좋다고 말한 이 세상, 그런데 '좋음'은 비합리적으로 구상적입니다. 상식적인 관점에서 볼 때, 예를 들어 어떤 음식의 '좋음'은 '나쁨' 못지않게 추상적입니다. 둘 다 손으로 생생히 만져볼 수 있는 완전한 대상으로 인식될 수 없기 때문입니다. 그러나 수영을 배울 때처럼 필수적인 생각 비틀기를 해보면, '좋음'이란 둥글고 크림 같은 것, 아름답게 달아오른 얼굴 같은 것, 우리를 어르고 달래준, 맨살이 드러난 따스한 팔이 달린 깨끗한 앞치마 속의 어떤 것, 간단히 말해서 광고들이 넌지시 암시하는 빵이나 과일만큼 실제로 존재하는 것임을 깨닫게 됩니다. 그런데 최고의 광고를 만드는 의뭉스러운 사람들은 개인의 상상력이라는 로켓을 어떻게 하면 발사시킬 수 있는지, 지극히 합리적인 목적을 위해 비합리적인 인식이라는 도구를 사용하는 이 업계에서 어떤 지식이 상식으로 통하는지 잘 알고 있습니다.

그러고 보면 '나쁨'은 우리의 내면세계에서 이방인 같은 존재입니다.

우리의 이해력을 자꾸만 피해서 빠져나가기 때문입니다. '나쁨'이란 사실 유해한 존재라기보다는 어떤 것의 결핍을 뜻합니다. 따라서 실체가 없는 추상적인 개념으로서 우리의 내면세계에서 실질적인 공간을 차지하지 못하지요. 범죄자는 대개 상상력이 부족한 사람입니다. 상식이 어설프게나마 발전했다면, 수갑 모양의 목각을 내면의 눈앞에 보여주는 방식으로 주인의 사악한 행동을 막았을 겁니다. 반면 창의적인 상상력은 주인으로 하여금 소설 속에서 배출구를 찾게 이끌었을 겁니다. 주인이 현실 속에서 실행했다면 망칠 수도 있었던 행동을 책 속의 등장인물들이 더 철저하게 해내게 만드는 거지요. 범죄자는 진정한 상상력이 결여되어 있기 때문에, 자신이 멋진 금발 아가씨와 함께 멋진 차의 주인을 무참히 죽인 뒤 그 차를 몰고 로스앤젤레스로 화려하게 입성하는 진부하고 얼뜨기 같은 장면을 상상하며 만족스러워합니다. 만약 작가의 펜이 필요한 가닥들을 제대로 연결한다면 이런 상상도 예술이 될 수 있겠죠. 그러나 범죄 그 자체는 진부한 것들의 승리이며, 성공을 거두면 거둘수록 더욱 더 얼간이 같은 모습이 됩니다. 조국을 도덕적으로 향상시키고, 고작해야 비누상자 높이의 연단에서 고상한 이상을 이야기하고, 이류 작품들을 단숨에 내쫓는 응급구조에 나서는 것이 작가의 일이라는 말을 나는 도저히 받아들일 수 없습니다. 작가의 연단은 싸구려 로맨스소설과 위험할 정도로 가깝고, 비평가들이 강렬한 소설이라고 평하는 작품은 대체로 사람 많은 해변에 세워놓은 모래성이거나 진부한 것들을 위태롭게 쌓아놓은 것에 불과합니다. 휴일을 즐기던 사람들이 바닷가에서 사라지고 차가운 파도가 외로운 모래사장을 생쥐처럼 갉아대는 바람에 모래성의 해자가 스르르 녹듯이 사라지는 모습보다 더 슬픈 광경은 별로 없습니다.

그러나 진정한 작가가 자기도 모르게 세상을 향상시킬 수 있는 방법이 하나 있습니다. 상식이 무의미하고 사소한 일이라거나 기괴한 과장이라고 무시해버리는 것들을 창의적으로 이용해서 부정한 행위를 어리석은 것으로 만드는 일. 악당을 어릿광대로 만들어버리는 것이 진정한 작가의 정해진 목적은 아닙니다. 범죄는 한심한 어릿광대극일 뿐입니다. 이 점을 강조하는 것이 사회에 도움이 되든 되지 않든 상관없습니다만, 대개는 도움이 됩니다. 그렇다 해도 그것이 작가의 직접적인 목적이나 의무는 아닙니다. 작가가 백치처럼 침을 흘리는 살인자의 모습을 메모하면서, 또는 폭군이 호사스러운 침실에 혼자 있을 때 뭉툭한 집게손가락으로 콧구멍을 쑤셔 수확을 거두는 모습을 지켜보면서 눈을 반짝이는 것, 이것이 살금살금 다가오는 음모꾼의 권총보다 더 확실한 처벌 수단입니다. 독재자의 입장에서 보면, 공격할 수도 없고 도무지 손에 잡히지도 않지만 언제나 자신을 도발하는 이 반짝임만큼 증오스러운 것이 없겠죠. 대단히 용감한 러시아 시인 구밀레프가 30여 년 전 레닌 휘하의 악당들 손에 죽임을 당한 중요한 이유 중 하나가 이것입니다. 시련을 겪는 동안 내내, 그러니까 검사의 어두운 사무실과 고문실에서, 트럭까지 끌려가며 지나간 구불구불한 복도에서, 그를 처형장으로 싣고 간 트럭 안에서, 그리고 그에게 총을 쏠 서투르고 우울한 병사들의 발소리가 가득한 처형장에서, 시인은 계속 미소를 잃지 않았습니다.

인간의 일생은 계속해서 이어지는 영혼의 첫번째 여정에 불과하고,

개인의 비밀은 지상에서 사멸해가는 과정에서도 사라지지 않은 채 낙관적인 짐작을 뛰어넘는 어떤 것, 심지어 종교적인 신앙의 문제마저 뛰어넘는 어떤 것이 됩니다. 불멸의 가능성이 배제되는 것은 오로지 상식 때문임을 우리가 기억한다면 말이지요. 내가 지금 전달하고자 하는 그런 의미에서 창조적인 작가는 느낄 수밖에 없습니다. 자신이 현실적인 세계를 거부함으로써, 비합리적이고 비논리적이고 설명할 수 없고 근본적으로 좋은 것들과 한편이 됨으로써, [두 페이지가 비었음] 비슷한 뭔가를 하고 있다는 것을요. 금성의 구름 낀 잿빛 하늘 아래에서.

여기서 상식은 나를 방해하며, 이런 공상에 더 힘을 싣는다면 문자 그대로 광기로 이어질 가능성이 있다고 말할 것입니다. 그러나 음울하게 과장된 이런 공상이 창조적인 예술가의 멋지고 신중한 작품과 연결되지 않을 때에만 그 말이 진실이 됩니다. 광인은 거울로 자신을 보려 하지 않습니다. 거울 속에 비친 얼굴이 자신의 것이 아니기 때문입니다. 그의 인격은 목이 잘렸습니다. 그리고 예술가의 인격이 더 커졌습니다. 광기는 상식의 병든 조각에 불과합니다. 반면 천재성은 가장 건강한 영혼의 모습이죠. 범죄학자인 롬브로소는 강박과 영감, 박쥐와 새, 죽은 잔가지와 잔가지처럼 생긴 벌레의 해부학적인 차이를 깨닫지 못한 채 그들의 유사성을 찾아내려다가 그만 지독한 진흙탕에 빠지고 말았습니다. 광인이 광인인 것은 친숙한 세계를 철저히 그리고 무모하게 해체해버렸으나 그 세계만큼 조화로운 새 세계를 창조할 능력이 없기(또는 그 능력을 잃어버렸기) 때문입니다. 반면 예술가는 자신이 선택한 것들을 해체하면서, 내면에 그 최종적인 결과를 알고 있는 뭔가가 있다는 사실을 인식합니다. 예술가는 완성된 걸작을 살펴보면서 뇌의 무의식적인 활동이 이 창조적인 도박에 얼마나 관련되어 있든 최종적인 결과는 최초의 충격 속에 이미 들어 있던 분명한 계획의 소산임을 인식합니다. 살아 있는 생물이 장차 어떻게 발전하고 성장할지가 생식세포의 유전자 안에 이미 들어 있다고들 말하는 것과 같습니다.

　해체 단계에서 연합 단계로 넘어갈 때 이정표가 되는 것은 일종의 영적인 전율, 영어로는 대략 '영감inspiration'이라고 표현되는 것입니다. 누군가가 휘파람을 불며 지나가는 순간에 나는 웅덩이에 비친 나뭇가지의 그림자를 알아차리고, 그와 동시에 어느 오래된 정원에서 신나게 노래하던 새와 축축한 초록색 이파리가 어우러진 광경을 떠올리면 이미 오래전에 죽은 옛 친구가 갑자기 과거 속에서 걸어나와 빙긋이 웃으며 빗물이 뚝뚝 떨어지는 우산을 접습니다. 이 모든 과정에는 반짝이는 1초가 걸릴 뿐입니다. 인상과 이미지의 움직임이 하도 빨라서 나는 그들을 인식하고, 형성하고, 융합하는 데 정확히 어떤 법칙이 관여하는지 확인하지 못합니다. 왜 하필 이 웅덩이였을까. 왜 하필 이 소리였을까. 이 모든 부분들이 서로 정확히 어떻게 연결되어 있을까. 마치 뇌 속에서 퍼즐 조각들이 순식간에 맞춰지는 바람에 뇌도 그 과정을 미처 관찰하지 못하는 것과 같습니다. 그 순간 나는 다듬어지지 않은 마법, 내면의 부활을 느끼고 몸을 부르르 떱니다. 마치 생기가 뽀글뽀글 올라오는 약이 순식간에 내 존재와 섞여서 죽은 사람이 되살아난 것 같습니다. 이른바 영감의 기초가 되는 것이 바로 이런 느낌입니다. 상식이라면 틀림없이 비난할 만한 상태죠. 상식은 따개비부터 거위에 이르기까지, 가장 보잘것없는 벌레에서부터 가장 아름다운 여성에 이르기까지 지상의 모든 생명은 지구가 얌전히 식어가는 동안 효소들이 콜로이드 상태의 탄소 슬라임을 활성화한 덕분에 생겨났음을 지적할 겁니다. 어쩌면 실루리아기의 바다가 지금 우리 몸속의 피가 되어 혈관을 흐르고 있을 수도 있습니다. 우리 모두는 진화론을 적어도 형태상의 공식으로는 받아들일 준비가 되어 있습니다. 종소리에 반응을 보이던 파블로프 교수의 생쥐와 그리피스 박사의 쥐는 실용적인 사람들을 즐겁게 해줄 수 있고, 룸블러의 인공 아메바는 아주 귀여운 애완동물이 될 수 있습니다. 그러나 생명의 연결고리와 단계를 찾아보려 애쓰는 것과, 영감이라는 현상과 인생이 진정 무엇인지 이해하려고 노력하는 일은 서로 완전히 다릅니다.

내가 선택한 예(휘파람소리, 이파리, 비)에 비교적 단순한 형태의 전율이 암시되어 있습니다. 딱히 작가가 아닌 많은 사람들에게도 친숙한 경험입니다. 이런 경험에 굳이 신경을 쓰지 않는 사람들도 있습니다만. 내가 든 예에서 기억은 필수적이지만 무의식적인 역할을 하고, 모든 것을 좌우하는 것은 과거와 현재의 완벽한 융합입니다. 여기에 천재의 영감이 세번째 요소를 덧붙입니다. 번쩍하는 순간에 과거와 현재뿐만 아니라 미래(천재가 지은 책)까지 하나로 융합되는 겁니다. 이렇게 해서 순환하는 시간이 모두 인식됩니다. 다른 말로 표현하면, 시간이 더이상 존재하지 않게 되었다는 뜻입니다. 온 우주가 내 안으로 들어오고 나 자신은 주위의 우주 속에 완전히 녹아버리는 것 같은 감각이 합쳐집니다. 나를 가두고 있던 자아라는 감방 벽이 죄수를 구하기 위해 밖에서부터 쇄도해들어오는 비非자아와 더불어 갑자기 무너져내립니다. 그리고 죄

수는 이미 탁 트인 곳에서 춤을 추고 있습니다.

추상적인 면에 비교적 약한 편인 러시아어에 두 가지 유형의 영감을 가리키는 단어가 있습니다. vostorg와 vdokhnovenie, 의역하자면 각각 '열중'과 '재포착'이라는 뜻입니다. 두 단어 사이의 차이는 주로 풍토적인 것입니다. 즉 전자는 뜨겁고 짧으며, 후자는 서늘하고 지속적입니다. 지금까지 내가 언급했던 영감은 vostorg의 순수한 불꽃이었습니다. 맨처음 빠져드는 열중. 여기에 의식적인 목표는 드러나 있지 않지만, 구세계의 붕괴와 신세계의 구축을 연결하는 데에는 이 열중이 무엇보다도 중요합니다. 때가 무르익어 작가가 실제로 자리를 잡고 앉아 책을 쓰기 시작하면, 차분하고 꾸준한 두번째 영감, 즉 vdokhnovenie가 많이 의지가 됩니다. 이 영감은 세계를 다시 포착해서 재구성할 수 있게 도와주는 믿음직한 친구입니다.

영감의 첫 경련에 관여하는 힘과 독창성은 작가가 쓸 책의 가치와 직접적으로 비례합니다. 척도의 맨 아래에 있는 것은 아주 온화한 전율입니다. 이류 작가가, 예를 들어, 연기를 쏟아내는 공장 굴뚝, 마당에서 자라다 만 라일락, 아이의 창백한 얼굴 사이의 내적인 관계 같은 것을 알아차리고 느끼는 것입니다. 그러나 이들의 조합이 워낙 간단하고, 세 개의 상징이 워낙 뻔하고, 이 이미지들을 이어주는 다리는 이미 문학 순례자들의 발길과 일반적인 생각을 가득 실은 수레의 무게에 워낙 많이 닳아버렸고, 여기서 유추된 세계는 평범한 세계와 워낙 비슷하기 때문에 작가가 쓰기 시작한 소설의 가치는 반드시 그만그만한 수준이 될 수밖에 없습니다. 그렇다고 해서 예술을 위한 예술을 외치며 머리를 길게 기르고 아무런 목적도 없이 돌아다니는 사람들이 보거나 듣거나 냄새를 맡거나 맛을 보거나 손으로 만져본 것들이 항상 위대한 작품을 낳는 최초의 충동을 제공해준다고 말할 생각은 없습니다. 서로 멀찍이 떨어져 있는 가닥들로 갑자기 조화로운 무늬를 만들어내는 기술을 스스로 개발해내는 일은 결코 낮잡아볼 수 없지만, 마르셀 프루스트의 경우처럼 비스킷이 혀 위에서 녹아가는 감각이나 발밑에 닿는 길 포장재의 거친 감각에서 실제 소설의 아이디어가 떠오를 수도 있지만, 그렇다고 모든 소설이 화려하게 미화된 물리적 경험을 바탕으로 창작되어야 한다고 결론짓는 것은 성급합니다. 최초의 충동이 세상에 존재하는 기질과 재능만큼이나 다양한 측면들을 보여줄 수는 있습니다. 최초의 충동은 미처 의식하지 못했던 여러 충격들이 축적된 것일 수도 있고, 확실한 물리적 배경이 없는 여러 추상적인 아이디어들이 영감을 통해 조합된 것일 수도 있습니다. 그러나 어느 쪽이든 이 과정은 궁극적으로 창조적 전율의 가장 자연스러운 형태입니다. 머릿속에서 별들이 폭발하기라도 한 것처럼, 서로 다른 여러 가지 것들이 단번에 이해되면서 생생한 이미지가 번개처럼 순식간에 떠오르는 것이지요.

　작가가 자리를 잡고 앉아서 자신의 경험을 재구성하기 시작하면, 갑자기 눈이 멀어버리는 순간에 무엇을 피해야 하는지를 창조적인 경험이 알려줍니다. 관습이라는 사마귀투성이의 뚱보 도깨비나 '틈새 메우는 자'로 불리는 교활한 꼬마 도깨비가 책상 다리를 타고 올라오려 할 때면 가장 위대한 작가들조차 가끔 그 눈먼 순간에 압도당하곤 합니다. 불같은 vostorg가 임무를 완수하면 냉정한 vdokhnovenie가 안경을 씁니다. 종이는 아직 백지 상태이지만, 단어들이 모두 투명한 잉크로 이미 그곳에 적혀서 눈에 보이는 존재가 되기 위해 아우성을 치고 있는 것 같다는 기적적인 느낌이 있습니다. 원한다면 작가는 사진의 어느 부분이든 마음대로 현상할 수 있습니다. 적어도 작가에게는 시간적인 순서라는 개념이 사실상 존재하지 않기 때문입니다. 시간적인 순서는 연달아 이어진 페이지에 단어들을 차례로 적어야 하는 순간에 비로소 생겨납니다. 독자들이 적어도 처음 어떤 책을 읽을 때는 그 책을 처음부터 끝까지 머리로 훑어보는 데 시간이 걸리는 것과 같습니다. 작가의 머릿속에 시간적인 순서는 존재할 수 없습니다. 작가가 처음 떠올린 아이디어에는 시간이라는 요소도 공간이라는 요소도 전혀 관련되어 있지 않기 때문입니다. 정신이 선택적으로 구축되는 것이고 눈으로 그림을 볼 때처럼 책을 읽는 것이 가능하다면, 즉 귀찮게 왼쪽에서 오른쪽으로 읽을 필요도 없고 처음과 끝을 구분하는 어리석은 짓을 할 필요도 없다면, 그것이야말로 소설을 제대로 감상하는 이상적인 방법이 될 것입니다. 작가가 처음 소설을 잉태하는 순간 그의 머릿속에 떠오른 아이디어가 그러하기 때문입니다.

이제 작가는 글을 쓸 준비가 되었습니다. 모든 장비를 갖췄습니다. 만년필에도 잉크가 가득 채워져 있고, 집은 조용하고, 담배와 성냥이 나란히 놓여 있고, 밤은 아직 많이 남았고…… 작가를 이 즐거운 상황 속에 남겨두고 살금살금 밖으로 나와 문을 닫고 단호히 그 집을 나섭시다. 그렇게 우리가 떠날 때 음산한 상식이라는 괴물이 쿵쿵 계단을 올라와 그 책은 일반 대중의 구미에 맞는 것이 아니며, 그 책은 결코 결코…… 바

로 그때, 그 괴물이 ㅍ ㅏ ㄹ ㄹ ㅣ ㅈ ㅣ ㅇ ㅏ ㄴ ㅎ ㅇ ㅡ ㄹ ㄱ ㅓ ㅅ
이라는 말을 하기 직전에, 거짓 상식을 반드시 쏘아 죽여야 합니다.

마지막 한마디

지금처럼 상당히 거슬리는 세상에서는 문학을 공부하는 것, 특히 구조
와 문체를 공부하는 것이 에너지 낭비 같다는 생각이 들 수도 있을 겁
니다. 내가 보기에 특정한 기질을 지닌 사람들(사람마다 기질이 다릅니
다)에게는 어떤 상황에서든 문체에 대한 공부가 항상 에너지 낭비처럼
보이는 것 같습니다. 그러나 이 점만 제외하면, 예술적인 사람이든 실
용적인 사람이든 모든 사람의 머릿속에는 일상의 지긋지긋한 고민을
초월한 것들을 받아들이는 세포가 항상 존재하는 것 같습니다.

　우리가 이 강의에서 흡수한 소설들은 인생의 뻔한 문제들에 적용할
수 있는 교훈을 하나도 가르쳐주지 않을 겁니다. 사무실이나 군대 막사
나 부엌이나 아기 방에서 전혀 도움이 되지 않을 겁니다. 사실 내가 여
러분과 나누고자 했던 지식은 순전한 사치품입니다. 프랑스의 사회경
제를 이해하는 데에도, 여성의 마음을 이해하는 데에도, 젊은 남성의 마
음을 이해하는 데에도 도움이 되지 않을 겁니다. 그러나 여러분이 내 강
의에 주의를 기울였다면, 영감을 바탕으로 치밀하게 만들어진 예술작
품에서 얻을 수 있는 순수한 만족감을 느끼는 데 이 작품들이 도움이

될지 모릅니다. 그리고 이 만족감이 바탕이 돼서 더욱 진정한 정신적 편안함이 구축될 것입니다. 사람이 살다보면 온갖 실수를 저지르게 마련이지만, 그래도 삶의 내면은 또한 영감과 치밀함의 구역이기도 하다는 사실을 깨달았을 때 느껴지는 편안함과 비슷한 편안함입니다.

이 강의에서 나는 문학적 걸작이라는 놀라운 장난감들의 메커니즘을 드러내려고 애썼습니다. 여러분이 자신과 등장인물들을 동일시한다는 유아적인 목적이나 삶의 지혜를 배운다는 청소년 같은 목적이나 일반화에 푹 빠지고 싶다는 학문적인 목적을 위해 책을 읽지 않는 훌륭한 독자가 되게 해주고 싶었습니다. 나는 여러분에게 순전히 책의 형식, 비전, 예술만을 위해서 책을 읽는 법을 가르치려고 애썼습니다. 예술적인 만족감의 전율을 느끼는 법, 책 속 인물들의 감정이 아니라 작가의 감정, 즉 창조의 기쁨과 어려움을 함께 나누는 법을 가르치려고 애썼습니다. 우리의 이야기는 책의 주위를 에두른 것이 아니라 책에 관한 것이었습니다. 우리는 걸작의 중심으로 곧장 나아가서 문제의 핵심을 생생히 경험했습니다.

이제 강의는 끝났습니다. 여러분과의 작업은 내 목소리라는 샘과 귀라는 정원 사이의 유난히 즐거운 연합작전이었습니다. 여러분 중 어떤 사람은 귀를 열었고 어떤 사람은 귀를 닫았지요. 내 말을 잘 받아들이는 귀도 많았지만, 순전히 장식으로 달려 있는 귀도 몇 개 있었습니다. 그러나 모두 인간적이고 신묘했습니다. 여러분 중에 어떤 사람들은 위대한 작품을 계속 읽겠지만, 졸업한 뒤에는 그런 책에 손을 대지 않는 사람도 있을 겁니다. 위대한 예술가들의 작품을 읽으면서 즐거움을 느끼는 능력을 발전시킬 수 없을 것 같다는 생각이 드는 사람이라면, 책을 읽지 말아야 합니다. 다른 분야에도 전율을 느낄 수 있는 다른 일들이 있으니까요. 순수과학의 전율도 순수예술의 즐거움 못지않습니다. 중요한 것은 어느 방면에서든 생각이나 감정의 설렘을 경험하는 것입니다. 설렘을 느끼는 법을 알지 못한다면, 인간의 정신이 내어놓은 예술이라는 귀하고 잘 익은 과일의 맛을 보기 위해 자신을 평소보다 조금 더 높은 곳으로 감아올리는 법을 배우지 못한다면, 인생의 가장 좋은 것을 놓쳐버리기 십상입니다.

다음은 『황폐한 집』과 『보바리 부인』에 대해 나보코프가 출제한 시험문
제 중 일부다.

『황폐한 집』

1. 디킨스는 에스터의 구애자로 왜 세 사람(거피, 잔다이스, 우드코
   트)을 설정했나?

2. 레이디 데들록과 스킴폴을 비교한다면, 디킨스가 더 성공적으로
   묘사한 인물은 둘 중 누구일까?

3. 『황폐한 집』의 구조와 문체에 대해 논하시오.

4. 존 잔다이스의 집에 대해 논하시오. (망가진 집? 놀란 새들?)

5. 벨야드 방문을 논하시오(네케트의 아이들과 그리들리 씨).

6. 『황폐한 집』에서 '아이 테마'의 예를 네 가지 이상 제시하시오.

7. 스킴폴의 성격도 '아이 테마'의 표본인가?

8. 황폐한 집은 어떤 곳이었나? 이 집을 묘사하는 세세한 설명을 네 가지 이상 제시하시오.

9. 황폐한 집의 위치는 어디인가?

10. 디킨스식 이미지의 사례를 네 가지 이상 제시하시오(비유, 생생한 형용어구 등등).

11. '새bird 테마'는 크룩과 어떤 식으로 연결되어 있는가?

12. '안개 테마'는 크룩과 어떤 식으로 연결되어 있는가?

13. 디킨스가 목소리를 높일 때 연상되는 문체는 누구의 것인가?

14. 소설이 진행되는 과정에서 에스터의 미모에 관한 이야기는 무엇인가?

15. 중요한 테마의 핵심들과 그들을 서로 연결해주는 선이라는 관점에서 『황폐한 집』의 구조도를 그려보시오.

16. 디킨스가 독자들(중요하지 않은 독자와 중요한 독자, 온화한 독자와 비판적인 독자 모두)이 『황폐한 집』을 읽으며 느끼기를 바란 감정은 무엇인가?

17. 디킨스는 인물들의 말투와 말버릇을 통해 그들의 개성을 표현하는 방법을 썼다. 『황폐한 집』의 인물들 중 세 명을 골라 그들의 말투를 묘사하시오.

18. 사회적인 측면('상류계급' 대 '하층계급' 등)은 『황폐한 집』에서 가장 약한 부분이다. 조지 씨의 형제는 누구였는가? 그가 무슨 역할을 했는가? 설사 약한 부분이라 해도, 중요한 독자가 이 부분을 건너뛰어야 하는가?

19. 존 잔다이스의 황폐한 집: 몇 가지 구체적이고 세부적인 특징을 열거하시오.

20. 디킨스의 문체와 앨런 우드코트 부인의 문체를 논하시오.

21. 거피 씨의 관점에서 『황폐한 집』을 살펴보시오.

『보바리 부인』

1. 에마가 독약을 먹은 사건을 오메는 어떻게 설명했는가? 그 사건을 묘사하시오.

2. 마을 축제 장면에서 플로베르가 대위법을 어떻게 사용했는지 간략하게 설명하시오.

3. 농업박람회 장에서 플로베르가 사용한 장치들(인물들을 그룹으로 나누기, 테마들 사이의 상호작용)을 분석하시오.

4. 다음의 다섯 가지 질문에 답변하시오.
    i. 『그리스도교의 진수Genie du Christianisme』의 저자가 누구인가?
    ii. 에마에 대한 레옹의 첫 인상은 어떠했는가?
    iii. 에마에 대한 로돌프의 첫 인상은 어떠했는가?
    iv. 불랑제는 자신의 마지막 편지를 어떻게 에마에게 전달했는가?
    v. 펠리시 랑프뢰는 누구인가?

5. 『보바리 부인』에는 '말' '신부의 석고상' '목소리' '세 의사' 등 여러 테마 가닥이 존재한다. 이 네 가지 테마를 간략히 설명하시오.

6. 다음을 배경으로 '대위법' 테마를 상세히 설명하시오.

   a. 황금사자 여관. b. 농업박람회. c. 오페라극장. d. 성당.

7. 플로베르가 'and'를 사용한 방법에 대해 논하시오.

8. 『보바리 부인』의 등장인물들 중 비슷한 상황에서 『황폐한 집』의 등 장인물 한 명과 아주 똑같이 행동하는 사람이 누구인가? 테마에 대 한 단서는 '헌신'이다.

9. 베르트의 유아기와 유년기에 대한 플로베르의 묘사에 디킨스식 분 위기가 있는가? (구체적으로 서술하시오.)

10. 패니 프라이스와 에스터의 이목구비는 기분 좋을 정도로 모호하 게 묘사되어 있으나 에마의 경우에는 그렇지 않다. 그녀의 눈, 머 리카락, 손, 피부를 묘사하시오.

11. a) 에마의 본성이 냉정하고 천박하다고 할 수 있을까?

    b) '낭만적'이지만 '예술적'이지는 않다?

    c) 에마는 사람의 존재가 전혀 암시되지 않은 풍경화보다 폐허와 소들이 있는 풍경을 더 좋아했을까?

    d) 그녀는 산속 호수에 외로운 배가 있는 편과 없는 편 중 어느 쪽을 더 좋아했나?

12. 에마가 읽은 책은 무엇인가? 적어도 네 편의 작품을 저자의 이름과 함께 열거하시오.

13.『보바리 부인』의 번역본은 모두 실수투성인데, 여러분이 그 실수들 중 일부를 바로잡았다. 에마의 눈, 손, 양산, 머리모양, 드레스, 신발을 묘사하시오.

14. 반쯤 눈이 먼 방랑자의 시각에서『보바리 부인』을 살펴보시오.

15. 오메가 우스꽝스럽고 불쾌하게 느껴지는 이유가 무엇인가?

16. 농업박람회 장의 구조를 설명하시오.

17. 에마가 갈망하는 이상은 무엇인가? 오메가 갈망하는 이상은 무엇인가? 레옹이 갈망하는 이상은 무엇인가?

18.『황폐한 집』의 구성은 디킨스의 이전 작품에 비해 크게 향상되었지만, 디킨스는 여전히 연재의 마감 기한을 지켜야 했다. 플로베르는『보바리 부인』을 쓸 때 자신의 예술과 관계없는 것은 모두 무시해버렸다.『보바리 부인』의 구조적 요점들 중 일부를 지적하시오.